CW00972934

Zu diesem Buch:

Josefine eine junge Frau erbte zusammen mit ihrem Bruder ein großes Internationales Imperium. Nach dem Tod ihrer Vaters floh ihre Mutter Hals Überkopf zurück in ihre Heimat nach Schweden und ließ die beiden erwachsenen Kinder alleine. Und genau jetzt stand Josefine wirklich alleine da. Mit einer Internationalen Spedition im Rücken und wusste nicht wie es weiter gehen sollte. Noch ahnte sie nicht, das ihr Bruder durch einen Auftragsmord bei einem Motorradunfall ums Leben kam. Sie ahnte auch nicht, was für mysteriöse Geheimnisse über den Nachlass ihres Vaters lagen. Wo auch zum Teil zu ihrem eigenen Leben gehörten. Und die Handvoll Eingeweihten, die davon wussten, schwiegen. Was wird geschehen als Josefine hinter die Türen der Spedition Einblick bekommt? Die von Intrigen, Mord und Lügen geprägt waren. Wird sie sich in dieser Männerdomäne überhaupt durchsetzen können?

Autorenbeschreibung:

Wer steckt hinter dem Künstlername Sany MacSchuler?

Die Autorin verrät ihren Lesern nur soviel: Sie ist 1967 am wunderschönen Bodensee geboren. Verheiratet und Mutter zweier erwachsenen Kinder. Noch heute lebt sie zusammen mit ihrer Familie und ihren Tieren in der Nähe des Bodensees.

Sany MacSchuler

Die Truckerlady

Originalausgabe

2020

Ein Roman

mit ein paar Asphaltcowboy´s

Bibliografische Information der Deutschen Nationalbibliothek:
Die Deutsche Nationalbibliothek verzeichnet diese Publikation in der Deutschen Nationalbibliografie; detaillierte bibliografische Daten sind im Internet über http://dnb.dnb.de abrufbar.

TWENTYSIX – Der Self-Publishing-Verlag
Eine Kooperation zwischen der Verlagsgruppe Random House und BoD – Books on Demand

Herstellung und Verlag:
BoD – Books on Demand, Norderstedt

ISBN: 978-3-740-7716-69
Illustration: ***Foto by Markus Mairinger***
Übersetzung:
weitere Mitwirkende: Elke Hodapp, Sabrina Lothschütz, Sarah Fümel.

***„Die Fehler der Vergangen-
heit
sind die Erfolge der
Zukunft“***

Autor unbekannt

Kapitel

Der lang anhaltende Regen hatte Josefine noch deprimierter gemacht, als sie schon war. Sie stand in Mitten eines großen Areals und wusste nicht, wie es weiter gehen sollte. Normalerweise dürfte sie nicht hier draußen sein, denn oben in ihrem Büro wartete sehr viel Arbeit auf sie. Doch, als sie von ihrem Schreibtisch aus die Sonne durch die Wolkendecke kommen sah, hielt sie es nicht mehr länger aus. Sie musste einfach hinaus, um auf andere Gedanken zu kommen. Sie war nicht die geborene Schreibtischtante, sondern sie liebte die Natur, den Geruch von Diesel und Freiheit. Sie schlenderte über das große Areal, die Sonne hatte den Asphalt getrocknet und nur noch vereinzelt sah man Wasserlachen, die in der Sonne glänzten. Josefine machte einen großen Bogen um eine Pfütze, die beim näher Kommen in Regenbogenfarben schimmerte - warum, wusste sie nicht. Vielleicht hatte einer der Fahrer beim Betanken seines LKWs nicht aufgepasst. Geistesabwesend schlenderte sie weiter. Einer der Fahrer grüßte sie freundlich von Weitem. Zwei Trucker standen auf einer Laderampe und unterhielten sich angeregt. Es herrschte reger Betrieb auf dem Firmengelände. Es war ein Kommen und Gehen. Von Weitem hörte sie lautes Hämmern und Fluchen aus der Servicewerkstatt. Josefine konnte es immer noch nicht glauben, dass dies alles von nun an ihr gehören sollte. Aber seit heute Morgen war sie, Josefine Jansen, mit vierundzwanzig Jahren, die offizielle Eigentümerin eines internationalen Speditionsunternehmens, Jansen & Partner, das ihr Vater vor vielen Jahren Stück für Stück aufgebaut hatte. Angefangen mit drei alten, maroden LKWs und seinem Kumpel Georg, der sich um die Instandhaltung der Fahrzeuge kümmerte und den zwei Fahrern Armin und Jo. Am Anfang fuhr ihr Vater noch selbst. Nach und nach wurde die Firma Jansen größer und größer. Von heute auf morgen musste ihr Vater den Truck mit dem Büro tauschen. Es kam nicht mehr oft vor, dass er sich selbst hinter das Steuer seines LKWs setzte. Nur noch in Notfällen fuhr er, krankheitsbedingt oder als Urlaubsvertretung. Dann verlegte er sein Büro kurzer Hand in einen der Truck´s. Über all die Jahre hinweg wuchs die Firma immer weiter an. Heute rollten für Jansen & Partner einhundertachtzig LKWs über die europäischen Straßen. Mit Stolz konnte man behaupten, dass er seinen Lebenstraum verwirklicht hatte. Wenn man ihn darauf ansprach, meinte er immer nur, das hätte er seiner Partnerin zu verdanken, ohne sie hätte er dies alles nie geschafft. Mit seiner Partnerin meinte er damals Astrid, ihre Mutter. Doch ihre Mutter wollte von dem Laden nichts wissen. Sie hatte andere Interessen und wollte auch ihren Beruf am Theater nicht dafür aufgeben. Damals akzeptierte Karl ihre Entscheidung. Gedankenverloren schlenderte Josefine weiter. Auch sie hatte andere Pläne in ihrem Leben gehabt. Nach dem Abitur wollte sie Geologie studieren. Als sie ihren Eltern dies mitteilte, lachte ihr Vater sie lauthals aus. „Oh Mädel, vergiss es. Was nützt mir eine Geologin in einer internationalen Spedition?". Immer wieder musste sie sich diesen Satz von ihm anhören. Letztendlich verfrachtete Karl seine Tochter nach dem Abi für ein paar Monate nach Kalifornien zu einer ebenfalls großen Spedition, damit sie sich dort das passende Know How aneignen konnte. Ihr jüngerer Bruder Roger ging nach der zehnten Klasse von der Schule ab und machte im Anschluss eine Ausbildung zum Speditionskaufmann. Roger und Josefine waren schon als Kinder viel auf dem großen Firmengelände unterwegs und kannten dies in- und auswendig. Josefine stieg mit einundzwanzig Jahren und Roger mit neunzehn Jahren in den väterlichen Betrieb ein. Als kleine Kinder waren sie am stolzesten, wenn einer der Fahrer sie mit auf seine Tour nahm. Am Anfang waren sie immer nur mit Fahrern im Nahverkehr unterwegs. Bis Jo eines Tages zu Josefine sagte: „Irgendwann, wenn du größer bist, nehme ich dich mit auf eine größere Tour.". Was damals dieser Satz in einem Kinderherzen auslöste, bekam er ziemlich schnell an eigenen Leibe zu spüren. Jedes Mal, wenn er von einer längeren Tour nach Hause kam, oder Josefine seinen Truck im Hof stehen sah, machte sie sich auf die Suche nach ihm. Mit Händen in die Hüften gestemmt, stand sie dann immer vor ihm und jedes Mal stellte sie ihm die gleiche Frage. „Bin ich jetzt groß genug? Darf ich das nächste Mal mit?". Oft lagen zwischen diesen Fragen nur ein paar Tage. Jo lachte jedes Mal auf, wenn er den kleinen Wirbelwind über den Hof in seine Richtung spurten sah. Seine Kollegen Frank, Percy, Armin und Felix stöhnten auf, wenn sie Josefine schon von Weitem erblickten. Denn, wenn sie bei Jo nicht weiter kam und er sie immer wieder enttäuschen musste, ging sie zum nächsten und probierte es bei diesem. Solange, bis sie alle Fahrer durch hatte. Armin war meist der letzte in der Reihe. Er richtete sich schon immer vor-

sorglich ein Taschentuch für die Tränen der Kleinen, die sich dann an seinem Hals ausweinte, weil alle Männer sooooo schrecklich böse waren und sie nicht auf eine längere Tour mitnahmen. Armin hatte den Bogen raus, wie er Josefine trösten konnte. Oft war sein Shirt oder Pullover, je nach Jahreszeit, durchgeweicht und verschmiert, weil Josefine an seiner Kleidung ihr nasses Rotznäschen putzte. Armin lachte jedes Mal amüsiert, wenn er im Anschluss auf sein Shirt blickte. „Die Waschrechnung werde ich euch sooooo bösen Jungs wie üblich in Rechnung stellen.“, sagte er immer gut gelaunt und amüsiert im Anschluss mit einem breiten Grinsen im Gesicht. An Josefine´s zwölftem Geburtstag gab es für sie wirklich eine große Überraschung, an die sie sich sehr gut noch heute erinnern konnte, als wäre es gerade gestern gewesen. Ihr Geburtstag fiel diesmal auf einen Sonntag. Die Schulferien hatten am Freitag begonnen und vor ihr lagen jetzt sechs lange, öde Wochen Ferien. Die meisten ihrer Freundinnen waren mit ihren Familien verreist. Sie würde leider mal wieder, wie jedes Jahr, mit ihrer Mutter und ihrem jüngeren Bruder die Sommerferien in Schweden bei ihren Großeltern verbringen. Die Koffer hatte ihre Mutter schon ein paar Tage zuvor gepackt. Es fehlten nur noch die alltäglichen Dinge, wie Zahnbürste und einige andere Kleinigkeiten, die man kurz vor der Abreise noch im Koffer verstaute. Ihr Vater würde sie am Montagmorgen dann zum Flughafen bringen, weil er erst wie immer in der letzten Woche nachkam. Denn ohne ihn würde der Laden nicht laufen und sechs Wochen Urlaub könne er sich nicht leisten, auch, wenn er der Chef sei, meinte er immer. Josefine hatte oft das Gefühl, dass auch er sich nicht so richtig in Schweden bei seinen Schwiegereltern wohlfühlte.
Am Nachmittag wurde eine kleine Geburtstagsparty für Josefine gegeben. Ihrer Mutter war es schon immer wichtig, dass die Kinder ihre Geburtstage feierten und dazu wurden Freunde und Bekannte eingeladen. Die paar Freundinnen, die am Nachmittag zu Josefine´s Geburtstagsparty da waren, waren schon lange nach Hause gegangen. Traurig saß sie an dem großen Fenster, dass auf die Terrasse führte und blickte sehnsüchtig hinaus. Hatten Jo, Percy, Armin, Frank und Felix sie vielleicht vergessen? Sie konnte es kaum glauben, sie hatten ihren Geburtstag noch nie vergessen. Sie standen jedes Jahr, auch ohne Einladung, auf der Matte, um ihr zu gratulieren. Roger fegte ins Wohnzimmer um Josefine zu ärgern, zog eine freche

Grimasse und streckte ihr dabei rotzfrech die Zunge heraus. „Hau ab, lass mich in Ruhe.“, schrie Josefine ihn jedes Mal an. Roger machte sich daraus einen Spaß und wiederholte das Ganze erneut. Ihr Vater kam ins Wohnzimmer, um zu sehen, warum sich seine Kinder schon wieder zankten. Als er Josefine erblickte, wie sie wie ein Häufchen Elend auf einem der Hocker vor dem großen Fenster saß, trat er zu ihr und strich ihr sanft über das Haar. Josefine blickte mit Tränen in den Augen zu ihrem Vater hoch. „Sie haben mich vergessen.“, schluchzte sie leise. Roger, der nicht mitbekommen hatte, dass sein Vater sich im Wohnzimmer aufhielt, flitzte hinein, machte „Bääääh“ und streckte Josefine erneut die Zunge heraus. Karl, der sich in dem Augenblick umdrehte, als Roger „Bääääh“ schrie, zeigte seinem Sohn drohend den Zeigefinger und schrie: „Ab! Raus mit dir!“, doch Roger machte keine Anstalten das Zimmer zu verlassen. Er wurde von seinem Vater am Ohr gepackt und vor die Wohnzimmertür gesetzt, bevor Karl hinter sich die Türe schloss und sich wieder seiner traurigen Tochter zuwandte. „Ich glaube nicht, dass sie dich vergessen haben, Schätzchen. Vielleicht ist ihnen ja auch etwas dazwischen gekommen.“, sprach er mit beruhigenden, tröstenden Worten auf seine Tochter ein, dabei zeichnete sich ein geheimnisvolles Lächeln im Gesicht ab. Josefine blickte auf die Uhr, es war viertel nach Zehn. Sie zuckte mit den Schultern und erhob sich von ihrem Hocker. Während sie aufstand, hörte sie von der Straße her ein ihr bekanntes Motorengeräusch. Es waren dunkle Motorengeräusche, die nicht zu einem PKW passten. Sie blickte noch einmal durch das Fenster und in dem Augenblick blieb ihr fast das Herz stehen. Es hupte zwei Mal kurz hintereinander. „Jo“, schrie sie laut auf. Er hatte sie also doch nicht vergessen. Josefine rannte, wie von der Tarantel gestochen, aus dem Haus und wischte sich im Rennen die Tränen aus den Augen. „Jo, Jo“, schrie sie im Laufen und warf sich dem großen, tätowierten, starken Mann, der gerade aus dem Führerhaus seines LKWs sprang, überglücklich in die Arme. „Alles Gute zum Geburtstag, Kleines.“, sagte er und drückte ihr ein liebevolles, zärtliches Küsschen auf den Scheitel. Er schob sie etwas von sich und legte ihr seinen Zeigefinger unter das Kinn, er drehte ihren Kopf dabei hin und her. Er musterte sie sorgsam. Er hatte sich doch nicht getäuscht. „Du hast geweint?“, fragte er sie leise. Es gab keinen Zweifel, sie hatte geweint. Doch Josefine schüttelte auf seine Frage hin den Kopf. Er beugte sich zu ihr hinunter. „Du kleine Lügnerin.“, flüsterte er ihr ans Ohr, bevor er ihren Vater Karl mit einem Handschlag, der unter Truckern so üblich war, begrüßte. Dabei blickte er Karl fragend an. Dieser schüttelte vorsichtig den Kopf und Jo nickte. Dann reichte er Astrid höflich die Hand zur Begrüßung. „Hallo Jo, auf welcher Seite soll ich Josefine´s Koffer stellen?“, wandte sie sich an das tätowierte Muskelpaket von Mann, der sie hinter seinem Spitzbart freundlich anlächelte. Hatte Josefine sich gerade verhört? Was hatte ihre Mutter da soeben gesagt? Wo sollte ihr Koffer hin?! Entgeistert blickte sie zu Jo hoch, der sie spitzbübisch anlächelte. Dann wandte sich ihr Blick zu ihrem Vater, der ebenfalls über das ganze Gesicht grinste. Schließlich blieb ihr Blick bei ihrer Mutter hängen, die freundlich lächelte. Josefine begriff langsam aber schleichend, was vor sich ging. „Soll das heißen ich darf...?“, stotterte die Kleine. Sie war sprachlos, ein soooo lang ersehnter Traum wurde nun doch wahr... oder? Jo beugte sich zu Josefine hinunter. „Meinst du, die Jungs und ich hätten dich wirklich im Stich gelassen?“. Josefine strahlte über das ganze Gesicht. Ehe sich Karl versehen konnte, wurde er auch schon von seiner überglücklichen Tochter stürmisch umarmt. „Danke Papa.“, sagte sie ganz aufgeregt und beschenkte ihn mit Bussis über das ganze Gesicht verteilt. „Ich will aber keine Klagen hören, Josefine und schon gar nicht von Jo.“. Nocheinmal sprang sie ihrem Vater überglücklich mit Freudentränen in den Augen an den Hals. „Na komm Kleines, der Rest wartet auf dich.“, meinte Jo. Dabei lachte er herzhaft auf und stellte Josefine´s Koffer hinter den Beifahrersitz. Ihre Mutter wollte Jo noch eine kleine Tasche und eine große Vesperbox in die Hand drücken. Dabei zog Jo fragend eine Augenbraue nach oben. „In der Tasche sind Schulsachen zum Lernen und in der Box sind Kuchenstücke für euch alle.“. Jo nickte, nahm Astrid die Box aus der Hand und legte sie zwischen die Sitze. Astrid hielt ihm immer noch die Schultasche hin, doch Jo ignoriere dies. Er schüttelte den Kopf und zeigte auf die Tasche. „Die benötigen wir nicht, Astrid. Glaub mir, die Kleine wird nicht dazu kommen vor Aufregung. Schau sie dir doch an, sie ist ganz aus den Häuschen.“. Astrid legte ihm ihre Hand auf den Arm. „Danke“, entgegnete sie schnell, zog die Hand von seinem Arm, als ob er sie verbrannt hätte und machte ihrer Tochter Platz zum Einsteigen. Jo ließ den Truck an, hupte zweimal kurz und fuhr winkend mit Josefine ab. Josefine sah, wie ihre Mutter ihr ein paar Handküsse zum Abschied noch

durch's Fenster zuwarf. „Na, aufgeregt?", erkundigte sich Jo amüsiert und zog Josefine näher zu sich heran. „So und jetzt gib zu, dass du geweint hast, stimmt´s?", blickte vertrauensvoll aus dem Augenwinkel zu ihr und steuerte den Truck gemütlich aus dem Wohngebiet. Josefine nickte und so neugierig und aufgeregt wie sie war, wollte sie auch sofort wissen, was Sache ist. „Wo fahren wir hin?". „Hmmm..... mal überlegen.", sagte Jo, um es spannender für Josefine zu machen und wuschelte ihr mit seiner großen Hand durchs Haar. „Zuerst einmal auf einen großen Parkplatz ganz hier in der Nähe, denn es gibt da noch ein paar weitere Gratulanten, die es kaum erwarten können, dich zu sehen und im Anschluss geht es ab nach Spanien. Ich hoffe, deine Mutter hat daran gedacht, dir die Badesachen einzupacken.". Josefine blickte ihn mit großen, weit aufgerissenen Augen an. Jo lachte über ihren Gesichtsausdruck laut auf. Sein Funkgerät fing an zu rauschen. „Hey! Verdammt, Big Daddy - wo steckst du? Und hast du unser Juwel dabei?", kam es über den Funk. Jo blickte Josefine grinsend an. „Wie du hörst, wirst du sehnsüchtig erwartet.", gluckste er laut lachend. Josefine begann zu kichern, denn sie wusste genau, wem diese Stimme gehörte. Sie gehörte zu Felix, der immer stresste. Jo griff zum Funk und sprach: „Hey Catwiesel, bin gleich da und unser Juwel sitzt aufgeregt neben mir.", dabei blickte er stolz zu Josefine hinüber.
Die Dämmerung brach rasant herein. Den Parkplatz, den Jo mit seinem Truck ansteuerte, lag in Purpur- und Grautönen getönt vor ihnen. Die Sonne stand so tief, dass Josefine sich ihre Hände vor die Augen halten musste, um zu erkennen, wo sie waren. Schon von Weitem erkannte Josefine die Silhouetten der Männer, die winkend auf dem Parkplatz standen. Jo hatte seinen Truck noch nicht einmal zum Stehen gebracht, da wurde auch schon die Beifahrertür von Frank aufgerissen. Frank war ein langer, dünner Hering mit schütterem Haar. Er streckte ihr beide Arme entgegen und rief: „Spring!". Nachdem Josefine in Frank´s Arme gesprungen war, jubelten die Männer auf. Jeder wollte der erste sein, um ihr zum Geburtstag zu gratulieren. Sie wurde von Mann zu Mann durchgereicht und jeder übergab ihr ein kleines Geschenk. Armin war, wie üblich, wieder einmal der Letzte in der Reihe der Gratulanten. Sogar ein alter Trucker, der bei der Truppe stand, gratulierte ihr auch zum Geburtstag. Josefine fiel dabei auf, dass er sie die ganze Zeit merkwürdig musterte. Sie mochte diesen Mann nicht sonder-

lich, denn er strahlte ihr gegenüber etwas Sonderbares aus. Jo, der wusste, dass die Jungs unter Zeitdruck standen, reichte auch gleich den Kuchen, den Astrid ihnen mitgegeben hatte, an die Männer weiter. Schmatzend überreichte Frank ihr ein Nummernschild mit ihrem Namen darauf und eine Urkunde, die besagte, dass sie ab heute offiziell Beifahrerin des Teams war. Von Felix erhielt sie eine Schildkappe, ebenfalls mit ihrem Namenslogo. Von Percy bekam sie eine Armbanduhr in Truckerform und auf dem Zifferblatt stand ebenfalls in schwungvoller Schrift Josefine. Armin übergab ihr mit den Worten: „Irgendwann wird der hoffentlich einmal an einem Truck hängen.“, einen Schlüsselanhänger, der ebenfalls mit ihrem Namen graviert war. Josefine war so aus dem Häuschen, dass sie zuerst einmal nicht wusste, was sie sagen sollte. Und somit fiel sie spontan allen Männern nacheinander um den Hals, als Zeichen des Dankes. Jo drängte zum Aufbruch, da es später geworden war, als geplant. Obwohl er diese Woche keinen Termindruck hatte, so wie seine Kollegen. Trotzdem war er es, der sie in ihre LKWs scheuchte. Josefine kletterte ins Fahrerhaus und platzierte voller Stolz als erstes ihr Namensschild hinter der Windschutzscheibe von Jo´s Truck. Sie hatte aus dem Gespräch der Männer heraus gehört, dass sie noch ein paar Stunden gemeinsam unterwegs waren, bevor sich jeder in eine andere Richtung auf einem Autobahnkreuz von ihnen trennen würde. Sie war so aufgeregt und aufgekratzt, dass eigentlich an Schlaf nicht zu denken war. Dennoch kämpften ihre Augen gegen die Müdigkeit an. Jo beobachtete Josefine schon eine ganze Weile, wie sie immer wieder gähnte. „Was hältst du davon, schlafen zu gehen, Kleines?“, sprach Jo, doch sie schüttelte nur den Kopf. Erneut gähnte sie herzhaft auf, schloss aber sofort hastig ihren Mund wieder. „Nein wirklich nicht?“, erkundigte er sich noch einmal bei ihr. Zärtlich strich er ihr dabei über die Wange. Josefine schmiegte sich an seine Hand und Jo zog sie zu sich her, sodass sie halb auf der Kühlbox lag, die zwischen den beiden Sitzen stand. Er bettete ihren Kopf auf seinen Oberschenkel. „Nein, ich möchte noch nicht ins Bett.“, flüsterte sie protestierend. „Hey, Big Daddy, schläft unser Juwel schon?“, erkundigte sich Armin über den Funk. Jo griff zum Gerät. „Nein, noch nicht ganz Green Horn. Im Moment dient mein Oberschenkel ihr als Kopfkissen.“. Ein allgemeines Gelächter war über den Funk zu hören. „Hey, Big Daddy, pass bloß auf, dass sie dich nicht aus Versehen in den

Schenkel beißt.“, kam es über den Funk amüsiert zurück. „Oder wo anders hin.“, gluckste eine andere männliche Stimme. Wieder herrschte ein allgemeines Gelächter. „Glaub mir, Catwiesel, soweit wird es nicht kommen.“, zog Jo amüsiert Felix auf. „Ok Jungs, ich werde mich jetzt leider von euch verabschieden. Hey, Big Mama, denk daran, sollte Big Daddy dir nicht folgen, dann weißt du ja, was zu tun ist.“, hörte Josefine Armin sagen, dabei kicherte sie leise auf. Denn sie hatte die ganze Zeit dem Gespräch der Männer gelauscht. Verschlafen sagte sie: „Auf die Nase hauen.“. Jo gluckste auf und bebte am ganzen Körper. „Hey, Green Horn, weißt du, was sie gerade gesagt hat?“, hakte Jo bei Armin über den Funk nach. „Ich kann es mir denken.“, meinte Armin amüsiert kichernd. „Wart mal, Green Horn, sie soll es dir selber sagen.“, sagte Jo und hielt Josefine den Funk an den Mund. „Auf die Nase hauen.“, wiederholte sie die Worte müde. Wieder hörte man ein allgemeines, lang anhaltendes Gelächter über den Funk. „Möchte bloß wissen, von wem sie das wohl hat, Green Horn?“, sagte Jo vergnügt zu den anderen. „Von mir ganz bestimmt nicht, Big Daddy.“, quasselte Shadow, alias Frank, über den Funk. „Und von mir schon gleich dreimal nicht.“, lachte Sir Parceywall, alias Percy. „Ich weiß gar nicht, was Big Mama damit meint.“, gluckste Catwiesel, alias Felix im Hintergrund in den Funk. „Also, ich wünsche euch was, ich bin dann mal weg. Gute Nacht, Big Mama und viel Spaß. Wir sehen uns am Ende der Woche wieder.“, verabschiedete sich Armin, alias Green Horn, über den Funk bei Josefine und seinen Kollegen. Die Müdigkeit, gegen die Josefine ankämpfte, gewann schließlich die Oberhand. Ihr wurden die Lider schwer, sodass sie die Augen nicht mehr länger offen halten konnte. Jo streichelte sanft über Josefine´s Wange. Sie schlief jetzt tief und fest. Eigentlich hätte er darauf bestehen müssen, dass sie zu Bett ging, aber er brachte es nicht über´s Herz. Er konnte sich selbst noch daran erinnern, wie aufgeregt er war, als er das erste Mal mit seinem Vater auf große Tour ging. Er stellte den Funk leiser und schaltete den CD-Player ein, machte es sich auf dem Fahrersitz bequem, dabei achtete er darauf, dass er Josefine nicht weckte. Nach und Nach verließen ihn seine Kollegen. Nur Percy hing ihm noch am Arsch seines LKWs. Kurz bevor auch er sich von Jo trennte, machten sie noch einmal eine kurze Pause. „Autsch, das sieht aber nicht besonders bequem aus.“, meinte Percy amüsiert, als Jo die Tür seines Truck´s öffnete und sah,

wie Josefine über der Kühlbox hing und ihren Kopf auf Jo´s Oberschenkel gebettet war. „Der Kleinen werden morgen bestimmt alle Knochen weh tun.“, murmelte Percy leise, während Jo Josefine vorsichtig weckte und sie in die Koje verfrachtete. „Sie wird es überleben. Aber sie war so stur vorhin, sie wollte mit aller Gewalt wach bleiben.“, knurrte Jo und sprang aus seinem Führerhaus. „Von wem sie das wohl hat?“, entgegnete ihm Percy mit einem breiten Grinsen im Gesicht. Sie stellten noch schnell eine Stange Wasser in die Ecke, bevor sie sich von einander verabschieden. Anschließend stiegen sie in ihre Truck´s und fuhren in getrennte Richtungen weiter. Percy meinte bevor er zu seinem Truck ging noch: „Pass bloß gut auf unser kleines Juwel auf!“, dabei schlug er Jo kameradschaftlich auf den Rücken.
Josefine hatte mit Jo eine wunderschöne Woche erlebt. Nachdem sie Jo´s Ladung abgeladen hatten, fuhr er in ein kleines Motel mit Meerblick, das er von zu Hause aus schon für zwei Tage gebucht hatte. Mit zwei separaten Schlafzimmern natürlich. Doch Nacht für Nacht schlich sich Josefine zu Jo ins Bett und kuschelte sich an ihn. „Ich dachte, du hast ein eigenes Bett?“, brummte er jedes Mal, wenn sie zu ihm kam, schickte aber Josefine nie zurück in ihr Bett. Jo zeigte ihr so manch reizendes Fleckchen, das Spanien zu bieten hatte. Gemeinsam schauten sie sich Barcelona an, gingen im Meer schwimmen oder liefen gegen Abend barfuß durch den noch immer von der Sonne aufgeheizten Strand. Josefine´s Vater Karl rief täglich gegen Abend an und erkundigte sich bei ihr, was sie den ganzen Tag erlebt hatte. Josefine plapperte dann auch so gleich immer los und erzählte ihm von den täglichen Aktivitäten, die sie mit Jo unternommen hatte. Von dem leckeren Eis, bis zum Schwimmen im Meer. Von dem riesigen Markt, den sie besucht hatten, um dort noch etwas Obst für die Rückreise einzukaufen und noch vieles mehr. Jo, der normalerweise am liebsten bei Nacht fuhr, nicht nur in fernen heißen Ländern, machte diesmal Josefine zu liebe eine Ausnahme und fuhr bei Tag nach Hause. Sodass die Kleine aus dem Staunen über die abwechselnde Landschaft nicht mehr heraus kam. Hin und wieder legten sie einen Stopp ein, um etwas zu essen oder einfach nur für eine kurze Zeit die Füße zu vertreten. Nachdem Jo´s Lenkzeit vorüber war und auch noch gut überschritten, hatten sie einen reizenden Autohof erreicht, der eine gemütliche Terrasse nach hinten hinaus hatte. Weg von all dem Lärm und Gestank

der Autobahn und Tankstelle. Im Autohof herrschte viel Trubel. Jo meinte beim Betreten des Rasthofes: „Normal ist hier nicht so viel los, aber es ist Ferienzeit.“. Sie ergatterten sich einen Tisch, von dem ein Ehepaar mit seinen Kindern gerade aufgestanden war. „Ich besorge uns etwas zu essen. Kannst ruhig die Krallen ausfahren, wenn sich jemand unseren Tisch unter den Nagel reißen will.“, sagte er scherzhaft und begab sich zur Essensausgabe. Es dauerte lange, bis er mit einem Tablett zu Josefine zurück kehrte. „Oh, riecht das lecker.“, sagte sie und fächelte dabei mit der Hand den Duft des Essens in ihre Nase. Jo grinste über ihr Verhalten, das er schon so oft bei ihr gesehen hatte und ihm sehr vertraut war.
Ein älteres Ehepaar trat zu ihnen an den Tisch und erkundigte sich höflich, ob sie sich zu ihnen setzen dürften. Jo blickte nur kurz von seinem Teller auf und nickte. „Fahren sie in die Ferien?“, erkundigte sich die ältere Dame bei den beiden. Jo schüttelte den Kopf und schon plapperte Josefine los. Sie erzählte ihnen voller Solz wo sie waren, was sie erlebt hatten und dass sie jetzt auf dem Nachhauseweg sind. „Wooow, das ist aber toll, dann wirst du bestimmt noch viele Länder bereisen und sehen in deinen Ferien, wenn dich dein Papa auf seine Touren mit nimmt.“, meinte die ältere Dame, dabei fing Josefine leise an zu kichern. „Sie ist nicht meine Tochter.“, knurrte Jo mit vollem Mund, ohne das Ehepaar anzublicken. „Wirklich nicht? Sie sieht Ihnen aber wirklich sehr ähnlich, bitte entschuldigen Sie, aber auf den ersten Blick könnte man es gut meinen.“, entgegnete die Frau verlegen. „Nein, sie ist die Tochter meines Bosses.“, antwortete Jo, weil er meinte, so die Sache auf sich beruhen lassen zu können.
Die Sonne neigte sich langsam über den Rasthof und Jo und Josefine saßen auf zwei Campinghockern vor Jo´s Truck. Jo hatte sich von einem ausländischen Kollegen einen Bierkasten ausgeliehen, den sie als provisorischen Tisch für das Mensch ärgere dich nicht Spiel nutzten. Immer wieder mussten sie ihr Spiel unterbrechen, weil sich die drei ausländischen Trucker ein Bier aus dem Kasten holten. Jo hatten sie ebenfalls ein Bier angeboten, doch er lehnte dankend ab. Als sich der Eigentümer des Bierkastens weitere Flaschen daraus angelte, sprach er Jo an. „Kleine gut spielen. Du müssen aufpassen, das nicht mogeln.“, sagte dieser im gebrochenen Deutsch, dabei blickte er Josefine an, die amüsiert vor ihm saß, weil sie Jo schon wieder vor dem Loch geworfen hatte. Jo schüttelte energisch den

Kopf und fuhr sich durch seinen Ziegenbart. „Das darf doch nicht wahr sein! So langsam glaube ich wirklich, dass du schummelst.“, rief er laut beim Aufstehen und hielt sich verärgert die Hände vors Gesicht. Der ausländische Kollege lachte schallend auf. Durch sein Lachen wurden seine Begleiter magisch angezogen. Er sprach mit seinen Kollegen und da sie ebenfalls in schallendes Gelächter verfielen, war anzunehmen, dass er ihnen erklärt hatte, was hier los ist. „Ich heißen Ivan.“, stellte sich der Bierkasteneigentümer vor und hielt Jo freundlich die Hand hin. Jo ergriff diese und antwortete: „Jo, und das ist Josefine.“, verkündete er sichtlich stolz. Ivan hielt ebenfalls Josefine die Hand entgegen. Dann blickte er neugierig zu Jo. „Deine Tochter? Sie sehen dir sehr ähnlich.“. Jo schüttelte den Kopf. Hört denn das nie auf, dachte er sich. „Sie ist die Tochter meines Bosses.“, erwiderte Jo und Ivan hob eine Augenbraue. „Deine Boss großes Vertrauen haben zu dir.“, sprach Ivan und drückte Jo eine volle Bierflasche in die Hand. Ivan sagte etwas zu einem seiner Kollegen, der kurz darauf mit einer Dose Coca Cola wieder kam und diese an Josefine weiter reichte. Dann stießen sie alle gemeinsam an. „Nastrovje!“, rief Ivan in die Runde. Im Anschluss stellte er den beiden seine Kollegen Pawel, Igor und Oleg vor. Der Abend wurde richtig lustig, vor allem, als Igor Josefine nach ihrem Funknamen fragte. Als er hörte, dass dieser Big Mama lautete, legte er den Kopf in den Nacken und lachte schallend auf. „Du nix aussehen wie dicke Frau und du zu jung für Mama. Seine Name, Big Daddy passen.“, gluckste er, dabei zeigte er auf Jo. „Er Riese, aber deine Name nix passen. Aber egal, nix jeder muss wissen, dass Big Mama, nettes, junges, reizendes Mädchen ist. Aber ich jetzt wissen, wer Big Mama ist und ich funke, wenn ich höre Big Mama.“, sagte Igor amüsiert und zwinkerte Josefine schelmisch mit einem Auge zu. Sie nickte und versuchte dabei das Gähnen zu verbergen, was Jo nicht entgangen war. „Ich glaube für dich wird es Zeit.“, meinte Jo zu Josefine, diese stand ohne Protest auf, verabschiedete sich von den Männern und kroch in die Koje. Während Jo sich noch weiter mit den russischen Fahrern eine Zeit lang unterhielt. „Liebes Mädchen, du gut aufpassen auf Josefine.“, meinte Ivan, als sich Jo von ihnen verabschiedete, um ebenfalls zu Bett zu gehen. Jo lag noch lange wach in der Koje und dachte über vieles nach. War es ein Fehler, der Kleinen einen langersehnten Traum zu erfüllen? Sehen sie sich wirklich so ähnlich? Das die Leute glaub-

ten, sie seien Vater und Tochter... Vieles ging ihm in dieser Nacht durch den Kopf. Josefine, die sich, wie jede Nacht, an Jo kuschelte, murrte kurz auf, als er sich vorsichtig drehte. „Du Jooooo“, flüsterte sie. „Hmmmm“, brummte er, „Ich wäre so froh, wenn du mein Vater wärst.“, gab sie im Halbschlaf von sich. Jo´s Augen sprangen auf und in ihm schrillten laute Alarmglocken. „Verdammt Josefine, sag so etwas nie wieder! Hast du mich verstanden?“. Josefine nickte und kuschelte sich wieder an ihn. Jo dachte schon, dass sie wieder eingeschlafen wäre, doch plötzlich kam von Josefine: „Wieso nicht?“, wollte sie von ihm wissen. „Weil Karl dein Vater ist und nicht ich.“, knurrte er leicht verärgert mit zusammen gebissenen Zähnen. „Jawohl Papa.“, sagte Josefine und zog ihn an seinem Spitzbart. „Josy, ich meine es ernst, wenn du damit nicht aufhörst, nehme ich dich nie wieder mit. Verstanden?“, bemerkte er mürrisch und verärgert. Josefine wusste ja nicht, wie schwer es ihm viel, das zu ihr zu sagen. „Ok“, hauchte sie. Nach einer ganzen Weile, Jo glaubte schon, sie sei jetzt endlich wieder eingeschlafen, meinte sie vorsichtig: „Aber Big Daddy darf ich schon noch zu dir sagen?“. Jo seufzte laut auf. „Ja Kleines, das darfst du, aber jetzt schlaf wieder. Morgen um diese Zeit werden wir zu Hause sein.“, sprach Jo, drückte ihr ein Küsschen auf den Scheitel und legte seinen freien Arm beschützend über sie. „Ich würde so gerne immer bei dir sein.“, murmelte sie leise. „Ich weiß Kleines, schlaf jetzt.“, drängte Jo sie. Auch er hätte sie nur zu gern immer bei sich gehabt. Er mochte das kleine, quirlige Mädchen schon immer. Er war stolz, dass die Kleine so an ihm hing. Sie konnte noch nicht einmal richtig laufen, hatte Josefine sich schon an seine Beine geklammert und machte einen riesen, brüllenden Aufstand, wenn Karl oder Astrid sie davon abhalten wollten. Ja, sie war all die Jahre ein kleines Klammeräffchen, das es faustdick hinter den Ohren hatte.
Am nächsten Morgen, nachdem sie beide ausgiebig gefrühstückt hatten, reihte sich Jo in den fließenden Verkehr ein. Ivan und Igor waren schon bei Zeiten, wahrscheinlich noch in der Morgendämmerung, aufgebrochen. Jo hatte gehört, wie sie gestartet waren, aber er war zu faul, aufzustehen, um Tschüss zu sagen. Nach ein paar Kilometern, verdichtete sich der Verkehr. Über den Funk hörten die beiden einen Trucker fluchen. „Verdammte Scheiße! Hier fliegen die Autos nur so durch die Gegend.“. Ein weiterer krächzte: „Mann oh Mann, hier sieht es aus, wie auf einem Schlachtfeld. Himmel haben die einen an

der Klatsche? Springen zwischen den fahrenden Autos herum. Diese Idioten!", hörten sie beide über den Funk mit. „Hier ist kein Durchkommen mehr Leute.", meinte ein weiterer Trucker, um seine Kollegen zu informieren. Jo, der schon fast stand, zog seinen LKW noch weiter nach rechts, um für die Rettungsfahrzeuge Platz zu machen. Und schon hörten sie auch von Weitem das Martinshorn, welches sich mit verräterischem Tatütata schnell näherte. Kurze Zeit später berichtete ein Fahrer wiederum über den Funk, dass die Autobahn dicht gemacht wurde.
Geschlagene drei Stunden standen die beiden in einer Vollsperrung. Nur langsam fing der Verkehr wieder an zu rollen. Die Wartezeit verbrachten sie mit Karten spielen und lauschen am Funk, was es draußen so Neues gab. Immer wieder unterhielt sich Jo mit einem Fernfahrerkollegen, den er kannte. Plötzlich hörten sie beide: „Igor ruft Big Daddy.", über den Funk. Jo antwortete sofort: „Big Daddy hört, was gibt's Igor?", ein langes Knacken und Rauschen kam aus dem Funkgerät. „Big Daddy, ist Big Mama schon wach?", erkundigte sich Igor über den Funk. Jo blickte schmunzelnd zu Josefine. „Ja Igor, Big Mama ist wach und überlegt gerade, in welchem Spiel sie mich wieder schlagen kann.". Sie konnten beide Igor über den Funk laut lachen hören. „Hey, Big Mama, ich haben Würfel gefunden, vor Reifen heute Morgen. Würfel bei mir in Aschenbecher. Du kriegen wieder, wenn wir uns nächste Mal sehen. Solange ich aufpassen auf ihn.". Jo reichte Josefine den Funk. „Danke Igor und gute Fahrt.", sprach sie routiniert, als ob sie schon immer dabei gewesen wäre, in das Funkgerät. Aber von Igor kam keine Antwort mehr zurück. Vermutlich war er schon außerhalb der Funkreichweite. Jo lachte auf und zog Josy zu sich. „Ich werde den Verdacht nicht los, dass du mit deinen gerade mal zwölf Jahren schon den Männern den Kopf verdrehst. Weißt du, Igor war gestern Abend ganz von dir angetan. Er hat mir erzählt, dass er ebenfalls eine Tochter in deinem Alter hat, sie aber noch nie auf die Idee gekommen wäre, ihn in den Ferien zu begleiten.", meinte Jo amüsiert zu ihr. Ring, Ring, Ring, diesmal klingelte Jo´s Handy. Ein Blick von ihm auf sein Display verriet ihm, dass Karl der Anrufer war. Deshalb reichte er sogleich Josefine sein Handy. „Willst du ran gehen? Es ist dein Vater.". Josefine schüttelte den Kopf. Also nahm Jo den Anruf doch selbst entgegen. „Hallo Karl, wir haben noch ca. dreihundert Kilometer vor uns. Sind von einem Stau in den nächs-

ten geraten und eine Vollsperrung liegt gerade hinter uns. Klagen gibt es keine.", berichtete Jo seinem Chef fröhlich, dabei kicherte er vergnügt ins Telefon hinein. Daraufhin gab es ein langes Schweigen und Jo hörte seinem Gesprächspartner am anderen Ende der Leitung lange zu. Josefine konnte sehen, wie sich Jo´s Miene von einer Sekunde auf die andere verhärtete. Er fing laut an zu fluchen und haute mit seiner Hand auf sein Lenkrad vor sich. „Verdammt Karl, wir hatten eine andere Abmachung.", schrie er verärgert und wutentbrannt ins Handy. Josefine´s Vater sagte irgendetwas, doch was er sagte, konnte sie leider nicht hören. „Ja verdammt, ich weiß genau, wie gefährlich die Strecke ist. Ja ich weiß, du bist der Boss. Aber verdammt Karl, trotzdem hatten wir eine andere Abmachung.", knurrte er ernst ins Telefon. „Weißt du was, ich denke es ist besser, wenn du es ihr selbst sagst, denn ich will für diese Tränen diesmal nicht verantwortlich sein.", sprach Jo gereizt ins Telefon, danach reichte er sein Handy an Josefine weiter. „Dein Vater will mit dir sprechen.", zischte er verärgert. Jo kochte innerlich. Am liebsten würde er später in Karl´s Büro spazieren und ihm eine in die Fresse hauen. Wie konnte er nur seine Abmachung brechen, das war nicht fair der Kleinen gegenüber. Josefine begrüßte ihren Vater freundlich und wollte ihm sogleich auch alle Geschehnisse des Tages berichten. Doch er fiel seiner Tochter sofort ins Wort. Jo sah, wie Josy sich abrupt versteifte, einmal heftig durchatmete und dann ins Handy brüllte: „Du kannst mich mal.". Danach drückte sie die Ausschalttaste. Jo zog eine Augenbraue hoch, als er sie von der Seite aus anblickte. „Verdammt harte Worte von dir.", meinte er und zog ihr sein Handy vorsichtig aus den Händen. Josefine sprach von da an kein Wort mehr, verschränkte ihre Arme vor der Brust und bockte. Eine einzelne Träne verließ ihr Auge und bald darauf folgten noch weitere. „Shadow ruft Big Daddy.", hörte man jetzt über den Funk. „Big Daddy hört.", antwortete Jo etwas missgelaunt. „Sag mal, gibt es Zoff im Paradies?", hörten sie eine ihnen sehr bekannte Stimme über den Funk kommen. „Nein Shadow, alles ok bei uns. Wie kommst du darauf?", hakte Jo bei seinem Kollegen und Kumpel nach. Frank lachte schallend ins Funkgerät. „Na, weil es so aussieht, als ob unser kleines Juwel nicht ganz einverstanden ist mit dir. Also, was hast du wieder einmal angestellt?", gluckste Frank amüsiert über den Funk. „Woher willst du das wissen Shadow?", erkundigte sich Jo neugierig. Wieder lachte Frank über den Funk laut auf. „Würdest du einmal mehr auf deine Umgebung achten und auch nicht so im Schneckentempo über die Autobahn kriechen, hättest du schon längst bemerkt, dass ich genau neben dir bin.“, lachte Frank und winkte zu Jo hinüber. „Also, was hast du ausgefressen?“, wollte Frank von Jo wissen. „Ich nicht, sondern Karl. Er hat mir am Sonntag die Russlandtour auf die Nase gedrückt und Josy verboten, mit mir zu kommen.“, brüllte er verärgert seinen Kollegen durch den Funk an. Mit der anderen Hand zeigte er Frank eine Faust durch das Fenster. „Hey Big Daddy, wenn du jetzt nicht endlich mal Gas gibst, schiebe ich dich von der Fahrbahn.“, ermahnte ihn eine weitere bekannte Stimme über den Funk. Jo bebte vor lachen, als er auf seinen Tacho blickte und bemerkte, dass er mit sechzig Stundenkilometern über die Autobahn tuckerte. Normal war es eher so, dass er Gas gab, wenn er innerlich kochte. „Dann tu es einfach Catwiesel, uns pressiert es heute nicht.“, rief Jo verärgert in den Funk hinein. Felix lachte auf. „Wenn es stimmt, was ich da gerade gehört habe, würde es mir auch nicht pressieren Big Daddy.“, meinte Felix, der ganz genau verstand, warum Jo so außer sich war. „Aber mir pressiert es, denn ich muss pissen. Also, ihr zwei Elefanten, macht endlich Platz da vorn.“, kicherte eine weitere Stimme in den Funk. „Hey Big Daddy, hast du gehört? Sir Parceywall muss pissen.“, alberte Felix amüsiert über den Funk. „Ich auch, also gebt endlich Gas ihr zwei.“, mischte sich eine andere Stimme ein. „Hört, hört, gleich zwei, die pissen müssen. Wo steckt ihr beide? Green Horn, Sir Parceywall?“, hakte Felix bei den beiden nach. „Kurz hinter euch, Shadow.“, hörte er durch ein lautes, raschelndes Nebengeräusch über den Funk. Shadow, alias Frank, gab Gas, um endlich das Elefantenrennen zu beenden und setzte beim nächsten Autohof den Blinker. Jo, Percy und Felix taten es ihm gleich. Nachdem die Männer ausgetreten waren, rollte auch schon Armin an. Er parkte seinen Truck ebenfalls und rannte ohne Worte umgehend zum WC. Die anderen Männer lachten laut auf und blickten Armin hinterher, wie er die Füße unter die Arme nahm. Unter lautem Gejohle begrüßten sie Armin, als er wieder zurück zu seinen Kollegen kam. Fragend blickte er dabei Jo an, dieser berichtete kurz von dem Gespräch mit Karl und wie Josefine reagiert hatte. Josefine war die ganze Zeit im Truck sitzen geblieben, sie bockte noch immer. Über was sich die Männer da draußen unterhielten, bekam sie nicht mit. Sie sah nur, dass Jo etwas zuvor gesagt hatte und Percy ihm den Vogel zeigte und auch Frank schüttelte den Kopf. Kurz darauf ließ Armin seine Kollegen stehen und kletterte zu Josefine ins Führerhaus. Er wusste, wie er sie nehmen musste, schließlich hatte er über all die Jahre reichlich Erfahrung gesammelt, wie man sie am besten tröstete. „Hallo Kleines, bitte entschuldige, dass ich zuerst austreten musste, bevor ich dich begrüßen komme. Aber sonst hätte ich in die Hosen gemacht.“, sprach er sie an, ohne auch nur eine Reaktion von ihr zu erhalten. Josefine sagte zuerst nichts und schwieg weiter. Armin zog sie in seine Arme. „Komm, lass uns eine große Portion Pommes essen gehen. Diese hier sind die besten, die man hier im Umland bekommt.“, versuchte Armin sie zu locken, doch Josefine schüttelte den Kopf. Armin schob Josefine ein wenig von sich. Ihm war da spontan eine Idee in den Kopf geschossen, nach dem Jo ihm erzählt hatte, was los war. „Na komm schon, wir finden eine Lösung. Weißt du, ich war ein einziges Mal mit auf dieser Route. Und glaub mir, ein Mal und nie wieder, das habe ich mir damals geschworen. Man kann nur kurz zum Tanken und zum Be- und Entladen anhalten. Wir hatten Angst, dass man uns während der Fahrt den Truck unter'm Arsch wegklauen würde. Es ist wirklich gefährlicher, als du es dir wohl vorstellst. Deshalb schickt dein Vater auch nur immer zwei zuverlässige Männer auf diese Tour.“. Josefine fing wieder an zu weinen und warf sich Armin in die Arme. „Er ist so gemein.“, schluchzte sie und durchnässte, wie üblich, Armin´s Shirt. „Ich kann dich verstehen, Kleines.“, tröstete Armin sie und strich ihr sanft über den Rücken. Als Armin merkte, dass der Tränenstrom verebbt war, schob er sie etwas von sich. „Besser?“, fragte er und Josy nickte. „Du hättest ruhig Jo unters Lenkrad pissen können.“, meinte sie dabei und wischte sich die Tränen aus den Augen. Armin lachte schallend auf. „Ich glaube den Gestank hättest auch du die letzten hundert Kilometer nicht ausgehalten.“. Josefine kicherte auf und wischte sich mit dem Handrücken die aller letzten Tränen aus dem Gesicht. „Dann wäre ich halt mit dir gefahren.“, scherzte sie und ein kleines Lächeln machte sich auf ihrem Gesicht breit. „Oh, du kleines Luder. Na komm, lass uns Pommes essen gehen. Ich habe nämlich einen mächtigen Hunger.“. Als Josefine zusammen mit den Männern über den Rastplatz schlenderte, nachdem sie alle zur Begrüßung fest umarmt hatte, war es so heiß, dass der Asphalt vor ihnen flimmerte. Die Wärme, die dieser ausstrahlte, war unerträglich. Barfuß hätte man sich bestimmt die Füße verbrannt, dachte sich Josefine. Armin bestellte eine XXL Pommesplatte. Während sie auf diese und die Getränke warteten, sprach Armin Josefine an. „Sag mal Josy, du bist doch jetzt offizieller Beifahrer unseres Teams. Mir ist zu Ohren gekommen, dass du verdammt gut im Landkarten lesen bist.“, meinte Armin spitzbübisch. Josefine begann zu kichern, blickte aber zugleich Jo grimmig an. „Wenn die Karte nicht gerade einen Abflug durch das offene Fenster macht.“, prustete sie hervor und hielt sich den Bauch mit den Händen vor lachen. Dann wurde sie wieder ernst. „Von wem weißt du es?“, hakte sie bei Armin nach und ihr Blick wurde noch grimmiger. Sie blickte von Mann zu Mann, dabei blieb ihr Blick an Jo hängen. „Von mir nicht.“, versuchte er sich zu verteidigen. Felix räusperte sich. „Von mir.“, gab er leise zu. Josefine´s Blick wanderte auf Felix. „Und von wem weißt du es?“, bohrte sie nach und Felix zeigte ganz langsam mit dem Finger auf Jo. „Also doch!“, murrte sie entrüstet und stemmte ihre Arme in die Hüften. „Kleines“, knurrte er und griff nach einer Pommes. „Wir sind ein Team und du gehörst genauso dazu. In einem Team gibt es keine Geheimnisse.“, sagte er und schob sich die Pommes in den Mund. Percy hüstelte in seine Faust bei Jo´s Worten. „Also nochmal Josy. Ich brauche ganz dringend jemanden, der mich nach Brüssel und Paris begleitet. Weil, wie schon gesagt, ich bei meiner letzten Rast wahrscheinlich dort meine Brille vergessen habe und im Navi dieser verflixte Ort nicht eingegeben ist.“, wandte sich Armin an die Kleine. Josefine begann darauf hin zu kichern. „Also, das Brillenproblem können wir gleich lösen.“, sagte sie und zog Armin seine Lesebrille vom Kopf, um ihm diese unter die Nase zu halten. „Oh!“, entfuhr es ihm dabei. Sogleich brach das gesamte Team am Tisch in schallendes Gelächter aus. „Dann haben wir noch weitere Probleme. Frank muss demnächst nach Ungarn. Bei seiner letzten Tour wollte er gar nicht mehr Heim kommen, da er sich Hals über Kopf in eine ungarische Schönheit verliebt hat. Erst später erzählte er uns, dass es keine Frau war, sondern eine rassige Vollblutstute.“. Josefine schüttelte grinsend den Kopf. „Ja und Felix wird demnächst nach Athen aufbrechen. Als er das letzte Mal dort war, hatte er sich verfranzt und irrte geschlagene zweieinhalb Stunden durch Athen und kam zum Schluss mit verdorbenen Oliven hier an.“, meinte Armin breit grinsend und blickte dabei seinen Kollegen Felix amüsiert an. Josefine hielt sich den Bauch vor lachen. „Stimmt gar nicht, Ar-

min. Was kann ich dafür, dass das olle Kühlaggregat verreckt ist und keiner das Teil reparieren konnte, weil es keine Ersatzteile gab.“, verteidigte sich Felix schnell und verdrehte dabei die Augen. Wieder hörte man allgemeines Gelächter am Tisch. Aber, bevor Armin weiter reden konnte, kamen auch schon die Getränke. „Und Percy? Was für eine Anklage hat du gegen ihn vor zu bringen?“, fragte Josefine neugierig. Jo grinste schon die ganze Zeit darüber, ihm war klar, dass Josefine die Männer schon lange durchschaut hatte. „Oh ja, Percy. Naja, da gibt es eine Stadt Namens Salzburg, wunderschön bei Nacht. Doch am Tage sehr gefährlich für ihn, denn im Festspielhaus gibt es einen kleinen Laden, der die aktuellsten Opern als CD verkauft. Das letzte Mal hat er seinen ganzen Monatslohn dafür ausgegeben.“. Josefine nickte grinsend, mopste sich eine Pommes von der neuen Platte, die gerade gebracht wurde und schmunzelte. Jo bog sich schon die ganze Zeit vor lachen. „Jungs, die Kleine hat euch schon lange durchschaut.“, meinte er fröhlich in die Runde. Armin hob eine Augenbraue und schob sich eine Pommes in den Mund. „Und wie sieht es aus Josy, begleitest du mich nächste Woche nach Belgien und Frankreich?“. Josefine ließ Armin zappeln, denn ihre Entscheidung stand schon lange fest. Sie tat so, als ob sie noch überlegen würde, bevor sie sagte: „Wenn es mein Vater und Jo erlauben, dann ja.“. Armin nickte zufrieden und blickte dabei zu Jo. „Glaub mir, das wird schon klappen. Ich habe da eine Idee und mit Jo werde ich auch schon fertig.“. Zur Demonstration versuchte er aus seinem Oberarm ein Muskelpaket zu formen, was natürlich in die Hose ging und wieder einmal in einem Lachanfall von Jo endete. Als er sah, wie Armin mit seinem Zeigefinger von hinten seinen Bizeps hervor drückte, um seine angeblichen Muskeln zu zeigen.
Karl Jansen, wartete schon sehnsüchtig und ungeduldig auf dem Hof seiner Firma. Auf seine Leute und vor allem auf seine Tochter. Er war noch nicht einmal richtig aus seinem Auto ausgestiegen, fielen auch schon seine Männer, wie ein Schwarm wilde Hornissen über ihn her und tischten ihm die sensationellsten Geschichten auf. Nur Jo nicht, er lehnte lässig mit verschränkten Armen an seinem Truck und grinste frech über das Gesicht. Josefine stand daneben. Karl hörte sich das Geplapper der Männer fast eine Viertelstunde lang an. Dann gab er sich geschlagen und meinte: „Meinetwegen, wenn sie will, Armin, kann sie dich am Sonntag begleiten.“, sprach Josefine´s

Vater seufzend. Flott schnappte er seine Tochter und schob sie ins Auto. Das Gepäck von ihr warf er kopfschüttelnd in den Kofferraum seines Mercedes, stieg ein und zügig fuhren sie los. An einer roten Ampel, die in die Innenstadt führte, lachte er schallend auf und schlug mit der Hand auf´s Lenkrad. „Oh Gott Josefine, was hast du mit den Vieren nur angestellt? Die waren ja schlimmer als hundert gackernde Hühner. Ich habe mich innerlich gebogen vor lachen, Schatz. Vor allem, als Armin mir die Geschichte mit der vergessenen Brille auftischen wollte.“, kicherte Karl hinter dem Lenkrad hervor und blickte zu seiner Tochter hinüber. „Grün, Papa“, entgegnete Josefine nur. Abermals lachte Karl auf und fuhr los. „Weißt du, ich habe genau gesehen, dass Armin dir die Brille zuvor in die Jackentasche gesteckt hatte. Ich wusste gar nicht, dass meine Fahrer so einfallsreich sein können. Statt gerade heraus zu sagen: Karl, ich nehme deine Tochter nächste Woche mit auf Tour, wenn das für dich ok ist.“, sprach er zu Josefine hinüber, die gerade dabei war, Armins Brille aus ihrer Jackentasche zu fischen. „Du Papa, könnten wir nochmal umdrehen? Ich habe etwas vergessen in Jo´s Truck.“. Karl schüttelte energisch den Kopf. „Nein! Und, falls du mit vergessen meinst, du willst Armin die Brille zurück geben, dann kannst du dir das abschminken. Nun muss er eben bis Sonntagabend ohne sie zurecht kommen. Das hat er sich selbst eingebrockt.“, meinte Karl Jansen breit grinsend und Josefine gluckste auf. „Weißt du, diese fünf Männer sind voll ok. Denen kann man zu hundert Prozent vertrauen und ich würde für jeden einzelnen von ihnen meine Hand ins Feuer legen. Du weißt, was das heißt?“, erkundigte er sich skeptisch bei seiner Tochter und Josefine nickte.
Armin fuhr kurz nach zweiundzwanzig Uhr bei Josefine und Karl vor. Schon von Weitem schmunzelte er, als er sah, wie Josefine mit seiner Brille auf dem Kopf strahlend vor Karl herumhüpfte, der ihre Reisetasche trug. Josefine setzte sogleich Armin die Brille auf den Kopf und umarmte ihn im Anschluss stürmisch. „Na, aufgeregt Kleines?“, fragte er, während er Karl die Hand gab. „Hallo Armin“, begrüßte sein Chef ihn amüsiert. „Wie war dein Wochenende ohne deine Brille?“, wollte Josefine ´s Vater neugierig von seinem Fahrer wissen. „Karl, du wirst es nicht glauben, es war sehr entspannt.“, gluckste Armin und lachte mit seinem Boss um die Wette. Armin blickte auf die Uhr. „Sorry Karl, aber wir müssen leider los. Mein Chef hat mir Terminfracht nach Brüssel aufgedrückt, die ich spätestens

morgen früh abliefern muss.". Karl legte die Stirn in Falten. *Terminfracht?* Dachte er, bevor ihm ein Licht aufging. Er drückte seine Tochter noch einmal ganz fest. „Grüß mir die gackernde Gockelschar, falls sie euch über den Weg läuft beziehungsweise fährt.". Josefine begann zu kichern. „Werde ich machen, Papa, versprochen.", gab sie an ihren Vater zurück, drückte ihm zum Abschied noch einen dicken Schmatz auf und stieg in die Fahrerkabine. Als Armin abfuhr, fragte er: „Was hat dein Vater mit der gackernden Gockelschar gemeint?". Josefine hielt sich den Bauch vor lachen und ein paar Lachtränen liefen über ihre Wangen. Armin stimmte in das Gelächter mit ein, als er die Erklärung dazu hörte. „Er hat euch damit gemeint. Dich, Percy, Frank und Felix. Auf dem Nachhauseweg hat er die ganze Zeit nur über eure grandiosen Geschichten gelacht, die ihr ihm aufgetischt habt. Er hat auch gesehen, wie du mir deine Brille in die Jackentasche gesteckt hast. Als ich fragte, ob wir nochmal umdrehen könnten, weil ich angeblich etwas im LKW vergessen hätte, meinte er sofort strickt „Nein!". Du hättest dir die Suppe selbst eingebrockt.", berichtete Josy ihm unter anhaltendem Gekichere. „Er meinte auch, dass er gar nicht wusste, dass er so einfallsreiche Fahrer angestellt habe. Anstatt sie nur gesagt hätten: „Karl hör zu, ich nehme nächste Woche deine Tochter mit auf Tour.", setzte Josefine hinzu. Armin schüttelte sich vor lachen. „Das hat er wirklich gesagt?", hakte er nochmals nach, da er das Josefine nicht ganz abnehmen wollte. Josy nickte kichernd wild mit dem Kopf. „Du sag mal, macht es dir etwas aus, wenn wir einen kleinen Umweg nach Brüssel machen?", fragte Armin seine Beifahrerin todernst, konnte sich aber ein Grinsen nicht verkneifen. „Umweg? Ich dachte du hast Terminfracht?", konterte sie spontan. „Ich nicht, aber jemand anders. Meinst du, Jo wäre einfach so für vier Wochen von der Bildfläche verschwunden, ohne unserem Juwel Tschüss zu sagen?". Josefine´s Augen wurden riesengroß als sie das hörte. „Du meinst, Jo wartet da draußen irgendwo auf uns?", brachte sie stotternd hervor. Armin nickte ihr lächelnd zu.
Jo blickte auf seine teure Armbanduhr, er saß wie auf Kohlen und sein junger Beifahrer nervte so langsam. Verdammt nochmal, wo steckte Armin. Er sollte doch schon längst da sein. Gerade wollte Jo nach seinem Handy greifen, als er sah, wie Armin auf den Parkplatz fuhr. Kaum hatte Armin seinen LKW zum Stehen gebracht, sprang Josefine auch sogleich hinaus. „Jo, Jo!", rief sie fröhlich und umarmte ihren besten Freund. Jo

grinste über beide Backen und wirbelte Josy durch die Luft. „Hey Kleines, hast du gemeint, dass ich mich für vier Wochen klammheimlich aus dem Staub mache, ohne dir Tschüss zu sagen?“, fragte er sie übermütig und alberte mit ihr immer noch herum. „Sei nicht traurig, dass es so gekommen ist. Aber du kannst stolz sein auf die anderen, so wie sie am Freitagabend deinen Vater bearbeitet haben.“, sprach Jo und setzte sie sanft auf dem Boden ab. Josefine lachte herzhaft auf und ihr kindliches Lachen brachte Jo fast zum Heulen. „Du meinst die gackernde Gockelschar?“, kicherte sie und erzählte ihm schnell, was ihr Vater auf der Heimfahrt gesagt hatte und, dass er das ganze Wochenende lang gelacht habe. Jo drückte Josefine noch einmal ganz fest an sich. „Kleines, ich muss los. Eigentlich sollte ich schon längst die ersten fünfzig Kilometer hinter mir haben.“, sprach er und in seiner Stimme schwang eine gewisse Traurigkeit mit. Er griff nach einer Box, die auf dem Fahrersitz lag und reichte diese an Josefine weiter. „Für mich?“, stutzte sie neugierig und Jo nickte. „Na mach schon auf.“, forderte er die Kleine auf. Josefine riss die Augen auf, als aus der Box ein Handy zum Vorschein kam. „Danke!“, brachte sie fast sprachlos hervor und fiel Jo mit Freudentränen um den Hals. Im Eiltempo erklärte er ihr, wie das Ding funktionierte. „Ich habe von allen die Telefonnummern eingespeichert und eine Truckergruppe erstellt, auf der kannst du die ganzen Bilder von eurer Tour an uns alle schicken. Ich bestehe darauf, dass ich täglich einen Reisebericht und Bilder von dir erhalte.“, sagte er mit etwas zitternder, rauer Stimme. Dann wünschte er Armin und Josy eine gute Fahrt. Er stieg in seinen LKW, winkte noch einmal kurz, warf Josefine noch ein paar Handküsse zu und weg war er. Nach ca. hundert Metern trat Jo noch einmal fest auf die Bremse, legte den Rückwärtsgang ein, öffnete das Fenster und reichte grinsend Josefine´s Namensschild an Armin weiter, winkte noch einmal und diesmal war er dann auch wirklich weg. Auch Armin und Josefine machten sich auf den Weg. Gegen dreiundzwanzig Uhr vibrierte das neue Handy von Josy. Neugierig nahm sie es in die Hand. Sie strahlte über das ganze Gesicht, als sie sah, dass es eine Nachricht von Jo war. Darin stand: *„Hallo Kleines, ich bin noch nicht einmal hundert Kilometer unterwegs und schon vermisse ich meine bezaubernde Beifahrerin, die mich immer zum Lachen bringt. Mein jetziger Beifahrer hat sich leider als ein arrogantes, schleimiges Arschgesicht heraus gestellt. Armin kann sich glücklich*

schätzen, dich als Beifahrerin zu haben. Ich hoffe, ihr werdet viel Spaß auf eurer Tour haben und, dass er dir viel von Brüssel und Paris zeigen kann. So und jetzt wird es Zeit glaube ich, für dich in die Koje zu kriechen. Ich wünsche dir eine gute Nacht, schicke dir eine dicke Umarmung und tausend Gute-Nacht-Küsse. Ich werde versuchen, mich täglich bei euch zu melden. Bussi, Jo.“. Armin lachte laut auf, als Josy im die Nachricht vorlas. „Ich denke, du solltest seinen Befehl befolgen und zu Bett gehen.“, wandte sich Armin an sie. Josefine nickte und krabbelte ohne Proteste in die Koje, zog ihren Schlafanzug an, bevor sie sich noch einmal hinausbeugte, um Armin einen Gute-Nacht-Kuss auf die Wange zu drücken. „Gute Nacht Armin.“, hauchte Josefine zu ihm, dabei strahlte er über das ganze Gesicht. „Gute Nacht Kleines.“. Schnell schickte sie noch eine Nachricht an Jo und schlief auch kurz darauf ein.
Als Josefine am Morgen erwachte, schlief Armin schnarchend neben ihr. Weil sie von draußen Geräusche vernommen hatte, kroch sie leise aus der Koje, schob den Vorhang etwas bei Seite und spähte hinaus. Die Sonne strahlte durch das Fenster hinein und Josy hatte alle Mühe, etwas zu erkennen. Sie standen auf keinem Rastplatz. Soviel konnte sie erkennen, als sie ein großes Metallschiebetor vor sich erblickte, das an einem langen dicken Eisenzaun angrenzte. Dazwischen standen Bäume und Sträucher. Im Innenhof selbst herrschte schon reges Treiben. Tore wurden geöffnet, Hubwagen mit großen, voll gestapelten Paletten wurden auf die Rampe geschoben. Irgendwo quietschte ein weiteres Rolltor und ein Transporter fuhr an die Laderampe. Josefine erschrak, als plötzlich jemand gegen die Fahrertür hämmerte und „Armin“ brüllte. Neugierig kletterte Josefine auf die Fahrerseite und schob auch diesen Vorhang zur Seite. Noch immer klopfte es und eine junge Frau mit einem Säugling auf dem Arm rief seinen Namen. Josefine öffnete vorsichtig die Tür und die Frau starrte Josy an. „Er schläft noch, soll ich ihn wecken?“, erkundigte sich Josefine bei der Frau schüchtern. Doch diese schüttelte verwirrt den Kopf. „Nicht nötig Kleines, bei dem Krach, den Stella da veranstaltet, kann man nicht länger schlafen.“, meinte Armin, der aus seiner Koje hervor krabbelte und Stella verschlafen begrüßte. Mit einer Handbewegung scheuchte er Josefine vom Fahrersitz. Er startete den LKW und fuhr auf‘s Firmengelände. Dort setzte er den Truck rückwärts an eine Verladerampe, öffnete die Ladeluken und gab einem Lagerarbeiter ein Zeichen, dass er abladen

konnte. Danach begrüßte er einen Mann, welcher offensichtlich der Inhaber dieses Betriebs war und stellte ihm Josefine vor. Er betonte dabei stolz, dass sie die Tochter seines Bosses war. Die junge Frau, die an Armin´s LKW geklopft hatte, winkte Josefine zu. Stella deutete an, dass Josefine ihr folgen sollte. Sie führte Josy in eine kleine Küche, in der es einen reichlich gedeckten Frühstückstisch gab. Sogar warmer Kakao stand auf dem Tisch. „Setz dich. Ihr habt bestimmt noch nicht gefrühstückt. Übrigens heiße ich Stella und das ist Aron unser Sohn. Der ältere Herr da draußen ist mein Mann und Aron´s Vater.“, erklärte sie Josefine. Armin und Herr Kronmann, der Inhaber von Brüssel – Group, stießen kurze Zeit später zu den beiden Frauen. Stella erwähnte Josefine gegenüber, dass Armin einen besonderen Service hier in der Firma bekam, wenn sie wussten, dass er auf dem Weg hier her war. Dabei deutete sie auf den reichhaltigen Frühstückstisch. Armin sei auch der einzige der Firma Jansen & Partner, der diesen Luxus bekam. Schließlich hatte er einmal Stella und ihrem Mann bei einem Eilauftrag aus der Patsche geholfen. Josefine ahnte zu dieser Zeit noch nicht, dass sich aus dieser ersten Begegnung heraus, eine langjährige Geschäftsverbindung und Freundschaft entwickeln würde. Armin wählte am nächsten Morgen eine private Autobahn, die von Belgien nach Frankreich führte. Er zahlte hierfür eine enorme Autobahngebühr. Aber die Autobahn wäre gut zu fahren, kaum Verkehr, wie auf den üblichen mautfreien Straßen, dadurch würde man zügiger voran kommen und auch die Nerven schonen. Josefine holte nun nach, die Bilder in die neue Truckergruppe zu stellen, weil der vergangene Abend lang geworden war und sie zu spät zu Bett gekommen waren. Während Armin seinen nächtlichen Schlaf am Tag nachholte nach der Ankunft bei Brüssel – Group, zeigten Stella und Aron ihr Brüssel. Sie stand vor dem Atomium, fuhr mit den beiden durch das Bankenviertel und sah viele weitere Sehenswürdigkeiten von Brüssel. Am Abend luden Stella und ihr Mann sie noch zu einem luxuriösen Abendessen ein.
Josefine drückte gerade die Taste Senden, als es einen lauten Knall gab und der LKW anfing zu holpern. Erschrocken blickte sie zu Armin, der laut fluchte und dabei den Truck auf dem Seitenstreifen zum Stehen brachte. „Das kann ja heiter werden. Ich hoffe, du hast gut gefrühstückt Keines, denn jetzt wird pure Muskelkraft benötigt. Wir haben einen Reifenplatzer.“, sagte Armin und grinste dabei Josefine frech an. „Hinter deinem Sitz

ist ein Warndreieck, bring das bitte mit.“, wies Armin sie an, als er den Truck abstellte und aus der Fahrerkabine kletterte. Josefine sprang aus dem LKW, zog das Warndreieck hinter ihrem Sitz hervor und traf sich mit Armin am Ende des Truck´s. Dort reichte er ihr eine Warnweste. Nun marschierten sie gut fünfhundert Meter auf dem Seitenstreifen der Autobahn zurück. Josefine durfte dort das Warndreieck am Straßenrand aufstellen und Armin stellte zusätzlich ein orange blinkendes Warnlicht etwas weiter in die Fahrbahn hinein. Im Anschluss marschierten sie zurück zum LKW. Dort zog Armin zwei Paar Arbeitshandschuhe aus einer Klappe und reichte eines davon an Josy weiter. „Versuch mal mit dem Ding hier die Schrauben aufzubekommen.“, meinte Armin schmunzelnd und drückte Josefine ein schweres, großes Radkreuz in die Hände. Armin trat lachend zu ihr, als er sah, wie Josefine sich damit abmühte. „Komm, lass mich es mal versuchen.“, doch auch Armin bekam die Schraube nicht auf. Fluchend stapfte er zurück an die Klappe, von wo er zuvor die Handschuhe und das Radkreuz entnommen hatte und zog ein langes, rundes Metallrohr hervor. Jetzt wies er Josefine an, das Radkreuz auf die Schraube zu setzen und gut festzuhalten, während er das Metallrohr auf ein seitliches Stück des Radkreuzes steckte, so dass eine größere Hebelwirkung entstehen konnte. Dann stieg er mit einem Fuß auf das Rohr und die Schraube begann sich ächzend zu lösen. Armin sagte schwer schnaufend: „Jetzt hat die Radmutter den Kampf verloren. So und jetzt du!“, forderte er Josefine auf, die nächste Schraube zu lösen. Josy machte es Armin nach, doch sie rutschte plötzlich mit dem Fuß ab und fiel nach vorn. Ihre Köpfe knallten heftig gegeneinander. Armin, dessen Kopf durch Josefine´s Aufprall nach vorn segelte, prallte mit der Stirn frontal auf den Rahmen des Alufliegers. Armin schrie laut auf vor Schreck und Schmerz, dabei rieb er sich vorne und hinten den Kopf. Auch Josefine schrie vor Schmerz auf und hielt sich ebenfalls ihren Kopf. Josefine lachte trotzdem leise auf, denn auf Armin´s Stirn zeichnete sich innerhalb kürzester Zeit eine mächtige Beule ab. „Harter Schädel, den du da hast, Kleines.“, gluckste er und rieb sich noch immer über seine Birne. „Also auf, nochmal das Ganze von vorn, aber ohne mich diesmal zu demolieren.“, forderte Armin sie noch einmal auf. Josefine schaffte alle Schrauben ohne weitere Zwischenfälle zu öffnen. Nach knapp einer Stunde war es vollbracht und der LKW stand mit einem neuen Reifen zu Abfahrt bereit. Schnell

holten sie noch das Warndreieck und das Blinklicht. Armin reichte Josy zielstrebig eine Mineralwasserflasche. „Wasch ein bisschen dein Gesicht, du siehst zum Fürchten aus, Kleines.", sprach er amüsiert. Josefine gluckste ebenfalls und verdrehte dabei die Augen. „Du übrigens auch.", konterte sie schelmisch zurück. Am nächsten Rasthof machten sich die beiden frisch. Sie schrubbten sich ordentlich den Dreck aus dem Gesicht, den Händen, Armen, sowie Füßen, zogen saubere Kleidung an und schon ging es wieder auf die Straße zurück. Als Josefine einen kurzen Blick auf ihr Handy warf, staunte sie nicht schlecht über die vielen Nachrichten, die darauf eingegangen waren. Sie fing an zu kichern, als sie die Bilder von ihrer Panne sah, welche Armin heimlich von ihr gemacht hatte. Er hatte sie mit dem Kommentar: „Eine echte Truckerlady.", in die Gruppe gestellt. Von Jo kam die Anmerkung: „Hilfe! Freilaufende Wildschweine auf der Fahrbahn." und ganz viele lachende Smileys dahinter. Von Percy kam: „Habt ihr euch im Dreck gesuhlt???" und dazu ein Zwinkersmiley. Frank schrieb: „Habt ihr heimlich den Beruf gewechselt?", anschließend war ein Bild eines Schornsteinfegers zu sehen. Felix schickte ganz viele lachende Smileys und: „In der Tat, eine waschechte Truckerbraut.". Armin kommentierte die angekommenen Nachrichten mit: „Jungs, so viel habe ich in meinen gesamten Tuckerleben noch nie beim Wechseln eines Reifens gelacht. Schadensbilanz: drei Beulen und ein offenes Knie. Grüße, Armin und Josy.". Wieder folgte eine ganze Reihe an lächelnden Smileys.
Armin zeigte Josefine in Paris den Eiffelturm von oben. Das bekannte Moulin Rouge, den Louvre und den Triumphbogen. Er ließ es sich nicht nehmen, vor dem Moulin Rouge von sich und Josy ein Selfie zu schießen, um Jo damit zu ärgern. Er stellte es mit dem Kommentar: „Jungs, heute Abend stürzen wir beide uns ins Pariser Nachtleben.", was natürlich nicht unbeantwortet blieb. Jo sendete ihnen einen knallroten, zornigen Smiley und von den anderen erhielten sie lauter lachende Smileys mit den Kommentar: „Viel Spaß euch beiden und sauft nicht so viel!". Lavendelfelder soweit das Auge reichte, begleiteten sie auf ihrer Reise durch Frankreich. Armin hielt am Rande eines solchen Feldes an und machte mitten drin gemeinsam mit Josefine ein Picknick und auch hier wurden wieder ganz viele Fotos gemacht.
Mit Felix besuchte Josefine eine Woche später Athen. Zum Erstaunen der anderen, kamen sie ohne defektes Aggregat und

mit nicht verdorbener Ware wieder daheim an. „Das kommt nur, weil du Josy dabei hattest.“, zog Percy Felix auf, als sie zu Hause ankamen. Mit Felix kundschaftete sie die alte griechische Stadt aus, sie sah die Akropolis und das Parthenon, die imposante Tempelanlage die hoch über der Stadt thronte, bei mehr als vierzig Grad im Schatten dafür hatte sich der mühevolle Aufstieg dort hin gelohnt. Sie bekamen zur Belohnung einen atemberaubenden Panoramablick über die ganze Stadt. Den Abend ließen sie in einer urtypischen gemütlichen Taverne ausklingen, bei leckeren Gerichten wie Gyros und Co. Im Anschluss schlenderten sie durch die verwinkelten Gassen der Altstadt zurück zum Parkplatz, wo sie Felix Truck geparkt hatten, bevor es am nächsten Morgen heimwärts ging.
Mit Percy besuchte sie Salzburg und Wien. Salzburg erkundeten sie bei Nacht und Josy war über die vielen Lichter der Stadt begeistert. Vor allem die Beleuchtungen der Festung des Schlosses Mirabell, den Dom zu Salzburg und die Getreidegasse faszinierten sie. Als Percy ihr dann auch noch erzählte, dass sie genau vor dem Geburtshaus von Mozart standen, war sie ganz hin und weg. Natürlich war in Wien für Josefine der Höhepunkt, als Percy zusammen mit ihr die spanische Hofreitschule und den Prater besuchten um dort mit dem alten nostalgischen Riesenrad eine Runde zu drehen. Selbst eine Kutschfahrt in dem allzu bekannten Fiaker unternahmen sie. Zu Mittag schlemmten sie in einem reizenden, charmanten Lokal. Wie sollte es auch anderst sein - das berühmte Wiener Schnitzel lag auf ihren Tellern und zum Nachtisch zogen sie sich noch eine Sachertorte und Mozartkugeln rein, bei der Erkundung des Naschmarktes. Am meisten lachten die beiden, als sie noch durch Madame Tussauds Wachsfigurenkabinett schlenderten und Percy sich einfach neben eine Wachsfigur stellte und Leute meinten, er sei ebenfalls aus Wachs obwohl man sah, das er atmete und mit den Augen klimperte. Vor allem, als sich ein älteres Ehepaar an ihm erschreckte, als er sich plötzlich bewegte, kamen sie aus dem Lachen kaum mehr heraus.
Mit Frank machte sie sich auf nach Ungarn an den Plattensee und in die Puszta. Am Balaton gab es einen Nachmittag lang Badespaß pur. Frank mietete ein Tretboot mit Rutsche, von der es dann ab in das glasklare Wasser des Plattensees ging und sie einen Heidenspaß dabei hatten. Auch hier ließen sie den Abend mit einem deftigen ungarischen Abendessen ausklingen, bevor es noch in der Nacht weiter in die Puszta ging. Dort

durfte sie am frühen Morgen mit Frank durch die malerische Landschaft einen langen, geführten Ausritt unternehmen, dabei beobachteten sie riesige Rinder und Schafherden, staunte über die Reitkünste der Hirten und am Abend gab es am Lagerfeuer einen feurigen, ungarischen Gulasch zu essen mit frischem noch lauwarmen Brot.
Es waren damals noch wirklich herrlich interessante und aufregende Ferien für sie geworden. Jo und auch ihr Vater, erkundigten sich fast täglich nach ihren Abenteuern. Am letzten Tag nach ihrer Tour mit Frank, standen Josefine und die Männer im Hof und wuschen ihre Truck´s. Das gehörte ebenfalls zu ihrem Job, denn Karl bestand darauf, dass seine Flotte immer gründlich sauber und vorzeigefähig war. Wer dies nicht beachtete, konnte seinen Hut nehmen, hier kannte ihr Vater kein Pardon. Josy und Frank alberten gerade mit dem Dampfstrahler herum, dabei trafen die zwei versehentlich Armin und Percy, diese trieften nur so vor Nässe. Josefine und auch Frank waren nur noch am Lachen und alberten weiter herum mit der Düse des Dampfstrahlers. Jetzt kamen die zwei durchnässten Kerle den beiden mit ihren gefüllten Eimern gefährlich nah, den sie waren auf Rache aus. In dem Augenblick rollte ein total verschlammter Truck in den Hof und hupte sehr oft hintereinander. Josefine erstarrte, als sie das dreckige Gefährt erblickte. Ihre Augen wurden noch größer, als Jo ganz langsam die Tür öffnete und vorsichtig aus seinem dreckigen Truck stieg und nicht sprang, wie er es sonst immer tat. Er sah grauenhaft aus. Über dem rechten Auge hatte er eine blutverkrustete Wunde, sein linkes Auge war zugeschwollen und leuchtete in allen Farben auf. Von blau über lila, gelb, grün sah man alles in seinem Gesicht. Er machte beinahe einem Regenbogen Konkurrenz. Über seiner Nase klebte ein großes, weißes Pflaster und ein Arm war in einer Schlaufe an seine Rippen gelegt. Er stand da und grinste seine Truppe schief an. Sein junger Beifahrer, sah nicht viel besser aus, als er selbst. „Mein Gott, Alter, bist du gegen einen Amboss gelaufen?“, fragte Armin neugierig und schmunzelte leise vor sich hin. Frank konnte nur mit dem Kopf schütteln. „Hallo Jo, du siehst beschissen aus. Was ist passiert? Seid ihr überfallen worden?“. Jo schüttelte vorsichtig seinen Kopf, dabei schielte er mit dem Auge, welches nicht zugeschwollen war, zu Josefine. „Nein, es war ein Kollege von uns. Ich habe ihm deutlich klar gemacht, dass er in Zukunft um Big Mama einen großen Bogen machen sollte und sie nicht so blöd von der Sei-

te anglotzen soll, denn sie würde ihn nicht ausstehen können.“, antwortete er auf die ihm gestellte Frage mit einem schiefen Grinsen im Gesicht. Josefine schnappte nach Luft, vergaß aber dabei den Mund wieder zu zumachen. Percy legte den Kopf in den Nacken und fing laut an zu lachen. „Sag bloß, dein Alter hat dir eine auf´s Maul gehauen.“, meinte er und die anderen stimmten in sein Gejohle mit ein.

Kapitel

Josefine schlenderte immer noch gedankenverloren über das Gelände, als neben ihr plötzlich ein LKW anhielt. Die Druckluftbremse zischte auf und das Fenster wurde herunter gelassen. Der Song Purpel Rain von Prince drang an ihr Ohr. Sie musste schmunzeln. Armin der Soft Rocker, dachte sie sich. „Hallo Kleines, hast Sehnsucht nach deinem Truck?“, begrüßte er sie fröhlich mit einem breiten Grinsen im Gesicht. „Ja auch, aber eigentlich wollte ich einfach nur mal raus aus der Bude.“, dabei zeigte sie auf den großen Bürokomplex. „Verstehe“, meinte Armin, nickte und öffnete die Tür um auszusteigen. Er umarmte Josefine herzlich zur Begrüßung. „Sei mir nicht böse Kleines, aber du siehst zum Fürchten aus. Die letzten Wochen und Monate waren einfach zu viel für dich. Du bist ja nur noch Haut und Knochen. Isst du überhaupt etwas?“, bemerkte er und drückte Josy noch einmal fest an sich. In dem Moment begann Josefine auch schon zu schluchzen. Tröstend wie in all den gemeinsamen Jahren fuhr er ihr über den Rücken. „Lass es raus Kleines. Halte nichts zurück.“, sprach er leise über Josefine´s Kopf hinweg. Armin hielt sie in den Armen und ihre Tränen flossen bis sein Pulli durchnässt war. Es verging eine ganze Weile bis Josefine´s Tränenstrom versiegt war. Er umfasste ihr Kinn, hob es an und wischte ihr die Tränen ab, wie er es schon so oft getan hatte. „Ich bin bestimmt die schlimmste Heulsusse, die du kennst.“, meinte Josefine. Grinsend strich Armin ihr das Haar aus der Stirn. „Weißt du was, ich habe da eine Idee.“. Armin trat an seinen LKW, kramte hinter dem Fahrersitz herum und zog zwei Dosen hervor. Eine davon warf er Josefine zu, die die Dose aufmerksam mit hochgezogener Augenbraue musterte. „Sag nix Kleine´s, ich weiß das Alkohol am Arbeitsplatz strickt verboten ist, aber ich habe jetzt Feierabend. Der Truck findet alleine in seine Garage und mein Drahtesel kennt den Heimweg auswendig. Wenn du mich nicht an den Boss verrätst, werde ich es auch nicht tun.“, scherzte er amüsiert und zwinkerte ihr dabei zu. Josefine lachte leise auf. „Versprochen“, meinte sie grinsend und schüttelte dabei den Kopf. „Komm lass uns darüber auf die Rampe gehen.“, schlug Armin vor und schon zog er Josy mit sich zu einer Verladerampe. Schweigend saßen sie eine ganze Zeitlang nebeneinander auf der Rampe und ließen ihre Füße baumeln.

Hin und wieder nippten sie an ihren Dosen. „Was bedrückt dich Kleines?“. Josefine seufzte auf, nahm noch einen Schluck aus der Bierdose und lehnte sich an Armin´s Schulter. „Du vermisst die Jungs, stimmt´s?“, fragte er nach und Josefine nickte an seiner Schulter. „Ja, sehr sogar.“, flüsterte sie Armin zu, der verständlich nickte. „Ich vermisse sie ebenfalls Kleines.“, gestand er ihr leise und nahm nochmals einen großen Schluck aus der Dose. „Du Armin, hast du die Geschichte die Roger und Sybill herum erzählten jemals geglaubt?“, hauchte Josefine mit einem leichten seufzen. Armin schüttelte den Kopf. „Nein Kleines, die Geschichte ist nicht die Handschrift von den Jungs. Hast du sie geglaubt?“. Josy schüttelte wild verneinend den Kopf. „Nein!“, sagte sie ohne zu zögern. Dann begann sie wieder zu weinen. Armin legte ihr erneut seinen Arm trösten um die Schulter. „Mutter und ich haben von der Kündigung nichts gewusst.“, schluchzte sie an Armin´s Shirt, wie so oft in Kinderjahren. „Roger hat uns hintergangen.“, murmelte sie zwischen ihrem Schluchzen. „Sowas in der Art habe ich mir beinahe gedacht, Kleines.“, meinte Armin, der genau wusste, dass Josefine zu so etwas nie ihre Einwilligung gegeben hätte. „Ich wollte Jo anrufen, von dem Handy aus, das er mir damals geschenkt hat, aber der Akku ist wahrscheinlich kaputt.“, sprach sie leise an Armin´s Brust. „Auch wenn er funktioniert hätte, Jo hättest du nicht erreicht. Josefine, ich habe es ebenfalls probiert, ihn über diese Nummer zu erreichen. Doch die Nummern von den Jungs sind alle nicht mehr vergeben.“, sprach Armin und nippte noch einmal an seinem Bier. „Weißt du, dein Vater Karl hätte sich im Grab herum gedreht, wenn er das mit der Entlassung mitbekommen hätte. Jo und der Rest, waren die Männer auf die er sich zu hundert Prozent verließ. Mit ihnen zusammen hat er diese Firma aufgebaut.“, sprach Armin und deutete mit einer Handbewegung über das Firmengelände. Josefine seufzte leise auf. „Karl war nicht mein Vater, zumindest nicht mein leiblicher.“, flüsterte sie und hielt ihren Blick auf Armin´s Truck dabei gerichtet. Armin blickte Josefine verworren von der Seite an. „Seit wann weißt du das?“, hackte er vorsichtig bei ihr nach. Josefine schloss für einen Augenblick die Augen. „Seit heute Morgen.“, seufzte sie leise. Armin stöhnte laut auf. „Rechtsanwalt Volz war heute Morgen mit einem Notar bei mir um die notarielle Übergabe zu machen. Nach Roger´s tödlichem Motorradunfall ist sein Anteil auf Mutter und mich übergegangen. Ich habe nicht darauf geachtet, was ich da unterschrieben habe. Ich dachte was Volz macht, hat Hand und Fuß. Schließlich war er seit Firmengründung an Karl´s Seite. Ich habe ihm, so wie Karl auch, voll und ganz vertraut. Als die Unterlagen unterzeichnet waren und sich die Beiden bei mir verabschiedeten, hat mir Rechtsanwalt Volz noch einen Umschlag überreicht. Er sagte, dieser sei von meiner Mutter, mit der Bitte, ihn mir persönlich zu übergeben. Dabei sagte er, das er in Zukunft für Jansen & Partner nicht mehr tätig sein würde und ich mir dringend einen anderen Rechtsverdreher suchen solle. Nachdem ich den Brief meiner Mutter geöffnet hatte, musste ich ihn zweimal lesen und auch die notariellen Schreiben die ich unterzeichnet habe. Mutter teilte mir in ihrem Brief mit, dass es besser sei, wenn ich ihre Anteile an der Firma Jansen & Partner einschließlich die, welche ihr durch Roger´s Tod zufielen, an mich zu übertragen - da sie noch nie Interesse an dieser Firma hatte und ich besser wissen würde, was damit anzustellen sei.", klärte sie Armin leise auf. Dieser saß neben ihr und konnte nur noch schlucken, bei dem Bericht, den Josy ihm gerade lieferte. „Du meinst, du bist jetzt alleinige Erbin von Jansen & Partner?", erkundigte er sich stirnrunzelnd. Josefine schloss die Augen und nickte seufzend. „Oh man Kleines.", sagte er mitfühlend und strich ihr dabei zärtlich über die Wange. Dabei trocknete er eine Träne, die ihr entgangen war. „In dem Schreiben stand auch noch, dass sie nie den Mut aufbrachte mir persönlich zu sagen, dass Karl nicht mein leiblicher Vater war. Aber beide Väter seien schon immer sehr stolz auf mich gewesen, was aus mir geworden war. Da mein Erzeuger ein verheirateter Mann sei, könne sie aus Diskretion zu ihm, mir aber leider den Namen meines leiblichen Vaters nicht nennen. Aber er wüsste, dass es mich gibt und ich sei auch kein One Night Stand gewesen, sondern aus tiefster Liebe heraus entstanden. Und genau deshalb hatte sie auch beschlossen nach Karl´s Tod wieder zurück nach Schweden, in ihre Heimat zu ziehen.". Armin zog geräuschvoll den Atem ein, bevor er einen weiteren kräftigen Schluck aus seiner Bierdose nahm. „Oh man Kleines, da brauche ich mich nicht wundern, dass du so durch den Wind bist.". Er hätte Josy nur all zu gerne gesagt, wer ihr Vater war. Aber wenn es Astrid nicht tat, durfte er es erst recht nicht tun. Das einzige, was Astrid anscheinend in all den Jahren entgangen war, dass sie anscheinend nicht wusste, dass der Vater von Josefine schon seit vierzehn Jahren geschieden war. Und dieser Idiot brachte es in den zweieinhalb

Jahren nach Karl´s Tod nicht fertig, endlich Nägel mit Köpfen zu machen. Noch immer lehnte Josefine an Armin´s Schulter. „Armin, du weißt wirklich nicht wo ich die Kerle finden kann?“. Armin seufzte laut auf und leerte seine Bierdose. „Leider nein Kleines, glaub mir wenn ich es wüsste, würde ich es dir umgehend sagen. Aber seit ich dich gebeten habe, mich nur noch im Nahverkehr einzusetzen, bekomme ich nicht mehr viel mit was da draußen auf den Straßen los ist. Ich habe zwar hin und wieder einen Bekannten getroffen, aber die konnten mir nicht weiterhelfen. Es sieht so aus, als ob sich die Kerle in Luft aufgelöst haben.“, sprach Armin. Nur all zu gerne hätte er Josefine in dieser Sache geholfen, denn auch er war auf der Suche nach seinen Ex-Kollegen. Josefine hob den Kopf leicht an. „Meinst du, sie haben den Job gewechselt?“. Armin fing leise an zu kichern und gluckste vor sich hin. „Das kann ich mir bei denen wirklich nicht vorstellen. Du solltest dies doch am besten wissen. Einmal Trucker......“. Armin konnte den Satz nicht zu Ende sprechen. „Immer Trucker.“, fiel ihm Josefine ins Wort und beide lachten gemeinsam auf. „Ich soll dir übrigens Liebe Grüße aus Brüssel ausrichten.“, teilte Josefine ihm mit, um das Gesprächsthema auf etwas neutraleres zu lenken. „Brüssel!“, hauchte Armin und Josefine konnte in seinen Augen ein aufblitzendes Leuchten erkennen. „Danke, schick das nächste Mal, wenn du Stella schreibst einen Gruß von mir zurück.“, sagte er etwas niedergeschlagen. Auf Josy´s Gesicht legte sich ein geheimnisvolles Lächeln. „Wieso überbringst du Stella, Aron und Pier nicht selbst persönlich deine Grüße?“, meinte sie breit grinsend und Armin blickte Josefine mit großen leuchtenden Augen an. „Du meinst.......?“, stammelte er und sprach nicht weiter. Josefine´s Grinsen wurde noch breiter. „Wann?“, fragte er neugierig, denn ihr Grinsen machte ihn jetzt wirklich neugierig. „Nächste Woche Mittwoch. Pier hat mir geschrieben, wenn ich nicht endlich wieder einmal Armin schicken würde, dann würde er mir die Freundschaft sowie die Geschäftsverbindung kündigen. Wenn du willst, dann nimm doch deine Emma mit.“, schlug Josefine ihm vor. Armin blickte sie mit großen glänzenden Augen an. „Du meinst ich soll Emma......?“, fragte er ungläubig fast schon bald sprachlos. „Ja wieso nicht. Ich glaube sie würde sich bestimmt darüber freuen.“, meinte Josefine und merkte wirklich, dass sie Armin mit diesem Auftrag eine Freude bereitete. Armin jubelte auf. „Josy du bist einfach ne Wucht. Wie viel Zeit habe ich für die Tour?“, erkundigte er sich schnell

bei ihr. „Soviel wie du möchtest. Es ist nur Brüssel und ich weiß, dass Brüssel toll ist, wenn man nicht gerade einen Reifenplatzer hat.“, kicherte sie und rollte dabei mit den Augen. Nach zwei Dosen Bier und einem netten, befreienden langen Gespräch verabschiedeten sie sich von einander vor dem Bürokomplex. Armin hatte seinen LKW geparkt und begleitete Josefine noch ein Stück mit dem Fahrrad. Zum Abschied umarmte er sie noch einmal herzlich und überglücklich stieg er auf seinen Drahtesel auf und fuhr fröhlich pfeifend nach Hause.
Auf den Treppenstufen des Bürokomplexes wurde Josefine schon schwanzwedelnd von einem altdeutschen Schäferhund erwartet. „Hallo Amarok alter Knabe, schön dich auch mal wieder zu sehen.“, begrüßte Josefine den Hund und streichelte ihn eine Weile lang. Amarok der alte Knabe, war ganz aufgeregt und schleckte Josefine mit seiner Zunge laufend über das Gesicht. Bis Josy sich endlich zu ihm setzte und mit ihm ausgelassen herumtollte. Hinter den beiden lachte jemand fröhlich. „Hey Amarok, du Spinner. Man könnte nicht meinen, dass du ein scharfer, gut ausgebildeter Wachhund bist.“. Josefine drehte sich in die Richtung aus der die heitere Stimme ertönte. „Guten Abend Max.“, hauchte sie außer Atem und Amarok tobte immer noch um Josefine herum. „Du bist kein scharfer Hund, nicht war Amarok? Ich glaube eher es sind die Leute, die hinter deiner Leine hängen.“, sprach sie kichernd zu dem Hund und beschäftigte sich wieder mit ihm. Eine weitere Stimme lachte fröhlich im Hintergrund auf, als sie dies sagte. „Guten Abend Josefine! Wenn man euch beiden den so zu sieht, könnte man glatt eifersüchtig werden. Mit mir macht er so etwas nicht, obwohl wir beide uns auch schon so lange kennen.“, beklagte sich ein junger Mann bei ihnen. Josefine kicherte vor sich hin. „Tja Sven, dann hast du eindeutig etwas falsch gemacht.“, gab sie ihm zur Antwort. Amarok setzte sich vor Josy, aber sein Schwanz wedelte auch im sitzen noch immer hin und her. Da Josefine nicht auf die Spielaufforderung reagierte, ließ sich der Hund mit einem schweren Seufzen fallen. Legte ihr seine Pfote und den Kopf auf den Oberschenkel und rollte dabei ein Auge, um ihr deutlich zu machen, wenn sie schon nicht mehr mit ihm spiele, ihn wenigstens zu kraulen. „Möchtest du auch eine Tasse Kaffee? Habe gerade frisch aufgesetzt?“, erkundigte sich Sven bei ihr, doch Josefine lehnte dankend ab. „Nein, aber du könntest mir einen anderen Gefallen tun, Sven. Könnest du mir eine Pizza bestellen?“. Sven lachte auf. „Klar doch, die gleiche

wie immer? Viel Käse und Schinken?", fragte er Josy und grinste dabei frech über das ganze Gesicht, Josefine hob die Hand und ihr Daumen zeigte nach oben um Sven´s Frage zu bestätigen. Mit der anderen streichelte sie Amarok weiter. Max war vor Josefine und Amarok in die Knie gegangen und streichelte ebenfalls seinen Hund. „Josy, ich mache mir in letzter Zeit große Sorgen um dich. Wenn ich irgendetwas für dich tun kann, dann sag es mir bitte.", wandte sich Max der Sicherheitschef besorgt an sie. Josefine sagte nichts, sie nickte nur leicht ohne dabei den Blick von Amarok zu nehmen, dabei dachte sie kurz über die Frage von Max nach. Wenige Sekunden später räusperte sie sich. „Max, gab es in letzter Zeit irgendetwas merkwürdiges hier im Haus?", erkundigte sie sich bei ihrem Sicherheitschef. „Nein, eigentlich nicht. Alles ruhig, wie immer.", antwortete dieser auf ihre Frage. „Sybill ist heute spät gegangen und dieser Ken hat eine Zeitlang vor der Tür herum gelungert. Aber irgendwann hat er es aufgegeben und ging.". Josefine überlegte, war an den Gerüchten, die in der Firma seit längerem die Runde machten etwas dran? Hatten Sybill und Ken ein Verhältnis, obwohl Sybill mit ihrem Bruder Roger leiert war? Roger hat Ken auf Sybill´s Drängen hin damals eingestellt. Ken sei ihr Bruder und er bräuchte dringend einen Job. War Ken wirklich ihr Bruder? Josefine glaubte diese Geschichte von Anfang an nicht und als dann noch die Gerüchteküche anfing zu brodeln, das die Beiden ein Verhältnis mit einander hätten, fühlte sie sich fast schon bestätigt in ihren Gedanken. Meist war an jedem Gerücht ein Fünkchen Wahrheit im Spiel. Traf dies auf das Gerücht über Jo, Percy, Frank und Felix auch zu? Lag auch hier ein Funken Wahrheit darin? „Pizza ist bestellt.", rief Sven aus dem Sicherheitsbüro und riss Josefine aus ihren Gedankengängen. Er zeigte einen Daumen hoch und setzte sich wieder an seinem Schreibtisch. Josefine schob vorsichtig Amarok von ihren Beinen, dabei knurrte der Rüde protestierend. „Ich bin dann mal in meinem Büro.", wandte sie sich an die beiden Männer. Diese nickten. Amarok stand neben seinem Herrn und schob die Schnauze in seine Hand, während er Josefine sehnsüchtig nachblickte. Max blickte zu seinem Schäferhundrüden hinunter und lächelte. Zärtlich strich er ihm dabei über den Kopf. „Meinetwegen, wenn du unbedingt willst, dann geh.", sagte er seufzend zu seinem Hund. Josefine öffnete ihr Bürotür, noch bevor sie diese ganz geöffnet hatte, schoss Amarok durch die Tür, flitzte um ihren Schreibtisch herum und warf sich auf seinen Stammplatz. Direkt unter Josy´s Schreibtisch. „Du Lümmel!“, lachte sie leise vor sich hin und schüttelte dabei den Kopf. „Hast wohl mitbekommen, das es Pizza mit viel Käse und Schinken gibt.“. Josefine schloss leise die Tür hinter sich und setzte sich in den ledernen bequemen Bürostuhl. Amarok hatte sich wie üblich so breit unter ihrem Schreibtisch gemacht, dass ihre Beine keinen Platz mehr darunter fanden. Also setzte sich sich seitlich an den Schreibtisch, nahm noch einmal die Notarunterlagen in die Hand, zusammen mit dem Schreiben ihrer Mutter. Immer wieder blickte sie zwischen den Schreiben hin und her. Ihr Blick fiel auf den blinkenden Anrufbeantworter. Das rote Licht blinkte wie wild. Auf dem kleinen Viereck daneben stand eine eins. Seufzend legte sie das Schreiben ihrer Mutter aus der Hand, drückte die Taste um die Nachricht abzuhören. „Sie haben eine neue Nachricht. Pieeeep. „Hallo Josefine, ich bin´s Edith. Wie ich dich kenne hast du vor lauter Stress vergessen, dass wir heute zum Abendessen verabredet waren. Übrigens war Tom heute da und hat nach dir gefragt. Ich glaube mein Enkel ist vernarrt in dich.“. Ein langes Kichern war darauf hin zu hören. „Ende der Sprachnachricht.“. Ein weiteres Mal seufzte Josy auf. Verdammt sie hatte Edith ihre langjährige Nachbarin vergessen. „Oh Amarok, Hund sollte man sein, dann hätte man keine Sorgen.“. Wie zur Bestätigung murrte der Schäferhundrüde unter ihrem Schreibtisch hervor. „Weißt du, ich glaube, ich sollte die Firma verkaufen. Alleine werde ich dem Druck nicht standhalten können.“, sprach sie leise zu Amarok und teilte ihm ihre Sorgen mit. Plötzlich begann der gutmütige Hund wie aus dem Nichts heraus zu knurren und sprang unter dem Schreibtisch hervor. In dem Moment klopfte es auch schon an Josefine´s Bürotür. Amarok´s knurren wurde lauter und er stellte die Nackenhaare auf. Sein Knurren verstummte abrupt, als er Sven´s Stimme hörte. „Pizza Service!“. Noch bevor er die Tür ganz geöffnet hatte, stand der Schäferhundrüde schwanzwedelnd in der Tür und schnüffelte Sven hinter her, der den Pizzakarton auf Josefine´s Schreibtisch ablegte. „Max meint, die extra Portion Schinken, sei für dich und nicht für den Hund.“. Bei seinen Worten zwinkerte er Josy zu. Er wusste ganz genau, warum Josefine immer eine extra Portion Schinken bestellte. Noch bevor er das Büro verließ, sah er, wie Amarok genüsslich sich über den Schinken hermachte. Kopfschüttelnd verließ Sven das Büro. Josefine biss in eine Pizzaecke, dabei fiel ihr Blick auf einen braunen Umschlag mit dem Aufdruck Top Secret. Sie legte die Pizzaecke zur Seite auf den Karton, schleckte sich die Finger ab, zog aus dem geöffneten Umschlag das Schreiben hervor. Mehrmals las sie die paar Zeilen auf dem Blatt Papier. „Die Sache steigt am zwanzigsten übernächsten Monat. Alles wie immer. Gruß General Eugen Schweinebach.“. Josefine blickte auf ihren Tischkalender vor ihr. Der zwanzigste übernächsten Monat. Jetzt hatten sie Anfang August. Der übernächste Monat war dann also Oktober. So zu sagen der zwanzigste Oktober. Aber was stieg da? Schnell zählte sie die Wochen. Etwas mehr als sechs Wochen. Verdammt, um was ging es hier? Und vor allem wo? Wo fand das, um was es hier ging oder stieg statt? Sie wusste, dass Karl immer wieder Inkognito für die Armee unterwegs war. Schon damals, als sie klein war. Und vor allem welche Fahrer wussten von diesem Armee Auftrag? Welche waren daran beteiligt? Sie glaubte schon fast die Antwort darauf zu kennen. Josefine seufzte auf, sie hätte Armin doch darauf ansprechen sollen. Vielleicht hätte er ihr hierbei weiterhelfen können. Denn er war bestimmt auch mit von der Partie, bei diesen Sondereinsätzen. Doch jetzt war es zu spät dafür ihn anzurufen, den die Uhr zeigte kurz nach halb zwölf. Armin hätte es bestimmt nichts ausgemacht, wenn sie ihn mitten in der Nacht aus dem Bett warf, aber Emma wäre bestimmt nicht so erfreut darüber gewesen. Aber auch wenn Armin in dieser Sache weiter helfen konnte, hatte sie doch noch ein weiteres Problem. Wer sollten die Fahrer sein? Vor allem benötigte sie welche, auf die sie sich hundert prozentig verlassen konnte. Und das war in so einem größeren Betrieb nicht ganz einfach. Am liebsten wäre es ihr gewesen, die Fahrer einzusetzen, die wussten wie der Hase lief. Aber die hatte sie nicht mehr. Nach dem Roger ihr Bruder diese vor gut einem dreiviertel Jahr auf Grund sexueller Belästigung und Massenvergewaltigung am Arbeitsplatz fristlos entlassen hatte. Sie war damals stinksauer als sie von ihm hörte, dass er, er alleine beschlossen hatte, die Männer hinaus zu werfen. Roger hatte sie und ihre Mutter Astrid einfach hintergangen. Er wusste ganz genau, dass er nicht das alleinige Stimm- und Verfügungsrecht hatte, sondern ihm nur einer von drei Teilen nach dem Tod von Karl zustand. In seinem Testament hatte er ausdrücklich darauf hingewiesen. Roger wusste aber auch, dass seine Mutter und Josefine in dieser Sache gegen ihn gestimmt hätten. Sie war damals so in Fahrt, dass sie mit einem Brieföffner bewaffnet auf ihren Bruder los ging. Vermutlich hätte sie auch zugestochen wenn nicht Max und Sven eingeschritten wären. Aber zuvor hatte sie ihrem Bruder noch die Nase und drei Rippen gebrochen. Armin hatte Recht, Karl hätte sich im Grab herum gedreht, wenn er mitbekommen hätte was Roger sein eigener Sohn da angestellt hatte. Und genau hier lag Josefine´s größtes Problem. Sie brauchte die Männer, aber wo konnte sie diese finden? Wenn es nicht einmal Armin konnte. Josefine grübelte lange darüber nach und nagte missmutig an einem Stück ihrer Pizza herab. Sie fegte ein paar Krümel vom Schreibtisch, dabei stieß sie versehentlich an ihre PC-Maus mit der Hand. Der dunkle Bildschirm erhellte sich spontan und genau unter Jansen & Partner war ein Kästchen mit der Aufschrift Firmenmitarbeiter. Sie glaubte sich daran zu erinnern, dass Karl einmal gesagt hatte, das die Unterlagen ausgeschiedener Mitarbeiter mindestens zehn Jahre noch geführt werden sollten bzw. mussten, falls man je eine Nachforschung anstellen musste. Sei es egal aus was für einem Grund auch immer. Josefine klickte das Kästchen an und vor ihr öffnete sich eine Seite mit weiteren Einteilungen wie Angestellte, Büro, Werkstatt, Lager, Hof, Fahrer und ganz am Ende fand sie ehemalige Mitarbeiter. Diesen Button klickte sie aufgeregt an. Eine alphabetische Namenstabelle tat sich vor ihr auf. Als sie den ersten Namen las, wurde sie vor ein weiteres Problem gestellt. Wie hieß Jo mit Nachnamen? Hieß er wirklich Jo? Oder gar Josef? Oder war Jo nur ein Spitzname? „Na toll!!!“, murmelte sie leise, fast schon wieder resignierend, vor sich hin. Dann fiel ihr spontan Percy ein. Dieser Name war bestimmt nicht all zu oft hier zu finden, wie Frank oder Felix. Akribisch durchsuchte sie Reihe für Reihe nach den Namen. Als sie nach gut einer Stunde durch war, musste sie feststellen, dass sich ihr Problem noch immer nicht gelöst hatte. Sie fand zwar einen Namen mit Frank und Felix, die aber vom Alter und Austrittsdatum überhaupt nicht passten. Bei einem Josef stand dahinter in Rente. Einen Percy fand sie überhaupt nicht. Irgendwie schien ihr dies sehr merkwürdig vor zu kommen. Wenigstens Percy hätte sie finden müssten, doch dieser Name tauchte überhaupt erst gar nicht auf. Vielleicht hatte man die Kerle im Eifer des Gefechtes schlicht vergessen umzuschichten, deshalb klickte sie auf den Button aktuelle Mitarbeiter. Josefine´s Herz machte Freudensprünge als sie einen Josef fand. Doch leider wurde sie sofort wieder enttäuscht, als sie sein Geburtsdatum an sah. Dieser

Josef war gerade vier Jahre älter als sie, also konnte es sich hierbei nicht um Jo handeln. Der musste mindestens fünfundzwanzig Jahre älter als sie sein, oder noch älter. Aber auch hier viel ihr auf, dass es keinen Percy oder einen Jo gab und nur diesen einen Josef, der in ihrem alter war. „Verdammt noch mal.“, brüllte sie auf und klatschte ihre Hand vor Zorn auf den Schreibtisch, ohne daran zu denken, dass Amarok noch immer unter ihrem Schreibtisch lag. Dieser schoss hoch wie von einer Tarantel gestochen. „Entschuldige, Lust auf einen Spaziergang alter Junge?“, plapperte sie deshalb besänftigend zu dem Hund und schon trabte der alte Schäferhund neben Josefine her. Er bog um die Ecke und wartet vor der Glastüre, die ins Freie auf das Gelände führte. „Kannst ihn ruhig laufen lassen. Das Gelände ist dicht für heute.“, meinte Max beruhigt und Josefine öffnete dem Rüden die Tür. „Trinkst du jetzt eine Kaffee mit uns?“, wollte Sven von Josy wissen. Diesmal nahm sie den Kaffee dankend an. Max reichte ihr einen Becher und Josefine lehnte sich erschöpft an den Türzargen. „Sagt mal Jungs, wenn ihr ein Geheimnis hättet, das ihr vor allen gut versteckt halten wolltet, wo würdet ihr es in diesem Gebäude verstecken?“, erkundigte sie sich bei den beiden Männern der Sicherheitszentrale. Max blickte Josefine irritiert an. „Tut mir leid, ich verstehe deine Frage nicht ganz.“, sagte er stirnrunzelnd und kratzte sich dabei am Hinterkopf. „Ich meine, wenn ich etwas vor allen geheim halten möchte, also.....hmmm.... so zu sagen Top Secret.“, sprach Josefine und bei Max machte es klick, als sie Top Secret erwähnte. Max nickte wissend. „Also am besten im Tresor, oder in einem Schließfach.“, gab er spontan von sich. Josefine schüttelte den Kopf. „Leider nein, da habe ich auch schon nach gesehen.“, seufzte Josefine nachdenklich. Auch ihr waren diese beide Plätze schon eingefallen, doch sie war dort nicht fündig geworden. „Na ich würde es hinter einem Bild verstecken.“, sagte Sven kichernd woraufhin Max seinem jungen Kollegen den Vogel zeigte. „Wohl zu viel Krimis geschaut.“, meinte dieser amüsiert zu seinem Kollegen Sven. Doch Josefine fand die Idee nicht gerade schlecht. „Und sonst noch?“, hackte sie bei den beiden Sicherheitsleuten weiter nach. Max schüttelte den Kopf. „Tut mir leid Josefine, ich wüsste wirklich nicht wo. Sag mal, als du vorher Top Secret sagtest, meintest du da zufällig etwas, dass mit der Armee zu tun hat?“, sprach Max mit leicht gerunzelter nachdenklicher Stirn. Josefine riss die Augen auf. „Sag bloß, du weißt etwas

darüber?", hackte sie bei ihrem Sicherheitschef nach und ihr Herz hüpfte schon vor Freude. Doch Max schüttelte ihr gegenüber enttäuscht den Kopf. „Leider nein, das heißt nicht wirklich viel. Eines Abends kam dein Vater bevor er ging bei mir vorbei und meinte, dass ein Fahrer eventuell heute Nacht noch kommen würde um sich seine Truckschlüssel zu holen. Jo kam irgendwann in der Nacht, holte seinen Schüssel aus dem Safe und verschwand dann darauf hin wieder. Erst als das hintere Tor geöffnet worden war, konnten wir sehen, dass mehrere Truck´s vom Hof fuhren.", berichtete Max ihr, von dem was sich in dieser besagten Nacht zugetragen hatte. Josefine nickte kurz. „So was in der Art habe ich schon bereits befürchtet. Weißt du noch wie viele Fahrzeuge es waren, die damals den Hof verlassen haben?", erkundigte sie sich bei dem Mann. „Nein, ganz genau kann ich es dir nicht mehr sagen. Es könnten vier oder sogar fünf gewesen sein.", sagte er kopfschüttelnd, leider konnte er sich wirklich nicht mehr so genau an diese Nacht erinnern, denn das lag schon über viele Jahre zurück. „Danke Max. Viel hast du mir nicht weiter geholfen, aber zumindest mir meine Vermutung bestätigt.". An der Glasscheibe kratzte es. Josefine ging die paar Treppenstufen nach unten, um Amarok wieder ins Gebäude zu lassen. Schnur stracks lief er in die Sicherheitszentrale und legte sich auf seinen Platz. „Ich bin dann mal im Archiv unterwegs. Ach Sven, falls es dir langweilig werden sollte, ich fand den Vorschlag mit den Bildern hoch interessant. Vielleicht könntest du ja einmal einen Blick hinter jedes hier werfen im Gebäude.", meinte Josefine und lächelte dabei, Max lachte laut auf, dieser Auftrag würde Sven für eine Weile beschäftigen, denn Karl Jansen hatte einen Fabel für Bilder. „Du hast gehört, was die Chefin gesagt hat, also dann mal los, viel Spaß dabei.", grunze der alte Beamte seinen jungen Kollegen mit einem breiten Grinsen im Gesicht an.
Josefine zog eine Schublade im Archiv heraus und studierte gründlich jede Mitarbeiterakte. Zu ihrem Leidwesen fand sie nicht das was sie suchte. Aber gerade im Moment hielt sie eine andere sehr interessante und fesselnde Akte in ihren Händen. An diese Person hatte sie in ihrer Verzweiflung gar nicht gedacht. Es war die Akte von Gerda Oberhofer, die Ex-Sekretärin von Karl Jansen, die kurz vor seinem Tod in Rente gegangen war. Himmel noch mal, warum war sich nicht gleich auf Gerda gekommen. Sie hatte ja schon immer zum lebenden Inventar

gehört, wie Karl es immer formulierte. Vielleicht konnte sie ihr weiter helfen. Die würde sie auf jeden Fall gleich morgen früh - oder besser gesagt heute Morgen - korrigierte sie ihre Gedanken, als sie ein Blick auf die Uhr warf, anrufen.
Gegen acht Uhr wählte sie die Nummer von Gerda Oberhofer, die sich noch ziemlich verschlafen anhörte, als sie sich am Apparat meldete. Gerda viel aus allen Wolken, als sie Josy´s Stimme am anderen Ende hörte. Sie verabredeten sich eine halbe Stunde später in einem kleinen schnuckeligen Café in der Innenstadt. Gerda war schon da, als Josefine eintrat. Die ältere Dame begrüßte sie auch sogleich sehr stürmisch. Josy kannte die Frau nicht anders, als eine sehr fröhliche Frau. „Hallo Kleines, schön dich einmal wieder zu sehen.“, mütterlich drückte sie Josefine an sich. „Sag mal, hast du die Nacht durchgearbeitet?“, erkundigte sich Gerda auch sogleich bei Josy, die darauf hin nur nickte. „Ja, wie an so vielen anderen schlaflosen Nächten, an denen ich durchgearbeitet habe.“, erwiderte Josefine auf ihre Frage. Eine Kellnerin kam bei ihnen am Tisch vorbei und nahm ihre Bestellung auf. „Großes Frühstück?“, fragte Gerda fröhlich und gutgelaunt, denn sie freute sich wirklich darüber Josefine wieder einmal zu sehen. „Aber klar doch.“, erwiderte sie Gerda spontan. „So aber jetzt raus mit der Sprache. Du wirfst mich nicht ohne Grund am frühen Samstagmorgen aus dem Bett.“, sprach Gerda fröhlich und blickte Josefine mit einem fragenden Blick neugierig an. „Ich weiß gar nicht, wo ich anfangen soll, Gerda.“, wandte sich Josy leise an ihre Tischnachbarin. „Das ist egal, fang irgendwo an, was dir spontan in den Kopf kommt. Ich habe Zeit.“. Also begann Josefine mit der Geschichte von der Firmenüberschreibung und dem ganzen verwirrendem Testament von Karl sowie dem Brief von ihrer Mutter. Darauf erzählte sie von dem Erpressungsbrief von Sybill. Gerda war schockiert, als sie davon hörte, ebenso von den Gerüchten die in der Firma die Runde machten. Noch schockierter war sie, als sie mit anhören musste, dass die polizeilichen Ermittlungen ergaben, dass Roger´s Motorradunfall kein Fahrfehler war, sondern manipuliere Bremsschläuche, die ihm das Leben gekostet hatten. Als nächstes folgte das Verschwinden der Angestelltenakten und der Alleingang von Roger mit den fristlosen Kündigungen. Zwischendurch brach Josefine immer wieder in Tränen aus. Sie erzählte Gerda auch, dass sie auf Roger in ihrer Wut los gegangen war. Ihn mit einem Brieföffner bedroht hatte und außer-

dem ihm drei Rippen mitsamt Nase gebrochen hatte. Das alles passierte nur, weil er das Gerücht von ihm und Sybill in die Welt gesetzt hatte, wegen der Kündigung von den ach so miesen Kerlen. Sie seufzte leise zwischendurch und sprach dann ganz vorsichtig den letzten Teil des Briefes ihrer Mutter an. Im gleichen Atemzug setzte sie hinzu, dass nun Rechtsanwalt Volz für Jansen & Partner nicht mehr zur Verfügung stand. Gerda stöhnte laut auf. „Oh man Kleines, ganz viel Müll in so einer kurzen Zeit, da braucht man sich nicht wundern, das du so fertig mit den Nerven bist und kaum mehr schlafen kannst.", sagte Gerda kopfschüttelnd und nippte an ihrer Kaffeetasse, nach dem Josefine ihr einen Großteil berichtet hatte. „Gerda, das ist noch nicht alles.", flüsterte Josefine und Gerda schnappte laut nach Luft, dabei blickte sie Josefine erneut fragend an. „Wie bitte? du meinst da kommt noch mehr?". Josefine nickte stumm. „Das was mir am meisten Sorgen bereitet, ist dass gestern ein Brief gekommen ist mit der Aufschrift Top Secret. Sein Inhalt war kurz. Unser Deal steigt am zwanzigsten übernächsten Monat.". Gerda zog scharf den Atem ein, als Josefine ihr dies gegenüber erwähnte. „Du weist nicht zufällig, wo Karl eventuelle Unterlagen oder irgendetwas aufbewahrt, wo mir diesbezüglich weiterhelfen kann? Denn ich wüsste nur all zu gern, was das zu bedeuten hat.", meinte Josefine hilflos, Gerda seufzte leise auf. „Kleines, was Karl für eine Abmachung mit der Armee hatte, weiß ich nicht.... Auch nicht um was es dabei ging. Obwohl ich schon solange für ihn gearbeitet habe, aber das blieb schon immer sein Geheimnis. Ich wusste nur, dass er jedes Mal, wenn ein Brief mit Top Secret ins Haus flatterte, seine besten Fahrer heimlich bei Nacht und Nebel verschwanden.", antwortete ihr Gerda ebenfalls hilflos. Denn auch hier konnte sie ihr nicht weiterhelfen. Josefine nickte. Das, was Gerda da sagte, brachte sie auch nicht voran.. „Soviel habe ich auch schon heraus bekommen, von Max. Du weißt aber nicht, wer die Fahrer waren und ob vielleicht Armin auch dabei war?", sprach Josy leicht deprimiert, weil auch ihre letzte Hoffnung zerplatzt war. Gerda schüttelte leider den Kopf. „Nein, wer die Fahrer waren wusste ich nicht. Das Einzige, was ich einmal durch Zufall heraus gefunden habe, war, dass Jo irgendetwas mit der Sache zu tun haben musste. So eine Art Vertrauensmann für Karl. Du wusstest, das er zu hundert Prozent hinter ihm stand?" Erkundigte sich Gerda bei ihr und Josefine seufzte leise auf. „Ja, aber wo ich Jo finden kann, kannst du mir zufällig

auch nicht sagen?". Gerda schüttelte erneut den Kopf. „Ich denke Armin wird es wissen.", gab Gerda leise vor sich hin. Doch diesmal schüttelte Josefine verneinend den Kopf. „Nein, er weiß es auch nicht. Ihn habe ich schon gefragt.". Plötzlich riss sich Gerda eine Hand an den Kopf. „Mein Gott Kleines! Ich blöde Kuh! Weißt du was mir gerade siedend heiß eingefallen ist?". Josefine blickte Gerda mit über großen neugierigen Augen an. Konnte letztendlich Gerda ihr doch noch helfen? Sie nippte kurz an ihrer Kaffeetasse. „Ich Idiotin!", beschimpfte sie sich selber. „Karl hat mir an meinem letzten Arbeitstag etwas gesagt, das dir vielleicht wirklich weiter helfen könnte in dieser Sache. Er meinte, Gerda wenn jemals Astrid, Roger oder Josefine dir gegenüber das Wort Top Secret erwähnen, dann sag nur Spieluhr. Damals zog er vor meinen Augen die Spieluhr auf, aber sie funktionierte nicht. Dann zog er das Uhrwerk heraus und deutete auf ein Papier.". Josefine glaubte sich im ersten Moment verhört zu haben. „Meinst du, dass könnte des Rätsel´s Lösung sein?", fragte Gerda interessiert bei ihr nach. „Vielleicht, ich hoffe es.", antwortete Josy und in ihren Augen begann es zu glitzern. „Komm lass uns zügig bezahlen Josefine. Jetzt bin ich neugierig, genau so wie du.", sprach Gerda und winkte der Kellnerin um zu bezahlen. Gemeinsam machten sich die beiden Frauen auf, um der mysteriösen Spieluhr das Rätsel zu entlocken.
Voller Vorfreude, der Lösung ein Stück näher gekommen zu sein, öffnete Josefine die Bürotür ihres Vaters. „Wo ist sie?", fragte Gerda und blickte erstaunt auf den leeren Platz, wo früher immer die Spieluhr stand. Josefine sackte in sich zusammen. Sie ließ sich auf die Knie fallen und begann fürchterlich an zu heulen, während Gerda das komplette Büro auf den Kopf stellte, das einst Karl Jansen gehört hatte, auf der Suche nach der Spieluhr. „Meinst du sie wurde gestohlen?", hörte Josefine sich selber leise sagen. Gerda drehte sich ruckartig zu ihr um. „Wer außer du hat noch einen Schlüssel zu diesem Büro?", fragte Gerda auch sofort. „Nur Mutter, ich und Roger, sonst niemand.", gab Josefine auf die Frage hin Gerda als Antwort. „Dieses kleine dreckige Luder.", zischte Gerda vor sich hin, als ob sie ein Selbstgespräch mit sich führte. „Du meinst, dass sie mich deshalb erpresst? Weil sie meint, dass sie was besonderes gegen mich in den Händen hat?", fragte Josefine neugierig mit glasigen Augen. „Schon möglich. Für mich machte sie damals schon einen falschen Eindruck. Ich konnte

Karl nie verstehen, warum gerade seine Wahl auf diese falsche hinterhältige Schlange fiel.", knurrte Gerda verärgert auf ihren Exchef. „Ich denke, du solltest diesen Diebstahl bei der Polizei melden.", riet Gerda ihr sofort, denn es konnte nicht anders sein, als das jemand diese Spieluhr aus Karl's Büro entfernt hatte. „Und wenn sie es nicht war und wir ihr unrecht tun?", fragte Josefine vorsichtig, dabei rollte Gerda mit den Augen. „Glaubst du das im Ernst, was du da von dir gibst? Glaubst du wirklich die Geschichte, die sie und Roger allen aufgetischt haben mit Jo und den anderen? Und wer außer sie, hätte ein Interesse daran Roger's Maschine zu manipulieren, um dich anschließend zu erpressen? Josefine, die ganze Sache stinkt zum Himmel. Ich müsste nicht schlecht lachen und könnte sogar meinen alten Hintern darauf verwetten, dass Jo oder irgend einer von den Kerlen ihr auf die Schliche gekommen sind. Genau deshalb mussten sie ihren Hut nehmen.", schrie Gerda wütend heraus, die in Fahrt gekommen war und so langsam eins und eins zusammen zählte. „Überleg mal...., die ganze Scheiße die du mir vorhin erzählt hast, passt irgendwie nicht zusammen. Nur fehlen noch ein paar Puzzleteile. Wieso kündigt dir Volz so aus heiterem Himmel? Weißt du was, der steckt bestimmt auch mit ihr unter einer Decke. Vielleicht hat sie für ihn ja auch die Beine breit gemacht?", schnaubte Gerda wütend wie ein wilder Stier. „Also los, lass uns zur Polizei gehen, bevor ein weiteres Unglück passiert. Ich bin Zeuge, dass es die Spieluhr und den Inhalt gab Josefine.", meinte Gerda und zog Josefine aus dem Büro, um mit ihr zur Polizei zu gehen.
Josefine war müde und fix und alle, sie wollte nur noch in ihr Bett fallen. Stundenlang hatten sie und Gerda einem Beamten erklärt, was alles vorgefallen war und er dies nicht glauben wollte, was sie ihm gegenüber alles ausplauderten. Jedes mal, wenn es um ein weiteres Thema ging, verdrehte er auch schon die Augen, bis sie endlich bei einem jungen Kollegen, der zufällig in das Büro gekommen war und ihren Erzählungen aufmerksam lauschte, Gehör fanden. Er forderte seinen Kollegen auf, Feierabend zu machen und den Fall für ihn zu übernehmen. Er stellte sich den beiden Frauen als Hauptkommissar Stefan Huber vor. Dieser Herr nahm ihre Geschichte von Anfang an ernst und nahm auch alles zu Protokoll. Klar mussten sie ihm das ein oder andere noch einmal berichten, weil er ja nur herein geplatzt und nicht von Beginn an anwesend war. Noch mehr Aufmerksamkeit schenkte er Josefine, als er den

Namen Roger Jansen hörte. „Den Fall bearbeite ich.“, erklärte er ihr und schenkte den beiden Frauen noch mehr Gehör als zu vor. Vor allem stellte er ihnen viele weitere Fragen, die immer noch ungeklärt waren. Nach geschlagenen drei Stunden verließen sie gemeinsam das Polizeirevier. Es war bereits dreizehn Uhr und Gerda wollte mit Josefine noch etwas essen gehen, doch sie musste sich entschuldigen. Schon auf dem Revier gähnte sie des öfteren auf. Sie verabschiedeten sich von einander und versprachen, sich gegenseitig auf dem Laufenden zu halten. Josefine steckte gerade den Wohnungsschlüssel in die Haustüre, sie war zum umfallen müde, als vor der Nachbarseite ein lautes „Huhu Josefine!“, ertönte und eine ältere Frau mit grüner Latzhose und Strohhut ihr zuwinkte. „Warst du mit dem Truck unterwegs? Ich habe versucht dich gestern Abend zu erreichen und dir auf den AB gesprochen. Hast du unser Abendessen vergessen?“, erkundigte sich ihre Nachbarin und gute Freundin bei ihr neugierig. „Nein Edith, bitte sei mir nicht böse, ich bin Hunde müde und brauche dringend eine Mütze voll Schlaf.“, rief sie ihrer Nachbarin zu. „Du kommst aber heute Abend zum essen rüber. Tom kommt auch.“, kicherte die alte Frau fröhlich. „Mal sehen Edith.“, antwortete Josefine gähnend und wollte gerade die Tür hinter sich schließen, als ihr die alte Dame noch etwas nach rief. „Also neunzehn Uhr, nicht vergessen. Ich klingle auch wenn du möchtest.“. Josefine seufzte, sie mochte ihre Nachbarin sehr gerne, aber jetzt im Moment ging sie ihr einfach nur auf die Nerven. „Nein, nicht nötig. Neunzehn Uhr sagst du, bis später.“, meinte Josefine und war froh, die Tür endlich hinter sich schließen zu können. Sie ließ sich mit all ihren Klamotten ins Bett fallen. Sie hatte schon fast die Augen geschlossen, als sie sich noch einmal seufzend aufsetzte, um ihren Wecker auf achtzehn Uhr zu stellen. Danach schlief sie sofort ein. Der Wecker klingelt und Josefine zog sich ihr Kopfkissen über den Kopf, um so das nervige Hupen, das an ihr Ohr drang zu dämpfen. „Halt die Klappe.“, fauchte sie den Wecker an und schlug mit der Hand auf den Wecker, der noch immer fröhlich vor sich hin hupte, wie ein tiefes Truckerhorn. Den Wecker hatte sie vor Jahren von ihren Jungs zu ihrem Geburtstag bekommen. Es war damals anscheinend Percy´s Idee, hatte ihr Armin einmal gestanden, weil sie im Schlaf nur reagierte, wenn ein Truck hupte, während sie bei einem normalen Reisewecker weiter schlief. Von wegen reagieren, dachte sie und drehte sich noch einmal um, nachdem sie den Wecker auf Schlummern geschaltet hatte. Nach fünfzehn Minuten fing der gleiche Spaß wieder von vorne an. Er hupte und hupte und hupte. Zuerst ganz leise, dann etwas lauter und immer lauter, bis er dann wirklich nervte. Josefine meinte vor ihrem Fenster stand jetzt wirklich ein Truck, so laut hupte ihr Wecker an ihr Ohr. „Ok, ok, du hast gewonnen!“, brummte sie und schaltete das nervige Ding endgültig ab. Sie streckte sich und stand auf um schnell noch unter die Dusche zu hüpfen. Josefine blieb vor der Duschfontäne stehen und hielt eine Hand in das herab rauschende Wasser, um die Wassertemperatur zu prüfen, bevor sie die Duschkabine betrat. Das warme Wasser, das über ihren Körper rann, entspannte ihre verkrampften Muskeln und erweckte sie zu neuem Leben. Josefine schlüpfte in ein Sommerkleidchen hinein, welches sie zuvor aus dem Kleiderschrank genommen hatte. Schnell band sie sich das noch feuchte Haar zu einem Pferdeschwanz zusammen, schlüpfte in ihre bereitstehenden Flip-Flop´s, griff nach der Weinflasche und trat aus dem Haus. Ein Blick nach oben verriet ihr, dass es heute noch ein Gewitter geben könnte. Der ganze Tag war drückend und schwülheiß gewesen. Schon als sie aus der Dusche trat, meine sie, gar nicht geduscht zu haben, da sich schon während des Abtrocknens, neue Schweißperlen auf ihrer Stirn bildeten. Fast gleichzeitig fuhr vor Frau Steinhauser´s Haus ein dunkler Porsche Carrera neunhundert elf vor. Ein sportlich elegant gekleideter junger Mann stieg aus. Er hielt ebenfalls eine Flasche Wein in den Händen. „Hallo Josefine.“, begrüßte der junge gut aussehende Mann sie freundlich. „Hallo Tom, schön dich zu sehen.“, sagte sie und schüttelte ihm freundlich die Hand. „Du siehst heute Abend bezaubernd aus.“, meinte Tom auf dem Weg zu Frau Steinhauser´s Haus, die seine Großmutter war. Er wollte gerade die Türklingel betätigen, als auch schon die Tür von innen geöffnet wurde und eine fröhlich gutgelaunte Frau Steinhauser darunter stand. „Was für ein Zufall, das ihr beide gleichzeitig vor der Tür steht. Kommt rein, das Essen ist gleich fertig. Solange könnt ihr noch etwas im Garten miteinander plaudern. Ich bin gleich so weit.“. Josefine reichte ihrer guten Freundin und Nachbarin Edith Steinhauser die Hand und bedankte sich noch einmal für die nette Einladung, dabei überreichte sie ihr die mitgebrachte Weinflasche. Tom ihr Enkel, begrüßte seine Großmutter mit einem Kuss auf die Wange und reichte ihr ebenfalls seine Weinflasche. Frau Steinhauser führte sie durch den Wohnbereich auf die dekorative Terrasse, von der zwei Treppenstufen in den großen gepflegten Garten führen. Josefine musste jedes mal leise auflachen, wenn sie die Treppenstufen von der Terrasse in den Garten hinunter ging. Denn ihre Nachbarin und gute Freundin hatte einen merkwürdigen Spleen. Sie sammelte kleine nackte Figuren, die überall verstreut auf den Treppen und in ihrem Garten zwischen den Beeten standen. Am Ende des Gartens stand eine gewaltige ausladende alte Esche, die in den heißen Sommermonaten Schatten spendete. Darunter befand sich eine kleine hölzerne Gartenmöbelgruppe mit einem Tisch. Von der Terrasse aus führte ein Kiesweg vorbei an vielen Rosenbeeten, welches Ediths Steckenpferd waren. Danach tat sich der Gemüsegarten auf, der umrandet war von duftendem Jasmin und Rittersporn. Zwischendrin fand man immer wieder Flächen von gepflegtem Rasen. Josefine stand vor einer der duftenden Rosenblüten, hatte die Augen geschlossen und zog den herrlichen Duft ein. Ihre Nase steckte fast schon mitten in der Blüte. Sie konnte sich von dem aromatischen Duft, den die Rosenblüte ausströmte, kaum lösen. „Josefine“, sprach Tom sie leise an, der auf der gegenüberliegenden Seite des Rosenstrauches stand und ebenfalls an einer Blüte roch. Josefine öffnete ihre Augen und ihre Blicke trafen sich. Sie sah in tief grüne Augen, die Zärtlichkeit ausdrückten. Man konnte fast glauben, dass sie mit dem Blattwerk der Rosen eins wären. „Würdest du mit mir nächste Woche essen gehen? Ich kenne da ein nettes, bezauberndes, kleines Restaurant direkt an einem See.“, fragte Tom sie leise, da er den ruhigen Moment nicht stören wollte. „Bitte sei mir nicht böse, aber ich mache mir Sorgen um dich. Du arbeitest zu viel, das hat Großmutter auch gemeint. Weißt du, als ich dich vor kurzem kennengelernt habe, hatte die reizende, bezaubernde Frau vor mir, noch keine so dunkle Schatten unter ihren faszinierenden, geheimnisvoll wirkenden dunklen Augen.“, sprach Tom leise und roch nochmal an der Rosenblüte, dabei schenkte er Josefine ein warmes Lächeln. Im Hintergrund rollte das Donnergrollen immer näher und lauter heran. Fast gleichzeitig blickten sie nach oben an den Himmel. Von weitem konnte man am Himmel eine große dunkle Gewitterwolke erkennen. Mächtige Wolken türmten sich vor ihnen auf. „Hey ihr zwei Turteltauben, Essen ist fertig!“, rief Frau Steinhauser ihnen von der Terrasse aus zu. Josefine blieb Tom die Antwort auf seine Frage schuldig. „Komm wir wollen deine

Großmutter nicht länger warten lassen. Wie ich sie kenne, ist sie den halben Tag wieder in der Küche gestanden um uns heute Abend zu verwöhnen.“, sprach Josefine und Tom lachte laut auf. „Ja, da würde ich dir glatt zustimmen.“. Gemeinsam schlenderten sie zurück zur Terrasse. In dem Moment, als sie die Stufen der Terrasse erreicht hatten, kam eine heftige Windböe auf und der Regen prasselte auch schon vom Himmel herunter. Tom schob galant Josefine den Stuhl hin, als sie sich setzte. Frau Steinhauser lachte fröhlich auf. „Sagt mal ihr beiden, ihr habt euch wirklich nicht abgesprochen?“, erkundigte sie sich amüsiert und hielt den Beiden breit grinsend die Weinflaschen zur Ansicht hin. Josefine prustete los und Tom setzte in das Gelächter von Josefine mit ein. „Welche der beiden soll ich den jetzt zuerst öffnen?“, fragte Edith Steinhauser mit einem verschmitzten lächeln auf dem Gesicht. „Am besten beide. Josefine wird aus meiner Flasche trinken und ich aus ihrer.“, kommentierte ihr Enkel verschmitzt grinsend. Edith legte den Kopf in den Nacken und lachte dabei schallend auf, zog ihren Enkel am Ohr und verschwand in die Küche um das Essen zu holen. In der Zwischenzeit öffnete Tom eine der beiden Weinflaschen, welche wem gehörte wusste er nicht, aber das war ja egal. Er schenkte Josefine einen kleinen Schluck in ihr Weinglas ein um sie so kosten zu lassen. Josy begann zu kichern. „Ich glaube ich weiß wie der Wein schmeckt. Du kannst also ruhig das Glas weiter füllen.“. Wieder trafen sich ihre Blicke, während Tom die Gläser füllte. Was für ein Mann... Schon damals war sie fasziniert von ihm, als sie ihn vor ein paar Wochen durch Zufall hier bei Edith kennengelernt hatte. Er war gleich wie heute sportlich, elegant gekleidet und hatte immer einen kleinen Scherz auf Lager, so wie seine Großmutter auch. Frau Steinhauser genoss offensichtlich den Besuch von ihrem Enkel. Nachdem Tom damals gegangen war, hatte sich Edith ihr anvertraut, dass sie Tom nicht viel zu Gesicht bekam, weil er kaum Zeit hatte, so wie ihr eigener Sohn. Darum würde sie jede Minute genießen, wenn einer von den beiden spontan bei ihr vorbei schaute. Josefine konnte das gut verstehen. Edith war den ganzen Tag alleine zu Hause und hatte außer ihrem großen Garten kaum Abwechslung. Als Edith ihr dann noch verriet, dass Tom und sein Vater die Staranwälte Steinhauser & Sohn waren, hatte es Josefine an diesem Abend die Sprache verschlagen. Sie hätte nie geglaubt, dass dieser humorvolle, witzige junge Mann einer der Männer war, über den die ganze

Stadt sprach. Der Ruf, das sie über Leichen gehen würden, eilte ihnen voraus. Nicht jeder kam in den Genuss, von ihnen vor Gericht vertreten zu werden, weil sich die Herren Anwälte ihre Klienten selbst aussuchten. So kann es durchaus sein, dass eine große Firma von ihnen abgelehnt wurde oder auch, dass sie ein kleines unbekanntes Licht vertraten. Keiner wusste, wie sie ihre Klienten auswählten oder welche Kriterien sie ansetzten. Fest stand nur, wer Steinhauser & Sohn an seiner Seite hatte, der hatte verdammtes Glück - im Gegensatz zu der gegnerischen Partei. Josefine hatte selbst einmal ihren alten Rechtsverdreher reden hören, dass, wenn Steinhauser die Gegenseite vertrat, solle man lieber die Klage zurückziehen und lieber mit einem blauen Auge davon kommen, als gegen die beide anzutreten. Gott sei Dank war es der Firma Jansen & Partner bis heute erspart geblieben. „So ihr beiden langt kräftig zu, ich habe noch mehr in der Küche.", brach Edith ihre Gedanken. Ihre Gastgeberin stellte eine große Platte mitten auf den Tisch, von der ein herrliches Aroma aus ging. Tom stand auf und füllte gekonnt die Teller der beiden Damen. „Ich muss sagen Großmutter, du hast dich mal wieder selbst übertroffen.", lobte Tom seine Großmutter und schob einen weiteren Happen des leckeren Bratens in den Mund. Josefine bestätigte dies durch ein Nicken. „Wirklich köstlich Edith.". Sie war gerade dabei eine Gabel mit Gemüse zu beladen, als ihr Handy „Piep, Piep", machte. Josy entschuldigte die Störung. Sie legte das Besteck zur Seite um einen Blick darauf zu werfen. Es war eine unterdrückte Nummer, die zu dieser Nachricht gehörte. Sie öffnete diese Nachricht. Daraufhin versteifte sich ihr ganzen Körper und Tom, der sie die ganze Zeit heimlich beobachtete, ahnte schon nach dieser Reaktion von ihr, dass es keine angenehme Information sein konnte. Josefine war die ganze Farbe aus dem Gesicht gewichen und ihre hübschen dunklen Augen wurden zunehmend´s wässriger. Sie stand auf und sprach sehr leise: „Bitte entschuldigt mich kurz." und schon rannte sie durch den Regen, die Stufen der Terrasse hinunter, die in den Garten führten. Erst dort lies sie ihren Tränen freien Lauf. Tom wollte ihr hinter her, doch seine Großmutter hielt ihn kopfschüttelnd zurück. „Lass sie erst einmal zur Ruhe kommen.". Tom nickte geistesabwesend, immer wieder wanderte sein Blick zu Josefine. In der Zwischenzeit hatte sie sich auf die kleine Bank zwischen den Rosen gesetzt, die in einem kleinen Gartenpavillon stand. Ihre Ellenbogen waren auf die Schenkel gestützt und ihr

Gesicht in die Hände vergraben. Frau Steinhauser beobachtete Josefine ebenfalls. „Ich weiß nicht, was zur Zeit los ist mit ihr Tom, aber ich mache mir täglich noch mehr Sorgen um sie. So verschlossen wie in den letzten Wochen war sie noch nie.“, sprach Edith leise zu ihrem Enkel. Tom drehte seinen Kopf nur zögernd zu seiner Großmutter. „Meinst du ich könnte jetzt.......?“, fragte er vorsichtig. „Versuche es, aber wundere dich nicht, wenn sie sich in Schweigen hüllt. Sie hat ihren eigenen Kopf. Josefine kann stur wie ein Maultier sein. Sie arbeitet hart wie ein Pferd und seit Roger´s Tod, lastet noch viel mehr auf ihren Schultern. Denk daran, sie ist in einer Männerdomäne aufgewachsen. Ich glaube, dass ich dir nicht sagen muss, was das heißt. Sei einfühlsam mit ihr, sie hat ein großes Herz, das am richtigen Fleck sitzt.“, riet sie leise ihrem Enkel. Tom nickte, stand auf und ging auf Josefine zu. Er ging vor ihr in die Knie um mit ihr auf Augenhöhe zu sein. Seine Hände hatte er ineinander gefaltet. „Josefine, wenn wir, Großmutter oder ich dir irgendwie helfen können, so sag es uns bitte. Wir sorgen uns um Dich.“. Josefine blickte auf, noch immer liefen vereinzelnd Tränen über die Wangen. Tom zog ein Taschentuch aus seiner Hosentasche und reichte es ihr. „Bitte Josy, sprich mit mir, vielleicht finden wir ja gemeinsam eine Lösung für dein Problem.“, versuchte Tom es noch einmal bei ihr. Josefine seufzte schwer, wischte sich die Tränen mit dem Handrücken aus dem Gesicht und reichte Tom ihr Handy mit der Nachricht, die sie erhalten hatte. „Hey Schlampe, ich will bis Ende der nächsten Woche Taten sehen, sonst wird dein ach so geliebter Jo bald nicht mehr unter uns sein.“. Tom laß die SMS noch einmal. Er griff nach Josefine´s Hand. „Hast du schon öfters solche Nachrichten erhalten?“, hackte er bei ihr nach. „Per Post.“, hauchte Josefine und begann erneut aufzuschluchzen. Tom nahm sie tröstend in seine Arme. „Ich werde nicht zulassen, dass man mit dir so umspringt.“, flüsterte er ihr ans Ohr. „Aber du musst mir alles darüber berichten.“. Josefine nickte schniefend. „Zuerst sollten wir damit zur Polizei gehen, denn das ist Erpressung, was du da erhalten hast und muss zur Anzeige gebracht werden.“, sagte Tom fachmännisch. Josefine schüttelte den Kopf und Tom blickte sie verwirrt an. „Keine Anzeige? Wieso nicht?“, wollte er von ihr wissen. „Ich war heute schon mit dem ersten Schreiben bei der Polizei.“, erklärte sie Tom, der tief durchatmete als er das hörte. Er spürte die ersten Regentropfen auf der Haut, die durch das Segel des Pavillons drangen.

„Komm lass uns unters Dach gehen und wir reden dort weiter.“, sagte er und zog Josefine vorsichtig in den Stand, ohne ihre Hand loszulassen. Auf der Terrasse setzte er Josefine in die Hollywoodschaukel und zog ein Beistelltischchen zu ihnen heran. Tom stellte die Weingläser darauf ab und nahm neben Josefine platz. Vorsichtig legte er ihr seinen Arm um die Schulter. „Josy, ich möchte, dass du mir alles erzählst, wirklich alles und wenn es die ganze Nacht dauert, verstanden?“, sprach er, seine Stimme klang wie eine Mischung aus Mitgefühl und Trost. Nachdem Edith den Tisch abgeräumt hatte, setzte auch sie sich zu ihnen. Seufzend begann Josefine mit allem, zwischendurch brach sie in Tränen aus. Sie erzählte von Karl´s Testament, von Roger´s Alleingang, von Gerda und dem Verschwinden der Spieluhr und den fehlenden Mitarbeiterunterlagen. Von ihrem Besuch bei der Polizei und von der Entscheidung ihrer Mutter, von ihrem leiblichen Vater, dabei zischte Edith laut auf neben ihr. „Mein Gott Kind, so breite Schultern hast du doch gar nicht, um das alles alleine zu stemmen.“, meinte Frau Steinhauser mitfühlend. „Josy, schau mich bitte an.“, sagte Tom zärtlich zu ihr, weil sie ihren Kopf noch an seiner Schulter liegen hatte. Sie blickte mit wässrigen Augen zu ihm auf. Dieser beugte sich leicht nach vorn und legte seine Stirn auf die ihre. „Lass dir von mir helfen, gemeinsam schaffen wir das.“, bot Tom leise seine Hilfe an. Josefine schluckte, nickte und hauchte: „Danke Tom.“. Tom überlegte für einen Moment. „Du der Polizist Huber, heißt nicht zufällig Stefan mit Vornamen?“, erkundigte er sie neugierig. Josefine zuckte mit den Schultern. Woher sollte sie wissen, wie dieser Mann mit Vornamen hieß, er hatte sich nur mit Huber vorgestellt. „Ich weiß es nicht. Es war alles zu viel heute Morgen für mich und ich war zum umfallen müde.“. Tom nickte verständnisvoll, er zog sein Arm hinter Josefine hervor, griff in seine Hosentasche nach seinem Handy und wählte eine Nummer. Im Anschluss legte er seinen Arm wieder beschützend um sie. Es klingelte drei vier Mal bis sich Tom am Telefon meldete mit: „Guten Abend, Steinhauser am Apparat. Könnte ich Hauptkommissar Stefan Huber sprechen?“, verlangte Tom von seinem Gesprächspater am anderen Ende der Leitung, es vergingen ein paar Sekunden als er kurz darauf sagte: „Nicht im Haus, verstehe, wann ist er denn wieder im Dienst?“. Wieder herrschte ein längerer Moment des Schweigens. „Morgen früh ok. Würden Sie mir bitte einen Gefallen tun? Könnten Sie Herrn Huber eine Nachricht von mir zukommen lassen?", fragte Tom seinen Gesprächspartner. „Bitte entschuldigen Sie, ich weiß, dass Sie nicht seine Sekretärin sind, aber es ist wichtig. Es geht hier um meine Klientin, die heute Morgen bei Herrn Hauptkommissar Huber eine Anzeige gemacht hat. Am besten gebe ich Ihnen meine Handynummer, denn im Büro ist morgen am Sonntag niemand zu erreichen.", sprach Tom und nannte seinem Gesprächspartner seine Handynummer. „Ja genau, er soll Tom Steinhauser von der Kanzlei Steinhauser & Sohn ganz dringend zurückrufen. Es geht um die Anzeige von Josefine Jansen. Vielen Dank. Einen schönen Abend noch.", wandte sich Tom freundlich an den Mitarbeiter der Polizei und legte auf. „Stefan Huber ist ein ehemaliger Klassenkamerad von mir. Er ist mir noch was schuldig.", klärte Tom Josefine nach seinem getätigten Anruf grinsend auf. Es war spät geworden, Tom begleitete Josefine noch hinüber zu ihrem Haus. Das Gewitter war weiter gezogen, nur noch die nassen Wege deuteten darauf hin, dass vor Kurzem ein Regenschauer nieder gegangen war, welcher nicht wirklich Abkühlung gebracht hatte. „Gute Nacht.", sagte sie leise, um die angrenzenden Nachbarn nicht zu stören. „Gute Nacht Josy.", erwiderte Tom rau und wartete ab, bis Josefine die Haustür hinter sich schloss. Sie begab sich nach oben in ihr Zimmer, öffnete das Fenster, um die stickige Luft vom Tag hinaus zu lassen. Seufzend ließ sie sich auf ihr Bett nieder und strich mit der Handfläche nachdenklich über die weiche Matratze. War es Richtig, dass sie sich Tom anvertraut hatte heute Abend? Sie ließ sich auf den Rücken in ihr Bett fallen. Josefine gähnte herzhaft auf. Die Müdigkeit, gegen die sie ankämpfte, gewann schließlich die Oberhand. Ihre Lider wurden schwer, sodass sie die Augen nicht mehr länger offen halten konnte. Josy drehte sich auf die Seite, vergrub ihren Kopf in das Kissen und zog ihre Beine an. Als Josefine am folgenden Morgen erwachte, schien die Sonne ihr durchs Fenster ins Gesicht. Sie schlug die Augen auf, blinzelte und schloss sie hastig wieder, ehe sie den Kopf abwandte. Sie rieb sich den Schlaf aus den Augen und strich sich einige Strähnen aus dem Gesicht, wobei sie merkte, dass ihr die Haare unordentlich in alle Richtungen abstanden und sie immer noch das Sommerkleidchen vom Abend zuvor an hatte. Nach einer kurzen intensiven Dusche saß Josefine auf ihrer Terrasse und die Sonne brannte nur so vom Himmel herab. Eigentlich war die Dusche umsonst heute Morgen, dachte Josefine, denn bis sie auf ihrer Terrasse war und ihr

Frühstück zubereitet hatte, schwitzte sie schon wieder. Kein Wölkchen war am Himmel zu sehen, hin und wieder hörte man das surren eines Flugzeuges. Bienen, Hummeln und Schmetterlinge schwirrten in der schwülen, fast stehenden Luft herum, um leckeren Nektar zu kosten. Sie hatte soeben gefrühstückt und blätterte vertieft in einer Fachzeitung herum, als ihr Handy vibrierte. Es war kurz nach elf Uhr morgens, sie griff danach und meldete sich. „Guten Morgen Josy. Ich hoffe, dich nicht geweckt zu haben.“, sagte Tom fröhlich am anderen Ende der Leitung. „Nein Tom du hast mich nicht geweckt. Ich sitze bei diesem schönen Wetter auf der Terrasse im Schatten.“, plapperte sie in das Telefon hinein. „Du hast hoffentlich auch etwas gefrühstückt? Nicht das du noch beim nächsten Sturm mir davon geweht wirst. Das wäre wirklich schade darum.“, scherzte Tom mit ihr am Telefon. „Ja ich habe gefrühstückt und dem nächsten Sturm werde ich bestimmt noch standhalten.“, kicherte sie ins Telefon hinein. „Sicherlich Fragst du dich schon, warum ich anrufe? Wärst du heute Nachmittag, sagen wir gegen sechzehn Uhr zu Hause? Ich hätte noch ein paar Fragen an dich und ich würde auch noch ein paar Kopien von den ganzen Schreiben benötigen.“, erklärte er ihr seinen spontanen Anruf. „Ja ich bin zu Hause, wenn du willst besorge ich uns einen Kuchen.“, sagte sie zu Tom. „Nein Josy, den bringe ich mit, du bleibst schön auf deiner Terrasse und entspannst dich oder schwimmst noch ein paar Runden im Pool. Hättest du etwas dagegen, wenn ich noch jemand mit bringen würde? Es ist jemand, der sehr neugierig ist und dich unbedingt kennen lernen möchte.“, fragte Tom geheimnisvoll. Josefine hörte, wie jemand im Hintergrund von Tom brummelte. „War das gerade eben dein Vater?“, fragte sie amüsiert glucksend. „Ja und er ist fürchterlich neugierig, schon die ganze Zeit löchert er mich über dich.“, lachte Tom fröhlich ins Telefon, das Josefine mit ansteckte. „Ok, bring ihn mit, ich werde Edith Bescheid geben, dass ihr geliebter Sohn sich auch mal wieder bei ihr blicken lässt. Man die wird sich freuen.“. Tom lachte herzhaft auf am anderen Ende, er fand den Plan von Josefine einfach genial. Auf das Gesicht seines Vaters war er gespannt wie ein Flitzebogen. „Gut, abgemacht, dann bringe ich eine ganze Torte mit, bis später Josy.“, sagte er und legte im Anschluss auf. Josefine rief Edith zu, die ebenfalls im Schatten auf ihrer Terrasse saß, welch seltener Gast sich für heute Nachmittag zum Kaffee bei ihr die große Ehre erwies. Edith ihre Nachbarin, war ganz

durch den Wind, als sie davon hörte, dass ihr all zu beschäftigter Sohn einmal Zeit gefunden hatte, sie höchst persönlich zu beehren. Na ja nicht gerade sie, aber zumindest in der Nachbarschaft. Sie freute sich schon sehr darauf, das dümmliche Gesicht ihres Sohnes zu sehen, wenn er feststellen musste, dass auch sie bei Josefine zum Kaffee eingeladen war.
Edith Steinhauser war so aufgeregt, dass sie schon um fünfzehn Uhr bei Josy auf der Matte stand, ihr half den Kaffeetisch herzurichten und den Kaffee aufzubrühen, als es an der Tür klingelte, rief ihr Josefine von der Terrasse aus zu: „Könntest du aufmachen?“. Was sich Edith natürlich nicht zweimal sagen ließ. „Klar mache ich.“, rief ihre Nachbarin fröhlich und gutgelaunt. Als Edith grinsend die Tür öffnete, hörte sie nur eine verstörte Stimme „Mutter?“, sagen. Ihr eigener Sohn blickte sie entgeistert an, während ihr Enkel vor sich hin gluckste und am ganzen Körper bebte. Die Überraschung war Josy und ihm gelungen. „Na, da staunste was Herr Steinhauser?“, sagte sie frech und tätschelte ihrem Sohn die Wange. „Wo soll der Kuchen hin?“, erkundigte sich ihr Enkel bei ihr, noch immer breit grinsend und gab seiner Großmutter einen Kuss auf die Wange zur Begrüßung. „Am besten gleich auf die Terrasse, Josefine ist draußen.“, meinte sie und öffnete den beiden Herren ganz die Türe. „Hallo Josy, wo soll ich das gute Stück abstellen?“, fragte Tom sie und blickte zusammen mit ihr in Richtung ihres Wohnzimmers, in dem laut gelacht wurde. „Na am besten mitten auf den Tisch Tom, im Teich wird er uns nichts nützen.“, zog sie ihn amüsiert auf. Tom stellte den Kuchen kopfschüttelnd auf dem Tisch ab, trat zu ihr und zog sie zur Begrüßung kurz an sich. „Alles Ok?“, fragte er sie leise und blickte Josefine direkt fest in die Augen. Josefine nickte darauf hin. Tom drehte sich zur Seite, ließ aber seinen Arm um Josefine´s Taille liegen. „Josy, ich möchte dir meinen Vater vorstellen. Vater das ist Josefine Jansen.“. Herr Steinhauser hob eine Augenbraue und reichte Josefine freundlich die Hand. „Freut mich Sie kennen zu lernen Frau Jansen. Jetzt kann ich meinen Sohn voll verstehen, bei dieser reizenden Lady.“, schmeichelte er ihr und Josefine ertappte sich, wie sie leicht errötete. Edith hatte sofort bemerkt, dass das Kompliment Josy etwas peinlich war. Deshalb ergriff sie schnell das Wort. „Wisst ihr, Josefine und ich haben vorher beschlossen im Herbst den Zaun der Grundstücke zu entfernen. Dazu benötigen wir männliche Körperpower, auch wenn sie zwei linke Hände für so was haben.“,

zog Edith kichernd ihren Sohn und Enkel damit auf, sie konnte es einfach nicht lassen. „Wir wollen den Garten zusammen legen, sodass ich nicht immer um Josefine´s Haus laufen muss, wenn ich darin arbeite.“. Setzte sie die Herren in Kenntnis. „Das ist eine tolle Idee, dann laufe ich nicht wieder Gefahr, mir eine Hose zu ruinieren.“, gluckste Tom, dem der Vorschlag sofort gefiel. Er lachte noch lauter auf, als er in die drei verdutzten Gesichter blicke. „Ich wollte gestern Abend eine Abkürzung über den Zaun nehmen, bin aber dabei leider hängen geblieben.“, gab Tom leise von sich. Jetzt lachten alle auf. „Du meinst das große Loch, das du mir heute Morgen in deiner Hose gezeigt hast stammte von diesem Zaun?“, fragte sein Vater lachend und deutete mit der Hand hinüber zum Zaun. „Und ich Idiot dachte schon du musstest wegen einem scharfen Hund die Flucht ergreifen.“.
Der Nachmittag verlief sehr entspannt, es wurde viel gescherzt und gelacht. Josefine beantwortete brav alle Fragen, die Tom und sein Vater ihr zwischendurch stellten. Vorsorglich hatte sie am Morgen schon alles kopiert, was sie Tom mitgeben konnte, nachdem er angerufen hatte und sich mit seinem Vater zum Kaffee eingeladen hatte. Gerade als sie mit den kopierten Unterlagen aus dem Büro kam, klingelte ihr Handy. Armin stand auf dem Display und sie nahm den Anruf entgegen. „Hallo Armin.“, begrüßte sie den Mann, doch am anderen Ende der Leitung, war eine Frauenstimme zu hören. „Entschuldige Emma, ich dachte es sei dein Mann.“. Sie hörte aufmerksam der Anruferin zu. „Nein Emma, ja du hast ganz Recht. Genau, er soll sich auskurieren und morgen zum Arzt gehen. Emma ich möchte, das du dafür sorgst, dass dein Mann nächste Woche nicht in der Firma aufkreuzt.“, sprach Josefine ins Telefon und hörte der Frau am anderen Ende der Leitung wieder zu. „Nein, Brüssel kann warten.“, versuchte sie die Frau am Telefon zu beruhigen. „Ich weiß, dass er sich riesig darauf gefreut hat, aber glaube mir bitte, Armin ist gesund für mich wichtiger. Also sei so gut und sag ihm das und wenn er sich etwas besser fühlt, soll er so gut sein und sich bei mir kurz auf dem Handy melden. Richte ihm das bitte aus und auch eine gute Besserung von mir. Tschüss Emma.“, verabschiedete Josefine sich von der Anruferin. Darauf hin seufzte sie laut auf. „Probleme?“, fragte Tom´s Vater und blickte dabei Josy fragend an. „Ja, aber eines, das sich lösen lässt. Dann werde ich halt Armin´s Tour übernehmen. Wird eh mal wieder Zeit, dass ich mich hinters

Steuer klemme. Nur leider weiß ich nicht, was Sybill in der Zeit treibt, falls sie wirklich dahinter steckt.", seufzte sie etwas nachdenklich. Herr Steinhauser blickte seinen Sohn an, denn sie beide hatten beim Frühstück einen Plan ausgeheckt, nachdem sich auch Stefan bei ihnen gemeldet hatte. „Sagen Sie Frau Jansen, gibt es jemanden in der Firma, dem Sie zu hundert Prozent vertrauen?", erkundigte sich Herr Steinhauser Senior bei ihr. Josefine dachte kurz nach, viel kamen da gerade nicht in die engere Auswahl. Wenn man es genau genommen sieht, dann eher keinem, dachte Josefine. „Eigentlich nicht mehr vielen, einer davon ist Armin, der Mann, den seine Frau gerade krank gemeldet hat und dann gibt es noch Georg unseren Werkstattleiter, und Max, aber sonst eigentlich niemanden mehr. Und die, die noch in Frage kommen würden, sind wie vom Erdboden verschwunden.", gab Josefine trübselig von sich und zog dabei die Luft laut ein. Tom´s Vater nickte. „Verstehe", sagte er laut seufzend. „Hast du gestern nicht eine Gerda erwähnt? Die Rentnerin, die ehemalige Sekretärin deines Vaters? Die du auch um Hilfe gebeten hast und die mit dir zusammen bei der Polizei war.", hackte Tom nach bei ihr und rieb sich nachdenklich über sein Kinn. „Ja, aber sie ist in Rente und nicht mehr in der Firma tätig.", erwiderte Josefine, sie wusste nicht, auf was Tom da hinaus wollte. Herrn Steinhauser sah man an, wie er grübelte. „Frau Jansen, meinen Sie, diese Gerda könnte Sie für ein paar Tage in der Firma vertreten?", kam es wie aus heiterem Himmel plötzlich von Tom´s Vater. Josefine riss die Augen weit auf. „Sie meinen Gerda soll meinen Job machen, während meiner Abwesenheit?", hackte sie neugierig bei Herrn Steinhauser nach, der sie grinsend an nickte. Warum war sie da von alleine noch nicht drauf gekommen? „So in etwa. Nur das sie noch mehr tun müsste, wie zum Beispiel diese Sybill im Auge behalten. Meinen Sie, das würde sie für Sie tun?", erkundigte sich der Star Anwalt neugierig bei Josy. „Hmm...., Ich weiß nicht?", hauchte Josefine, die eigentlich niemanden in diese komische Sache mit hineinziehen wollte. Doch Tom ließ nicht locker. „Josefine würdest du diese Frau jetzt gleich anrufen?", übte er interessiert druck auf sie aus. „Ich kann´s versuchen, aber ich weiß nicht, ob sie bei diesem schönen Wetter zu Hause ist.", sprach Josy während sie Gerda ´s Nummer wählte und übergab ihr Handy an Herrn Steinhauser weiter. Doch sie hatten Glück, Gerda war schon nach dem dritten Klingelzeichen am Apparat. Herr Steinhauser entschuldigte sich bei Gerda für die Störung. Stellte sich kurz bei ihr vor am Telefon und schon erklärte er ihr in kurzen Zügen worum es ging. Gerda schnappte zu anfangs nach Luft, als sie hörte, wer ihr Gesprächspartner war. Aber willigte sofort ein, als Herr Steinhauser sein Anliegen vor brachte. Nachdem Herr Steinhauser die Adresse von ihr notiert hatte auf einem Zettel, den er seinem Sohn zuschob, fuhr Tom auch schon los, um Gerda von zu Hause aus abzuholen. Auf dem Weg zu Josefine erzählte Tom ihr etwas mehr über ihr Vorhaben. So stand Gerda mit einem breiten amüsierten Grinsen im Gesicht, nach ihrer Ankunft bei Josefine auf der Terrasse. „Hey Schätzchen, die machen wir fertig.“, begrüßte sie Josefine mit diesen Worten ausgelassen. Edith belud einen Teller mit Kuchen und schenkte Gerda eine Tasse Kaffee ein, während Herr Steinhauser ihr und Josefine den genauen Ablauf erklärte. Eigentlich war es ganz einfach. Josefine verbreitet in der Firma, dass sie zu ihrer Mutter nach Schweden flog. Statt dessen war sie aber mit ihrem Truck nach Brüssel unterwegs. Herr Steinhauser wies Josefine an, Gerda ganz offiziell als ihre Vertretung während ihrer Abwesenheit vorzustellen. Josy war es immer noch nicht ganz wohl bei dieser Sache. „Übrigens werden Sie liebe Gerda in dieser Zeit einen netten jungen Praktikanten an ihrer Seite haben.“, meinte Tom geheimnisvoll. „Der Praktikant wird sich am Montag Punkt Acht Uhr bei euch beiden in der Firma vorstellen.“, setzte Tom noch hinzu und hoffte, dass Josy jetzt keinen Rückzieher machen würde. Nachdem alles besprochen war und das letzte Kuchenstück von Herrn Steinhauser vertilgt wurde, brachen die beiden Anwälte mit den Unterlagen, die sie von Josefine erhalten hatten, auf. Josefine nahm Gerda mit zurück in die Stadt, da ihre Wohnung auf dem Weg zur Firma lag. Tom und Herr Steinhauser wohnten in einer anderen Richtung und es wäre nur ein Umweg für sie gewesen, obwohl Herr Steinhauser meinte, dass dies wirklich kein Umweg für sie sei. Aber Josefine wollte ohne hin noch einmal kurz in der Firma vorbei sehen, weil sie mit Georg dem Werkstattleiter reden wollte. Georg kannte Josefine schon von Kindesbeinen an und für ihr Vorhaben war er genau der richtige Mann. Josefine parkte ihren Jeep genau vor dem geöffneten Werkstattrolltor, nachdem sie Gerda zu Hause abgesetzt hatte. Schon beim Aussteigen hörte sie lautes klopfen und fluchen, gefolgt von einem lauten Aufschrei und einem weiterem fluchen. Dann erblickte Josefine auch schon den Mann, den sie suchte. Er hielt sich seinen Fingerrücken an den Mund. „Oh Gott, das hat mir gerade auch noch gefehlt.“, begrüßte der Mann Josefine breit grinsend. „Guten Abend Georg.“, grüßte sie ihn zurück und der Kerl verdrehte die Augen. „Welch Glanz in meiner Hütte heute Abend.“, scherzte er, dabei gestikulierte er wild mit den Händen herum. „Das bedeutet nichts gutes, wenn der Boss am Sonntagabend hier bei mir aufkreuzt.“, sagte er schallend lachend. „Hallo Kleines, ich würde dir ja gerne die Hand geben, aber du siehst ja selbst.“, meinte er und streckte ihr die dreckigen Öl verschmierten Hände entgegen. Josefine grinste. „Macht nichts, ich kenne dich nicht anders als so.“, kicherte sie und gab ihm zur Begrüßung einen Kuss auf die Wange. „Was führt dich hier her Josy?“, fragte Georg neugierig und zog dabei fragend eine Augenbraue nach oben. Josefine blickte sich in der Werkstatt um. „Bist du alleine?“. Georg blickte sie verwirrt an, als sie ihn das fragte. „Ja, ja ich bin alleine heute Abend.“, brummelte er und blickte sie immer noch irritiert an. „Gut, könntest du mir den Kenworth fertig machen?“. Georg riss die Augen auf, mit großen Glubschaugen starrte er sie an. „Wusste ich es doch. Wenn du hier aufkreuzt, liegt was im Busch.“, knurrte er leise grinsend. „Bis wann?“, hackte er bei Josefine nach und kratzte sich dabei am Hinterkopf. „Morgen Abend.“, Georg atmete geräuschvoll ein und stieß die Luft pfeifend wieder aus, dabei überlegte er kurz und nickte dann. „Also eine weitere Nachtschicht. Er wird fertig sein Josefine.“, meinte er und wischte sich seine dreckigen Hände an einem Lappen ab. „Georg, könntest du es so einrichten, dass niemand es bemerkt, das du den Kenworth fertig machst? Falls doch, musst du dir eine verdammt gute Ausrede einfallen lassen. Ich weiß das du es kannst.“, Georg nickte. „Schon gut, ich hab es kapiert. Top Secret.“. Diesmal war es Josefine die mit offenem Mund vor ihm stand. „Du weist davon?“, fragte sie ungläubig, doch Georg schüttelte den Kopf. „Nein, nicht viel, ich musste den Jung´s nur die Kärren für diesen Auftrag richten. Jedesmal Umbereifen, andere Ladesicherungen montieren und und und. Alles was die dafür brauchten, mehr weiß ich auch nicht Kleines.“. Josefine nickte, wieder eine Spur, die sich im Sand verlief. „Danke Georg.“, sagte sie etwas enttäuscht und ging zu ihrem Jeep. „Josy“, rief er ihr nach, als sie schon in ihren Jeep einsteigen wollte. „Sei Vorsichtig. Ich hoffe du drehst kein krummes Ding.“. Josefine lachte auf über den Kommentar, den Georg ihr an den Kopf schmiss. „Nein Georg, das werde ich

nicht machen, versprochen. Ich bin nur dabei, einen kleinen Banküberfall zu planen.", scherzte sie laut lachend. Georg wandte sich seinem Fahrzeug wieder zu, winkte lachend mit der Hand ab und schüttelte kichernd den Kopf, als Josefine vom Hof fuhr. „So ein freches Weibsstück, der würde ich so etwas glatt noch zutrauen.", murmelte er leise vor sich hin und hantierte wieder an dem Fahrzeug herum.
Als Josefine zurück nach Hause fuhr, dämmerte es bereits. Sie hatte für heute alles erledigt, sie musste nur noch kurz ihre Reisetasche packen, damit sie diese am besten gleich morgen früh in den Kofferraum schmeißen konnte, bevor sie in die Firma fuhr. Fieberhaft überlegte sie die ganze Zeit nach, wer dieser Praktikant sein könnte, den Tom am Nachmittag erwähnt hatte. Aber egal dachte sie sich, als sie den Wagen verließ. Sie würde jetzt noch kurz etwas zu sich nehmen und noch eine Runde im Pool schwimmen gehen. „Huhu Josy, komm herüber. Ich habe für uns ein Abendessen zubereitet.", rief ihr Edith zu als sie bemerkte, wie Josefine aus dem Wagen stieg und sie so aus ihren Gedanken heraus riss. „Oh Edith, das ist lieb von dir, aber eigentlich wollte ich noch kurz meine Tasche packen und im Anschluss noch eine Runde im Pool schwimmen gehen.", antwortete Josefine ihrer Nachbarin über den Zaun zu. Doch Edith ließ nicht locker. „Nicht´s da, du kommst jetzt erst einmal zum Essen. Danach kannst du immer noch packen gehen und in den Pool hüpfen. Auf komm herüber.". Josy seufzte auf und machte sich auf den Weg zu Edith´s Gartentür, die mal wieder nur so vor sich hin quietschte, als sie geöffnet wurde. „Ein Tröpfchen Öl würde dieser auch mal gut tun", kicherte Edith amüsiert, doch Josy machte eine abfallende Handbewegung. „Die brauchen wir nicht mehr zu Ölen, denn spätestens im Herbst fliegt sie mit samt dem Zaun auf den Schrott. Also zu was noch das kostbare Öl verschwenden.", gluckste Josefine und schnupperte schon von Weitem ein leckeres Aroma, das ihr in die Nase stieg. Gemeinsam speisten die Frauen auf Edith´s Terrasse und plauderten über den Nachmittag. Edith amüsierte sich noch immer über den verblüfften Gesichtsausdruck ihres Sohnes, als sie Josy´s Tür geöffnet hatte. Zu guter Letzt schickte Edith Josefine hinüber zu sich, damit sie packen konnte, solange sie ihre Küche auf Vordermann brachte. Im Anschluss verabredeten sie sich an Josy ´s Pool. Denn ihre Nachbarin wollte ihr noch im Pool etwas Gesellschaft leisten und ebenfalls noch ein paar Runden schwim-

men. Edith schlug vor, zu ihrem Pool-Treffen noch zwei Cocktails mitzubringen, denn sie hatte mal wieder ein paar neue Rezepte, die sie unbedingt ausprobieren wollte. Nur für sich alleine wollte sie diese nicht extra mixen. So trafen sich die beiden Frauen nach getaner Arbeit am Pool zu einer kleinen Poolparty, um den herrlichen Abend ausklingen zu lassen. Josefine schaltete die Außenbeleuchtung des Pools an und ging im Anschluss mit einem großen Badehandtuch zum Pool. Dort warf sie das Handtuch auf eine der Sonnenliegen und eilte ihrer Nachbarin Edith entgegen, die mit einem Tablett und einer Badetasche ihr entgegen kam, um ihr wenigstens etwas abzunehmen. Auf dem Weg zum Pool umschwirrten Mücken die beiden Frauen, sodass sie diese Plagegeister heftig mit ihren Händen weg wedelten mussten. Josefine hoffte nur, dass sie das Tablett mit den Cocktails und dem Knabberzeugs durch das herumfuchteln mit der Hand heil zum Pool brachte. Die Cocktails sahen sehr lecker und verführerisch aus und hatten es hundert prozentig in sich, das wusste Josy von ihren vergangenen Poolcocktailpartys, die leider in letzter Zeit eher selten waren. Sie war gespannt, wie diese schmecken würden. Sie stellte das Tablett mit den zwei Cocktails und dem Knapperzeugs genau direkt am Poolrand ab und ging zurück zur Sonnenliege, wo auch schon Edith fleißig ihre Badetasche auspackte. Sie waren beide froh, endlich die durchgeschwitzten Klamotten los zu werden. Die feuchtschwüle Luft senkte sich auf ihre Haut, als die beiden sich ihre Shirt´s über die Köpf zogen. Im Anschluss wateten sie in Bikini und Badeanzug in den Pool. Der Pool war warm wie eine Badewanne, doch als die Frauen untertauchten, kühlte er sie beide ein bisschen ab. Die Nacht war sternenklar und angenehm lau, als sie ihre Bahnen im Pool drehten, plauderten, lachten, scherzten und ihren Cocktail genossen zusammen mit dem Knapperzeugs am Rand des Pooles.
Es war weit nach Mitternacht, als die beiden Frauen fröhlich, vergnügt, kichernd und leicht angesäuselt den Pool verließen. „Sowas sollten wir wieder viel öfters machen Josefine.“, meinte ihre Nachbarin und gute Freundin Edith glucksend und griff zu ihrem Handtuch. „Oh Gott, ich weiss ganz genau, wo das immer hinführt mit unseren Poolpartys. Ich möchte nur all zu gerne wissen, wo du immer diese Rezepte auftreibst. Mann die habe es immer in sich.“, kicherte Josefine, griff ebenfalls nach ihrem Handtuch, nur ging ihr Griff ins Leere, was die beiden

Frauen laut auflachen ließ. „Pssssst, nicht so laut, die Nachbarschaft.“, gluckste Josy, doch Edith machte mit ihrer Hand eine abfallende Handbewegung. „Die sind selbst schuld, wenn sie meinen, sie müssten mit den Hühnern ins Bett gehen.“, kicherte Edith vergnügt vor sich hin. Sie schlugen sich ihre Badehandtücher um ihre Körper und Edith lud die leeren Gläser und die leere Knabberschale zusammen mit dem Tablett in ihre Badetasche. Sie wünschten sich noch gegenseitig kichernd eine angenehme Nachtruhe, bevor jede der Frauen zu sich nach Hause ging. Josy schaltete die Poolbeleuchtung aus und begab sich nach oben in ihr Schlafzimmer. Der Tag war lang, der Cocktail zeigte seine Wirkung, was hoffentlich morgen früh nicht mit Kopfweh endete. Als sie vorhin ihre Runden im Pool drehten, hatte Edith ihr erzählt, dass sie die doppelte Mengenangabe verwendet hatte. Josefine lachte noch einmal herzhaft auf, als sie daran dachte - das war so typisch für Edith. Josy lies sich ins Bett fallen und schlief auch sofort ein.

Kapitel

Am nächsten Morgen parkte Josefine ihren Jeep auf ihrem Parkplatz, auf dem das Kennzeichenschild ihres Jeeps prangerte. Sie stieg aus und sah an dem Bürogebäude hoch, an dem das Schild Jansen & Partner fröhlich in der Sonne blitzte. Sie stopfte ihr Handy in die Tasche ihrer Jacke und betrat das Gebäude und begrüßte freundlich die Mitarbeiter, die ihr über den Weg liefen, als sie die Glastür zum Büroräumen der Chef´s öffnete. Direkt gegenüber sprang Sybill erschrocken von ihrem Stuhl auf, die gerade dabei war, ihre Nägel zu maniküren. „Das schadet dir nur, wenn du dich so schnell bewegst.“, zischte Josefine sie an beim vorüber gehen. Die Blondine mit dem knallrot geschminkten Schmollmund wollte offenbar Josefine widersprechen, aber Josy war schneller. „Bleib ruhig sitzen.“, sagte sie zu ihr und machte dabei eine abfallende Handbewegung. „Aber, aber..... ich wollte gerade die Post rein bringen.“, stotterte sie verlegen. Josefine drehte sich sehr langsam zu ihr um und blickte die aufgetakelte Blondine finster an. „Sybill, ich weiß durchaus, das meine direkte Art und meine Kritik an deiner Art und Weise, wie du arbeitest, mich nicht zu deinen Favoriten zählen lässt.“, zischte Josefine sie erneut an. Sie hasste diese Frau mit den Silikonbrüsten, und den aufgespritzten Lippen und viel im Hirn hatte sie auch nicht, außer heiße Luft unter dem Pony. War wirklich sie, diejenige, die diese Drohbriefe an sie geschrieben hatte? Anna die an einem weiteren Schreibtisch im Vorzimmer saß, grinste vor sich hin und zwinkerte Josefine zu. Dabei fuchtelte sie mit einer Hand wild vor ihrem Gesicht herum. „Guten Morgen Anna.“, begrüßte Josefine ihre eigene Sekretärin freundlich. „Ist Gerda schon da? Sie wollte mich heute morgen spontan besuchen kommen. Ich habe sie vorhin getroffen.“, log sie ihre eigene Sekretärin an. „Nein, Gerda habe ich noch nicht gesehen, aber dafür warten da drüben zwei junge attraktive Männer, die du angeblich als Praktikanten eingestellt hast.“. Informierte ihre Sekretärin sie, die Anna verwirrt anblickte. „Was habe ich?“, scheiße zu spät, dachte sie, denn ihr fiel siedend heiß ein, dass Tom gesagt hat, dass sich heute morgen ein Praktikant bei ihr vorstellen würde. Aber zwei? Von zwei war nicht die Rede. „Ach ja, stimmt, tut mir leid, hab ich glatt vergessen, dir zu sagen, ich habe einfach im Moment ein bisschen zu viel um die Ohren. Wo finde ich die Kerle?“, erkundigte sie sich bei Anna ihrer Sekretärin. „Vorne im Wartebereich.“. Sie hatte beim hereinkommen die beiden jungen Männer gar nicht wahrgenommen und war an ihnen vorbei gelaufen. Josefine machte auf dem Absatz kehrt und kehrte zurück in den Wartebereich. Jetzt stand sie sprachlos vor den beiden Männern und einer davon grinste sie frech an. „Guten Morgen Frau Jansen. Schön sie wieder zu sehen, wir beide sind wegen der Praktikumsstelle hier.“, hörte sie den Mann sagen, der sie unverschämt angrinste. Josefine schluckte trocken. War das überhaupt nötig? „Gut, dann folgen Sie mir doch bitte in mein Büro.“, sprach sie zu den jungen Männern, so laut, dass es Anna und Sybill auch hören mussten. Die jungen Männer folgten ihr, dabei blickten sie sich unauffällig um. Auf der Höhe von Anna´s Schreibtisch wandte sie sich nochmals an ihre Sekretärin. „Ich möchte nicht gestört werden. Sollte Gerda kommen, so schick sie mir bitte einfach herein.“. Anna nickte ihr stumm zu. Josefine öffnete die Bürotür und bat die beiden Herren einzutreten, bevor sie selbst ihnen folgte. Sie wollte sich gerade an die Männer wenden, als die Tür aufgerissen wurde und eine gutgelaunte fröhliche Gerda mit einem Einkaufskorb in der Hand hereinplatzte. Gerda versteifte sich und ihre Gesichtszüge entgleisten, als sie einen der beiden Männer wieder erkannte. „Ich glaub mein Schwein pfeift.“, waren ihre ersten Worte. „Die Überraschung ist aber deinem Tom gelungen. Sollen das die Praktikanten sein von denen er gestern Abend gesprochen hat?“, murmelte Gerda in Josefine´s Richtung. Josefine begann zu kichern, denn sie amüsierte sich über Gerda´s Verhalten. „Sieht wohl so aus. Glaube mir, so wie du gerade reagiert hast, ging es mir vorhin auch.“, gestand sie Gerda und kicherte dabei munter vor sich hin. „Darf ich dir offiziell deine Praktikanten Stefan und Dominik vorstellen.“, gluckste Josefine und bebte am ganzen Körper vor Lachen. Gerda ließ sich in einen der bequemen Sessel fallen. „Na jetzt kann ja wirklich nichts mehr schief gehen.“, entgegnete sie platt. „Hast du da Frühstück in deinem Korb? Es duftet so verlockend nach frischen Brötchen.“, erkundigte sich Josefine und zupfte dabei neugierig an einer Tüte herum. Gerda lachte auf und nahm die Tüte aus ihrem Korb. „Lasst euch nicht von mir nicht stören, bin schon unterwegs Geschirr zu holen.“, meinte sie amüsiert und schwup´s war Gerda auch schon draußen. Nach einer Stunde humorvollem Frühstücks - Josefine hatte schon lange nicht mehr so gelacht - stellte sie offiziell

Anna und Sybill die beiden Praktikanten vor. Ebenso Gerda als ihre Stellvertreterin für die kommenden Tage. Sybill schnappte hörbar nach Luft und Anna grinste über das ganze Gesicht. Stefan´s Plan war simpel. Die Praktikanten sollten Botengänge für die Chefetage machen, Anna fleißig unter die Arme greifen und dabei Sybill nicht aus den Augen lassen. Dominik durfte, wenn es sich ergab, auch versuchen bei Sybill zu landen. Als er das hörte lachte er. Er war soooo von sich als Liebhaber überzeugt. „Glaubt mir, ich habe schon so manche Blondine flach gelegt, denn Blondinen haben ja, wie jeder weiß nicht viel in der Birne.“, teilte er ihnen auftrumpfend mit. Gerda hatte ihn darauf hin scharf angeblickt. „Junge, pass auf was du da von dir gibst. Ich war auch einmal Blond.“, konterte sie zu Dominik zurück. Man konnte deutlich erkennen, wie Dominik´s Gesichtsfarbe sich veränderte. Er wurde knallrot und räusperte sich verlegen. „Ich meinte natürlich, solche Weiber, wie diese da draußen.“, korrigierte er schnell seinen Satz. Daraufhin hörte man aus Josefine´s Büro ein schallendes Gelächter. Josy verabschiedete sich mit den Worten: „Ich muss los, sonst verpasse ich meinen Flug nach Schweden.“, dies sagte sie überlaut und ziemlich überzeugend bei offener Bürotür, sodass es die beiden Damen im Vorzimmer hören konnten, beziehungsweise mussten. Josefine drückte Gerda zum Abschied noch kurz aber fest an sich. Den beiden jungen Männern reichte sie hingegen nur die Hand und verabschiedete sich förmlich, wie es sich für eine Chefin gehörte. „Guten Flug.“, rief Stefan ihr ziemlich laut noch hinter her.
Gegen zweiundzwanzig Uhr huschte mit einer Taschenlampe ausgerüstet eine Gestalt über den Hof von Jansen & Partner. Diese öffnete eine Feuerfesttür, die in eine große Wagenhalle führte. Da stand er, ihr Baby, ein dunkelblaumetalicfarbener Kenworth W 900 spezial mit einer stattlichen langen Haube, unter der sich stolze 933 PS verbargen. Alles was aus Chrom war, glänzte im Schein der Taschenlampe auf. Georg hatte sich wieder einmal selbst übertroffen. Dieser Truck war Josefine´s ganzer Stolz, denn er war wirklich eine Augenweide. Da es ein sehr seltenes Fahrzeug auf deutschen Straßen war, drehten sich die Fahrerkollegen meist nach dieser Maschine um. Wie räudige Straßenköter lechzten sie nach ihm. Josefine fand das schon immer sehr interessant, wie sich Männer gaben, wenn sie ihr Baby auf den Straßen erblickten. Sie konnte sich noch gut an das Telefongespräch mit ihrer Mutter damals

erinnern, als sie ihr erzählte, dass sie sich Hals über Kopf in einen Ami verliebt hatte. Astrid japste seinerzeit ein paar mal schwer nach Luft. Zu dieser Zeit hätte Josy zu gern dabei das Gesicht ihrer Mutter gesehen. Erst als sie ihr erzählte, das sie mit ihrem Chef Con auf einer Truckermesse einen Kenworth W 900 mit Spezialumbau gesehen hat und sich in diesen verliebt hatte, wurde ihre Mutter ruhiger und fing sogar an ein wenig zu kichern. Astrid hatte zu diesem Zeitpunkt wirklich gedacht, dass ihre Tochter während ihres Auslandspraktikums in Kalifornien, sich in einen Kalifornier verliebt hatte. Josefine zog die Tür ihres Trucks auf und kletterte auf den Fahrersitz. „Hallo alter Kumpel.", flüsterte sie leise, dabei fuhr sie zärtlich mit den Händen über das Lenkrad. Mein Gott, wie war sie damals aus dem Häuschen, als Karl ihr dieses Geschenk machte. Sie schloss für einen Moment die Augen, ohne dabei die Streicheleinheiten, die sie ihrem Truck zukommen ließ, zu unterbrechen. Zu jener Zeit war es kurz vor Feierabend, als Karl und Jo wie die Basserker in ihr Büro stürmten. Ihr blieb nicht einmal Zeit von ihrem Stuhl hoch zu springen, so überrumpelt wurde sie von den beiden. Alles ging so abrupt plötzlich. Jo drückte sie mit seinem vollen Kampfgewicht von hundertfünfundzwanzig Kilo auf ihren Bürostuhl nieder, während Karl ihr einen dicken schwarzen Wollschal um die Augen band. Bei dieser Aktion grölten die beiden vor lachen. Langsam verlagerte Jo sein Gewicht und schon wurde sie vom Stuhl gezogen und auf geschultert. Sie werte sich kreischend und schreiend mit Händen und Füßen. Ihre Hände trommelten wie wild auf den Rücken des Mannes ein, der sie aufgeladen hatte. Mit den Füßen versuchte sie ihn dabei zu treten. Eine große feste Hand klatschte ihr abrupt schmerzhaft auf ihr Hinterteil. „Halt still du kleines verrücktes Weib.", zischte eine Stimme gefährlich auf. Die Stimme gehörte eindeutig zu Jo. Es konnte nur Jo sein, der sie auf geschultert hatte, denn ihr Vater Karl war nicht so kräftig gebaut. Unter lautem Lachen und Gejohle trugen die beiden Männer sie aus dem Bürogebäude. Vorsichtig wurde sie unter Kichern der Männer auf die Füße gestellt. Sie vernahm weitere kichernde männliche Stimmen im Hintergrund. Auch diese Stimmen kannte sie nur all zu gut. Himmel Herr Gott noch mal, was hatten diese Verrückten vor mit ihr? Jemand hielt ihre Hände auf dem Rücken fest, damit sie nicht an die Binde, die auf ihren Augen lag, heran kam. Josefine hörte aus der Ferne Motorengeräusche auf sie zukommen. Es war kein geübter

Fahrer, ging es ihr spontan durch den Kopf. Der Fahrer gab immer wieder zu viel Zwischengas und der Motor heulte dabei kräftig auf. Der Klang des Motors erinnerte sie an einen ihrer Träume. Den Kenworth, den sie in Kalifornien auf einer Messe gesehen hatte. Der hatte, so meinte sie jedenfalls, den gleichen Sound. Aber in Deutschland gab es diese Fahrzeuge doch gar nicht. Schon allein die Überführungskosten und die anfallenden Umbauarbeiten für den deutschen TÜV wären enorm hoch gewesen. Josefine erschrak, als mächtige Fanfaren aufjaulten und in diesem Moment wurde ihr die Augenbinde abgenommen. Sie musste ein paar Mal blinzeln und konnte es nicht glauben, was sie da sah. Zuerst blickte sie ihren Vater Karl an, der über das ganze Gesicht grinste und neben ihr stand. Dann wanderte ihr Blick zu der anderen Seite, auf der Jo stand, der ebenfalls genauso unverschämt grinste wie ihr Vater - bevor ihr Blick wieder auf das Objekt vor ihr wanderte. Fassungslos riss sie ihre Hände vor den Mund und in ihren Augen stiegen Freudentränen auf. Vor ihr stand ihr langersehnter Traum. Sie hätte nie gedacht, dass sich dieser jemals erfüllte. Breit grinsend ließ der Fahrer die Scheibe herunter. „Woow Kleines, sprachlos, was....? Ich glaube es nicht, dass ich das noch erleben darf. Na Lust auf eine Probefahrt?“, rief ihr Armin kichernd durch das geöffnete Fenster zu. Josefine blickte zu ihrem immer noch grinsenden Vater, dieser nickte. „Na los! Worauf wartest du noch! Er gehört dir.“, sagte er amüsiert über den verwirrten Gesichtsausdruck, der auf Josefine´s Gesicht lag. Sie ermahnte sich selbst zur Ruhe, ihr Herz pochte viel zu schnell und schlug ihr hart gegen ihre Rippen. Zuerst lief Josy ganz langsam die drei Stufen vom Eingang hinunter, weil sie immer noch glaubte in einem Traum zu stecken, der jeden Augenblick platzen könnte. Unten angekommen rannte sie dann los, riss die Fahrertür auf, kletterte freudestrahlend in das Fahrerhaus und keuchte Armin an. „Mach mal Platz du verrücktes etwas.“. Armin, der brav auf den Beifahrersitzt rutschte, bebte vor Lachen. Kopfschüttelnd und mit Freudentränen in den Augen saß Josefine fassungslos hinter dem Lenkrad des Kenworths. Sie konnte es immer noch nicht glauben und fuhr sanft mit ihren Händen über das Lenkrad. „Du, da gibt es etwas, das man drehen muss, damit er anspringt.“, scherzte Armin mit ihr vergnügt. „Ach wirklich? Ich hatte gedacht, der springt von alleine an.“, kicherte sie und drehte den Schlüssel im Zündschloss herum. Darauf hin fing der Truck zu schnurren an.

Überglücklich drehte sie die ersten Runden mit ihrem neuen Fahrzeug über den Hof von Jansen & Partner. Sie konnte es kaum erwarten, mit diesem Truck das erste mal auf die Straßen zu kommen. Fünf Wochen musste sie auf Wunsch von Karl mit einem seiner Männer zusammen auf Tour gehen, bevor er sie alleine los schicken würde. Jo meinte damals übermütig zu Karl. „Ich glaube nicht, dass uns dieses verrückte Weibsstück jemals hinter das Lenkrad lässt.". Doch da irrte er sich gewaltig.
Josefine drückte auf eine Fernbedienung und das Rolltor begann an zu quietschen. Vor ihr lag das Firmengelände in dunklen Schatten. Nur vereinzelnd erkannte man ein paar Lichtquellen draußen, um die sich die Nachtfalter und anderes fliegendes Getier kreisten. Sie startete den Truck und schaltete das Radio und den Funk ein. Im Radio lief gerade der Song „I was made for loving you." von Kiss. Das Lied hatte sie schon lange nicht mehr gehört. Es war einer von Jo´s Lieblingssongs. Dieser kam noch vor Black Betty von Ram Jam. Das erinnerte Josefine daran, dass sie einen Auftrag und eine Mission hatte. Der Arbeitsauftrag lag hinten auf ihrem Auflieger und die Mission war, schnellst möglichst Jo oder einen der anderen Kerle zu finden. Hierbei würde ihr geliebtes Baby eine ganz besondere Rolle spielen. Ein Frau am Steuer war bei den Kollegen nicht immer willkommen. Manche akzeptierten es bis heute noch nicht. Frauen wurden entweder blöd angepöbelt oder links liegen gelassen, das wusste sie aus Erfahrung. Aber nicht, wenn sie hinter dem Steuer ihres Kenworth saß. Hier kam man schnell ins Gespräch und die allermeisten Kollegen merkten gar nicht, dass sie dann doch mit einer Frau fachsimpelten. Oh ja, durch ihn konnte sie sich nach Jo und den anderen erkundigen, ohne das sie Gefahr lief blöd angemacht zu werden. Schnell würde es sich herum sprechen und hoffentlich auch zu einem der Männer, die sie suchte durchdringen. Das Rolltor war nun oben und schon schnaubte die Zugmaschine mit geladenem Auflieger aus der Halle in die Dunkelheit des Firmengeländes von Jansen & Partner. Als Josy ihren Kenworth aus der Werkshalle herausmanövriert hatte, betätigte sie erneut die Fernbedienung und das Rolltor setzte sich abermals in Bewegung um die Halle wieder zu verschließen. Josefine und ihr Truck rollten langsam vom Hof in Richtung Brüssel. Über ihr funkelten am klaren Nachthimmel die Sterne, die sie auf ihrem Weg begleiten würden. Eine dünne Mondsichel, stand genau

über ihr und dem Truck. Sie machte es sich auf dem Fahrersitz bequem, stellte den Tempomat ein und ließ den Truck laufen. Obwohl es Nacht war, herrschte doch so einiges Treiben auf dem Zubringer zum nächsten Autobahnkreuz. Das Funkgerät über ihr rauschte und rasselte vor sich hin. Gespannt hörte sie zwei Kollegen bei ihrer Unterhaltung zu. Vielleicht würde sie ja hier durch den Funk auf die Vermissten stoßen. Kurze Zeit später hatte Josefine auch schon ihre Bestätigung. Sie kicherte auf, als sie über den Funk plötzlich jemand sagen hörte: „Woooow, was war das für ein Monster? Hey kann mir mal jemand von Euch da draußen sagen, ob ich gerade geträumt habe? Was war das den für ein heißes Geschoss? Leute sind wir in Deutschland oder in Amerika?“. Kurz darauf hörte sie Gelächter über den Funk. „Hey was für ein Monster hast du gesehen? Such dir lieber einen Platz zum schlafen, bevor andere Kreaturen zuschlagen.“, konterte ein Kollege ernst. „Neee Leute, ich bin top fit. Ich habe meine Tour erst gerade begonnen. Glaubt mir ich halluziniere nicht.“. Wieder raschelte es im Funk und eine weitere Stimme schaltete sich dazu. „Was war das für ein Vehikel? Beschreibe es einmal, damit wir nicht auch noch kleine Marsmännchen zu Gesicht bekommen.“, gluckste die Stimme zwischen seinen Worten. „Hey Leute, es sah so aus, als ob es ein Ami-Truck war.“, erneut raschelte es über den Funk und dazwischen hörte Josefine wieder das Lachen eines Mannes. „Wooow, ich muss dir leider bestätigen, dass du kein Monster gesehen hast. Es ist wirklich ein Ami -Truck, der in die Flotte von Jansen & Partner gehört. Allerdings war er in letzter Zeit kaum noch auf den Straßen zu sehen. Hab mich schon darüber gewundert. Hast du seinen Fahrer erkennen können?“, erkundigte sich der Mann bei seinem Fernfahrerkollegen, der den supergeilen LKW gesehen hat. „Nein du Dummkopf! Wie auch, es ist doch Nacht. Diesmal hörte man ein allgemeines Gelächter von mehreren Männerstimmen über den Funk. „Okay man, dann würde ich dir jetzt den Vorschlag machen, sofort deinen Arsch in die andere Richtung zu begeben und diesem hinterher zu fahren. Denn in der Regel fährt dieses Monster eine reizende, nette, sexy, gut aussehende junge Frau.“, sagte dieser Mann, der sich nach dem Monster erkundigt hatte bei seinem Truckerkollegen. Josefine hörte nur noch „Machst Du Witze?“, über den Funk.
Sie war zufrieden, sogar in der Dunkelheit der Nacht fiel sie mit ihrem Kenworth auf. An der Grenze zu Belgien legte sie eine

weitere Pause ein. Es dämmerte bereits. Sie schlüpfte nach hinten und bereitete sich in der kleinen Kochgelegenheit etwas zum Frühstück zu. Die kleine Küche mit zwei Flammenherden, einem kleinen Schränkchen und Kühlschrank, gehörte zu der Sonderausstattung des Spezialumbaus. Außerdem eine Dusche und eine Toilette auf der gegenüberliegenden Seite der Kochstube. Dahinter befand sich ein großes, breites gemütliches Bett mit Staufächern darüber. Und in der Decke war ein großes Panoramadach eingelassen mit Rollo und Fliegengitter. Alles in allem eine kleine Wohnung auf sehr engstem Raum. Genau das hatte Josefine schon damals auf der Messe in Kalifornien sehr gefallen. Sie wusste, dass genau dieser Truck hier Karl ein Vermögen gekostet hatte bis er so auf dem Hof von Jansen & Partner stand. Bewaffnet mit einem belegten Brötchen und einem Thermobecher Kaffee kletterte sie aus dem Truck. In ihrer Nähe standen ein paar Fahrerkollegen herum, die sich offensichtlich angeregt unterhielten. Sie konnte schon erahnen, um was es in dem Gespräch ging. Schließlich blickten sie schon seit sie angekommen war auf den Truck. Unauffällig beobachtete sie die Männer weiter und nippte an ihrem Kaffeebecher. Zwischendurch biss sie an ihrem belegten Brötchen herunter. Einer von den Männern machte eine abfallende Handbewegung und ließ seine Gesprächspartner einfach stehen. Schnurstracks kam dieser Mann auf Josefine zu. „Guten Morgen.“, begrüßte er sie schon von Weitem. „Bist du mit dem Teil da unterwegs?“, erkundigte er sich ungläubig und neugierig, dabei fiel sein Blick auf die Aufschrift des Aufliegers. „Jansen & Partner, davon habe ich schon gehört. Soll ein tolles Arbeitsklima sein bei der Firma.“, sprach er um mit Josy ins Gespräch zu kommen. Josefine nickte und schon war sie in ein Gespräch mit dem Mann verwickelt, welcher ihr sehr viele Fragen über den Kenworth stellte. Brav beantwortete sie ihm diese. Dann erkundigte sie sich nach den Männern, die sie sucht. Doch er hatte noch nie von ihnen gehört, nicht einmal die Namen, die sie zum Funken benutzten. Nach ihrer kurzen Pause und dem fachsimpelnden Gespräch stieg Josefine frustriert in ihren Truck und setzte ihre Tour fort nach Brüssel. Stella staunte nicht schlecht, als der Kenworth mit lauten Hupen auf den Hof fuhr. Freudestrahlend rannte Stella ihr schon entgegen und Aron hüpfte herum, als er Josefine sah. „Na kleiner Truckerboy, kannst du mir helfen den Truck zu parken?“, fragte sie Aron, der sich dies nicht zweimal sagen ließ. Schnell klet-

terte er zu Josefine ins Führerhaus und gemeinsam parkten sie wie jedes mal den Truck fachmännisch an die Laderampe. Josefine verbrachte einen netten Nachmittag bei ihren Freunden, bevor sie sich wieder auf den Heimweg machte. Sie sprachen viel über alte Zeiten. Josefine erzählte ihrer langjährigen Freundin von ihren Problemen, aber nicht von allen. Dabei fragte sie nach Jo und Co. aber auch Stella konnte ihr nicht weiterhelfen. Sie hatte die Männer schon eine Ewigkeit nicht mehr gesehen. Josefine richtete ihr die Grüße von Armin aus. Sie erzählte ihr auch, dass er erkrankt war und sie eigentlich geplant hatte, ihn mit Emma hier her zu schicken, sodass die beiden im Anschluss an die Tour noch ein paar Tage Urlaub ranhängen sollten. Nach einem üppigen Abendessen verabschiedete sie sich von ihren Freunden, nicht ohne mit Aron, der stolz neben ihr saß noch eine große Runde um das Firmengelände zu fahren. Josefine hatte beschlossen, noch diese Nacht bis zur Grenze zu fahren um dort zu schlafen. Stella wollte unbedingt, dass sie auf dem Firmengelände die Nacht verbrachte. Sie meinte, das sei sicherer für eine Frau. Doch Josy lehnte dankend ab, denn sie hatte eine Mission zu erfüllen. Und das ging nur, wenn der Truck irgendwo auf einem Rastplatz stand. Auch auf dem Parkplatz an der Grenze wurden die beiden wieder begafft und Josefine kam dadurch mit weiteren Männern ins Gespräch.
Gerda unterrichtete Josefine mehrmals am Tag, was in der Firma los war und Sybill ihr an Korrespondenz vorlegte. Gerda verriet ihr aber noch mehr. „Du wirst es nicht glauben, was Dominik mir heute Morgen gesteckt hat. Er sah heute morgen ziemlich mitgenommen aus, so als ob er die Nacht durchgemacht hat. Sybill übrigens auch. Sie hat kleine schwarze Ringe unter den Augen, die sie versucht hat mit viel Make Up zu verbergen. Dominik meinte, er hätte eine sehr interessante Nacht gehabt.“, kicherte Gerda fröhlich am Telefon. Josefine stöhnte auf als sie das hörte, also doch. „Und das schon nach zwei Tagen?“, sagte Josy kopfschüttelnd zu Gerda am Telefon. „Übrigens, ich soll dich ganz lieb von deinen beiden Praktikanten grüßen und du sollst auf dich aufpassen. Von Tom und seinem Vater habe ich bis jetzt noch nichts gehört.“, sagte Gerda zum Schluss des Gespräches und verabschiedete sich bei Josy mit den Worten: „Bis bald und schöne erholsame Tage in Schweden.“. In dem Moment wusste Josefine, dass Gerda nicht mehr allein war in ihrem Büro, als sie den letzten Satz zu

ihr sagte. Aber wer das war, der jetzt bei Gerda im Büro stand, würde sie bestimmt bei ihrem nächsten Gespräch mit ihr erfahren.
Es war früher Vormittag, als auf dem Rasthof Sonnenberg ein LKW nach dem anderen einrollte. Die Sonne stand schon hoch am Himmel. Gähnend und übermüdet stieg ein Fahrer nach dem anderen aus seinem LKW aus. Die Luft war zum schneiden und flimmerte über dem Asphalt. Trotz Klimaanlage war es in den Führerhäusern ihrer Truck´s unerträglich. Die Männer rochen nach Schweiß und anderem Mief. Ein Mann, der aus dem Führerhaus gestiegen war, hatte ein Handtuch im Nacken und wischte sich damit den Schweiß aus der Stirn. Sein Kollege schnupperte vorsichtig an sich selbst herum, bevor sie sich zu ihren Truckerkollegen begaben, die nach und nach auf dem Rastplatz eingerollt waren. Vier Männer standen beieinander und unterhielten sich und trieben so manchen Scherz noch miteinander. Die Strapazen der letzten Tage und Nächte waren ihnen deutlich anzusehen. Weitere Männer traten zu den Vieren. Sie begrüßten ihre Kollegen freundlich und beteiligten sich an der Unterhaltung, bis plötzlich einer der Männer die hinzugekommen waren meinte: „Jungs ihr werdet mir es nicht glauben, was ich gestern an der Belgischen Grenze gesehen habe. Man oh man. Ein Truck, der jedes Truckerherz höher schlagen lässt. Und erst die Fahrerin, die war ne richtige Sexbombe. Am liebsten hätte ich die sofort in ihrem Truck vernascht. Man war das eine Kiste wo die heiße Braut fuhr. Einen echten Ami-Truck. Das dunkelblau und das Chrom glänzte nur so, sodass man die Augen zusammen kneifen musste.“, schwärmte der Fernfahrer seinen Truckerkollegen vor. Dabei wurde einer der Männer hellhörig, wie seine drei alten Kollegen, mit denen er sich hier auf dem Rastplatz traf. „Wir sind natürlich sofort ins Gespräch gekommen. Mein Gott, ist das eine Kiste, aber nicht nur die Kiste hatte es voll in sich. Die Kleine natürlich auch. Während unserem Gespräch hat sie mich nach ein paar Fahrern gefragt, sie nannte Trucker oder Funknamen wie?“ Der Mann kratzte sich nachdenklich am Kopf. „Ja genau, wie Big Daddy, Catwiesel, Sir Percywall oder Shadow hat sie glaube ich gesagt. Habt ihr schon einmal diese Namen gehört?“, fragte er neugierig in die Kollegenrunde. Einer der Männer, mit kräftigem Körperbau und Spitzbart, in dem vereinzelnd silberne Stichelhaare zwischen seinem natürlichen dunklem Bartwuchs lagen, zog die Augenbraue hoch, die in der Farbe seines Bar-

tes war, als dies einer der fremden Kollegen sagte. Er blickte zu seinen verwirrten Truckerkollegen. „Was will die Kleine?“, zischte Percy sofort verärgert, weil die Beschreibung, des fremden Fernfahrers genau auf Josefine und ihren Truck passte. „Sie wollte uns doch los haben.“, sagte Percy mit finsterem Blick. Dem fremden Kollegen, der ihnen das Mitteilte, waren die verwirrten Gesichter nicht aufgefallen und setzte hinzu: „Der Auflieger war von Jansen & Partner. Kennt ihr die Spedition? Soll ziemlich groß und erfolgreich sein. Wobei man in Fahrerkreisen munkelt, dass es um die Firma nicht gut gestellt ist, seit Roger Jansen vor acht Wochen tödlich verunglückt ist. Sie sei dem Untergang geweint. Man munkelt auch, dass die rechtlichen Partner für die Firma einen Käufer suchen würden.“, sprach der Fernfahrerkollege einfach munter weiter, ohne auf die Minen der anderen zu achten. Das war zu viel des Guten und der kräftige tätowierte Kerl schaltete sich ein. „Wo hast du gesagt, hast du dieses Mädel gesehen?“, hackte der kräftige Kerl mit dem schwarzgrauen Spitzbart nach. „Gestern morgen, an der Grenze zu Belgien.“, antwortete der fremde LKW Fahrer. Der Koloss von Mann überlegte noch kurz, aber bevor er „Stella“, sagen konnte, kam der Name auch schon von Felix. Jo holte aus seinem Truck sein Handy und suchte über das Internet die Firma Brüssel Group hervor. Und schon hörte man auch schon Jo sagen: „Hallo Stella, hier ist Jo, ist Josefine noch bei dir? Ein Kollege hat mir gerade erzählt, dass sie nach mir gefragt hat.“, sprach er aufgewühlt in sein Handy. Er war verdammt neugierig, warum Josy sie so plötzlich aufsuchte. Aber er konnte sich es schon vorstellen, nachdem er von einem fremden Kollegen viel negatives erfahren hatte. „Hallo Jo, schön dich zu hören. Nein, Josefine ist nicht mehr da. Sie wollte sich noch gestern Abend unbedingt auf den Heimweg machen. Auch bei mir hat sie nach dir gefragt. Jo, ich habe Angst um sie! Sie sieht zum Kotzen aus und isst auch nicht richtig. Außerdem hat sie große schwarz unterlaufene Ränder um die Augen. Sie sieht zum Fürchten aus.“, meinte Stella und Jo wusste, wenn Stella so etwas von sich gab, war die Axt wirklich am Baum. Jo bedankte sich bei Stella für die Informationen, die sie ihm mitgeteilt hatte, ließ an alle noch Grüße von ihm ausrichten und legte auf. Ohne lange zu fackeln, stieg er eine Stufe seines LKWs hinauf und griff nach dem Funkgerät. „Was hast du vor Jo?“, erkundigte sich Frank bei ihm. „Herausfinden was los ist.“, knurrte er Frank ungehalten an. „Sie hat sich die

ganzen Monate nicht gemeldet.", konterte Frank und schüttelte dabei verärgert mit dem Kopf. Jo blickte ihn mit einem finsteren Blick an. „Ich glaube nicht, dass sie in der Sache mit drin steckt.", knurrte er mit ernster Miene und drückte auf den Knopf des Funkgerätes. „Big Daddy, ruft Big Mama.".
Der fremde Fernfahrerkollege, der ihnen das von Josefine berichtete, starrte die Männer ungläubig mit weit aufgerissenen Augen an. „Ihr kennt dieses rassige, geile Weib.", kam ihm dabei über seine Lippen. Felix, der eigentlich immer sehr zurückhalten war, trat auf diesen Kollegen zu und packte ihn unsanft am Kragen. „Eins kann ich dir sagen, sprich niemals, niemals mehr so über Josefine Jansen, sonst wirst du mich kennen lernen!", meinte Felix und schubste den Mann ein paar Meter zurück. Felix ließ ihn los und der Mann stolperte rückwärts, dabei plumpste er auf seinen Allerwertesten. „Na, na, schon gut, ich werde deiner Prinzessin schon nichts tun.", versuchte sich der Mann zu verteidigen, er konnte doch nicht ahnen, das die vier das Mädel kannten. Noch einmal versuchte Jo sein Glück am Funk. „Big Daddy, ruft Big Mama.". Diesmal hatte er mehr Glück und beinahe jubelte er vor Freude auf, als er hörte wie: „Big Mama hört.", über den Funk kam. Jo´s Augen begannen an zu funkeln. „Hey Kleines, wo steckst Du?", sprach er in das Funkgerät, das aber nur raschel raschel machte. Plötzlich hörte Jo sie „Heimwärts", sagen. Jo begann ins Funkgeräte zu kichern. „Das dachte ich mir schon Big Mama, aber wo genau steckst du? Bist du an Sonnenberg schon vorbei?", erkundigte er sich und wieder raschelte und knackte es ein paar Mal. „Nein, hab bis dort hin noch circa fünfzig Kilometer.", hörte er sie sagen. „Gut! Halte am Rasthof Sonnenberg, ich warte dort auf dich.", sprach er in den Funk, als letztes hörte er nur noch von ihr: „Ok Big Daddy!". Bei Josefine hörte für einen kurzen Augenblick lang ihr Herz auf zu schlagen, als sie diesen Funkspruch hörte und musste ihr Lenkrad gut festhalten. Ihre Hände zitterten durch den plötzlichen Adrenalinstoß, den sie über das Funkgeräte bekommen hatte. „Danke Baby.", flüsterte sie leise ihrem Truck zu, dabei streichelte sie liebevoll ihrem Kenworth über das Armaturenbrett. Sie war sich ganz sicher, dass ihr amerikanischer Truck ganz alleine dafür verantwortlich war, Jo gefunden zu haben. Aber jetzt stellte sie sich eine weitere Frage. Wie sollte sie jetzt Jo gegen über treten? War er böse und gar verärgert auf sie? Josefine grübelte lange darüber nach. Aber es nützte nichts, sie beschloss einfach abzuwarten, wie er

sich ihr gegenüber verhielt, denn Jo konnte der gleiche Sturkopf wie sie sein. Sie musste es wirklich auf sich zukommen lassen. Je mehr sie an Sonnenberg heran fuhr, desto nervöser und aufgeregter wurde sie.
Zwanzig Kilometer nach dem Rasthof Sonnenberg, gab es noch einen Fernfahrer, der diesem Funkverkehr aufmerksam gelauscht hatte. Er beschloss spontan bei der nächsten Abfahrt herunter zu fahren und zurück nach Sonnenberg zu kehren. Egal ob er die Ware pünktlich ablieferte oder nicht. Er wusste, dass er sich dabei sehr großen Ärger einhandeln würde. Aber diesen Ärger war es ihm wert. Denn auch er hatte schon lange das Bedürfnis gehabt, Big Mama wieder zu sehen. Er setzte den Blinker und fuhr ab, um auf der Gegenseite wieder auf die Autobahn aufzufahren. Und schon gab er seinem Truck die Sporen. Beim Rasthof Sonnenberg angekommen, setzte er seinen Truck in eine Parkbucht in der Nähe einer Menschentraube. Schon beim Einparken in die Parkbucht überlegte er, ob der Hühne mit dem Silber durchzogenen Spitzbart Jo war. Er wusste es nicht. Er hatte in all den Jahren, in dem er sich auf den Straßen herumtrieb, Jo nie wieder gesehen. Er und sein Beifahrer stiegen aus ihrem Gefährt aus. Zuvor hatte der Fahrer, der unbedingt Big Mama wieder sehen wollte, einen merkwürdigen kleinen Gegenstand aus seinem Aschenbecher entnommen. Nach ein paar Metern, die er auf die Gruppe zugegangen war, rief dieser Mann laut: „Jo?", prompt drehte sie der Hühne in seine Richtung und musterte den Kerl, der auf ihn zukam und offensichtlich seinen Namen gerufen hatte. Als der Fahrer Jo´s Aufmerksamkeit hatte, hallte es auch schon über den Rastplatz: „Wo Big Mama?", spie dieser sofort aus. Jo riss die Augen weit auf und fing an breit zu grinsen, als er den Fahrer erkannte. „Igor!", brüllte Jo ihm entgegen und winkte dem Mann freudig zu. Sekunden später lagen sich die beiden Männer in den Armen. „Man schön dich einmal wieder zu sehen!", sagte Jo gutgelaunt und fröhlich zu Igor mit einem breiten Schmunzeln im Gesicht. Jo´s Begleiter, die noch immer um Jo standen, blickten die zwei ungläubig an. Seit wann gab sich Jo mit einem Russen ab. Igor wiederholte seine Fragen noch einmal. „Jo, wo Big Mama? Haben gehört in Funk seien hier.", sprach der Russe in seinem Kauderwelsch deutsch. Jo wollte Igor gerade aufklären, das Josefine noch nicht da war, als Frank ihm ins Wort fiel. „Da kommt Sie!". In Jo´s Augen funkelte es plötzlich auf, als er Josy´s Kenworth erblickte, der soeben

über die Abfahrt zur Raststätte rollte. Er zeigte voller Stolz auf den dunkelblauen Truck, dessen Chrom mit der Sonne um die Wette funkelte, sodass die Männer sich ihre Hand schützend, wie ein Sonnenschild, über die Augen legen mussten, wenn sie genauer hin schauen wollten. „Da kommt Big Mama.“, wandte Jo sich an Igor, der mit weit aufstehendem Mund zu dem Truck blickte und nur mit dem Kopf schütteln konnte. „Das Big Mama?“, fragte er Jo ungläubig und etwas verwirrt. Jo nickte zur Bestätigung. „Ja, das ist Josefine.“. Igor konnte es nicht glauben, aber er sah es ja mit eigenen Augen. Das kleine, freche, nette und kluge Mädchen von damals fuhr einen spektakulären Truck.
Josefine erspähte eine sehr enge Parklücke, genau vor der großen Männeransammlung und holte mit ihrem Truck aus, um ihn dort hinein zu zwängen. „Oh, oh, das geht im Leben nie gut.“, rief einer der Männer, der Jo´s Beifahrer war. Felix legte den Kopf in den Nacken und lachte dabei schallend auf, als er die Worte hörte. Er schlug Björn heftig auf den Rücken. „Mach dir da mal keine Sorgen darüber, die Kleine hat´s drauf. Die steckt uns alle zusammen in die Tasche mit ihrer Fahrkunst und ihrem Augenmaß.“, gluckste er und Björn kicherte kopfschüttelnd auf. Er konnte so etwas kaum glauben, dass eine Frau sie alle in den Sack stecken würde. „Das will ich sehen.“, sagte Björn laut vor seinen Fahrerkollegen. Jo der das Gespräch der beiden mit angehört hatte, grinste über das ganze Gesicht. Er blieb provokant genau auf der Stelle stehen, wo er stand. Er hörte genau, das Josefine´s Truck näher kam und auch Igor´s Augen vor ihm immer größer wurden. Provokant blieb Jo weiterhin wie angewurzelt an seinem Platz stehen. Josefine fluchte laut auf in ihrem Truck und schlug verärgert mit der Hand auf ihr Lenkrad. Sie erkannte, dass alle Augen der Männer auf sie gerichtet waren. „Dieser verdammte Bastard.“, murmelte sie leicht verärgert vor sich hin, er konnte es einfach nicht lassen. Aber durch seine Reaktion, schöpfte sie etwas Mut. Denn je näher sie Richtung Sonnenberg kam um so nervöser war sie geworden, zumindest in Bezug auf das was Jo betraf. Doch als sie ihn so herausfordernd da stehen sah, wusste sie, dass er nicht zu arg verärgert sein konnte. Zumindest nicht so, wie sie es zuvor befürchtet hatte. Auf den Zentimeter genau parkte sie den Truck hinter Jo in die knappe Parklücke ein. Zwischen ihm und dem großen Kühler waren genau nur noch eine Daumenbreite platz. Dieses Spiel hatten

sie so oft gespielt, dass ihr es irgendwann in Fleisch und Blut über gegangen war. Er drehte sich um, nickte und grinste über das ganze Gesicht. Josefine ließ ihren Truck noch kurz nachlaufen, denn sie hatte ihm ordentlich die Sporen gegeben, als sie wusste wo Jo zu finden war. Dass sie aber die anderen Gesuchten hier auch gleich noch finden würde, grenzte an ein kleines Wunder. Sie hantierte nervös noch kurz im Handschuhfach herum, um ein klein wenig Zeit zu gewinnen. Denn sie war sich noch immer nicht sicher, wie sie gleich Jo gegenüber treten sollte. Nachdem sie auch Felix, Percy und Frank in der Gruppe ausgemacht hatte, atmete sie einmal kurz tief durch, bevor sie die Tür ihres Truck´s öffnete, vor der Jo schon wartete. „Hallo Kleines, gut gemacht. Komm spring, ich habe eine Überraschung für dich.“, begrüßte Jo sie mit leuchtenden braunen Augen und einem verschmitzten Lächeln im Gesicht. Weil Jo sie so wie immer begrüßte, konnte sie nicht anders und sprang in seine Arme. Wie wild wirbelte er sie herum. „Schön dich endlich mal wieder zu sehen Kleines.“ und küsste sie auf die Wange. Erst dann setzte er sie sanft auf dem Boden ab und ließ sie los. Josefine lachte vergnügt auf und fluchs war auch schon ihre Hand, wie bei jeder Begrüßung oder auch sonst an seinem Bart und zog daran. Percy lachte in dem Moment schallend auf. „Genau darauf habe ich schon die ganze Zeit über gewartet.“, meinte er amüsiert und die Männer stimmten in sein Lachen mit ein. Jo nahm Josefine an die Hand und zog sie mit sich um den Truck. „Komm, da gibt es noch jemand der auf dich wartet. Als er dich über Funk gehört hat, ist er sofort umgedreht, weil er dich unbedingt wiedersehen wollte.“, sagte er geheimnisvoll und zog sie weiter mit zu einer Gruppe Mannsbilder, bei der auch er und seine Kollegen zuvor gestanden waren. Ein Mann mittleren Altes, sie schätzte so in ungefähr in Jo´s alter, fiel ihr sofort auf. Dieser grinste sie die ganze Zeit schon an, seit Jo sie hinter ihrem Truck hervor gezerrt hatte. Sie wusste aber nicht, wo sie diesen Kerl hinstrecken sollte. Erst als er zu reden begann, dämmerte es bei ihr. „Jo, das nix Big Mama. Big Mama kleines freches Mädchen, mit wirrem wilden Haar und gerne betrügt bei Spiel. Das reizende Lady, das nix Big Mama.“, sagte dieser an Jo gewandt und sein Gesicht strahlte voller Freude. „Igor“, hauchte Josefine leise, als sie vor dem Mann stand. Igor nickte und schon umarmten sie sich mit Freudentränen in den Augen. Igor schob Josefine etwas von sich weg und musterte sie lächelnd. „Igor haben Geschenk für

Big Mama.", sagte er rätselhaft, dabei griff er in die Tasche seines Hemdes und zog etwas heraus. Josefine lachte fröhlich auf, als Igor seine große Hand langsam öffnete. „Du seien mir noch ein Spiel schuldig.", entgegnete er ihr amüsiert. Auf seiner Hand lag der Würfel, der damals auf mysteriöse Weise an dem Abend verschwunden war, als sie und Jo bei ihrer ersten gemeinsamen Tour Igor kennen gelernt hatten. „Igor viel an kleine Lady denken. Würfel immer bei Igor, auch in neue Truck.", gestand er ihr grinsend. Statt den Würfel aus der Hand von Igor zu nehmen, bog Josefine seine Finger zurück, sodass sich seine Hand wieder schloss. „Behalte ihn als Zeichen unserer Freundschaft.", sprach sie ebenfalls mit glasigen Augen, sie musste sich so beherrschen, gegen den Tränenstrom, der aus ihren Augen kommen wollte. Igor nickte und steckte den Würfel zurück in seine Hemdtasche. Er blickte kurz auf seine Armbanduhr. „Du haben Zeit für schnellen Kaffee reizende Lady?", fragte er und legte ihr frech seinen Arm um ihre Taille und schob sie auch schon in Richtung Raststätte. Die restlichen Männer der Gruppe und auch Igor´s Beifahrer blickten sich gegenseitig unschlüssig an. Zum Schluss blieb ihr Blick bei Jo hängen, der amüsiert die Schultern zuckte, ihnen aber dann doch in einem größeren Abstand in den Rasthof folgte. Igor erzählte, das Ivan nicht mehr fuhr, weil seine Frau schwer erkrankt war. Dass die beiden Beifahrer, die bei ihnen waren, als sie sich damals trafen, komische Dinger zusammen mit seinem Chef drehten. Und dass er und Ivan deswegen beinahe im Gefängnis gelandet wären. Deshalb hatte er dann auch die Spedition gewechselt um neu anzufangen. Seinen neuen Chef hatte er gebeten, ihm viele Touren nach Deutschland zu geben, damit er hoffentlich Josefine irgendwann mal wieder sehen könne, um ihr dann den Würfel zu übergeben. Sein Chef fragte ihn, als er mit dieser Bitte vorkam, ob er eine Freundin mit Kind in Deutschland hätte. Als er ihm die Geschichte mit dem Würfel erzählte lachte dieser laut auf. Bevor er seine jetzige Tour antrat meinte sein Chef, viel Glück, denn aus dem Kind ist bestimmt in der Zwischenzeit eine junge Frau geworden und die ist jetzt ganz bestimmt nicht mehr mit Truckern unterwegs.
Nach zwanzig Minuten musste sich Igor leider von Josefine verabschieden. Sie begleitete Igor und seinen Beifahrer noch ein Stück vor das Restaurant. „Josefine bitte nix böse sein auf Igor. Aber Jo immer wie gute Vater zu dir, egal was passiert war. Er immer stolz auf dich, glaube mir. Er hier drin.", Igor

zeigte bei diesen Worten auf sein Herz. „Er gute Mensch. Du müssen sprechen mit ihm nix ignorieren.“, sprach er leise zu ihr. Zum Abschied nahm er sie noch einmal in die Arme und drückte sie fest an sich. „Passen gut auf dich auf bezaubernde Lady.“, sagte er und übergab ihr noch eine Visitenkarte. „Wenn du haben Schwierigkeiten, Panne oder Sorgen, egal wo auf der Welt, du rufen Igor an.“. Josefine nickte. „Mache ich ganz bestimmt.“, erwiderte sie und übergab Igor ebenfalls eine Visitenkarte von ihr. Er lachte leise auf, als er Inhaberin Josefine Jansen lass. „Du jetzt Boss von Jansen & Partner?“, fragte er amüsiert und Josy nickte lächelnd. „Ja und auch wenn du irgendwo auf der Welt Hilfe benötigst, dann ruf mich an.“. Erneut zog er sie daraufhin kurz in seine Arme und küsste sie links und rechts auf die Wange zum Abschied. „Das bestimmt werden machen Igor. Auf wiedersehen kleine bezaubernde Lady.“, sprach er und entfernte sich zusammen mit seinem Kollegen von ihr um seine Reise fortzusetzen.
Jo der den beiden nach gegangen war und das Gespräch mit verfolgt hatte, schob Josefine seine Hand unter den Ellenbogen und zeigte auf eine leere Vesper Ecke. Jetzt konnte sie der Aussprache nicht mehr entkommen. Sie ließ sich auf die Bank nieder und schon liefen bei ihr die Tränen. Jo setzte sich neben sie, sagte aber kein Wort zu ihr. Irgendwann legte er seinen starken Arm um sie und zog Josefine an sich heran. Sofort kuschelte sie sich schluchzend an seine Brust. „Mutter und ich wussten nichts davon. Er hat es im Alleingang gemacht.“, schniefte sie an seine breite Brust. Jo legte ihr seinen Zeigefinger unter das Kinn und hob es leicht an, so dass sie ihn ansehen musste. „Das habe ich mir damals schon fast gedacht Kleines, dass er euch hintergangen hat.“. Josefine nickte, ohne ihren Blick von seinen Augen zu nehmen. Leise sprach sie: „Als er zu mir kam und sagte er häbe euch alle fristlos entlassen, weil ihr angeblich Sybill aufgelauert und sie sexuell belästigt und vergewaltigt habt, bin ich ausgerastet. Ich bin auf ihn los gegangen. Ich habe ihm damals die Nase und drei Rippen gebrochen. Außerdem habe ich ihn mit dem Brieföffner bedroht. In dem Moment kam Sybill herein und schrie wie eine blöde. Erst als Max und Sven ins Büro gestürmt kamen, habe ich den Brieföffner fallen lassen.“, gestand sie Jo, der immer noch kein Wort dazu sagte. Ihm war genau bewusst, dass Josefine für so etwas im Stande war. Erneut brach sie in Tränen aus. „Ich habe dich so vermisst.“, sprach sie leise und ver-

grub ihr Gesicht wieder an seine Brust. „Josy Kleines, ich habe mit Stella gesprochen, bevor ich den Funk abgesendet hab. Sie meinte du seist ganz schön durch den Wind. Gibt es noch etwas, was du mir verheimlichst?“, knurrte er leise durch die zusammen gebissenen Zähne. In der Zwischenzeit waren auch die anderen Männer bei ihnen angekommen und hatten aufmerksam das Gespräch zwischen Jo und Josefine belauscht. Felix ging vor Josefine in die Hocke. „Wir wussten alle in unserem Herzen, dass weder du noch Astrid an dem Vorfall beteiligt sein konntet. Von Roger´s Tod haben wir erst gerade vorhin erfahren. Also was gibt es noch? Du musst es uns sagen, damit wir dir helfen können Kleines.“, sprach Felix leise zu ihr und reichte ihr ein Taschentuch. Josefine brach noch einmal in Tränen aus. Als sie sich gefasst hatte, erzählte sie den Männern ihr ganzes Leid. Dabei hielt Jo sie weiterhin beschützend in seinen starken Armen fest. Die Miene der Männer wurde immer finsterer, je mehr Josefine preis gab. Frank kicherte zwischen durch einmal kurz auf, als er hörte, wer im Moment auf dem Chefsessel saß. Und Percy hickste, als sie von Dominik´s Geständnis zu Gerda berichtete. „So, so, wir sind also die bösen Buben.“, fügte er amüsiert über die Geschichte hinzu. Nachdem sich Josefine alles von der Seele geredet hatte, was eine ganze lange Zeit beanspruchte, brach Jo endlich sein langes Schweigen. „Willst du die Wahrheit wissen, warum Roger uns gefeuert hat?“, fragte er Josefine. Ohne den Kopf von Jo´s Brust zunehmen nickte sie. „Ja“, hauchte sie an seine Brust. Jo räusperte sich kurz. „Wir waren spät dran an diesem Abend. Plötzlich fiel Felix auf, dass in einem Büro Licht brannte. Licht, das da normalerweise gar nicht brennen durfte. Es kam uns seltsam vor. Du und Roger waren schon weg. Das hatte uns Max erzählt bei unserer Ankunft. Zuerst dachten wir, dass einer von euch das Licht vielleicht brennen gelassen hat. Dann viel uns auf, das Ken aus dem Bürogebäude kam. Was hatte Ken um dieser Zeit noch im Bürokomplex zu suchen, wenn doch niemand mehr da war? Also beschlossen wir gemeinsam nach zu sehen. Dass wir Max als Zeuge mitnehmen könnten, daran dachte in diesem Moment niemand von uns. Da ich ein Generalschlüssel zu allen Türen besaß, war es natürlich eine Leichtigkeit ins Gebäude zu kommen. Wir wussten sofort zu wem diese piepsende Stimme gehörte, die wir seinerzeit vernahmen. Sie gehörte eindeutig zu Sybill. Die Frage war nur die, wie kam sie in ein verschlossenes Büro? Also stellten wir sie.

Sybill war so erschrocken, als sie uns erblickte und rannte schreiend hinaus. Sofort setzte sie das Gerücht in die Welt, wir hätten ihr in einer der Hallen aufgelauert um sie flach zu legen.", sprach Jo den letzten Satz aus. „Was hat sie dort gesucht?", fragte Josefine stutzig, weil sie sich nicht vorstellen konnte, wie Sybill in das verschlossene Büro kam und vor allem wieso. „Tja Kleines......, das beschäftigt uns bis heute noch.", gab Percy zur Antwort und blickte alle dabei an. „Sagt mal, als ihr das Büro betreten habt, war da die alte Spieluhr von Vater noch an ihrem Platz?", erkundigte Josefine sich bei den Männern, weil ihr etwas in den Sinn gekommen war. Die Männer blickten sich fragend an. Felix schlug sich eine Hand gegen die Stirn. „Wir Deppen, hat sie nicht an jenem Tage zu dem Gesprächspartner am Telefon gesagt, Bote kommt?", bemerkte Felix, dem ebenfalls ein Licht aufgegangen war. So langsam ging den Männern ein Licht nach dem anderen auf. Hatte Ken etwa die Spieluhr in seinem Rucksack, als er das Gebäude verließ? Aber wer war der Empfänger? Und was konnte dieser mit den Top Secret Unterlagen anfangen? So viele Fragen gingen ihnen auf einmal durch den Kopf. „Also was in den Top Secret Akten stand, wusste ich auch nicht, aber ich habe da eine Idee.", meinte Jo grinsend und blickte seine Freunde an. „Was hast du vor Jo?", fragte Frank neugierig, aber Jo antwortete ihm nicht, sondern wandte sich an Josefine. „Kleines, hast du das Schreiben von der Armee dabei?", Josefine bejahte es Kopf nickend. „Gut! Darf ich mir das bis Samstag Abend ausleihen und würdest du mir die Visitenkarte von Igor ebenfalls überlassen?". Josefine nickte verwirrt, aber reichte Jo die Visitenkarte von Igor. „Den Rest habe ich im Truck.", sagte sie und erhob sich von der Bank. Gemeinsam mit den Männern ging sie zurück zu ihrem Kenworth. Jo wartete geduldig an der offenen LKW-Tür, bis Josefine ihm das Schreiben mit der Aufschrift Top Secret übergab. „Björn mein Beifahrer wird mit dir zurück fahren. Er wird dir nicht von der Seite weichen bis ich wieder da bin. Verstanden Kleines? Björn wird auch bei Nacht bei dir sein und in deinem Gästezimmer schlafen, denn da wo ich jetzt hin muss, kann ich ihn unmöglich mit nehmen.", wandte sich Jo an Josefine, diese schluckte, als Jo das zu ihr sagte, aber ihr Blick wanderte darauf hin hinüber zu dem großen Blonden mit dem markanten Gesicht, der ihr schon vorher aufgefallen war. Der sollte jetzt ihr Bodyguard spielen, solange bis Jo am Samstagabend bei ihr zu Hause auftauchte. „Kleines, kannst du diesen Rechtsverdreher und Gerda darüber informieren, dass sie ebenfalls am Samstag gegen Abend bei dir auf der Matte stehen sollen? Um den Rest kümmern wir uns.“, fragte er Josefine und rief Björn zu sich, der immer wieder zu Josefine unauffällig blickte, dabei hörte er ganz genau seinem Boss zu. Schließlich nickte er und begann an zu grinsen. Schnell gab Jo, seinen Jungs Frank, Percy und Felix noch ein paar Anweisungen. Josefine konnte sehen, wie diese ebenfalls zustimmten nickten. Jo drückte Josy noch einen Kuss zum Abschied auf die Wange. An Björn richtete er die Worte: „Pass gut auf sie auf und sollte mir zu Ohren kommen, dass du sie angerührt hast, schneide ich dir höchst persönlich die Eier ab. Ist das klar?“. Und schon rollte Jo alleine ohne Beifahrer vom Rasthof Sonnenberg. Auch Percy, Frank und Felix verabschiedeten sich von Josefine und Björn. Josefine wurde wie immer von einem Mann zum nächsten durch gereicht. „Bis Samstag Jungs!“, rief sie den dreien etwas erleichtert nach, die hupend an ihr vorbei fuhren und winkte ihnen noch einmal zu.

Kapitel

Noch immer brannte die Sonne erbarmungslos vom wolkenlosen Himmel, als Josefine zusammen mit Björn vor ihrem Truck standen und den abfahrenden Männern nachwinkten. Die Hitze war unerträglich hier draußen auf dem Rastplatz. Björn der die Beifahrtür zu Josefine´s Truck öffnete, um dort seine Reisetasche zu verstauen, wurde mit einer angenehmen Frische überrascht. Schnell schloss er die Tür des LKW´s wieder, um die Kühle der Klimaanlage, welche auf Höchststufe lief nicht entschwinden zu lassen. Am Horizont erkannte man mächtige weiße Kumuluswolken, die sich auftürmten und die Phantasie anregten. Was für lustige Bilder die Wolken so bildeten. An Björn´s Ohren drang ein grausliges Grummeln oder Gurgeln, so genau konnte man das nicht sagen. Er grinste Josefine frech an, die dabei leicht errötete. „Da hat wohl jemand einen Bärenhunger? Haben Sie heute überhaupt schon etwas zu sich genommen, außer dem Kaffee von vorhin?“, erkundigte er sich fürsorglich bei ihr. „Sollen wir noch einmal in die Raststätte oder müssen Sie gleich los?“. Josefine verzog übermütig das Gesicht und lachte laut auf, als sie Björn´s Frage hörte. „Erstens, ich heiße Josefine und nicht Sie. Zweitens, ja ich habe Hunger. Ich habe heute morgen um fünf Uhr ein trockenes Brötchen mit lauwarmen Kaffee zu mir genommen. Drittens, nein wir müssen nicht gleich los. Denn ich habe leer und Viertens, bevor du noch weitere blöde Fragen stellst, stelle ich dir eine, magst du Eier mit Speck?“, konterte sie vergnügt zurück. Diesmal war es Björn der amüsiert auflachte. „Ja ich mag Eier mit Speck, aber die Eier da drin.“, er zeigte dabei auf die Raststätte, „sahen nicht sehr appetitlich aus.“, wies er Josy darauf hin. Josefine nickte leicht lächelnd. „Genau, deshalb hauen wir uns jetzt eigene Eier in die Pfanne.“, sagte sie unter lautem Gekichere, als sie Björn´s Gesichtsausdruck erfasste. Sie konnte es nicht lassen diesen Mann etwas aufzuziehen. „Der Motor ist noch heiß genug, um sie dort zu braten.“, fügte sie schnell amüsiert hinzu. Björn blickte sie noch mehr verdattert an. „Du meinst, du willst die Eier auf der Motorhaube braten?“, fragte er misstrauisch bei ihr nach. Josefine konnte ihr Lachen, nicht mehr zurückhalten und prustete los, kletterte in den Truck, öffnete ein Seitenfenster und wedelte mit einer Bratpfanne herum. „Wenn du die Luke genau unter diesem Fenster öffnest, findest du zwei Klappstühle, wenn du die Lade noch heraus ziehst, haben wir eine kleine Abstellfläche. „Wie trinkst du deinen Kaffee? Mit Milch und Zucker?“, fragte sie rasch bei Björn nach, der kopfschüttelnd vor dem Fenster stand, aus dem Josefine zuvor mit der Bratpfanne gewunken hatte. „Nur Milch bitte.“, kam es durch das Fenster von außen zurück. Schon hörte sie, wie Björn sich am Truck zu schaffen machte. Josefine kicherte leise vor sich hin, als sie aus dem Seitenfenster blickte und sah, wie Björn von ein paar Fahrerkollegen umringt war, die ihm neugierige Fragen zu ihrem Truck stellten. Sie konnte ihn aufstöhnen hören, als sie nach ihm rief und ihm die Kaffeetassen durch das Fenster reichte. Danach schob sie zwei Teller mit Eier und Speck hinterher. „Sag mal, du hast mich vorher ganz schön an der Nase herum geführt. Eier auf der Motorhaube braten..... , hat das Ding etwa auch noch eine Küche?“, erkundigte Björn sich neugierig, als Josefine sich zu ihm gesellte um die Eier zu essen. Josefine grinste dabei über das ganze Gesicht. „Nicht nur das, sondern auch ein niedliches Badezimmer mit WC.“. Björn starrte sie entgeistert mit großen Kulleraugen an und verschluckte sich fast an seinem Ei. „Ist nicht wahr? Wie abgefahren ist das denn. Erzähl mir mehr über dein Baby.“. Jetzt war Björn noch mehr fasziniert von diesem Truck. „Später - sonst werden die Eier kalt.“, meinte Josefine mit vollem Mund. Björn kicherte amüsiert auf, schüttelte den Kopf und blickte noch einmal an Josefine´s Kenworth empor. „Na iss schon Björn, kannst dir nachher noch alles in Ruhe anschauen.“, forderte sie ihren neuen Beifahrer auf, der offensichtlich mehr Interesse an ihrem Truck hatte als an seinen Eiern. „Sag mal, wer von euch beiden ist eigentlich zuletzt auf dem Weg hier her, am Steuer gesessen?“, erkundigte sie sich bei ihm, als er sich wieder den Eiern zuwandte. „Jo, wieso fragst du?“, gab er leise schmatzend von sich. Offensichtlich musste er doch Appetit haben. Josefine jedenfalls ließ sich die Eier mit Speck so richtig schmecken. „Ach, nur so, war nur neugierig. Wie lange hast du geschlafen?“, quetschte sie ihn weiter aus. „Nicht ganz vier Stunden.“, erwiderte er auf ihre Frage. „Sag mal, wird das jetzt ein Verhör?“, hackte er irritiert nach und blickte Josefine vorsichtig über den Rand seines Kaffeebechers an. „Nein, bitte entschuldige, das sollte es nicht werden. Ich wollte nur wissen, ob wir vielleicht schon heute nach Hause kommen. Aber so wie es aussieht dann wohl eher nicht.“, klärte sie Björn über ihre Fragerei auf, der sich den letz-

ten Rest seiner Eier in sich hinein schaufelte. „Wartet auf dich jemand zu Hause?“, wollte Björn nun von Josefine wissen und drehte den Spieß des Verhörs herum. Josefine schüttelte den Kopf. „Nein, außer Gerda meine Vertretung. Aber sie weiß ohnehin, dass ich nicht vor Samstag zurück wäre. Sie weiß nichts von dem Glück, das ich jetzt habe noch schneller unterwegs zu sein.“, gluckste sie amüsiert. Björn hob eine Augenbraue, was Josefine noch mehr zum Lachen brachte. „Du bist für den Abwasch zuständig, ich habe gekocht.“, sagte sie plötzlich knochentrocken und frech grinsend zu Björn. „Die Küche darin findet auch ein Blinder.“, brachte sie amüsiert vor und zwinkerte dabei Björn zu, der vor sich hin grinste und nickte. Was für eine reizende, nette Ulknudel hatte Jo ihm da anvertraut?
Josefine saß auf dem Beifahrersitz und ordnete Unterlagen, während Björn abspülte. Durch die Klimaanlage ließ es sich hier drinnen wirklich gut aushalten. Ihr Handy klingelte und es meldete sich Gerda, als sie den Anruf entgegen nahm. Josefine begann zu kichern, als Gerda sich mit dem Satz: „Hier ist der Boss von Jansen & Partner.“, meldete. Björn blickte neugierig von hinten zu Josefine in die Fahrerkabine. Dadurch, ließ sie sich nicht von ihrem Gespräch unterbrechen. Offensichtlich muss diese Gerda genau die gleiche Ulknudel sein wie dieses Mädchen. Ging es ihm durch den Kopf. Josefine zeigte während des Gespräches mit der Hand auf den Fahrersitz. Da Björn nicht gleich verstand, zeigte er mit dem Finger auf sich. Josy nickte und machte eine Drehbewegung mit der Hand, die heißen sollte, dass er den Motor starten solle. Sie hörte dabei nicht auf, Gerda zu lauschen. Wieder kicherte Josefine amüsiert ins Telefon. Björn hatte den Truck gestartet und starrte sie fragend an. „Warte mal Gerda.“, unterbrach sie für einen kurzen Augenblick ihr Telefonat. „Fahren!“, sprach sie zu Björn und gestikulierte mit beiden Händen, eine Lenkbewegung. „So jetzt bin ich wieder da.“, setzte sie ihr Gespräch mit Gerda fort, die natürlich neugierig war, mit wem Josefine da gerade gesprochen hatte. Josefine erzählte ihr in kurzen Zügen, wen sie alles getroffen hatte und von Jo, der unbedingt wollte, dass sein junger Kollege zu ihrem Schutz mit ihr fahren sollte. „Sieht er wenigstens gut aus?“, wollte Gerda dann auch sofort von ihr wissen. Josefine blickte kurz zu Björn und musterte ihn, der ganz steif und konzentriert hinter dem Steuer saß. Sie lachte auf. „Blendend, wenn er nicht gerade steif ist.“, gluckste sie in ihr Handy. „Wie bitte?“, tönte es aus dem Telefon. „Ich habe

gesagt, blendend, aber er sitzt zu starr hinter dem Lenkrad.", wiederholte Josy ihre Worte in einer etwas abgewandelter Form. Abermals gluckste Josefine los und hielt sich den Bauch vor lachen. Björn hörte wie Josy sagte: „Ja, ja wieder ernst, was gibt es neues?", hörte der Anruferin kurz zu und schon prustete Josy wieder los. „Ja Boss, ich versuche ernst zu bleiben.". Plötzlich schrie Josefine laut auf, sodass Björn selbst ein Zucken vor Schreck machte. „Was? Was hat die dumme Kuh geschrieben. Ist die nicht ganz bei Trost, das ist ein langjähriger guter Kunde, dem man eine Preiserhöhung sachte beibringt. So geht das nicht. Würdest du das bitte selber in die Hand nehmen Gerda?", fragte sie die Ex-Sekretärin ihres Vaters Karl. Lange herrschte Schweigen und Josy hörte nur noch zu. „Ja genau so in etwa. Super Boss, genau so, das hat Stil. Sonst noch was?", erkundigte sich Josefine nochmals, doch nachdem Gerda schnell das Thema wechselte, wusste sie, dass diese nicht mehr alleine war. „Ok, also dann, ja ich werde bestimmt einen guten Rückflug haben. Ja, ja ich melde mich bei dir, spätestens Samstag zwanzig Uhr.". Gerda wusste sofort Bescheid, das Josefine meinte, Samstag zwanzig Uhr bei ihr zu Hause und legte dann auf. „Diese Gerda scheint mir der gleiche verrückte Spaßvogel zu sein wie du. Erzählst du mir jetzt was über dein Baby hier? Aber natürlich nur wenn du willst.", erkundigte sich Björn vorsichtig und sein Blick huschte kurz zu Josefine hinüber, die neben ihm saß und noch immer leise kicherte. „Was möchtest du den wissen?", gluckste sie amüsiert und bebte am ganzen Körper. „Na zum Beispiel, wie man bei diesem Monstrum Eier auf der Motorhaube brät.", scherzte Björn amüsiert in ihre Richtung. Josefine schüttelte mit dem Kopf, begann aber dann doch zu erzählen. „Also um verdammt gute und leckere Eier zu braten, brauchst du einen starken Motor, den stärksten den es in dieser Klasse gibt, zum Beispiel mit 933 PS. Erst dann werden die Eier genau richtig, besonders, wenn du fünfzehn Liter Hubraum hast. Beim Kaffee, verhält sich das ganz anders. Damit er ein echt gutes Aroma hat ......", sprach sie und in genau dieser witzigen Version beschrieb sie ihren Kenworth. Sie wusste auch nicht, was in sie gefahren war. Normalerweise tat sie so etwas nicht. Es musste wohl daran gelegen haben, dass sie über glücklich war, Jo und die Jungs gefunden zu haben und diese ihr keinen Vorwurf über den fristlosen Rauswurf gemacht hatten. Sondern sie jetzt auch noch unterstützten - worin auch immer.

Langsam neigte sich die Sonne am Horizont und färbte den Himmel in ein leuchtend strahlendes Licht. Noch immer schien die Hitze auf der Autobahn zu stehen, denn vor ihnen flimmerte nicht nur die Motorhaube im Sonnenlicht, sondern auch immer noch der heiße Asphalt, man konnte fast schon glauben, dass dieser kochte. Sie fuhren schnurstracks auf die großen weißen Wolken zu, die ihre Farbe und Formen rapide veränderten. Genau nach vier Stunden Fahrzeit hielten sie auf einem Rastplatz an, um einen Fahrertausch durchzuführen. Schon beim öffnen der Tür meinten sie, sie würden einen Saunabesuch machen. Die Schwüle hatte noch mehr zugelegt, das zumindest glaubte Josefine, als sie aus der Fahrerkabine ausstieg. Sie hatten kaum gehalten, da wurden sie auch schon wieder von den umstehenden LKW-Fahrern ins Gespräch über ihren Truck verwickelt. Josefine verdrehte die Augen, was Björn nicht entgangen war. Er blickte auf seine Armbanduhr, die in der Sonne glänzte und rief: „Josy Liebling, wir müssen.“, dabei klopfte er mit dem Finger auf seine Armbanduhr. Josefine fand das richtig gut, was Björn da abgezogen hatte. Fast schon so professionell wie Jo, nur mit dem kleinen Unterschied, dass Jo immer die Worte, Josefine oder Kleines benutzte und nicht Josy und Liebling. Josefine kletterte auf den Fahrersitz und startete den Kenworth. Kurz darauf rollte er auch schon wieder auf die Straße. „Sag mal Josy, wie lange fährst du eigentlich schon Truck´s? So wie ich dich einparken gesehen habe, könnte ich mir vorstellen, dass du schon als Kind hinter dem Steuer gesessen bist und heimlich geübt hast.“, meinte Björn und grinste sie frech von der Seite an. „An meinem zwölften Geburtstag durfte ich das erste Mal so richtig die Freiheit schnuppern. Dafür sorgte Jo, der mich in jenen Tagen mitnahm. Zuvor, ich war sechs oder sieben Jahre alt, war ich des öfteren mit den Fahren in meinen Ferien im Nahverkehr unterwegs. Jo hatte eines Tages zu mir gesagt, dass wenn ich größer bin, würde er mich auf eine lange Fahrt mit nehmen. Aber er wusste damals nicht, was er mit diesen Worten bei einem kleinen Mädchen anrichtete. Jedes Mal, wenn ich ihn erblickte, rannte ich über den Hof zu ihm und stellte ihm jedes Mal die gleiche nervige Frage. Bin ich jetzt groß genug? Auch wenn nur ein paar Tage dazwischen lagen. Und jedes Mal wenn er den Kopf verneinend schüttelte zog ich ihn an seinem Spitzbart, den er damals schon hatte. Nur nicht so grau, sondern pechschwarz. Das machte ich auch immer zu Begrüßung oder einfach nur um ihn zu ärgern. So wie heute morgen, als er mich geärgert hat, in dem er stur auf der Parkfläche stehen geblieben war.". Björn lachte laut auf neben ihr. „Oh ja, das sah richtig gefährlich aus. Ich habe mir schon überlegt, ob ich meinen Boss da nicht wegziehen soll. Aber so wie Percy und Frank grinsten, wusste ich das Jo dir blind vertraut. Bei so einer Aktion gehört eine Menge Vertrauen zueinander.", meinte er. Josy glaubte aus Björn´s Stimme eine Art Bewunderung heraus zu hören. „Ich hatte ja auch verdammt gute Lehrer.", sagte Josefine stolz, die schon immer stolz auf ihre Kerle war. „Du meinst alle vier waren deine Lehrer?", hackte Björn bei ihr nach. Josefine nickte, verbesserte aber Björn. „Alle fünf, Armin gehört auch noch zur Truppe und von jedem habe ich so einiges in meinem Leben gelernt.", korrigierte sie Björn, der sie sprachlos anblickte. „Von Armin habe ich das Reifenwechseln mit Beulen gelernt.", berichtete sie leise kichernd. „Du hast was?", fragte Björn entgeistert nach. „Du willst mich bloß schon wieder auf den Arm nehmen.", fügte er seinen Worten hinzu. „Nein ganz gewiss nicht.". Sie erzählte ihm, was das mit dem Reifenwechseln mit Beulen auf sich hatte. Björn lachte im Anschluss laut auf und krümmte sich vor Lachen. „Oh Gott!", japste er nach Luft. „Aber am meisten habe ich von Jo gelernt.". Björn nickte und war gespannt, was Josefine diesmal über sich und seinen Boss erzählte. „Ich glaube ich war damals so dreizehn oder vierzehn Jahre alt. Im Nachhinein muss ich sagen, wir hatten alle Glück im Unglück. Bei einer unserer ersten Abladestellen sprang Jo von der Verladerampe und kam dabei auf einer Schiene mit dem Fuß auf. Er rutschte darauf aus und verdrehte sich dabei den Fuß. Der Fuß schwoll auch sofort an. Ich kühlte ihm seinen Fuß in einem Eimer, den ich mir im Büro der Firma ausgeliehen habe, bei der wir die Ware abgeladen hatten. Schnell gab es einen Massenauflauf und jeder sültzte mich und Jo mit Ratschlägen voll. Irgendwann wurde es Jo zu viel. Er stand auf und versuchte sich auf den Fuß zu stellen. Was sehr schmerzhaft für ihn war, sodass er das Gesicht dabei verzog, aber der sture Hund wollte es partu nicht zugeben. Du solltest wissen, Jo kann ein ganz sturer Hund sein.", sprach Josy und grinste Björn über beide Backen an, der wieder leise begann zu kichern. „Ach was, das ist mir nooooch gaaaar niiiicht aufgefallen, in den paar Monaten wo ich mit ihm unterwegs bin.", sagte er gedehnt mit einem wissenden Gesichtsausdruck. „Und wie ging's weiter?", hackte Björn neugierig nach. „Jo stieg humpelnd in den Truck. Die damalige Sekretärin gab mir zur Sicherheit den Eimer gefüllt mit Eiswasser zur Kühlung mit, wenn wir Rast machten. Auf der Autobahn angekommen meinte Jo ich solle mein Füßchen für kurze Zeit aufs Gaspedal stellen und ihm den Eimer reichen. Nur zaghaft stellte ich meinen Fuß auf das große Pedal. So fuhren wir gut hundert Kilometer, mit meinem Fuß auf dem Gaspedal und Jo´s Fuß im Eimer mit kaltem Wasser. Hilfe, dann mussten wir von der Autobahn runter. Jo hatte seinen schmerzenden Fuß aus dem Eimer genommen, macht aber keine Anstalten mit mir zu tauschen, sondern gab mir Anweisungen, wie weit ich meinen Fuß vom Pedal nehmen musste. Sogar als wir an einer roten Ampel halten mussten, weil wir ins Industriegebiet abbiegen mussten, da war mein Fuß noch immer auf dem Gaspedal. Als wir dann bei der nächsten Firma angekommen waren, stellte es sich bei mir die Frage, wie können wir den Truck an die Laderampe bringen? Nach dem Jo dann endlich eine passende Sitzposition gefunden hatte, um den Truck an der Rampe zurück zu setzten, schrie er gequält auf. Du solltest wissen, Jo ist jemand der ziemlich viel Schmerz einstecken kann.“, sagte Josefine und öffnete sich eine Mineralwasserflasche zwischen ihren Beinen. Im Anschluss nahm sie einen großen Schluck daraus. Denn ihre Kehle war staubtrocken von dem vielen Quasseln. Björn nickte, er fand das alles sehr interessant was er da so hörte. Nahm Josy die Flasche ab, als sie daraus getrunken hatte und drehte den Verschluss wieder zu. „Er blickte mich an und meinte, komm das schaffst du. Du musst nur genau das tun was ich sage. Bei dieser Abladestelle war Jo ziemlich bekannt und oft wurde er sogar höchst persönlich vom Chef begrüßt, so wie damals. Als er sah wer da hinter dem Steuer saß schüttelte er amüsiert den Kopf. Doch als Jo auf ihn mit einem Monsterfuß zu kam, packte er Jo am Kragen und verfrachtete ihn in kurzer Hand in sein Auto. Seinen Lagerarbeiter befahl er, den Truck selbst auszuladen. Ein älterer Lagerarbeiter erhielt den Befehl von ihm, sich um mich zu kümmern. Jo kam natürlich mit einem Gipsfuß zurück. Obwohl er Schmerzen hatte, grinste er mich an. Auf, weiter meine kleine Truckerin sagte er amüsiert. Obwohl der Boss ihn nicht gehen lassen wollte von seinem Firmengelände. Jo machte einen kleinen Aufstand daraus und schob mich wieder in das Führerhaus. Er nahm auf dem Fahrersitz Platz und ich daneben. Im Außenspiegel konnte ich erkennen, wie der Firmeninhaber uns beiden kopfschüttelnd nach blickte. So machten wir alle Abladestellen durch. Ich hatte große Angst, nachdem uns der Firmeninhaber nicht mehr gehen lassen wollte und bei uns in der Firma anrufen würde um uns abzuholen lassen. Durch meinen Kopf rasten die wirrsten Gedanken wie, was würde passieren, wenn wir in eine Polizeikontrolle geritten oder gar mein Vater davon erfuhr. Nachdem Löschen der Ladung an der letzten Station, rief Jo dann doch noch bei uns in der Firma an. Er sagte, dass er ein Problem hätte. Er häbe sich soeben den Fuß gebrochen und im Krankenhaus habe man ihm einen Gips verpasst, sodass kein Fahren mehr möglich wäre. Log er meinen Vater an.". Björn lachte auf, er konnte nur mit dem Kopf schütteln bei dieser irren Geschichte, die ihm Josy gerade erzählt hatte. „Du meinst, ihr seid hunderte von Kilometern mit Gipsfuß gefahren und fünfzig Kilometer vor zu Hause, ruft ihr erst an?.", hackte Björn nach, den es fast aus dem Sitz beamte vor Lachen. „Kam die Geschichte heraus?", fragte er neugierig glucksend. „Oh ja, zwar nicht gleich, aber Wochen danach. Weder Jo noch ich wussten, dass unser Schwindel aufgeflogen war. Mein Vater Karl bat mich an einem Sonntagspätnachmittag ihn in die Firma zu begleiten. Weil er mir angeblich etwas dringendes zeigen wollte. Ich war damals verblüfft, als er neben dem alten LKW hielt, der als Ersatzfahrzeug nur noch zum Einsatz kam. Er öffnete die Tür und sagte ich solle einsteigen. Ich begriff zuerst nicht, was er vor hatte. Erst als er sagte, ich solle das Ding starten und dort drüben an die Rampe fahren, begriff ich in dem Moment, dass Jo und ich aufgeflogen waren. Ich schüttelte heftig den Kopf. Papa ich weiß nicht wie das geht, ich habe so etwas noch nie gemacht, log ich meinen Vater an. Ich habe nur gesehen, das man hier den Schlüssel umdrehen muss. Mein Vater hatte die Geduld verloren und schrie mich an. Verdammt Josefine, ich weiß, dass du das kannst und egal wer dir es gezeigt hat, ihm wird nichts geschehen, versicherte er mir damals. Unser Werkstattleiter der das Geschrei meines Vaters hörte auf dem Hof, stand grinsend in seiner Werkstatt und blickte zu uns herüber. Im selben Moment, als ich den Truck anließ drehte sich mein Vater fluchend, mit den Händen über dem Kopf um. Er schrie laut, Jo du alter sturer Halunke, warte nur bis du wieder aufkreuzt, dann kannst du was erleben und reckte seine Fäuste drohend zum Himmel. Georg kicherte seinerseits auf, kam zu uns herüber gelaufen und flüsterte anschließend meinem Vater etwas ins Ohr. Was es war, stellte sich dann ein halbes Jahr später heraus. Mein Vater hatte mich und Jo heimlich bei einem Geschicklichkeitstunier für LKW Fahrer angemeldet. Zu Jo sagte er, mach was draus und drückte ihm ein paar Tuckschlüssel in die Hand.". Björn kicherte gähnend und suchte sich eine gemütlichere Sitzposition. „Wie weit seid ihr gekommen?", erkundigte er sich etwas müde, aber noch immer sehr interessiert an der Geschichte. Josefine gluckste, „Nicht weit, denn der Motor von dem LKW streikte am Wettkampftag.". Björn lachte zusammen mit Josefine auf. „Aber im Anschluss folgten über Jahre sehr viele Rennen und Geschicklichkeitsturniere. Mit Siegen und Niederlagen. Wenn du willst, kannst du im Keller die Kisten ausräumen, wenn du alle Pokale sehen willst. Ich habe nur die schönsten im Wohnzimmer stehen.", teilte Josefine ihm gelassen mit. „Jetzt weiß ich zumindest, was Felix damit meinte, als er sagte, die steckt uns alle in den Sack.", meinte er lächelnd. Josefine blicke zu Björn hin über und schmunzelte vor sich hin. „Willst du es darauf ankommen lassen?", zog sie ihn spitzbübisch auf. Björn hob abwehrend seine Hände, dabei schüttelte er kichernd den Kopf. „Oh nein, ich habe heute Morgen schon genug gesehen. Ich kann erahnen, was du mit dem Ding und auch mit den anderen LKWs alles so kannst.", meinte er ohne auf Josy´s Herausforderung einzugehen. Vergnügt lachte Josefine auf. „Hilfe......, der erste Mann, der mir nicht beweisen will, wie G U T er ist. Wo gibt´s den so was?", rief sie laut lachend und klopfte dabei aufs Lenkrad. Sie fand Björn vollkommen in Ordnung. So viel Spaß hatte sie schon lange nicht mehr auf einer Tour. „Da vorne kommt ein Rastplatz. Dort werden wir für die Nacht halt machen. Du bist für die groben Sachen zuständig, ich für die Leckeren.", meinte Josefine amüsiert. Björn wusste sofort was sie damit meinte. „Aber einen Sonnenschirm finde ich nicht auch noch zufällig in deiner Höllenmaschine?.", fragte er scherzhaft und blickte sich suchend nach hinten, in Richtung der Küche um. Die Sonne, die sehr tief am Himmel stand warf Streifen aus orangefarbenen, rosa und blauem Licht über den Truck, während sie die vielen Kumuluswolken am Himmel in silber-, rot-, und orange grau Töne aufleuchten ließ, als sie zusammen mit Björn auf dem Rastplatz aus dem Truck stieg. Es war ein herrliches Naturschauspiel, das sich ihnen am Horizont bot. Sie setzten sich gemütlich in die Abendsonne vor dem Kenworth. Josefine hatte aus wenigen Zutaten ein leckeres Abendessen zubereitet. Björn war begeistert darüber und es schmeckte wirklich hervorragend. Die Luft wurde angenehm kühler, je weiter die Sonne dem Horizont entgegensang, bis sie nicht mehr zu sehen war. Jedoch brachte auch die untergehende Sonne einen Schwarm Mücken mit sich, die ihren Appetit genauso stillen wollten, wie die Beiden und schwärmten lästig um sie herum. Aus der Ferne hörte man ein tiefes Grollen eines näher kommenden Gewitters. Björn meinte, das wenn sie Glück hätten, das Gewitter an ihnen vorbei ziehen würde und aber hoffentlich doch etwas Abkühlung für den nächsten Tag bringen würde. Josefine bat Björn während dem Essen etwas aus seinem Leben zu erzählen, da sie ja den ganzen Tag über nur von sich erzählt hatte. Sie war neugierig, was hinter diesem attraktiven blonden jungen Mann alles so zu Vorschein kommen würde. Björn rollte die Augen, lehnte sich in dem Stuhl zurück und verschränkte die Arme hinter dem Kopf. Dann begann er schließlich doch aus seinem Leben zu erzählen. Er erzählte Josy, dass er ein Kind sei, das aus Feuer und Eis entstanden sei. Josefine lachte auf, als er dies sagte. Björn erklärte ihr aber gleich darauf hin, warum er dies so gesagt hatte. Er meinte, seine Mutter sei eine eiskalte deutsche Frau gewesen, die nur einen einsamen Reiturlaub mit einer Führung gebucht hatte. Die Führung war damals sein Vater, der sich Hals über Kopf, sozusagen gleich von ersten Tag an in diese gefühlskalte junge Frau verliebt hatte. Doch jede Annäherung von ihm ließ sie zuerst abblitzen. Sein Vater glaubte schon, das er sich in die falsche Frau verliebt hatte, aber zwei Tage bevor ihr Urlaub zu Ende war, funkte es zwischen den Beiden dann doch endlich. So blieb sie bei ihm und brach ihre Zelte in Deutschland ab. Half ihm auf dem Gehöft, versorgte die Gäste und heiratete ihn schlussendlich doch, als ich unterwegs war. Später folgten dann noch drei weitere Kinder. Ein Bruder und zwei Schwestern. Nach und nach erweiterte und baute mein Vater aus. Er lebt von der Pferdezucht und den Reiturlaubern. Mutter von der Vermietung der Ferienwohnungen und dem Gästehaus, das sie gemeinsam dazu gebaut hatten.“, berichtete Björn ihr aus seinem Leben mit ernster Miene. „Warst du schon einmal in Island?“, fragte er neugierig und wandte sich seinem Glas Mineralwasser zu, um daran zu nippen. Doch Josefine musste ihm gestehen. „Ich war wirklich schon fast überall auf der Welt unterwegs. Kenne Schweden in- und auswendig aber in Island und Grönland war ich noch nie, obwohl mich Island schon oft gereizt hätte.“. Björn grinste begeistert sie an. „Dir würde Island gefallen. Weißt du mit Island ist es so, entweder man mag es und kommt laufend wieder oder bleibt sogar, oder man kehrt ihm für immer den Rücken.“. Josefine nickte, das konnte sie gut verstehen. Die mysteriöse Insel zog alle in ihren Bahn. „Dann hätte ich sie bestimmt gemocht. Ich hatte da einen Kindheitstraum, was ich nach dem Abi machen wollte.“, gestand sie Björn und begann furchtbar an zu kichern. „Du wirst es nicht glauben, aber ich wollte Geologie studieren nach dem Abi.“, kicherte sie und Björn hob schmunzelnd eine Augenbraue. „Jo und mein Vater Karl hatten mir beide den Vogel gezeigt, als ich mit dieser Schnapsidee zu ihnen kam.“, meinte Josefine glucksend, als sie die Bilder vor ihren Augen ablaufen ließ. „Jo war so wutentbrannt und wollte als aller erstes dann auch sogleich wissen, welcher hirnverbrannte Idiot mir dies in mein Hirn gepflanzt hätte.“. Sie hob sich den Bauch vor Lachen und setzte hinzu: „Mein Vater Karl sagte genervt. Was nützt mir eine Geologin in der Familie, wenn da draußen massenhaft Trucks stehen. Aber er sei damit einverstanden, dass ich das Studium antrete unter der Voraussetzung, dass ich die geologischen Messungen auf der Straße und Autobahnen durchführen würde.“, gab sie laut lachend von sich und musste sich die Lachtränen aus den Augen wischen. Björn überschlug sich vor Lachen, auch ihm ging es nicht anders als Josefine. Nachdem er sich wieder gefangen hatte - und das ging eine ganze Ewigkeit - meinte er amüsiert: „Kleiner Vorschlag.....“. Er machte eine kurze Pause und sah Josy fragend an, bevor er weiter sprach und sagte: „In Island würde beides gehen.“, dabei zwinkerte er ihr mit einem Auge zu. Was wieder in einem Lachanfall endete. Die Sonne war längst hinter dem Horizont verschwunden und hatte einem sichelförmigen Mond den Platz überlassen. Der Nachthimmel funkelte nur so auf sie herab. Auch auf dem Rastplatz wurde es von Stunde um Stunde ruhiger und nur noch vereinzelnd erblickte man noch einen Fernfahrer, der über den Rasthof schlenderte. Auch Josefine merkte so langsam die Strapazen des Tages und gähnte herzhaft auf. „Wir sollten zu Bett gehen, morgen Abend um diese Zeit werden wir zu Hause sein. Kommst du?“, forderte sie Björn auf, in dem Panik aufstieg. Um Himmels Willen, so weit hatte er den ganzen Tag noch nicht gedacht. Vielleicht auch weil er und Josy soviel miteinander gescherzt und gelacht hatten. Und jetzt das? Er konnte doch unmöglich die Nacht neben dieser reizenden, atemberaubenden Frau verbringen, die er so sexy fand. Lieber würde er sich sämtliche Muskeln und Knochen verbiegen und auf dem Fahrersitz schlafen, oder sich irgendwo hier auf dem Rastplatz in die Büsche werfen, bei dem angenehmen Wetter. Er ließ seinen Blick nochmals über Josefine´s attraktive Figur schweifen. Eine weitere Woge von Begehren durchflutete ihn. Er hätte nichts dagegen gehabt, Josefine unter sich zu haben. Nur hatte er Jo versprochen auf sie aufzupassen und nicht zu ...... Seufzend erhob er sich und verstaute noch die Stühle an ihrem Platz, reichte Josy das Geschirr durch das Fenster und folgte nur sehr langsam ihrer Aufforderung ins innere ihres Trucks. Josefine verkniff sich ein Lächeln, als sie erkannte, wie Björn das große Bett musterte. Sie schlug die Decken zur Seite, setzte sich aufs Bett und klopfte neben sich auf das Lacken. „Na komm schon, du bist nicht der erste Kerl, der hier neben mir liegt. Ich verspreche auch nicht zu beißen und zu schnarchen.“, meinte sie amüsiert. Björn´s Miene brachte Josy zum Lachen und Björn stimmte mit ein. Nachdem sie sich beide Bett fertig gemacht hatten, blickten sie gemeinsam noch eine Zeit lang schweigend durch die Panoramascheibe in den Nachthimmel. Björn räusperte sich leise. „Hast du schon einmal ein Polarlicht gesehen?“, fragte er neugierig und drehte seinen Kopf zu Josefine. „Als Kind habe ich einmal bei meinen Großeltern in Schweden seltsame Lichterscheinungen am Himmel gesehen, aber ob das ein Polarlichter war kann ich dir nicht sagen. Es war einfach faszinierend, den Tanz der Lichterscheinung am Himmel zu beobachten.“, meinte sie mit müder verträumter Stimme. „Ja es erscheinen die bizarrsten und skurrilsten Formen am Nachthimmel.“, gab ihr Björn Recht. „Wusstest du, dass es auch rötliche Farben am Himmel gibt?“, fragte er Josefine, die sich auf die Seite gerollt hatte, um ihn anzusehen. „Nein, das wusste ich nicht. Aber ich könnte mir vorstellen, das diese sehr selten zu sehen sind.“, flüsterte sie mit müder Stimme und rieb sich mit der Hand über eines ihrer Augen. „Ja genau, rötliche Farben sind eher selten am Himmel zu sehen. Das Aurora Boreales, wie es in der Fachsprache heißt, sieht man am häufigsten in Breit- oder Schleierartigen blaugrünen oder blauvioletten Strukturen am Himmel. Das hängt immer davon ab, in welcher Höhe die Sauerstoffteilchen aufeinander treffen. Je höher sie sind, desto wahrscheinlicher ist es, dass man ein rotes Licht zu Gesicht bekommt.“, sprach Björn leise weiter und lächelte dabei, als er Josefine anblickte, die neben ihm lag und schon tief und fest schlummerte.

Als die ersten Lichtstrahlen durch das Panoramadach drangen und gleichzeitig ein heftiger Regenschauer nieder ging auf das Dach, so als stände jemand vor dem Truck und feuerte mit einem Maschinengewehr darauf ab, kam auch Josefine langsam aus dem Schlaf zu sich. Björn war schon etwas länger wach wegen des Wolkenbruches, der gerade auf den Truck nieder ging. Irgendwann musste sich Josefine in der Nacht von ihrer Decke frei gestrampelt haben. Denn Björn starte auf ihre schönen wohlgeformten Beine. Was keine so gute Idee war, denn was sich gerade in seiner Boxershort abspielte war die reinste Hölle für ihn. Am liebsten hätte er sich über sie hergemacht. Josy gähnte leise auf und rieb sich noch ganz verschlafen in den Augen. „Guten Morgen.“, hörte sie Björn leise neben ihr sagen. Er lächelte und seine Augen glitzerten wie blaue Kristalle. Sie lagen da, die Gesichter einander zugewandt, während ihre Blicke einander festhielten. „Guten Morgen, gut geschlafen?“, flüsterte Josefine ihm zu. „Sehr gut und selbst?“, wollte Björn von ihr wissen. „Viel zu gut.“, kicherte Josy leise. Sie wusste wirklich nicht, seit wann sie das letzte Mal so fest und tief geschlafen hatte. Noch immer blickte sie Björn an, der ihr entgegen lächelte. Es war ein Band, dachte Josefine, ein unsichtbares Band, das sie und Björn miteinander festhielt, seit sie ihm gestern morgen das erste Mal begegnet war. Diese Begegnung fühlte sich ganz anders an, als die mit Tom. Björn wickelte sich aus der Decke heraus, schwang seine langen muskulösen Beine aus dem Bett und stand auf. Dabei fragte er: „Hungrig?“. Josefine nickte lächelnd, streckte sich und schwang ebenfalls die Beine aus dem Bett. Sie beeilte sich, um ins Bad zu kommen, bevor sie sich an das Frühstück machen würde. Sie wollte gerade das Wasser der Dusche aufdrehen, als sie hören konnte, dass ihr Handy, welches noch auf dem Bett lag, klingelte. Es klopfte einmal kurz an ihre Türe und wie von Geisterhand öffnete sich die Badezimmertür einen Spaltbreit und ihr Handy schwebte zu ihr, gehalten von zwei Fingern. Hinter der Tür hörte sie eine Stimme die Armin sagte. Sie griff nach ihrem Handy und nahm schnell den Anruf entgegen. „Guten Morgen Armin, schön von dir zu hören, wie geht es Dir?“, Erkundigte sich Josy bei ihrem Mitarbeiter. „Besser Kleines.“, krächzte er in den Hörer. „Du sag mal, wie fit fühlst du dich? Sei aber ehrlich.“, fragte Josefine Armin vorsichtig, denn er hörte sich wirklich noch nicht gut an am Telefon. „Top fit Kleines, nur die Stimme will noch nicht so ganz.“, brummte er in das Telefon. „Ok, dann sei einfach ruhig. Schon deine Stimme und hör mir einfach nur zu. Meinst du, du könntest heute Abend meinen Truck, den Kenworth bei mir zu Hause abholen?“, fragte sie den Anrufer. „Ja“, krächzte er erneut ins Telefon. „Könntest du mich bitte einmal aufklären, was los ist Kleines?“, sprach er mit ganz heißerer Stimme, die einem Reibeisen glich. „Ja, das mache ich, aber zuvor würde ich gerne noch unter die Dusche und etwas frühstücken, wenn das für dich in Ordnung ist Armin. Ich würde mich im Anschluss bei dir melden und dir die Einzelheiten erklären.“, teilte sie ihm schnell mit. „Ok Kleines, melde dich sobald du Zeit hast. Ich warte, bis später.“. Josefine legte ihr Handy auf die Spiegelablage und drehte das Wasser der Dusche auf. Kurz hielt sie prüfend ihre Hand unter die Wasserfontäne um zu testen, wie warm das Wasser war. Bevor sie sich in die kleine Nasszelle begab. Sie seifte sich kurz ein und wusch sich die langen Haare. Das warne Wasser, das ihr über den Körper rann, war einfach Luxus pur. Bevor sie den Wasserhahn auf eiskalt stellte um eine Wechseldusche zu machen. Im Anschluss rubbelte sie sich kräftig ab, band sich die Haare zusammen zu einem Zopf und schwang sich ihr Badehandtuch um ihren Körper. Noch immer prasselte der Regen laut auf das Dach, als Josy aus der kleinen Dusche tapste. Sie musste lächeln, als sie sah, wie Björn in ihrer kleinen Küche herum hantierte. Er warf nur einen kurzen Blick über seine Schulter, als er hörte, dass die Tür des kleinen Badezimmers aufgegangen war. „Frühstück ist gleich fertig.“, meinte er und goss heißen Kaffee in zwei Becher. Seufzend blickte er noch einmal nach draußen durch das kleine Fenster, aber der Regen hatte noch immer nicht nachgelassen. Deshalb servierte er Josy das Frühstück auf ihrem großen Bett. Auch Josefine hätte nur all zu gerne draußen in der Sonne gefrühstückt, aber leider war es ihnen vergönnt. Denn das Wetter hatte sich in der Nacht rapide verändert. Zu Bett waren sie bei offenem Panoramadach gegangen. Mitten in der Nacht mussten sie es schließen, nachdem ein heftiges Gewitter aufgezogen war, sofern sie nicht in einem nassen Bett aufwachen wollten. Das Gewitter und der Regen brachten zumindest eine leichte Abkühlung nach der Schwüle des Tages zu vor. Von draußen war ein lautes Donnergrollen zu hören und der Regen prasselte nur so auf das Dach des Truck´s. Josefine wusste nicht, was sich lauter anhörte, ihre Dusche oder der Platzregen, der gerade nieder ging. Björn reichte ihr einen Teller mit

Spiegeleiern und Speck und dazu einen Becher heißen Kaffee. „Josy, meist du ich dürfte nach dem Frühstück deine Dusche benützen?“, fragte Björn vorsichtig, weil er Josefine´s Pläne nicht durchkreuzen wollte. Sie war gerade dabei sich eine Gabel Ei in den Mund zu schieben und gleichzeitig eine Wahlwiederholung auf ihrem Handy zu drücken. Sie ließ die Gabel im Mund stecken und zeigte ihm nur einen Daumen nach oben, zog die Gabel aus dem Mund heraus und schon wandte sie sich ihrem Gesprächspartner Namens Armin zu.
Als Björn aus der Dusche kam nach dem Frühstück, telefonierte Josy noch immer mit diesem Armin, wer immer auch dieser Kerl sein mochte. Er erinnerte sich daran, das sie gestern im Laufe des Tages einen Armin erwähnt hatte. Josefine lag mit dem Bauch auf ihrem Bett und ihre Füße zappelten locker hin und her. Ein reizender Anblick für Björn´s Augen und er kicherte leise auf. Er ließ sich aufs Bett gleiten, wartet eine Weile ab, ob Josefine aufhören würde zu telefonieren. Nachdem sie Björn neben sich sitzen sah, verabschiedete sich sich von diesem Armin mit den Worten: „Bis heute Nachmittag.“. Im Anschluss legte sie das Handy auf die Seite und blickte Björn fragend an. „Na ausgepappert altes Plappermaul? Von mir aus können wir los.“, sagte Björn amüsiert grinsend. „Du fährst, damit die alte Plappertasche sich anziehen kann und im Anschluss weiter plaudern kann.“, sagte sie zu ihm und streckte Björn frech die Zunge heraus. „Wie du willst, aber na warte eines Tages zahle ich dir das als alles Heim.“, kicherte Björn leise und krabbelte ins Führerhaus. „Vergiss es nicht.“, konterte Josy amüsiert zurück und zog sich an. Björn ließ den Truck an und rollte los auf die Straße. Nachdem Josefine angezogen war, lies sich auf dem Beifahrersitz nieder, holte den Laptop hervor und rief Mails ab. Sie fing an die Mails gleich dabei auszusortieren. Spam-Mails löschte sie gleich, nicht so wichtiges hob sie für später auf. Angebote leitete sie gleich an ihre Sekretärin Anna weiter. „Du Josy, sag mal, wenn das alles hier vorbei ist, ich meine der ganze Zirkus mit der Erpressung und so. Hättest du nicht Lust, mich für zwei Wochen nach Island zu begleiten?“, erkundigte sich Björn vorsichtig bei ihr, ohne den Blick von der Straße zunehmen. Josefine blickte ihn erstaunt schräg von der Seite an. „Du meinst ich soll einfach so mit dir nach Island fliegen? Sag mal Björn, wieso bist du eigentlich hier in Deutschland und nicht in deiner Heimat?“, fragte sie ungewollt leicht verärgert. Auf die Antwort war sie jetzt gespannt

wie ein Flitzebogen. Er seufzte hinter dem Lenkrad auf. „Wegen einer Frau.“, äußerte er ganz leise ohne dabei Josefine anzublicken, sein Blick war stur auf die Straße gerichtet. Josefine wartete noch eine ganze Weile, ob Björn noch mehr dazu sagen würde. Aber er schwieg wie ein Grab. „Wegen einer Frau?“, hauchte Josy und Björn nickte. Den Blick hatte er weiter geradeaus auf die Straße gerichtet. „Ja leider, ich Idiot bin voll auf sie herein gefallen. Sie war auf unserem Hof als Reitgast. Na ja, wir kamen ins Gespräch und sie machte mir schöne Augen und so. Nach vierzehn Tagen war sie dann auch schon wieder weg. Ich folgte ihr heimlich, weil ich sie überraschen wollte. Aber schon am ersten Tag, öffnete sie mir die Augen. Sie war verheiratet und hatte zwei kleine Kinder, dies hatte sie mir verschwiegen.“, gab er ganz zaghaft von sich, so leise das man es kaum hörte. „Und warum bist du nachdem dich diese Kuh, bitte entschuldige den Ausdruck, so hintergangen hat, nicht wieder in den nächsten Flieger gestiegen?“. Björn blickte nur kurz zu Josefine hinüber und richtete dann seinen Blick wieder auf die nasse Fahrbahn, dabei seufzte er leise auf. „Weil ich mich zuvor schon mit meinem Vater wegen ihr in der Wolle hatte und ausgerechnet zur Hauptsaison abgehauen bin, obwohl er mich dringend gebraucht hätte.“, sprach er nur zögerlich weiter. Josefine ahnte schon etwas, deshalb sagte sie schnell. „Und jetzt meinst du, wenn du mich mitnehmen würdest und mich als deine Freundin vorstellst käme wieder alles wieder ins Lot? Habe ich recht.“. Björn nickte leicht, räusperte sich und sprach dann leise weiter. „So in etwa, aber nicht ganz. Die ganze Sache hat noch einen Haken.“. Josefine schüttelte sprachlos den Kopf. Mein Gott, was würde jetzt noch kommen, dachte sie. „Oh......, und welchen?“, forderte sie ihn auf diesen Preis zu geben. „Ich habe meinen Leuten erzählt, dass ich eine andere Frau hier in Deutschland kennen gelernt habe und diese Hals über Kopf geheiratet hätte und spätestens im Herbst würde ich für zwei Wochen nach Hause kommen und sie mitbringen. Weil sie angeblich so eine vielbeschäftigte Frau ist.“, gab er kleinlaut von sich. Josefine zog hörbar tief die Luft ein. „Was natürlich verstunken und verlogen war.“, ergänzte Josefine und Björn nickte erneut. „Weißt du was, ich überlege es mir, vielleicht fällt uns ja auch noch etwas anderes ein, wie wir deine Eltern besänftigen können.“. Josefine wandte sich stirnrunzelnd ihrem PC wieder zu. Irgendetwas stimmte hier an dieser Mailadresse nicht, hatte Gerda ihr die falsche Mailadresse durchgegeben? Oder war es von ihr ein Schreibfehler? Durch das blöde herum Gelabere mit Gerda am Telefon. Leise fluchte Josefine vor sich hin und griff zu ihrem Handy. Dort tippte sie eine Nummer ein und lauschte eine Zeit lang dem Klingelton zu. Jetzt geh schon endlich ran! dachte sie, dabei klopfte sie nervös mit ihrem Kugelschreiber auf dem Laptop herum. Verdammt, wo war Gerda, dachte Josefine, als sich plötzlich eine Bandansage der Warteschleife ankündigte. Seufzend legte sie auf und probierte es erneut. Björn blickte kurz zu ihr hinüber als sie aufseufzte. „Probleme?“, erkundigte er sich, doch Josefine schüttelte den Kopf, während sie dem erneuten Klingelton lauschte. Doch diesmal hatte Josefine mehr Glück. Nach dem dritten Klingelzeichen hörte sie auch schon fröhlich eine Stimme sagen: „Hier ist der Boss von Jansen & Partner.“. Josefine lachte laut auf. Eigentlich sollte sie sich so langsam an diese Begrüßung von Gerda gewöhnt haben. „Wo hat denn der Boss gesteckt, dass er das Telefon überhört hat, doch nicht etwa bei dem schönen Dominik?“, zog sie Gerda auf. „Sorry Kleines, dass ich nicht gleich an den Apparat gegangen bin. Aber auch Bosse müssen mal für kleine Königstiger und im Anschluss habe ich mich noch mit Sybill in der Wolle gehabt. Mein Gott, die ist ja so was von strohdumm. Ich weiß gar nicht, wie die überhaupt die Sekretärinnenlaufbahn machen konnte. Ich habe ihr heute fünf mal das gleiche Schreiben vorgelegt, damit sie es korrigieren sollte und fünf Mal tauchte der gleiche Fehler auf.“, sprach Gerda, die sich voll in Rage geredet hatte. „Du glaubst nicht, wie dämlich die Frau ist. Seit wann schreibt man nämlich mit H?“, meinte Gerda am Telefon. Im gleichen Augenblick sagten Gerda und Josefine „Wer nämlich mit H schreibt ist dämlich.“ und beide Frauen lachten laut los. Selbst Björn, der nicht alles von dem Gespräch mitbekommen hatte. Bebte vor glucksen an seinem Lenkrad. „Oh Gott, du armer Boss.“, kicherte Josefine ins Telefon und brachte zum Schluss noch ihr Anliegen vor, warum sie eigentlich angerufen hatte. Schnell verglichen sie die Mailadresse, die sie von Gerda erhalten hatte und stellte fest, dass es doch ein Schreibfehler ihrerseits war. Amüsiert meinte Josefine, „Ich glaub ich bin auch dämlich.“, was zu einem erneuten Lachanfall von ihr führte. Schnell verabschiedete sie sich von Gerda, da auch Gerda ihr nichts Neues berichten konnte. Sie legte dann mit gutem Gewissen auf, um darauf hin die angefangene Mail fertig zu machen und zu verschicken.

Björn staunte nicht schlecht, als Josefine, nachdem sie einen Fahrerwechsel vollzogen hatten, zweihundert Kilometer später in eine Wohnsiedlung einbog und vor einem schlichten weißen Haus den Truck abstellte. Auf der Treppe davor, auf den Stufen saß ein Mann in Jo´s Alter, mit einem dicken Schal um den Hals. Er grinste frech und neben ihm stand ein alter verrosteter Drahtesel. „Hallo Kleines“, begrüßte er Josefine, als sie ausgestiegen war mit rauer heißerer Stimme. Josefine stellte die beiden Männer sich gegenseitig vor. Im Anschluss erzählte sie Armin ganz aufgeregt, wie sie Jo und die anderen Kerle gefunden hatte. Richtete ihm die vielen Grüße aus Brüssel aus und bat dann Armin, sie auf einen Kaffee mit in die Küche zu begleiten. Denn sie habe ihm noch mehr zu berichten. Einen Teil davon kannte Armin ja schon, aber es gab da ja auch noch die Erpressung und die Top Secret Sache. Armin lauschte die ganze Zeit aufmerksam, hin und wieder nickte er oder schüttelte fassungslos den Kopf. Viel sprach er nicht dabei, obwohl seine Stimme fast wieder die alte war und lange nicht mehr so rau und kratzig sie sich anhörte wie am Morgen. Während sie in der Küche standen und an ihren Tassen nippten, dachte Armin über so vieles nach, was Josefine ihm da alles erzählt hatte. Solange Josefine zusammen mit Armin in der Küche stand, machte Björn einen kleinen Rundgang durch das Haus, denn er kannte ja eigentlich schon alles, was Josefine diesem Armin berichtete. Björn stellte fest, dass das Haus geschmackvoll eingerichtet war. In einer hinteren Ecke des Wohnzimmers stand schräg ein Flügel am Fenster. Die Wände waren mit imposanten Gemälden geschmückt. Um einen kunstvoll verzierten Couchtisch war ein gewaltiges Sofa, ein Zweisitzer und passende Sessel angeordnet, auf dem sich die passenden Sofakissen stapelten. Als er zurück in die Küche zu Josefine und Armin trat sagte er: „Du hast es hier wunderschön.“. Josefine nickte kurz und wich aber Björn´s Blick aus. Als Armin im Bilde war, verabschiedete er sich bei Josefine, in dem er sie in die Arme zog. Björn reichte er die Hand zum Abschied. „Pass bloß gut auf das Juwel auf.“, riet er ihm und lud seinen Drahtesel auf den Auflieger von Josefine´s Truck auf, stieg ein, hupte einmal kurz, dabei winkte er den beiden zu und fuhr davon. „Bis morgen Abend Kleines.“, krächzte er aus dem Fenster hinaus kurz bevor er los fuhr. Josefine erschrak heftig, denn Björn fuhr ruckartig herum, zog Josefine an sich und küsste sie, nach dem Armin los gefahren war. Er löste sich nur leicht von ihren

Lippen, sodass es weiterhin so aussah, als würde er sie noch immer küssen. „Mach das Spiel mit und schau unauffällig über meine Schulter, siehst du das rote Auto? Zwei Häuser weiter.“. Josefine erwiderte seinen Kuss und nickte ganz leicht. „Da sitzen zwei Typen drin, die uns seit unserer Ankunft schon beobachten.“, raunte er leise an ihre Lippen und raubte sich erneut einen Kuss von Josy. „Was hast Du vor?“, wisperte sie atemlos an seine Lippen. „Wir werden weiter hin so tun, als ob wir sie nicht bemerkt haben. Küss mich nochmal Josy.“, forderte er sie auf, die ihn sofort noch einmal küsste. Dieser hob sie überraschend hoch und Josefine quiekte laut auf, als Björn sie auf die Arme nahm und sie zum Haus trug. „Hör auf zu quieken, sondern küss mich und leg deine Arme um meinen Hals.“, gluckste er in ihre Richtung. Er dankte Gott, dass er die zwei Typen entdeckt hatte und dadurch Josy näher kam. „Was meinst du? Wer sind diese Typen? Und was wollen die von mir? Björn?“, fragte sie beunruhigt. „Josy Süße, ich weiß es auch nicht, aber das werde ich herausfinden, sobald es etwas dunkler wird. Sie sind uns zumindest nicht von der Autobahn aus bis hier her gefolgt. Zumindest das können wir ausschließen, denn das Auto stand schon da, als wir ankamen.“, versuchte Björn sie zu beruhigen, als er sie im Hausflur sanft absetze und mit dem Fuß die Tür hinter sich schloss. „Björn ich habe Angst.“, jammerte sie ganz leise mit zitternder Stimme. „Das brauchst du nicht, ich bin ja da.“, sagte er beruhigend und strich ihr sanft mit seinem Handrücken über ihre Wange. Er konnte die Angst in Josy´s Augen ablesen. „Komm lass uns mal deine Küche durchsuchen, ob wir was Essbares finden. Hast du Fisch da?“, erkundigte sich Björn und trat in die Küche. Josefine zuckte mit den Schultern hinter ihm. „Ich glaube schon im Tiefkühlfach.“, meinte sie und öffnete das Tiefkühlfach, um einen Blick dort hinein zu werfen. „Gut, dann koche ich heute eine isländische Delikatesse.“, verriet er ihr und trat hinter Josy an den Kühlschrank um den Fisch entgegen zu nehmen. In dem Moment klingelte es an der Tür und beide blickten sich fragend an. Josefine nickte, als sie sah wie Björn sich mit einem Küchenmesser bewaffnete und schlich sich dann zur Haustüre. Josefine blickte durch den Spion der Türe und ihr viel ein Stein vom Herzen. Gott sei Dank, es war Tom. Sie öffnete die Tür und schon stand Tom im Vorraum. „Hallo Josefine. Schön, dass du wieder zu Hause bist.“, begrüßte er sie und drückte ihr einen Blumenstrauß mit roten kurzstieligen Rosen in die Hand. Josefine blickte ihn verwirrt an, dabei schnupperte sie an einer der vielen Rosen. Der Strauß musste ein Vermögen gekostet haben, dachte sie sich. „Josy, wo finde ich .....“, Björn geriet ins stocken, als er den Kopf fragend zur Küche heraus streckte. Um der Sache auf den Grund zu gehen, mit wem sich Josefine im Flur unterhielt. Die beiden Männer gifteten sich feindselig an mit Blicken. Josefine biss sich auf die Lippen, ihr Mund wurde so trocken, dass sie kaum noch schlucken konnte, als sie von Mann zu Mann blickte. Panik stieg in ihr auf. „Halt! Auszeit Jungs!, es ist nicht so wie ihr beide denkt. Björn, das ist Tom.“, stellte sie ihn schnell vor. „Sieh an, der Rechtsverdreher.“, hörte sie schon Björn´s mürrische Stimme sagen. Er stand mit verschränkten Armen in der Tür der Küche, in der einen Hand hielt er noch immer das Messer und betrachtete Tom mit kühlem Gesichtsausdruck. „Tom, das ist Björn, stellte Josy Tom ihm vor, er gehört zu einem der Männer, die ich gesucht habe. Jo, sein Boss meinte, es wäre besser, wenn jemand um mich herum wäre, so als eine Art Bodyguard.“, versuchte sie die Situationen zu entschärfen. Björn ´s Blick blieb weiter auf Tom haften. „Genau deswegen bin ich hier hergekommen Josefine. Nach dem Großmutter mich angerufen hat und mir gesagt hat, dass du wieder da bist, wollte ich nicht, dass du jetzt alleine zu Hause bist. Außerdem wollte ich dir mitteilen, dass Stefan zur gleichen Meinung gekommen ist, wie dieser Jo. Doch dieser Jo war so wie es aussieht etwas schneller wie mir scheint. Die beiden Männer in dem roten Auto vor deiner Tür, falls es dir schon aufgefallen sind, hat Stefan zu deinem Schutz abgestellt.“, informierte er sie. In Tom´s Stimme war der sonst so warme Klang verschwunden. Jetzt war sie fast schon eiskalt. Josefine blickte von einem zum andern. Sie begriff nicht wirklich, was hier passierte, was diese wortlose, doch intensive Kommunikation zwischen den beiden bedeutete. Sie hatte doch beide einander vorgestellt und doch sah es so aus, als ob sich die Männer gleich an die Gurgel gehen wollten, wegen ihr? Die Situation war beinahe zu komisch, wie sich die beiden verhielten. „Sag mal, habt ihr jetzt beide eine an der Klatsche?“, fragte sie die beiden Männer und blickte erneut von Mann zum Mann. Nun räusperte sich Björn und grinste über das ganze Gesicht sie an. „Ich wollte dich fragen, wo du das Mehl in deiner Küche versteckt hast? Ich wollte Josefine gerade mit einem isländischen Essen verwöhnen. Sie bleiben doch zum essen, oder?“, fragte Björn arrogant. Am liebsten hätte er

diesen Rechtsverdreher mitsamt seinen roten Rosen aus dem Haus geworfen. Tom antworte nicht sofort auf Björn´s Frage. „Klar bleibt Tom zum Essen.“, antwortete Josefine schnell für Tom, dabei gab sie Björn grinsend einen leichten Schubs mit ihrem Ellenbogen in die Seite. „Komm Tom, du kannst mir beim Tischdecken helfen.“, forderte Josefine ihn auf und schon wurden Tom die Teller und das Besteck gereicht. „Was möchtet ihr beide trinken? Wein, Bier, Saft? Wein und Bier muss ich im Vorratskeller unten holen. Also was?“, wandte sich Josefine an die beiden Männer. Tom betrat vorsichtig die Küche, in der Björn eifrig darin herum hantierte. „Darf ich fragen, was für Getränke der Chefkoch empfiehlt?“, fragte Tom sehr dezent. „Da es sich um Fisch handelt, würde ich Weißwein empfehlen, aber Bier schmeckt genauso dazu ist nur.......“, Björn unterbrach den Satz, musterte Tom in seinem teuren Designer Anzug und fügte hinzu: „Stilbruch“.
Björn hatte in kürzester Zeit ein leckeres Essen zubereitet. Nun saßen sie auf Josefine´s Terrasse und speisten. Schon am Spätnachmittag, als sie nach Hause kamen, hatte der Regen nachgelassen und der Sonne wieder den Platz überlassen, die sofort wieder vom Himmel herab brannte und alles Nasse nur so aufsog. Im Nu war alles wieder trocken und man hätte nicht glauben können, dass es vor ein paar Stunden noch vom Himmel herunter geschüttet hatte wie aus Eimern. Der Abend war zu schön, eine sternenklare Nacht, der Himmel spannte sich dunkelblau über den Pool und ein voll gerundeter Mond spiegelte sich auf dem Wasser. Nur hielt sich die Konversation der beiden Herren sehr in Grenzen. Josefine konnte das Schweigen der beiden nicht mehr ertragen. Deshalb platzte sie mit dem Auftrag von Jo, Tom davon zu unterrichten, dass er und sein Vater morgen Abend bei einem Gespräch dabei sein sollten, einfach heraus. „Tom, ich weiß ich habe dir nach meiner Rückkehr ein Abendessen versprochen. Leider kann ich aber morgen Abend nicht, ich hoffe du bist mir jetzt nicht böse.“, sagte sie und lächelte Tom dabei unsicher an. Er blickte Josefine über den Rand seines Weinglases an, nachfolgend wanderte sein Blick zu Björn. Josefine seufzte leise auf, nein nicht schon wieder dachte sie und fügte schnell hinzu. „Jo, von dem ich dir erzählt habe, will morgen Abend ein Treffen arrangieren. Er möchte gerne, dass du und dein Vater auch anwesend seid.“. Tom erhob das Glas erneut und nickte kaum merklich. Der Wein war angenehm kühl und schmeckte köstlich.

Tom war tatsächlich ein Weinkenner, denn er war es, der den Wein aus dem Keller geholt hatte. Auf jeden Fall schien er die Zunge von Josefine zu lösen. Auch Björn´s essen passte perfekt dazu, musste er sich eingestehen. „Wie viele Leute werden denn morgen Abend anwesend sein?“, erkundigte Tom sich neugierig, ohne den Blick von Björn zu nehmen. Josefine überlegte kurz und begann im Geiste die Namen aufzuzählen. Sechs Fahrer, Gerda, Tom, sein Vater, Georg, Sven und Max und sie selbst. Sie kam auf insgesamt dreizehn Personen. „Also dreizehn Personen.“, sagte sie und sah dabei Björn zu, wie er Wein in die drei leeren Gläser nachfüllte. Tom nahm ein weiteren Schluck Wein. „Gut, dann werde ich dafür sorgen, dass Stefan und Dominik auch anwesend sein werden. Denn Stefan wollte eh mit dir reden.“. Dann lachte Tom aus heiterem Himmel auf. „Weist du, als er hörte, dass wir zwei am Samstag essen gehen würden, wollte er unbedingt dabei sein. Er hat mich solange traktiert und gelöchert, bis ich endlich nachgegeben habe.“, gluckste Tom amüsiert. Diesmal war es Josefine, die auflachte. Björn, der Josy die ganze Zeit über beobachtete, schluckte, als sie so fröhlich auflachte. Ihr langes dunkles Haar, das ihr üppig über die Schultern fiel. Ihr voller roter Mund. Und wenn sie so lachte, zauberte es ihr die hübschen Grübchen an ihrer Wange. Das alles war ihm schon bei seiner ersten Begegnung mit ihr aufgefallen. Josefine war die absolute Vorstellung, jener Frau, die er unbedingt haben wollte. Seine Traumfrau! Sie hatte überhaupt gar nichts vergleichbares mit der Frau, wegen der er einst nach Deutschland geflogen war. „Es ist spät geworden.“, bemerkte Josefine leise, während ihr Blick auf ihre schlichte Armbanduhr wanderte. Björn überlegte einen Moment, ob Tom es als Missverständnis verstehen könnte, wenn er ihn jetzt sofort zu Tür begleiteten würde um ihn hinaus zu buxieren. Er wollte endlich wieder alleine sein mit Josefine. Dann räusperte er sich. „Ich werde Tom zur Türe begleiten. Du kannst ruhig schon nach oben gehen.“, sprach Björn und erhob sich, Tom zog eine Augenbraue nach oben. „Ich habe nichts gegen Björn, wenn er mich zur Türe bringt.“, erwiderte Tom süffisant lächelnd. Doch es war alles nur gespielt, das fiel Björn sofort auf. „Aber ehrlich gestanden, wäre mir deine Begleitung, dann doch lieber.“, gab Tom breit grinsend zu, dabei blickte er zu Björn hinüber. Josefine stand auf, verabschiedete sich von Tom mit einem Küsschen auf die Wange. „Wir sehen uns morgen Abend. Es ist spät und ich bin

Hunde müde.“ Tom nickte und stand ebenfalls auf. „Ich finde alleine hinaus Björn, Gute Nacht ihr beiden. Bis morgen dann.“, verabschiedete sich Tom von den beiden. Josefine war schon nach oben gegangen, als Björn ihr folgte, nachdem er sich vergewissert hatte, dass alle Türen gut verschlossen waren und das Durcheinander, welches er in der Küche hinterlassen hatte weg geräumt und gespült war. Er hatte von unten gehört, dass Josy Wasser im Bad laufen gelassen hatte, offensichtlich wollte sie noch duschen. Als er die oberste Stufe erreicht hatte, huschte sie nur mit einem Handtuch bekleidet über den Flur. Nur allzugern hätte er sie jetzt in dem Moment berührt. „Josy, liebst du diesen Kerl?“, fragte Björn neugierig. Er musste der Sache jetzt sofort auf den Grund gehen. Sie lachte leise auf. „Wie kommst du darauf?“, antwortete sie ihm ausweichend. „Nun“, sagte er und vergrub zur Sicherheit seine Hände in den Hosentaschen. „Die roten Rosen zum Beispiel und so wie er dich die ganze Zeit angeschmachtet hat, während dem Essen.“, bemerkte Tom leise. Josefine kicherte leise auf. Hörte sie da etwa in Björn´s Stimme einen leichten Anflug von Eifersucht heraus? „Nein Björn, ich liebe ihn nicht und ich glaube auch, dass Tom das nicht tut. Ich kenne Tom auch erst seit ein paar Wochen und da kann man bestimmt noch nicht von Liebe reden. Ich würde eher sagen, hmmmm.....“, sie schwieg einen Moment und versuchte die richtigen Worte zu finden, „Ja,..... dass er mich begehrt. Und zwischen Liebe und Begehren gibt es einen Unterschied.“, sprach sie glucksend. „Aber keinen großen.“, konterte Björn zurück. Josefine stand plötzlich ganz nah vor ihm. Ihr Duft von der Lotion, die sie nach der Dusche verwendete war betörend. Sie blickte mit ihren großen fast schwarzen Augen zu ihm hinauf. Björn kostete es einiges an Widerstandskraft, sie nicht einfach in die Arme zu schließen und sie zu küssen, so wie vorher vor dem Haus. Er erinnerte sich an das Versprechen, dass er Jo gegeben hatte. Auf Josefine aufzupassen und sie zu beschützen und vor allem die Finger von ihr zu lassen. Doch er hatte diese Rechnung ohne sie gemacht. Bevor er auch nur einen Hauch von Chance auf einen Rückzug nutzen konnte, stellt sie sich auf ihre Zehenspitzen und küsste ihn zart. Björn wusste nicht, wie ihm geschah. Mit voller Wucht schoss sein Blut in seine Lenden, sein Herz begann zu rasen. „Ich möchte mich nur für das leckere Essen bedanken und für alles, was du sonst noch für mich getan hast.“, murmelte sie leise lächeln an seine Lippen, während

Björn verzweifelt dagegen ankämpfte, sie nicht gleich aufs Bett zu werfen. „Gute Nacht.“, sagte sie leise und schlüpfte durch ihre Schlafzimmertür. Björn starrte verdutzt auf die vor ihm geschlossene Tür.

Kapitel

Josefine erwachte sehr spät an diesem Morgen. Die Sonne stand schon lange hoch am Himmel. Sie kitzelte mit ihren warmen Strahlen, die sie durch das weit geöffnete Fenster sandte Josefine zärtlich wach. Doch den Schlaf hatte sie bitter notwendig gehabt. Sie gähnte verschlafen und rieb sich mit den Händen in den Augen. Rekelte und streckte sich genüsslich in ihrem bequemen Bett. Durch das geöffnete Fenster drang ein leises Stimmengewirr herauf, anscheinend war Björn schon auf den Beinen und unterhielt sich angeregt mit ihrer Nachbarin und langjährigen Freundin Edith Steinhauser. Schnell schob Josefine ihre Beine unter ihrer Bettdecke hervor, setzte sich auf und ließ einen Blick durch ihr Zimmer schweifen, als sie das fand, nach dem sie suchte, nämlich ihre kurze Hose. Sie ergriff diese, schlüpfte in die kurze Shorts und streifte sich ein Träger-Shirt über. Verschwand kurz in das angrenzende gegenüberliegende Bad um ihre Lockenmähne zu bändigen, die sie mit einem Haarband zusammen band. Und wandte sich auch sogleich den Treppen zu, die in die unterste Etage direkt ins Wohnzimmer führt. Schon auf den Treppenstufen drang ein herrliches Aroma von Kaffeeduft an ihre Nase. Vom Wohnzimmer aus konnte sie Edith und Björn sehen, die sich sichtlich amüsiert unterhielten. Doch plötzlich zog etwas keines flatterndes ihre Aufmerksamkeit auf sich. Josy lachte kurz leise auf, als sie bemerkte, dass sich ein kleiner Buchfink auf den liebevoll hergerichteten Frühstückstisch stürzte und sich über die in einem Körbchen liegenden Brötchen hermachte. Genüsslich pickte der sich selbst eingeladene Gast an den Brötchen herum, der aber seine Umgebung aufmerksam im Auge behielt. „Lass es dir schmecken.“, flüsterte Josefine leise zu dem Vogel, als sie durch die Terrassentür trat. Der Vogel blickte sie kurz an und flog aber dann mit einem vollen Schnabel davon. Josy blickte dem kleinen Dieb kurz hinter her. Auch heute Morgen lag schon wieder eine Schwüle in der Luft, sodass sie fast meinte in einer Sauna zu sein. Die Sonne strahlte vom blauen Himmel herab und nur die Kondenzstreifen vereinzelnder Flugzeuge waren am Himmel zu erkennen.

Beim betreten der Terrasse hatten Edith und Björn sie auch schon entdeckt. Fröhlich und gutgelaunt wie immer, rief Edith ihr entgegen: „Guten Morgen Schlafmütze! Wir dachten schon, du würdest heute gar nicht mehr aufstehen.", lachend betraten die zwei über die Gartentreppen ihre Terrasse. „Ich habe mir erlaubt, Frau Steinhauser zum Frühstück einzuladen, nachdem sie mir einen Tipp gab, wo man frisches Brot kaufen konnte. Da ich heute morgen feststellten musste, nachdem ich die ganze Küche auf den Kopf gestellt habe, dass es in deinem Haushalt dies nicht gibt.", informierte er Josefine leicht schmunzelnd. „Kommen Sie Frau Steinhauser, setzten Sie sich.", sagte Björn und gleichzeitig legte er Josefine seine Handfläche auf ihren Rücken, um sie sachte zu ihrem Platz zu dirigieren. Die Wärme, die seine Hand verbreitete und die Fürsorge, die er an den Tag legte gegenüber ihr, verursachte in Josefine einen wohligen Schauer. Am Tisch, der liebevoll gedeckt war und alles für ein zünftiges Frühstück beinhaltete - sogar Eier erspähte Josefine - rückte er jeder der Frauen den Stuhl zurecht, bevor er sich selbst an den Tisch setzte. Selbst der kleine Dieb von vorhin hüpfte wieder munter über die Terrasse und späte zu ihnen. Vielleicht fiel ja noch ihm irgendwie eine Krume zu. Björn reichte jedem den Brotkorb und bediente sich zuletzt selbst. „Soll ich Euch die Eier aufschlagen?", erkundigte er sich fürsorglich bei den beiden Frauen. „Ich hoffe sie sind jetzt nicht schon kalt.", bemerkte er. Weil es doch schon eine Weile her war, als er diese aus dem Wasser genommen hatte. Edith kicherte leise auf. „Danke für das Angebot, aber ich glaube, das schaffen wir beide bestimmt noch selbst. Oder was meinst du Josy?", dabei zwinkerte sie Josefine grinsend zu. Der kleine freche Buchfink hüpfte in der Zwischenzeit unter dem Tisch herum und versuchte den ein oder anderen Krümmel zu erhaschen. Das Frühstück war witzig und soviel wie heute Morgen am Frühstückstisch hatte sie schon lange nicht mehr gelacht. Björn wollte Edith unbedingt demonstrieren, wie gekonnt er sein Ei aufschlagen kann. Er setzte das Messer schwungvoll an. „Plopp", machte es und das Ei flog im hohen Bogen durch die Luft. Es landete genau in Edith´s vollem Kaffeebecher, der durch den ungebetenen Gast spritzend überschwappte und sich auf dem Tisch verteilte. Gleichzeitig flog der kleine Vogel auf den Tisch und schnappte sich ganz schnell aus Björn´s Teller einen Brötchenkrümmel. „Schlüpfrige Scheißerchen, was?", kicherte Edith und begann volles Rohr zu lachen. Auch Josefine hielt sich ihren Bauch vor Lachen und krümmte sich auf ihrem Gartenstuhl. Björn griff nach einem Löffel, um das Ei auf elegante Weise aus dem Kaffeebecher zu fischen. Aber das Ei

wollte nicht so wie er, immer wieder rutschte es vom Löffel herunter. „Lassen sie es mich einmal probieren Björn.“, meinte Frau Steinhauser unter lautem Gelächter. Björn reichte ihr verzweifelt den Löffel. Edith blickte dabei verwirrt auf den Löffel. „Was soll ich damit?“, gluckste sie. Schnappte sich ihre Tasse. Schwups war sie aufgestanden, ging zur Hecke und drehte die Tasse um. Dabei hielt sie ihre Hand darunter, um das Ei aufzufangen. „Wieso so kompliziert, wenn es auch einfach geht.“, plapperte sie und Josefine hielt sich erneut den Bauch vor Lachen, als Edith Björn die Tasse unter die Nase hielt und er sie verdattert anblickte. „Na einschenken junger Mann.“, grunzte sie fröhlich. Im Anschluss wollte sie Björn das Ei wieder reichen, doch als er danach griff, zog sie es ihm mit einem spitzbübischen Lachen wieder weg. „Ich glaube, jetzt werde ich ihnen einmal zeigen, wie man ein Ei öffnet.“. Josy fing an zu gackern wie ein Huhn, als Edith nach dem Messer griff und unter lautem Kichern, „Harakiri“, rief und dabei das Messer schwungvoll durch die Luft hin und her schwang. Björn riss seine Hände vor das Gesicht und lachte lautstark mit. „Päng“, machte das Ei. „Na also, wer sagt es denn. Wir Frauen sind eindeutig geschickter im Eier öffnen.“, meinte sie übermütig und stellte das Ei in den Eierbecher zurück. Björn blickte Edith kopfschüttelnd von unten herauf an. Bevor sie wieder alle drei in ein wildes Gelächter ausbrachen. Als Edith sich ihre nassen Hände von Kaffee und Ei an Björn´s Dreitagebart abwischte, kicherten sie erneut ausgelassen.
Edith verabschiedete sich nach dem fröhlichen Frühstück und meinte zu Josefine: „Mein Gott Kind, so viel gelacht habe ich schon lange nicht mehr beim Frühstück. Josefine die neben ihr stand, nickte ebenfalls kichernd. „Ich auch nicht.“, gestand sie ihrer Freundin und Nachbarin. Edith legte ihr eine Hand auf den Arm. „Es tut gut, zu sehen, das sich jemand um dich so liebevoll kümmert.“, dabei deutete sie in Björn´s Richtung, der dabei war, das Frühstückschaos zu beseitigen und der kleine Buchfink half ihm tapfer dabei. „Ihr beide habt die gleiche Wellenlänge.“, gestand Edith ihr, bevor sie sich ans Tomatenpflücken machte. „Die brauchen wir bestimmt heute Abend. Tom hat mich gebeten, ob ich nicht ein oder zwei Salate machen könne für heute Abend.“. Josefine nickte und schluckte kurz. An den heutigen Abend hatte sie gar nicht mehr gedacht.
Josy stand seit einer geraumen Zeit unter der Küchentür und beobachtete Björn, wie er seine Hände im Schaum des Spül-

beckens badete. „Sag mal, hast du schon mal etwas von einer Spülmaschine gehört?“, erkundigte sie sich frech bei ihm und lehnte sich mit den Rücken an die Spüle. „Ja, habe ich. Wieso?“, gab Björn frech grinsend zurück und blickte Josy von der Seite aus an. „Ach weißt du, nachdem du von Hand abspülst, dachte ich, dass du vielleicht das Wort Spülmaschine nicht kennst.“, zog sie ihn auf und Björn lachte schallend auf. „Oh doch Josy, glaube mir, ich weiß was eine Spülmaschine ist. Aber das bisschen Geschirr, lässt sich auch in Nullkomma nichts von Hand spülen. Wir Isländer sind keine so Hinterwälder, wie du gerade behauptest.“, brummte er amüsiert und beobachte Josy ganz genau, irgendetwas führte dieses Luder im Schilde. Josefine blickte ihn lange genug an, ihre Finger spielten schon eine ganze Weile mit dem Schaum, der sich im Spülbecken auftürmte. Sie zog flink einen Finger hindurch und setzte Björn einen Schaumtupfer auf die Nase. „Josy“, knurrte er durch zusammen gebissene Zähne und Josefine begann leise zu kichern. „Was?“, fragte sie neugierig und zuckte mit den Schultern. „Ich schwöre dir, das gibt Rache.“, konterte er grinsend und versuchte dabei eine grimmige Grimasse aufzusetzen. „Au Backe. Du willst mich doch hoffentlich nicht so im Schaum versenken, wie das Ei im Kaffee?“, gluckste sie leise vor sich hin. Josefine wusste nicht wie ihr geschah, so schnell ging alles von sich. Björn packte sie mit seinen Schaumhänden und zog sie verdammt nahe vor sich, dabei setzte er eine böse Miene auf. Er lachte plötzlich laut auf, ließ Josefine los und drückte ihr ein Geschirrtuch in die Hand. „Kannst mir helfen, bevor du auf noch mehr Blödsinn kommst.“, sprach er und drückte ihr aus Rache ebenfalls einen Schaumbobbel auf die Nase. Gemeinsam kicherten sie um die Wette.
Das Wetter war einfach traumhaft, die Sonne brannte vom strahlend blauen Himmel herunter und kein Wölkchen war zusehen. Es war zwar mörderisch heiß und im Haus selbst war es fast genauso heiß wie draußen. Das Thermometer kletterte von Stunde zu Stunde auf der Skala nach oben. Auszuhalten war es wirklich nur im Schatten. Um die Zeit zu überbrücken nach dem Frühstück bis zum Abend, ließen sie das Mittagessen ausfallen, da sie spät gefrühstückt hatten. Josy wusste eines aus ganzer Erfahrung: Wenn die Jungs eine Party geplant hatten - wovon sie ausging - dass es Essen in Hülle und Fülle gab, damit auch wirklich jeder satt wurde. Vor allem Jo der Vielfraß. Josefine beschloss bei diesem schönen Wetter noch

ein paar Runden im Pool zu ziehen, um sich im Anschluss dann entspannt auf einer Liege im Schatten, den Inhalt der neuen Fachzeitschrift einzusaugen. Sie drehte gerade die ersten Runden im Pool, als es an der Tür klingelte. Björn hob den Kopf, von dem Magazin, in das er seine Nase gesteckt hatte. „Ich geh schon.“, sagte er, stand auf und ging zur Haustür. Es verging eine halbe Ewigkeit, zumindest kam es Josefine so vor, als eine fröhliche lachende Stimme auf die Terrasse trat. „Hallo Kleines, wo hast du denn diese Sahneschnitte aufgerissen?“, hörte sie Gerda sagen. Josy kletterte aus dem Pool und griff nach einem Handtuch, das sie zuvor über eine Liege gelegt hatte. „Hallo Gerda, schön das du da bist, ist es schon so spät?“, erkundigte Josefine sich. Gerda winkte fröhlich ab. „Ne, ne Kleines, eher bin ich viel zu früh. Es ist gerade erst vier Uhr. Aber ich habe mir gedacht, dass ich einfach etwas früher komme und Kuchen mit bringe, damit wir noch etwas Zeit für einander haben, bevor hier eine wilde Männerherde einfällt.“, plapperte Gerda und in dem Moment räusperte sich auch schon Björn hinter den beiden Frauen, der das Gespräch belauscht hatte. „Josy, soll ich Kaffee aufsetzten?“. Gerda blickte zu Josy, zog eine Augenbraue nach oben und fing an zu lachen. „Hey nicht nur eine Sahneschnitte, sondern auch noch der perfekte Hausmann. Komm erzähl mir wie du an den gekommen bist.“, meinte sie und hängte sich bei Josefine unter. Gerda drehte sich zu Björn um. „Ja junger Mann, machen Sie ruhig mal Kaffee.“, befahl sie ihm, um noch einen kurzen Moment mit Josy alleine zu sein. Gemeinsam schlenderten sie zurück auf die Terrasse in den Schatten und steckten ihre Köpfe zusammen. Während Björn in der Küche herumhantierte, die Kaffeemaschine in Gang setzte und den Tisch für die Frauen hübsch deckte. „Oh mein Gott!“, lachte Gerda schallend auf und fuhr sich durch ihr Haar, als sie die Geschichte hörte, wie Josefine wieder in den Besitz ihres damals längst verschwundenen Würfels und zu ihrem Bodyguard Björn gekommen war. Immer noch lachend standen die beiden Frauen auf und begaben sich an den Kaffeetisch, als Björn Josefine ein Zeichen mit der Kaffeekanne gab. Erst jetzt stellte Josefine Björn Gerda vor. Gerda reichte ihm die Hand und hatte auch schon wieder ein breites Grinsen auf ihrem Gesicht. „Lassen Sie sich mal genauer anschauen junger Mann.“, quasselte Gerda und unterzog Björn einer langen intensiven Musterung. Sie musterte ihn ganz genau von allen Seiten, von vorn, von hinten und schließlich noch von Kopf bis Fuß. Nachdem Gerda hinter Björn verschwand, zeigte sie hinter seinem Rücken schelmisch Josefine einen Daumen nach oben. Daraufhin begann Josy an zu kichern. „Genug gemustert. Ich hoffe ich entspreche Ihren Erwartungen? Frau Gerda?“, sagte er und drehte sich zu Gerda um. „Nicht meinen, sondern denen von Josefine.“, prustete die ältere Dame hervor. „Und lassen Sie das Frau weg, einfach nur Gerda.“. Björn nickte und belud Gerda´s Teller mit einem Stück Kuchen, den sie ihm schon eifrig entgegen streckte. Josefine hatte gerade die zweite Gabel an den Mund geführt, als erneut die Türklingel anschlug. Fragend blickte sie von einem zum anderen. Wer mochte das denn jetzt schon sein? Björn erhob sich ohne etwas zu sagen und begab sich zur Tür. „Armin“, hauchte Josefine erleichtert, als sie seine Gestalt durch die große Fensterfront erkennen konnte. Armin hatte eine Kühlbox in der Hand und unterhielt sich beim hereinkommen lebhaft mit Björn. Da er sich Björn zugewandt hatte, übersah er den Absatz der Terrassentür und kam ins Straucheln. Anstatt die Kühlbox los zulassen, hebelt diese ihn aus und er landete direkt auf den Knien vor Gerda. Ihm lief der Schweiß über das gerötete Gesicht, selbst seine Oberlippe und Stirn glänzten. Seine Klamotten waren völlig durchgeschwitzt, kein Wunder, wenn man bei dieser mörderischen Hitze mit dem Fahrrad unterwegs war. „Hallo Gerda Schatz!“, rief er verdattert und blickte vom Boden aus Gerda an. Gerda und Josefine lachten schallend auf. „Oh man, was für ein interessanter Nachmittag. Zuerst öffnet mir eine Sahneschnitte die Haustüre und dann werde ich auch noch von einem Mann auf Knien begrüßt. Bin mal gespannt, was der Tag noch alles so bringt.“, gluckste Gerda. Sie rieb sich die Lachtränen aus den Augen und half dem armen Armin auf die Füße. „Emma wollte mich los werden und hat mir befohlen, das mit zu nehmen.“, sprach er mit einer leicht wehen Stimme. Armin reichte Josefine die Kühlbox, erst dann sagte er mit hängendem Kopf: „Entschuldige Kleines.“, dabei rieb er sich über beide schmerzhafte Knie. „Weist du was Armin, du braucht dich bei mir nicht zu entschuldigen, ich glaube das liegt heute irgendwie am Tag.“, beruhigte Josefine Armin und klopfte ihm freundlich auf die Schulter. „Kaffee?“ Armin hob sogleich lächelnd den Kopf, da er immer noch nach vorne gebeugt war und nickte. „Setzt dich, ich besorge nur schnell noch eine Tasse für dich.“. Sie griff nach der Kühlbox und verschwand ins Innere des Hauses. Keuchend und verschwitzt

setzte Armin sich neben Gerda. Kurze Zeit später kam Josefine mit einem Gedeck für Armin und mit Björn im Schlepptau, der eine Packung Eisbeutel für Armin´s lädierte Knie in seinen Händen hielt zurück auf die Terrasse.
Der Nachmittag verging ohne weitere Pannen wie im Flug. Nach und nach geben sich die Leute Josefine´s Hausklinke in die Hand. Zuerst kamen Tom und sein Vater. Kurz darauf fuhren Percy und Frank zusammen mit Felix und einem Kleintransporter vor. Stürmisch und unter lautem Gejohle begrüßten sie Björn und Armin. „Auf Jung´s, wir haben da draußen einen Laster, der ausgeladen werden muss. Jeder kann zupacken.", rief Percy übermütig und winkte in die Runde. „Ausgenommen die Frauen.", ergänzte Björn, der sah wie Josefine sich erheben wollte um ebenfalls anzupacken. Percy und Frank kletterten in den Kleintransporter und reichten Bierkisten, Limokisten, Grill, Gasflaschen und Bierbänke hinaus. Frank übergab gerade an Tom eine Bierkiste, als Percy fröhlich meinte: „Moment, da passt noch eine drauf.", er stellte Tom eine weitere Kiste auf die einzelne oben drauf. Tom ging in die Knie, als diese zweite Kiste von Percy oben drauf gestellt wurde. Sein Vater stand grinsend neben ihm. „Tja Junge, das ist eine andere Arbeit, als du gewöhnt bist.", sagte er amüsiert und zog ebenfalls zwei Getränkekisten vom Laster. „Na wenn das mal nicht Oberhauptkommissar Huber ist.", begrüßte Percy von weitem einen der Männer, die hinter dem Kleintransporter hielten. „Hallo Percy altes Haus, Führerschein und Fahrzeugpapiere bitte.", meinte einer der Männer schmunzelnd. Percy sprang aus dem Van und klopfte Stefan kameradschaftlich auf den Rücken. „Na du, was ist das für ein Gefühl, wenn man vom Streifenpolizist zum Sesselfurzer aufsteigt?", fragte Percy amüsiert seinen alten Bekannten. „Oh, gut, aber pass auf Percy, dass es zu keiner Beamtenbeleidigung kommt. Sonnst könnte es dich teuer zu stehen kommen.", gluckste Stefan und schnappte sich die Gasflasche, die noch im Transporter stand. Kurze Zeit später trafen auch Sven und Max gefolgt von Amarok ein. Der um Felix schnuppernd herum tanzte, da er gewittert hatte, was Felix dort in der großen Kiste trug. Er wäre vor lauter Lachen fast über den Hund geflogen. Amarok hätte es bestimmt nichts ausgemacht, wenn da das ein oder andere Steak vor seine Füße gefallen wäre. Felix gab Percy einen leichten Stoß mit dem Ellenbogen und deutete auf einen großen Mann, der einen Zettel in den Händen hielt und nach irgend etwas Ausschau hielt. „Du

ist das nicht dieser Russe? Wie hieß er noch gleich......, warte ich habs gleich Igor?". Percy blickte auf und fing an zu grinsen. Er winkte dem Mann und rief laut: „Igor hier!". Igor hatte den Ruf gehört, steckte den Zettel in die Hemdtasche und lief zu den beiden winkenden Männern. „Wo hast du deinen Truck?", erkundigte sich Felix neugierig, weil er zu Fuß unterwegs war. „Igor haben Truck an Straße geparkt. Wollte schauen ob ich mit Truck Straße fahren kann.". Felix nickte und Percy erspähte Max gerade aus dem Haus kommen. „Max!", rief er dem Sicherheitschef zu. Er stellte Igor Max vor und wandte sich dann wieder an Max. „Meinst du, du könntest mit Igor zur Firma fahren um dort seinen LKW zu parken?". Max nickte ganz selbstverständlich. „Amarok geh rein zu Josefine.", befahl er seinem Rüden, der nicht von seiner Seite gewichen war. „Das nix Firma? Ich dachten wir Treffen in Firma?", sagte Igor etwas erstaunt. Max schüttelte den Kopf. „Nein, hier wohnt Josefine. Na komm steig ein, ich fahre dich zu deinem Fahrzeug und erkläre dir warum wir uns hier bei Josefine zu Hause treffen.". Nach und nach herrschte reges Treiben auf Josefine´s Terrasse. Es wurde ein Grill aufgebaut, eine Gasflasche angeschlossen, Bierbänke und Tische aufgestellt und gedeckt sowie viele andere Arbeiten. Björn hatte Armin bei Seite genommen. Er gab ihm den Auftrag sich mit den beiden Frauen und dem Hund an den Pool zu setzten. Zuvor hatte er ihm noch drei Gläser Limonade auf einem Tablett gereicht und eine Wasserschüssel für den Hund. Da er es satt hatte, sich jedes mal anknurren zulassen, wenn er in die Nähe von Josefine kam. Und die Frauen nur durch das herumsitzen den Männer an ihrem Tun behinderten. Edith hatte sich in der Zwischenzeit ebenfalls zu Josefine und Gerda gesetzt und unterhielt sich lebhaft mit ihnen. Ein Auflachen, welches zu Tom gehörte, drang an Josefine´s Ohren. Im Augenwinkel erblickte sie, wie Tom und Björn unterhalb der Treppe standen und über irgend etwas lachten, was Björn zuvor zu Tom gesagt haben musste. Sie konnte es kaum glauben, dass die beiden sich so gut unterhielten nachdem sie sich gestern Abend fast an die Gurgel gegangen wären. Ein lautes Auflachen von der Tür her, ließ Josefine´s Blick dort hin wandern. Sie musste zweimal hinsehen. Neben Max stand ein großer Mann, der soeben Herrn Steinhauser die Hand reichte. „Igor", hauchte sie. Als Amarok die Stimme seines Herrn hörte, stand der alte Knabe auf und trottete in seine Richtung. Zuvor hob er jedoch noch schnell sein Bein an der

Hecke, um diese zu markieren. Josefine hielt den Atem an, denn Amarok´s Strahl traf genau dabei Björn, der erschrocken aufschrie, als er bemerkte wie seine Hose nass wurde. Natürlich blieb Björn´s Brüller und Tom´s lautes Gejohle, der sich schon fast zu Tode lachte nicht unbemerkt. Es folgte eine weitere laute Lachsalve, als Björn sagte was der Hund angestellt hatte. Josefine hatte durch das Spektakel nicht bemerkt, wie sich leise von hinten zwei Männer an sie heran geschlichen hatten. Einer davon beugte sich zu ihr hinunter. „Vergiss nicht zu atmen.“, raunte diese Stimme an ihr Ohr. Josefine schoss erschrocken herum und sah in ein breit grinsendes Gesicht. Schon fast hysterisch schrie sie beim Aufstehen. „Jo, du Mistkerl!“, fluchs zog sie ihn an seinem Spitzbart und warf sich ihm anschließend in seine Arme. Jo bebte vor Lachen und sein Begleiter musste sich auch beherrschen. Jo stellte diesen mysteriösen Begleiter als Maik vor. Mit gerunzelter Stirn gab sie diesem fremden Mann die Hand. „Einfach nur Maik Frau Jansen.“, sprach er zu ihr, weil sie die Stirn in tiefe nachdenkliche Falten gelegt hatte. An irgend jemand erinnerte sie dieser Maik. Die Gesichtszüge kamen ihr bekannt vor, aber sie konnte sich auch täuschen. „Scheint ja schon mächtig was los zu sein.“, meinte Jo und deutete zur Terrasse hinüber. „Na komm ich habe einen Bärenhunger.“, sagte er, dem der Duft von Gebratenem in die Nase stieg. Verwundert Blickte Jo dabei zu Armin, der gerade sich nur schwerfällig erhob und Gerda ihm unter die Arme griff, damit er sich von der Liege aufstehen konnte. „Hey wirst du alt?“, brummelte Jo amüsiert bei dem Anblick, der sich vor seinen Augen bot. „Oh hör mir bloß auf.“, stöhnte Armin und machte eine abfallende Handbewegung. Gerda kicherte, drehte sich zu Jo und meinte: „Er wollte mich heute auf Knien begrüßen.“. Sie erzählte Jo in kurzen Worten, was sich heute Nachmittag zugetragen hatte. Jo legte den Kopf in den Nacken und grölte laut auf. „Oh man, das werde ich Emma stecken, das du immer noch ein wilder Draufgänger bist.“, selbst dieser Maik hielt sich seine Hand vor den Mund, um das Lächeln zu verbergen. „Eine reizende Truppe hast du da Jo.“, sagte er leise hinter Jo´s Rücken auf dem Weg zur Terrasse. Auch Jo wurde unter lautem Grölen von seiner Mannschaft empfangen. Als Björn ihn begrüßte, wehte Jo schon ein sonderbarer Gestank entgegen. „Hau bloß ab Björn, du stinkst wie ein räudiger Straßenköter.“, erneut hörte man ein allgemeines Gelächter. „Josy, hast du nicht noch irgendwo eine alte Gartenhose für diesen Burschen, damit man es neben ihm aushalten kann?", fragte Percy amüsiert grinsend und deutete mit der Fleischgabel auf Björn. Von diesem fing sich Percy einen finsteren Blick ein. „Ich hätte da eine Idee, wir nehmen die Hose von Edith´s Vogelscheuche.", gluckste Frank und krümmte sich vor Lachen. Josefine gesellte sich zu Tom und Björn, dabei verzog auch sie angewidert ihr Gesicht. Der penetrante Geruch war bei diesem heißen Wetter unerträglich, die Männer hatten recht, aber Björn schien dies nichts auszumachen. „Na komm, geh kurz unter die Dusche, deine Hose werde ich gleich in die Waschmaschine werfen.". Björn blickte Josefine und Tom fragend an. „Müffel ich wirklich so schlimm?". Tom und Josefine nickten grinsend. „Oh ja, du riechst wirklich sehr streng Björn.", kicherte Tom kurz amüsiert auf. „Na los, husch kurz unter die Dusche. Es wird schon keiner solange verhungern deswegen.", bemerkte Tom und Björn nickte, blickte zu Josefine die ebenfalls nickte. „Na dann.", meinte Björn schulterzuckend. Er nahm Josefine bei der Hand und zog sie in Richtung Wohnraum. Unter der Terrassentüre stellte sich Jo den beiden in den Weg. Dabei ernteten Björn und Josefine einen finsteren verärgerten Blick von ihm. „Wo wollt ihr hin?", knurrte er leise die beiden an. „Duschen und Umziehen.", antwortete Björn auf die Frage seines Chef. „Und dabei benötigst du Josefine?", fragte Jo misstrauisch doch Björn nickte. „Ganz genau, Josy hat mir angeboten meine Hose sofort in die Waschmaschine zu werfen.", erklärte Björn frei heraus seinem Chef, dabei blickte er zärtlich zu Josefine hinab ohne ihre Hand los zulassen. Sein Händedruck verstärkte sich eher sogar noch. Jo trat ein kleines Stück zur Seite, sodass sie an ihm vorbei gehen konnten. „Ich warne dich Björn, lass die Finger von der Kleinen.", rief Jo ihm verärgert und drohend hinter her. Björn ignorierte Jo, ohne darauf zu achten, begab er sich nach oben. Holte sich aus seiner Reisetasche eine neue Hose und verschwand ins Bad. Josefine wartete solange vor der Badezimmertür, damit sie die stinkende Hose in Empfang nehmen konnte. Als Josefine nach der streng riechenden Hose greifen wollte, trafen sich ihre Blicke. Das sanfte Licht, das im Flur durch ein Fenster fiel, belegte ihr Gesicht mit einem unbezwingbaren Zauber. Ihre Augen, ihre Lippen und das dunkle Haar ließ sie für Björn unwiderstehlich erscheinen. Ohne lange darüber nach zu denken, obwohl er Jo´s warnende Worte im Hinterkopf hatte, beugte er sich zu ihr hinab. Josefine kam ihm entgegen und während ihre Lippen sich fanden, spürte er, wie sie unter seinem Kuss erschauderte. Er strich ihr zärtlich eine Haarsträhne aus dem Gesicht. „Josy, komm mit für ein zwei Wochen nach Island, bitte.“, flüsterte er an ihre Lippen, als er sich von ihnen trennte. „Mal sehen.“, wisperte Josy, den von unten waren Schritte zu hören. Sie schnappte sich Björn´s Hose und verschwand mit ihr. Als sie auf der obersten Treppenstufe stand, vernahm Josefine auch schon Jo´s laute Stimme von unten hoch rufen. „Verdammt noch mal, wieso braucht das so lange, um sich ein paar Wasserspritzer ins Gesicht rieseln zu lassen. Ich habe Kohldampf.“, stänkerte Jo im Wohnzimmer herum. Als Jo herumwirbelte trafen sich Josefine´s und sein Blick. Ausgelassen lief sie mit der müffelnden Hose an ihm vorbei, nicht ohne ihn an seinem Spitzbart zu ziehen. „Hör auf herum zu nörgeln, er wird gleich fertig sein. Du wirst schon nicht gleich umfallen vor Hunger.“, sagte sie amüsiert. „Josefine, du stinkst.“, gab Jo kichernd von sich und trat auf die Terrasse hinaus. Kurze Zeit später grölten die Männer auf, als ein fröhlich, gut gelaunter, frisch geduschter Björn die Terrasse betrat. Das erste was Jo tat, war sich nach vorne zu beugen und wie ein Hund an ihm herum zu schnüffeln, dabei grinste er amüsiert. Danach nickte er zustimmend und alle johlten auf. Jo ergriff das Wort. „So da wir jetzt endlich vollzählig sind, würde ich sagen, jeder sucht sich jetzt einen Platz am Tisch. Da wir so ein bunt gewürfelter Haufen sind. Die einen kennen sich, die anderen nicht, würde ich jetzt vorschlagen, das unsere reizende Gastgeberin jeden einmal kurz der Runde vorstellt.“, bemerkte Jo breit grinsend und blickte zu Josy, die dabei die Augen verdrehte. Jo setzte amüsiert hinzu. „Ach ja, übrigens die Rechnung für diese Party geht dann an Jansen & Partner.“. Josefine kicherte leise vor sich ihn. Wusste sie es doch, das da was im Busch lag. Sie konnte das Jubeln und Gegröle kaum übertönen, deshalb beschloss sie kurzer Hand die Finger in den Mund zu stecken und damit einen lauten Pfiff zu erzeugen, um die ausgelassene Meute zu Ruhe zu bringen. Nachdem Ruhe eingetreten war und alle Augen auf sie gerichtete waren, begann sie unter fröhlichem Kichern: „Das mit den Partykosten klären wir beide noch Jo.“ und zog ihn diesmal etwas schmerzhafter an seinem Spitzbart. Die Leute lachten gröhlend auf. „Josefine, wann hörst du damit endlich auf Kleines?“, knurrte Jo sie von der Seite an. „Dann, wenn du dich endlich dazu durchringen kannst, mein Spielzeug zu entfernen.“, konterte sie und schallend wurde aufgelacht. Jo zeigte ihr und der gesamten Mannschaft den Vogel in dem er mit seinem Zeigefinger sich an die Stirn tippte. „Von wegen Kleines.“. Josefine blickte nachdenklich in die Runde, bei wem sollte sie mit der Vorstellung beginnen. Aber schnell wurde ihr klar, dass es eigentlich ganz einfach war. Da sie neben Jo stand, der gerade genüsslich an seiner Bierflasche wie ein Kälbchen zog, entschied sie sich spontan für ihn. „Ok, der tätowierte Bär mit der großen Klappe ist Jo.“, gab Josefine fröhlich von sich und klatschte ihm vergnügt auf die Schulter. Jo verschluckte sich fast an seinem Bier, er setzte ab und prustete den Rest des Bieres quer über die Hecke und wieder hörte man ein allgemeines schallendes Gelächter. Nachdem das Gelächter endlich verstummt war, fuhr Josefine mit ihrer Vorstellung fort. „Jo ist einer der fünf Fahrer, die mit Karl Jansen die Firma Jansen & Partner zu dem gemacht haben, was sie heute ist. Nämlich eine bekannte internationale Spedition. Leider wurde Jo durch ein mysteriöses Ereignis seinen Job bei Jansen & Partner los, obwohl in seinem Arbeitsvertrag, den er damals bei Karl Jansen unterschrieben hat, unkündbar drin steht. Und doch hatte mein Bruder Roger ihn hinaus geworfen.“. Jo blickte Josefine mit großen leuchtenden Augen entgeistert an. „Woher weißt du das?“, hackte er total verblüfft bei ihr nach. „Tja auch wenn die Akten spurlos verschwunden sind, gab es doch noch jemand, der sich genau daran erinnern konnte, was in deinem Arbeitsvertrag stand. Weil diese Person, deinen Arbeitsvertrag damals persönlich aufgesetzt hat und Karl Jansen unbedingt auf diese Klausel, „nicht kündbar.“ bestand.“, sagte sie, den Blick auf ihn gerichtet und grinste dabei frech. „Da aber Jo so ein sturer Hund ist und nicht mit sich reden lässt, über diese Sache, hoffe ich doch, dass er eines Tages an seinen Platz bei Jansen & Partner zurück kehren wird. Wisst ihr, er war es damals gewesen, der mir an meinem zwölften Geburtstag die Gelegenheit gab, die Freiheit eines Trucker´s zu erleben. Obwohl damals sechs Wochen ausgemacht waren, verpisste er sich schon nach einer Woche.“, meinte Josefine todernst, konnte sich aber kaum das Lachen verkneifen. Dafür lachte Jo laut auf und drehte seinen Kopf in ihre Richtung. „Josefine, du weißt ganz genau, dass ich mich damals nicht verdrückt habe, auch wenn ich wütend auf dich war. Ja ich hätte dich am liebsten in der Luft zerrissen, als an dem Tag die neu gekaufte Landkarte durch das offenen Fenster segelte.“, versuchte sich Jo aus der Affäre zu ziehen. Aber leider grölten auch schon alle Anwesenden. Vor allem Björn, der diese Geschichte noch nicht kannte. „Und als ich dann diese blöde Russlandtour von Karl aufs Auge gedrückt bekam, war ich genau so verärgert wie du.“, setzte er hinzu, als sich die Leute am Tisch etwas beruhigt hatten. Doch Josy konnte es einfach nicht lassen Jo zu reizen. „Und doch hast du dich aus dem Staub gemacht.“, meinte sie belustigt und Jo verdrehte dabei die Augen. „Ich glaube Kleines, dass wirst du mir mein Leben lang vorwerfen.“, seufzte Jo und Josefine nickte zustimmend. „Ja genau, obwohl du immer für mich eine Art Vater warst.“, konterte sie zurück und machte sofort weiter mit ihrer Vorstellung, damit Jo nicht noch auf mehr blöde Antworten kommen konnte. „Die beiden hinter mir am Grill, sind Percy und Frank.“, sagte sie und trat neben Percy. „Das hier ist Percy. Er gehört ebenfalls zu den fünf Fahrern, die Jansen & Partner aufgebaut haben. Auch er wurde ein Opfer meines Bruders, obgleich auch in seinem Arbeitsvertrag die gleichen Worte, nicht kündbar, wie bei Jo standen. Auch bei Percy hoffe ich, dass er so schnell wie möglich wieder zu Jansen & Partner zurückkehrt. Sollte sein Arbeitsvertrag wieder auftauchen, werde ich sofort aber noch eine Klausel hinzufügen.“, gab Josy schmunzelnd von sich wieder. Percy blickte Josefine irritiert an. Die darauf hin zu kichern begann. „Die Klausel wird dann beinhalten, dass wenn du einen Beifahrer dabei hast, diesen nicht mit fürchterlichen Klängen gehörlos machst. Ihr solltet wissen, Percy liebt Oper und Operette. Und seit ich eine Woche mit ihm unterwegs war, nach dem sich Jo verpisst hatte, ich dieses fürchterliche Zeugs nicht mehr hören kann.“, gab sie provokant wieder und dabei grinste sie Jo frech an. „Mir stellt es jedes Mal noch immer die Nackenhaare, wenn ich in einem unseren Truck´s solche CDs vorfinde mit Oper und Operette.“, meinte sie spöttisch. Allgemeines Gejohle war zu hören und es wurde sogar Beifall geklatscht von Björn. Denn auch er war schon in den Genuss gekommen dieser schrägen Töne, als er Percy begleitete. „Du arme.“, kicherte Percy vor sich hin. Nun trat Josefine zu Frank, um auch diesen der Meute vorzustellen. „Das hier ist Frank. Er ist ebenfalls ein Ex-Fahrer von Jansen & Partner. Auch er ist einer der fünf Männern, mit der Klausel unkündbar im Vertrag. Mit Frank durfte ich damals als Jo sich......“, sie grinste schelmisch zu Jo hinüber, sprach aber nicht weiter, den Jo rollte schon mit den Augen und hatte seine großen Hände an seine Ohren gelegt. „Ungarn besucht, sprach Josefine ihren Satz zu Ende. Er hat mich in die Puszta auf ein Pferd gesetzt und am Abend genossen wir richtig scharfen ungarischen Gulasch.“, sagte sie breit grinsend, denn sie wusste etwas, was er ganz bestimmt nicht wissen konnte. „Kannst du dich noch daran erinnern, wie dir die Gosche brannte, als du getrunken hast?“, fragte sie Frank amüsiert schmunzelnd. „Oh ja, die brannte noch zwei Tage später.“, antwortete er fröhlich und Josefine konnte das Lachen kaum mehr hinter dem Berg halten. Bevor sie ihm gestand: „Das war der Tourführer, der dir eine scharfe Peperoni über den Flaschenrand gerieben hat.“, abermals wurde laut aufgelacht. So lange begab sich Josefine zum nächsten Mann. „Die Nummer Vier von den fünf Fahren ist Felix. Ihm ging es genauso wie den anderen Fahrern. Auch bei ihm würde ich mich riesig freuen, wenn er zurück zu uns kehren würde. Aber nur unter einer Bedingung, dass wenn wir beide je wieder einmal nach Athen kommen sollten, du mich nicht wieder den Olymp und das ganze Zeugs bei unerträglicher Hitze hinauf schleifst. Ihr müsst dazu wissen, es herrschten damals wohl gemerkt über vierzig Grad im Schatten.“, kicherte Josefine was das Zeug hielt hinter ihm und legte ihm freundschaftlich ihre Hand auf die Schulter. „Aber ich hätte da eine brillante Idee. Das nächste Mal muss Jo daran glauben.“, setzte sie hinzu und die Menge lachten grölend auf. Sven wäre beinahe vor lauter Lachen vom Stuhl gefallen, denn die meisten hier Anwesenden wussten, dass Jo – was das Laufen betraf - ein fauler Hund war. Er würde am liebsten mit dem Truck vorfahren, anstatt nur ein paar Meter zu Fuß zu gehen. Dann stellte Josefine sich hinter Armin und legte auch bei ihm eine Hand auf die Schulter. Armin drehte dabei kurz seinen Kopf und blickte Josefine lächelnd an. „Jetzt kommen wir zu einem Mann, der genauso bedeutsam in meinem Leben ist wie Jo.“, begann sie und beugte sich etwas mehr nach vorn um Armin frech ins Gesicht grinsen zu können, als er seinen Kopf erneut zu ihr drehte. „Armin, war auch für mich immer da. Er hat sich nicht einfach verpisst, wie so manch anderer Kerl. Er ist der fünfte Mann im Bunde. Nur das er für die Firma Jansen & Partner noch aktiv ist, was ich ihm hoch anrechne. Allerdings bat er mich vor geraumer Zeit, dass er gerne nur noch im Nahverkehr eingesetzt werden wollte. Das liegt allerdings nicht an seiner schwerfälligen Bewegung, die er heute an den Tag legt. Er war vorher so überrascht, als er hier angekommen war, dass er unfreiwillig Gerda auf seinen Knien begrüßte.“, löste Josefine das Rätsel um Armin´s Gebrechen, bei dem sich seine Kumpels schon den Kopf zerbrachen, warum er so demoliert aussah, aber jetzt brachen sie ein weiteres Mal in ein Gejohle aus. Josefine musste lange warten, bis die lachende Gesellschaft sich wieder gefangen hatte, bevor sie weiter machen konnte. „Armin war für mich ebenfalls immer ein Vaterersatz. Er war es auch gewesen, der mir immer seine Schulter gab um mich daran auszuheulen, weil die anderen vier Kerle ja soooo böse zu mir waren. Sein Shirt oder was immer er an dem Tag getragen hatte, sah hinter her immer ziemlich ramponiert aus. Und glaubt mir, das kam damals oft vor. Die einzige, die sich wahrscheinlich sehr darüber gefreut hat, war Emma´s Waschmaschine.", wieder kicherten die Leute ausgelassen. „Armin war es, der damals auf die glorreiche Idee kam, als sich eine besagte Person, sich aus dem Staub gemacht hatte - ich will jetzt keine Namen nennen! - dass ich den Rest meiner Ferien abwechselnd mit ihm, Percy, Frank und Felix verbringen durfte. Ich kann mich noch ganz genau daran erinnern, was uns auf der ersten gemeinsamen Fahrt so alles passiert ist.", gab Josefine unter Lachtränen von sich, die sie zuerst einmal aus ihrem Gesicht wischen musste, bevor sie weiter machen konnte. „Oh, du spielst aber jetzt nicht so rein zufällig auf den Schornsteinfeger an?", fragte Armin amüsiert. Josefine schüttelte bebend den Kopf. „Das auch, aber eher auf die vielen Beulen.", gluckste sie zwischen mehreren Worten. Armin griff sich mit der Hand an die Stirn. „Kleines, die spüre ich heute noch.", kommentierte er und Josefine gab ihm genau auf diese Stelle ein Küsschen, bevor alle anfingen wieder zu lachen sagte sie schnell noch: „Armin hat mir gezeigt, wie man mühelos einen Reifenwechsel durchführt. Schadensbilanz: Wir sahen hinterher aus wie Schornsteinfeger, hatten Beulen am Kopf, wobei ich alleine dafür verantwortlich war, weil ich ungeschickt mit dem Radkreuz abgerutscht bin, das Übergewicht bekommen habe und mit meinem Kopf auf den von Armin prallte. Was in Folge eine Kettenreaktion auslöste. Und sein Kopf schlug unsanft gegen die Ladebordwand des Trucks. Offene Knie gab es dabei auch noch für uns beide.". Jetzt konnte sich keiner mehr zurückhalten. Die Menge grölte nur so und diesmal fiel Sven wirklich vom Stuhl. Amarok erschrak so heftig an ihm, das er bellend mit gestellten Nackenhaaren vor ihm stand, das lautstarke Lachen seines Besitzers bestärkte den Hund noch mehr. „Mein Gott.", rief Tom erstaunt aus. „Wo bin ich hier den gelandet?". Björn, Alfons und Igor

wischten sich die Lachtränen aus dem Gesicht. Gerda stand abrupt auf und schrie: „Wo ist das WC Josefine?“. Das zur Folge hatte, das noch mehr gelacht wurde.
Nach und nach beruhigten sich die erheiterten Gemüter wieder, sodass Josefine mit der Vorstellung der anwesenden Personen fortfahren konnte. Sie stellte sich hinter Edith, die neben Armin Platz genommen hatte. „Das hier ist eine gute Freundin von mir, meine Nachbarin und die aller beste Seele, wenn es um meinen Garten und Kummer geht. Edith kenne ich von klein auf und auch sie gab mir bis heute ihre Schulter zum ausweinen.“, sagte sie und Percy zog eine Augenbraue nach oben. „Hey Armin, hast du das gehört, die Kleine geht fremd.“, flachste er und schon wieder wurde am Tisch gegluckst. „Man Leute, könnt ihr mal ernst bleiben, sonst könnte es sein, das die Steaks irgendwann sehr spät auf den Grill kommen. Also wie schon gesagt, Edith ist ein wahrer Schatz. Aber nicht nur das. Sie ist Mutter beziehungsweise Großmutter von zwei sehr bekannten Männern hier am Tisch. Hinter vor gehaltener Hand, sprechen auch die Leute von ihnen als die Höllenhunde. Aber die beiden stelle ich auch noch im Laufe dieser Runde vor.“. Endete Josefine mit ihrer Vorstellung von Edith, die sie anstrahlte über das ganze Gesicht, als sie Josefine´s Lobrede über sie hörte. Josefine machte einen Schritt zur Seite und blieb hinter einer weiteren Frau stehen. „So als nächstes hier haben wir Gerda. Gerda war über viele Jahre Karl Jansens Sekretärin und gehörte zum lebenden Inventar, wie mein Vater es immer sagte. Wenn man von Karl etwas wissen wollte, war sein Lieblingssatz frag Gerda, die weiß über alles Bescheid. Wie oft habe ich Karl rufen und fluchen hören, als Gerda in Ruhestand ging. Himmel Herr Gott noch mal, Gerda hätte es gewusst. Am Anfang hatte ich, das muss ich leider gestehen, an Gerda gar nicht gedacht. Gerda ich hoffe du bist mir nicht böse darüber, als ich auf der Suche nach den Personalakten dieser verrückten Männer war.“, sprach Josefine zu ihr gewandt und zeigte dabei in die Richtung von Jo und Co. „Durch Zufall, fiel mir deine Akte als einzige in die Hände und in dem Moment hörte ich auch schon wie sich die Stimme von Karl in meinem Kopf festsetzte. Gerda weiß über alles Bescheid. Deshalb habe ich dich dann am nächsten Morgen so früh aus dem Bett geholt. Ich muss zugeben, Karl hatte Recht mit seiner Behauptung. Zugleich hatte ich in den letzten Tagen eine super tolle Geschäftsvertretung während meiner Abwe-

senheit. Hut ab, darf ich dir den Chefsessel in Zukunft öfters überlassen?", fragte Josefine vergnügt und Gerda tippte sich mit dem Zeigefinger an die Stirn. „Nur unter einer Bedingung Josefine! Wenn ich in Zukunft nur noch reizende Sahneschnitten als Praktikanten bekomme, dann ja.", feixte Gerda glucksend in die Runde und Josefine stimmte mit ein. Dabei sah sie mit einem kurzen Blick zu Björn. „Das mit der Sahneschnitte als Praktikanten werde ich im Laufe des Abends euch auch noch erklären.", informierte Josefine die Anwesenden und schüttelte den Kopf, als Björn drohend den Finger hob. Edith, die das Ganze sah, griff in eine Schüssel die auf dem Tisch stand, in der sich hartgekochte Eier befanden. Und warf damit nach Björn. „Hör auf Josefine zu bedrohen, sonst lass ich eine Bombe platzen. Du weist welche?", drohte Edith ihm kichernd. Björn fing das Ei auf, aber er warf es Edith nicht zurück. Die restlichen Anwesenden am Tisch blickten fragend in die Runde. „Später", entgegnete Edith machte eine abtuende Handbewegung und kicherte weiter über den dümmlichen Gesichtsausdruck von Björn. Während Josefine sich diesmal hinter einen jungen Mann stellte. „So als nächstes in dieser Runde haben wir hier Tom Steinhauser. Er ist der Enkel von Edith, sehr reizend, charmant, humorvoll und er gehört zur Rechtsanwaltskanzlei Steinhauser & Sohn. Ich kenne Tom erst seit Kurzem, aber er war es, der so manche Sache, wegen wir hier zusammen sitzen, ins Rollen gebracht hat. Vielen lieben Dank Tom.". Die Anwesenden klatschten Beifall und Josefine drückte ihm ein Küsschen auf die Wange. „Danke.", hauchte sie dabei, ihm an die Wange, bevor sie sich an den nächsten Mann wandte. Diesem Mann legte Josefine ebenfalls ihre Hand auf die Schulter. „Dieser Prachtkerl von Mann, ist Alfons Steinhauser. Ihm gehört die Rechtsanwaltskanzlei Steinhauser & Sohn und er ist der Sohn von Edith. Ich kenne Alfons auch noch gar nicht lange und ich habe ihn als lässigen, humorvollen Mann kennen gelernt. Ich kann mir deshalb kaum vorstellen, dass er in Insiderkreisen Höllenhund genannt wird.". Alfons Steinhauser blickte grinsend zu Josefine auf. „Vielleicht liegt es auch daran, dass er Berufliches und Privates gut auseinander halten kann.", meinte er verschmitzt zu Josy. „Ich auf jeden Fall, möchte mit seiner anderen Seite niemals Bekanntschaft machen.", mutmaßte sie lachend. Noch mehr lachte Josy, als sie schon zum nächsten gehen wollte, als Alfons mit dem Zeigefinger auf seine Wange tippte, um sich auch ein Küsschen zu erhamstern. Grinsend trat Josefine zurück zu ihm und drückte ihm sogar gleich zwei Küsschen auf, eines rechts und das andere links auf die Wange. Was für einen großen Aahhhh.... Effekt das bei den am Tisch Sitzenden auslöste. Dann machte sie sich auf zu einem weiteren jungen Mann, der genau neben Alfons Steinhauser saß. „Dieser Jüngling ist Sven. Ein treuer illoyaler Mitarbeiter in unserer Sicherheitszentrale, leider hat auch er eine Macke. Er hasst es, wenn nur ein einziges Tröpfchen Regen fällt, wenn er seine Runde über das Firmengelände machen muss. Dann heißt es gleich bei ihm. Bei so einem Sauwetter schickt man nicht einmal einen Hund vor die Tür.“. Das erneut zu einem lauten Auflachen führte. Josefine trat im Anschluss zum nächsten Mann. Auch diesem Mann legte sie freundschaftlich eine Hand auf die Schulter. „Der nächste junge und gut aussehende Mann hier am Tisch, ist Max.“, sprach sie und Max begann in seine Faust hinein zu hüsteln und zu kichern. „Danke für das Kompliment Josefine, da fühlt man sich gleich fünfundzwanzig Jahre jünger. Ich würde dich sofort vom Fleck weg heiraten.“, sagte er amüsiert und die Leute am Tisch lachten schon wieder auf über Max Scherz. Jo, der am anderen Tischende saß, ließ seinen Zeigefinger hin und her wackeln. „Auch Max gehört schon lange zum lebenden Inventar der Firma Jansen & Partner. Er ist der Leiter unserer Sicherheitsfirma und kennt jeden noch so versteckten Winkel in der Firma. Zu seinen Füßen liegt unser aller bester und wohl auch einer der gefährlichsten Mitarbeiter von Jansen & Partner. Er hört auf dem Namen Amarok. Ihm entgeht absolut gar nichts und er hat auch schon so manchen Eindringling in die Flucht geschlagen, oder ihm die Hosen zerrissen... nicht wahr Percy?“, meinte Josefine schmunzelnd und blickte dabei Percy an. „Oh, erinnere mich lieber nicht an diesen verfluchten Abend.“, entgegnete Percy ihr seufzend und drehte mit der Zange ein Steak um. Felix lachte dabei auf und schlug Percy freundschaftlich auf den Rücken. „Ich konnte damals doch nicht wissen, dass der Köter auf Pizza steht.“, meinte Felix und schon knurrte Amarok unter dem Tisch hervor, wie wenn er so eben von Felix beleidigt worden wäre. Max kicherte leise auf und befahl dem Hund gleichzeitig ruhig zu sein. „Sieht du Felix, jetzt hast du ihn beleidigt.“, gluckste Percy mitfühlend mit Amarok. Josefine umrundete grinsend den Tisch und stand jetzt hinter Stefan. „Dieser nette junge Mann, hört auf den Namen Stefan Huber. Er ist während meiner Abwesenheit Praktikant der Geschäftsleitung von Jansen & Partner gewesen. Von ihm habe ich nur Lob in den aller höchsten Tönen erhalten. Also Stefan, falls du einmal darüber nachdenken solltest deinen Beruf zu wechseln, dann bewerbe dich bei Jansen & Partner. Stefan ist eigentlich Hauptkommissar bei der hiesigen Polizei und hat fast eine Woche lang inkognito bei uns in der Geschäftsleitung gearbeitet. Er ist ebenfalls ein guter Freund von Tom Steinhauser.“, erklärte Josefine und wandte sich der nächsten Person zu neben Stefan. „Der nächste im Team Polizei inkognito ist Hauptkommissar Dominik Schwarz, er war ebenfalls ein Praktikant über fast eine Woche lang zusammen mit Stefan. Auch über Dominik ist mir fast nur Gutes zu Ohren gekommen. Nur leider gab es da einen Tag, an dem er einfach nicht zu gebrauchen war.“, sprach Josefine und blickte grinsend auf Dominik hinab. „Das war der Tag, als du völlig übermüdet und ziemlich verkatert deinen Job angetreten hast.“, fügte Josefine scherzhaft hinzu und Dominik blickte sie mit weit aufgerissenen großen Augen an. „Gerda!!!“, zischte er über den Tisch in ihre Richtung. „Hast du ihr das etwa gesteckt?“, fragte er sie ungläubig. Gerda hielt sich den Bauch vor Lachen und nickte eifrig mit dem Kopf. Josefine trat zum nächsten Mann mit schütterem Haar. „Das hier ist Georg Pfeilsticker, der ebenfalls zum lebenden Inventar der Firma Jansen & Partner gehört. Er ist unser LKW Mechaniker und Boss der Werkstatt. Auch er spielt beim Aufbau der Firma eine sehr große Rolle. Aber auch ich habe Georg viel zu verdanken. Er war es, der damals meine Truck´s wartete. Wenn ich zu einem Rennen fuhr und meine LKWs dann des Öfteren zerlegt mit nach Hause brachte.“, sage Josefine amüsiert aber voller Stolz auf diesen Mann. „Ohne dich, würden die vielen Pokale nicht die Vitrine in der Firma zieren.“, sprach sie und Georg tätschelte Josefines Hand. „Diese Überstunden habe ich immer gern gemacht für dich Kleines.“, sagte er mit einem breitem Grinsen auf seinen Lippen. Josefine gab auch Georg ein Küsschen auf seine Wange. Zuvor schnappte sie sich noch Georg´s Glas und nahm daraus einen kräftigen Schluck, weil ihre Kehle langsam trocken wurde vom vielen Quasseln. Erst dann rückte sie einen Platz weiter zu einem weiteren Mann in Jo´s Alter. Sie räusperte sich kurz bevor sie anfing diesen vorzustellen. „Jetzt kommen wir zu einem ganz besonderen Mann. Sein Name ist Igor. Er ist ebenfalls Fernfahrer und ein sehr guter Freund von mir und Jo, den man sich sehr gerne an seiner Seite wünscht.

Auch bei ihm hoffe ich, dass ich ihn eines Tages als Fahrer für Jansen & Partner gewinnen kann. Ich habe Igor bei meiner aller ersten Tour nach Spanien mit Jo kennen gelernt. Jo und ich saßen vor unserem LKW und spielten Mensch ärgre dich nicht. Ein Kollege von Igor, er hieß Iwan, hatte sich spontan bereit erklärt seine volle Bierkiste uns als Tisch zu Verfügung zustellen. Immer wieder mussten wir unser Spiel unterbrechen, weil Bierflaschen aus dem Kasten genommen wurden. Dadurch verschwand auf mysteriöse Weise unser Spielwürfel.", klärte sie die Anwesenden auf, blickte aber dabei zu Jo und grinste diesen herausfordernd an. Denn sie war immer noch der Meinung, dass Jo es war, der den Würfel verschwinden ließ, weil er immer gegen sie verlor. „Als Bestrafung dafür, weil ich ihn jedes Mal haushoch abgezockt habe, schickte er mich zu Bett.". Das war zu viel des Guten, alle johlten am Tisch auf. Dabei blickten sie Jo schräg von der Seite an, der so tat, als ob Josefine nicht gerade von ihm gesprochen hat. „Igor und Iwan mussten damals früh los. Irgendwann teilte mir Igor über Funk mit, dass er den Würfel gefunden hat und ich ihn das nächste Mal zurück bekommen würde wenn wir uns treffen. Leider haben weder Jo noch ich, Igor in den letzten Jahren wiedergesehen und genau diese Woche, wartete Jo mit einer großen Überraschung auf dem Rasthof Sonnenberg auf mich. Anfangs wusste ich nicht wer der Mann war, das Gesicht kam mir aber sehr bekannt vor. Erst als dieser Mann anfing zu reden, wusste ich wer vor mir stand. Nach all den Jahren war es eine riesengroße Freude für mich ihn wiederzusehen. Ebenfalls übergab Igor mir nach so vielen Jahren, mein Würfel wieder, den ich damals verloren hatte. Als Zeichen unserer innigen Freundschaft habe ich ihm den Würfel als Glücksbringer zurück gegeben. Ich kann nur sagen, er ist wirklich einer der Guten.", sprach Josefine und fiel Igor um den Hals. Sie küsste ihn und unter lautem Jubel der Menge so stürmisch mit Freudentränen auf die Wange. Igor trieb es dabei ebenfalls die Tränen in die Augen. „Igor seien sehr stolz, so tolle Freundin zu haben.", brachte er nur mühselig über die Lippe, so gerührt war er von Josefine´s Vorstellung von ihm. Josefine atmete einmal tief durch und trat hinter Björn, schnaufte noch einmal tief durch und begann dann. „Diese leckere Sahneschnitte ist Björn.", sprach Josefine und Jo funkelte sie und auch Björn böse an, als sie Sahneschnitte sagte. Doch Josy ließ sich nicht davon ins Bockshorn jagen. „Björn kenne ich erst seit drei Tagen. Er gehört zu Jo´s neuer Truppe.

Nachdem ich Jo und die anderen getroffen habe, erhielt er von Jo den Auftrag, mir keine Minute mehr von der Seite zu weichen. Was er auch strikt tat. Björn stammt aus einem Land in dem sich die Gegensätze anziehen. Island ist bekannt für Feuer und Eis und so würde ich auch Björn´s Charakter beschreiben. Eiskalt, wenn er Gefahr wittert und feurig, humorvoll und tolpatschig auf seiner anderen Seite.", sprach Josy und Björn verdrehte die Augen. „In diesen drei Tagen habe ich soviel gelacht, wie seit Langem nicht mehr. Heute Nachmittag am Pool, wurde mir von jemandem gesteckt, dass du eine leckere, gutaussehende Sahneschnitte wärst.", sagte Josefine mit den Worten direkt an ihn gerichtet. Auf Björn´s Gesicht breitete sich sein Grinsen noch weiter aus. „Wo soll da bitte schön Sahne sein?", warf Percy kichernd in die Runde. „Vielleicht weil er strohblond ist?", meinte Felix amüsiert kopfschüttelnd. „Mann weiß ja nie auf was ältere Damen so abfahren.", gab Alfons Steinhauser seinen Senf dazu und blickte seine Mutter Edith dabei an. Josefine hob ihre Hand um die Meute zum Schweigen zu bringen. „Ok, Leute, aber ich muss euch vorwarnen. Solltet ihr je einmal in den Genuss kommen, mit Björn ausgiebig zu Frühstücken...", Josefine bog sich vor Lachen, dann setzte sie hinzu: „Dann könnte es richtig gefährlich für euch alle am Tisch werden.". Während Josefine sprach flog ein zweites hartes Ei in Björn´s Richtung, welches Edith im kichernd zuwarf. Doch sie warf etwas zu hoch und Björn, der es elegant mit einer Hand auffing, musste etwas höher danach greifen. Dadurch erwischte er Josefine mit dem Handrücken direkt auf Nase und Auge. Josefine schrie schmerzhaft auf und ging zu Boden. Björn sprang wie von der Tarantel gestochen auf und kniete sich sofort vor sie hin. „Josy, das tut mir leid, entschuldige, das wollte ich nicht, tut es arg weh?", fragte er übersprudelnd vor Sorge. Edith reichte Björn unter lautem Gekichere eine kühle Bierflasche, damit er diese Josefine zwischen Nase und Auge halten konnte. Doch plötzlich lachte Josefine auf, als der Schmerz etwas nachließ. „Wisst ihr jetzt, was ich mit der Warnung gemeint habe?", sprach sie und Björn zog sie sachte vom Boden auf, reihum wurde heftig gelacht. „Setz dich hin, bevor noch mehr zu Boden gehen.", zischte sie ihn mit Schmerz verzerrtem Gesicht an. Noch immer mit der Bierflasche zwischen Nase und Auge, machte sie weiter mit der Vorstellung der Anwesenden. „Jetzt kommen wir zu einem netten Herrn, der mir heute Abend als Maik vorgestellt wurde. Leider kenne ich ihn nicht, aber seine Gesichtszüge kommen mir bekannt vor, vielleicht irre ich mich aber auch. Er kam in Begleitung von Jo, deshalb darf er jetzt übernehmen. Da er hier die Party veranstaltet und mich als einzige verdursten lässt. Und da es übrigens ja deine Party hier ist, trägst du auch die gesamten Kosten hierfür.", warf sie ihm an den Kopf und blickte Jo frech an. Dabei hielt sie ihm die noch geschlossene Bierflasche provozierend vor die Nase, die sie in ihren Händen hielt. „Aufmachen!", befahl sie ihm. Da er ihr nicht folgte, sondern sie nur amüsiert belächelte, zog sie ihn an seinem Spitzbart. „Aufmachen aber pronto.". Fast schon in Zeitlupe griff Jo nach dem Öffner, ohne sie aus den Augen zu lassen. „Wird´s bald oder soll ich nochmal?", fragte sie schelmisch grinsend. Am Tisch wurde schon wieder gelacht und gejohlt. Nach dem Jo die Flasche von Josefine geöffnet hatte, stellte er Maik mit ein paar knappen Worten vor. Er sagte nur: „Das ist Maik, ein alter Freund von mir doch bevor wir mehr erzählen, warum Maik hier anwesend ist, würden wir doch gerne erst einmal den Stand der Ermittlungen der Polizei erfahren. Aber zuvor sollten wir unsere Mägen füllen, nicht das Amarok noch vom Fleisch fällt und die Geschichte, mit der Frühstückswarnung würde mich auch noch brennend interessieren.", meinte er lachend, schnappte sich seinen Teller vom Tisch und ohne aufzustehen streckte er diesen dem Grillteam entgegen. „Hey Alter, kannst ruhig aufstehen zum Essen fassen.", knurrte Felix zu Jo hinüber. „Bedienung gibt es nur für die reizende Damen und für Invaliden natürlich.", kicherte Percy, der gerade dabei war Armin´s Teller zu füllen. Nachdem alle etwas zum Essen vor sich hatten, hörte man nur noch Geräusche wie Schmatzen, kratzen und quietschen der Messer und Gabeln auf den Porzellantellern und das Zwitschern von Vögeln aus der Umgebung. Vereinzelt wurde leiser Smalltalk gehalten und hin und wieder ertönte auch ein gedämpftes kichern oder glucksen in der Runde. Amarok, der steif wie eine Statue vor dem Grill saß und diesen bewachte, beäugte das lecker riechende Fleisch. Er wartete geduldig, wenn sich jemand dem Grill näherte, ob nicht, so rein zufällig, ein kleines Stück vom Teller rutschte, so wie bei seiner Freundin Josefine. Natürlich war es bei ihr nicht vom Teller gefallen, sondern ganz langsam klammheimlich in seinem Maul verschwunden. Frank und Björn näherten sich gerade dem Grill, um in die zweite Runde zu gehen. Björn, der nicht auf Amarok achtete, wurde von ihm leise knurrend empfangen.

Frank kicherte amüsiert vor sich hin. „Mir scheint, das Amarok dich nicht leiden kann. Kein Wunder, du wilderst ja auch in seinem Revier. Ich würde auch knurren, wenn man mir meine beste Freundin ausspannen will.“, scherzte Frank und blickte zu Amarok der immer noch leise knurrte. Frank schlug herzhaft lachend Björn auf den Rücken, genau so, dass sich eines der Würstchen schwankend über den Tellerrand befand. Amarok reagierte blitzschnell. Der alte Knabe stellte sich auf die Hinterbeine und zog Björn flink das Würstchen vom Teller. Anschießend trabte er gemütlich davon unter den Tisch und ließ sich zu Josefine´s Füßen nieder. Björn wusste gar nicht, wie ihm geschah und blickte Amarok kopfschüttelnd hinter her. Jo lachte laut auf. „Der Hund wollte dir nur zeigen, wer hier Besitzansprüche hat.“. Alles grölte auf und hallte durch die ganze Nachbarschaft. Die Sonne war längst untergegangen. Ein Buchfink flog noch seine letzten Runden durch den Garten. Josefine hätte wetten können, dass es sich um den kleinen diebischen Kerl vom Vormittag handelte. Eine Dreifarben Katze schlich auf leisen Sohlen um den Pool herum. Dessen Plätschern des Zulaufes man jetzt hören konnte, je ruhiger er wurde. Eine dünne Mondsichel kam über Edith´s Haus zum Vorschein. Ebenso die Sterne, die am klaren Nachthimmel funkelnd wie kleine Diamanten auftraten. Mond und Sterne blickten auf die fröhlich feiernden Menschen auf Josefine´s Terrasse herunter, als ob sie diese aus der Ferne beobachten wollten. So wie noch einige weitere Augenpaare, die in einem Versteck lauerten und ebenfalls das Treiben auf der Terrasse im Auge behielten. Josefine hatte noch bevor sie sich am Grill bediente sicherheitshalber die Gartenbeleuchtung eingeschaltet, die jetzt so langsam durch ihr fahles Licht, den Garten und Pool ausleuchtete. Auf der Terrasse selbst, hatten die Männer eine bunte Lichterkette montiert und dazu passend ein paar Lampions und Windlichter für den Tisch. Obwohl Josefine auch für die Terrasse die passende Beleuchtung vom Wohnzimmer her anknipsen konnte. Hin und wieder verirrten sich ein paar Stechmücken und manche landeten unsanft in den Gläsern der feiernden Menschen. Immer wider fischte sich Gerda einen Irrläufer aus ihrem Weinglas heraus und so langsam wurden auch die Außentemperaturen erträglicher. Josefine war die erste, die ihren Teller von sich schob und Percy dankend ablehnte, der ihr ein weiteres Steak auf den Teller legen wollte. Auch Gerda und Edith taten es Josy gleich. Bei Armin sah es anders aus, er verdrehte zwar anfangs die Augen, aber willigte dann doch ein. Nur noch zögerlich bekam Percy seine Steaks und Würste vom Grill los. Das letzte welches wirklich keiner mehr haben wollte, bekam Amarok zur Feier des Tages.

Kapitel

Jo teilte noch eine Runde Getränke aus, bei denen die vor leeren Flaschen oder Gläser saßen, bevor er das Wort ergriff. „So Herr Praktikant Stefan oder ist der andere Beruf besser? Wie viel darf die Polizei aus ermittlungstaktischen Gründen preisgeben?“, erkundigte sich Jo bei dem Kriminalbeamten. Stefan griff zu seiner Bierflasche, die vor ihm stand und nahm einen Schluck daraus, bevor er mit seinem Bericht begann. Zuvor legte er aber noch eine verdammt dicke Akte vor sich auf den Tisch ab. Seinen leeren Teller stapelte er auf den von Dominik´s. Edith machte den Vorschlag, das es vielleicht sinnvoll wäre, zuerst den Tisch abzuräumen, denn auch Tom und Alfons waren dabei eine Mappe ihrerseits auf den Tisch zu legen. Josefine blickte gespannt zu diesem mysteriösen Mann neben Jo, der ihn nur knapp mit dem Namen Maik vorgestellt hatte, als auch dieser aus einem Aktenkoffer Material auf den Tisch ausbreitete. Wooow jetzt war sie gespannt, in wieweit dieser mit dem ganzen Schlamassel verbunden war. Vor allem interessierte sie immer noch, wer war der fremde Mann, der bei ihnen am Tisch saß. Leider gab seine Akte keine einzelne Information Preis, so wie bei Tom, Alfons oder Stefan. Dort stand entweder Firma Jansen & Partner oder Josefine Jansen darauf. Stefan räusperte sich, blickte kurz in die Runde, ob er auch von allen die Aufmerksamkeit hatte. Was zweifellos der Fall war, denn alle, einschließlich Josefine waren gespannt auf seinen Bericht. „Ok, ich werde mich am Anfang ziemlich kurz halten, da dieser ja allen bekannt ist.“. Erneut blickte er kurz in die Runde und sah das jeder nickte. „Josefine und Gerda waren vergangenen Samstag bei uns auf dem Revier und haben Anzeige erstattet. Unser älterer Kollege wollte davon aber leider nichts wissen, weil er gleich Feierabend hatte. Deshalb hörte er den beiden Damen nur mit einem Ohr zu. Was ich persönlich nicht so gut fand und ich ihm das auch am nächsten Tag direkt ins Gesicht sagte. Er wurde ziemlich kleinlaut darauf hin, als ich ihm alles schilderte. Durch reinen Zufall bin ich in die Schreibstube gekommen und wurde sofort hellhörig, als ich den Namen Jansen hörte. Denn vor Kurzem hatte ich eine Akte eines Motorradunfalls von einem Roger Jansen auf dem Schreibtisch, bei dem es so einige Ungereimtheiten gab. Aber sämtliche Ermittlungen, die wir durchführten, verliefen sich im

Sand. Ich war dies bezüglich auch bei Georg in der Firma und stellte ihm Fragen. Wir beide Dominik und ich löcherten ihn ganz schön.“, sagte er und blickte dabei in Georg´s Richtung, der ihn amüsiert anblickte. „Ja, und wie. Ihr beide habt mich ganz schön von meiner Arbeit abgehalten. Ich musste an diesem Tag wegen euch noch eine Nachtschicht einlegen.“, erwiderte er grinsend Stefan und Dominik gegenüber. Stefan hob sein Glas und nippe kurz daran, bevor er fort fuhr. „Georg war uns auch keine große Hilfe dabei. Denn alles was er uns sagte, wussten wir bereits schon. Aber wie gesagt, witterten wir eine heiße Spur im Fall Roger Jansen, als Josefine das Erpresserschreiben erwähnte und dass sie deshalb Anzeige machen würde. Dominik und ich gaben Frau Jansen unser Wort, uns sofort darum zu kümmern. Auf unsere Nachfrage bei den beiden Frauen, wem sie dieses Erpresserschreiben denn zutrauen würden, erwähnten beide Frauen sofort Sybill Kraus. Sybill Kraus kannten wir bereits. Sie war die Lebensgefährtin von Roger Jansen. Wir beschlossen Frau Kraus am nächsten Tag einen Besuch abzustatten. Doch leider kam es nicht dazu. Als ich am nächsten Tag mein Büro betrat, fand ich eine Information vor, sofort Tom Steinhauser anzurufen. Das tat ich dann sogleich. Er teilte mir mit, dass es sich um seine Klientin Josefine Jansen handeln würde und dass sie in seinem Beisein eine erneute Erpressung erhalten hatte. Diesmal aber per SMS. Darauf hin bat ich Tom mir das Telefon von Frau Jansen zu bringen. Dieses habe ich kurze Zeit später unserem Spezialisten überlassen, die schnell herausfanden, dass diese Nachricht von einem Prepaid-Handy stammte. Unsere Spezialisten ließen nicht locker. Tom und Alfons hatten uns vorgeschlagen, dass - wenn es wirklich Frau Kraus war - diese in die Mangel zu nehmen. Und zwar genau dann, wenn Josefine einsprang für eine Tour nach Belgien, weil einer ihrer Fahrer erkrankt war. Frau Jansen sollte ihrer Belegschaft erzählen, dass sie nach Schweden zu ihrer Mutter fliegen würde, um etwas abzuklären. Denn jeder wusste ja, dass Josefine und ihre Mutter nach Roger´s Tod die Firma weiterleiten würden. Ebenso machten die beiden auch den Vorschlag, während Josefine´s Abwesenheit Gerda den Chefsessel zu übergeben, weil mit hoher Wahrscheinlichkeit Frau Kraus damit rechnete, dass sie diesen übernehmen könnte in der Zeit wo Josefine in Schweden war. Zur Tarnung und zum Schutz für Gerda, wurden wir beide, also Dominik und ich als Praktikanten der Geschäftsleitung einge-

stellt. Unsere Spezialisten fanden in dieser Zeit heraus, dass die Handynachricht im Umkreis von Jansen & Partner abgeschickt wurde, sowie in der Kanzlei Volz geortet wurde. Also setzten wir auch hier Leute darauf an, um rund um die Uhr einen Blick darauf zu haben.“. Stefan machte erneut eine Pause und nahm einen großen Schluck aus seiner Bierflasche. Seine Kehle war durch das viele Reden staubtrocken geworden. Danach wandte sich Stefan an Gerda. „Bei dir muss ich mich besonders entschuldigen Gerda. Auch dich haben wir beschatten lassen rund um die Uhr. Aber nicht, weil wir dir nicht vertraut haben, sondern zu deinem Schutz. Denn nachdem wir Herrn Volz in seiner Kanzlei einen Besuch abgestattet hatten und dieser bei jeder Frage von uns nur noch nervöser wurde, wussten wir, das wir auf der richtigen Spur waren. Deshalb ist dir öfters ein älterer Herr mit Hund über den Weg gelaufen, von dem soll ich dich übrigens schön grüßen und dir dies übergeben.“. Stefan zog aus seinen Unterlagen einen Umschlag hervor und übergab diesen der sprachlosen Gerda. „Für mich?“, hauchte sie neugierig und stutzig zu gleich, dabei blickte sie lange auf den Umschlag in ihren Händen. Stefan nickte und strahlte ein wenig über das Gesicht. „Für dich, aber bitte nicht gleich in Ohnmacht fallen, wenn du ihn öffnest.“, riet Stefan ihr amüsiert. Das ließ sich Gerda nicht zweimal sagen und öffnete sofort vor allen Augen diesen Umschlag. Gerda´s Augen weiteten sich und sie stieß einen kurzen spitzen Schrei aus, als sie das Blatt Papier heraus zog und die Einladung zu einem Abendessen im anschließendem Besuch in der Oper, laß. Fragend blickte sie Stefan an, der nur vor sich hin grinste. „Ne, sag jetzt nicht...“, stockte sie kurz, bevor sie ihren Satz zu Ende führte. „Dass der ältere Herr mit dem netten knuffigen Dackel, mein Schatten war.“. Stefan nickte noch immer grinsend. „Wir sind ins Gespräch gekommen, als ich meinen Briefkasten am Abend leerte und der böige Wind mir die Post aus der Hand wehte. Unter anderem war da ein Programmheft von der Oper dabei.“, sprach sie und schüttelte ungläubig den Kopf.
Stefan nahm noch einen letzten Schluck Bier aus seiner fast leeren Flasche. „So und nun wieder zu unserem Hauptthema. Wie ich schon zuvor erwähnt hatte, haben wir dann Frau Kraus und Herrn Volz rund um die Uhr observiert. Und ab jetzt wird es spannend.“, sprach Stefan und Dominik reichte ein Foto an Josefine weiter, auf dem Sybill und ein Mann abgebildet waren, die sich küssten. „Kennst du diesen Kerl zufällig?“, fragte Do-

minik und deutete auf den Typen, der mit Sybill am knutschen war. Josefine japste nach Luft und nickte. Schon allein diese Reaktion ließ Dominik darauf schließen, das der Typ aus Josefine´s Firma stammte. „Ja, das ist ein Fahrer von uns - Ken Kleinschmitt. Er wurde von Roger auf Empfehlung von Sybill eingestellt. Angeblich wäre er ihr Bruder, der dringend einen Job bräuchte.", bestätigte sie Dominik´s Gedanken und reichte das Bild weiter an Armin. „Wusste ich es doch, ja das ist Ken.", sagte Armin mit leicht verärgerter Stimme. So machte das Bild seine Runde um den Tisch. Im Anschluss zog Dominik ein neues Bild aus der Akte hervor. „Kennst du diesen eventuell auch?", hackte er bei Josefine nach. Auf dem Bild waren Ken und ein langhaariger Typ zusehen. Josefine konnte nur noch mit dem Kopf schütteln. „Ja, das ist ein Mechaniker von uns, ich glaube er heißt Peter oder so.", flüsterte sie leise vor sich hin und ließ diesmal Armin aus und reichte das Bild sofort an Georg weiter. Der Josefine´s Worte bestätigte. „Ja, das ist Peter Huber." Sagte Georg und kratzte sich nachdenklich am Hinterkopf. „Ich weiß ja nicht, ob es euch in dieser Sache weiterhilft, aber eines Tages kam Volz zu mir in die Werkstatt und bat mich um ein Gespräch unter vier Augen. Das war kurz nach dem Karl verstorben war. Er meinte, er habe ein Problem in der eigenen Familienkreisen. Der Bruder seiner Schwägerin hätte einen Sohn, der auf die schiefe Bahn geraten sei. Drogen und all so nen Kram. Volz meinte er sei jetzt clean und brauche dringend einen Job, damit er nicht wieder ins alte Muster zurück fallen würde und er sei gelernter KFZ Mechaniker. Da mir gerade eh ein Arbeiter für längere Zeit ausgefallen war, wandte ich mich diskret an Roger. Dieser meinte, er würde es mit dem Rest besprechen. Der Junge ist verdammt gut. Er fährt eine Harley-Davidson und jeder, der etwas von Motorrädern versteht, weiß, dass man an einer Harley mehr schraubt als fährt.", gab Georg fachmännisch von sich. „So langsam schließt sich der Kreis. Aber eine Frage habe ich noch an dich Georg. Würdest du diesem Kerl zutrauen, dass er eine Maschine manipuliert?". Die Frauen holten tief Luft, als sie die Frage vernahmen. Georg zögerte etwas, bevor er nickte. „Ja, ich könnte es mir vorstellen.". Josefine schloss für kurze Zeit die Augen. Hatte dieser Peter wirklich an der Maschine von Roger Hand angelegt? Dominik riss Josefine aus ihren Gedanken, als er sie ansprach und sie sofort wieder die Augen öffnete. „Josefine, wusstest du, dass dieser Peter öfters mit Roger auf Motorradtour war?". Josefine riss die Augen weit auf, das konnte sie sich kaum vorstellen. „Wie bitte? Nein, nein das wusste ich nicht. Aber seit Roger nicht mehr hier wohnte, habe ich sowieso nicht mehr viel von ihm mitbekommen. Er kam nur immer dann, wenn er Krach mit Sybill hatte, um sich bei mir auszuheulen.", erklärte sie an Stefan und Dominik gewandt. „So was in der Art dachten wir uns schon.", warf Dominik ein, der in der Zwischenzeit ein weiteres Bild verdeckt in seinen Fingern hielt. „Wie schon gesagt, auch Volz haben wir genauer unter die Lupe genommen.". Dominik legte Josefine ein neues Bild vor, auf welchem Rechtsanwalt Volz, Sybill, Ken, Peter und ein weiterer Mann zu sehen waren. „Weißt du zufällig, wer das sein könnte?", hackte Dominik bei ihr nach und tippte mit dem Finger auf den Fremden in der Gruppe. Josefine schüttelte stirnrunzelnd den Kopf. „Nein, an so einen Glatzkopf hätte ich mich bestimmt erinnert, wenn mir dieser schon mal über den Weg gelaufen wäre.". Sie reichte das Foto an Armin weiter. Auch er schüttelte verneinend den Kopf und so ging es bei jedem, der das Bild in der Hand hielt. Der mysteriöse Mann namens Maik musterte das Bild ganz genau, nickte kurz, sagte aber nichts dazu. Er gab es schweigend an seinen Nachbar Igor weiter. Dieser zog pfeifend die Luft ein, als er den Mann auf dem Bild erkannte. „Igor kennen diese Mann. Nicht richtig, aber sehr böse Mann. Er in Gericht war, damals. Dort haben Igor ihn gesehen. Leute sagen er Handlanger von mächtigen Mann. Mächtiger Mann haben Finger überall. Menschenhandel, Geldwäsche, Drogen, er einfach auftauchen und dann wieder weg, wie verschluckt von Boden.", sagte Igor in seinem gebrochenem Deutsch, ohne den Blick von dem Foto zu nehmen. Jetzt mischte sich Maik plötzlich in die Unterhaltung ein. Er war während Stefan´s und Dominik´s Berichterstattung sehr still gewesen, hörte aber den beiden aufmerksam zu. „Igor´s Behauptung ist war. Er ist ein sehr gefährlicher Mann und räumt alles, aber auch wirklich alles aus dem Weg, was sich ihm in den Weg stellt. Er heißt Dimitri George und er ist offiziell beim russischen Geheimdienst angestellt. Allerdings haben meine Männer herausgefunden, dass er zweigleisig fährt. Er ist schon seit vielen Jahren hinter Top Secret her.", sprach dieser Maik und jetzt waren alle Augen auf ihn und Jo gerichtet. Josefine starrte diesen Maik mit düsterem Blick an und hielt seinem Blick stand, als sich ihre Augen trafen. „Sie heißen nicht Maik!", zischte sie den mysteriösen fremden Mann über den Tisch an.

„Nein, mein Name ist nicht Maik, da muss ich dir wohl recht geben.“, sagte er in einem seelenruhigen Ton. Josefine war stinksauer und voller Wut. „Wer zum Henker ist das Jo?“, brüllte sie laut, dabei zeigte sie auf diesen Maik. Sie war so durcheinander, sie wusste nicht mehr, was sie denken sollte. Sie sprang so schnell auf, dass ihr Stuhl nach hinten kippte und Amarok, der zu ihren Füßen lag erschrak. Josefine rannte wie eine Dampfwalze davon in ihren Garten. Sie brauchte jetzt unbedingt Luft, Luft zum Atmen und Zeit zum Nachdenken. Die vielen Leute auf ihrer Terrasse irritierten sie im Moment, obwohl es alle ihre Freunde waren. Schon allein Stefan´s und Dominik ´s Bericht schnürten ihr die Kehle zu. Josefine lies sich erschöpft und müde ins Gras neben dem Pool fallen. Am liebsten wäre sie dort hineingesprungen und hätte sich ertränkt, bei allem was sie bis jetzt erfahren hatte. Sie stellte die Ellenbogen auf ihre Schenkel, legte ihren Kopf in die Hände und schloss die Augen. Sie versuchte gleichmäßig zu atmen um zur Ruhe zu kommen. Doch ließen sich die Tränen, die sie schon die ganze Zeit auf der Terrasse versucht hatte zurück zu behalten nicht mehr länger unterdrücken. Sie flossen jetzt wie ein Bächlein über ihre Wangen. Ihr schnell schlagendes Herz spürte sie jedoch noch immer. Was sollte sie jetzt tun? Ihr schien es immer noch am logischsten einen potenziellen Käufer für die Firma zu finden. Denn alleine so weiter zu machen, wie es jetzt war, konnte sie Karl Jansen´s mächtiges Imperium nicht stemmen. Irgendwo tauchten bestimmt immer wieder Gefahren auf, in die sie hineinlaufen würde, wenn sie nicht auf der Hut war. Eine einzige Fehlentscheidung von ihr und die Leute würden das Gerücht, was seit Tagen in der Firma die Runde machte bestätigt bekommen. Josefine hob ihren Kopf leicht an, denn sie bemerkte, dass sich ihr Schritte näherten. „Darf ich mich zu dir setzten?“, erkundigte sich eine Männerstimme bei ihr und Josefine nickte. Denn so langsam war sie etwas zur Ruhe gekommen. Der mysteriöse ältere Herr, der etwa in Karl´s Alter war, setzte sich neben sie ins Gras. Beide schwiegen eine Zeit lang, bis Josefine die Stille nicht mehr aushielt. „Wer sind Sie?“, hauchte sie, es war kaum hörbar. „Mein richtiger Name ist Nils Gustavsson, Jo meinte es wäre besser zuerst nur als Maik aufzutreten.“. Josefine blickte Nils verwirrt an. „Meine Mutter war eine gebürtige Gustavsson.“, gab sie leise von sich. „Ich weiß. Astrid ist meine kleine Schwester. Und ich freue mich, endlich einmal meine Nichte persönlich kennen zu lernen nicht nur von Bildern, die mir deine Mutter immer schickte.", sprach er. Maik oder besser gesagt Nils zog seine Brieftasche hervor und klappte diese auf. Darin waren zwei Kinder Bilder von Roger und ihr. Sprachlos blickte sie zu diesen Mann, der angeblich ihr Onkel war. Jetzt nach dem Josy wusste, wer vor ihr saß, konnte sie auch mit den Kanten der Gesichtszüge etwas anfangen. Die ihr schon vorher vertraut vor kamen. Nur wusste sie noch immer nicht, wieso er gerade jetzt in diesem heiklen Moment auftauchte, wo es eh schon genug Probleme zu bewältigen gab. Nils bemerkte, dass Josefine´s Verwirrung nicht nachließ, sondern eher noch mehr wurde. Er wollte das Mädchen nicht noch mehr verängstigen, denn Angst hatte seine Nichte eindeutig. Das konnte man ihr ansehen. Deshalb sprach er langsam weiter. „Jo und ich kennen uns schon sehr lange, eigentlich war es purer Zufall, dass wir uns vor gut einem halben Jahr auf einer Raststätte wieder begegnet sind. Ich war auf dem Rückweg von einer sehr langen nervigen Konferenz und wollte einfach nur kurz eine Pause einlegen. In der Raststätte erblickte ich Jo und er mich. Ich tat so, als ob ich ihn nicht gesehen hätte, weil ich von mehreren hochrangigen Männern umgeben war. Doch wer Jo kennt, weiß das man vor ihm immer auf der Hut sein sollte. Jo stand einfach auf, trat auf mich zu, tat so, als ob er stolperte und dabei leerte er mir versehentlich seinen Kaffee über die Hose. Grinsend entschuldigte er sich bei mir. Er steckte mir eine Visitenkarte in die Hemdtasche, klopft mit der Handfläche darauf. Mit den Worten schick mir die Rechnung der Reinigung aber zügig. Ruf mich dringend an, gibt viel neues, dass du wissen solltest, sollte das heißen. Das habe ich dann auch gleich noch am selben Abend gemacht. Wir beide quatschten die halbe Nacht hindurch.", berichtete Nils immer noch mit ruhiger Stimme und Josefine hörte dem Mann aufmerksam zu, was dieser Nils ihr erzählte. Aber noch immer waren in ihrem Kopf lauter Fragezeichen. „Als Jo mich vorgestern anrief und mir von deinem Problem erzählte, vor allem, dass die Spieluhr verschwunden war, versetzte ich alle in Alarmbereitschaft. Die Spieluhr bekamen deine Mutter und Karl von mir zur Hochzeit. Später wurde diese dann zu Teil von Top Secret. Du solltest glaube ich wissen, dass ich für die schwedische Regierung arbeite.". Josefine riss die Augen weit auf und ihr Mund stand noch weiter offen. Sie dachte sich gerade verhört zu haben. „Dann sind Sie General..........?", brachte sie unter gestotterte hervor. „Genau der bin ich.", bejahte er leise, dabei lächelte er sanft Josefine an. „Aber woher wusste Jo von der Spieluhr?“. Jo wusste zwar, das die Spieluhr zu Top Secret gehörte, aber was es mit ihr auf sich hatte, weiß er erst seit gestern Abend.“, klärte ihr Onkel sie auf. „Und nun? Was können wir tun um sie zurück zu bekommen?“, fragte Josefine, die kurz vor einem Nervenzusammenbruch stand und in Tränen ausbrach. Jetzt erst wurde ihr klar, in was für einen Schlamassel sie hinein geraten war. „Komm lass uns zu den anderen gehen, denn auch sie warten auf eine Erklärung von mir.“. Er reichte seiner Nichte die Hand, um ihr beim Aufstehen behilflich zu sein. Beim Aufstehen begann Ihr Handy zu vibrieren. Irritiert blickte sie ihren Onkel an und griff in die hintere Hosentasche und zog ihr Handy hervor. Neue Nachricht stand auf dem Display. Josefine öffnete die Nachricht vor den Augen von Nils. Sofort schrie sie laut auf. Sie bebte und zitterte am ganzen Körper. Das Handy glitt ihr aus den Fingern und fiel zu Boden. Ihr Onkel zog sie beschützend in seine Arme. Er beugte sich nach vorn um das Handy vom Boden auf zu heben, ohne seine Nichte dabei aus seinen Armen zulassen. Ohne die Zustimmung von Josefine, las er die SMS. Josefine heulte sich zitternd am ganzen Körper, in seinen Armen aus. Durch ihren Aufschrei kam Bewegung auf der Terrasse in Gang. Björn und Tom waren fast gleichzeitig aufgesprungen um Josefine zu Hilfe zu eilen. Doch Nils machte eine Handbewegung, die ihnen deutete, das er alles im Griff hatte. Noch einmal rief er die Nachricht auf Josefine´s Handy ab. Sie war kurz, sehr kurz diesmal. „Du hast genau achtundvierzig Stunden, sonst wird dein geliebter Jo ins Jenseits befördert. Also unterschrieb den Vertrag, den du in deinem Briefkasten vorfindest.“. Nils holte einmal tief Luft, nach dem er die Nachricht ein weiteres mal gelesen hatte. Er schob Josefine etwas von sich, hob ihr mit seinem Finger, den er ihr unter ihr Kinn legte den Kopf an, sodass sie ihn anblicken musste. „Wir werden es nicht zulassen Josefine, das Jo etwas passiert. Weder die Armee noch die Polizei. Allerdings sollten wir Stefan und Dominik die Nachricht sofort zeigen. Also komm.“. Noch unter Schluchzen nickte sie und versuchte sich die Tränen mit dem Handrücken aus ihren Augen zu wischen. Nils legte einen Arm fest um ihre Taille. So gingen sie gemeinsam zurück zur Terrasse, die sie schweigend betraten. Nils setzte Josefine auf einen Stuhl, bevor er weiter zu Stefan ging um ihm das Handy vorzulegen. Er drückte auf einen Knopf des Handys, damit er die Nachricht abrufen konnte. Stefan blickte zu Nils und nickte. Dann reichte er das Telefon an Dominik weiter, der sofort aufstand und zur Haustüre eilte, die Tür aufriss und sich am Briefkasten zu schaffen machte. Frustriert und Kopfschüttelnd kam er zurück auf die Terrasse. Die Übrigen blickten sich fragend an. Soviel hatten sie mitbekommen, dass es eine neue Erpressernachricht gab. Dominik reichte das Handy an Max weiter. Dieser schluckte mehrmals trocken, bevor er aufstand und sagte: „Sven, Amarok, kommt wir haben einen Auftrag.“. Jo hatte während Nils bei Josefine war, die kleine Runde aufgeklärt, wer Nils wirklich war. Björn reichte Josefine fürsorglich ein Glas Wasser, da sie noch immer ganz blass im Gesicht war und ihr Körper weiterhin bebte. Das Beben und Zittern verstärkte sich noch mehr, als Stefan der Gesellschaft die neue Erpressernachricht vorlas. Josefine stürzte sich heulend in Jo´s Arme, der sie ganz fest an sich drückte. Er schob sie etwas von sich, und strich ihr zärtlich eine Haarsträhne hinters Ohr. „Mir passiert schon nichts Kleines und den Anderen auch nicht. Wir sind gut beschützt. Schau dich doch einmal genau um, vor allem blick einmal auf Edith´s Dachgraupen.“. Josefine konnte nichts erkennen, da es ziemlich finster war, doch Tom sah von seiner Sitzposition schon etwas mehr. Denn es blitzte kurz etwas auf im Lichtschein der Straßenbeleuchtung auf. „Scharfschützen?“, fragte er mit weit aufgerissen Augen und Jo nickte. „Aber nicht auf uns gerichtet, sondern auf das was sich vor dem Haus oder darum abspielt.“, erklärte er Tom. „Wooow, soviel Bewachung hatte ich nicht einmal, als ich es mit einem Kronzeugen zu tun hatte.“, schwärmte Alfons Steinhauser, als er noch weitere erblickte, welche auch in der Hecke und am Garagenfenster positioniert waren. „Also Niels, bitte entschuldige meine Neugierde, aber mich und ich glaube auch die Übrigen, würde es brennend interessieren wie das alles zusammen hängt.“, sagte Alfons Steinhauser und sprach für die komplette Runde das aus, was ihnen allen schon lange auf der Zunge lag. „Ich weiß lieber Alfons, aber habe bitte noch etwas Geduld, bis Max und Sven wieder hier sind, denn ihnen gegenüber wäre es nicht fair, wenn ich jetzt schon mit meinen Ausführungen beginnen würde.“. Alfons Steinhauser nickte verständlich, das leuchtete ihm ein. „An die beiden habe ich momentan nicht gedacht, entschuldige.“, meinte Alfons und blickte noch einmal sichtlich erstaunt über das Areal von Josefine und seiner Mutter. Nach circa fünfzehn Minuten waren Max, Sven und Amarok wieder vor

Ort. Max übergab strahlend und ganz professionell Dominik einen Umschlag, den er in seinen Händen hielt. Vorsichtig streifte er die Einweghandschuhe über seine Hände, damit Dominik sie mit samt dem Umschlag in Empfang nehmen konnte. In der Zwischenzeit war es ganz dunkel geworden, daher zündete Josefine zusammen mit Edith und Gerda weitere Windlichter an. Im Hintergrund der Terrasse flammte eine schummerige Beleuchtung auf. Weil die Frauen sich dachten, dass womöglich noch mehr Licht benötigt werden würde. Jo reichte jedem noch ein gekühltes Getränk und nachdem jetzt wieder alle anwesend waren, begann Maik alias Nils mit dem Bericht seinerseits. Er erzählte ihnen allen, dass sie kurz nach Karl´s Tod auf etwas gestoßen waren, das mit Top Secret zu tun hatte. Eine Art Spionage in den eigenen Reihen, meinte er dazu. Er setzte drei seiner besten Männer darauf an, um heraus zu finden, wer, was oder wie, los war. Die Männer erstatteten ihm täglich Bericht. Unter anderem wurde in einer Information, Karl ´s Spieluhr erwähnt. Darauf hin hat Nils sich die Akte bringen lassen, wer alles am Projekt Spieluhr damals beteiligt war. Jeder einzelne Mann von Projekt Spieluhr wurde darauf hin durchleuchtet. Aber jede Spur die sie hatten, verlief sich im Sand. Nur durch Zufall war er auf einen Namen gestoßen, der ihm sehr bekannt war... Aber dieser Mann war schon seit vielen Jahren im Ruhestand. Projekt Spieluhr, war damals sein letzter Auftrag. Nils zog ein Bild aus seiner Akte und reichte es an seinen Nachbarn Jo weiter. „Habt ihr diesen zufällig bei euch auf dem Firmengelände schon einmal gesehen? Bitte schaut genau hin, es handelt sich hier im einen Ernst Huber.“, sprach Nils zu Jo. Josefine hob den Kopf und blickte ihren Onkel Nils an. „Ja, du bist mit deinen Gedanken auf dem richtigen Weg Kleines. Ernst Huber ist der Großvater von Peter Huber.“. Als Nils dies sagte, griff sich Edith erschrocken ans Herz. „Ich kann das gar nicht alles glauben, was ich da heute Abend alles gehört habe.“. Igor pfiff leise, als er das Bild von diesem Ernst Huber in den Händen hielt. „Ich haben Mann schon einmal gesehen. Er waren vor Gerichtsgebäude. Gehen dann zu bösen Mann ins Auto.“, sprach er und genau das wollte Nils hören. Das war die Bestätigung für die Zusammenarbeit mit diesem Mann. Der laut Igor im Gerichtsgebäude war. Jetzt hatte er es schwarz auf weiß. Das eingize Puzzleteil, was jetzt noch fehlte war, wer wusste außer ihm, dass sein Schwager Karl Jansen im Besitz der Spieluhr war? Keiner seiner Mitarbeiter wusste, welche Spedition die Spezialtransporte von Top Secret durchführte. „Darf man erfahren, was hinter Top Secret steckt?“, fragte Alfons Steinhauser vorsichtig, denn er war verdammt neugierig geworden. Doch Nils schüttelte lächelnd den Kopf. „Leider nein, das einzige was ich dir verraten kann, ist, dass es etwas mit Satelliten zu tun hat.“, gab Josefine´s Onkel leise von sich. Tom und Björn lachten zusammen schallend auf. „Spionagesatelliten.“, kam es fast gleichzeitig von beiden. Nils verdrehte die Augen. „Ich glaube ich habe gerade schon zu viel gesagt.“, brummte er amüsiert. Dann wandte Nils sich an Stefan und Dominik. „Wie sieht euer Vorgehen aus? Oder könnt und dürft ihr aus ermittlungstaktischen Gründen nichts dazu sagen? Und wie kann euch die Armee dabei helfen?“, erkundigte sich General Nils bei den beiden Beamten. „Normalerweise dürfen wir darüber nicht sprechen, aber da wir alle Josefine behilflich sind und sogar ein General unter uns ist, der uns ebenfalls Berichte überlassen hat, an die wir normal nicht hinkommen würden, denke ich wir können hier heute Abend einmal eine Ausnahme machen.“, sagte Stefan und blickte fragend zu Dominik, der durch sein Kopfnicken Stefan zustimmte. „Unser Plan sieht so aus: Wir werden eine Hausdurchsuchung bei Sybill, Volz, Ken und Peter durchführen. Hierfür bleiben uns genau achtundvierzig Stunden. Am liebsten wäre es uns, wenn Josefine so weit wie möglich von den Geschehnissen weg wäre, sodass keinerlei Verdacht auf sie fallen kann. Du Jo, wird für die nächsten achtundvierzig Stunden mit Eskorte untertauchen.“. Nils nickte zufrieden, bis jetzt hatte er nichts an dem Plan einzuwenden. Auch er wollte Jo so schnell wie nur möglich aus dem Verkehr ziehen. „Und wo sollen wir Josefine verstecken? In Schweden bei ihrer Mutter ist es uns zu heiß für sie.“, meinte Nils, der schon seine Schwester am heutigen Morgen aus dem Verkehr ziehen ließ. Jetzt mischte sich Björn in die Unterhaltung ein. „Josefine wird mit mir nach Island kommen!“, äußerte sich Björn. „Ich wollte sowieso übernächste Woche für vierzehn Tage nach Hause fliegen. Eigentlich wollte ich zwar erst eine Woche später fliegen, aber unter diesen Umständen fliegen wir dann halt schon früher.“. Josefine japste nach Luft. Das war ja die absolute Höhe, was da Björn vorschlug. Hier wurde einfach über ihren Kopf hinweg entschieden. Sie stemmte zornig die Hände in die Hüften. „Ich werde wohl nicht gefragt?“, zischte sie verärgert die vielen Männer um sich herum an. „Halt die Klappe Josefine.“, knurrte Jo sie wiederum an. Ihm gefiel zwar die Vorstellung nicht ganz, dass Josefine mit einem anderen Mann zusammen war, den sie kaum kannte. Für ihn war es schon unerträglich, als er ihr Björn als Aufpasser mit gab. Aber es war das Beste für sie, wenn sie mit ihm ginge, nach Island und so weit weg von dem Geschehen um sie herum hier. „Wie schnell kannst du einen Flug buchen Björn?“, erkundigte sich Jo und Björn zog sofort sein Handy hervor, um sich umgehend auf die Suche nach dem schnellst möglichsten Direktflug nach Island zu machen. Während Björn Seite für Seite von Fluggesellschaften durchstöberte hörte er im Hintergrund, wie Josefine weiter laut protestierte. „Ich kann doch auch zu Stella nach Brüssel, dort wird mich auch niemand vermuten.“. Stefan schüttelte den Kopf. „Nein, das passt schon, das Björn dich mit nimmt. Je weiter du weg bist, desto besser für uns alle.“, meinte auch Dominik, der die Idee von Björn gut fand. Denn dort würde sie bestimmt keiner vermuten. „Hm, Bingo, ich hab einen Flug gefunden.“, murmelte Björn vor sich hin. „Wann?“, rief Jo kurz angebunden und seine Augen begannen zu funkeln. Denn auch ihm war es lieber, wenn Josy weit weg war. Das einzige, was ihn etwas störte, dass es ausgerechnet Björn sein musste, den er hier gut gebrauchen konnte bei der Sache. „Schon morgen, der Flieger geht um fünfzehn Uhr.“, äußerte Björn, noch immer vertieft in sein Handy. „Sofort buchen!“, befahl Jo und warf sich über den halben Tisch, um zu verhindern, dass Josefine ihm das Handy aus lauter Zorn nicht aus den Händen schlug. Percy und Frank schützen Björn von der anderen Seite, in dem sie mit ihren Körpern eine Mauer um ihn herum bildeten. Jo hatte alle Mühe, Josefine, die voller Zorn auf die Männer war, davon abzuhalten. Wie ein gefangenes Raubtier führte sie sich auf, sie kratzte, biss, und schlug wild um sich. „Fertig Jungs - unser Flieger geht morgen Nachmittag!“, verkündete Björn stolz mit einem amüsierten Grinsen im Gesicht und blickte dabei Josefine an. „Einen Teufel werde ich tun. Ich werde nicht fliegen.“, schrie Josefine hysterisch herum. Sie kochte innerlich vor Wut und Ärger, weil man sie so fies hintergangen hatte, ohne sie nach ihrer Meinung zu fragen. Jo, der genug von ihren Faxen und Attacken auf ihn hatte, packte sie an beiden Schultern und schüttelte sie ordentlich durch. „Josefine, hör mir zu.“, brüllte er sie verärgert mehrere Male hinter einander an. Doch Josefine blieb stur, sie wollte nicht, dass man einfach so über ihren Kopf hinweg entschied. „Wenn du mir nicht auf der Stelle zu hörst, du kleines starrköpfiges

Ding, werde ich dir eine scheuern! Glaube mir das ist keine Drohung. Du hast von mir noch nie eine geklatscht bekommen Kleines, obwohl du mich so manches Mal in Versuchung gebracht hast. Aber diesmal ist es mir bitter ernst!", schrie Jo sie ungehalten an. Josefine blickte in zwei pechschwarze, wütend funkelnde Augen und dachte bei sich, er macht es wirklich war, mit dem was er da sagte. „So nachdem ich jetzt endlich deine volle Aufmerksamkeit habe, wirst du mir zuhören, was ich zu sagen habe.", sprach Jo. Seine Stimme klang jetzt etwas ruhiger und entschärfter, aber in ihr lag immer noch etwas bedrohliches. „Du wirst fliegen und zwar ohne wenn und aber! Ist das klar? Hast du mich verstanden?". Sie blieb noch immer stur und blickte Jo provokant an. „Josefine, ich warne dich, ein letztes Mal. Du wirst morgen zusammen mit Björn fliegen und wenn ich dich gefesselt ins Flugzeug setzten muss. Hast du das jetzt endlich kapiert?". Vom unteren Tischende vernahm man ein leises Kichern. „Jo, wenn du möchtest, leihe ich dir diese gerne.", meinte Dominik amüsiert. An seinen Fingern baumelten ein paar Handschellen. Jo konnte sich ein breites grinsen kaum verkneifen, blieb aber ernst. „Du wirst Island genießen, dir Land und Leute ansehen und nicht den ganzen Tag vor deinem verdammten Laptop hocken. Wir bitten dich nur um eins, jeden Abend um die gleiche Zeit, wirst du uns eine Aktualisierung der Aufträge übersenden. Den Rest übernehmen wir, Percy, Frank, Armin, Felix, Gerda und ich von hier aus. Ist das klar?", zischte Jo und wandte sich an ihren Reisegenfähren. „Björn du wirst dafür sorgen, dass es so gemacht wird.", befahl Jo ihm. „Ist klar Boss.", antwortete er Jo. „Dominik wird dafür sorgen, das die IT-Adresse niemand bis nach Island verfolgen kann.", fügte Jo noch hinzu. Dominik nickte ebenfalls. „Darauf kannst du dich verlassen.", versprach er in die Runde. „Gut. Gerda wird dich in deiner Abwesenheit gut vertreten, das hat sie ja schon einmal bewiesen.", sprach Jo und blickte fragend zu Gerda, die sofort ihm nickend zustimmte. Josefine schnappte nach Luft. „Hast du sie überhaupt schon gefragt, ob sie das will?", zischte sie Jo verärgert an, weil ihr entgangen war, dass sie Jo ihre Zustimmung durch ein kurzes Nicken gegeben hat. „Mach dir da mal keine Sorgen Kleines, das geht schon klar. Ich werde dich bestens vertreten.", versuchte Gerda Josefine zu beruhigen. „Björn wird dir übrigens morgen früh beim Packen behilflich sein, denn er weiß wohl am besten, was für Kleidung du um diese Jahreszeit mit nach Island nehmen musst.

So und jetzt lasst uns endlich anstoßen. Auf das wir die Kerle fertig machen und keiner unsere Pläne durchkreuzt. Prost Kameraden und Kameradinnen.“, rief Jo fröhlich in die Runde. Er war erleichtert, das der erste Teil erledigt war. Er setzte seine Bierflasche an und genoss in vollen Zügen, die Flüssigkeit, die ihm durch die Kehle rann. Die Einzige, die nicht mit anstieß, war Josefine, die geknickt auf ihrem Stuhl saß und ins Leere starrte. Je später der Abend wurde, desto schwerer wurde auch von manch einem die Zunge. Edith hatte sich schon beim Frühstück angeboten einen Teil der Männer bei sich über Nacht aufzunehmen. Denn sie wusste genauso wie Josefine, dass nach einer Party keiner mehr von den Jungs fahrtauglich sein würde. Für keine der beiden Frauen kam in Frage, deshalb den Führerschein ihrer Leute aufs Spiel zu setzen. Alfons, Tom, Stefan und Dominik brachte Edith in ihren Gästezimmern unter. Armin der Hering wurde bei Edith auf das Sofa verfrachtet. Dort sang er lallend in den schrägsten Tönen weiter, nachdem Frank einen Song nach dem anderen grölte. Gerda durfte neben Edith in ihr Schlafzimmer einziehen. Igor und Björn sowie Sven und Max wurden in die beiden Gästezimmern von Josefine untergebracht. Jo und Onkel Nils teilten sich das Schlafzimmer ihrer Eltern. Felix und Frank durften in Roger´s altes Zimmer einziehen und Percy schlummerte schon seit einer geraumen Zeit auf Josefine´s Sofa. So war die Frage, wer freiwillig das Sofa bezog auch schon im Vorfeld von ihm selbst geklärt worden. Amarok beanspruchte Josefine´s Bett. Der Rüde legte sich an das Bettende. Sie musste auflachen, als sie hörte, wie Max seinem Rüden „Verräter“, hinter her rief, weil sich sein Hund aus dem Staub machte und zu Josefine ins Zimmer schlüpfte.
Es dämmerte schon fast, als Josefine sich zu Amarok ins Bett legte. Dieser öffnete nur kurz eine Auge und schloss es sofort wieder, als er Josefine bemerkte, wie sie in ihr Schlafzimmer trat. Sie war noch immer stinksauer auf diese verdammten Kerle. Vor allem auf Jo, dass er ihr so zugesetzt hatte und ihr drohte. Seufzend ließ sich sich auf ihrem Bett nieder und dachte über diesen Abend und seine Geschehnisse nach. Nie hätte sie sich träumen lassen, dass sie einmal in so ein verrücktes gefährliches Chaos geriet. Musste Roger ihr Bruder wirklich nur sterben, wegen Top Secret? Viele Fragen gingen ihr fast schon gleichzeitig durch den Kopf. Es dauerte eine geraume Zeit, bis sie endlich zur Ruhe fand. Darauf hin, viel sie in

einen sehr leichten Schlaf. Schon lange strahlten die Sonnenstrahlen durch die Vorhänge und zeichneten sich auf dem Boden im Zimmer ab. Die Vorhänge flatterten in einem leichten Windhauch. Dabei tanzten in der erwärmten Luft die im Raum lag, kleine feinste Staubkörner umher. Josefine wurde durch das Scheppern von Geschirr und leisem Stimmengewirr geweckt, das durch die geöffneten Schlafzimmerfenster von unten herauf drang. Selbst von der Terrasse her hörte sie merkwürdige kratzende Geräusche. Ihr kam es so vor, als ob sie gerade erst die Augen geschlossen hatte. Doch die Sonne lachte vom strahlend blauen Himmel in ihr Zimmer hinein. Seufzend rieb sie sich in den Augen, der Abend war lang und wahrscheinlich würde der ein oder andere, der zu tief ins Glas geschaut hat heute Kopfschmerzen haben. Sie streckte sich genüsslich, schob die Bettdecke zur Seite und schwang die Beine aus dem Bett. Bevor sie ans Fenster trat und die Vorhänge bei Seite schob. Denn sie wollte dem merkwürdigen kratzenden Geräusch auf den Grund gehen. Ein Blick durch ihr geöffnete Fenster verriet ihr, woher das merkwürdige Kratzgeräusch kam. Sie sah Percy, der gerade dabei war seinen Grill zu putzen, für ein weiteres deftiges Frühstück, das aus Steak und Würstchen bestand, da es noch genügend Reste vom Abend zuvor übrig waren. Josefine beschloss zuerst einmal sich eine ausgiebige Dusche zu gönnen. Sollten sich doch die blöden Kerle ums Frühstück kümmern. Ihre Laune hatte sich nach dieser kurzen Nacht nicht groß geändert. Sie war noch immer stinkig und schlecht gelaunt auf Jo und das würde sie ihn auch heute noch spüren lassen. Just in dem Moment, als sie nach der Türklinke des Badezimmers griff, wurde diese aufgerissen. Vor ihr stand ein Mann nur mit einem Badehandtuch um seine Lenden geschwungen. Fröhlich und gut gelaunt, begrüßte er sie. „Guten Morgen Josy.“. Josefine antwortete nicht, sie schlüpfte an diesem Mann vorbei, schob ihn wortlos aus dem Badezimmer und knallte hinter ihm die Tür zu. Verdattert blickte Björn auf die vor ihm geschlossene weiße Tür. „Aber Hallo, wenigstens Guten Morgen hättest du sagen können.“, rief er ihr durch die geschlossene Badezimmertür zu. Hinter ihm hörte er ein amüsiertes Auflachen. „Sieht so aus, als wäre Madame immer noch stinkig. Mach dir nichts draus, das wird sich bald wieder legen. Die Kleine kann eigensinnig wie ein Esel sein.“, sprach eine männliche Stimme hinter ihm und Björn lachte laut auf bei diesen Worten. „So dickschädelig wie du? Ihr beide schenkt euch nicht viel Jo.", sagte er gutgelaunt zu seinem Boss. Jo überhörte was Björn ihm da gerade durch die Blume stecken wollte und machte eine abfällige Handbewegung dabei. „Das wird schon, sobald ihr im Flieger sitzt.", meinte Jo gelassen, doch Björn war sich da gar noch nicht so sicher. „Guten Morgen ihr Beiden.", grüßte Nils, Jo und Björn die noch immer auf dem Flur standen. Nils fuhr sich mit den Händen am Kopf hin und her. „So einen Kater hatte ich schon lange nicht mehr.", gestand er den beiden. Jo und Björn grinsten Nils nur mitfühlend an. „Guten Morgen.", sagte Björn breit grinsend und gutgelaunt zu Nils. „He Nils, kann es sein, dass du ein großes Haustier auf deinen Schultern mit dir herum schleppst?", spottete Jo lachend. „Oh, hör auf zu lachen, ich weiß gar nicht, wie ich ins Bett gekommen bin.", stöhnte Josefine´s Onkel. „Die Frauen haben uns ins Bett gebracht. Du kannst dich wirklich an nichts mehr erinnern?", hackte Jo amüsiert nach. Nils schüttelte vorsichtig den Kopf, damit er ja nicht von seinem Hals fiel. Jo lachte erneut amüsiert darüber auf. „Du wolltest sogar von allen drei Frauen noch einen Gute Nacht Küsschen haben.", klärte Jo den General auf, dem es Böses schwante und Björn bog sich vor Lachen. „Oh Gott, war ich wirklich so ....?", fragte Nils die beiden Männer leise, bevor er losprustete. „Wisst ihr ob das Bad frei ist?", erkundigte er sich japsend nach Luft ringend bei den Beiden. Björn blickte belustigt zu Jo. „Also wenn du nicht noch mehr Kopfschmerzen haben willst, weil bei dir dann eine Bombe im Kopf platzt, wenn du an der Tür klopfst, dann würde ich sagen warte noch ein paar Minuten.", riet ihm Björn auf seine Frage. Nils verzog das Gesicht zu einer komischen Fratze. „Ist sie immer noch so sauer?", fragte er in die Männer Runde. „Sauer, ist glaube ich nicht der richtige Ausdruck dafür, eher geladen wie eine Tellermiene, mit so viel geballter Kraft, dass man die Tür vor der Nase zugeschlagen bekommt.", erklärte Björn spöttisch grinsend. „Autsch, dann warte ich lieber, bis die Luft wieder rein ist.", gluckste der General amüsiert. „Wir sehen uns unten beim Frühstück.", sagte Jo zu Björn und Nils und stapfte die Treppe hinunter. Josefine ließ sich extra lange Zeit im Bad. Nachdem sie lange und ausgiebig geduscht hatte und sich im Anschluss abtrocknete, dabei ihre feuchten Haare in ein Handtuch wickelte. Griff sie zu einer kleinen Flasche, schraubte den Verschluss auf und ließ eine weiße Flüssigkeit in ihre Hände laufen. Gemütlich trug sie ihre herrlich duftende Körperlotion nach der Dusche auf und föhnte im Anschluss ihr Haar. Das sie zu einem Pferdeschwanz zusammen band. Ihre Zähne strahlten vor Sauberkeit. Sollten doch die Kerle vor dem Badezimmer Schlange stehen. Das war ihr egal, nur war es all zu schade, dass dieses Bad kein WC enthielt. Sie gluckste leise vor sich hin, als sie sich vorstellte, wie die Männer vor der Tür von einem Fuß auf den Anderen traten, weil sie ihre Blase nicht entleeren konnten. Was wahrscheinlich zur Folge hatte, dass sie sich alle in ihrem Garten entleeren würden. Doch als ihr das durch den Kopf geschossen war, dachte sie auch sogleich an Edith. Die bei der Hitze diesem übelriechenden Gestank um sich herum gehabt hätte. Also war es doch gut, das es ein separates WC hier oben gab. Aus Protest wollte sie nicht zum Frühstück hinunter zu gehen, aber ihr Magen war da doch ganz anderer Meinung. Er knurrte schon eine ganze Weile vor sich hin. Da sie im Badezimmer herum getrödelt hatte, durften die Männer jetzt bestimmt schon mit frühstücken fertig sein. Schnell schlüpfte sie in ein bereit gelegtes Sommerkleidchen. Auf dem Flur stieß sie mit Onkel Nils zusammen, der ins Badezimmer wollte. „Guten Morgen Josefine.“, sagte dieser mit einem leichten Lächeln auf dem Gesicht. Josefine grüßte nur wortlos mit nickendem Kopf und ging zur Treppe. Von der Terrasse drang Gelächter und munteres Geplapper an ihr Ohr, als sie die Stufen hinab ging. Unten angekommen hielt sie kurz die Luft an, als sie in ihre Küche blickte. Vor ihr tat sich ein Schlachtfeld auf. Kaffeepulver lag über all verstreut auf der Anrichte und sogar auf dem Boden. Gebrauchtes Filterpapier stapelte sich neben der Kaffeemaschine. Zwei Bratpfannen standen in der Spüle in denen das Fett schwamm. Der Backofen, in dem jemand Brötchen erwärmt hatte, war geöffnet und ein leichter Brandgeruch drang aus diesem heraus. Jemand hatte vergessen den Kühlschrank zu schließen, den die Tür stand sperrangelweit offen. Seufzend schloss die Türe des Kühlschrankes und konnte nur mit dem Kopf schütteln über das Chaos, das sie vor ihren Augen sah. Beim Betreten der Terrasse wurde sie von allen mit einem freundlichen „Guten Morgen“, begrüßt. Doch Josefine, murrig wie sie war, erwiderte den Gruß nicht. Sie ging an Jo vorbei, der sie freudig anstrahlte. Sie packte ihn unsanft an seinem Bart und zog kräftig daran. „Autsch!“, brüllte er laut auf und griff sich mit der Hand an seinen ach so heiligen Spitzbart. Es war nicht gespielt, Josefine´s Griff tat wirklich höllisch weh. „Gott sei Dank, tragen Igor keine Ziegenbart.“, meinte dieser aufheiternd und Percy meckerte dabei wie eine Ziege „Määääähhhhh". Josefine setzte sich auf einen Stuhl, der neben Armin frei war, verschränkte die Arme vor der Brust und schmollte. Armin nahm die Kaffeekanne vom Tisch und deutete wortlos auf ihre Tasse. Josefine schloss kurz die Augen, als Zeichen für Ja. Daraufhin schenkte Armin ihr ein. Edith kam soeben mit frisch gekochten Eiern herüber und stellte den Topf mitten auf den Tisch ab. Nur eines der Eier stand schon geköpft in einem Eierbecher. „Das geköpfte, gehört Björn, alle anderen Eier euch.", bemerkte sie schelmisch, dabei verdrehte Björn die Augen. Jo, Percy, Felix, Gerda und Co. lachten laut auf, denn Edith hatte das Rätsel um Björn und die Eier noch gestern Abend unter lautem Gejohle gelüftet. Edith setzte sich neben Josefine, während sie ihr ein Brötchen mit Marmelade bestrich. „Sei nicht böse auf das ganze männliche Gesindel hier am Tisch. Glaube mir, ich weiß wie du dich fühlst. Ich an deiner Stelle hätte ähnlich reagiert. Aber sie haben alle Recht damit. Wenn du weit weg bist, so wird dir später niemand einmal Vorwürfe machen können. Und sollte es zu einer Gerichtsverhandlung kommen, brauchst du nicht einmal zu lügen. Denn was geschehen wird, wissen wir beide nicht. Komm iss jetzt, dein Magen gackert wie ein hungriges Huhn, oder ist es etwa Amarok´s Magen, der da so gurgelt?", wisperte Edith ihrer guten Freundin gutgelaunt zu, bevor sie lauter wurde. „Weißt du, ich würde mich freuen, in ein Land zu kommen, das ich noch nie bereist habe und wenn ich unseren Tolpatsch da drüben so ansehe.", dabei deutete sie mit dem Kopf in die Richtung von Björn. „Könnte dein Zwangsurlaub bestimmt lustig werden.". Bei ihren aufmunternden Worten kicherte sie amüsiert, während Josefine an ihrem Brötchen nagte. „Edith, wir sind keine Hinterwälder, wir sind ein zivilisiertes Volk mit Manieren. Wir besitzen ebenso WC und Badezimmer, wie ihr. Unsere Bäder haben auch Türen, die fast genauso klingen, wenn man diese jemand vor der Nase zu schlägt, wie eure.", beschrieb Björn die Situation von vorher etwas zynisch, er konnte sich das Lachen kaum verkneifen. Da Edith Björn verwundert anstarrte und nicht gleich begriff, das er mit dieser Anspielung Josefine meinte, deutete er deshalb immer wieder mit seinem Messer auf Josefine. Solange bis Edith leicht zu schmunzeln anfing, als sie endlich begriff. „Wann müsst ihr den am Flughafen sein Björn?", erkundigte sich Gerda bei ihm, dabei blickte sie auf ihre Armbanduhr. „Spätestens um eins.", beantwortet er ihr schmatzend mit vollem Mund die

Frage. „Ok Kleines, du bleibst hier schön sitzen, Edith und ich werden zusammen mit Björn nach oben gehen und dir Kleiderstücke aus dem Schrank nehmen. Du entscheidest dann selbst, was du mitnehmen möchtest. Komm Björn, du wärst uns beiden eine große Hilfe dabei.", sagte Gerda, ohne Björn fertig frühstücken zu lassen und schon eilte sie auch ins Haus. Unter der Tür drehte sie sich noch einmal um. „Armin, du passt auf, das sie Kleine genügend zu Essen bekommt.", befahl sie ihm in einem mütterlichen Ton. „Jawohl Mama.", erwiderte Armin amüsiert und löste damit eine Lachsalve von allen aus. Selbst Josefine gluckste kurz auf. Armin schenkte ihr noch einmal Kaffee nach und füllte das Orangensaftglas erneut, öffnete ihr ein Frühstücksei und bestrich ein weiteres Brötchen mit Marmelade. Dies legte er im Anschluss auf Josefine´s Teller. Josy schüttelte nur den Kopf dazu. „Was? Kein Marmeladenbrötchen?", fragte Armin neugierig, weil er mit dem Kopfschütteln von ihr nichts anfangen konnte. „Willst du lieber ein Steak oder eine Wurst zum Nachtisch?", erkundigte er sich schmunzelnd bei ihr. Josefine schüttelte erneut den Kopf. „Willst du mich schon am frühen Morgen vergiften mit dem Zeugs? Ich bleibe lieber bei Ei und Brötchen.". Armin kicherte leise vor sich hin. „Und warum hast du dann mit dem Kopf geschüttelt, als ich dir vorhin das Brötchen auf den Teller legte?". Diesmal war es Josefine, die leise aufgluckste. „Weil du Gerda´s Befehl sofort in die Tat umgesetzt hast. Mir kam es so vor, als ob du vor Gerda etwas Angst hättest.", kicherte Josy, griff nach dem Orangensaft und nippte am Glas. Armin zog amüsiert ein Augenbraue nach oben. „Weisst du Kleines, eins habe ich in all den Jahren, in den ich verheiratet bin gelernt. Man sollte hin und wieder seiner Frau folgen, wenn man nicht die Tageszeitung um die Ohren geschlagen bekommen will.", meinte er amüsiert schmunzelnd. Josefine konnte wirklich nur noch mit dem Kopf schütteln. „Aber Gerda ist nicht Emma.", konterte sie zurück und grinste Armin frech von der Seite an. „Oh Gott, steh mir bei.", stöhnte er laut auf und verdrehte dabei die Augen. „Wer weiss, zu was Gerda greifen würde, wenn ich ihr nicht brav folgen würde. Der könnte ich alles zutrauen.", meinte er breit grinsend. „Ich wusste gar nicht, dass du so ein Pantoffelheld bist Armin.", prustete Josefine heraus und hielt sich den Bauch vor Lachen. Auch Armin setzte in ihr Gelächter ein, sodass die anderen am Tisch aufmerksam zu ihnen blicken ließ. „Wer ist hier ein Pantoffelheld?", erkundigte sich Gerda, die gerade wieder die Terrasse betrat, um Josefine mit nach Oben zu nehmen. „Armin, er hatte Angst, dass du ihm etwas überbrettern würdest, wenn er deinen Befehl nicht befolgen würde, dass ich ordentlich frühstücke.", gab Josefine ihr zur Antwort. Gerda lachte schallend auf und auch die restlichen Kerle am Tisch fielen in ihr Gelächter mit ein, als sie Josy´s Antwort hörten. „Armin der Pantoffelheld.", zog Jo seinen Kollegen und Freund auf, als er das gebrauchte Geschirr auf ein Tablett lud, um es in die Küche zu bringen, während Josefine mit Gerda nach oben ging, um ihren Koffer zu packen und die Kleidung auszuwählen, die sie für sie bereit gelegt hatten.

Kapitel

Kurz nach dreizehn Uhr kämpften sie sich mit ihren Rollkoffern bewaffnet durch die Menschenmassen. Josefine fragte sich, ob heute wohl alle beschlossen hatten mit dem Flugzeug zu verreisen. Aber es war nun mal Urlaubszeit, genau deshalb war der Flughafen übervoll mit Menschen, die ankamen oder abflogen, so wie sie auch gleich. Am Schalter der Fluggesellschaft wurden an ihrem Gepäck Etiketten angebracht und die Angestellte überreichte ihnen lächelnd ihre Bordkarten. „Guten Flug Ihnen beiden.“, wünschte ihnen die Angestellte der Fluggesellschaft.
Gegen vierzehn Uhr verabschiedeten sich Björn und Josefine von Jo und Onkel Nils, die sie zum Flughafen eskortiert hatten, damit Josefine nicht in den letzten Sekunden noch einen Blödsinn fabrizieren konnte. Die Flugtickets waren am Schalter abgeholt und die Koffer aufgegeben. Bevor sie zum Flughafen fuhren, hatten sich die beiden von allen anderen Freunden verabschiedet. Sogar Josefine war über ihren eigenen Schatten gesprungen, da Edith´s Worte beim Frühstück doch etwas in ihr bewirkt hatten. Edith flüsterte ihr zum Abschied noch ins Ohr. „Björn würde dir alles verzeihen, sogar die Badezimmertür. Der Junge liebt dich Josefine.“, genau so etwas ähnliches, natürlich mit anderen Worten, hörte sie auch von Gerda. „Schnapp dir diese Sahneschnitte, der gehört an deine Seite. Achte nicht darauf, was Jo zu dem Jungen sagt, hör auf dein Herz. Er ist nicht Tom.“. Im Anschluss gab sie jedem die Hand. Den einzigen, den sie umarmte, war wieder einmal der Glückspilz Armin. Stefan rief Björn zum Abschied noch etwas zu, dabei warf er ihm grinsend die Handschellen zu. „Für Notfälle.“, Björn und die Anderen lachten hell auf. „Ich glaube nicht Stefan, dass wir die benötigen, aber trotzdem vielen Dank.“. Schon warf er die Handschellen zurück an seinen Besitzer.
„Euer Flug wird gerade aufgerufen.“, sagte Nils zu den beiden, als sie vor der Zollabfertigung standen. Josefine war leicht neidisch auf die beiden Männer, von denen sie sich gerade verabschiedeten. Die standen mit kurzen Hosen und Muskelshirt vor ihnen und ihr rann der Schweiß nur so den Rücken hinunter bei dieser Hitze. Björn hatte zu Hause darauf bestanden, dass Josefine sich eine lange Hose anziehen sollte. Dazu ein Shirt und ein Pullover für den Notfall über die Schultern. Björn griff

vorsichtig nach Josefine´s Hand. Er wusste nicht, ob sie das zu lassen würde, aber sie schien nichts dagegen zu haben. Sachte drückte er ihre Hand, beugte sich etwas zu ihr hinunter und sagte ganz leise, sodass nur sie es hören konnte. „Komm gib dir einen Ruck, von mir aus zieh ihm zum Abschied nochmals richtig fest an seinem Bart.“, bat Björn sie. Josefine blickte zu Björn auf, der grinsend vor ihr stand und nickte. Sie trat mit einem Schritt nach vorn auf Jo zu, hob die Hand und pochte ihm drohend mit dem Zeigefinger auf seine breite Brust. „Wenn ich zurück komme, dann ist dieser hier fällig. Verstanden!“, sprach sie ernst und zog ihn wieder unsanft an seinem Spitzbart. Jo lachte herzhaft auf und schloss Josefine in seine Arme. „Von wegen kleines Luder, ich glaube du würdest dein Spielzeug ziemlich schnell vermissen.“, antwortete er mit leicht feuchten Augen und küsste sie rechts und links auf die Wange. „Pass auf dich auf, großer Brummbär.“, meinte sie und gab Jo ein Küsschen recht und links auf die Wange. Dann wandte sie sich an Nils. „Onkel, du lernst mich richtig kennen, wenn diesem Großmaul etwas zustoßen sollte.“, flüsterte sie ihm in sein Ohr, während sie auch ihm einen Kuss auf die Wange setzte. Jo umarmte Björn kameradschaftlich. „Pass auf unser Juwel auf verstanden? Ach ja und Björn, lass die Finger weg von ihr, auch wenn du dich noch so in das Mädel verguckt hast. Ist das bei dir angekommen?“, sagte Jo und zog ihn noch einmal in seine Arme. Björn lachte auf, griff nach Josefine´s Hand und zog sie in Richtung Gate. Lachend drehte er sich noch einmal zu Jo um. „Das werden wir ja sehen.“, rief er ihm schmunzelnd zu und hob beide Hand in die Höhe zum Abschied.
Björn schob Josefine aus zwei Gründen auf einen Fensterplatz. Erstens sollte sie etwas vom Flug sehen und der andere Grund war, dass wenn sie am Fenster saß, nicht doch noch in letzter Minute fliehen konnte. Er stopfte Josefine´s Handtasche, in der sie und auch er alle persönliche Sachen wie Pässe usw. aufbewahrten, über seinen Kopf in das Handgepäckfach. Nachdem er sich nieder gelassen hatte, rieb er sich kurz in den Augen, denn auch er war müde von der all zu kurzen Nacht. Kurz darauf blinkte auch schon das Anschnallzeichen auf, die Triebwerke lärmten und die Maschine rollte hinaus auf das Rollfeld zu. „Hast du Angst vor dem fliegen?“, erkundigte sich Björn bei ihr. Kopfschüttelnd blickte sie aus dem Fenster hinaus und schon wurden sie in die Sitze gedrückt und die Maschine hob vom Boden ab. Die Erde wurde immer kleiner unter ihnen. Es war

ein atemberaubendes Naturschauspiel, als sie durch die dichte Wolkendecke stießen. Wie kleine kuschelige Wattetupfer, in die man sich am liebsten hinein legen wollte, tauchten immer wieder vereinzelnd unter ihnen auf. Dazu kam ein strahlendes blau und die Tragflächen der Maschine funkelten im Sonnenlicht. In der Ferne konnte Josefine einen silberleuchtenden Punkt erkennen, der auf sie zukam. Wahrscheinlich handelte es sich hierbei, ebenfalls um eine Maschine. Der Pilot meldete sich kurz über die Bordlautsprecher, gab Informationen über das Wetter ab, die Ankunftszeit sowie über die außen Temperaturen. Björn lachte leise erheitert auf, als er die Außentemperaturen hörte. Er beugte sich zu Josefine und meinte: „Die gackernde Hühnerschar ein paar Reihen hinter uns, werden ganz schön schlottern beim aussteigen.“. Josefine schielte unauffällig zwischen den Sitzreihen hindurch. Die jungen Freuen saßen in Top und kurzen Hosen im Flieger. „Kannst du dir jetzt vorstellen, warum ich darauf bestanden habe, trotz heißem Wetter lange Hosen anzuziehen?“. Josefine grinste über das ganze Gesicht. Eine Stewardess reichte ihnen Getränke und Kuchen. Eine weitere gab Kuschelkissen und Magazine aus. Josefine lehnte sich müde nachdem kleinen Imbiss zurück. Die kurze Nacht holte auch sie ein. Mehrere Male gähnte sie kräftig. Björn schob ihr eines der kleinen Kuschelkissen hinter ihren Kopf. Sie fand aber keine gemütliche Schlafposition und griff deshalb nach Björn´s Arm, hob diesen an und bettete das Kissen sowie ihren Kopf an seine Brust. „Besser so?“, fragte er erheitert. Josefine gähnte erneut. „Ja, viel bequemer. Vergiss mich ja nicht im Flugzeug, falls ich eingeschlafen bin. Gute Nacht.“, flüsterte sie und schloss die Augen. Björn bebte am ganzen Körper vor Lachen. „Hör auf zu wackeln, ich will schlafen.“, murmelte Josefine leise. „Ich hör ja schon auf Josy, angenehme Träume.“, wünschte Björn ihr und setzte ihr einen Kuss auf die Nase. „Danke, dass du mich begleitest.“, sagte er leise und gab ihr ein weiteres Küsschen auf die Nase, bevor auch er sich zurücklehnte um etwas Augenpflege zu machen. Aber an einen richtigen Schlaf war nicht zu denken. Die Hühner in den hinteren Reihen lachten und gackerten so nervend. Sie unterhielten fast das ganze Flugzeug mit ihrem Gequassel. Auch als sich ein älteres Ehepaar lautstark beschwerte, ging es weiter. Da Björn ein großer Mann war und der Platz neben ihm frei geblieben war, streckte er seine Beine seitlich hinaus. Immer wieder stieß beim vorbeigehen jemand an seine Füße.

Einmal hätte er meinen können, dass sich die gackernden Weiber hinter ihnen sich über ihn unterhielten. Seit er mit seinem Boss Jo umher zog, hatte er schnell herausgefunden, was für eine Wirkung er auf Frauen hatte und sie ihm hinterher gafften, wenn er und Jo unterwegs waren. Aber ganz alleine an ihm lag es nicht. Jo war ebenfalls groß, gut gebaut, muskulös und sein schwarzes Haar war mit grauen Stichelhaaren versehen, also auch ein interessanter Mann. Jo sagte immer: Junge glaub mir, Männer mit meliertem Haar sind sexy und ziehen die Frauen magisch an. Björn schmunzelte vor sich hin. Er mit fast zweiunddreißig Jahren hatte strohblondes Haar, was für ein Vorteil. Hier sah man nicht so schnell die Grauen durch schimmern wie bei Jo, der früher fast schwarzes Haar hatte.
Gegen achtzehn Uhr, servierten die Stewardessen kalte Sandswiches und Getränke als Abendbrot. Zärtlich strich Björn Josefine mit dem Fingerknöchel über die Wange. „Kleines aufwachen, es gibt Abendbrot.", verschlafen blickte sie Björn an, im ersten Moment wusste sie zuerst nicht wo sie war. Doch dann fiel es ihr wieder ein. „Sind wir schon gelandet?", fragte Josefine etwas benommen und noch ziemlich verschlafen. „Nein Liebes, es geht noch ca. eine Stunde, aber es wird gerade Abendessen serviert, deshalb musste ich dich wecken. Welches Sandwich möchtest du? Pute oder Beef?", erkundigte sich Björn fürsorglich bei ihr. „Pute", antwortete sie ihm noch immer schläfrig. Björn griff nach dem Puten Snack und hielt ihr ihn vor den Mund. „Na, Schnabel auf.", meinte er zu Josefine, die aufs Wort gehorchte, ohne ihren Kopf von seiner Brust zu nehmen. Björn schob ihr das Sandwich ein Stückchen in den Mund hinein, als sie ihn öffnete. Jedes mal, wenn sie zu beißen wollte, zog er ihr das Sandwich wieder heraus. So alberten sie eine ganze Weile herum. „Du bist gemein, das ist absolut nicht fair.", beschwerte sich sich bei ihm und griff nach seiner Hand, als er ihr den Snack erneut an den Mund hielt. Björn lachte auf. „War das heute Morgen von dir etwa fair?", zog er sie grunzend auf. Josefine schnaubte leise. „Nein" Björn hielt ihr das Sandwich wieder hin. Doch diesmal zog er es ihr nicht wieder fort, sondern ließ sie abbeißen. „Sobald wir gelandet sind, werden wir unser Mietauto abholen und danach gehen wir urgemütlich Essen, bevor wir weiter nach Akureyri, hoch oben in den Norden fahren. Leider habe ich in Reykjavik kein Hotelzimmer buchen können, da alles ausgebucht ist jetzt im Sommer von den Touristen. Ansonsten wären wir über Nacht hier in der

Hauptstadt geblieben und erst am nächsten Tag weiter gefahren.“, informierte er Josefine über seine Reisepläne. Von den hinteren Reihen drang lautes Gelächter zu ihnen nach vorne. Josefine verdrehte ihre Augen. „Kleines, an die wirst du dich gewöhnen müssen.“, sprach Björn mit vollem Mund und Josefine blickte ihn irritiert an. „Solange du geschlummert hast, habe ich gelauscht.“, verriet er ihr und Josy schüttelte den Kopf. „Böser Bubi, man lauscht doch nicht einfach.“, kicherte sie vor sich hin. Björn nippte an seinem Glas, als er es absetzte meinte er. „Die waren so laut, dass es das ganze Flugzeug weiß.“, sagte er amüsiert. „Sie haben irgendjemandem von dahinten erzählt, das sie in Akureyri auf einem Pferdehof Urlaub machen würden. Und dass sie vergessen haben, den Weiterflug von Reykjavik nach Akureyri zu buchen.“. Josefine grinste und begann leise vor sich hin zu kichern. „Wieso Weiterflug?“, hackte sie bei Björn nach. „Tja Liebling, mit dem Flugzeug wären es anderthalb Stunden, mit dem Auto sind es mehr als vier Stunden.“, informierte er sie über die Entfernung. „Und wieso fliegen wir nicht?“, fragte Josefine neugierig bei Björn nach. „Ganz einfach. Ich wollte deshalb mit dem Auto fahren, weil mich eine Frau begleitet, deren sehnlichster Wusch es einmal war Geologin zu werden. Was liegt da dann näher, wenn du gleich die Landschaft zu Gesicht bekommen wirst. Du wirst aus dem Staunen nicht mehr heraus kommen.“, sagte er grinsend und zog sie übermütig wieder an seine Brust. „Hast du auch zufällig mit angehört, was sie jetzt vorhaben?“, erkundigte sich Josefine, denn jetzt war auch ihre Neugierde geweckt. „Du bist ganz schön wunderfizig Kleines, weißt du das? Zuerst bekomme ich eine Standpauke, dass ich gelauscht habe und jetzt willst du mir alles aus der Nase ziehen.“, zog er sie erheiternd auf. Dabei drückte er sie kurz fest an sich. „Also....., ich habe gehört, dass sie von meinem kleinen Bruder Sidar abgeholt werden. Aus ihrer Not heraus haben sie bei uns zu Hause angerufen und gebeten, dass jemand sie vom Flughafen abholen wird.“, flüsterte er ihr ans Ohr. „Hätte ich womöglich auch gemacht. Aber woher willst du wissen, dass dein Bruder sie abholt?“, hackte sie hartnäckig nach. Björn bebte leicht, dabei strich er zärtlich über Josefine´s Wange. „Weil ich das halt weiß.“, behauptete er knochentrocken. „Das ist nicht fair, du willst mich bloß veräppeln.“, gluckste sie an seine Brust und boxte ihn leicht. „Ok, ganz ernst jetzt. Ich verspreche es dir. Sidar ist der einzige, der diese lange Strecke fährt. Meine Schwester Inga,

die übernächste Woche heiratet, weswegen ich hier bin und noch wegen etwas anderem. Sie ist noch mit einer Reitergruppe unterwegs, also kann sie es kaum sein. Mein Vater Magnus, fährt diese Strecke nur noch in Notfällen und diese Mädels sind für ihn bestimmt kein Notfall.", sagte Björn vor sich hin lächelnd. „In seinen Augen sind sie selber Schuld.", meinte Björn breit grinsend und blickte kurz über seine Schulter, weil er mitbekam, dass ein paar Reihen hinter ihnen jemand aufgestanden war. „Und Freya meine jüngste Schwester, ist noch zu jung um einen Führerschein zu besitzen. Also wer bleibt dann noch übrig aus meiner Familie?", fragte er Josy. Spontan sagte sie: „Deine Mutter.". Björn begann zu lachen und hielt sich beide Hände vor das Gesicht. „Oh Gott", stöhnte er auf. „Dann würden die ihren Reiterurlaub verpassen.". Josefine boxte Björn mit dem Ellenbogen leicht in die Seite. „So spricht man nicht über seine Mutter.", ermahnte sie ihn und blickte wieder zu dem kleinen Fenster hinaus. Josefine musste sich eine Hand schützend vor die Augen halten, damit sie die atemberaubende Aussicht genießen konnte. Über ihnen der wolkenlose, kobaltblaue Himmel, unter ihnen das Meer mit seinen dunkelgrün leuchtenden Farbwirbel.
Nachdem die Maschine pünktlich auf dem Flughafen Keflavik gelandet war, lachte sich Björn hinter Josefine fast kaputt, als sie die Gangway hinunter gingen. Der Anblick der sich vor ihnen bot, war einfach zum Totlachen. Die vier jungen Frauen schlotterten in ihren Top´s und kurzen Shorts wie Espenlaub. So mancher Passagier grinste oder schüttelte ungläubig den Kopf über die Mädchen. Unten angekommen, griff Björn nach Josefine´s Hand. Mit seiner anderen freien Hand zeigte er in die Richtung der Ankunftshalle. „Komm, hier müssen wir lang.", sagte er und lachte noch immer amüsiert über diese Mädchen. Er passte seinen seinen langen raumgreifenden Schritt an Josefine´s an, legte ihr dann seinen Arm um die Schulter und zog sie ganz dicht an sich heran. Der Wind verfing sich in einer Haarsträhne von Josefine und wehte ihr diese ins Gesicht, ehe sie diese erfasste und hinter ihr Ohr steckte. Übermütig und gutgelaunt, weil er wieder in der Heimat war, meinte Björn: „Willkommen im Land der Sagen und Mythen. Hier kannst du Elfen, Trolle und so manch anderem Ungeheuer über den Weg laufen.". Josefine kicherte neben ihm auf, denn Björn steckte sie regelrecht mit seiner guten Laune an. Schnell war der gestrige Abend und auch der Morgen vergessen. „Der größte Troll,

läuft gerade neben mir.“, sagte sie scherzhaft. Übermütig lachend betraten sie zusammen die Ankunftshalle, in der es leicht chaotisch zu ging. Menschen liefen durcheinander und waren auf der Suche nach ihren Gepäckstücken. Schon von Weitem erkannte Josefine einen ebenfalls großen Blonden jungen Mann, der sie beide strahlend angrinste. Nachdem sie beide den Zoll passiert hatten, gab es für Björn keinen Halt mehr. Im Sauseschritt steuerte er auf eine jüngere Ausgabe von ihm zu. Josefine zog er einfach hinter sich her. Sie konnte kaum noch Schritt halten mit ihm. Die beiden Männer fielen sich freudestrahlend in die Arme, dabei grinste Björn´s Bruder die ganze Zeit Josefine an. Es fielen ein paar isländische Worte, die Josy nicht verstand und schon wurde sie ganz offiziell Sidar, Björn´s Bruder vorgestellt. „Siehst du Kleines, wie ich dir vorher gesagt habe.“, gab er stolz an, dass er doch Recht hatte mit seiner Behauptung, dass nur sein Bruder am Flughafen warten würde. „Wo sind denn die vier hübschen dummen Grazien?“, fragte Sidar spöttisch und regte seinen Kopf. „Bruderherz, mein herzliches Beileid. Ich hoffe du hast Ohropacks dabei.“, sagte Björn humorvoll zu seinem Bruder. Sidar blickte Björn skeptisch mit hochgezogenen Brauen an. „So schlimm?“, informierte er sich mit fragendem Blick bei seinem Bruder, weil er glaubte, Björn würde ihn auf den Arm nehmen. „Noch viel schlimmer.“, gab Björn amüsiert von sich und deutete auf die vier Mädels, die für Island völlig unpassend mit Top und Shorts gekleidet am Gepäckband auf ihre Koffer warteten. Sidar schluckte trocken und machte große Augen - dass ihm die nicht gleich aus dem Gesicht kullerten, grenzte schon gar an ein Wunder. „Oh Gott......., ich glaube ich kann keine andere Sprache außer Isländisch.“, gab Sidar leise von sich und konnte es kaum fassen, was er dort sah. „Ich hab ja schon viel erlebt, aber das ist der Gipfel.“, polterte er kopfschüttelnd und blickte noch immer ungläubig zu der kleinen Gruppe hinüber. „Würdest du denen mitteilen, dass sie sich anständig kleiden sollen, ich beherrsche ja nun mal leider ihre Sprache nicht.“, sagte er amüsiert, Björn und Josefine bogen sich vor Lachen. „Seit wann bist du so schüchtern Bruderherz.“, konterte Björn und schlug seinem Bruder kumpelhaft auf den Rücken, sodass er fast nach vorne kippte. „Komm Kleines, wir überlassen ihm dem Übel.“, sagte er schelmisch. Björn, der noch immer seinen Arm um Josefine gelegt hatte, dirigierte sie zum Schalter der Autovermietung. Noch einmal blickten sie sich beide neugierig nach Sidar um.

Vor dem jetzt die vier Frauen standen und er so tat, als ob er sie nicht verstehen würde. Dabei hatte Sidar alle Mühe, sich nicht selbst durch ein Lachanfall zu verraten. Björn grinste als er hörte, dass Sidar etwas auf isländisch zu ihnen sagte und die Truppe kein Wort verstand. „Was meinst du, sollen wir ihnen etwas auf die Sprünge helfen?", wandte er sich amüsiert an Josefine, die ihm zunickte. „Ihr sollt etwas vernünftiges anziehen, sonst wird er euch nicht mitnehmen.", rief Björn durch die Gepäckausgabe der kleinen Gruppe zu. Lachend gingen sie weiter zu ihrem Mietwagen. In der Tiefgarage wo ihr Auto stand, trafen sie noch einmal auf Sidar und die Mädelschar. Björn grinste und bebte am ganzen Körper als er Josefines die Wagentür aufhielt, bevor er die Koffer im Kofferraum verstaute. „Hey Kleines schau mal, die haben ja doch noch etwas anderes zum Anziehen gefunden.", gluckste Björn und hievte den letzten Koffer ins Auto. Er konnte es nicht lassen, die Mädels auf den Arm zu nehmen. Deshalb rief er zu ihnen hinüber: „Hey ihr habt ja doch noch warme Klamotten in eurem Gepäck gefunden.", dabei zeigte er einen Daumen nach oben. Schnell wechselte er in seine Muttersprache und verabschiedete sich von seinem Bruder Sidar. „Wir sehen uns später.", Sidar nickte grinsend. Björn stieg ins Auto zu Josefine, startete den Wagen und fuhr rückwärts aus der Parklücke. „Auf was hast du Hunger Liebes? Fisch oder Currywurst?". Josefine überlegte kurz. „Currywurst hört sich gut an, gibt es dazu auch ......?", sie sprach nicht weiter. Björn trat unsanft auf die Bremse, sodass der Wagen abrupt zum Stehen kam und prustete los. „Kleines, wir sind keine Hinterwälder wie Edith meinte, ja wir kennen Pommes, die schmecken genauso wie du sie gewohnt bist.", sagte er und hinter ihm ertönte ein heftiges Hupkonzert von Sidar. Josefine begann zu kichern und bebte am Körper. „Und? Fisch oder Currywurst?", hackte er noch einmal nach, weil er immer noch nicht eine Antwort auf seine Frage hatte. „Currywurst, mit einem großen Berg Pommes.". Björn nickte und fuhr aus der Tiefgarage, er reihte sich in den Verkehr ein, der nach Reykjavik führte. In der Hauptstadt angekommen, bog er ein paar Mal ab und parkte dann den Wagen in einer Seitenstraße. „Den Rest müssen wir zu Fuß gehen. Aber es ist der beste Laden, den Reykjavik zu bieten hat.", meinte er breit grinsend. Er nahm Josefine an die Hand und schlenderte mit ihr in das Hafenviertel von Reykjavik. Nach ihrem Abstecher zur Imbissbude, die direkt am Hafen lag, fuhren sie auf die Ringstraße die nach Akureyri führte. Josefine gähnte herzhaft neben Björn auf. Es war dreiundzwanzig Uhr und immer noch hell. „Wird es bei euch nie dunkel?“, erkundigte sie sich bei Björn. Ohne den Blick von der Straße zu nehmen, meinte Björn: „Nein, in den Sommermonaten, geht die Sonne nicht ganz unter. Daran wirst du dich in den nächsten Tagen schnell gewöhnen. Wobei es doch bei deinen Großeltern im Sommer auch nicht anders ist. In den Wintermonaten, haben wir maximal vier Stunden hell. Aber auch an das gewöhnt man sich. Am schönsten sind die Winternächte hier oben, wenn die Polarlichter am Himmel tanzen. Das muss man mit eigenen Augen gesehen haben, man kann es kaum beschreiben.“, schwärmte Björn ihr vor und legte mehrmals kleine Stopp´s ein. Er hielt den Wagen immer an Stellen, an dem sich eine wunderschöne Landschaft bot. Abermals gähnte sie auf. „Müde?“, Josefine nickte. „Na komm her, kuschle dich an meine Schulter.“. Noch bevor sie widersprechen konnte, legte Björn seinen Arm um sie und zog Josefine zu sich heran. „Bequem so?“, vergewisserte er sich fürsorglich. „Ja“, hauchte Josy. Als Björn hupte, war sie plötzlich wieder hellwach. Sie traute ihren Augen nicht, direkt vor ihnen rannten zwei Schafe auf ihrer Spur. Die Biester ignorierten Björn´s wildes Hupkonzert. Seitlich an ihnen vorbei zu fahren hatte keinen Zweck, da Gegenverkehr kam. „Die sind aber ganz schön frech.“, meinte Josefine amüsiert und ihr Blick blieb weiterhin an den Tieren haften. „Oh, die beiden sind noch harmlos. Schlimmer wird's, wenn es eine ganze Herde ist. Da gibt es dann kein vor und kein zurück mehr. Die einzige Möglichkeit, die du dann hast, ist abwarten bis sie die Straße frei machen und das kann dauern.“, meinte er so beiläufig am Rande, weil es ihn kalt ließ. Er war es gewöhnt, dass man hier mit allem rechnen musste auf den Straßen. Und sei es nur mit dummen Touristen, die sich überschätzten. Endlich liefen die beiden blöden Viecher auf eine angrenzende Wiese und Björn konnte wieder Gas geben. Sie hatten fast dreihundert Kilometer auf der Ringstraße mit immer wieder kleinen Stopp´s hinter sich. Björn hatte Josefine erzählt, dass diese Hauptstraße einmal rings um Island führe und über 1300 Kilometer lang sei und jetzt im Sommer zu einer Touristen Rennstrecke wurde. Obwohl man nur neunzig Stundenkilometer fahren durfte, meinte mancher Tourist, er müsse noch schneller und manch waghalsiges Überholmanöver fahren. Im Winter meinte Björn, könne es einem leicht passieren, dass man nur alle halbe Stunde ei-

nem Auto begegne. Noch einmal hielt Björn den Wagen an in einer kleinen Parkbucht. Beide stiegen aus und streckten und gähnten vor Übermüdung.
Obwohl Josefine fast die Augen zufielen, fand sie die Landschaft, die sie bis jetzt durchfahren hatten atemberaubend schön. Das schummrige Licht, das die Berge und Hügel rings um sie herum in Gelb Orangetöne hüllte, war wie ein mystischer Zauber, den man der Natur aufgelegt hatte. Björn trat zu Josefine, hob sie hoch und setzte sie auf die Motorhaube des Jeeps, dabei schlang er seine Arme um ihre Taille. „Na, wie gefällt der Hobbygeologin mein Land?“, erkundigte er sich und strahlte trotz der Strapazen und Müdigkeit über das ganze Gesicht. „Atemberaubend schön.“. Björn drehte sich zur Hälfte und deutete auf eine leichte Anhöhe. „Wir kommen gleich an ein paar Stellen vorbei, die im Winter durch den vielen Neuschnee oder durch Schneeverwehungen sowie durch Eis oft tagelang gesperrt sind. Heute Nacht, wenn wir diese Punkte passieren, kann man es kaum glauben, dass sich hier rechts und links der Straße oft der Schnee meterhoch auftürmt.“, erklärte er ihr. Josefine war sprachlos, sie konnte es sich kaum vorstellen, dass es im Winter hier so aussehen sollte. Fünfzehn Minuten später setzten sie ihre Reise fort. Björn war wieder fit genug, um die letzte Etappe in einem Rutsch durchzufahren. Während sie weiterfuhren, erzählte Björn ihr, dass die nächste Ortschaft Akureyri sei und dass sie auch schon bald an ihrem Ziel wären. Zu Akureyri selbst sagte er ihr, dass die Stadt nur fünfzig Kilometer südlich des nördlichen Polarkreis lag. Am Rande eines langen Fjordes. Björn hatte noch nicht einmal richtig ausgesprochen, kam auch schon in der Ferne, dieser Fjord in Sicht. Josefine staunte nicht schlecht, als sie Akureyri erreicht hatten. Sie dachte an ein kleines Dorf, von dem Björn ihr erzählt hatte, aber das Dorf entpuppte sich als eine Stadt. Noch faszinierter war sie, als Björn auf der Straße, die in die Stadt führte an der ersten roten Ampel anhalten musste. Josefine kicherte auf, als sie erkannte, dass das rote Licht der Ampel ein Herz zeigte. „Ihr habt hier aber merkwürdige Ampeln, sind die alle so?“, erkundigte sie sich kichernd und Björn bebte vor Lachen. „Ja Kleines, die habe ich alle extra für dich aufstellen lassen.“, antwortete er neckisch. Legte den Gang ein und fuhr weiter, als die Ampel auf grün sprang. „Ich werde dafür sorgen, dass du an jeder Ampel, die wir passieren dieses Herz zusehen bekommst.“, bemerkte er und schon rollte der Wagen

ganz langsam an. Björn erhöhte das Schritttempo nicht, sondern ließ den Jeep gemütlich bis zur nächsten Ampel vor sich hinrollen und schon sprang die nächste Ampel auf rot. „Du Spinner!“, gluckste Josefine, und schüttelte den Kopf dabei. „Wie bitte? Zuerst nennst du mich einen tollpatschigen Troll, jetzt einen Spinner, was kommt als nächstes?“, fragte er übermütig und zog Josefine zu sich hinüber, setzte ihr einen Kuss auf die Nasenspitze, so wie er es immer tat, um sie zu ärgern. „Siehst du da drüben das weiße Betongebäude? Mit den zwei gigantischen Türmen? Das ist die legendäre Akuryrarkirkja, die auch Eiskathedrale genannt wird. Eine Besonderheit dieser Kathedrale ist ein vierhundert Jahre altes Glasfenster, das aus der englischen Kathedrale von Coventra stammte. Der majestätische Berg vor uns, mit den Schneeresten auf seinem Gipfel ist unser Hausberg Sulur.“. Erneut hielt Björn schmunzelnd an der nächsten roten Herzchenampel an. Hier säumten bunte Häuser, in quietschigen Farben von hellgrau über blass- und Zitronengelb, rot, gletscherblau, oder royalblau, vom zarten grün bis zum dunklem Flaschengrün die Straße. Trotz des Dämmerlichtes fand Josefine die Häuser sehr reizend. Sie mussten einmal durch die ganze Stadt fahren, um dann nach weiteren zehn Kilometern an ihrem Zielort anzukommen. Björn bog abermals nach rechts ab, auf eine Straße, die zu einem großen Gehöft führte. Wie Björn ihr angedroht hatte, fuhr er durch Akureyri so, dass sie tatsächlich an jeder Ampel, die sie passierten rot hatten und Josy immer wieder ein Herzchen zu Gesicht bekam. Ansonsten wären sie schon viel früher an ihrem Ziel angekommen. Josefine war erstaunt über das gewaltige Anwesen vor ihnen. Davor lud Sidar gerade die Koffer seiner Reisegruppe aus. Also konnte er auch noch nicht lange da sein, obwohl Björn und sie noch einen Abstecher gemacht hatten nach ihrer Ankunft am Flughafen und den vielen kleinen interessanten Zwischenstopps. Geschweige denn von Björn´s Ampel-Liebeserklärung mit den roten Herzchen. „Na Brüderchen, alles fit im Schritt.“, zog er Sidar auf und klopfte diesem auf die Schulter, als er zusammen mit Josefine auf sein Elternhaus zuging. „Oh hör mir auf. Das sind furchtbare Weiber.“, beklagte er sich und wedelte mit der Hand vor seinem Gesicht herum. „Ich glaube die haben wirklich eine an der Klatsche. Wieso sonst haben die das Buchen des Weiterflugs vergessen.“, knurrte Sidar. Josefine musste schmunzelte über den Kommentar, den Sidar von sich ließ. Auf der Treppenstufen

wurden sie von Björn's Eltern und seiner jüngsten Schwester empfangen. Wobei Björn's Mutter und seine Schwester sie überglücklich begrüßten. Während Björn's Vater dagegen sich sehr zurückhaltend verhielt. Er nickte Josefine nur zur Begrüßung zu. Björn ignorierte er vollkommen. Daraufhin verschwand er ins Haus. Björn zog eine Augenbraue hoch, mit so einer Begrüßung seines Vaters hatte er nicht gerechnet. Und schon gar nicht, dass sein Alter sogar Josefine stehen ließ, erfüllte ihn etwas mit Traurigkeit. „Macht euch nichts draus. Sein Stolz ist immer noch etwas angekratzt. Das wird sich schon legen, kommt rein ihr beiden. Möchtet ihr noch etwas essen, oder lieber gleich ins Bett gehen?", erkundigte sich seine Mutter bei den beiden. Björn blickte zärtlich auf Josefine hinunter, die schon fast im Stehen einschlief und entschied: „Gleich ins Bett.", schob Josefine zum Treppenaufgang der eine Etage höher führte zu den Familien Schlafzimmern.
Josefine erwachte und streckte sich, noch immer benommen von ihrem tiefen Schlaf. Die Sonne schien durch das Fenster herein und warf ihre Strahlen aufs Bett, während sie sich die Augen rieb. Ein fröhlich gut gelaunter Björn, der nur mit einem Handtuch um die Lenden gewickelt hatte, stand breit grinsend unter der Tür. „Guten Morgen Liebes, ich dachte schon, du würdest nie aufwachen. Gut geschlafen?", fragte er neugierig. Josefine strich sich ein paar Locken aus dem Gesicht und setzte sich auf. „Guten Morgen, wie spät ist es denn?", erkundigte sie sich noch ganz verschlafen, da sie seit ihrer Landung in Island kein Zeitgefühl mehr hatte. Zu einem, weil es hier in der Nacht nicht ganz dunkel wurde und zum anderen saß ihr auch noch die Zeitumstellung im Nacken. „Fast schon Mittag. Das Bad ist frei, du findest mich unten.", meinte er und zog hinter sich die Türe zu. Doch plötzlich fiel ihm noch etwas ein. Er öffnete noch einmal ein Stück die Tür und streckte den Kopf herein. „Ach übrigens knallen unsere Türen hervorragend.", sagte er schelmisch und zog schnell die Tür zu. Denn er konnte gerade noch sehen, wie etwas großes weißes in seine Richtung geflogen kam. Josefine schwang die Beine aus dem Bett, stellte ihre Füße auf dem weichen wollenen Teppich, um passende Kleidung aus ihrem Koffer zu nehmen, die sie nach der Dusche anziehen konnte. Im Anschluss machte sie sich auf den Weg zum Badezimmer. Als sie das geräumige Bad betrat, schlug ihr ein angenehmer herber Männerduft entgegen, den sie seit ein paar Tagen immer wieder in der Nase hatte. Schnell stellte sie

sich unter die Dusche und machte flott, denn sie war nur all zu neugierig auf seine Familie. Sie freute sich schon sehr darauf sie näher kennenzulernen. Zumindest einmal die, die ihr heute Nacht freundlich gegenüber getreten waren. Josefine hoffte, dass sich die Laune von Björn´s Vater sich mit der Zeit ebenfalls legte. Denn es wäre einfach nur schade, wenn wegen ihm der Hausfrieden nicht hergestellt werden konnte.
Genau in dem Moment, als Josefine die Küche betrat, in der die ganze Familie Magnuson saß, griff Björn nach einem Frühstücksei. „Guten Morgen.", sprach sie in die Runde. Mit am Tisch saßen Sidar, Freya, Asta und sein Vater Magnus, der sich hinter seiner Tageszeitung versteckte. Schnell nahm Josefine grinsend Björn das Ei aus der Hand. „Lass mich das machen.", entgegnete sie ihm spöttisch und Björn blickte sie amüsiert an. „Wie, kein Vertrauen zu mir.", knurrte er fröhlich vor sich hin. „Oh nein, mein tollpatschiger großer Troll. Wir beide wissen ganz genau, wie es das letzte Mal endete.", kicherte Josy und schlug ihm gekonnt das Ei auf. Im Anschluss setzte sie das Ei zurück in den Eierbecher und setzte sich zu der Familie an den Tisch. Sidar blickte Josefine verwirrt und fragend an. „Wie hat es den geendet?", kicherte seine kleine Schwester Freya neugierig. Denn sie witterte schon, dass es bestimmt gleich witzig wurde. „Oh.....", setzte Josefine an, aber biss sich dann doch lieber auf die Lippen. „Josy", fiel ihr Björn brummelnd ins Wort. Doch Freya ließ nicht locker, sie bohrte so lange, bis Josefine nach gab und die Geschichte mit dem Ei erzählte. Sie sah sogar, wie Björn´s Vater Magnus hinter seiner Zeitung schmunzelte. Die Geschwister und seine Mutter bogen sich vor Lachen. Noch viel schlimmer wurde es, als sie die Episode mit Amarok erwähnte. Diesmal prustete sogar Magnus hinter seiner Zeitung hervor, faltete diese ordentlich zusammen und legte die Zeitung bei Seite. Kopfschüttelnd mit einem Schmunzeln im Gesicht stand er auf. „Vater, kann ich dich kurz sprechen?", fragte Björn vorsichtig, der gerade auf einem Brötchen genüsslich herum kaute. „Ich bin im Büro.", antwortete Björn´s Vater ziemlich kurz angebunden, bevor er die Küche verließ. Nach dem Frühstück suchte Björn seinen Vater im Büro auf, um klare Verhältnisse zu schaffen. Während Björn ein Gespräch von Vater zu Sohn oder auch umgekehrt führte, wurde Josefine von Björn´s kleiner Schwester Freya eine Besichtigungstour über das Anwesen angeboten. Sie zeigte ihr die vielen Ponys, Schafe, Hühner, Hunde sowie die Katzen, die

zum Hof gehörten. Schallend lachend kam den beiden Sidar über den Hof entgegen, der beide fröhlich umarmte. „Mädels, ihr werdet es nicht glauben. Vater hat Björn dazu verdonnert, seinen Dienst für diese Woche zu übernehmen.“, und stellte sich so provokant wie sein Vater mit drohendem Zeigefinger auf, um den beiden zu demonstrieren, was sich im Büro gerade abgespielt hatte. „Zur Strafe wirst du meine komplette Arbeit, die diese Woche anfällt übernehmen!“, äffte Sidar seinen Vater nach. Freya und Josefine lachten herzhaft auf. „Ihr werdet gleich noch mehr zu Lachen bekommen, wenn der große berühmte trollige Björn Magnuson mit vier reizenden, plappernden Frauen im Schlepptau an euch vorbei reiten wird, die ihn vergöttern und ihn noch am liebsten gleich alle auf seinem Pferd vernaschen würden.“, stieß Sidar volles Rohr lachend hervor. Freya stupste nach kurzer Zeit Josefine mit ihrem Ellenbogen an und deutete in eine Richtung, aus der Hufgeklappere zu hören war. Josefine grinste Björn frech an, bei dem Anblick der sich ihr bot. Er sah aus, als würde er von den vier reizenden Grazien zum Schafott geführt. Sidar sagte etwas auf isländisch zu ihm und Björn zeigte seinem Bruder den Mittelfinger. Der sich halb tot lachte, wie schief die Mädels auf dem Rücken der Pferde saßen. „Was hast du zu ihm gesagt?“, wollte Josefine neugierig von Sidar wissen. „Ich habe ihm viel Glück gewunschen.“, log er. Freya drehte sich ruckartig zu ihrem Bruder um und zog ihm am Ohr. „Du sollst Josefine nicht anlügen.“, zischte sie ihn an, bevor sie sich an Josefine wandte. „Er sagte, welchen hübschen Arsch rettest du und nicht viel Glück.“, klärte Björn´s und Sidar´s Schwester sie auf. Fluchend entzog er sich aus den Klauen seiner kleinen Schwester und verschwand wütend. Josefine lachte leise auf. „Ich hoffe er rettet seinen eigenen Arsch.“. Freya stimmte ihr zu und Josefine setzte in das Gelächter von der kleinen Schwester mit ein. Die beiden verstanden sich prächtig, seit ihrer ersten Begegnung.
Gegen Abend saß Josefine wie versprochen eine Stunde vor ihrem Laptop und durchstöberte den Einsatzplan ihrer Fahrer, um eventuell Korrekturen vorzunehmen, bevor sie ihr Ok zur Freigabe gab. Viel zu ändern hatte sie nicht, Gerda machte ihren Job perfekt. Man konnte fast glauben, dass die Rentnerin dies Jahr und Tag gemacht hätte und nicht nur Chefsekretärin gewesen war. Da es nur Kleinigkeiten zu korrigieren gab, schickte sie per Mausklick ihr mit ihrem Einverständnis zurück an die Firma. Wie von Geisterhand schwebte ein Becher hei-

ßer Kaffee zu ihr an den Tisch. Josefine blickte vom Bildschirm zu dem Becher und dann zum Überbringer. „Darf ich mich zu dir setzten?“, fragte Magnus der Hausherr höflich. Josefine nickte, sie hatte nichts dagegen, schließlich hatte sie ja nichts vor ihm zu verbergen. Magnus räusperte sich, als er Platz genommen hatte. „Es tut mir Leid, das ich dich heute Nacht einfach so stehen ließ. Aber.........“, Josefine fiel ihm ins Wort und machte eine abfallende Handgeste. „Herr Magnuson, ich konnte es gut nach vollziehen und sie brauchen sich deshalb auch bei mir nicht zu entschuldigen.“, sagte Josefine, griff nach dem Kaffeebecher, den ihr Magnus gebracht hatte und nippte daran. „Übrigens Danke für den Kaffee.“, meinte sie mit einem leichten Lächeln auf den Lippen. „Magnus, für dich Magnus.“. Josy nickte. „Ist Björn wirklich so ein Tollpatsch, wie du ihn heute Morgen beschrieben hast?“, erkundigte sich Björn´s Vater neugierig und in seine Augen funkelten amüsiert, weil er seinen ältesten Sohn so nicht kannte. „Nein nicht immer. Meist ist er ein liebenswerter kleiner süßer Tollpatsch.“, beschrieb Josefine ihn Magnus. Dabei prustete der Vater los. Er konnte sich noch genau erinnern, wie er damals tollpatschig war, als es darum ging, Björn´s Mutter um den Finger zu wickeln, die einfach nur in abblitzen ließ. „Du magst ihn? Sehr sogar oder?“, fragte Magnus Josefine einfach gerade heraus. Josefine seufzte leise auf und nickte dabei. „Aber er weiß es nicht oder, zumindest zeigst du es ihm nicht mit deinem ganzen Herzen, stimmt´s?“, hackte Vater Magnuson bei ihr nach. „Ja, weil ich mir noch nicht ganz sicher bin, was er für mich empfindet. Er spielt zwar den liebevollen, fürsorglichen Mann und zeigt anderen Männern die Zähne, wenn sie mir zu nahe kommen, aber ganz schlau bin ich aus ihm noch nicht geworden.“. Magnus nickte, er wusste selbst aus eigener Erfahrung, was Josefine da sagte. „Zumindest hört sich das ganze gut an, was ich jetzt von beiden Seiten gehört habe. Kannst du eigentlich reiten?“, wechselte Björn´s Vater das Thema. Josefine begann zu kichern. „Ich weiß nicht, ob das was ich kann, man als reiten bezeichnen kann.“, gab sie kichernd von sich. „Ich würde dir gerne etwas zeigen.“, sagte Magnus zu Josefine. Diese nickte und gemeinsam tranken sie genüsslich ihren Kaffee aus, bevor sie sich ins Freie aufmachten. Gegenüber der Stallungen standen zwei gesattelte Ponys. Ein Fuchs und ein Brauner. „Der Braune ist deiner. Er hört auf den Namen Hammar. Er ist sehr lieb, manchmal etwas stur, aber er ist sehr schnell.“, beschrieb

Magnus das Tier. Josefine stieg mit gemischten Gefühlen auf. Es war schon sehr lange her, dass sie in einem Sattel saß. Zuletzt in Kalifornien bei ihrer Freundin Caro. „Wir werden heute nur etwas Schritt reiten, damit ihr beide euch aneinander gewöhnt. Björn meinte ihr zwei würdet gut zusammen passen, so vom Charakter her.“, erklärte ihr Magnus amüsiert. Sie ritten gemütlich neben einander her und Magnus erzählte ihr viel von dem rauen Land, von den Legenden, Sagen und Mythen, die es in Island gab. Und so manches über die Kinderstreiche eines tollpatschigen bis über beide Ohren verliebten Trolls. Josefine hatte alle Mühe nicht vor lauter Lachen von ihrem Pferd Hammar zu fallen. Magnus zeigte auf ein Langhaus in der Ferne. „Das ist unser Ziel für heute Abend.“. Schützend hielt sie sich die Hände vor die Augen, da sie Sonne in einer Tiefe stand, die sie blendete. Durch die untergehende Sonne, sah das Langhaus mit seinem Wasserfall im Hintergrund richtig verwunschen aus. Josefine musste sich eingestehen, dass sie vom ersten Tag, als sie diese Insel betrat fasziniert von ihr war. Insgeheim dankte sie Björn und auch ein wenig Jo, dass die beiden darauf bestanden hatten, dass sie nach Island fliegen sollte. Kurz bevor Magnus und sie das Wikinger-Haus mit seinen Drachengiebeln erreichten, schien es so, als ob ihre Ankunft nicht unentdeckt geblieben war. Denn es öffnete sich sogleich die Tür des Langhauses. Freya Björn´s Schwester und Asta ihre Mutter begrüßten sie schon fröhlich von Weitem unter der Tür. „Mama jetzt bekommen wir Hilfe.“, jubelte Freya, doch ihr Vater schüttelte den Kopf. „Nein, wir sind nur gekommen um nach euch zu sehen, ob ihr auch hart arbeitet und Sidar sich es nicht irgendwo im Liegestuhl bequem macht, während ihr Vorbereitungen für die Wikinger-Hochzeit trefft. Ich wollte eigentlich Josefine das Geheimnis des Wasserfalls zeigen.“, meinte Magnus schelmisch und zwinkerte mit einem Auge Josefine zu. „Vielleicht gibt es ja auch noch so rein zufällig den ein oder anderen Probierhappen?“, bemerkte er ganz leise. Asta stemmte die Hände in ihre Hüften. „Oh Magnus, du bist der gefräßigste Mann, gleich nach Björn und Sidar, den ich kenne. Zuerst die Arbeit, dann der Happen!“, rügte sie ihren Mann und lachte dabei schallend auf, als sie in die finstere Miene von ihrem Götter Gatten blickte. Magnus half Josefine von Hammar ihrem Pony herunter, drückte seinem Sohn Sidar die Zügel in die Hand, der gerade seinen Vater etwas fragen wollte, als er die Neuankömmlinge erblickte. Jetzt stand er

kopfschüttelnd mit zwei Pferden in seinen Händen da und blickte seinem Vater leicht irritiert nach, der Josefine einfach seinen Arm über die Schulter legte und mit ihr plauderte, als kannten sie sich schon eine Ewigkeit. Fehlte nur noch, das Björn mit seinen vier Grazien hier auftauchen würde. Sidar schmunzelte, er fand es klasse, das Björn die vier von seinem Vater aufs Auge gedrückt bekommen hatte und nicht er. So hatte er noch genügend Zeit, die Veranstaltung der Wikinger-Hochzeit, die kurzfristig bei seiner Event Agentur gebucht worden war, mit Hilfe seiner Mutter und seiner kleinen Schwester vorzubereiten.
Josefine stand zusammen mit Magnus vor einem mächtigen Wasserfall, der mit lautem Getöse von mindestens zwanzig Meter Höhe über mehrere Kaskaden in die Tiefe stürzte. Magnus Björn´s Vater ließ Josefine eine Weile Zeit, um dieses Schauspiel, das sich vor ihren Augen bot, in sich aufzusaugen, bevor er mit ihr über ein paar Stufen direkt am Wasserfall empor stieg. „Ich hoffe du bist nicht wasserscheu?“, rief er ihr zu, damit sie ihn hören konnte, durch das laute Rauschen des Wassers. Sie folgte Magnus an einer schroffen Felswand hinauf, über mehrere Stufen. Oben auf einem Plateau angekommen, knipste er eine Taschenlampe an, um in der Dunkelheit einer Felsnische einen wasserdichten Stromschalter zu finden, den er anschaltete. Josefine war verblüfft. Vor ihr tat sich eine Tropfsteinhöhle auf, deren Eingang sich gut versteckt befand. Sie ließ den Blick durch den atemberaubenden Höhlenpalast gleiten. Diese felsige Oase wirkte durch die schummrige Deckenbeleuchtung irgendwie magisch. „Woow, ist das herrlich hier drin.“, flüsterte Josy gedämpft. „Schön, dass es dir hier gefällt.“, meinte Magnus, in dessen blaue Augen es fröhlich funkelte. Er führte sie weiter in die Höhle hinein. „Das hier ist unser eigener Pool. Sommer wie Winter hat er immer die gleiche Temperatur. Lust auf eine Runde Schwimmen?“, fragte er und machte eine einladende Handbewegung. Björn´s Vater führte sie zu einer Felsstufe, die als natürliche Bank diente. Josefine ging in die Knie und tauchte ihre Hand ins Wasser. „Woow, das Wasser ist ja warm.“, bemerkte sie überrascht. „Genau vierunddreißig Grad und das Sommer wie Winter. Es gibt nicht schöneres, als im Winter hier einen ganzen Tag lang zu entspannen. Wir brauchen keine blaue Lagune, mit den vielen Touristen. Wir haben unsere eigene. Komm setzt dich, zieh deine Schuhe und Socken aus.“. Magnus war schon dabei sich

Schuhe und Socken aus zu ziehen. Krempelte die Hosenbeine nach oben und stieg am Rand in den heißen Pool. Josefine machte es ihm nach. „Wie tief ist das Wasser hier?“, erkundigte sie sich neugierig. Magnus blickte an sich hinunter und dann zu Josefine. „Ich würde sagen, bis zu deinen Schultern.“. Sie hörte das leise Echo seiner Stimme und horchte auf die Geräusche von außen. Nicht einmal das Wasser, das draußen über die Kaskaden stürzte und gegen den Fels schlug hörte man. Abgesehen von den Wassertropfen, die von der Deckenwölbung fielen, war es hier drin totenstill. Magnus ließ sich auf einen Stein am Rande des Beckens nieder und seufzte kurz auf. Josefine blickte zu ihm hinüber. „Ist alles in Ordnung?“, fragte sie beunruhigt und setzte sich neben ihn. „Ja, es ist alles in Ordnung. Weißt du, es ist schwer für einen Vater zu verstehen, wenn der eigene Sohn bei Nacht und Nebel einfach so verschwindet, weil er liebestoll ist. Eigentlich hatte ich immer gehofft, dass Björn das hier alles einmal übernehmen wird. Schließlich ist unser Gehöft durch ihn berühmt geworden.“, gab Björn´s Vater leise und sehr langsam von sich. „Durch Björn?“, hauchte Josefine, die es nicht glauben konnte, was Magnus da gerade gesagt hatte. „Ja, durch den tollpatschigen, liebevollen Troll, wie du ihn immer so nett nennst. Dabei ist er gar nicht so ungeschickt. Er ist isländischer Reitmeister, Europameister und hat noch viele weitere Titel.“, Josefine schluckte verwirrt. „Wie bitte?“, sagte sie und starrte Magnus mit weit aufgerissen Augen und offenem Mund an. Sie dachte sich wirklich im ersten Moment verhört zu haben. Magnus seufzte ein weiteres Mal leise auf. „Und wegen einer Frau, hat er das alles stehen und liegen gelassen?“, wisperte sie. Josefine war geschockt. Magnus nickte nur vor sich hin und hielt seinen Blick auf das Wasser vor sich gerichtet. Man merkte ihm an, das es ihm nicht leicht viel die nächsten Worte auszusprechen. „Josefine, ich werde dir jetzt etwas verraten, das du für dich behalten musst. Björn lieb dich, sogar sehr und er würde für dich alles tun. Wir hatten heute Morgen ein sehr langes und ausführliches Gespräch. Er erzählte mir alles, wirklich alles. Weshalb er damals bei Nacht und Nebel gegangen war. Über seinen Reinfall bei dieser Frau und sehr viel über dich. Josefine, sollte Björn sich entscheiden, bei dir in Deutschland zu bleiben, werde ich dem Jungen keine Steine in den Weg legen. Auch euer Altersunterschied von fast acht Jahren ist mir dabei egal. Ebenfalls hat er mir berichtet, was du auf deinen Schultern stemmst. Deshalb werde ich dich auch nie darum bitten, nach Island zu ziehen. Das einzige worum ich dich bitte, ist, dass du dafür sorgst, dass Björn zwei Mal im Jahr für mehrere Wochen nach Island heimkehrt. An Weihnachten und zum Pferdeabtrieb würde ich vorschlagen. Schön wäre es auch, wenn du ihn dabei begleiten würdest. Du gehörst ja schon fast zur Familie. Auch mit meiner Frau hatte ich eine lange Unterredung. Asta meinte, dass Björn es tun musste von zu Hause auszubrechen, damit er dich fand.". Josefine schloss die Augen, während Magnus ihr das alles gestand. Sie legte ohne zu überlegen ihren Kopf an seine Schulter. „Ich werde dafür Sorgen Magnus, sollte es so weit kommen, ich verspreche es dir.", flüsterte Josy in die Stille hinein. Magnus zog Josefine fest an sich. „Ich wusste, dass du mich verstehst, du bist ein kluges Mädchen.", sprach er leise und gab ihr einen Kuss auf die Wange. Lage schwiegen die beiden, nur das Plätschern der Tropfen, die von der Decke herunter fielen war zu hören. „Du Magnus, erzählst du mir auf dem Nachhauseritt etwas über diese Wikinger-Hochzeit?". Josefine war gespannt, wie so eine Hochzeit ablaufen würde. Sie hatte Angst irgendetwas interessantes zu verpassen, weil Sidar sie gebeten hatte, am Ausschank mitzuhelfen. Magnus lachte laut auf. „Aber klar doch, wobei es nicht viel darüber zu sagen gibt. Es ist ein heidnischer Brauch und am Ende ein einziges Saufgelage. Apropos Besäufnis, welcher von unseren Mägen brummelt den da so laut vor sich hin?", fragte Magnus spitzbübisch und Josefine begann zu kichern. „Ich glaube meiner.", verriet sie Björn´s Vater. „Na dann, sollten wir ganz schnell Abhilfe schaffen. Nicht dass dein Magen sich noch über unsere Pferde hermacht auf dem Nachhauseweg.", sagte er neckend. Grinsend erhob er sich und zog dabei Josefine mit auf die Füße. Gemeinsam liefen sie barfuß über die Steine hinunter ins Langhaus, um sich von Asta ein Handtuch für ihre Füße und eine Suppe für ihre Mägen reichen zulassen. Bevor sie sich auf die Ponys schwangen und gemütlich im Schritt nach Hause ritten. Kurz vor dem Gestüt trafen sie gleich auf zwei Reitergruppen. Einer der Reitführer sah ziemlich mitgenommen aus und fluchte laut auf isländisch vor sich hin. Zumindest steckte ihr es Magnus. Die andere Reitführerin musste Inga Björn´s weitere Schwester sein. Magnus begrüßte seine Tochter und stellte ihr stolz Josefine vor. Josy war es etwas peinlich, denn Inga musterte sie von oben bis unten. Dann nickte sie und zog mit ihrer Reitergruppe an ihnen vorbei. Björn erklärte seinen vier Grazi-

en, sie sollen der anderen Reisegruppe folgen. „Hallo Kleines, wo kommt ihr denn her?", erkundigte er sich erstaunt, weil der die beiden Reiter schon von Weitem erkannte. Er stellte sich in die Steigbügel, beugte sich etwas nach vorn und gab wie gewohnt ihr ein Küsschen zur Begrüßung auf die Nasenspitze. „Oh, wir dachten, wir schauen einmal was deine Mutter und Freya so treiben.", meinte sein Vater grinsend von seinem Pony herunter. „Aha, also nur die Mägen gefüllt.", sagte Björn spöttisch mit einem leichten Grinsen im Gesicht. „Siehst du Josefine, dieser tollpatschige Troll hat uns doch glatt schon durchschaut.", gluckste Magnus von seinem Pony aus ihr zu und Josefine gluckste ebenfalls leise auf. „Ja Magnus, das glaube ich auch.", gab sie Björn´s Vater Recht. Gemeinsam ritten die drei im Schritt die letzten Meter bis zum Stall.
Die Tage vergingen wie im Flug, die Vorbereitungen für das Festival liefen auf vollen Hochtouren. Täglich machte Magnus mit Josefine Ausritte in die Umgebung, um ihr das Land zu zeigen. Josefine dachte sich hin und wieder, dass er dies nur tat, um sich vor der Arbeit zu drücken und gleichzeitig Björn eins auszuwischen. Weil er mit ihr unterwegs war und er sich um seine hübschen Grazien kümmern musste. Aus Deutschland hatte sie bis jetzt noch immer keine Nachricht erhalten. Den einzigen Kontakt, den sie zu ihrer Firma hatte, war die tägliche Durchsicht der Tourenplanung und ihr okay dazu zu geben. Sie hatte gerade die Bestätigung abgeschickt, als Sidar nach ihr rief. „Josefine komm schnell. In den Nachrichten kommt gleich etwas aus Deutschland. Amoklauf eines Fernfahrers, so zumindest war gerade die Ansage des Moderators.", gespannt saß Josefine auf der Armlehne neben Sidar im Wohnzimmer. Josefine wurde kreidebleich, als sie die verwüsteten Bilder im Fernsehen sah. Leider konnte sie aber nichts verstehen, da die Nachrichten auf isländisch übertragen wurden. Hatte sie da im Hintergrund gerade ein Fahrzeug aus ihrer Flotte gesehen? Josefine saß noch immer regungslos im Wohnzimmer, als der Bericht schon lange vorbei war. Sie zuckte erschrocken zusammen, als sie plötzlich von der Seite angesprochen wurde. „Kleines was ist los? Hast du ein Gespenst gesehen? Du bist ja ganz blass um die Nase.", sprach Björn sie beunruhigt an, der gerade eben die Treppen herunter gekommen war und von den Nachrichten im Fernseher nichts mitbekommen hatte. Sidar, der immer noch gebannt vor der Glotze saß, meinte ohne den Kopf vom Bildschirm zu nehmen: „Da kam gerade etwas

aus Deutschland, von einem Vorfall, der sich heute morgen ereignet hat. In den Nachrichten hieß es, dass ein LKW-Fahrer Amok lief und einen Rasthof in Schutt und Asche legte.", unterrichtete er seinen großen Bruder. Björn schloss für einen Augenblick die Augen und zog scharf die Luft dabei ein. War das die Tat von Ken? Um Jo aus dem Verkehr zu ziehen? Er hoffte es nicht. Björn zog Josefine in seine starken Arme und drückte sie ganz fest an sich. „Liebling, das hat gar nichts zu sagen. Es muss nicht unbedingt mit dir und der Firma zusammen hängen. Fast täglich passieren die merkwürdigsten Dinge auf den Straßen.", versuchte Björn sie zu beruhigen. Josefine nickte geistesabwesend nur sehr langsam mit dem Kopf und brach in Tränen aus. „Ich habe Angst. Ich meine einen unserer LKW´s im Hintergrund erkannt zu haben.". Björn zog sie an seine Brust und hielt sie fest. Während Josefine weinte, streichelte er ihr zärtlich über den Rücken und wartete geduldig ab, bis sie aufhörte. Er küsste sie auf die Nasenspitze und wischte mit seinen Fingern zärtlich ihre Tränen aus dem Gesicht. „Wir werden im Internet danach suchen. Einverstanden?", schlug er ihr vor und Josefine nickte zufrieden, denn sie wollte mehr wissen, da sie nur die Bilder gesehen hatte, aber den Bericht nicht verstand. „Aber ich darf nicht an den Laptop.", hauchte sie mit wehklagender Stimme. „Mach dir darüber keine Sorgen. Wir nehmen den PC, der im Büro steht.". Björn griff nach ihrer Hand und zog sie mit sich. Er öffnete die Bürotür, setzte sich in den bequemen Sessel, zog Josefine zu sich auf den Schoß, sodass sie ihn anblicken musste. Er beugte sich nach unten um den PC hochzufahren. „Das kann jetzt ein bisschen dauern, das Ding ist uralt.", erklärte er ihr, Josefine nickte schniefend. Seufzend legte sie ihren Kopf an Björn´s Schulter. „Erzählst du mir etwas über dieses Event? Wie läuft so eine Wikinger-Hochzeit ab?", flüsterte sie an seinen Hals um auf andere Gedanken zu kommen. „Wieso willst du das wissen? Kleines.", fragte Björn neugierig und hantierte an der Maus herum. „Weil mich Sidar einfach in die Getränkeausgabe eingeplant hat. Obwohl ich zusehen wollte. Und da ich jetzt arbeiten muss, ist es vielleicht möglich, dass ich etwas verpasse.", gab Josefine weinerlich von sich. Björn brummelte leise etwas vor sich hin. „Du auch?", knurrte er und beugte sich etwas nach vorn, schob seine Arme seitlich an Josefine vorbei und gab auf der Tastatur etwas ein. „Und was möchtest du wissen?", erkundigte er sich fast schon etwas beiläufig, ohne den Blick vom Bildschirm zu nehmen. „Alles, dein Vater meinte, es sei bloß ein einziges Trinkgelage, sonst nichts.“. Björn bebte am ganzen Körper und lachte dabei leise auf. „Ja, das kann man genau so beschreiben. Wie genau Wikinger geheiratet haben, weiß niemand mehr. Es gibt zwar einige Überlieferungen darüber, aber ob das stimmt......., keine Ahnung.“, sagte er und zuckte mit den Achseln. „In der Überlieferungen heißt es, dass eine Hochzeit über drei Tage dauerte. Erst am dritten Tag wurde dann die Trauung durchgeführt und an allen drei Tagen floss der Alkohol in rauen Mengen. Am ersten Tag hielt der Bräutigam beim Thing Gericht. Du musst dir das Thing als eine Gerichtsversammlung im Freien vorstellen, die etwa jedes halbe Jahr gehalten wurde. Dort brachte dann der Bräutigam sein Anliegen vor. Stimmten die Richter zu, wurde die Hochzeit am dritten Tag zelebiert. Am zweiten Tag sprach der Bräutigam bei den Brauteltern vor und handelte dort die Mitgift seiner Braut aus. Sidar roch ein lukratives Geschäft und bot dies als Event an. Das Tourismusamt stieg ohne zu zögern bei ihm ein. Bei denen können die Touris ihre Eintrittskarten kaufen.“. Josefine lachte auf. „Sidar ist ein richtig hinterhältiger Geschäftsmann. Das Paar, das die Wikinger-Hochzeit gebucht hat, ist dann offiziell verheiratet?“, wollte Josefine von ihm wissen und Björn nickte. „Nicht ganz, in Island ja, aber in der Heimat müssen die beiden trotzdem noch auf ihr Standesamt, um die Papiere beglaubigen zu lassen. Damit in ihrem Land die Heirat anerkannt wird. Ungefähr so, wie wenn man sich in Las Vegas trauen lässt. Aber wenn das Paar in Island wohnen würde, wären sie anerkannte Eheleute.“, erklärte er ihr und gab ihr durch eine Kopfbewegung zum PC die Aufforderung dort hin zu sehen. „Würdest du es mir übersetzen, ich kann das sowieso nicht lesen.“, sagte sie mit etwas belegter Stimme. „Und ob du das lesen kannst Kleines. Schau hin.“, Josefine drehte ihren Kopf leicht zum PC hin. Ihre Augen wurden riesengroß, als sie die Titelaufmachung tatsächlich lesen konnte. „LKW legt Rasthof Sonnenberg in Schutt und Asche. Wie durch ein Wunder kam fast niemand zu Schaden. Das Bild war das gleiche, wie im isländischen Fernsehen vorhin gezeigt wurde. Josefine riss sich eine Hand vor den Mund, bevor sie weiter las. Auch Björn überflog den Artikel. „Ein achtundzwanzig-Jähriger LKW-FAHRER - wenn man den Gerüchten glauben schenken darf, handelt es sich hierbei angeblich um einen Mitarbeiter der internationalen Spedition Jansen & Partner - lieferte sich gestern

Morgen eine wilde Verfolgungsjagd mit der Polizei. Um sich seiner Verhaftung zu entziehen, floh der Fahrer vom Rasthof Sonnenberg. Dabei überrollte er mehrere Zapfsäulen, die zu einer gewaltigen Explosion führten. Auf der Autobahn wollten ihn Kollegen dann stoppen. Bei dieser Aktion durchbrach er eine Leitplanke und kippte im Anschluss mit seinem LKW um, als er die Böschung streifte. Die Autobahn war für mehrere Stunden gesperrt. Wie durch ein Wunder, kamen bei diesem Vorfall kaum Menschen zu Schaden. Magnus, der gerade ins Büro trat, grinste, als er die beiden auf seinem Lieblingssessel erblickte. „Na ihr beiden Turteltauben, macht mir bloß meinen Stuhl nicht kaputt. Was macht ihr eigentlich hier drin?", erkundigte sich Björn´s Vater neugierig bei den beiden. Dabei blickte er zwischen den beiden Köpfen von Josefine und Björn hindurch auf den Bildschirm. Josefine blickte zu Björn, der immer noch las, aber sie konnte deutlich sehen wie er trocken schluckte. Langsam drehte er seinen Kopf zu ihr. Als sich ihre Blicke trafen, sagten sie fast gleichzeitig: „Ken". Björn wollte gerade weiter nach unten scrollen, als Magnus sein Vater, seine große Hand auf die Schulter seines Sohnes legte und ihn sachte drückte. „Ich denke euch beiden würde ein Spaziergang oder etwas Schwimmen gut tun. Ihr könnt aber auch noch einen kleinen Ausritt machen, damit Josefine noch etwas Übung bekommt.", schlug er den beiden vor und Björn nickte seinem Vater zu, denn er hatte sofort kapiert was er damit erreichen wollte. Josefine sollte nicht noch mehr erfahren, denn dadurch würde sie nur noch nervöser werden. Sie zitterte eh schon am ganzen Körper und alle Farbe war aus ihrem Gesicht gewichen. Björn schloss die Web-Seite und fuhr den PC herunter. Er erhob sich ohne dabei Josefine auf den Boden zu stellen. Er rückte sie sich auf seinen Armen zurecht und ging mit ihr zur Tür, natürlich nicht ohne das Protestgeschnatter von ihr. „Ich kann laufen, ich bin nicht fußkrank.", protestierte sie laut Hals, aber Björn grinste sie nur frech an. „Ich weiß, dass du laufen kannst, aber vielleicht gefällt es mir so besser.", gab er ihr zur Antwort. Magnus lachte laut auf, als er sah wie Josefine sich mit Händen und Füßen begann zu wehren. Seufzend stellte Björn sie auf ihre Beine. Josefine tätschelte ihn leicht auf die Wange und grinste übermütig dabei. „Mir gefällt es schon, wenn du mich so auf Händen trägst. Ich hatte nur etwas Angst, dass mein großer tollpatschiger Troll dabei über seine eigenen Füße fällt.", gluckste sie und spurtete los, durch die Haustüre ins Freie. „Oh wart, du kleines Luder!“, rief Björn ihr lachend hinterher und folgte Josy ins Freie. Aus dem Büro hörte man noch lange ein lautes Lachen. Josefine wusste, dass sie gegen Björn keine Chance haben würde, wenn er mit seinem langen raumgreifenden Schritt zu rennen begann. Deshalb gab sie ihren Spurt schon nach wenigen Metern auf. Sie war noch nicht richtig in den Schritt gekommen, wurde sie auch schon grölend vor Lachen in die Luft gehoben und umhergewirbelt. „Du kleines Luder.“, rief Björn übermütig lachend dabei. „Weißt du, dass ein echter Wikinger dir dafür die Haare abschneiden würde.“, sagte er breit grinsend und ließ sie dabei sanft zu Boden. Josefine blickte ihn verwirrt an und Björn grinste über ihren verwirrten Gesichtsausdruck, aber er half ihr auf die Sprünge, ohne sie aus seinen Armen zu lassen. „Von was hatten wir es, bevor wir die Köpfe am PC zusammen steckten?“, half er ihr auf die Sprünge. Jetzt ging ihr ein Licht auf. „Von der Wikinger-Hochzeit.“, sagte sie spontan zu ihm. „Ja genau und ein Wikinger, der damals seine Frau loswerden wollte, konnte unter zwei Möglichkeiten wählen. Er musste allerdings zuvor beim Thing ´s, also bei Gericht Anklage gegen sie erheben. Wenn das Gericht das was er vorbrachte für richtig empfand, wurden der Frau als Zeichen für die Trennung die Haare abgeschnitten. Noch schlimmer traf es die Frau, wenn sie Ehebruch gegangen hatte. Dann durfte der Mann ihr nicht nur die Haar abschneiden, sondern sie auch noch Splitter Faser nackt, durch die nächst größere Stadt jagen.“, erklärte Björn und lachte sich fast schief dabei. „Das ist aber ziemlich gemein. Wie sah es bei den Frauen aus, durften diese ebenfalls ihren Mann anklagen?“. Björn legte den Kopf in den Nacken und lachte hell auf. „Oh ja, damals galt gleiches Recht für beide.“. Josefine begann zu kichern und Björn zog sie noch mehr an sich heran. Sie spürte Schmetterlinge in ihrem Bauch, als Björn sie noch mehr an sich zog und ein warmes Gefühl breitete sich in ihr aus. „Also ich würde dich, jedes Mal durch die Stadt jagen, egal was du angestellt hast.“, entgegnete sie ihm neckisch. Björn legte abermals den Kopf in den Nacken und prustete los. „Das würdest du nie wagen.“, konterte er amüsiert zurück, sah sie aber dann doch ein wenig unschlüssig an. „Oh doch.“, konterte sie zurück. „Wirklich?, das würdest du tun?“, fragte er kopfschüttelnd und beugte sich zu ihr hinunter. In seinen Augen blitzte es amüsiert auf. Es sah für Josefine so aus, als würde er ihr wieder ein Küsschen auf die Nase hauchen, was er immer im Scherz tat, wenn er nicht mehr weiter wusste. Doch diesmal war es anders. Er berührte mit seinen Lippen federleicht die von Josefine. „Ich würde mir nie etwas zu Schulden kommen lassen.", raunte er an ihre Lippen, dabei zeichnete Björn mit dem Finger ihr Lächeln nach. Josefine konnte kaum atmen, als sie das heftige Verlangen in seinen Augen sah. Ein Verlangen, dem das ihre in nichts nachstand. Björn beugte sich nach vorn, just in dem Moment, als sich Josefine auf die Zehenspitzen stellte. Ihre Lippen trafen sich und die Welt schmolz dahin in der Hitze, die sie beide zu umfließen schien. Sie wollte sich verlieren in diesem Kuss, in der Leidenschaft, die von ihm ausgestrahlt wurde. Björn´s Hände fuhren unter ihre Jacke und über ihren Rücken. Dort hinterließen sie heiße Spuren, wo immer er sie berührte. Josefine drückte sich gegen ihn und Björn lächelte, den Mund immer noch an ihrem. „Josy, Liebling, ich fürchte, ich kann und will nicht aufhören.", flüsterte er verräterisch. Josefine küsste ihn und ließ alles Begehren, das sie für ihn verspürte in diesen einzigen Kuss fließen. „Ich auch nicht.", hauchte sie an seine Lippen. „Ich Liebe dich Josy, seit ich dich das erste Mal gesehen habe.", raunte Björn, während er ihre Wangen mit kleinen Küssen übersäte. Er vergrub sein Gesicht in ihrer Halsbeuge, er konnte nicht genug von ihr bekommen. Hinter den beiden räusperte sich jemand. „Ich dachte ihr wolltet Spazieren oder Schwimmen gehen?", feixte Magnus breit grinsend. „Lasst euch von mir nicht stören.", sagte er fröhlich und bog in Richtung Stall ab.

Hand in Hand schlenderten sie zurück zum Haus. Björn ging in die Küche, öffnete eine Weinflasche und schenkte zwei Gläser ein. Er drückte ihr eines davon in die Hände und legte den Arm um sie. „Komm, setzten wir uns noch ein Weilchen vor den Kamin. Wir sind eh die einzigen, die noch hier sind. Vater und Inga sind ausreiten, um zu trainieren, das kann Stunden gehen bis die wieder da sind. Mutter, Freya und Sidar sind drüben im Langhaus noch ne ganze Weile beschäftigt.", sprach er und setzte sich in einen der großen, bequemen Sessel, dabei zog er Josefine auf seinen Schoß. Sie grub ihre Finger in sein dichtes Haar und begann, ihn liebevoll zu kraulen. Björn stellte seinen Wein auf dem Beistelltisch ab und legte seine Hand an Josefine´s Wange. Zärtlich zog er sie zu sich heran, seine Lippen wanderten über ihren Nasenrücken zu ihrem Mund. Er knabberte liebevoll an ihrem Oberlippe, ehe er sie lange und sehr gekonnt küsste. Während er das tat, spürte Josefine seine

Hand, die sich vorsichtig unter ihren Pulli schob und sich dann langsam und suchend über ihren Bauch, ihre Rippen zu ihren Brüsten tastete. Seine Finger fuhren zart an den Ansätzen ihrer Brust entlang, wobei er keine Sekunde von ihren Lippen abließ. Mit einem leisen, atemlosen Stöhnen löste sie sich von ihm und schnappte kurz nach Luft. Lächelnd musterte Björn sie, während sein Daumen über ihr Kinn strich. Josefine legte ihre Stirn an seine und streichelte sein Gesicht. Mit beiden Händen fuhr er unter ihren Pullover und schlang seine Arme um sie. Josefine hob Björn´s Gesicht an, fixierte seine Augen mit ihrem Blick und küsste ihn zuerst leicht, dann fordernder. Sanft schob sie die Spitze ihrer Zunge zwischen seine Lippen, wagte einen weiteren Vorstoß, begann ein gewagtes Spiel mit seiner Zunge, neckte, forderte heraus, zog sich kurz zurück, um das Spiel von neuem zu beginnen. Sie spürte, wie er einen Arm von ihr löste und geschickt den Knopf ihrer Jeans auf machte. Kurz schoss es Josefine durch den Kopf, dass Björn das verdammt routiniert machte. Zu weiteren Überlegungen blieb ihr keine Zeit, denn seine linke Hand schob sich in ihre Hose, fand den dünnen Rand ihres Slips, glitt darunter und umfasste fest ihr Hinterteil. Während Björn´s rechte Hand sich um ihren Hinterkopf legte und er sie erneut küsste. „Björn, bitte nicht hier. Lass uns nach oben gehen, ich habe Angst, dass doch plötzlich jemand hier erscheint.“, flüsterte Josefine an seine Lippen. Grinsend stand er auf, wobei er sie diesmal nicht losließ, sondern sie sich über die Schulter legte, die beiden inzwischen leeren Weingläser ergriff und in der Küche abstellte. Josefine konnte sich ein kichern kaum verkneifen. „Du findest das also witzig? Na warte, dir wird das Lachen schon noch vergehen.“, drohte Björn ihr. Er öffnete die Zimmertür, ging leicht in die Knie, damit Josefine sich nicht noch irgendwo am Türzargen den Kopf anschlug. Elegant stieß er mit dem Fuß die Tür hinter sich zu und legte sie sachte auf dem Bett ab. Josefine kicherte noch immer. „Komm her, du kleines Luder.“, sprach Björn und trat neben das Bett, ergriff ihre Hände und zog sie wieder zu sich her. Dabei half er ihr aus dem Pullover. Sanft wie eine leichte Brise strich er ihr über den Rücken und öffnete gekonnte ihren BH. Sein Blick streichelte sie zärtlich. „Moment mal, hast du nicht vorher behauptet, gleiches Recht für alle.“, sagte sie kichernd. Sie lies ihre Hände unter seinen Pullover gleiten und schob diesen nach oben. Björn kam ihr zur Hilfe und hob die Arme über seinen Kopf. Heilige Mutter Gottes, was für ein Körper!

Dachte Josefine und ließ bewundernd ihre Finger über seinen Oberkörper gleiten. Björn ging vor ihr auf die Knie, zog ihr sehr langsam die Hose an den Beinen hinab. Seine Lippen legten dabei ein Spur von ihrem Bauch bis hinunter zum Rand ihres Slips. Seine Hände schlossen sich um ihre Hüfte und seine Lippen streiften über ihren Bauch. Für einen kurzen Moment blickte er zu Josefine auf mit einem kehligen, sehnsüchtigen Lachen. Fast gleichzeitig wanderten seine Hände an ihr Hinterteil und schoben sich sanft in ihren Slip. Mit einem Ruck streifte er ihr den Slip ab. Dabei spürte sie wie sich seine Lippen von ihrem Nabel abwärts ihren Weg bahnten. Josefine konnte ein leises Stöhnen nicht mehr unterdrücken. Björn wusste ganz genau was er da tat, er raubte ihr den Atem und trieb sie langsam zu einem unglaublichen Höhepunkt. Schwer atmend blickte sie zu ihm, als er sich erhob und sie in die Arme schloss. Atemlos zeigte auch Josefine ihm, das nicht nur er alleine verführen konnte. Sie küsste ihn und ihre Finger begaben sich auf die Suche nach dem Hosenknopf seiner Jeans. Ganz langsam schob sie seine Hose nach unten zusammen mit seiner Boxershort. Doch ehe Josefine reagieren konnte, hob Björn sie hoch um sie erneut auf dem Bett abzulegen. Langsam küsste sie sich von seiner Halsbeuge abwärts, knabberte und saugte abwechselnd an seinen Brustwarzen, strich ihm zärtlich über seine Hüfte, seinem muskulösen Bauch, ehe ihre Lippen an ihrem Ziel ankamen. Josefine spielte mit ihm, neckte ihn und zog sich wieder zurück. Gleich darauf küsste und streichelte sie ihn wieder. Sie setzte ihre Zunge ein und trieb Björn so in den Wahnsinn. Was ihr ziemlich gut gelang, denn Björn erstickte einen leisen Schrei in dem er den Kopf in ihrem Kissen vergrub. Frech grinsend glitt Josefine an ihm nach oben. Björn klang ziemlich atemlos, als er mit einem drohenden Lächeln sagte: „Na warte du, das war noch nicht alles.“. Josefine konnte gar nicht so schnell reagieren, als Björn mit einer kräftigen Bewegung sich mit ihr drehte, sodass er auf ihr lag. Noch immer leicht außer Atem knurrte er: „Gleiches Recht für alle, ja?“. Und schon waren seine Finger überall, seine Lippen waren mal versprechend mal sehr quälend. Die Hitze, die Josefine zwischen ihren Schenkeln spürte, drohte sie fast zu verbrennen. Doch Björn gewährte ihr keine schnelle Erlösung. Er lächelte sie fies an, ebenso schelmisch war sein Blick, aus denen blaue Augen sie an funkelten. In dem Moment, als Björn in sie behutsam eindrang, gruben sich Josefine´s Finger in seinen muskulösen

Hintern. Nur war es diesmal Josefine, die aufschrie und Björn erstickte ihren Schrei mit einem liebevollen Kuss.
Björn ließ Josefine am nächsten Morgen ausschlafen, denn sie hatte den Schlaf dringend nötig. Zumal ihr immer noch die Akklimatisierung Probleme machte und ebenso die Schreckensbilder aus den Nachrichten. Am liebsten hätte sich Björn wieder zu ihr unter die Decke verkrochen. Aber leider rief die Pflicht. Er musste sich auch heute noch einmal um die vier reizenden Grazien kümmern. Die sein Vater ihm aufs Auge gedrückt hatte. Neid stieg in ihm auf, Josefine sah so süß aus, wenn sie schlief. Er fand es ungerecht von seinem Vater. Normalerweise wollte er Josy sein Land zeigen und nicht Kindermädchen für vier blöde Kühe sein. Nur all zu gern hätte er Mäuschen gespielt, was sein Vater und Josefine den ganzen Tag so anstellten. Denn so wie die beiden mit einander plapperten und schäkerten, konnte man nicht meinen, dass sein Vater Josefine erst seit ein paar Tage kannte. Aber Gott sei Dank verstanden die beiden sich prächtig. Alle in der Familie mochten Josy, nur Inga eine von seinen kleineren Schwestern nicht. Warum, wieso, das wusste er nicht. Obwohl sein Vater ihr gesagt hatte, dass er nicht wegen Josefine von hier Hals über Kopf gegangen war, sondern wegen einer anderen Frau. Aber vielleicht war gerade dies, was Inga so wurmte und Josefine so feindselig behandelte. Für sie war Josy ein rotes Tuch seit dem ersten Tag, als sie sich begegnet waren. Was dem Rest seiner Familie auch aufgefallen war. Josefine verschlief mal wieder den halben Vormittag, als sie in die Küche trat, grinste Björn´s Vater sie breit an. „Na, gut geschlafen?“, erkundigte er sich bei ihr und legte die Tageszeitung bei Seite. Die er schon von vorne nach hinten und umgekehrt gelesen hatte, solange er auf die nette kleine Schlafmütze wartete. Er faltete das Blatt so, dass Josefine die Schlagzeile der Titelseite nicht zu Gesicht bekam. „Komm setz dich und frühstücke erst einmal ausgiebig. Denn heute könnte es sein, dass wir ganz viel Kraft benötigen werden.“, sprach Magnus geheimnisvoll und schenkte ihnen beiden frisch aufgebrühten Kaffee ein. Josy hob fragend eine Augenbraue, als sie sich am Tisch nieder ließ. Magnus lächelte sie schelmisch von der Seite an, bevor er die Katze aus dem Sack ließ. „Asta und Freya haben darum gebeten, ihnen etwas unter die Arme zu greifen.“, erklärte er ihr etwas gelangweilt. Josefine dachte sich, worum es auch immer bei dieser Arbeit ging, dass Björn´s Vater absolut keine Lust dazu hatte. So zu-

mindest kam es ihr vor. „Aber zuerst lass uns gemütlich frühstücken. Die können ruhig noch eine Weile auf uns warten.“, meinte Magnus und belud sich einen Toast mit dick Wurst darauf, in den er im Anschluss genüsslich hinein biss. Während sie gemeinsam frühstückten, erklärte ihr Magnus für was sie heute die Muskelkraft benötigten. Nachdem das Frühstück beendet und der Tisch in der Küche ordentlich verlassen war, machten sie sich auf in den Stall. Dort putzten sie ausgiebig und sehr lange ihre Ponys. Erst dann ritten sie ganz gemütlich im Schritt hinüber zum Langhaus. Dort wurden sie beide schon sehnsüchtig erwartet. Freya stand mit einem Teppichklopfer in den Händen unter der Tür und winkte mit diesem ihnen fröhlich zu, als sie näher kamen. Magnus seufzte leise, als er seine Tochter mit dem Teppichklopfer in der Hand wedeln sah, als er sich von seinem Pony schwang. Josefine kicherte leise neben ihm auf, als sie sein leises Seufzen vernahm. „So schlimm wird unsere Arbeit bestimmt nicht werden.“, sprach sie so leise, dass es nur Magnus hören konnte. „Wo ist das grässliche Zeugs.“, brüllte Björn´s Vater über den Vorplatz des Langhauses. Dabei drückte er seiner Tochter Freya im Tausch für den Teppichklopfer die beiden Pferde in die Hand. Die es galt für die nächsten Stunden anzubinden. „Hör auf zu jammern.“, rief Asta von der Tür des Langhauses ihm entgegen, die eine Menge Schaffelle auf ihren Armen hielt. „Drinnen sind noch mehr.“, sprach sie zu Josefine und deutete mit dem Kopf ins Innere des Langhauses, bevor sie ihrem Mann entgegen lief mit den Fellen unter den Armen. Magnus hatte Josefine erzählt während sie genüsslich und ausgiebig frühstückten, dass sie Schaffelle ausklopfen müssten. Die man den Eventbesuchern aushändigte, damit sie auf den kalten Bänken und Stühlen bequem saßen. Ebenso gab es auch noch Felle, die sie bekommen würden zum Überziehen, die dann mit einem Gürtel um die Taille zusammen gebunden wurden. Damit sich die Besucher des Events wie echte Wikinger fühlten. Zumindest kamen all diejenigen Besucher in den Genuss, die keine Wikingergarderobe aufweisen konnten. Denn laut Björn´s Vater, durften an dem Event der Wikinger-Hochzeit nur Gäste Teilnehmen, die als Wikinger gekleidet waren. Egal ob mit oder ohne Jeans darunter. Gemeinsam mit Magnus machte sich Josefine daran, die Felle auszuklopfen. Josy machte die leichte Arbeit, die daraus bestand, die Felle über einen Findling zu legen, während Magnus kräftig die Felle klopfte. Asta schüttelte mit dem Kopf, als sie den beiden kurz zuschaute, was sie dabei für eine Arbeitsmoral an den Tag legten und dabei soviel Spaß hatten. So hatte sie ihren Mann noch nie erlebt beim Felle ausklopfen wie heute. Er lachte und scherzte mit Josefine um die Wette. Sie alberten so miteinander herum, dass hin und wieder der Teppichklopfer sein Ziel verfehlte. Statt auf den Fellen zu landen, landete dieser auf einem der Hinterteile der beiden. Björn´s Mutter war froh darüber, dass ihr Mann Magnus Josefine so schnell akzeptierte. Aber Josy war ein Mädchen, das man wirklich schnell ins Herz schloss. Sie war sich für keine Arbeit zu fein. Zwischendurch wurden die beiden Schwerstarbeiter von Asta verwöhnt mit Getränken und Probierhäppchen. Was Magnus Magen noch mehr zum Knurren brachte. „Entweder bekommen wir beide jetzt eine richtige Mahlzeit, oder wir legen unsere Arbeit nieder.“, brüllte er seiner Frau hinter her, als Asta sie verließ, nachdem sie ihnen die letzten Häppchen gebracht hatte. Aber Asta ließ sich nicht so schnell ins Bockshorn jagen mit der Drohung ihres Mannes. Sie drehte sich fröhlich um und rief ihm zu: „Erst die Arbeit, dann der Lohn.“. Kopfschütteln machte sich Björn´s Vater wieder daran, die letzten Felle noch auszuklopfen. Nach getaner Arbeit wartete auf die beiden Freißigen ein leckeres Fischmenü im Langhauses, welches Magnus Laune wieder besänftigte. Denn Björn´s Vater konnte es kaum glauben, dass sie hier Schwerstarbeit verrichteten und sie nur mit Häppchen abgespeist wurden. Schon den ganzen Nachmittag lag wehte ihnen ein wunderbares Aroma um die Nase. Selbst Björn und seine vier reizenden Grazien musste der Duft entgegen gekommen sein. Denn plötzlich stand auch Björn mit seiner Gruppe und ihrem Ponys vor dem Langhaus, um dies zu überfallen. Während Björn mit seiner reizenden Gruppe nach Hause ritt, ließ Magnus mit Asta zusammen mit Freya und Josefine ihren Tag ausklingen im eigenen Naturpool.

Kapitel

Nach einer weiteren verdammt kurzen Nacht und einem langen harten Tag, stand Josefine an der Feuerstelle vor dem Langhaus, in einer extra für sie angefertigten Wikingertracht. Das Wetter spielte mit, obwohl Magnus gesagt hatte, dass der Wetterbericht Regen gemeldet häbe. Die Vorbereitungen für das Event waren abgeschlossen, es fehlten nur noch das Brautpaar und die Eventbesucher. Josefine erschrak an Björn, der sich von hinten an sie herangeschlichen hatte um sie zu umarmen. „Du siehst sehr sexy in diesem Gewand aus, es steht dir.“, machte er Josy Komplimente. Björn drehte sie in seinen Armen um, damit er sie zärtlich küssen konnte. „Nervös?“, flüsterte er leise an ihr Ohr, Josefine schüttelte den Kopf. „Nein, ganz und gar nicht, schließlich muss ich ja nicht heiraten.“, kicherte sie vergnügt. Björn fing mit seinen Fingern eine lose Locke ihre Haares ein und kitzelte sie damit. „Hör auf damit.“, ermahnte sie ihn. Er beugte sich nach vorn und küsste sie, langsam und sinnlich. Björn ließ seine Lippen spielerisch über die ihren streifen und schnappte zärtlich danach. Dann tauchte er seine Zunge tief ein, um von neuem mit der ihren zu tanzen. „Hey ihr zwei, zum Knutschen haben wir jetzt keine Zeit, die Gäste kommen.“, rief Sidar zu ihnen hinüber und deutete auf die ersten Eventbesucher. Im Anschluss stieß er ein Paar laute isländische Flüche hervor. Björn lachte aus vollem Hals als er diese hörte. „Wir haben ein Hochzeitsevent und kein Brautpaar.“, übersetzte er flüsternd die Worte von seinem kleinen Bruder Josefine ins Ohr. Die ihr Gesicht zu einer lustigen Fratze verzog. „Ruf sie halt an, vielleicht haben sich die beiden verfahren.“, rief Björn seinem Bruder Sidar zu. Er ließ Josefine vor dem Feuer stehen und ging hinüber zu seinem Bruder, der gerade dabei war eine Telefonnummer zu wählen. Noch während dem Gespräch ließ sich Sidar frustriert auf einen Stein nieder, seine Miene wurde von Minute zu Minute finsterer. Nachdem er aufgelegt hatte, blickte er ungläubig Björn an. Josefine konnte beobachten, wie die Männer sich unterhielten. Björn legte plötzlich den Kopf in den Nacken und lachte schallend laut los. Sodass sich der ein oder andere Gast nach den beiden umdrehte. Dann knallte er seinem Bruder die Handfläche auf die Stirn, sagte noch etwas und kam lachend kopfschüttelnd und bebend am ganzen Körper zurück zu Josefine, die gerade dabei war, den ersten Eventbesuchern Getränke zu servieren. Björn wartete im Hintergrund ab, bis Josefine serviert hatte, trat schmunzelnd neben sie und meinte amüsiert: „Du wirst es nicht glauben, aber das Brautpaar wird nicht auftauchen. Die Hochzeit ist geplatzt, weil Sidar sich im Datum vertan hat. Die Wikinger-Hochzeit sollte erst nächsten Monat stattfinden.“, sagte Björn zwischen mehreren Glucksern. Josefine riss sich ihre Hand vor den Mund und blickte Björn erschrocken mit weit aufgerissenen Augen an. „Heilige Scheiße, was jetzt? Hat Sidar einen Plan B?“, fragte sie und blickte unauffällig zu Sidar hinüber, der immer noch gekränkt auf seinem Stein saß. „Leider nein, er hat keinen Plan B. Das einzige was ihm jetzt bleibt, ist das Event abzusagen, den Besuchern den Eintritt zurück zu zahlen und sich seine Blamage beim Tourismusamt und negative Bewertungen seiner Eventfirma zu kassieren. Außer....., er kann kurzfristig ein Brautpaar finden, das ihm aus der Patsche hilft. Er versucht gerade Inga zu erreichen.“, sprach Björn amüsiert grinsend. „Josefine blickte noch einmal zu Sidar, der soeben mit hängendem Kopf von seinem Stein aufgestanden war und telefonierte. Er drehte sich um seine eigene Achse und erblickte eine kopfschüttelnde Inga, die ihm einen Vogel zeigte. „Sieht nicht so aus, als ob deine Schwester ihm aus der Patsche helfen will.“, frotzelte Josefine, als sie die Geste von Inga erkannte. „Das wusste ich schon vorher. Sie will in der Eishöhle heiraten, das war schon immer ihr Kindheitstraum, doch Sidar wollte es mir vorher nicht glauben.“. Björn griff um Josefine´s Taille und setzt seine Nasenspitze auf die ihre. „Sag mal Liebling, halte mich jetzt nicht für verrückt, das ist nur eine Idee von mir. Wie wäre es, wenn wir beide ihm aus der misslichen Lage helfen würden?“. Josefine stockte der Atem. Eine leichte Windböe verfing sich in einer Haarsträhne, die sich gelöst hatte und wehte ihr ins Gesicht. Ehe sie diese erfasste und hinter ihr Ohr steckte, bemerkte sie wie ihr Herz schneller pochte und Adrenalin pulsierte schnell durch ihre Adern. „Wir?“, hauchte sie ungläubig, total verdattert und blickte Björn mit verdammt großen Augen an. „Ja, wieso nicht. Offiziell, wären wir ja nur in Island verheiratet und könnten die Ehe jederzeit wieder lösen. Außer, du möchtest nach unserer Rückkehr die Papiere auf dem Standesamt abgeben und diese offiziell bestätigen lassen.“, sprach er leise. Josefine schluckte mehrere Male trocken und fing darauf hin fürchterlich hysterisch an zu lachen. Sie lachte so laut, das auch Magnus, Freya und Asta davon angezogen wurden. Sogar Sidar blickte verwirrt zu Josefine, die sich den Bauch hielt vor Lachen. Magnus blickte Björn böse an. „Was hast du tolpatschiger Troll jetzt schon wieder angestellt.“, fauchte Magnus seinen ältesten Sohn an. Josefine griff noch immer lachend nach Magnus Hand um ihn zurück zu halten, weil er auf Björn schon los gehen wollte. „Nichts hat er angestellt.“, bemerkte Josy unter lautem Gekicher und wischte sich die Lachtränen aus den Augen. „Er hat mich nur gerade gefragt, ob ich ihn heiraten will.“. Magnus blickte irritiert von Josefine zu Björn und wieder zurück. „Du meinst dein tapsiger großer Troll hat.....“. Magnus fehlten die Worte. „Ja, aber ich konnte ihm noch keine Antwort darauf geben, weil du ihn so angefahren hast Magnus.“, erklärte Josefine dem Mann. Diesmal lachte Magnus laut auf. „Ich Idiot und wie lautete die Antwort?“, fragte er ziemlich neugierig und höchst interessiert, denn jetzt war die ganze Familie Magnuson gespannt. Aber am meisten Anspannung bemerkte man bei Björn, der Angst hatte, das Josefine ihm ein Korb geben und nein sagen würde, wegen des spontanen Überfalls. Josefine machte es verdammt spannend. Sie kicherte immer wieder, noch hatte sie sich nicht ganz gefangen. Sie rief kichernd nach Sidar. Daraufhin wanderte ihr Blick von Magnus zu Asta, von Asta zu Inga, die ihr einen hasserfüllten Blick schenkte. Danach blickte Josy Freya an, die sie nickend angrinste. Nun sah sie Sidar an und zuletzt blieben ihre Augen bei Björn hängen. Josefine krümmte ihren Zeigefinger und deutete damit an, dass er sich zu ihr hinunterbeugen sollte, sodass sie ihm es ins Ohr flüstern konnte. „Wenn ich dich nackt durch Reykjavik jagen darf, dann ja.“, sprach sie ganz leise. Björn jubelte auf, riss Josefine vom Boden, wirbelte sie überglücklich herum und rief: „Sidar, du Glückspilz, du hast ein Brautpaar. Die kompletten Kosten der Hochzeit geht auf dich Bruderherz.“. Inga stapfte murrend davon, sie war die einzige, der diese Hochzeit nicht passte. Magnus folgte ihr, er hatte die Schnauze voll von den beleidigenden Worten, zynischen Äußerungen und Anschuldigungen seiner zweit ältesten Tochter. Er würde sie jetzt sofort zur Rede stellen.

In dem Augenblick als Josefine „Ja“, sagte, kam Hektik bei der Familie Magnuson auf. Asta zog Josy aus den Armen von Björn und schob sie mit sich zum Langhaus. Während Freya in eine andere Richtung weg stürmte. Sidar umarmte seinen großen Bruder überglücklich, ihm das Event oder noch besser

den Arsch gerettet zu haben und zog ihn ebenfalls mit sich in ein Zelt, wo man die Felle für die Eventbesucher aufbewahrte. Josefine wusste nicht, wie lange sie sich zusammen mit Asta und Freya im Langhaus aufgehalten hatte. Als sie vor die Tür des Langhauses trat, war es noch immer hell, aber schummrig hell. Sie glaubte, dass sie sich nie daran gewöhnen würde, das hier im Sommer die Sonne nie ganz unter ging. Nach ihrer Zeitrechnung nach, müsste es jetzt mindestens so kurz um zwanzig Uhr herum sein. Da die Eventbesucher gegen achtzehn Uhr eingelassen worden sind. Die Hochzeitszeremonie war für zwanzig Uhr geplant worden. Auf ihre Frage hin wie spät es war meinte Asta: „einundzwanzig Uhr.“. Sie konnte es kaum glauben, das sie solange sich im Haus selbst aufgehalten hatten. Aber Asta und Freya gaben sich soviel Mühe, sie als Braut herzurichten. Es herrschte ein immenses Getümmel auf dem Festgelände, soviel war ihr bewusst und so langsam wurden auch die Eventbesucher nervös. Aber auch sie war sehr nervös und angespannt in den letzten paar Minuten. Ihr Magen krampfte sich zusammen und sie befürchtete schon, sich übergeben zu müssen. Ihr Herz klopfte so wild, dass sie dachte, es würde ihr den Brustkorb sprengen. Es schlug immer schneller und sie keuchte, weil sie glaubte keine Luft mehr zu bekommen. Immer öfters musste sie sich zur Ruhe zwingen. Da nützten nicht einmal die beruhigenden Worte von Asta etwas. Ihre Hände waren eiskalt und sie zitterte vor Aufregung.
Björn machte ein imposantes Bild vor dem Wasserfall. Er trug über seinem Wollhemd, einen Wams mit Ärmel, der von einem breitem Gürtel gehalten wurde. Seine breiten muskulösen Oberkörper wurde von einem dreiviertel langem Mantel bedeckt, der durch eine große silberne Brosche an der Schulter zusammen gehalten wurde. Die lange Tuchhose flatterte leicht im Wind. Dazu trug er lange bequeme Lederstiefel und einen Helm, der mit kunstvollen Schmiedearbeiten verziert war. An seiner linken Seite steckte ein Kurzdolch. Vor ihm war Schild, Speer und Streitaxt drapiert. Nervös wartete er auf seine Braut. Er hoffte, dass Josefine nicht noch in aller letzter Minute einen Rückzieher machen würde. Auf einmal verstummte das laute Stimmengewirr der Eventbesucher. Dann sah er sie, seine Braut, er hielt für einen Augenblick den Atem an. Josefine trug ein knöchellanges Leinengewand. Dazu dicke Wollsocken und Schuhe aus weichem Leder, die mit geflochtenen bunten Bändern bis an die Waden hoch gebunden waren. Ihre Taille um-

schlang ebenfalls ein breiter Ledergürtel, an dem Tierfellknäuel hingen. Über ihre Schultern war einen Pelzumhang gelegt, den ebenfalls eine großen Brosche zierte. An beiden Armen trug sie silberne Armreifen. Björn stockte der Atem, als er seine Josefine so erblickte. Die untergegangene Sonne rahmte sie Märchenhaft ein mit ihrem mystischen Licht. Vor Josefine ging seine kleine Schwester Freya mit einem Schild, das die passende Größe für eine Frau hatte. Darauf lag ein Dolch, gleich groß wie der, der aus Björn´s Gürtel ragte. Nachdem Josefine neben Björn getreten war, nahm er ihre Hand und flochtet die Finger durch die ihren. Als er sie sanft drückte, erwiderte Josefine die Geste und klammerte sich an seiner Hand fest, wie an einem Rettungsseil. Denn sie glaubte gleich den Boden unter ihren Füßen zu verlieren. Der Standesbeamte, der als heidnischer Priester gekleidet war, überreichte dem Brautpaar eine Schale in dem ein Säckchen gefüllt mit roten Beeren lag. Normalerweise wurde hier in Zeiten der Wikinger jetzt ein Tier als Opfergabe geschlachtet. Die Brautleute mussten gemeinsam die Beeren ausdrücken. Björn umschloss das Säckchen mit seiner Hand und Josefine legte die ihre darüber. Gemeinsam drückten sie die Beeren aus und Saft wurde in der Schale aufgefangen. Im Anschluss nahm der Priester einen Zweig, tauchte diesen in die Beerenflüssigkeit und schwang mit einer fliesenden Bewegung von oben nach unten und von links nach rechts ein T in die Luft, um die Götter, Thor, Hammar und das Brautpaar zu segnen. Björn nahm sein großes Schild, legte es auf den provisorischen Steinaltar. Josefine überreichte ihm das Schwert und legte es in seine Hände. Freya legte das kleine Frauenschild auf das von Björn. Dieser bettete die Waffe, die er von Josefine erhalten hatte darauf. Er griff an seine linke Seite, zog sein Schwert aus dem Ledergürtel und überreichte dies Josefine. Die wiederum dieses wie ein T zusammen mit ihrem auf dem Schild anordnete. Freya legte zwei silberne Ringe zwischen dem geraden T – Strich. Nocheinmal wurde das Ritual mit dem Blutzweig und dem Hammerzeichen vollzogen. Björn griff zu Josefine´s Schwert und spießte ihren Ring darauf. Mit den Worten: „Nimm diesen Ring, als Zeichen unserer endlosen Liebe.“, durfte Josefine den Ring von der Spitze nehmen und sich ihn an die Hand stecken. Genau so wie Björn es ihr vorgemacht hatte, machte sie es ihm nach. Im Anschluss mussten sie beide mit ihrer Ringhand den Schwertknauf festhalten und ihren Eid sprechen. Der Priester überreichte dem

Brautpaar ein Horn mit Met. Zuerst durfte Björn daraus trinken, bevor er es weiter an seine Frau reichte. „Lass einen kleinen Schluck für die Götter darin.“, flüsterte er ihr augenzwinkernd zu. Josefine war froh, dass sie die Zeremonie überstanden hatte. Ihre Knie und Hände zitterten während der Trauung die ganze Zeit. Einmal meinte sie fast ohnmächtig zu werden. Nach den Erzählungen von Björn´s Mutter Asta, kämme jetzt nur noch das Brautrennen dran. Doch als der Priester sagte, dass das Brautpaar noch eine weitere Aufgabe zu erfüllen häbe, glaubte Björn sich verhört zu haben. Er kannte das Kulturereignis in- und auswendig und auch die Reihenfolge, deshalb blickte er sich suchend nach Sidar um. Was zum Teufel ging hier vor sich? „Liebling, verzeih mir, ich weiß selbst nicht, was jetzt kommt. Eine Sonderaufgabe gibt es normal nicht.“, murmelte er ihr zu, um seine und die Nerven von Josefine zu beruhigen. Der Priester erhob das Wort. „Liebe Hochzeitsgäste, da unser Bräutigam, Björn Magnuson hier vor euch heute das Ja-Wort gegeben hat, mit seiner reizenden Frau Josefine Jansen und Björn ein waschechter Isländer ist.“. Dies ließ die Leute aufgrölen und aufjubelten. „Wird er jetzt gemeinsam mit seiner Braut als Zeichen der Verbundenheit mit Island, sich in die Fluten des Wasserfalls stürzen.“. Die Menge grölte weiter und applaudierte euphorisch. Björn blickte zu Josefine, aus deren Gesicht alle Farbe entwichen war, dann zurück zum Standesbeamten und zeigte ihm fluchend einen Vogel. „Bist du des Wahnsinns Snorre?“, giftete er ihn wutentbrannt an. „Tut mir leid Björn, aber das ist nicht auf meinem Mist gewachsen. Bedanken könnt ihr euch bei Sidar und vor allem bei deiner arroganten Schwester Inga.“. Die Eventbesucher feuerten kräftig das Brautpaar an, damit sie sich endlich unter den Wasserfall begaben. Björn zog Josefine dicht in seine Arme und legte seine Stirn auf die von ihr. „Liebling, es tut mir so leid. Ich hätte wissen müssen, dass den beiden irgend eine Gemeinheit als Rache einfallen würde, weil ich sie damals im Stich gelassen habe.“, sprach Björn und küsste Josefine zärtlich, gleichzeitig hob er sie hoch ohne den Kuss zu unterbrechen. Josefine strampelte und zappelte, wie wenn ihr letztes Stündchen geschlagen hätte. Björn, der den Kuss unterbrach, als er ins Becken des Wasserfalls stieg, legte den Kopf in den Nacken und lachte schallend los. „Liebling, so schnell wollte ich mich nicht von dir scheiden lassen, aber wenn du willst, darfst du mich im Anschluss nackt durch Reykjavik jagen.“, brüllte er so laut, dass auch das Publikum es hören konnte und küsste sie noch einmal. Josefine zitterte am ganzen Körper. Der Wasserfall kam Schritt für Schritt bedrohlich näher. Sie hatte sich geschworen nicht laut los zu schreien, aber sie schaffte es nicht, als das kalte Wasser über sie schwappte und ihr in Nase, Kehle und Augen drang. Björn, der mit dem Rücken voran langsam ihm sich näherte, beobachtete Josefine gespannt. Auch er wollte nicht schreien, doch als sich das kalte Wasser über seine Schultern stürzte und auf Josefine prallte, schrie er genauso laut auf, wie sie. Josefine zitterte so stark, dass er Angst hatte, dass sie ihm aus den Armen gleiten würde. „Halt dich fest, ich habe eine Idee.“, rief er laut, um das Getöse des Wasserfalls zu übertönen. Mit schnellem Schritten trat er ans Ufer und sprang mit Josefine auf den Armen die glitschigen Stufen hinter dem Wasserfall hinauf. Josefine war Stock steif vor Kälte und ihre Zähne klapperten aufeinander. „Versuch den Lichtschalter oben rechts zu finden.“, befahl er ihr. Mit zitternden Händen tastete sie nach dem Lichtschalter. Nachdem sie es geschafft hatte diesen mit ihren steifen Fingern zu betätigen, lief Björn weiter. „Liebling, ich muss leider ganz langsam in das warme Wasser gehen, damit wir beide keinen Kreislaufkollaps bekommen. Und es wird eventuell etwas schmerzhaft werden, bis sich unsere Körper an das warme Wasser gewöhnt haben.“, informierte Björn sie, aber als Antwort bekam er nur ein Zähneklappern von ihr. Langsam watete Björn mit ihr in das warme Wasser, Josefine schloss für einen Augenblick die Augen. Das warme Wasser tat gut, obwohl es zu Beginn sehr unangenehm war. Langsam tauchte Björn mit ihr ab, ohne sie dabei los zu lassen. Hinter ihnen ertönte die fluchende Stimme von Magnus. Er war erleichtert, als er sie eng umschlungen im thermischen Wasser erblickte. Er könnte Josefine nicht einmal böse sein, wenn sie jetzt bitterböse auf alle war und sogar die Ehe annullieren ließ. „Bleibt solange im warmen Wasser, bis ich euch warme Kleidung und Handtücher organisiert habe. Ich schwöre euch, das dies ein gewaltiges Nachspiel hat, darauf könnt ihr beide Gift nehmen.“, versprach Björn´s Vater dem jungvermähltem Paar sehr verärgert und verschwand aus der Höhle. Kurz darauf erschien Asta mit zwei dampfenden Bechern Tee in der Hand. Björn nahm ihr die beiden warmen Gefäße aus der Hand und reichte eines davon an Josefine weiter. „Dein Vater hat Sidar und Inga gefunden, dass er die beiden nicht an Ort und Stelle geköpft hat, grenzt an ein Wunder, so

wie der tobte. Er hat die zwei nach Hause geschickt, um euch trockene warme Kleidung zu besorgen. Freya ist auch dabei. Magnus hat sie angewiesen, darauf zu achten, dass die beiden nicht noch mehr Unfug anstellen. Sobald sie da sind, bringe ich euch die Kleidung herauf. Die nassen Sachen schmeißt ihr einfach hier rauf. Ich sammle sie später ein.", sagte Björn´s Mutter Asta zu den beiden. „Josy Liebling, wirst du mich jetzt splitterfasernackt nackt durch Reykjavik jagen?", fragte Björn unsicher aber doch mit wissendem Schalk in seinen Augen, seine Angetraute. Josefine lachte auf. Sie hatte nach dem warmen Getränk ihren Humor wieder gefunden. „Dich nicht, aber dafür zwei andere.", gluckste sie und Asta stimmte mit ein. „Ich werde dir dabei helfen. Wobei ich glaube, es würde da sogar noch mehr Helfer geben. Die Liste wäre gewiss sehr lang und ganz oben auf der, würde bestimmt dein Schwiegervater stehen.", kicherte sie gemeinsam mit Josefine und Björn.
Nachdem Sidar und Inga die trockene Kleidung gebracht hatten und Freya darauf achtete, dass das jung vermählte Paar wieder trockene Sachen an hatte, saßen Björn und Josefine im Langhaus an der Feuerstelle und aßen eine warme Suppe. Asta bestand darauf, Josefine´s Haare dabei zu föhnen. Doch sie hatte alle Mühe ihre wilde Lockenpracht zu bändigen. Nachdem sie Josefine einen überdimensional großen warmen Pullover von Björn über den Kopf streifte, bemerkte sie, dass ihr Haar durch das föhnen statisch aufgeladen war. Björn blickte seine Frau an und grunzte los. „Liebling, du siehst aus, wie ein Hexenbesen.", meinte er amüsiert und Josefine kicherte, griff sich ins Haar um dies zu glätten. Freya schnappte blitzschnell ihr Handy und machte einen Schnappschuss von Josefine mit ihrem zerzausten Mähne. Magnus betrat das Langhaus und von draußen hörte man den Lärm der Eventbesucher, die feuchtfröhlich und ausgelassen feierten. „Wenn ihr beide fertig seid, werde ich euch nach Hause fahren. Die Heizung im Auto läuft auf Hochtouren, damit ihr euch keine Frostbeulen holt. Erlaubst du, dass ich endlich deine frisch gebackene Ehefrau, in der Familie begrüßen darf?", fragte Magnus seinen Sohn. Ohne auf die Antwort von Björn abzuwarten, zog er Josefine in seine starken Arme. „velkomin i fjölskylduna", was soviel wie „Willkommen in der Familie.", hieß und gab ihr einen Kuss auf die Wange. Asta und Freya schlossen sich ihm sofort an und umarmten Josefine stürmisch. Im Anschluss begaben sie sich hinaus zu dem Jeep, der mit laufendem Motor vor dem Lang-

haus wartete. Björn schob Josefine auf die Rückbank des Jeep ´s bevor er sich neben sie setzte. Sein Vater Magnus sagte etwas auf isländisch zu ihm. Darauf hin fing Björn an zu lachen und antwortete ihm ebenfalls in seiner Muttersprache. Josefine fand das geschmacklos, da sie nicht in das Gespräch der beiden Männer miteinbezogen wurde. Gefährlich grimmig blickte sie ihren Mann an, der abermals auflachte, als er ihren Blick erhaschte. „Wenn du so weiter machst, werde ich glaube statt zwei Personen, doch eher drei Personen durch Reykjavik oder Akureyri hetzen.", zischte sie Björn leicht säuerlich an. Magnus lachte dabei leise auf. „Dann wird es ganz schnell Zeit für dich isländisch zu lernen.", riet er seiner Schwiegertochter.
„Velkomin", sagte Björn´s Vater, der gerade vor dem Haus hielt und mit einer Handgeste darauf zeigte. Björn stieg aus dem Wagen, aber er hielt Josefine zurück, als auch diese aussteigen wollte. „Nj elskan", sagte er amüsiert was soviel wie „Nein Liebling" hieß, dabei verdrehte Josefine die Augen. Er hob sie aus dem Wagen und trug seine kleine süße Ehefrau zur Haustüre. Magnus öffnete ganz galant den Beiden die Türe und verabschiedete sich mit den Worten: „göda nött". Björn flüsterte „Gute Nacht.", Josefine leise ins Ohr, sodass sein Vater es nicht hören konnte. „Gute Nacht Magnus", antwortete sie ihm grinsend. Kopfschüttelnd ging er zurück zum Wagen. „So lernt die Kleine das nie.", rief er Björn kopfschüttelnd zu. Magnus winkte den Beiden zum Abschied nochmals zu, bevor er in den Jeep stieg und davon fuhr. Björn schloss mit dem Fuß die Haustüre und trug Josefine nach oben in ihr Schlafzimmer. Sie fiel fast vom Glauben ab, als Björn die Schlafzimmertür öffnete. Im gesamten Zimmer brannten Windlichter. Auf dem Nachttisch standen zwei Sektgläser und eine Flasche Sekt. Sowie eine Thermoskanne und zwei Becher. Auf dem Bett waren zwei rote Handtücher zu einem Herz geformt. Josefine war sprachlos. Björn stellte Josefine mitten im Zimmer ab. Zog sie fest an sich und streifte sanft ihre Lippen. „Sprachlos Liebling?", erkundigte er sich kichernd und sein Lachen klang dabei tief und grollend. Als er mit einer Hand die Bettdecke zurück schlug, lagen in ihrem Bett mindestens vier heiße Wärmflaschen. Jetzt prustete auch Josefine los. „Es scheint bald so, als ob da jemand sich mächtig ins Zeugs gelegt hat um etwas gut zu machen.", kicherte sie und schlüpfte vorsichtig ins Bett. Björn blickte ungläubig zu Josefine hinunter. „Willst du wirklich heute Nacht in all den dicken Wollsachen schlafen?", fragte er

entrüstet und zugleich amüsiert. „Ja, solange mein Gemahl da draußen vor dem Bett seht und dumm frägt.“, konterte sie albernd, dabei musste sie die Lippen zusammenpressen, um nicht loszulachen. Björn prustete los und schlüpfte ebenfalls angezogen zu ihr ins Bett. „Glaub mir, du wirst es gleich bereuen, mit den gesamten Klamotten ins Bett gestiegen zu sein.“, meinte er albernd und begann sie aus zu kitzeln. Josefine kicherte, fing zu zappeln an, rollte sich auf ihn und versuchte seine Hände festzuhalten, damit Björn sie nicht mehr kitzeln konnte. Sie alberten so hitzig im Bett herum, das die Bettflaschen, Kissen und Decken nach einander zu Boden gingen. Björn seufzte außer Atem auf. „Frieden Liebling. Du hast gewonnen.“, sprach er nach Luft japsend. Er ließ sich erschöpft zurückfallen in die Kissen und zog Josefine mit sich. Der zog die Arme unter ihr hervor und schob ihr das Haar hinter die Ohren. „Ich liebe dich Liebling.“. Atemlos lagen sie eng aneinander geschmiegt. Nachdem Björn sich wieder etwas erholt hatte, befreite er sich langsam aus Josefine´s Umklammerung. Schwang die Füße aus dem Bett, bückte sich und hob eines der Kissen auf, das ihm im Weg lag und warf es mit einem schelmischen Grinsen Josefine zu. Sie fing es auf und drückte es sich an die Brust. „Was möchtest du haben? Warmen Tee oder sollen wir den Sekt köpfen Liebling?“, erkundigte er sich bei Josy, breit grinsend mit hochrotem Kopf vom herum albern und den dicken Klamotten am Leib. „Sekt, wäre mir lieber.“, erwiderte sie auf seine Frage. Björn nickte, griff zur Sektflasche und öffnete die Umhüllung des Korkens. Albernd zielte er mit dem Korken auf Josefine. „Untersteh dich!“, schrie sie und hielt sich schützend das Kissen vors Gesicht. Sie konnte gerade noch sehen, wie Björn eine Schritt zurück machte um eine bessere Zielposition zu bekommen. Was danach kam, konnte sie nur erahnen. Sie hörte einen lauten Knall, ein lautes Aufflu-chen, ein Plopp, ein lautes Gepolter und einen Aufschrei. Sie riss sich entsetzt das Kissen vom Gesicht und starrte Björn an. Dann lachte sie laut los, doch schon eine Sekunde später sprang sie aus dem Bett. „Liebling, hast du dir weh getan?“. Björn saß vor ihr auf dem Boden, in einer Pfütze aus Wasser und Sekt. Er hielt sich eine Hand vor eines seiner Augen, die leere Sektflasche rollte ihm dabei aus der anderen Hand. „Oh Scheiße, lass mich mal sehen.“, murmelte Josefine, die vor ihrem Mann kniete und zog ihm die Hand langsam vom Auge, das schon fast überdimensional angeschwollen und rot war.

Josefine sprang auf und eilte hektisch ins Badezimmer um einen nassen kalten Waschlappen zu holen. „Hier drück das auf dein Auge, ich werde unten in der Küche nach Eiswürfel oder etwas ähnlichem schauen. Bin gleich wieder zurück.“, sprach sie hektisch und rannte aus dem Zimmer hinaus. Sie eilte nach unten und riss ganz nervös die Kühlschranktür auf. „Zur Hölle“, fluchte sie laut vor sich hin. Denn im Gefrierfach konnte sie keine Eiswürfel finden. Das einzige was sie fand, war eine Packung tiefgefrorener Erbsen. Diese wickelte sie in eine Küchenhandtuch und rannte schnell wieder nach oben. Außer Atem klatschte sie die Erbsenpackung Björn auf sein angeschwollenes Auge. Leider hatte sie in ihrer Panik übersehen, dass die Packung schon geöffnet war und die Erbsen statt zur Kühlung von Björn´s Auge nun auch noch durch ihr gemeinsames Schlafzimmer kullerten. „Oh Nein“, schrie Josefine laut auf und Björn gluckste leise vor sich hin. „Wir sind schon ein komisches Paar.“, grummelte Björn, hob eine gefrorene Erbse vom Boden auf und steckte sie sich in den Mund.
Nachdem Björn ein weiteres Mal mit Flüssigkeit in Berührung gekommen war und zwar mit Duschwasser. Weil Josefine darauf bestand, dass er duschte sollte, denn er stank extrem nach Alkohol und man sich in seiner Gegenwart schon beschwipst würde, wenn man nur in seine Nähe kam, trat der frisch gebackene tolpatschige große Trollehemann frisch geduscht nur in Boxershorts bekleidet ins Schlafzimmer. Solange Björn duschte, hatte Josefine dafür gesorgt, dass das Zimmer wieder einigermaßen akzeptabel aussah. Sogar eine neue Flasche Sekt stand geöffnet auf dem Nachtisch und in den Sektgläsern sprudelte die prickelnde Flüssigkeit fröhlich auf und ab. Björn ließ sich seufzend aufs Bett fallen, sein Auge war jetzt ganz zugeschwollen, er rümpfte vorsichtig die Nase. „Schnupper mal Liebling, hier riecht es wie in einem Weinkeller, nicht wie in einem Krankenhaus. Der Patient braucht jetzt dringend Pflege.“, jammerte Björn leise amüsiert. „Und wie soll die Pflege aussehen? Soll die Krankenschwester dafür sorgen, dass das andere Auge gleich zu schwillt wie das erste, damit es nächstes Wochenende nicht so auffällt, wenn der Trauzeuge seiner Schwester mit einem blau-grünem Lidschatten zur Hochzeit erscheint?“, erkundigte sie sich glucksend. Björn schnaubte wie ein kleiner Drachen auf und seufzte laut dabei. „Du bist ganz schön gemein zu mir. Komm her, der halbblinde, tollpatschige Troll möchte dich küssen. Und im übrigen hast du für eine

liebevolle Pflegekraft noch immer viel zu viele Sachen an.“, sprach er zärtlich zu ihr. Björn erhob sich ein wenig, verwob seine Finger in Josefine´s Haar und zog sie zu sich hinunter. Langsam schob er den dicken Pullover nach oben um ihn ihr über den Kopf zu ziehen. Sofort, nachdem Björn ihr geholfen hatte aus dem übergroßen Pullover zu schlüpfen, ließ sie ihre Hände zärtlich über seine Brust gleiten. Als sie mit ihren Fingern federleicht über seine Brustwarzen strich, zog er scharf die Luft ein. Er zog sie noch näher zu sich und küsste die entblößte Schulter. Wie Josefine den Kopf leicht zur Seite neigte, liebkoste er mit seinen Lippen ihr Ohr und gilt dann zurück zu ihrer Schulter. „Du hast noch immer viel zuviel an Liebling.“, beschwerte er sich flüsternd an ihre Schulter. „Dann sollten wir etwas dagegen tun.“, schlug Josefine ihm mit verführerischer Stimme vor. Worauf seine Hände hinab zu ihrer Taille glitten. Björn grinste und küsste ihre nackte Brust. „Ich müsst ein Narr sein, wenn man mich so einlädt.“, sagte er leicht spöttisch und Josefine schlug ihm leicht auf die Finger. „Lass mich das machen, du hast heute schon genug Chaos veranstaltet mein kleiner Tollpatsch.“, kicherte sie und schlüpfte aus dem Bett, stand auf um ihre Hose zu öffnen. Im Anschluss schob sie sich ihre Jeans über die Hüften und entledigte sich ihrer. Björn grinste sie an, als sie ins Bett zurück kehrte, denn auch er hatte sich dem Rest Kleidung, die er noch an hatte entledigt und das war wirklich nicht mehr viel. Er nahm ihren Kopf in beide Hände und hob ihr Gesicht dem seinem entgegen. Er wollte Josefine necken. Sein Griff war unnachgiebig, aber zugleich auch irgendwie sanft. Seine Lippen waren ihrem Mund so nah. Sie schwebten über ihren Wangen und über ihren Augen. Josefine schloss die Augen, bei dieser quälenden süßen Folter. Sie wollte den Kuss so sehr, aber Björn ließ sie zappeln. „Küss mich endlich du Schuft.“, flüsterte sie ihrem tollpatschigen Troll sinnlich zu. Björn knurrte leise „Ungeduldig Kleines?“. Er streichelte über ihren Rücken um ihren Po zu umfassen, dabei zog Björn sie noch enger an sich. Er küsste ihre Halsbeuge und Josefine wölbte sich ihm entgegen. Sein Mund und seine Hände schienen überall gleichzeitig zu sein. Ein tiefes Grollen drang aus seiner Kehle und knabberte an ihrem Ohrläppchen. Er umfasste ihre Brüste, drückte sie zusammen, damit er beide gleichzeitig küssen konnte. Josefine´s zarte Knospen richteten sich auf, als wollten sie sich ihm entgegen strecken. Sie fuhr mit den Fingern durch sein kurzes blondes Haar und strich mit den Fingernägeln über seinen breiten Rücken. Seine Muskeln spannten sich unter ihrer Berührung an. Sie konnte spüren, wie er bebte. Björn bedeckte ihren Hals mit leidenschaftlichen Küssen, schob ein Knie zwischen ihre Beine und drückte seine Schenkel gegen jenes feuchte heiße Zentrum der Lust. Sie stöhnte und packte ihn drängend an den Schultern. „Hab Geduld Kleines.“, murmelte er lächelnd gegen ihr Schlüsselbein. „Dein halbblinder Troll läuft dir nicht davon.“, flüsterte Björn und wieder küsste er sie und ließ seine großen starken Hände über ihren Körper gleiten. Sein raues Kinn war ein köstlicher Kontrast zum Streicheln seiner Zunge. Björn liebkoste ihre Brüste und jagte einen Schauer nach dem anderen durch ihren Körper. Josefine strich über seinen Rücken und staunte über den Kontrast seiner feinen Haut zu den harten Muskeln darunter. Björn war Feuer, Eis und Leidenschaft. Sie seufzte auf vor Glück. Seine Hand fuhr zwischen ihre Beine, leicht und sicher fanden seine Finger ihre intime Stelle. Björn´s Lippen folgten dem verlockenden Pfad seiner Hände. Er küsste ihren Bauch und hielt kurz an ihrem Nabel inne. Mit seiner Zunge umkreiste er diesen mehrere Male, bevor er erst die eine Seite der Hüfte küsste und dann die andere. Er kitzelte Josefine und reizte sie so sehr, dass sie leise auf kicherte. Sein Kopf tauchte zwischen ihre Schenkel ab und schon im gleichen Moment keuchte Josefine auf und wand sich unter ihm. Sie schlang ihre Finger um sein kurzes blondes Haar und versuchte seinen Kopf wieder zu sich hinauf zu ziehen, doch Björn gab nicht nach, sondern lachte leise. Josefine wollte ihn aufhalten, aber vergebens. Er küsste sie genau an der Stelle, die am meisten nach ihm schrie, während er sie weiter streichelte. Ihr Körper bäumte sich auf, sie verlor die Kontrolle darüber. Josefine schloss die Augen und ihr verräterischer Unterleib hob sich ihm entgegen. Ihre Brust war so eng, als müsste ihr Herz gleich zerspringen. Sogar das Atmen fiel ihr schwer. Noch immer wurde das Flattern in ihrem Bauch stärker, wie tosende Wellen, die gegen mächtige Basaltfelsen schlugen. Jede Welle war noch größer und höher als die zuvor. Gerade als sie glaubte, es nicht mehr ertragen zu können, begann ein langsames Trudeln, als glitt sie über das Eis eines Gletschers dahin. Sie fühlte wie sich ihr Tollpatsch über sie beugte. Björn legt die Hand an ihr Kinn und drehte ihr Gesicht zu sich. Als sie sein schelmisches Grinsen erkannte, verbarg sie rasch ihr Gesicht an seinem Hals. „Du Schuft.“, wisperte sie an seinen Hals und küsste ihn dort. Josefine schmeckte das Salz und sein männliches Aroma. Björn´s Puls trommelte wild gegen ihre Lippen. „Ich wusste gar nicht, dass ein halb blinder Troll, das alles findet.“, zog sie ihn kichernd auf, dabei schlang sie ihre Arme um ihn. Sie wollte ihn noch näher bei sich haben. „Dein einäugiger halb blinder Troll findet jedes Teil an dir Liebling.“, wies er sie darauf hin und lachte dabei heiser auf. „Du glaubst mir nicht?“, fragte er keck. Als er sich bewegte, strichen die feinen Härchen auf seiner Brust verlockend über ihre Brüste. „Geht es denn noch weiter?“, erkundigte Josy sich scherzhaft bei ihm. Björn stieß einen tiefen Seufzer aus, schob sich zwischen ihre Schenkel und drang tief in sie ein. Es war ein herrliches Gefühl, wenn er in sie hinein und wieder hinaus glitt. Ihre Körper bewegten sich gemeinsam. Sie spürte seine Muskeln an ihren Brüsten. Langsam schob er eine Hand unter ihren Po und seine Stöße wurden immer tiefer und schneller bis Josefine anfing zu stöhnen. Noch heftiger wie zuvor schlugen die Wellen der Brandung in ihrem Bauch. Sie schrie auf vor Lust und auch Björn. Sein ganzer Körper spannte sich. Dann bäumte er sich auf und keuchte rau, es klang wie ich liebe dich, nur nicht in der deutschen Version. Josefine klammerte sich an ihn, ließ sich von ihm mitreisen, bis er mit einem langen zufriedenen Seufzer über ihr zusammen sackte. Nur sehr langsam beruhigten sich ihre Atem. Björn lag schwer auf ihr, aber sein Gewicht war wie eine schützende Hülle für Josefine. Als er sich schließlich von ihr hinunterrollte, fühlte sie sich beraubt, doch Björn zog sie mit sich, sodass Josefine jetzt auf ihm lag. Er hielt sie weiterhin in den Armen. „Ich liebe dich.“, flüsterte er schließlich und küsste sie auf die Stirn. „Ich liebe dich auch mein kleiner tollpatschiger Troll.“, sprach Josefine und küsste ihn auf die Brust und bettete ihren Kopf an seine Schulter.

Kapitel

Magnus, Björn´s Vater sollte Recht behalten, als er am Event morgen sagte, dass es nach einem Wetterumschwung aussah. Es begann zu regnen, mitten in der Nacht und regnete immer noch. Aber davon haben Björn und Josefine durch die Kapriolen von dem tollpatschigen Troll in der Nacht nichts mitbekommen. Josefine erwachte am nächsten Morgen aus lebhaften Träumen. Sie rieb sich verschlafen die Augen. Von unten aus der Wohnstube kam ein angenehm auftretendes Aroma herauf, das nach frisch gebackenem Brot und Kaffee duftete. Gähnend streckte sie Arme und Beine und drehte sich auf die Seite zu ihrem liebevollen tollpatschigen Troll um ihn zu wecken. Sie küsste Björn, der immer noch neben ihr schlief auf die Wange, um ihn zärtlich aus dem Schlaf zu holen. „Guten Morgen mein kleiner Troll.“, flüsterte sie ihm ans Ohr. Josefine riss die Augen auf, als Björn schlaftrunken den Kopf vom Kissen hob. Sie japste leise nach Luft und hielt sich beide Hände erschrocken vor den Mund, als sie ihm ins Gesicht blickte. Sie schüttelte mit einem leisen Lachen den Kopf. Björn kniff angestrengt sein gesundes Auge zusammen, den das andere wollte nicht so recht und versuchte auszumachen, was seine reizende Josy mit dieser Reaktion meinte. „Was ist denn?“, seine Stimme klang noch ganz rau vom Schlaf. Als er erkannte, dass sie beide Hände vor ihrem Mund hielt. „Oh man Liebling, der Sektkorken hat ganze Arbeit geleistet. Du hast ein schönes, mächtiges Veilchen abbekommen.“, erklärte Josefine ihm ihren erschrockenen Gesichtsausdruck. „Wirklich?“, fragte er und tastete vorsichtig an seinem Auge herum. Björn schlug die Decke bei Seite, stand auf und trat ins Bad, um einen Blick in den Spiegel zu werfen. So schlimm konnte es doch nicht sein. Resigniert schnaubte er auf, als er einen Blick in den Spiegel warf. Er trat von einem Fuß auf den anderen und tanzte und zappelte vor dem Spiegel herum, um einen bessern Blick zu bekommen. „Himmel Herr Gott noch mal.“, brummte er stöhnend auf, als ihm das ganze Ausmaß in seinem Gesicht bewusst wurde.

Mit gesenktem Kopf, um sein Veilchen zu verbergen, setzte sich Björn an den Frühstückstisch, an dem eifrig geplaudert und gescherzt wurde. Sidar lobte das Event des vergangenen Abends in den höchsten Tönen. Vor allem lobte er das nette

Brautpaar, das ihm den Arsch gerettet hatte. Genau deshalb sei eine Menge Geld in die Kasse geflossen, vor allem weil ein waschechter Isländer dort geheiratet hatte. Sidar gab auch damit an, dass schon die ein oder andere Nachfrage für Hochzeiten im darauf folgenden Jahr von ein paar Touristen eingegangen war. Sie sprachen auch über Björn´s vier reizende Grazien, die Gott sei Dank, gestern Morgen abgeflogen waren. Sidar hatte den Vieren einen Flug buchen können, der genau von hier aus Akureyri nach Reykjavik ging. Gott Lob das dies geklappt hatte, sonst hätte doch noch jemand die Mädels bis nach Reykjavik fahren müssen am Event morgen. Wo sowieso schon alles drunter und drüber gegangen war. Selbst Björn´s Schwester Inga war heute morgen wie ausgewechselt. Es gab keine bösartigen, zynische Attacken gegenüber Josefine. Als Björn sich auf den Stuhl nieder ließ, verstummte das Gerede sofort. Denn sein Veilchen war so groß, das es unmöglich war, dies zu verbergen. Magnus, Björn´s Vater, der sich wie jeden Morgen hinter seiner Tageszeitung versteckte, senkte diese ganz langsam, um der Sache auf den Grund zu gehen, warum alle so urplötzlich das Geplapper eingestellt hatten. Er lachte schallend auf, als er seinen Sohn erblickte und Josefine, die neben ihm saß und leise vor sich hin kicherte. „Guten Morgen ihr beiden, hattet ihr eine wilde Nacht?“, fragte Magnus amüsiert und alles lachte auch schon los. „Na komm schon.“, stichelte Magnus die beiden und gab Josefine einen leichten Schubs mit seinem Ellenbogen. „Erzählt uns, wie der Troll zu seinem blauen Auge gekommen ist. Eine wilde Rauferei unter der Bettdecke, nehme ich an.“, scherzte ihr Schwiegervater vergnügt. Josefine kicherte und Björn verdrehte sein gesundes Auge, vom anderen sah man nicht sehr viel, weil es immer noch geschwollen war und alle Farben von blau, rot, gelb und grün auf wies. „Nein, ich war es nicht. Er hat sich mit einer Sektflasche angelegt, dabei sind ihm eine platzende Wärmflasche und mehrere Decken im Weg gewesen über die er gestolpert ist.“, verteidigte sich Josefine glucksend und bebte dabei am ganzen Körper. Abermals lachten alle so laut, dass sie die eingehende Nachricht von Björn´s Handy fast überhörten. Er zog es aus seiner Hosentasche und schielte mit seinem gesunden Auge auf die Nachricht. Sie war von Jo und sie war kurz. „Alles im grünen Bereich, wir skypen heute Abend. Ich rufe euch an, sobald Josefine´s Bericht eingegangen ist.“. Björn grinste seine Angetraute an. „Die Heimat ruf Liebling.“, meinte er und küsste sie zärtlich, dabei schob er ihr das Handy zu. Josy´s Herz machte Luftsprünge, als sie die kurze Nachricht las. „Das ist ja schon morgen Abend.“, hauchte sie vor Nervosität. Doch Björn schüttelte den Kopf, denn er hatte ihr absichtlich die Nachricht vom Tag zuvor zum lesen gegeben. „Nein Kleines, die SMS ist von gestern.“. Er scrollte nach oben, sodass Josefine die neueste Mitteilung lesen konnte. Josefine war aus dem Häuschen und umarmte Björn so wild und überglücklich, dass er bald vom Stuhl geflogen wäre. Denn ganzen Tag über konnte Josefine an nichts mehr anderes denken, wie an das bevorstehende Gespräch mit Jo. Es würden zwar noch viele Stunden vergehen, weil sie zuerst einmal noch das Chaos des Events beseitigen müssten. Aber jetzt würde sie endlich erfahren, was alles während ihrer Abwesenheit passiert war. Sie konnte sich einfach nicht konzentrieren, nicht einmal auf die leichte Arbeit, wie zum Beispiel den Tourenplan, der täglich um achtzehn Uhr bei ihr einging, zu prüfen, so nervös war sie. Sie überflog ihn diesmal nur und nahm keine Veränderung vor. Sobald Josefine den korrigierten Bericht zurück gesandt hatte, wollte Jo anrufen. Björn saß deshalb im Büro seines Vaters vor dem PC und wartete darauf, dass der Anruf kam. Er zog noch schnell seinen Ehering vom Finger, denn sie hatten beide beschlossen, die Katze nicht gleich aus dem Sack zu lassen, um den ganzen unnötigen Fragen erst mal aus dem Weg zu gehen. Vor allem Jo gegenüber mussten sie es langsam an gehen, weil er Josefine wie ein treuer Wachhund beschützte. Er stand Amarok in nichts nach, wenn es um Josefine ging. Das Telefon klingelte und Björn nahm den Anruf entgegen, der per Skype herein kam. Das erste was Björn von Jo hörte, war ein schallendes Gelächter. „Hallo Björn! Oh man Alter, hat dich ein Pferd getreten?“, zog ihn Jo auch schon auf und Björn lachte leise auf. „Hallo Jo, nein es war kein Pferd, aber wenn ich dir die Wahrheit erzähle, würdest du sie eh nicht glauben.“, meinte Björn amüsiert und gutgelaunt. Er sah wie Jo fragend eine Augenbraue nach oben zog. „Es war der Korken einer Sektflasche.“, berichtete Björn und hörte auch schon im Hintergrund mehrere Stimmen auflachen. „Sag mal, wer ist denn eigentlich alles bei dir?“, erkundigte sich Björn neugierig bei seinem Boss. „Alle!“, platzte Jo frech grinsend heraus. „Wo hast du unser Juwel versteckt? Sie sieht doch hoffentlich nicht auch so aus wie du?“, lästerte Jo ab und Björn lachte laut los. „Viel schlimmer.“, feixte er mit Jo und rief Josefine, die noch im Nebenraum war. Statt ihr den Bürostuhl zu überlassen, blieb er sitzen und zog Josefine zu sich auf den Schoß. Sofort bemerkten sie beide das leise knurren von Jo, aber sie ließen sich nichts anmerken. Schnell schlang er seine Arme um Josefine´s Taille und bedeckte ihre Hände. Sie hatte vor lauter Nervosität vergessen den Ring abzunehmen. Nun versuchte er diesen verdeckt von ihrem Finger zu bekommen. Auch Josefine hatte soeben bemerkt, was Björn da vor hatte und ließ sich nichts anmerken. „Hallo Jo.“, Begrüßte sie ihren liebsten Freund. Im Hintergrund hörte sie eine Menge Stimmen auf jubeln, als sie sich zu Wort meldete. „Hallo Kleines, wir alle haben Sehnsucht nach dir.“, riefen Stimmen durcheinander aus dem Hintergrund. Jeder der anwesend war, begrüßte sie fröhlich und winkte ihr zu. „Wie gefällt dir Island?“, fragte Jo sie neugierig. „Ganz gut, nur ich bereue es, doch nicht Geologin geworden zu sein.“, zog sie ihn auf und löste damit eine Lachsalve im Background aus. „Erzählt mal, was habt ihr die ganze Zeit während meiner Abwesenheit so gemacht, außer den Rasthof Sonnenberg in Schutt und Asche zu legen? Das kam sogar hier in den Nachrichten.“, erwähnte Josefine ihrem Team gegenüber. Jo zog die Augenbraue nach oben und machte dabei einen ernsten Eindruck. „Bei uns war alles ruhig, von Sonnenberg haben wir genau wie du aus den Nachrichten erfahren.“, log er Josefine an, ohne dabei mit einer Wimper zu zucken. Plötzlich schaltete sich eine gefährliche klingende Frauenstimme ein. „Hör auf Josefine anzulügen, sie hat das Recht alles zu erfahren Jo. Mach mal Platz du großer brummiger Bär.“, zischte Gerda verärgert und vertrieb Jo von seinem Platz vor dem PC. Josefine kicherte als sie Gerda´s einmischenden Ton hörte. „Wooow Frau Jansen, sie haben aber ihre Männer gut im Griff.“, lobte sie Gerda und kicherte amüsiert darüber, wie Gerda Jo den Marsch geblasen hatte. Gerda lachte ebenfalls mit. „Sie sind so zahm, die würden mir sogar aus der Hand fressen, ganz besonders Jo.“, erklärte sie mit einem Grinsen im Gesicht und wandte kurz den Kopf in Jo´s Richtung. Der vor sich hin bockte, weil ihn Gerda vom Platz vertrieben hatte. „Also von Sonnenberg brauche ich dir ja dann nichts mehr berichten, da du es ja schon bei Euch in den Nachrichten gehört hast.“, meinte Gerda jetzt wieder ernst. „Doch! Du musst, wir haben nicht viel mitbekommen. Nur das ein Fahrer Amok lief.“, flehte Josefine Gerda an, diese lachte laut auf. „Eine schöne Bezeichnung dafür.“, meinte sie amüsiert bevor sie weiter sprach. „Hör zu Kleines: Die Polizei war hinter Ken her. Kurz vor Sonnenberg wollten sie sich ihn schnappen, aber irgendwie hat er Wind davon bekommen. Er lieferte sich eine wilde Verfolgungsjagd mit der Polizei. Blockierte und Tanzte mit dem LKW auf der Autobahn hin und her. Als er Sonnenbergs Abfahrt erreicht hatte, zog er kurz davor als Ausweichmanöver auf die Abfahrt. Fuhr durch die Tankstelle und rammte ein paar Zapfsäulen, die natürlich daraufhin explodierten. Die Menschen an der Tankstelle und in der näheren Umgebung, konnten sich gerade noch in Sicherheit bringen. Dann fuhr er wieder auf die Autobahn zurück, dort warteten komischer Weise auf dem Pannenstreifen in ein paar Meter Abständen ein paar LKW´s, die eine Panne vortäuschten. Falls Ken doch durchkommen sollte. Sie waren sozusagen, einer der letzten Schachzüge. Das ganze ist übrigens auf Jo´s Mist gewachsen. Stefan war froh, dass sie sich dort positioniert hatten, obwohl er es ihnen verboten hatte. Sie konnten nach ein paar Kilometern Ken dann endlich stoppen, indem sie ihm den Weg versperrten. Der Depp wollte auf Biegen und Brechen an Jo und den anderen vorbei. Aus Frust weil es ihm nicht gelang und die Kerle alles dicht machten, zog er seinen Truck eine Böschung hoch. Dort kam der Truck zum umkippen und rutschte die Böschung hinunter zurück auf die Fahrbahn und blockierte die Autobahn. Noch bevor er aussteigen konnte machte es Klick und ihm wurden Handschellen angelegt. Alle Verhaftungen waren zeitgleich geplant. Du hättest Sybill´s Gesicht sehen sollen, als Dominik in Uniform vor ihr stand und ihr Handschellen anlegte. Und wie die gekreischt, geschrien und sich gewehrt hat als Dominik sie abführte. Glaub mir diesen Gesichtsausdruck werde ich nicht mehr so schnell vergessen. Mein Gott die ganze Etage war ein Massenauflauf. Auch Peter wollte sich der Verhaftung entziehen. Er schwang sich auf seine Harley, aber weit kam er nicht, der Depp hatte vor lauter schnell schnell vergessen den Benzinhahnen zu öffnen. So klickten auch die Handschellen bei ihm, noch bevor er das Firmengelände verlassen konnte. Zeitgleich wurde auch Volz verhaftet. Der bis heute noch alles abstreitet. Die russischen Kollegen haben dank Igor auch ein paar Leute verhaftet. Übrigens die Spieluhr ist auch wieder aufgetaucht. Aber leider in lauter Einzelteilen. Die russischen Kollegen haben sie uns heute morgen übergeben. Wir haben gemeinsam beschlossen, diese an Nils weiter zu geben.“. Endete Gerda´s ausführlicher Bericht. Josefine nickte, sie war sprachlos über das, was Gerda da alles berichtete. „Du solltest so schnell wie möglich nach Hause kommen und eine Erklärung in der Firma abgeben. Denn unter den Angestellten brodelt nur so seit dem Vorfall die Gerüchteküche.“, klärte Gerda sie auf. Josefine seufzte leise, sie wusste schon vor ihrer Abreise, dass dies auf sie zukommen würde. „So aber jetzt habe ich genug über die Firma geredet, jetzt bist du dran. Was hast du so alles erlebt?“, erkundigte sich Gerda neugierig bei ihr. Josefine begann zu kichern. „Oh...., viel....., viel zu viel.“, stotterte sie und schmunzelte dabei Björn zärtlich an. Sie fuhr mit einer Hand ihm über die Wange. „Der Unfall mit dem Sektkorken.“, gab Josefine glucksend von sich. „Ein Paar verrückte Mädels, die in kurzen Hosen, Tops und Flipflopp bei zehn Grad Außentemperatur aus dem Flieger stiegen. Tolle lange gemütliche Ausritte. Mich verliebt, in einen heißblütigen Isländer, der mich abgöttisch liebt und am liebsten mir nicht mehr von der Seite weicht. Eine Wikinger-Hochzeit und viel Blödsinn. Ach ja....., und auf die nächste Hochzeit bin ich wirklich gespannt. Die soll Björn´s Schwester in einer Gletscherkapelle geplant haben. Danach werden wir in einem Hotel übernachten, das ganz aus Eis gebaut wurde.“, schwärmte sie Gerda und den anderen vor. Jo drängte sich mit finsterem Blick neben Gerda und schob sie etwas beiseite. „Sag mal, der heißblütige Verehrer, den du da vorher erwähnt hast, heißt nicht zufällig Björn?“, knurrte er Josy an. Hinter Björn und Josefine lachte eine dunkle Männerstimme auf, die sich in das Gespräch mit einmischte. „Nein, der heißblütige Verehrer von dem Josefine gesprochen hat, heißt Hammar, ihr vierbeiniger Begleiter. Der durchdrehen wird, wenn Josefine wieder weg ist. Er liebt sie abgöttisch. Am liebsten würde er ihr sogar hier ins Haus folgen.“, erklärte Magnus Björn´s Vater und am anderen Ende wurde laut aufgelacht. Björn, Josefine und Magnus konnten sehen, wie irgendwer Jo auf den Rücken schlug. „Das ist übrigens Magnus, Björn´s Vater.“, stellte sie Magnus den anderen vor. „Und verliebt habe ich mich in einen netten tolpatschigen Troll mit einem blauen Auge.“, gestand Josefine den anderen am Ende der Leitung und küsste Björn zärtlich. Beide konnten hören, wie jemand scharf die Luft einzog auf der anderen Seite. Sie wussten natürlich beide, wer das war, sie brauchten nicht zum PC blicken. „Übrigens lässt dich dein Onkel grüßen. Ich soll dir ausrichten, das Top Secret Ende Oktober steigt. Ich habe mir erlaubt, alle Fahrer, die ich für diesen Job als perfekt empfand, dafür unter Vertrag zu nehmen. Nur einer stellt sich mal wieder stur dagegen.", teilte ihr Gerda mit und blickte mit rollenden Augen zu Jo. Der Blick war eigentlich überflüssig, denn es gab nur ein Mann, der so eigensinnig sein konnte, auf dem die Beschreibung passte. Josefine kicherte leise auf. „Richte dem Dickschädel bitte aus, wenn ich zurück bin, trete ich ihn so lange in sein Hinterteil, bis sein Bart auf dem Boden hängt.", zischte sie übermütig und amüsiert. Erneut hörte man im Hintergrund albernes Gelächter und jemand schrie: „Autsch", ganz laut. „Gerda, wäre es möglich, dass ich dich und Armin kurz alleine sprechen könnte?", hackte Josefine bei ihr nach. Diese nickte und scheuchte auch schon gleich die übermütige Meute aus dem Chefbüro. „Raus mit euch, ihr habt gehört, was die Chefin verlangt. Du auch Jo, oder heißt du seit neuestem Armin?", plapperte Gerda, doch Jo blieb eisern stehen. „Sie ist nicht meine Chefin, deshalb bleibe ich.", konterte er trotzig leicht verärgert und etwas bockig, weil Josefine lieber mit Armin sprach als mit ihm. Josefine konnte sehen, wie Gerda die Hände in die Hüften stemmte und sich vor Jo groß machte. „Noch habe ich hier das Sagen.", drohte sie ihm in einem scharfen Ton. Da Jo noch immer nicht das tat, was Gerda von ihm verlangte wurde ihr Tonfall noch etwas schärfer. „Ich trete dir in den Arsch, wenn du jetzt nicht gleich eine Fliege machst.", giftete Gerda ihn an. Nach jedem Wort stieß sie ihm kräftig den Finger in die Brust, bis er ihre Hand festhielt, um sie daran zu hindern. „Herr Gott Gerda, beruhige dich.", knurrte Jo und nur widerwillig verabschiedete er sich von Josefine und Björn. Er konnte aber nicht ohne eine Drohung an Björn auszusprechen den Raum verlassen. „Ich warne dich Björn, Finger weg von dem Mädchen.", sagte er mit drohend erhobenen Zeigefinger und schnell warf er noch Josefine noch eine Kusshand zu und weg war er auch schon. Gemeinsam mit Armin und Gerda lachten sie auf. „Wenn der wüsste Liebling.", murmelte Björn Josefine ins Ohr und beide grinste nur vor sich hin. „So alle draußen, was wolltest du mit uns bereden?", erkundigte Gerda sich und ließ sich auf dem Bürostuhl nieder. Armin zog sich ebenfalls einen Stuhl heran, sodass auch er Josefine und Björn im Blick hatte. „Hast du Igor auch ausgewählt für Top Secret?", erkundigte Josefine sich bei der neuen Frau Jansen. Gerda nickte ihr zur Bestätigung zu. „Ja habe ich.". Im gleichen Augenblick als sie den Namen Igor hörte, schlug sich Gerda eine Hand an die Stirn. „Ach Gott, das habe ich ja vorher bei meinem Bericht ganz vergessen dir zu sagen. Igor gehörte ebenfalls zu der LKW Truppe, die eine Panne vortäuschte. Er hat seinen Truck in der Nähe der Tankstelle an der Ausfahrt abgestellt. Durch die Explosion, geriet sein Truck in Brand. Jo fand Igor, als er zurück zur Raststätte kam, mit vielen kleinen Verbrennungen vor. Aber er lachte die ganze Zeit aus vollem Rohr. Zuerst dachten Jo und die Anderen, Igor hätte einen Schock. Als Jo ihn darauf ansprach warum er so lachend vor seinem ausgebrannten LKW stehen würde, öffnete er ganz langsam seine Hand, in der er deinen Würfel hatte. Die Verbrennungen hat der Depp, entschuldige wenn ich ihn so bezeichne, sich zugezogen, weil er unbedingt noch einmal in das brennende Fahrzeug gestiegen war, um deinen Würfel zu retten.". Josefine japste nach Luft und schüttelte ungläubig den Kopf. Was für ein Esel, anstatt sich in Sicherheit zu bringen, rettet er den Würfel dachte sie sich im Stillen. „Armin bewaffne dich bitte mit Stift und Papier. Ich möchte, dass ihr bei unserem Truckhersteller anruft und fünf Nagel neue Truck´s mit folgender Sonderausstattung bestellt.", wandte sich Josy an ihren besten Freund und Tröster. Josefine diktierte Armin im Anschluss eine lange Liste mit Extras, die diese neuen Truck´s haben mussten. „Einer der Truck´s muss bis Top Secret anläuft spätestens auf dem Hof stehen. Die restlichen können später geliefert werden. Ein Namensschild mit Igor dürft ihr auch nicht vergessen. Den Namen auf der Tür werdet ihr noch weg lassen. Den Schriftzug bekommt der Truck erst, wenn dieser offiziell an Igor übergeben worden ist.", sprach sie zu den beiden. Schnell und in kurzen Zügen erklärte sie den Zweien, was sie vor hatte. Dass Igor in Zukunft von Jansen & Partner der Russland-Partner werden würde. Gerda und Armin waren sofort begeistert, als sie dies hörten. „Wenn wir zurück sind, werdet ihr beide mit Björn zusammen sitzen und einen Vertrag aushandeln. Aber dieses Gespräch ist ebenfalls Top Secret für den Rest der Belegschaft.", ermahnte Josefine die Beiden. Armin und Gerda nickten wohl wissend. Josefine wünschte den beiden noch einen schönen Abend. „So und jetzt werde ich mit meinen beiden Lieblingen noch einen kleinen Ausritt wagen. Bis bald ihr zwei.", verabschiedete Josefine sich von den beiden. Obwohl es draußen noch immer goss wie in Strömen. Aber da keiner von ihnen nach dem Wetter gefragt hatte, beschloss sie kurzer Hand, ihnen auch nichts darüber zu erzählen.

Auch Ingas Hochzeit lief nicht ganz ohne Pannen ab. Geplant hatte das Brautpaar, dass sie am Freitag losfuhren und sich zusammen mit ihren Familien, dort in der Nähe der Eiskapelle in einem Hotel einquartierten. Die Zimmer waren gebucht und auch bestätigt. Am Samstag sollte dann die Hochzeit stattfinden. In der kleinen Kapelle, die an das Eishotel angrenzte. Dort würden sie dann zusammen mit ihren geladenen Gästen feiern und auch eine Nacht im Eishotel verbringen. Aber leider kam es anders. Die Anfahrt am Freitag verlief reibungslos. Jeder bekam sein Zimmer zugewiesen. Die Brauteltern und auch die des Bräutigams teilten sich je ein Doppelzimmer. Björn und Josefine bekamen ebenfalls ein Doppelzimmer. Sidar und Freya mussten sich leider ein Doppelzimmer teilen. Obwohl Josefine vorschlug, dass sie zusammen mit Freya sich ein Zimmer teilen würde. Sodass Björn und Sidar sich das andere teilen konnten. Doch Björn gefiel Josefine´s Vorschlag ganz und gar nicht und legte sehr lautes Protestgemaule ein. Auch die beiden Geschwister des Bräutigams mussten sich ein Doppelzimmer teilen. Andere geladene Gäste gab es nicht. An der Rezeption teilte man dann dem Brautpaar mit, dass der Hochzeitsveranstalter die Übernachtung im Eishotel abgesagt hatte aus statischen Gründen. Durch den langanhaltenden Regen, der die ganze Woche über gefallen war, wurde es in Mitleidenschaft gezogen und eine Unterbringung war dort nicht möglich. Die Trauung selbst würde aber auf jeden Fall stattfinden in der Kapelle. Aber die Feierlichkeiten am Abend wurden hier in dieses Hotel gelegt, wo sie eine weitere Nacht verbringen konnten. Inga war den Tränen nahe und ließ sich auch nicht einmal von ihrem zukünftigen Mann beruhigen. Schluss endlich stand am Samstag dann doch noch eine strahlende Eisprinzessin in der kleinen Eiskapelle und gab ihrem Zukünftigen das „Ja" Wort. Am Abend feierten sie ausgelassen in warmen Räumlichkeiten die Hochzeit von Inga. Josefine war zum Teil froh darüber, dass sie nicht in dem Eishotel übernachteten, sondern im Warmen. Denn schon in der kleinen Eiskapelle schlotterte sie am ganzen Körper. Obwohl sie warm eingepackt war. Da war ihr Bad am Wasserfall geradezu warm. Dennoch tat es Josy Leid, das Inga´s Hochzeit nicht ganz so verlief, wie sich die Braut es vorgestellt hatte.
Mehr als eine Woche später nach dem Gespräch und dem offiziellen Rückkehrtermin, setzten Björn und Josefine ihre Füße wieder auf heimischen Boden. Zumindest heimischen Boden

für Josefine. Josefine war froh, wieder zu Hause zu sein. Die Sonne strahlte vom Himmel und die Temperaturen waren angenehm warm. Obwohl auch hier schon die ersten Anzeichen zu erkennen waren, das der Altweiber Sommer Einzug gehalten hatte. Fast täglich bekam Björn auf sein Handy eine Nachricht von Jo. Er erkundigte sich jedes Mal, wann sie endlich gedachten wieder zurück zu kommen. Von Tag zu Tag wurde die Nachricht bedrohender und jedes Mal waren Jo´s Worte: „Lass die Finger von dem Mädel.“, zum Schluss. So langsam gingen ihnen die Ausreden aus, warum sie noch nicht zurück waren. Von Flugausfall, bis Unwetter über Island war alles dabei. Josefine bat Gerda, dass sie zusammen mit Armin sie beide vom Flughafen abholen sollten und auf gar keinen Fall, wollte sie Jo sehen. Gerda sollte auf Samstag eine Firmenbesprechung planen und allen mitteilen, dass Josefine direkt nach der Ankunft vom Flughafen in die Firma kommen würde, was natürlich gelogen war. Sie und Björn kamen schon am Freitagnachmittag an. Josefine wollte zuvor aber noch alleine und in aller Ruhe mit Gerda und Armin reden.
Nachdem sie die Koffer vom Band genommen hatten und den Zoll passierten, wurde das Paar freudestrahlend von Gerda und Armin empfangen. Armin drückte Josefine zur Begrüßung überglücklich und sehr fest an sich. „Willkommen zu Hause Kleines! Schön, dass du wieder da bist. Island scheint dir gut getan zu haben. Obwohl du etwas blass um die Nase bist.“, sagte er freudestrahlend und küsste sie darauf hin auf die Stirn. Das gleiche machte er auch mit Björn, nur als er ihm den Kuss auf die Stirn drücken wollte, meuterte Björn. Gerda hatte in der Zwischenzeit Josefine glücklich und freudestrahlend umarmt. Sie ließ Josy gar nicht mehr los. „Äh..., Moment mal.“, sagte Gerda und tastete unterhalb von Josefine´s Halsausschnitt herum. Als sie erkannte was das sein konnte, blickte sie von Josefine zu Björn und zurück. Die beide urplötzlich so ein merkwürdiges Grinsen in ihren Gesichtern hatten. Doch jetzt war Gerda´s Neugierde geweckt, denn das was sie dort unter dem Shirt von Josefine gestreift hatte, passte so ganz und gar nicht zu ihr. Ebenso diese merkwürdigen Blicke der Beiden. „Seit wann trägst du Schmuck Josefine?“, erkundigte sich Gerda bei ihr, während sie auch Björn liebevoll umarmte. Gerda setzte dabei ihre Hände so geschickt ein, dass sie auch bei Björn fühlen konnte, ob er eine Kette trug. Björn grinste immer noch über das ganze Gesicht und amüsierte sich prächtig, als

er merkte, was Gerda da tat. Josefine, die neben ihm stand und das Ganze verfolgte, begann zu kichern. „Moment mal........", sagte Gerda und schnappte laut nach Luft, dabei lies sie die beiden nicht aus den Augen. Björn beugte sich weiter zu Gerda hinunter, sodass er genau an ihrem Ohr halt machte. „Darf ich dir Frau Jansen – Magnuson vorstellen.", flüsterte er dabei ihr ins Ohr. Gerda machte einen Schritt zurück und blickte die zwei ungläubig kopfschüttelnd an, doch Josefine nickte zur Bestätigung. „Ja, du hast schon richtig gehört Gerda.", gluckste Josefine amüsiert über den anhaltenden verwirrten Blick von ihr. „Darf ich euch beiden ganz offiziell meinen Mann Björn Jansen-Magnuson vorstellen.", sagte Josefine laut genug zu den beiden um ihnen so Björn jetzt offiziell mit neuem Namen vorzustellen. Dabei konnte sie kaum mehr an sich halten vor Lachen. „Heilige Scheiße, die Wikinger Hochzeit!", rief Armin laut aus und klatschte sich eine Hand auf die Stirn. Gerda stand noch immer geschockt vor den beiden. Dann fing sie plötzlich laut an zu lachen, als sie endlich begriff. Noch einmal umarmte sie beide stürmisch. „Oh Kleines, Herzlichen Glückwunsch. Da wird aber jetzt ein Männerherz gebrochen sein, wenn ich da an Tom denke.", meinte Gerda amüsiert. Neben Gerda gluckste Armin auf. „Neeeee, nicht nur eins, sondern gleich zwei Herzen hat unser Juwel gebrochen.", sprach er bevor er ebenfalls gratulierte. „Glückwunsch euch beiden. Du hast dir den Richtigen ausgesucht Kleines. Was nützt dir ein Rechtsverdreher als Ehemann, der nicht weiß, wie es im Geschäft so läuft. Bin stolz auf euch beide. Wenigstens das habt ihr gut hin gebracht.", gab Armin stolz wieder und umarmte Björn und Josefine noch einmal. Björn räusperte sich kurz. „Eine Bitte hätten wir aber doch noch an euch zwei. Dass ihr dies noch eine Weile als Top Secret behandelt.", wandte sich Björn an Gerda und Armin, die genau wussten, auf wen er da anspielte. „Na kommt schon ihr Heimlichtuer.", meinte Armin heiter mit zwinkerndem Auge und schnappte sich ihre Koffer. „Edith wartet auf deiner, ähhhh, sorry auf eurer Terrasse mit Kaffee und Kuchen.", korrigierte sich Armin breit grinsend mit zugewandtem Kopf dem Paar. Gerda ließ das Ganze noch immer keine Ruhe. Deshalb fragte sie neugierig, als sie im Wagen saßen: „Wirst du es Edith erzählen?". Doch Josefine schüttelte sofort mit dem Kopf. „Ich glaube noch nicht. Je weniger von unserem Geheimnis wissen, desto besser.". Das leuchtete Gerda auch ein, denn was würde geschehen, wenn

es Jo auf Umwegen erfahren würde. Mein Gott, daran durfte sie gar nicht erst denken. „Das ist gut so, dass du so denkst, denn du solltest auch gleich noch wissen, dass die Jungs für morgen Abend ein Barbeque geplant haben auf deiner... sorry - auf eurer Terrasse. Nur so als Vorwarnung für euch beide. Oh man, ich kann es immer noch nicht glauben Josefine.“, meinte Gerda fröhlich und umarmte sie abermals, da die beiden Frauen auf der Rückbank Platz genommen hatten.
Edith ihre Nachbarin und langjährige gute Freundin, war ebenfalls überglücklich, als sie Josefine aus dem Wagen steigen sah und schon eilte sie ihr stürmisch entgegen, um Josy und Björn zu begrüßen. Beide drückte sie nacheinander kräftig an sich. Sie war so ausgelassen und fröhlich weil sie gesund und munter wieder zu Hause waren. Während des Kaffees berichteten Armin und Gerda den beiden, was die Gerüchteküche anging in der Firma. Sie berichteten ihnen auch, was Stella ihnen an Infos von fremden Fahrern per Mail zukommen lassen hatte, was so die Runde unter den Fernfahrern machte. Nachdem ein Fahrer der Internationalen Spedition von Jansen & Partner den Rasthof Sonnenberg in Schutt und Asche gelegt hatte. Josefine stöhnte auf, als sie das alles hörte. Dass es so schlimm war, konnte sie kaum glauben. Sie konnte die Tränen, die sich in ihren Augen ansammelten kaum mehr zurück halten. Irgendwann brach sie völlig aufgelöst in Tränen aus. Björn legte ihr seinen starken Arm um die Schulter und zog sie tröstend an sich. „Wir schaffen das Liebling.“, flüsterte er ihr beruhigend ins Haar und drückte sie noch fester an sich. Edith schmunzelte bei Björn´s Worten und dieser liebevollen Geste, bevor sie sich kurz räusperte. „Björn ist der Richtige an deiner Seite Josefine.“, sagte sie in einem mütterlichen Ton zu ihr. „Tom wird nicht enttäuscht sein über deine Wahl. Denn er zermartert sich schon seit Tagen den Kopf, wie er dir gestehen soll, dass sein Herz eine andere Frau erobert hat, kurz nach deiner Flucht von hier. Aber er wird auch weiter hin immer für dich zu Diensten sein. Egal ob es die Firma betrifft oder du ihn privat brauchst.“, teilte Edith ihr mit. In Edith´s Stimme lag dabei etwas Fürsorgliches und Björn gluckste leise auf. „Siehst du Kleines, so schnell lösen sich Probleme in Luft auf. Der restliche Ärger wird sich auch schnell in Rauch auflösen, glaube mir Schatz.“, sprach Björn leise und einfühlsam, dabei fuhr er ihr zärtlich mit seinen Händen über den Rücken. Josefine nickte an seiner Brust und wischte sich die Tränen aus dem Gesicht.

Im Anschluss setzte sie sich wieder aufrecht an den Tisch. „Kann ich noch ein Stück Kuchen bekommen?“, fragte sie und Edith lachte fröhlich auf. „Aber sicher doch. Sonst noch jemand.“, erkundigte sie sich bei der kleinen Runde. Armin und Björn Blicke streiften sich und schon schoben sie Edith schnell ihre Teller zu, damit sie auch diese befüllen konnte. Der Nachmittag verging wie im Flug. Björn und Josefine erzählten ausführlich von ihren gemeinsamen Erlebnissen, sogar von der Wikinger-Hochzeit. Nur ein kleines Detail ließen sie dabei aus. Und zwar, das sie das Brautpaar waren. Alle lachten fröhlich, als Josefine den Sektkorkenangriff auf Björn erzählte. „Das ich hin und wieder so tollpatschig bin kommt nur, weil du mich zu einem kleinen Narren machst Liebling.“, neckte er sie amüsiert und küsste sie dabei zärtlich. „Weil ich dich liebe kleine Trollin.“, flüsterte er nach dem Kuss an ihre Lippen.
Josefine stand in der Küche und bereitete das Abendbrot zu. Björn küsste sie in den Nacken und überreichte ihr eine rote Rose, die er auf dem Rückweg in Edith´s Garten stibitzt hatte. Denn nachdem Gerda und Armin gegangen waren, verabschiedete sich auch Edith von den beiden. Björn hatte Josefine ´s Nachbarin Edith angeboten, ihr noch behilflich zu sein beim hinüber bringen des Kaffeegeschirrs, das sie von sich zu Hause mitgebracht hatte. Obwohl Josefine erwähnt hatte, das Edith Steinhauser einen Schüssel fürs Haus besitzen würde. „Die ist wunderschön, Danke.“, sagte sie und vergrub ihre Nase in der Duftrose. Sie wusste ganz genau, wo er diese her hatte. Björn legte von hinten die Arme um sie. „Brauchst du Hilfe?“, erkundigte er sich und küsste sie erneut in den Nacken. „Nein, bin fast fertig.“. Lächelnd wischte sie sich die Hände an einem Küchentuch ab. Da es noch erstaunlich warm war, beschlossen sie am Pool das Abendessen einzunehmen. Um im Anschluss vielleicht auch noch ein paar Runden darin zu ziehen. Als Josefine mit einem Tablett in der Hand zu Björn an den Pool trat, der dort den kleinen Tisch und die beiden Stühle in die untergehende Sonne gestellt hatte, kniff sie den Mund fest zusammen, denn ein großer Mückenschwarm hatte sich vor ihr auf dem Weg aufgebaut. Nach dem die Sonne fast untergegangen war, labten sich die Mücken an ihren Armen. Josefine schlug vergebens nach diesen kleinen Blutsaugern. Sie schlug so wild um sich, dass sie beinahe Björn eine Backpfeife mit gegeben hatte, als er Wein nachschenken wollte. „Weißt du was Liebling, ich glaube wir sollten in den Pool hüp-

fen und warten, bis diese gefräßigen Viecher sich vom Acker gemacht haben. Erst dann werden wir wieder Ruhe bekommen.", sagte er und schlüpfte ganz schnell aus den Kleidern, griff nach den Weingläsern und lief über die Treppe in den Pool damit. Sprachlos schnappte Josefine nach Luft, als sie Björn mit den Weingläsern zum Pool flitzen sah. Sie drehte sich mit einem verwirrten Gesichtsausdruck zum Nachbarhaus um. „Na komm schon, der Pool ist noch warm. Du braucht keine Angst zu haben, das Edith rot werden könnte. Denn ich glaube sie hat in ihrem Leben bestimmt schon den ein oder anderen Mann nackt gesehen.", rief Björn ihr vom Rand des Beckens zu. Dabei zuckte er mit den Achseln und sah sie mit lausbübischen Grinsen an. Josefine holte tief Luft, grinste und zog sich ebenfalls aus um ihrem Mann in den Pool zu folgen.
Es war bereits hell und die Sonne stand schon lange hoch am Himmel. Josefine´s Truckwecker hupte schon das zweite Mal. Beim ersten Mal drückte sie in auf Schlummern, sodass er eine viertel Stunde später von Neuem anfing zu hupen. Josefine drehte sich auf die Seite und stützte sich auf den Ellenbogen. „Schläfst Du?", flüsterte sie, während sie träge mit dem Finger einen Kreis um Björn´s Herz zog. „Ne, nicht wirklich. Ich sammle nur Kräfte für die nächste Runde.", prahlte er und riskierte ein Auge dabei. „Oh, du kleiner Nimmersatt.", meinte Josefine und lachte glucksend auf, ein Geräusch, das in seinem Brustkorb widerhallte. Allein schon die Art und Weise, wie Josefine das sagte, trug nicht unwesentlich dazu bei, dass er sofort hart wurde. Josefine lag auf der Seite, ihr Kopf in die Hand gestützt. Sie drehte sich ihm noch ein Stück weiter zu, um mit einem Finger über seine starke muskulöse Brust zu fahren. Björn rutschte etwas tiefer ins Bett hinein. So das ihre Gesichter auf einer Höhe waren. Er fing ihre rechte Hand ein und küsste ihre Finger, eine Kuppe nach der anderen. Das Gefühl dieser Geste bereitete Josefine eine Gänsehaut. Er zog sie wieder an sich und schlag seine starken Arme um sie. „Ich liebe dich.", raunte er ihr zu, dabei ließ er einen leisen unter der Bettdecke streichen. Josefine stöhnte auf, als ein klein wenig des Duftes ihr um die Nase wehte, der unter der Bettdecke hervorkroch. Ihr war schon übel genug heute Morgen. Sie wollte kreischend aus dem Bett fliehen. Doch Björn packte sie um ihre Taille und hielt sie fest. Er zog sie zurück ins Bett und schwang die Decke, unter der noch immer ein Mief Geruch hervor trat über sie Beide. Josefine wollte sich krampfhaft befreien, doch Björn umklam-

merte sie noch mehr. Kurz darauf ließ er sie gehen. Josefine setzte sich im Bett auf und machte spielend wie immer Würgegeräusche. Nur wusste Björn nicht, ob es diesmal echt oder nur gespielt war. „Du Scheusal, irgendwann stecke ich dir einen Korken in deinen Hintern.“, drohte sie ihm. Björn griff ihr sachte an die Schulter und zog sie wieder zurück aufs Bett. Sie lagen einander zugewandt. „Du machst Witze!“, fügte er im gespielten Ernst hinzu mit erhobenen Augenbrauen. „Nein“, gab Josefine gereizt zurück. Björn fing zu Lachen an. „Oh mein Gott, ich sterbe.“, rief sie laut und musste so lachen, dass ihr die Tränen über das Gesicht liefen. „Deswegen werde ich jetzt aufstehen, duschen und im Anschluss uns Frühstück machen, damit du mir nicht stirbst. Du bleibst solange im Bett, Armin hat wirklich Recht, du bist etwas blass um die Nase Liebling.“. Er küsste sie noch einmal zärtlich bevor er sich erhob. Josefine blickte Björn nach, der in seiner prachtvollen Blöße zur Schlafzimmertür tapste. Nachdem er sie geöffnet hatte, drehte er sich noch einmal nach ihr um und warf ihr eine Kusshand zu. „Schlaf noch ein bisschen, ich wecke dich, wenn das Frühstück fertig ist.“.
Nachdem sich der Brechreiz legte, den Björn´s Hintern ausgelöst hatte, ließ Josefine sich seufzend in die Kissen zurückfallen. Natürlich war in diesem Augenblick überhaupt nichts einfach. Besonders wenn sie an die bevorstehende Firmeninfo dachte. Die vielen Fragen, die sie sich in gut zwei Stunden stellen musste. Allein schon der Gedanke daran, machte sie nervös und ließ in ihr wieder Übelkeit aufsteigen. Sie schloss die Augen und zwang sich zur Ruhe. Sie musste nochmals eingenickt sein, denn sie erwachte, als Björn mit einem Tablett in der Hand, sich zu ihr aufs Bett setzte. „morgunmatur“, sagte er zärtlich was so viel wie Frühstück bedeutete. Der Kaffee roch aromatisch, auf dem Tablett war eine Schüssel mit Müsli und Joghurt, etwas Brot, Käse, Wurst und Früchte. Das fand er alles in der Küche und im Kühlschrank vor, weil Edith dafür gesorgt hatte, dass sie nach ihrer Rückkehr nicht verhungern musste. Er stellte das Tablett in die Mitte des Bettes und schlüpfte auf der gegenüberliegenden Seite unter die Bettdecke. Er griff nach der Müslischale und sagte zärtlich: „Schnabel auf Liebling.“ und fütterte sie. Zwischendurch schob auch er sich einen Happen in den Mund oder küsste seine Frau zärtlich. Ohne Vorwarnung zog er Josefine plötzlich zu sich herüber, unter ihr schepperte das Tablett. Sie lag jetzt auf

Björn und er bewegte seine Hüften ganz vorsichtig. Josefine konnte spüren, wie er unter ihr hart wurde. Björn jagte ein erneuter Schall pures Verlangen durch ihren Körper. Oh ja, sie wollte am liebsten dieses Meeting absagen und vergessen. Sie wollte jede Sekunde, die ihnen noch blieb in der Leidenschaft seiner Umarmung verbringen. Aber sie mussten sich fertig machen für diese doofe Konferenz. Mit einem letzten, hinauszögernden Kuss, schob sich sich von ihm weg und erhob sich. „Du solltest dich lieber auch anziehen, damit wir pünktlich in der Firma sind.“, riet sie ihrem Mann. Björn seufzte auf und mit einem zusammengekniffenen Auge kam er nach langem Zögern auf die Beine. „Wie du willst Liebling.“. Während Josefine zur Tür ging um ins Bad zu schlüpfen, holte sich Björn frische Kleidung aus dem Schrank. Nach gut einer halben Stunde standen sie fertig und abfahrbereit im Eingangsbereich des Hauses. Als Björn vor ihr stehen blieb, blickte sie in seine tiefblauen Augen. „Eg elska pig“, raunte er ihr zu. „Wie bitte?“. Mit einem schwachen Lächeln beugte er sich zu ihr und drückte ihr einen Kuss auf die Nasenspitze. „Ich liebe Dich.“, wiederholte er die Worte auf deutsch und öffnete ihr mit der freien Hand die Haustüre. Björn ging hinüber zur Garage, um Josefine´s Jeep herauszufahren. Im Anschluss stieg er aus und öffnete ihr die Beifahrertüre, damit sie einsteigen konnte. Ihre Hände zitterten so sehr, dass sie zwei Anläufe benötigte, ihren Sicherheitsgut anzulegen. „Alles ok Liebling?“, fragte Björn bei ihr nach, als er mitbekam, was für Schwierigkeiten Josy mit dem Sicherheitsgut hatte. Er wollte ihr schon zur Hand gehen. Josefine holte tief Luft und lächelte ihn nickend an.
Mit sehr gemischten Gefühlen und voll hyper nervös betrat Josefine ihre Firma. Angstschweiß rann ihr über das Gesicht dabei. Der erste, der sie so gleich begrüßte war Amarok, der Josefine auch gleich in Beschlag nahm und mit ihr herum tollte. „Da freut sich aber einer.“, hörte sie eine männliche bekannte Stimme fröhlich sagen. „Hattet ihr einen guten Flug?“, erkundigte sich Josefine´s Sicherheitschef bei den beiden. Björn nickte ihm zu, blieb aber wie eine Statue stehen, dabei ließ er Amarok nicht aus den Augen. „Ja das hatten wir Max.“, antwortete Josefine ganz außer Atem und kraulte Amarok kurz am Ohr. „Sie sind alle im Konferenzsaal und warten nur noch auf dich.“, informierte Max der Sicherheitschef seine Chefin. Josefine erhob sich seufzend, nur schwer konnte sie sich von Amarok trennen. Atmete ein paar Mal tief ein und wieder aus, um

ihre Nervosität zu über decken, bevor sie sich an Max wandte. „Na dann mal los.“, sprach sie und folgte Max den Gang hinunter. Schon von Weitem drangen laute Stimmen ihr entgegen. Krampfhaft suchte sie nach Björn´s Hand und fand sie auch dann. Bevor sie den Raum betraten, drückte Björn ihre Hand ganz fest. „Du schaffst das Liebling.“, flüsterte er ihr aufmunternd zu. Gerade als Max die Tür öffnete für Josefine, stieß sie auch schon mit einem großen breiten Klotz von Mann zusammen. Stur blickten sie sich in die Augen, keiner von den beiden wollte nachgeben. Der Mann fing langsam an zu schmunzeln. „Hallo Kleines.“, knurrte er leise. „Hallo Jo“, begrüßte sie ihn und griff mit einer Hand nach seinem Bart zur weiteren Begrüßungszeremonie. Ein paar Leuten war dies nicht entgangen und lachten los. Jo machte darauf hin Josefine Platz, sodass sie weiter gehen konnte. Der Konferenzsaal war bis auf den letzten Platz belegt und vorne am großen Tisch, auf den sie zusteuerte saßen neun Personen, die sie alle per Händedruck begrüßte. Nur bei Gerda machte sie eine Ausnahme, diese umarmte sie. Langsam verstummten die Stimmen im Raum, als Josefine sich zu ihren Mitarbeitern wandte, die sie alle gespannt anblickten. „Hallo Leute, schön dass ihr euch heute Zeit genommen habt. Ich weiß in letzter Zeit ist viel passiert und die Gerüchteküche hier im Haus und auf den Straßen brodelt nur so. Deshalb habe ich euch heute alle hier her bestellt. Bevor ich euch die Herrschaften hinter mir am Tisch vorstelle - dem ein oder anderem werden manche Gesichter noch etwas sagen - möchte ich euch vorab mitteilen, dass eure Arbeitsplätze nicht in Gefahr sind. So wie es draußen die Runde macht.“, gab Josefine bekannt vor allen Anwesenden, denn sie wusste, dass nicht alle Angestellten erscheinen konnten, manche rollten noch über die Straßen. Aber sie wusste aus Erfahrung, dass diese fehlenden Männer in kürzester Zeit Wind davon bekamen, was man hier sprach. Denn auch hier in der Firma funktionierten die Buschtrommeln genauso gut wie draußen auf den Straßen. Ihre Mitarbeiter klatschten Beifall und der ein oder andere jubelte sogar auf. Max steckte sich zwei Finger in den Mund und ließ einen schrillen Pfiff ertönen, der sogar Josefine in den Ohren schmerzte und Amarok Zuflucht unter dem Tisch suchte hinter Josefine. Dann wandte sie sich den Personen am Tisch zu. Dabei deutete sie auf jeden einzelnen. Das sind Percy, Frank, Felix und Jo. Sie waren einmal bei Jansen & Partner angestellt. Sie fielen auf grausame Weise einer gemeinen Intrige zum Opfer, die unsere gute Sybill eingefädelt hat. Dank Gerda und ihrer Überredungskunst, kann Jansen & Partner stolz auf sie sein, denn sie hat es geschafft, dass die Fahrer zurück kommen.“, gab Josefine als nächstes bekannt. Gerda erntete dafür viel Applaus von den Anwesenden, sodass Max wieder durch einen Pfiff die Mitarbeiter zum Schweigen bringen musste. Damit Josefine weiter machen konnte. „Dann möchte ich euch zwei weitere Trucker vorstellen, die ebenfalls in Zukunft zur Belegschaft der Firma Jansen & Partner gehören. Das hier sind Igor und Björn. Würdet ihr bitte kurz aufstehen, damit auch die in den hinteren Reihen euch sehen können.“, wandte sich Josefine an die Männer. Beide standen auf und auch sie erhielten einen Applaus. Nachdem es wieder etwas ruhiger wurde, setzte Josefine noch hinzu. „Übrigens ist Björn mein Lebensgefährte.“. Jo schnappte laut hörbar nach Luft und unter den Mitarbeitern brach ein regelrechtes Getuschel aus. „Während meiner Abwesenheit, habe ich meine zweite Wahlheimat Island kennen gelernt.“, berichtete sie ihren Mitarbeitern kurz und knapp. „Und zu guter Letzt, möchte ich euch noch Alfons und Tom Steinhauser vorstellen. Ihnen gehört die Rechtsanwaltskanzlei Steinhauser & Sohn. Die beiden werden in Zukunft in allen Rechtsangelegenheiten die Firma Jansen & Partner vertreten.“, gab Josefine bekannt. Dabei ging ein Raunen durch die Menge und auch ein paar ihrer Mitarbeiter klatschten Beifall. Denn fast jeder wusste etwas mit dem Namen Steinhauser & Sohn anzufangen. „Diese beiden sind Gerda, Exsekretärin von Karl Jansen, also Sybill´s Vorgängerin und unser treuer Fahrer Armin. Nun würde ich gerne das Wort an Tom Steinhauser übergeben.“, sprach Josefine, wandte sich in Tom´s Richtung und nickte Tom zu, sofort erhob dieser sich, während Josefine sich endlich setzten konnte, da es ihr Hunde übel war vor Nervosität und kalter Schweiß ihr über den Rücken lief. Tom Steinhauser klärte die Mitarbeiter über den schrecklichen Tod von Roger Jansen, der eine Sabotage an seinem Motorrad war, auf. Ebenfalls erklärte er den Mitarbeitern die Intrige, der Jo, Percy, Frank und Felix zum Opfer fielen, welche im Zusammenhang mit Roger´s tödlichem Motorradunfall eine Rolle spielte. Er erzählte ihnen von der Erpressung, dem Diebstahl einer Spieluhr, der Verhaftung des Fahrers Ken, der Sekretärin Sybill, Rechtsanwalt Volz und dem Monteur Peter bis zur Rassenmafia, wie sie alle zusammen Jansen & Partner übernehmen wollten. Die ihre Finger auch bei Roger Jansens Tod im Spiel hatten. Die Mitarbeiter waren geschockt, immer wieder rief jemand etwas dazwischen und Tom versuchte die Fragen zu beantworten. Auch Alfons Steinhauser, Tom´s Vater, wurde ausgefragt, als dieser von Tom gebeten wurde, mit seinem Bericht fort zu fahren. Björn blickte nur kurz zu seiner Frau und erschrak, als er sie auf dem Stuhl neben Gerda sitzen sah. Sie war kreideweiß im Gesicht. Er beugte sich etwas nach vorn. „Ist dir nicht gut? Soll ich Alfons bitten eine kleine Pause einzulegen?“, flüsterte er ihr ans Ohr, doch Josefine schüttelte den Kopf. Was Gerda nicht entgangen war. Sie räusperte sich laut hinter Alfons. „Herr Steinhauser, bitte entschuldigen Sie, dass ich einfach so unterbreche, aber könnten wir für einen Moment eine Pause einlegen. Ich glaube Frau Jansen geht es nicht sonderlich gut.“. Alfons blickte zu Josefine und riss die Augen auf. Vor ihm saß nicht die reizende junge Josefine die er kannte, sondern eine junge Frau, die aussah wie das Leiden Christi. Blass wie ein Gespenst. Alfons nickte und wandte sich an die Mitarbeiter. Er bat um Verständnis gegenüber Frau Jansen und bat dabei um eine kurze Unterbrechung. Josefine sprang auf und rannte zur Tür hinaus. In letzter Sekunde erreichte sie noch die Eingangstür der Damen Toilette. Stolperte in die Kabine und übergab sich. Schweiß trat ihr auf die Stirn. Sie musste so heftig würgen, dass ihr Tränen in die Augen traten. Sie hörte laute Stimmen vor dem Eingang der Damen Toilette. „Ganz ruhig Jungs. Ich kümmere mich schon um sie. Geht zurück in den Saal und macht mit dem Meeting weiter. Das hier ist Frauensache. Björn kann Josefine später auch noch davon berichten.“, sprach Gerda beruhigend auf die Männer ein. „Sie ist unser Juwel.“, knurrte Jo und wollte sich schon an Gerda vorbei drücken, um auf die Toilette zu kommen. „Frauensache hin oder her, lass mich zu ihr.“, pfiff er Gerda an, doch Gerda blieb hartnäckig und scheuchte alle fort. Im Anschluss schlüpfte sie durch die Tür der Damentoilette, sie streckte noch einmal kurz den Kopf auf den Flur, um sich zu versichern, dass wirklich alle Männer zurück in den Konferenzsaal gingen, bevor sie sich um Josefine kümmerte. „Versuch tief durch zu atmen Josefine.“, sagte Gerda und strich ihr mit einem kühlen Papiertuch über die Stirn, das sie zuvor unter den kalten Wasserhahn gehalten hatte. Die Übelkeit, die sie schon seit ein paar Tagen überfiel, hatte sie ausgelaugt. Seit Tagen war sie nur noch müde und träge. „Ich muss irgend etwas falsches gegessen haben im Flugzeug.“, mutmaßte sie zu

Gerda. „Meinst du wirklich?“, hackte Gerda nach und grinste leicht vor sich hin. „Sei ehrlich Josefine, dir ist schon länger nicht gut?“. Josefine nickte nur leicht mit dem Kopf „Ja“, hauchte sie und eine neue Welle der Übelkeit stieg in ihr auf. „Seit ein paar Tagen schon. Meinst du.......?“, fragte Josefine und sah dabei Gerda mit neugierigem Blick an. Die drauf hin nur lächelnd nickte. „Du bleibst hier und ich gebe kurz drinnen Bescheid, dass ich dich nach Hause fahren werde.“, sprach die langjährige Sekretärin und wollte auch schon die Damentoilette verlassen. Josefine wollte ihr schon widersprechen, als sie merkte, dass es ihr schwindlig wurde. Langsam glitt sie zu Boden. „Scheiße“, schrie Gerda und stürmte in den Konferenzsaal, ohne darauf zu achten, dass sie Alfons schon wieder ins Wort fiel. „Björn, komm bitte schnell Josefine ist zusammen gebrochen.“, brüllte die alte Lady aufgeregt durch den Konferenzsaal, was alle Blicke auf sie und Björn zog. Komischerweise erhoben sich blitzschnell gleich drei Männer, als sie Gerda so aufgeregt schreien hörten. Björn, Jo und Armin waren von ihren Plätzen gesprungen und rannten los. Björn eilte an Gerda als erstes vorbei. Als auch Jo Björn folgen wollte, stellte Armin sich ihm in den Weg. „Setz dich! Oder heißt du Björn? Das ist seine Aufgabe nicht deine.“, zischte Armin seinen ehemaligen Kollegen Jo an. Widerwillig brummend setzt er sich wieder auf seinen Platz. Aber ihm war anzusehen, dass ihm das ganz und gar nicht gefallen hatte. Dass man ihn so herum kommandiert hatte vor allen anderen Anwesenden. Nachdem durch diesen Tumult wieder Ruhe eingekehrt war, vor allem weil Max dafür gesorgt hatte, dass es wirklich wieder ruhig wurde, fuhr Alfons mit seiner Erklärung fort.
Gerda fuhr mit Björn und Josefine auf dem schnellsten Weg nach Hause. Björn trug seine Frau ins Schlafzimmer und legte sie sanft auf dem Bett ab. Sie war Hundemüde und wollte nur noch schlafen. „Ruh dich aus Liebling. Ich schau später noch einmal nach dir. Ich bin unten und mache dir einen Tee.“, flüsterte er ihr leise zu und fuhr mit seiner Hand zärtlich und mitfühlend über ihre Stirn. „Ich liebe dich mein kleiner Troll.“, murmelte Josefine schläfrig und schloss ihre Augen. Lächelnd küsste er sie auf die Stirn. „Ich liebe dich auch, mein Schatz. Schlaf jetzt etwas, du wirst sehen, der Schlaf wird dir gut tun.“, sprach er und erhob sich vom Bett, leise auf Zehenspitzen trat er aus dem Schlafzimmer und schloss hinter sich die Tür. Stirnrunzelnd und sehr nachdenklich ging er die Stufen hinunter.

Aus Björn´s Miene sprachen Besorgnis und Angst, als er zu Gerda in die Küche trat, die gerade dabei war, einen starken Kaffee aufzusetzen. „Ich glaube wir hätten sie doch zu einem Arzt fahren sollen.“, bemerkte Björn der in die Küche trat und nahm den Kaffeebecher entgegen, den Gerda ihm reichte. Gerda blickte ihn merkwürdig an. „Ich denke, ein Arzt wird ihr im Moment auch nicht weiterhelfen können.“, sagte sie und konnte erkennen, wie es in Björn´s Kopf zu Qualmen begann. Gerda begann leise zu kichern. „Wenigstens etwas hat der tollpatschige Troll auf Anhieb fertig gebracht. Glückwunsch ihr bekommt einen kleinen Troll oder Trollin.“, erklärte sie, amüsiert über den Gesichtsausdruck des jungen Mannes, der vor ihr stand. Björn starrte Gerda mit offenem Mund und weit aufgerissen Augen an. Beinahe hätte er vor Schreck den Kaffeebecher fallen lassen. „Ich bin mir ganz sicher Björn.“, sprach Gerda und nippte an ihrer Kaffeetasse, im Anschluss beobachtete sie ihn über den Rand des Kaffeebechers. Freude durchströmte ihn, bis er das Gefühl hatte, vor Glück fast zu platzen. Er fing an zu grinsen, als ihm das alles bewusst wurde. Er riss Gerda freudestrahlend und überglücklich von den Beinen, um sich wie ein kleines Kind im Karussell mit ihr durch die Küche zu drehen. Aus Schreck ging doch noch eine Tasse zu Boden. „Hör auf Björn, mir wird ja ganz schlecht.“, rief Gerda um ihm Einhalt zu gebieten. Doch Björn drehte eine weitere letzte ausgelassen Runde mit ihr, bis er sie wieder auf den Boden abstellte. Gerda musste sich als erstes kurz an der Küchenzeile festhalten, weil alles sich in ihrem Kopf drehte. Bevor sie sich auf die Suche machte nach einer Kehrschaufel um die Scherben der Kaffeetasse aufzulesen und auch den verschütteten Kaffee aufzuwischen.
Nach dem Meeting war Jo´s Laune noch immer gereizt. Von Josefine, Gerda und Björn fehlte jede Spur. Nicht einmal eine Nachricht hatten sie hinterlassen wo sie Josefine hinbrachten. Jeder der ihm in den Weg trat, fauchte er unfreundlich an. Selbst Percy und Frank bekamen seine schlechte Laune zu spüren. Armin sah sich dies eine Weile lang an, bevor er das Ekelpaket Jo zur Seite nahm. Er wusste, dass er jetzt ebenfalls Jo´s Ärger abbekommen würde, aber das war ihm in dem Moment egal. „Hör auf, dich wie ein tollwütiger Hund aufzuführen. Es geht dich nichts mehr an. Josefine ist erwachsen und kein kleines Kind mehr. Und hör verdammt noch mal auf, vor allen mit so einer düsteren Mine herum zu laufen und jeden anzugif-

ten. Und unterlasse endlich die Droherei Björn gegenüber. Was willst du lieber an Josefine´s Seite? Ein Rechtsverdreher, der sich nur mit Paragraphen auskennt und nicht einmal weiß, wie man den Schlüssel herumdreht bei einem Truck, ganz zu Schweigen wie man diesen fährt. Oder willst du jemanden an ihrer Seite sehen, der weiß, wie der Laden läuft und deine Kleine unterstützt wo immer er kann?", fuhr Armin ihn gereizt an um Josefine und Björn zu verteidigen. Jo ballte seine großen Hände zu Fäusten und wirkte als wolle er diese gegen die Wand rammen oder gar in Armin´s Gesicht schleudern. „Wenn du einen Rat von mir willst, dann halte dich in Zukunft aus Josefine´s Leben heraus.", zischte Armin seinen guten Freund und Kollegen verärgert an. „Ich will aber keinen Rat von dir!", knurrte er verärgert und schob Armin bei Seite. Percy, der das Ganze beobachtete trat zu Armin. „Sag mal, was hat der denn?". Armin gluckste schulterzuckend leise neben ihm auf. „Liebeskummer.", sagte dieser amüsiert und zwinkerte mit dem Auge. „Tja muss ganz schön hart für ihn sein, dass er nicht mehr die erste Geige spielt bei der Kleinen.", meinte Percy grinsend und prustete laut los. „Was machen wir jetzt mit der Willkommensparty für unser Juwel?", fragte er neugierig seinen Freund und Exkollegen. Armin zuckte erneut mit den Schultern. „Ich werde Gerda kurz anrufen und fragen wie es Josefine geht und was sie dazu meint.". Percy stimmte ihm zu, das war das beste was sie tun konnten. Armin wählte im Beisein von Percy Gerda´s Handynummer. Als jemand an den Apparat ging fragte er auch so gleich: „Wie geht es ihr?". Überrascht zog er eine Augenbraue nach oben, als sich Björn am Telefon von Gerda meldete. „Hallo Armin, Gerda ist gerade oben bei ihr. Aber sie hat uns beide wissen lassen, das ihr das Barbeque ausrichten könnt, auch wenn sie nicht solange daran Teil nehmen wird. Es ist auch kein Problem mit dem Übernachten, das geht auch alles in Ordnung.", klärte Björn Armin in kurzen Sätzen auf. Der wiederum einen Daumen nach oben zeigte zu Percy, als ihm Björn dies mitteilte. „Gut, dann rechnet mal bis in einer Stunde mit uns. Ach Björn, lass dich von Jo nicht unterkriegen. Seit Gerda dich aus dem Meeting geholt hat, ist er stinksauer und stänkert hier nur so herum. Ach noch was, kann es sein, dass ihr nicht nur ein Geheimnis vor Jo habt, sondern noch ein weiteres?", erkundigte sich Armin kichernd bei ihm. Dabei hatte er sich leicht etwas von Percy entfernt, als er den letzten Satz aussprach. Björn gluckste auf am anderen Ende. „Schon mög-

lich Armin, aber so genau wissen wir es erst am Montag, denn da werde ich sie zu einem Arzt schleppen. Wenn es sein muss sogar an ihren Haaren.", lachte Björn laut ins Telefon. Armin stimmte ihm kichernd ebenfalls zu. „Ok, also dann bis später Daddy.", tuschelte er leise vergnügt ins Telefon.
Gut eine Stunde später verwandelte sich Josefine´s Terrasse in eine festlich geschmückte Party Terrasse. Überall hingen Lampions und bunte Lichterketten. Auf dem Grill brutzelte das Fleisch und die Würstchen, auf die Amarok ein Auge geworfen hatte und darauf aufpasste wie ein Luchs. Der Tisch war gedeckt und vier Schüsseln verschiedener Salate standen auf dem Tisch. Björn der nach oben gegangen war, öffnete leise die Schlafzimmertür. Josefine´s Lider flatterten ein wenig auf, als er sich neben sie auf die Bettkante setzte. „Das Essen ist fertig Liebling.", hauchte er und küsste sie liebevoll. Danach legte er den Kopf schräg, weil er immer noch darauf wartete, dass sie aufstehen würde. Doch Josefine berührte sanft sein Gesicht. Björn legte seine Hand auf die ihre, sodass ihre Finger an seinem Kiefer verweilen mussten. „Liebling ich glaube wir bekommen einen kleinen Troll.", flüsterte sie zärtlich leise. Er legte ihr eine Hand auf den noch flachen Bauch und sah zu ihr auf. Dabei lächelte er sie zärtlich an. „So etwas in der Art habe ich mir schon seit ein paar Tagen gedacht Liebling. Auch bei mir ist deine Übelkeit der letzten Tage nicht unentdeckt geblieben.". Björn nahm ihr Gesicht zwischen die Hände und spürte wie seine Finger an ihrer Wange bebten. „Ich liebe dich Josy. Meinst du, du schaffst es wenigstens für eine viertel Stunde nach unten zu kommen? Die Jungs warten auf dich. Wenn du willst, trage ich dich auch nach unten.", schlug er ihr grinsend vor. Josefine verzog ihr Gesicht zu einer witzigen Grimasse und zeigte ihm einen Vogel. „Ich bin nicht krank Liebling, nur ein bisschen schwanger.", kicherte sie und erhob sich langsam aus dem Bett. Gemeinsam mit Björn stieg sie die Treppenstufen nach unten. Björn schob seine Hand unter ihren Ellenbogen, um ihr Halt zu geben. Denn sie schwankte leicht, als sie die ersten Stufen nahm. Für seine übertriebene Fürsorglichkeit, erntete er von seiner Frau einen finsteren Blick. „Ich wollte doch nur.....", versuchte er sich zu rechtfertigen und verschluckte die restlichen Worte. Denn er hörte von der Terrasse her Schritte auf sie zukommen. Doch seine Sorge war unberechtigt, wer immer es auch war, zu dem diese Schritte gehörten, bog zuvor in die Küche ab. Noch immer sehr blass

um die Nase herum betrat Josefine vor Björn die Terrasse und schon wurde sie von all den Männern mit einer fröhlichen Laolawelle begrüßt. Jo nahm sie sofort in die Arme und drückte sie fest an sich. „Du siehst immer noch ziemlich bleich um die Nase herum aus. Ich hoffe nicht, dass man dich in Island vergiftet hat.“, brummte er und warf Björn einen finsteren Blick zu. „Jo, das glaube ich nicht.“, meinte Percy und zog zur Begrüßung Josefine fest in seine Arme. „Schön, dass du wieder zu Hause bist.“, sprach dieser und reichte Josefine weiter an den nächsten Mann. So wurde Josy von Mann zu Mann weiter gereicht wie immer. Auch Alfons und Tom drückten sie ganz fest. Das Schlusslicht machte Igor. Der Josefine erst gar nicht mehr los lassen wollte. So froh war er sie wieder zu sehen. „Komm kleine Lady, du sitzen zu mir.“, sprach Igor und schob Josefine auf einen Stuhl genau neben sich. „Was wollen kleine Lady essen? Igor bringen dir alles.“. Josefine kicherte leise auf, als sie den väterlichen fürsorglichen Ton in seiner Stimmer heraus hörte. Sie war froh, dass sich Igor um sie kümmerte und nicht Jo. Der gegenüber des Tisches stand mit einer Bierflasche in der Hand und dabei leise vor sich hin gluckste. Weil Igor so besorgt um sie war. Den ganzen Abend bediente er Josefine und versuchte ihr jeden noch so kleinen Wunsch von den Augen abzulesen. Selbst als Josy leicht anfing zu frösteln, als es kühler wurde und die Nacht herein brach. Wandte er sich an Björn, dass er ihr eine Wolldecke besorgen sollte. Diese legte er ihr dann um die Schultern und packte sie fest darin ein. Damit sie es schön warm hatte und Amarok, der zu ihren Füßen unter dem Tisch lag, sorgte dafür, dass ihre Füße nicht kalt wurden. Den restlichen Abend fühlte sie sich gut, doch am nächsten Morgen übergab sie sich wieder nach dem Frühstück.

Kapitel

Der Sommer neigte sich zu Ende. Die sinkenden Temperaturen und das bunte Laub erinnerten sie, an Top Secret und daran, dass es bald Zeit wurde aufzubrechen. Die Nächte wurden kühler, sodass man am Abend kaum mehr lange auf der Terrasse sitzen konnte. Einmal in der Woche trafen sich Josefine, Björn, Gerda und Armin um ihre Köpfe bezüglich Top Secret zusammen zu stecken und Pläne zu schmieden. Außerdem diskutierten und besprachen sie lebhaft, wie man Jo die Heirat von Josefine und Björn schonend bei bringen könnte. Björn stand in der Küche und bereitete gerade ein isländisches Abendessen vor, während Josefine in Schlabberklamotten den Tisch im Esszimmer deckte. Auch unter Tags in der Firma achtete sie darauf, dass sie weite Kleidung trug. Noch immer hatten die beiden zwei Geheimnisse vor Jo. Aber lange konnte Josefine ihr süßes Geheimnis, das sie unter dem Herzen trug nicht mehr verbergen. Sie war jetzt Mitte des dritten Monates und ihr Bäuchen war jetzt schon etwas vorgewölbt. Heute Morgen bekam sie fast einen kleinen Schock, als ihr Frauenarzt ihr verriet, dass sie nicht nur einen kleinen Troll, sondern gleich einen im Doppelpack bekommen würde. Björn hatte sie es noch nicht verraten. Er freute sich sowieso auf das kleine Wesen, aber wie würde er erst reagieren, wenn er erfuhr, dass es gleich zwei werden. Sie stellte sich gerade vor, wie ihr tollpatschiger großer Troll vor lauter Freude in Ohnmacht fallen würde, als es an der Haustüre klingelte. Sie blickte auf die große Standuhr, die im Essbereich stand. Wer mochte das sein? Armin und Gerda würden erst in gut einer halben Stunde kommen. „Machst du auf Liebling?“, rief Björn ihr aus der Küche zu. Josefine schlappte an die Haustüre und blickte durch den Türspion um zu sehen, wer das vor ihrer Tür stand. Es war ihr Onkel Nils, in Begleitung eines ihr fremden Mannes. In dem Moment, als sie die Haustüre öffnete hieß es auch schon: „Guten Abend Josefine.“, begrüßte Nils sie freudestrahlend und hielt ihr einen Blumenstrauß unter die Nase. „Du sieht gut aus Kleines. Mir scheint fast, dass du ein wenig zugelegt hast. Dürfen wir herein kommen?“, erkundigte sich der General. Josefine erschrak bei den Worten ihres Onkels. Wenn es schon jemandem auffiel, mit dem sie nicht so oft zu tun hatte, würde es auch über kurz oder lang Jo bemerken. Nils rümpfte die Nase als er den Wohnraum betrat. „Das riecht aber lecker, haben wir dich am kochen gestört?", erkundigte sich Onkel Nils bei seiner Nichte. „Nein, nein Björn ist am kochen. Er versucht sich mal wieder selbst zu übertreffen.", sagte sie schnell noch immer etwas verwirrt. „Hallo Björn.", begrüßte Nils ihn, als er unter die Küchentür trat. Björn, wedelte zur Begrüßung mit dem Kochlöffel herum. „Hallo Nils, schön dich zu sehen. Was führt dich zu uns?", erkundigte sich Björn neugierig bei Josefine´s Onkel. Denn es war schon etwas merkwürdig, dass er einfach so unangemeldet auf der Matte stand. „Eigentlich war ich auf der Suche nach Jo, aber er ist weder in der Firma noch zu Hause anzutreffen. Ihr wisst nicht zufällig, wo ich ihn finden kann?", fragte Nils, Josefine´s Onkel und schnupperte übertrieben mit seiner Nase. „Ne, tut uns leid. Er hat spontan Urlaub genommen und niemand weiß wo er steckt. Aber vielleicht hat ja Armin eine Idee, wo er sich aufhalten könnte, ihn können wir fragen, wenn er nachher kommt.", bemerkte Björn und ging wieder zurück an den Herd. „Oh, ihr erwartet Besuch?", fragte Nils, dem erst jetzt der gedeckte Tisch aufgefallen war. „Besuch nicht gerade, nur Gerda und Armin. Ihr bleibt doch zum Essen oder? Es gibt ein isländisches Gericht.", rief Björn aus der Küche. Nils trat erneut unter den Eingang zur Küche. „Naja, wir wollten euch eigentlich keine Umstände machen.", antwortete der General etwas verlegen. „Das tut ihr nicht, Josy Liebling, würdest du noch zwei weitere Gedecke auftragen.", rief er in einem Befehlston aus der Küche seiner Frau zu, bevor er sich wieder an Nils wandte. „Wenn Armin und Josy auf ihr Essen verzichten, reicht es für uns alle.", sagte er scherzhaft zu dem Besuch und gluckste vor sich hin. Josefine verdrehte die Augen und gab ihm einen Klaps auf den Hintern, als sie die Küche betrat, um zwei weitere Gedecke aus dem Schrank zu nehmen. „Vorlautes Mannsbild.", kicherte sie amüsiert und öffnete den Geschirrschrank. Mit einem großen Hallo begrüße Onkel Nils die Neuankömmlinge, als er die Haustür von Josefine öffnete, nachdem es geklingelt hatte. Armin und Gerda waren erstaunt darüber Nils hier vorzufinden. Er lies weder Gerda noch Armin über die Türschwelle treten, sondern konfrontierte die beiden gleich unter der Tür mit der Frage nach Jo. So eilig hatte er es offensichtlich Jo zu sprechen. „Tut mir leid Nils, wo Jo steckt wissen wir beide auch nicht. Aber vielleicht könntest du uns ja bitte einmal erst herein lassen. Damit wir nicht unter der Tür mit dir Reden brauchen.", fauchte Gerda Onkel Nils et-

was leicht verärgert an. „Oh, entschuldige.“, meinte Nils und öffnete den beiden die Haustüre ganz. Armin gluckste amüsiert auf und folgte Gerda. Josefine begrüßte ihre Gäste mit einer liebevollen Umarmung. Sie verdrehte leicht die Augen, als sie sich von Gerda löste. „Männer“, meinte Josefine und begrüßte Armin im Anschluss ebenso liebevoll. „Das habe ich gehört Kleines.“, sagte er amüsiert und drückte sie ganz fest an sich. Im Anschluss betrat Armin schnuppernd die Küche, gefolgt von Gerda, um auch Björn zu begrüßen. „Mann riecht das aber heute Abend wieder lecker. An dir ist glatt ein fünf Sterne Koch verloren gegangen.“, scherzte Armin und schlug zur Begrüßung Björn kameradschaftlich auf die Schulter. Dabei blickte er sich neugierig in der Küche um. „Weißt du was Nils von Jo will?“, erkundigte sich Armin naseweis bei Björn. Doch dieser konnte auch nur kopfschüttelnd verneinen. „Keine Ahnung. Er hat uns gegenüber nichts heraus gelassen.“, meinte Björn und drückte Armin eine Weinflasche in die Hand. „Falls es dir langweilig ist, kannst du das gute Ding ja schon einmal öffnen. Essen ist gleich fertig.“. Björn zog eine Schublade auf und entnahm dort einen Korkenzieher. Diesen drückte er Armin ebenfalls in die Hand. Armin schmunzelte vor sich hin und trat darauf hin mit der Weinflasche an den Esstisch, um sie dort zu öffnen und die Gläser zu befüllen, während Gerda sich mit Josy unterhielt. „Schau mal, die perfekten Hausmänner.“, quasselte Gerda und deutete mit einer Handbewegung auf Armin und Björn, der gerade mit einer Auflaufschale aus der Küche zu ihnen kam.
Björn servierte seinen Gästen eine Art Fischauflauf mit dem Namen „Fiskisprengja.“, der aus Fischfilet und Krabben bestand und mit verschiedenem Gemüse und Käse überbacken wurde. Zum Nachtisch gab es die berühmten „Lummur.“. Kleine dicke Pfannkuchen, die er mit Zimt und Zucker und frischen Kirschen servierte. „Möchte noch jemand Nachschlag.“, erkundigte sich Chefkoch Björn bei seinen Gästen. „Puh, ich bin papp satt, für mich bitte nichts mehr Björn. Das war so lecker, aber es geht nichts mehr hinunter.“, meinte Gerda und machte es gleich wie Josefine, die ihren Teller von sich weg schob. Armin und Nils hielten Björn ihre Teller für einen Nachschlag entgegen. Auch dieser Alexander, den Nils im Schlepptau hatte, lehnte bedauernd ab. „Also ich muss schon sagen Björn, du kochst verdammt gut. Da brauche ich mich nicht wundern, das Josefine, Gott sei Dank endlich etwas auf ihre Rippen be-

kommt.“, rief Nils ihm amüsiert hinter her in die Küche. Josefine blickte unauffällig zu Gerda, die leicht unbeobachtet mit den Schultern zuckte. Auch sie wusste, dass es nur noch eine Frage der Zeit war und nicht mehr lange unter weiten Klamotten zu verbergen war. „Sagt mal ihr beide wisst ihr wirklich nicht wo Jo steckt?“, hackte der General noch einmal bei Gerda und Armin nach, ohne daran zu denken, dass er ihnen ja die Frage schon vorhin gestellt hatte, als sie angekommen waren. „Eigentlich wollten wir zu ihm. Da man uns sagte in der Firma, dass er kurzfristig Urlaub eingereicht hatte und zu Hause auch nicht anzutreffen ist, haben wir es hier bei Josefine probiert. Aber auch sie hat keine Ahnung wo sich der Kerl aufhält.“, wandte Nils sich an Gerda und Armin die sich beide anblickten und mit den Schultern zuckten. Doch auch diese mussten passen auf seine erneute Frage. „Was willst du eigentlich von Jo?“, erkundigte Armin sich neugierig. Doch Nils gab ihm auf seine Frage keine Antwort, sondern stellte ihm eine Gegenfrage. „Weißt du, wie weit Jo mit den Vorbereitungen für Top Secret ist?“, fragte Josefine´s Onkel neugierig. „Ich kann dir nicht viel sagen. Er lässt nicht viel darüber heraus, wie immer wenn es um Top Secret geht. Das einzige was ich weiß, ist, dass die Fahrer feststehen. Das hat er letztens angedeutet und auch die Namen genannt. Ebenso hat er gesagt, dass wie üblich zwei deiner Männer dabei wären.“. Der General nickte zufrieden. „Ja genau, nur dass ich diesmal selbst mit dabei sein werde und Alexander.“. Informierte Josefine´s Onkel Armin. „Du?“, hauchte Josefine erschrocken. Das konnte doch nicht wahr sein, dachte sie sich im Stillen. Nils lachte auf. „Oh Kleines, meinst du dein Onkel ist noch nie hinter dem Steuer eines LKWs gesessen. Es ist zwar schon verdammt lange her, aber was man einmal gelernt hat, vergisst man nicht so schnell.“. Josefine war sprachlos. Sie konnte sich nicht wirklich vorstellen, einen General hinter einem LKW Steuer und dann auch noch einen aus der Firma Jansen & Partner. „Wer sind die Männer Armin.“, erkundigte sich Nils neugierig. „Oh, eigentlich keine Fremden für dich.“, gluckste er hinter seinem Weinglas hervor. „Jo, Percy, Frank, Felix, Björn, Igor und Josefine natürlich, nur ein einziger Mann fehlt noch in der Truppe. Jo meinte der Mann hätte zugesagt, aber kennen tu ich ihn auch nicht. Es ist keiner von Jansen & Partner. Er meinte nur, dieser Ivan sei sehr verlässlich und ein Top Fahrer so wie Igor.“, klärte Armin Josefine´s Onkel auf und Josefine wurde hellhörig, als der Name Ivan gefallen war. „Moment Mal, sagtest du gerade den Namen Ivan?". Jetzt war Josefine noch sprachloser als zuvor, als sie erfuhr, dass ihr Onkel mit von der Partie war. Das musste sie erst einmal für einen Moment verdauen. „Wenn es der Ivan ist, den ich meine, dann kenne ich ihn und er passt verdammt gut in unser Team. Das war nämlich der Kollege von Igor, der damals mit ihm vor Gericht stand.", klärte Josefine die Runde auf. Nils nickte, er wusste, dass Jo keinen Müll in sein Team aufnehmen würde. „Ja, an die Geschichte kann ich mich noch erinnern.", entgegnete Onkel Nils. Alexander sah das etwas anders „Wie bitte, zwei Russen im Team?", zischte dieser etwas verärgert. Was wiederum Björn verärgerte und er sofort Alexander Konter gab. „Haben sie etwas gegen zwei Russische Kollegen? Oder allgemein gegen Ausländer in dem Team? Dann muss ich ihnen gestehen, dass ich ebenfalls Ausländer bin. Nämlich Isländer. Und die beiden Russen sind prima Leute zumindest Igor, den ich persönlich kenne.", meinte Björn und nahm die beiden russischen Fahrer in Schutz. Wütig stand er auf und räumte leicht verärgert den Tisch ab um sich zu beruhigen. Was keinem entgangen war, wie Björn kochte vor Wut. Auch Nils stand auf und folgte Björn in die Küche mit etwas Geschirr. „Bitte entschuldige Alexander´s Reaktion, er ist noch ein Frischling in dem Team und er hat es bestimmt nicht so gemeint.", meinte Josefine´s Onkel. Björn nickte, schob den General etwas zur Seite und räumte aber ohne auf Nils zu achten weiter die Spülmaschine ein. „Sag mal Björn, mich geht es eigentlich nicht an. Aber wie ist das in Island, wenn man weiß, dass die Lebensgefährtin schwanger ist?", erkundigte sich Onkel Nils so beiläufig wie es nur ging bei ihm und grinste dabei über das ganze Gesicht. „In der Regel heiratet man, aber es gibt auch viele Ehen ohne Trauschein, so wie hier auch.", antwortete Björn ihm auf seine indiskrete Frage und tat so, als ob er nicht wüsste auf was Nils da anspielte. „Wieso willst du das wissen? Willst du vielleicht nach Island auswandern?", scherzte Björn, um Nils aus dem Weg zu gehen wegen seiner merkwürdigen Fragen. Nils legte den Kopf in den Nacken und lachte schallend auf. „Nein Mann, ich wollte eigentlich nur wissen, ob ich demnächst auf eine Hochzeit eingeladen werde.", sprach er amüsiert und Björn legte kurz seine Arbeit nieder, blickte Nils für einen kurzen Moment verdammt finster an, bevor er das Geschirr weiter in die Spülmaschine räumte. „Da musst du schon deine Nichte selbst fragen.", presste Björn mit zusammengebissenen Zähnen gereizt heraus. „Hat sie dir etwa einen Korb gegeben, dass du auf dies Thema so gereizt reagierst? Nimm´s nicht persönlich, aber Frauen und ihre Hormonschwankungen während der Schwangerschaft sind für einen Mann kaum auszuhalten. Ich kann selbst davon ein Lied singen.“, meinte Onkel Nils mitfühlend und begab sich zurück ins Esszimmer. Breit grinsend setzte er sich wieder an den Tisch. „Ich wusste gar nicht, dass sich auch bei Männern der Hormonspiegel ändert. Offenbar haben wir es hier mit zwei Schwangerschaften zu tun.“, gluckste der General amüsiert in die Runde. Josefine´s Gesichtszüge entgleisten ihr. Sie neigte den Kopf zu Seite um von ihrem Platz aus in die Küche zu blickten. Björn hantierte noch immer mit dem schmutzigen Geschirr herum. „Keine Angst Kleines. Ich hab ihn nur danach gefragt, wie man sich in Island verhält, wenn man weiß, dass seine Lebensgefährtin ein Baby erwartet.“, brummelte Nils seiner Nichte zu und hob Augenzwinkernd sein Glas. „Wer ist hier schwanger? Und wie kommst du darauf Nils.“, fragte Armin den General, der so tat als wüsste er rein gar nichts, um Josefine bei zu stehen. Gerda biss sich verlegen auf die Hand, ohne sich etwas anzumerken lassen. Josefine stand abrupt auf, fluchte leise vor sich hin und begab sich zu Björn in die Küche. „Ihr zwei braucht gar nicht so scheinheilig zu tun. Ihr steckt mit den beiden unter einer Decke.“, beklagte sich Nils grinsend bei Armin und Gerda und hob erneut sein Glas. Er prostete seiner Nichte und Björn zu, die sich gerade wieder an den Tisch gesellten. „Glückwunsch euch beiden. Weiß Jo es schon? Ist er deshalb nicht auffindbar?“, fragte Onkel Nils neugierig und versuchte noch immer die beiden fest zu nageln. Josefine seufzte auf. „Nein!“. Und so soll es im Moment auch noch bleiben.“, keifte Josefine ihren Onkel an. Björn legte einen Arm um sie. „Wir wissen allerdings noch nicht wie und wann wir es ihm sagen werden, da er ziemlich sauer auf uns ist. Als Josefine nach unserer Ankunft bei der Firma allen mitteilte, dass ich ihr Lebensgefährte bin, war das schon fast zu viel für ihn.“. Armin nickte zur Bestätigung von Björn´s Worten. „Was glaubst du, wie der sich aufgeführt hatte, nach dem Josefine das bekannt gab und Gerda Björn dann auch noch aus dem Meeting geholt hat, weil Josefine zusammen gebrochen war.“. Nils lachte leise auf. „Der arme Jo.“, meinte er schadenfroh. „Das Gesicht würde ich nur all zu gerne sehen, wenn er erfährt, das ihr beide Nachwuchs bekommt.“, sprach Onkel Nils und Armin gluckste mit rollenden Augen auf. „Ich auch, vor al-

lem wenn er auch noch hört, dass die beiden schon lange verheiratet sind.", lies Armin die Katze kichernd aus dem Sack. Diesmal war es Onkel Nils, der dumm aus der Wäsche blickte. Noch lange diskutierten sie an diesem Abend, wie man Jo das alles rücksichtsvoll beibringen könnte. In einem Punkt aber waren sie sich alle einig. Man würde es Jo erst nach Top Secret sagen. Nicht dass dieser Auftrag noch schief laufen würde. Nachdem Gerda gesagt hatte, sie hätte da eine Idee, aber sie würde nur Josefine und Björn damit einweihen, mussten Armin, Nils und der andere Mann namens Alexander ihr schwören, dass sie hinter Josefine und Björn stehen würden, wenn sie Jo alles beichteten.
Der neu bestellte Truck wurde wie gewünscht eine Woche vor Top Secret geliefert. Josefine beauftragte Armin dieses gute Stück auf Herz und Nieren zu prüfen, indem er damit im Nahverkehr fuhr. Georg legte jede Menge Nachtschichten die fünf Truck´s flott zu machen. Jo ging seit seiner Rückkehr, wo immer er auch war, Björn und Josefine aus dem Weg. Wenn er ihnen etwas zu sagen hatte, ließ er es die beiden über Armin oder Gerda wissen. Nur in ganz seltenen Fällen, wie zum Beispiel zwei Tage vor Abfahrt, lud er alle zu einem Fahrermeeting, bei Josefine zu Hause ein, ohne sie und Björn zu unterrichten. Josefine´s Onkel Nils und sein Kollege Alexander, Igor und Ivan hatte er ebenfalls ohne zu fragen bei Josefine und Björn einquartiert. Björn war zwar etwas verärgert darüber, aber er verhielt sich ruhig, denn er wusste, dass er Jo in spätestens vierzehn Tagen die Retourkutsche heimzahlen würde. Darauf freute er sich wie ein kleines Kind, das kurz davor war ein Geschenk auszupacken. Onkel Nils und Alexander kamen gegen Spätnachmittag in der Firma Jansen & Partner an. Gerda und Josefine waren gerade dabei im kleinen Konferenzsaal den beiden Kaffee und Kuchen zu reichen, als Björn grinsend eintrat gefolgt von Igor und Ivan. Ivan blieb unter der Tür stehen, hielt den Atem an, mit weit geöffneten Augen starrte er Josefine ungläubig an. Er schluckte mehrfach hinter einander, als er dort eine reizende nette junge Dame erblickte. „Josefine.", krächzte er mit einem kleinen Frosch ihm Hals. Mit schnellem Schritt ging er auf sie zu, riss sie freudestrahlend vom Boden und drehte sich einmal mit ihr im Kreis. Björn und Igor lachten laut auf. „Meine Kleine Big Mama. Wie schön dich wieder zu sehen. Oh!", meinte er stutzig, als er ihr Bäuchlein an seinem Bauch spürte. Doch Josefine legte ihm ihren Zeige-

finger auf den Mund. Ivan begriff sofort, nickte und schwieg. Genau diese Szene, die ohne Worte ablief hatte Alexander mitbekommen. Jetzt musste er selber zugeben, dass das was Josefine vor ein paar Wochen in ihrem Wohnzimmer sagte über diesen Mann stimmte. Aber trotzdem musterte er beide Männer sehr kritisch. Igor stellte seinem Kollegen Ivan Onkel Nils vor und Nils machte die Männer mit Alexander bekannt. Josefine lächelte in sich hinein, da Alexander zu den beiden russischen Fahrern aufblicken musste. Während Gerda zwei weitere Kuchenstücke auftischte, setzte sich Josefine zu Ivan. Der es immer noch nicht glauben konnte, dass aus dem Mädchen von einst, eine hübsche attraktive junge Frau geworden war. „Wo Jo? Igor sagen du seien auf Kriegsfuß mit Jo.", erkundigte Ivan sich bei Josefine, die zu kichern begann und die Augen dabei verdrehte. Auch Ivan lachte fröhlich auf, als er sah wie Josefine mit den Augen rollte. Im selben Moment, wurde die Tür auf gerissen und ein großer muskulöser, breiter Mann mit einer Tätowierung an beiden Armen und einem finsteren Blick, mit Ziegenbart trat ein. „Hast du nichts besseres zu tun? Ich dachte du musst arbeiten.", zischte er Josefine an. Dann erst begrüßte er Ivan und Igor, bevor er sich Nils und Alexander zuwandte. Josefine war aufgestanden und wollte gerade den Raum verlassen. „Kannst mir auch noch einen Kaffee und so ein Dings da bringen.", platze Jo grimmig heraus und deutete auf einen Kuchen, der vor Nils stand. „Sonst noch Wünsche der Herr?", fauchte Josefine unfreundlich wütend zurück. Schenkte dem Brummbären Kaffee ein, hievte ein Stück Kuchen auf seinen Teller, den sie dann scheppernd vor ihm abstellte. Zum Schluss konnte sie es sich nicht verkneifen, ihn an seinem Bart zu ziehen. Alle Männer lachten auf und Josefine streckte Jo zum Abschied die Zunge heraus, bevor sie ihren Mann zur Tür hinaus schob, der diese hinter sich schloss. Josefine war gerade dabei Björn zu erklären, wie sie die Auftragslisten kontrollierte und auf was er achten musste. Bevor sie die sämtliche Listen an die einzelnen Fahrer schickte, wo sie als nächstes Ware abholen mussten und wo hin geliefert werden sollte. Es klopfte an ihrer Bürotür und zwei Köpfe erhoben sich vom PC und blickten zu Gerda, die gerade eingetreten war. „Habt ihr noch viel zu tun? Jo bittet um deine Haustürschlüssel, damit er die Herren, die er bei euch einquartiert hat, zu euch nach Hause fahren kann. Ebenfalls hat Nils einen Anruf von einem Catering bekommen, die gerne in gut zwanzig

Minuten anliefern würden.". Unterrichtete Gerda die zwei, während sie in irritierte Gesichter blickte. Josefine starrte noch immer Gerda verwirrt an. „Catering Firma? Wusstest du davon?", fragte sie total verblüfft stirnrunzelnd Gerda, die schon mit den Kopf schüttelte. „Nein, das muss Nils organisiert haben.", meinte sie schulterzuckend. „Wir sind für heute fertig. Richte bitte Jo aus, dass ich Onkel Nils zusammen mit den übrigen Männern selbst in sein privates Hotel fahren werde.". Gerda nickte, kicherte und war auch sogleich fast wieder draußen. Josefine rief Gerda noch nach, dass sie bitte noch einen Augenblick warten solle, bevor sie sich ihrem Mann zuwandte. „Würdest du bitte den PC herunterfahren und alle Lichter löschen, wir treffen uns dann am Auto. Ich will nur noch kurz etwas mit Gerda besprechen.". Björn hob den Daumen nach oben. „Ich mach das Liebling geh nur.". Josefine schnappte sich Gerda und verließ mit ihr das Büro. „Hast du alles so vorbereitet, wie du es geplant hast?", fragte Josefine neugierig, denn demnächst würde ein neues Kapitel in der Geschichte Jansen & Partner geschrieben werden. „Ja die Akten wollte ich dir gerade noch zukommen lassen.". Gerda drückte ihr eine dicke schwarze Mappe in die Hände. „Viel Glück!". Josefine bedankte sich bei ihr und umarmte Gerda herzlich zum Abschied. „Wird schon schief gehen.", entgegnete Josefine humorvoll, daraufhin eilte sie die Treppen hinunter, hinaus auf das Firmengelände und verschwand unauffällig in einer der großen Hallen. Dort legte sie die Mappe, die Gerda ihr übergeben hatte ins Handschuhfach ihres Trucks. Ihr werdet alle samt staunen. Sprach sie innerlich zu sich selbst. Schnell schlüpfte sie wieder aus der Wagenhalle um zu ihrem Auto zu gehen. Björn wartete schon ungeduldig im Van auf sie, als er sie kommen sah, fuhr er ihr entgegen um sie einzuladen. So fuhren sie gemeinsam nach Hause. Der Lieferservice bog fast gleichzeitig mit ihnen in die Straße ein. „Gutes Timing.", meinte Alexander heiter, als er die Aufschrift des Lieferwagens las. Während Björn sich um die Catering Firma kümmerte, führte Josefine ihre Gäste in das obere Stockwerk, um ihnen ihre Zimmer zu zeigen. „Schnarcht jemand von euch? Wenn ja, wird derjenige in den Keller verbandt.", scherzte sie und hinter ihr wurde gelacht. „Leute, das ist kein Witz. Björn verbringt von Zeit zu Zeit die Nacht im Keller, vor allem wenn er zu tief ins Glas geschaut hat. Also gibt es jemand von euch, der ihm Gesellschaft leisten will?", sagte sie so ernst, dass sie vor Lachen hinaus prustete. Jetzt war das Gelächter

der Männer noch lauter. Gerade als Josefine beschlossen hatte, noch kurz schnell unter die Dusche zu hüpfen, klingelte es auch schon an der Haustüre. Von unten konnte sie laute Stimmen hören. Eine der Stimmen war so laut, dass man sie gut einem Typen zuordnen konnte. „Wo ist die Dame des Hauses?“, fragte der Herr zynisch. Es war eindeutig Jo, der nach ihr fragte. Sie ignorierte das alles und schlüpfte ins Bad. Gerade als sie in die Dusche steigen wollte, klopfte es an der Badezimmertür. „Liebling, hast du noch lange? Wir warten mit dem Essen auf dich. Jo wird schon ganz ungeduldig.“. Björn konnte ein lautes Auflachen seiner Frau hören. „Dann lass den alten Brummbär warten. Ich komme gleich.“, rief sie ihm durch die geschlossene Badezimmertür zu. Aus komme gleich wurden absichtlich geschlagene fünfundvierzig Minuten, die sie Jo und den Rest warten ließ. Sie wusste, dass das Buffet nicht kalt werden konnte, weil die Catering Firma überwiegend kalte Vorspeisen, Wurst- und Käseplatten, Salate und wahrscheinlich eine warme Suppe angeliefert hatte, aber ganz genau konnte sie es nicht sagen, es war ihr auch egal.
Jo, der gerade genüsslich an seiner Bierflasche zog, setzte abrupt ab, als Josefine in einem weiten Kleidchen die Treppe herunter stieg. Er starrte sie an, als ob sie von einem anderen Stern stammte. Ihr langes lockiges Haar trug sie zu einem Pferdeschwanz gebunden. Das kurze Kleidchen, das ihr bis zu den Knien reichte, war in einer A-Linie geschnitten, denn dieser Schnitt verbarg alles, unterhalb ihrer Brüste. Dazu trug sie flache Ballerinas. Alle Augen waren auf sie gerichtet, nur nicht die von Jo, musste sie feststellen. Ivan konnte es sich nicht verkneifen, einen flotten Pfiff auszustoßen. Björn stand auf und schob seiner Frau den Stuhl zurecht, damit sie sich an den Tisch zu den Männern setzten konnte. „Du siehst umwerfend, sexy, und verführerisch aus Liebling. Ich hätte gerade......“, flüsterte er Josefine ins Ohr. „Na endlich! Schön, dass du auch mal den Weg zu uns findest, ich sterbe bald vor Hunger.“, knurrte Jo verärgert und schenkte Josefine einen schrägen, finsteren Blick. Als sie Björn zum Dank für die nette Geste zärtlich küsste. „Hör auf in zu provozieren Josefine.“, zischte Armin leise in seine Hände, der neben ihr saß und die Ellenbogen auf den Tisch gestützt, in ihre Richtung. So laut, beziehungsweise so leise, dass es nur Josefine hören konnte. Er griff nach der Wasserflasche und schenkte ihr Mineralwasser ein. „So nachdem wir jetzt voll ständig sind, würde ich sagen, dass wir uns

jetzt über das leckere Essen hermachen sollten.". Damit eröffnete Onkel Nils das Buffet, welches auf Josefine´s großem Terrassentisch angerichtet war, den die Männer ins Wohnzimmer getragen hatten. Nils stand auf, schnappte sich einen Teller und belud diesen mit Salat, diversen Wurst- und Käsescheiben sowie etwas Antipasti. Das angerichtete Buffet sah richtig lecker aus. Vom Fingerfood- Häppchen über verschiedene Salate, Antipasti, Fleischplatten mit kaltem Braten, Käse, belegten Brötchen und sogar eine kräftige Gulaschsuppe war vorhanden. Nach und nach bedienten sich die Männer am Buffet. „Was macht dich an Liebling?", fragte Björn seine Frau und wollte nach Josefine´s Teller greifen. Doch Armin legte seine Hand auf die von Björn. Dieser blickte darauf Armin fragend an, Armin schüttelte den Kopf. „Sie wird es heute Abend ohne dich machen. Hör auf sie vor Jo so zu verwöhnen oder wollt ihr noch einen weiteren Krieg heraufbeschwören. Es langt schon, dass dieser Alexander mit Igor und Ivan nicht klar kommt. Du hast heute Nacht noch genug Zeit, deine Frau zu verwöhnen.", meinte Armin mit Schalk in den Augen. Björn blickte von Armin zu Josefine und wieder zurück. Dann nickte er, nahm nur seinen Teller und begab sich ans Buffet. Armin und Josefine folgten ihm kurz darauf. „Du siehst reizend aus in dem Kleidchen. Es steht dir Kleines.", hörte sie plötzlich eine tiefe Bassstimme neben sich sagen. „Danke.", hauchte Josefine zurück ohne dabei Jo anzusehen und fischte sich ein paar Oliven aus einer Schale. „Du solltest zuvor daran riechen, ob sie nicht verdorben sind.", scherzte Jo, dabei grinste er Frank an. Der leicht hüstelte. „Ich glaube nicht, das die in letzter Zeit in meinem Truck waren.", erwähnte er so am Rande. Josefine hatte den Wink sofort verstanden, dass er gerne mal wieder eine Tour nach Athen haben wollte. Sie nickte und meinte scherzhaft: „Aber die nächsten.". Frank lachte laut dabei auf. „So war das aber gerade nicht gemeint Josefine.", gluckste er schnell, hatte aber doch ein Lächeln im Gesicht. „Zu spät, sie hat dich durchschaut.", mischte sich Percy ein und klatschte Frank seine Hand auf die Schulter. „Unser Juwel kennt uns alle nur zu gut. Lass dir das gesagt sein.", meinte er grinsend beim Verlassen des Buffets. Während des Abendessens scherzten sie fröhlich. So manch alte Geschichte wurde ausgegraben und jeder versuchte sie zum Besten zu geben. Sogar Ivan und Igor erzählten so manch lustiges Erlebnis von ihren Fahrten. Es war ein fröhlicher, netter Abend. Josefine fiel auf, dass sich fast alle an der Unterhaltung einbrachten, nur Alexander nicht. Der saß stumm und zugeknöpft am Tisch. Sein Blick wanderte immer wieder von Ivan zu Igor und zurück. Als er bemerkte, dass Josefine ihn beobachtete, stand er auf, um sich noch etwas am Buffet zu holen. Jo war ebenfalls aufgestanden und wollte Josefine ihren Lieblingswein einschenken. Als er die Flasche an das leere Glas vor ihr setzte, verschloss Josefine mit der Hand das Glas. „Für mich bitte nicht.“, sagte sie und wurde von Jo verblüfft angeblickt. „Was ist los? Das du freiwillig auf deinen Lieblingswein verzichtest.“, erkundigte sich Jo verdutzt. „Ich muss noch fahren, damit ihr nach Hause kommt.“, antwortete sie hektisch, weil ihr nichts besseres eingefallen war. Jo legte den Kopf in den Nacken und lachte volles Rohr. „Oh Kleines, mach dir darüber keine Sorgen. Wir werden heute Nacht alle mit Polizeischutz Heim fahren. Gerda und Stefan´s Vater sind heute Abend in der Oper und im Anschluss kommen sie hier vorbei um uns mitzunehmen. Also kein Grund, auf deinen Lieblingswein zu verzichten.“, informierte Jo sie. Scheiße dachte Josefine, diese Notlüge ging voll in die Hose, als Jo ihr Glas füllte. „Darf man erfahren, wo es hin geht?“, warf Björn die Frage in den Raum. Die ihm schon lange auf der Zunge brannte. Jo blickte zu Nils um seine Reaktion auf diese Frage abzuschätzen. Nils lachte amüsiert auf. „Eigentlich habe ich schon während dem Essen auf diese Frage gewartet. Also Jo, informiere doch bitte unsere Frischlinge einmal über den Ablauf. Den Alten ist unser Reiseziel ja bekannt.“. Jo nickte, lehnte sich gemütlich nach hinten auf seinem Stuhl und begann. „Wir werden zuerst nach Spanien reisen in die Nähe von Malaga. Dort werden wir unsere Truck´s auf einem gesicherten Gelände abstellen. Im Anschluss werden wir dort zwei Nächte in einer Finca verbringen. Ein Angestellter der Firma wird uns dort hinbringen. Sobald unsere Truck´s beladen sind, werden wir uns nach Schweden auf machen, ganz nach oben in den hohen Norden. Hier wird Top Secret für eine Woche getestet. Auch in Schweden wird uns für diese eine Woche eine Unterkunft gestellt werden. Danach geht es zurück zu Nils Basis und von dort aus mit leeren Truck´s nach Hause. Wir werden die gesamte Strecke nicht im Konvoi fahren, sondern jeder wird eine andere Route kurz vor der Abfahrt erhalten. Aber es wird immer wieder Treffpunkte geben, bei den wir alle zusammenkommen. Zur Fahrer Einteilung ist zu sagen, dass Nils mit mir fährt, Armin mit Josefine, Alexander mit Björn, Frank mit Felix,

Igor mit Ivan und Percy folgt als Ersatzfahrer mit einem Kleinbus.", informierte Jo die Runde. Alexander schnappte nach Luft, als er Jo´s Fahrerzusammenstellung hörte und schüttelte sofort den Kopf. „Mir gefällt die Fahrerzusammenstellung überhaupt nicht.", warf er verärgert Jo an den Kopf. „Kommt gar nicht in Frage, dass die beiden zusammen fahren.", hierbei zeigte er auf Ivan und Igor. „Ich wüsste nicht, aus welchem Grund die beiden nicht miteinander fahren sollten.", knurrte Jo Alexander gefährlich an. Armin mischte sich ganz schnell in die Unterhaltung von Jo und Alexander ein, denn er konnte vorprogrammierten Ärger richten. „Dann werde ich mit Igor fahren, Frank mit Ivan und Björn mit Josefine.", schlug er Ruck Zuck vor. Er war erstaunt, dass Jo sich so leicht überzeugen lies, denn dieser nickte sofort. „Von mir aus.", sagte er etwas zu hart, denn man merkte ihm an, dass es ihm nicht gefiel, wie man seine Fahreraufstellung über den Haufen warf. Aber Armin wusste Bescheid, dass dies alles nur gespielt war. Er kannte Jo schon so lange. „Anders als sonst, wird es so sein, dass Max dafür sorgt, dass alle Fahrer pünktlich um zweiundzwanzig Uhr das Firmengelände verlassen haben. Sodass wir in Ruhe gegen dreiundzwanzig Uhr, ohne gestört zu werden uns an den Truck´s zu schaffen machen können, damit wir gegen vierundzwanzig Uhr ab nach Spanien düsen können. Während dieser Zeit, wird Sven dafür sorgen tragen, dass die Überwachungskameras in eine andere Richtung zeigen als es üblich war. Mit dem Ziel, dass kein Außenstehender später nachvollziehen kann, wer und wann die LKWs vom Firmengelände rollten. Damals hatten wir immer nur ein kurzes Zeitfenster, weil auch Max nichts von Top Secret wusste. Noch schlimmer war Amarok, der immer auf der Lauer lag. Es ist gut zu wissen, das ab sofort die Beiden auf unserer Seite sind. Vor allem spart man sich Hosen.". Percy legte den Kopf in den Nachen und lachte aus vollem Rohr. „Sag bloß, deine zerrissene Hose war Amarok und nicht ein Regal an dem du hängen geblieben bist.", grölte Felix und auch die anderen Männer stimmten fröhlich lachend in sein Gelächter ein. Ihr Gelächter war so laut, dass sie fast das Klingeln an der Haustüre überhört hätten. Erst als es Sturm klingelte realisierte es Josefine und begab sich an die Haustüre. „Mein Gott, was ist den hier los?", wurde sie auch sogleich von Gerda und ihrem Begleiter begrüßt, als sie die Tür öffnete. „Ich dachte schon wir müssten die Tür aufbrechen so laut seid ihr.", scherzte Gerda und stellte Josy ihren

Begleiter kurz vor. „Das ist der Vater von Stefan.“. Josefine reichte dem älteren Herrn die Hand. „Angenehm Sie kennen zu lernen. Kommt herein. Habt ihr noch Hunger? Es ist noch so viel übrig.“, sagte Josy und deutete mit der Hand einzutreten. Gerda wollte es nicht glauben, dass von dem Buffet noch etwas übrig sein sollte. Sie kannte alle Männer als gute Esser, oder besser gesagt als gute Fresser. „Gerda mein Schatz, wie war die Oper?“, wurde sie auch sofort von Percy begrüßt und alles verdrehte auch schon die Augen. Als Gerda das Wohnzimmer mit ihrer Begleitung betrat. „Oh wundervoll Percy es lohnt sich wirklich.“, schwärmte sie ihm vor und Stefan´s Vater nickte ihr zustimmend. Gerda stellte jedem einzelnen Mann, ihre Begleitung vor, bevor auch sie sich zu ihnen an den Tisch setzten. Schnell belud Björn noch zwei Teller mit leckerem Essen für Gerda und Stefan´s Vater, bevor er sich daran machte, die übrig gebliebenen Reste zu verpacken und im Kühlschrank zu verstauen. Denn die würde er morgen früh wieder zum Frühstück servieren und was dann noch davon übrig blieb, würde mit auf die große Fahrt gehen. Schnell verschaffte er sich noch einen kurzen Überblick, was der Kühlschrank noch alles enthielt und notierte verschiedene Produkte auf seiner kleinen Einkaufsliste, die er noch besorgen musste, bevor es dann am nächsten Abend ab nach Spanien hieß. Und da er wusste, was die Mannschaft alles so in sich hineinstopfen konnte, war diese schon ordentlich lange. Vor allem Kaffee stand ganz oben auf der Liste.

Kapitel

Zwei Tage später am Sonntag kurz vor dreiundzwanzig Uhr machten sich Björn zusammen mit Ivan, Igor, Nils, Alexander und seiner Frau Josefine auf zum Firmengelände von Jansen & Partner. Alles schien ganz ruhig zu sein. Das große Tor des Firmengeländes war geschlossen. Langsam ließ Björn seinen Van etwas abseits vom Gelände stehen. Schaltete das Licht aus und öffnete das Fester einen Spalt. Jo, Percy, Frank, Felix und auch Armin waren noch nicht da. Plötzlich hörte man ein lautes Hundegebell über das Firmengelände von Jansen & Partner hallen. Kurz darauf kam ein Radfahrer in ihre Richtung, irgend jemand hatte den Hund zurück gepfiffen, vermutlich Max. „Guten Abend.“, begrüßte der Radfahrer die Insassen des Vans. „Guten Abend Armin.“, erwiderte Josefine seinen Gruß. „Ich dachte schon, ich sei zu spät, aber so wie es aussieht bin ich diesmal nicht der Letzte und deutete auf ein langsam näher kommendes Fahrzeug, in dem die restlichen Männer mit Jo saßen. Leise stiegen die Kerle aus dem Auto aus. „Wir haben ein kleines Problem.“, meinte Armin, der aus einer anderen Richtung mit dem Rad gekommen war und einen Blick auf das Firmengelände werfen konnte. „Ein Fahrer hat das Gelände noch nicht verlassen.“, klärte er die übrigen Anwesenden auf. Jo fluchte leise vor sich hin. „Und was machen wir jetzt?“, wollte Alexander schon genervt wissen. Jo zuckte mit den Schultern. „Solange warten, bis er weg ist. Hast du sehen können welcher Truck es ist Armin?“, fragte Jo neugierig und in seiner Stimme konnte man schon wieder einen leichten verärgerten Unterton heraus hören, weil nichts nach Plan lief. „Nicht genau, aber es könnte Hubert seiner sein.“, beantwortete Armin brav Jo´s Frage. Im gleichen Moment kam Bewegung auf dem Firmengelände von Jansen & Partner auf. Von Weitem konnte Josefine Amarok bellen hören. Ein kurzer schriller Pfiff und Amarok verstummte. Der Motor eines LKWs heulte auf und das Firmentor schob sich langsam auf, kurz darauf rollte auch schon ein LKW an und fuhr durch das Firmentor von Jansen & Partner in anderer Richtung an ihnen vorbei. Automatisch schloss sich hinter dem LKW das Tor wieder. Jetzt hieß es warten bis Max und Sven alles vorbereitet hatten für ihren Einlass. Die Kameras mussten augenblicklich so manipuliert werden, dass später niemand nachvollziehen konnte, wer wann kam und ging in dieser Nacht. Josefine Blickte gespannt zu den beiden Kameras, die am Haupttor montiert waren. Doch es tat sich nichts, sie bewegten sich keinen Zentimeter. Sie kam sich vor wie ein Einbrecher, der darauf wartete, dass sein Komplize grünes Licht gab. Sekunden kamen ihr dabei wie lange Minuten vor. Plötzlich bewegten sich die Teile, die am obersten Torpfosten montiert waren. „Na endlich.“, seufzte Björn leise auf. Mit einem Ruck, setzte sich das große schwere Eisentor in Bewegung. Jo und Björn starteten die Motoren ihrer Wagen und rollten langsam an. Armin folgte den beiden Autos auf seinem Drahtesel. Die Fahrzeuge kamen neben einer Halle zum stillstand. Armin umrundete die Wagen, um sein Fahrrad an die Hallenwand zu lehnen. Er hatte etwas gehört und blickte aufmerksam in die Richtung, aus der das Geräusch kam, als er seinen Drahtesel abstellte. „Scheiße!“, schrie Josefine laut auf im Inneren des Wagens. Als sie von Weitem ein Hundegebell auf sie zukommen hörte, das immer näher kam. Auch Armin hatte dies vernommen und riss die Beifahrertüre von Josefine auf. „Armin, komm.“, konnte sie gerade noch relativ leise rufen, aber es war fast schon zu spät. Armin konnte sich zwar noch in Sicherheit bringen, mit einem Hechtsprung über Josefine und Björn. Aber nicht ohne davor von dem Hund ins Hinterteil gebissen zu werden. Jetzt lag er quer über Björn und Josefine, die einen reizenden Blick auf Armin´s weißes Hinterteil hatte. Da der Hund ihm die Hose komplett vom Arsch gerissen hatte. Josefine wusste nicht, ob sie lachen oder heulen sollte. „Ich bring diesen Köter um.“, jammerte Armin und rieb sich sein Hinterteil, dabei versuchte er sich vorsichtig, ohne Josefine zu treffen, aus seiner misslichen Lage zu befreien. „Armin, das war nicht Amarok, sondern seine Schwester Armada.“, hauchte Josefine erschrocken. Aber irgendetwas stimmte hier nicht. Warum war heute Armada hier und nicht Amarok, war er eventuell krank geworden der alte Knabe? Fragte sich Josefine und hoffte, dass es nicht so war. Denn sie liebte diesen Hund abgöttisch. „Egal welcher Köter von Max das war, ich bringe diese Bestie um.“, zischte er verärgert. Nur sehr langsam hatte er sich aus seiner misslichen Lage befreit und saß jetzt direkt bei Björn auf dem Schoß. Von der hinteren Bank hörte man schon die ganze Zeit ein leises Lachen. Björn drehte seinen Kopf nach allen Seiten, hatte er sich gerade getäuscht? Oder? Dadurch, dass Armin auf seinem Schoß saß, war sein Blickfeld eingeschränkt, aber er glaubte gerade einen Laserstrahl gesehen zu haben. Deshalb blickte er unauffällig nach hinten, wo Nils, Ivan, Igor und Alexander saßen. Aber er konnte nichts auffälliges erkennen. Sein Blick wanderte hinüber zu Jo, der im zweiten Wagen neben ihm stand. Er war gerade dabei mit irgend jemand zu telefonieren, wahrscheinlich mit Max oder Sven. Im Augenwinkel muss Jo erkannt haben, dass er von Björn beobachtet wurde, denn er zeigte ihm einen Daumen hoch. Das alles in Ordnung bei ihnen war. Also war bei Jo, Frank, Percy und Felix alles in Ordnung. Aber Björn´s Bauchgefühl sagte ihm etwas anderes, nur durfte er sich nichts anmerken lassen, um Josefine nicht zu beunruhigen. Sie war eh schon den ganzen Abend ein nervöses Bündel. Am liebsten hätte er seine Frau jetzt in die Arme genommen, aber da gab es jemand, der dafür sorgte, dass er dies nicht tun konnte, nämlich Armin. „Was machen wir jetzt?", fragte in selben Moment Josefine mit etwas nervöser Stimme. Björn konnte die Nervosität am Klang ihrer Stimme heraus hören, obwohl sie versuchte dies gekonnt zu verbergen. Armin zuckte mit den Schultern. „Nichts Liebling, wir warten bis uns jemand rettet.", meinte Björn und streckte seine Hand nach ihr aus, um ihr zärtlich tröstend über die Wange zu streichen. Erneut dachte Björn abermals einen Laserstrahl gesehen zu haben. Armin musste diesen auch bemerkt haben, denn er war wie zu einer Salzsäule auf seinem Schoß erstarrt. Langsam bewegte Björn seinen Kopf. Jetzt erkannte er, dass der Van von schwarzen Gestalten umstellt war und genau auf der Motorhaube vor ihm wurde eine Schnellfeuerwaffe auf das innere des Vans gerichtet. „Scheiße runter.", schrie er laut und griff mit seiner Hand, die immer noch an Josefine´s Wange ruhte an ihren Hals und zog sie hinunter zu sich her. Gleichzeitig drückte er Armin nach vorn, sodass dieser schützend vor seiner Frau lag, bevor auch er abtauchte. In Bruchteil von Sekunden hörte man wie hinten die Tür des Vans aufgerissen wurde. Man hörte ein Knurren von unterschiedlichen Stimmlagen. Also mussten es jetzt zwei Hunde sein. Björn spickte durch die Sitzreihe nach hinten, aber viel konnte er leider nicht aus seiner Position erkennen. Nur dass jemand Alexander mit einer Waffe anstupste und ohne Worte zum Aussteigen zwang. Doch dieser reagierte nicht. Erneut wurde er von der Waffe angestoßen und eine Stimme befahl ihm „Aussteigen.". Alexander kam der Aufforderung nach und schälte sich in Zeitlupentempo mit erhobenen Händen aus dem Van. Auch Igor und Ivan wollten Alexander mit erhobenen Händen folgen, doch diese wurden zurück gedrängt. Die Tür des Vans wurde darauf hin wieder geschlossen. Noch immer blinzelte Björn durch die Sitzreihe. Er erschrak, als plötzlich unerwartet eine Schnauze auftauchte und ihm über das Gesicht schlabberte. Schnell zog er sein Gesicht weg, was ein großer Fehler war, der Hund knurrte ihn darauf hin an. Machte einen Satz zwischen den Sitzreihen hindurch über Josefine hinweg und landete auf Armin´s Rücken. Josefine gluckste auf. „Amarok", hauchte sie verängstigt und schon schnüffelte der Hund an allen herum, solange bis er Josefine gefunden hatte. Er tanzte regelrecht auf Armin´s Rücken herum und streckte dabei sein Hinterteil sowie seinen Schwanz immer wieder in Björn´s Gesicht. Björn begann leise an zu kichern, weil Amarok ihn die ganze Zeit mit seinem Schwanz im Gesicht herum fuhr und ihn kitzelte. Armin hingegen fand es nicht so sonderlich amüsant, das der Hund auf seinem Rücken umher hüpfte und ein Freudentänzchen aufführte. Fluchend versuchte er sich aufzurichten, was erst nach dem dritten Anlauf klappte. Von hinten hörte man lautes Gejohle. „Amarok hier!", hörte Björn Max sagen. Offensichtlich muss Max zu ihnen in den Van gestiegen sein, nachdem Alexander raus bugsiert worden war. Lachend saß er neben dem grinsenden Nils und hielt Armada am Halsband fest. Auch Ivan und Igor schmunzelten, nachdem Max Amarok zu sich gerufen hatte. Da der Hund allen dreien mit seiner nassen Zunge über das Gesicht schleckte. Bei Björn zögerte er kurz aber tat es dann doch bevor er sich zwischen den Sitzen nach hinten verdrückte. Verdattert blickten die drei in zwei grinsende Gesichter. „Heilige Scheiße, was war das den gerade.", fluchte Armin und späte durch die Scheiben des Vans, als ob er dort die Bestätigung bekommen könnte, dass er dies alles nur geträumt hatte. Aber er konnte nichts erkennen, was auf diesen Überfall schließen lies und um einen Traum handelte es sich zu hundert Prozent nicht. Denn wieso sonst sollte er auf Björn´s Schoß sitzen und auch sein Hinterteil fühlte sich sehr schmerzhaft an. Auf der Rücksitzbank räusperte sich jemand. „Es tut mir leid, das ich auch alle da mit reingezogen habe, aber ich hatte leider keinen anderen Plan. Am meisten Angst hatte ich um Josefine dabei. Aber Alexander war der Maulwurf in unseren Reihen, der uns immer noch fehlte.", entschuldigte sich General Nils Gustavsson bei allen. Erneut wurde die Tür des Vans hektisch aufgerissen. Josefine erschrak so heftig, dass sie einen spitzen lauten Schrei ausstieß. „Können wir jetzt endlich starten?", meinte Jo leicht gereizt und blickte dabei in die Runde. „Oder wollt ihr hier Wurzeln schlagen. Übrigens fahren wir im Konvoi wie immer und Percy fährt mit Frank. Wie es eigentlich geplant war. Ach ja Armin, die Hose wir dir die Armee ersetzen. Dass du von Armada gebissen wurdest, konnten wir leider im Voraus nicht riechen. Wir dachten alle drei, dass du etwas schneller sein würdest als der Hund.", gab Jo amüsiert an seinen Kollegen weiter. Nils und Max grinsten nickend über das ganze Gesicht zu Bestätigung von Jo´s Worten. Josefine war nervlich am Ende und fing zu heulen an. Was nicht nur am verrückt spielen ihrer Hormone lag. Sie war stinksauer auf ihren Onkel, dass er sie so hintergangen hatte, obwohl er von ihren Geheimnissen wusste. Sie zitterte am ganzen Körper. „Genug gekuschelt Armin Schätzchen, runter jetzt von mir.", befahl Björn amüsiert und blickte Armin an. „Ach Björn Liebling, wärst du so nett, um mir eine neue Hose aus meiner Tasche zu besorgen?", konterte Armin zurück und tätschelte ihm auf die Wange. „Nicht dass ich noch eine Anzeige am Hals habe wegen Erregung öffentlichen Ärgernis oder so.", setzte er schmunzelnd hinzu. Björn lachte schallend auf. „Ich würde dir ja gerne behilflich sein, aber wir haben da zwei Probleme. Um an deine Hose zu kommen, müsste ich erst einmal aussteigen können. Aber das geht nicht, denn du schwerer Sack sitzt auf meinem Schoß. Und das zweite Problem ist, dass vor meiner Tür eine knurrende und zähnefletschende Bestie steht.", log Björn. Es stand wirklich Amarok vor seiner Tür, aber nicht wie eine Bestie, die ihre Zähne fletschte, sondern schwanzwedelnd. Doch Björn wollte auf Nummer sicher gehen, denn er hatte Amarok schon ganz anders kennen gelernt. Max, der zusammen mit Jo an der hinteren Tür stand, gluckste vor sich hin. Armada stand angeleint neben ihm und spielte die liebe Hündin, aber dass sie genauso gefährlich war wie Amarok, wenn nicht gar etwas mehr, bewies Armin´s zerrissene Hose und sein weißes Hinterteil. Ganz langsam und vorsichtig öffnete Björn die Wagentür und versuchte unter Armin heraus zu schlüpften. Noch bevor er ganz auf die Füße kam, sprang Amarok auch schon an ihm hoch und schlabberte mit seiner Zunge ihm über´s Gesicht. „Sieht fast so aus, als wollte er alte Knabe Frieden mit dir schließen.", johlte Max und übergab ihm Armin´s Hose, die er von Jo bekommen hatte und an Björn weiter reichte. Noch immer zitternd am ganzen Körper und mit den Nerven völlig herunter, stand Josefine in Björn´s

Armen. Er streichelte sie mit seinen Händen sanft über den Rücken und Amarok stupste laufend Josefine mit seiner kalten Schnauze an, damit sie ihn endlich kraulte. Nur sehr langsam beruhigte sie sich und das Zittern und Beben ließ nach. Ihr war Hundeübel und ihre Nerven lagen blank. Sie glaubte schon sich jetzt gleich übergeben zu müssen. Björn schob sie etwas von sich, legte ihr einen Finger unters Kinn, sodass sie ihn ansehen musste. „Gib mir die Schlüssel, ich werde die erste Strecke fahren. Wenn es sein muss und es dir später immer noch nicht besser geht, dann fahre ich die nächste auch noch. Du legst dich jetzt erst einmal etwas hin. Denk bitte an unseren kleinen Troll.“, flüsterte er ihr leise zu. Björn wollte gerade seine Frau küssen, als sich eine nasse Schnauze zwischen die beide schob. Ein lautes Gelächter hallte über das Firmengelände. „Oh Amarok, du Schlitzohr.“, sagte Björn lachend und fuhr das erste Mal mit seiner Hand dem Rüden sachte und auf der Hut über den Kopf. „Ich glaub ich gebe Björn und Josefine Amarok mit, damit sie ans Arbeiten denken.“, schlug Max vor, was wiederum ein lautes Gelächter hervor rief von allen, selbst Josy kicherte leicht. „Auf jetzt ihr beiden.“, rief Jo vom Nachbartruck Björn und Josefine zu. Damit sie endlich in den Truck einstiegen. Rasch verabschiedeten sie sich noch von Amarok, der mit einem Satz im Führerhaus von Josefine´s Truck saß, als Björn die Tür öffnete. „Hey Alter, so ernst hat es dein Herrchen nicht gemeint.“, lachte Björn, als ihm der Rüde vom Fahrersitz schwanzwedelnd aus anblickte. Björn hievte Amarok zurück auf den Boden und Max griff sofort in sein Halsband, damit der Hund es nicht noch einmal wagte in den Truck zu springen. „Gute Fahrt.“, wünschte er Josefine, die durch Amarok´s verhalten wieder etwas lächeln konnte.
Die LKWs wurden gestartet und rollten vom Firmengelände. Jo führte den Konvoi an und Björn machte zusammen mit Josefine das Schlusslicht. Armin fuhr mit Igor, der Armin verdutzt anblickte, als er ihm die Schlüssel des Brummies in die Hand drückte. „Du fährst.“, befahl er ihm und begab sich auf die Beifahrerseite. Noch größer wurden Igor´s Augen, als er in den Truck einstieg, der mit allem erdenklichen Schnick Schnack ausgestattet war. Genau so wie er sich es immer gewünscht hätte, einmal so ein exklusives Ding zu fahren. Grinsend blickte er zu Armin, als er neben ihm einstieg. Die beiden hatten sich sehr schnell angefreundet. Weil sie die gleiche Wellenlänge besaßen. „Schau mal auf den Kilometerzähler.“, wies Armin ihn

darauf hin. Igor kullerten beinahe die Augen aus dem Kopf, denn auf dem Tacho des Lasters standen gerade etwas mehr als eintausend fünfhundert Kilometer. „Woow und du mir so was anvertrauen?“, Armin nickte grinsend. Wenn Igor wüsste, dachte er sich im geheimen. „Nicht nur ich, sondern auch Josefine und die Firma Jansen & Partner vertrauen dir diese Maschine an.“. Igor kam aus dem Grinsen gar nicht mehr heraus. Er reihte sich hinter Jo und Nils ein. „Big Daddy ruft Igor.“, schallte es über den Funk. „Igor hören.“, antwortete er Jo. „Hey Igor, wie gefällt dir dein neues Baby?“, fragte Jo über den Funk. Lange hörte man nur ein Rauschen. „Oh, Baby seien großartig, ich lieben es Big Daddy. Du müssen gut auf passen, das Igor nicht Baby entführen werden.“, brummelte er fröhlich in den Funk. Kurz darauf hörte man mehrere lachende Stimmen über den Funk. Auch Björn und Josefine lachten, aber nicht über den Funk. „Gut gemacht Liebling, ich glaube du hast soeben deine Russlandniederlassung fast bestätigt bekommen.“, gluckste Björn und zog seine Kleine näher zu sich. „Willst du dich nicht noch etwas hinlegen, denk an unseren kleinen Troll Liebling. Ich wecke dich sobald wir den ersten Stopp machen.“. Josefine nickte, schnallte sich ab, gab Björn einen Kuss auf die Wange und legte sich hinten in die geräumige Kabine. Nicht bevor sie aber noch eine Kanne Kaffee aufgesetzt hatte und Björn damit versorgt hatte. In der Zwischenzeit hatte der Himmel seine Schleusen ganz geöffnet. Aus dem leichten Nieselregen, der einsetzte als sie das Firmengelände verließen, wurde vom leichten Landregen zum Platzregen mit Gewitter. „Also hat der Wetterbericht doch recht behalten.“, meinte Josefine mit einem prüfenden Blick zum Himmel. „Nein Liebling, glaub mir je weiter wir in den Süden kommen, desto besser wird das Wetter wieder und außerdem gibt es kein miserables Wetter, solange du an meiner Seite bist.“, sagte er frech. „Was gibt es schöneres, als mit dir dabei zu kuscheln.“, setzte er grinsend hinzu. „Du bist unmöglich Schatz. Ich werde jetzt alleine kuscheln gehen, damit ich nachher topfit bin mein großer Troll. Gute Nacht.“. Björn lachte leise auf. „Ich würde jetzt gerne tauschen.“, sagte er amüsiert und blickte für einen kurzen Moment in die Schlafkabine zu seiner Frau. „Tauschen? Wenn du willst, dann lass uns einen fliegenden Fahrerwechsel machen. Ich bin fit genug um zu fahren.“, meinte Josefine etwas verwirrt. Björn lachte abermals auf. „Nein Liebling, so war das nicht gemeint. Ich bin fit genug um zu fahren. Ich dachte

da eher an unseren kleinen Troll, mit dem würde ich jetzt gerne tauschen. Er darf gleich mit Mama kuscheln, während Papa darauf verzichten muss.“. Jetzt dämmerte es bei Josefine und sie begann zu kichern. „Du kommst bestimmt nicht zu kurz. Also keine Beschwerden oder gar Eifersüchteleien.“, sagte sie zärtlich und fuhr ihm mit dem Fingern über die Wange. „Geh schlafen, ich wecke dich sobald wir halt machen.“. Josefine kuschelte sich unter die Bettdecke. Das monotone Prasseln vom Regen ließ sie schnell ruhiger werden. Durch den Vorfall von vorhin, war sie noch immer ziemlich aufgebracht. Zärtlich strich sie sich über ihren kleinen Bauchansatz. „Oh Gott, wenn euer Papa wüsste, dass er euch gleich im Doppelpack erhält.“, murmelte sie leise, sodass es Björn nicht hören konnte. Sie drehte sich auf die Seite stopfte sich das Kissen unter den Kopf, roch noch einmal kurz daran, sodass sie Björn´s Duft einatmen konnte und schlief auch sofort darauf ein. Josefine schlief so tief und fest, das sie die Pinkelpause der Männer nicht mitbekam. Die sie nach knapp zwei Stunden einlegten. Nicht einmal das Handtieren von Björn in der kleinen Küche bekam sie mit. „Schläft sie?“, erkundigte sich Armin bei Björn. Dieser nickte nur. „Wie ein Stein hat sie schon immer geschlafen, wenn wir mit dem Truck unterwegs waren.“, erklärte Jo grinsend, der einen Kaffee von Björn entgegen nahm. Nach dem Björn alle mit Kaffee versorgt hatte, setzten sie ihre Fahrt nach Spanien fort. Der Regen hatte zwar etwas nachgelassen, aber die Scheibenwischer liefen noch immer auf zweiter Stufe.
Kurz nach vier Uhr morgens wurde Josefine auf liebevolle zärtliche Weise geweckt. Björn küsste sie wach, er begann auf der Stirn und arbeitete sich nach unten bis zu ihrem Mund. „Aufstehen Josy Liebling.“, flüsterte er immer wieder dazwischen. „Hmmm“, meinte Josefine, schlang ihr Arme um Björn´s Hals und erwiderte seinen Kuss. „Wo sind wir?“, wollte sie auch sogleich von ihm wissen als sie die Augen aufschlug. „Kurz hinter der französischen Grenze. Übrigens der Regen hat nachgelassen, aber noch nicht ganz.“, informierte er sie. Josefine wollte aufstehen, sie stand schon fast, als ein starker kraftvoller Arm sie umfasste. Sie hatte seine Bewegung nicht kommen sehen. Mit einem Plums landete sie zurück im Bett. Björn legte seine Hand um ihren Nacken und schloss die Finger um diesen. „Wir haben noch ein bisschen Zeit Liebling.“, dabei streichelte er zärtlich ihren Hals. „Ich liebe dich Josy.“, raunte er ihr ins Ohr. Björn´s Atem brannte wie Feuer auf ihrem Körper. Sie hatte ihr

Haar noch nicht zusammen gebunden. Es viel in weichen Wellen über ihre Schultern. Sie war wie ein Honigtopf an dem man naschen sollte, süß und Appetit anregend. Er wusste das ihnen nur sehr wenig Zeit blieb, bis es an der Tür klopfen würde und es dann abfahren hieß. Doch der Gedanke daran, das er heute Abend seine Frau und Kind in den Armen halten würde, ließ ihn nach einem langen zärtlichen innigen Kuss aufstehen. Zurück zur Kaffeemaschine in der kleinen Küche, um die Männer der Crew mit Kaffee zu versorgen, während Josefine sich anzog.
Nach einer heißen Tasse Kaffee, einem Sandwich, Pinkelpause und Fahrerwechsel ging die Fahrt in Richtung Spanien weiter. Der Regen hatte etwas nach gelassen, aber Josefine benötigte noch immer den Scheibenwischer. Sie stellte das Radio an und leise Musik drang über die Lautsprecher. Selbst am Funk war es verdammt ruhig geworden, obwohl Jo hinter dem Steuer saß und er so manchen Scherz und gute Laune darüber wie immer verbreitete. Sie lächelte vor sich hin, als von hinten aus der Schlafkoje merkwürdige schnarchende Geräusche zu ihr vor drangen. Sie legte eine ihrer Hände aufs Bäuchlein und meinte leise: „Hört ihr das meine kleinen Trolle? Papa schnarcht.“. Josefine zuckte zusammen als plötzlich eine Stimme im Hintergrund sagte: „Ich schnarche nicht Liebling. Mit wem sprichst du überhaupt?“, hörte sie die verschlafene Stimme ihres Mannes sagen. „Mit unserem kleinen Troll.“, kicherte Josefine vor sich hin. „Ich wollte sie nur darauf hinweisen, dass sie nicht mich schnarchen hören, sondern den Papa.“, gluckste sie fröhlich vor sich hin. „Wieso sie Liebling? Meinst du es wird eine kleine Trollin? Obwohl der Arzt gesagt hat, dass es ein kleiner Troll wird?“, fragte er seine Frau neugierig verschlafen und gähnte dabei. Josefine biss sich auf die Lippen, denn jetzt erst hatte sie ihren Patzer bemerkt. Fieberhaft überlegte sie wie sie aus dieser Nummer wieder heraus kam. Aber ihr viel auf die Schnelle nichts besseres ein. „Ist doch egal, ich würde auch beides nehmen. Ich meine egal was es wird ob Troll oder Trollin.“, sprach sie schnell um ihren Patzer auszugleichen. Aus der Koje hörte sie ein lautes Auflachen. „Gott sei Dank, ich dachte schon.....“, hörte sie Björn sagen. „Was dachtest du schon Schatz?“, hackte sie hellhörig nach, aber sie bekam keine Antwort mehr, nur ein erneutes leises Schnarchen.
Nach gut zwei Stunden Fahrzeit, es dämmerte bereits, raschelte es über den Funk. „Big Daddy ruft Big Mama, Green Horn,

Catwiesel, Sir Percyval, wie sieht's aus? Muss jemand von euch eine Stange Wasser ins Eck stellen?“. Percy antwortete mit: „Oh Ja.“, Armin mit: „Neee, aber Kaffee.“. Felix krächzte: „Wäre für beides.“. Kurz darauf hörte man: „Okay Männer, in ca. fünf Kilometern kommt ein Parkplatz dort versuchen wir unser Glück, ob da was frei ist. Hey Big Mama, ist dein Tollpatsch-Troll wach?“, hörte sie über den Funk Jo fragen. „Big Mama ruft Big Daddy. Mein Troll schläft, also kein Kaffee.“, kicherte sie ins Funkgerät und zog ihn dabei auf. Sie wusste ganz genau, dass die Männer alle samt Kaffeetanten waren. „Green Horn ruft Big Mama, ich meutere ohne Kaffee fahre ich nicht weiter.“, hörte sie Armin sich über den Funk beschweren. „Ach du armer Green Horn, vielleicht lassen sich ja noch ein paar Tröpfchen aus der Kanne quetschen.“, sagte sie amüsiert zu Armin und ein allgemeines Gelächter war über den Funk zu hören. Armin musste so einige derbe Sprüche über sich ergehen lassen, bis sie den Rastplatz erreicht hatten. Selbst der Hundebiss in seinen zarten Hintern wurde ihm noch immer unter die Nase gehalten. Josefine tat er gerade etwas Leid, aber so war es nun mal im Truckermilleu. Beim ersten Rastplatz hatten sie kein Glück, dieser war proppenvoll. Also fuhren sie weiter zum nächsten. Dort sah es dann schon besser aus, zumindest hatten sie drei Parkplätze gefunden. Jo und Armin blockierten seitlich den Streifen, sodass eine Durchfahrt für einen anderen LKW zu einer jonglierenden Herausforderung wurde, denn viel Platz hatten sie ihren Kollegen nicht gelassen. Während die Fahrer in die Prärie verschwanden um einmal genüsslich auszutreten, schlenderte Armin zum Kenworth, klopfte leise und öffnete die Fahrertür. Grinsend empfing ihn Josefine mit einer heißen Tasse Kaffee und einem belegten Brötchen. „Keine Meuterei mehr. Ganz frisch aufgesetzt vorhin auf dem Seitenstreifen für dich.“, sagte sie zu ihm und zwinkerte Armin grinsend an. „Danke. Sag mal liegt Björn immer so verkorkst grinsend im Bett?“, erkundigte sich Armin bei seiner Chefin. Nachdem er auf dem Fahrersitz Platz genommen hatte. Josefine kicherte leise und macht eine abwertende Handbewegung, dabei eilte ihr Blick über seine nackte Brust. Er war eine Augenweide, Arme und Schultern waren muskelbepackt, die Beine durch jahrelanges Reiten kraftvoll stark. Seine Mundwinkel fingen an zu zucken. „Fehlt nur noch, dass er anfängt zu schnarchen.“, sagte Armin amüsiert, seine Stimme klang leise und belustigend. Doch diesen Gefallen tat Björn ihm nicht,

denn statt zu schnarchen fing er an zu schmatzen. Auch Josefine fing leise an zu kichern. Armin zog fragend eine Augenbraue nach oben. „Macht er dies öfters?“, erkundigte sich Armin, doch Josefine schüttelte verneinend den Kopf. Armin kippte fast nach hinten über, als Jo in dem Moment die Fahrertür aufriss, da er sich gemütlich daran angelehnt hatte. Josefine wollte ihn noch vorwarnen, weil sie Jo kommen sah, aber just in dem Moment, war es auch schon zu spät für ihn. Durch Armin´s Kapriolen landete der heiße Inhalt von seiner Kaffeetasse im Gesicht von Jo, der böse vor sich hin fluchte und sich den Kaffee aus dem Gesicht und Bart wischte. Josefine hätte schwören können, dass Björn bei dem Spektakel wach werden würde, aber mit Nichten. Er schief tief und fest wie ein Stein. Meist war es umgekehrt, schon bei dem kleinsten Geräusch war er hell wach. Nach gut fünfzehn Minuten setzten sie ihre Fahrt fort.
Gerade war der Zeiger der Tachouhr auf sechs Uhr gesprungen. Zuvor hatte sich Jo über den Funk bei allen erkundigt, was die Tankuhren so machten. Denn er befürchtete, das Armin´s und Igor´s nagelneuer Truck gut Durst haben würde. Doch Armin bestätigte ihm dies nicht. Die Tankfüllung würde bis weit nach der spanischen Grenze reichen. Im Notfall würde er während der Fahrt einen Tankschlauch bei Josefine montieren, um dort heimlich Diesel zu zapfen. Was ihm ein lautes Gelächter über den Funk einbrachte. Jo hatte beschlossen hinter der Grenze auf einer großen Raststätte zu Frühstücken, weil in Frankreich alles überteuert war und nach der spanischen Grenze fand sowieso wieder ein Fahrerwechsel statt. Je weiter sie nach Süden kamen, desto weniger regnete es, aus dem Dauerregen wurde Nieselregen. Kurz nach der spanischen Grenze hörte der Regen abrupt auf und vor Josefine färbte sich der wolkenverhangene Himmel von einem dunklen grau in leuchtend rot-orange Töne. Es sah atemberaubend schön aus. Man konnte fast glauben, dass der komplette Himmel brannte. Vor lauter Staunen und Beobachten des Himmels hätte Josefine fast übersehen, dass Percy, der vor ihr fuhr den Blinker gesetzt hatte, um auf die Spur der Raststätte zu gelangen. Schnell holte sie dies nach. Sie zog ohne auf den hinter ihr folgenden Verkehr zu achten, ihren Truck so abrupt auf die andere Spur. Das Manöver war so ruckartig, das Björn aus dem Schlaf gerissen wurde und fast senkrecht im Bett saß. Hinter Josefine´s LKW hörte man wie ein PKW-Fahrer auf der Hupe stand und nicht

mehr damit aufhörte zu hupen. „Liebling“, tönte es verstört von hinten an ihr Ohr. Die restlichen Worte die Björn zu ihr sagte, vernahm sie nicht mehr. Sie hatte alle Mühe den ins Schlingern geratene Truck wieder unter Kontrolle zubringen. Percy pfiff laut aus, als er Josefine´s Manöver durch Zufall in seinem Außenspiegel mit bekam und hielt den Atem an. Er wusste, dass Josefine die Truck´s beherrschte, aber dieses Manöver von ihr sah wirklich spektakulär und sehr gewagt aus. Er schiss sich fast in die Hosen und atmete erleichtert auf, als er bemerkte, das sie das Ding wieder fest im Griff hatte und sie kurze Zeit später mit ihrem Truck neben ihm parkte. „Mann oh Mann, das war aber gerade verdammt riskant Kleines.“, meinte Percy als sie auf dem Rasthof ausstiegen. Mit quietschenden Reifen hielt ein Auto mit deutschem Kennzeichen vor den Truck´s. Fluchend stieg der Fahrer aus seinem Wagen und schrie Percy erbost an. Ob er seinen Führerschein im Lotto gewonnen hätte, ohne Luft zu holen döberte er weiter. Percy versuchte nicht einmal sich zu verteidigen. Er grinste nur vor sich hin und lehnte sich mit verschränkten Armen gegen Josefine´s Truck. Was bewirkte, dass der PKW-Lenker noch wütender wurde. Nach und nach tauchten auch Jo, Nils, Ivan, Igor, Armin, Frank und Felix auf. Zu guter Letzt kletterte Björn aus dem Kenworth. Der Fahrer des Kleinwagens wurde immer leiser, als er bemerkte, was für Typen ihm umgaben. Die einen groß und mit Muskeln bepackt und einer davon sogar mit Tätowierungen an den Armen. Die anderen etwas schmächtiger, aber ebenfalls nicht zu unterschätzen. Langsam bekam er es mit der Angst zu tun, weil sich der Kreis um ihn immer mehr schloss. Er stammelte etwas wie: „Entschuldigung“ und ging schleunigst zurück zu seinem Wagen. Josefine konnte es nicht lassen und schrie ihm beim Einsteigen nach: „Sie haben den falschen beschuldigt. Ich war es sie Arsch.“ und zeigte ihm den Mittelfinger. Ein allgemeines Gelächter brach darauf hin aus. Das Gelächter wurde noch lauter, als Armin zu Björn sagte. „Angenehme Süße Träume gehabt? Du hast geschmatzt und gesabbert, wie wenn man dir etwas verführerisches auf den Teller präsentierte.“, zog er seinen jungen Kollegen damit auf. „Kann gar nicht sein Armin. Ich schmatze und sabbere nicht.“, konterte Björn noch etwas verschlafen zurück und Armin hob amüsiert eine Augenbraue. „Oh doch, ich habe es selbst mit bekommen. Ich wusste gar nicht, dass ich so sexy auf dich wirke. Und wenn ich dir die Bettdecke noch etwas mehr zur Seite geschoben hätte, wäre ich nicht überrascht gewesen, wenn es da noch einen kleinen Ständer zu sehen gab.“, frotzelte Armin weiter. Björn blickte zu seiner Frau, die das Kichern kaum mehr unterdrücken konnte. Kopfschüttelnd lief er davon und ließ den Rest der Crew stehen. Blieb dann doch noch einmal stehen, drehte sich zu ihnen um, die immer noch lachend vor den Truck´s standen. „Kommt ihr endlich? Ich habe Hunger., beschwerte sich Björn, weil ihn die anderen warten ließen. Armin lachte auf. „Ich dachte du hast schon gefrühstückt?“, rief er ihm entgegen und ging amüsiert grinsend auf ihn zu. Auch Jo und der Rest machten sich grölend auf, ihm zu folgen. Josefine war etwas außer Atem, als sie Björn und Armin erreichte. Die beiden verlangsamten ihre Schritte. Björn reichte ihr die Hand und Josefine schob die ihre in seine Hand. Nachdem die drei etwas Abstand von den restlichen Männern hatten, fragte Armin neugierig. „Wann wollt ihr beide euer Geheimnis Jo präsentieren?“. Von Weitem konnten sie sehen, wie er unter der Tür des Restaurants stand, zwar auf sie wartend aber ihnen giftige Blicke zuwarf. „Nach dem Auftrag.“, teilte ihm Björn kurz und knapp mit. „Seine Gift sprühenden Blicke müssen wir solange halt noch ertragen.“. Armin gluckste leise auf. „Wenn da nicht noch mehr Gift auf euch beide zukommt, nach eurem Geständnis. Oder sogar ein Mord.“, meinte Armin amüsiert grinsend und hielt den beiden die Türe auf zum Restaurant auf. Nils ließ reichlich Frühstück auffahren und natürlich war der aufgebrachte PKW-Fahrer das Gesprächsthema Nummer eins bei ihnen am Tisch. „Sag mal Kleines, wo warst du gerade mit deinen Gedanken?“, wollte Jo von ihr wissen. „Ich hoffe nicht bei dem sabbernden, schmatzenden Troll.“, fügte Jo zynisch hinzu und blickte Björn grimmig von der Seite an. Die meisten grinsten hinter vorgehaltener Hand, gaben aber ihren Senf nicht dazu. „Ich war nicht in Gedanken bei Björn, sondern habe mir das leuchtende Morgenrot angeschaut.“, baffte Josefine sofort verärgert zurück. Percy lachte auf. „Oh man unser Juwel hat schneller eine Ausrede als eine Maus ein Loch.“, zog er sie auf. „Hab ich nicht.“, gab Josefine gereizt zurück. Frank lenkte geschickt die Unterhaltung auf ein anderes Thema. „Sind wir diesmal auch wieder in dieser Finca weit weg vom Schuss untergebracht?“, fragte er neugierig seinen Top Secret Boss. Jo nickte zur Bestätigung. „Ach bevor ich es vergesse, wenn wir angekommen sind, solltet ihr alle eure Pässe bereit halten, damit wir schneller wieder verduften können. Bevor wir nämlich auf das Gelände fahren können, wird man von uns ein Passierschein mit Lichtbild erstellt.", informierte Jo die Neulinge in seiner Truppe. Josefine schloss für einen Augenblick die Augen und schluckte trocken, als sie das hörte. Vor ihrem inneren Auge sah sie schon, wie sich ihr Geheimnis vor Jo frühzeitig lüftete, denn sie hatte nur die neuen Dokumente dabei, die sie vom Standesamt ausgestellt bekamen, als sie ihre isländische Heiratsurkunde vorlegten. Und die waren auf Josefine Jansen-Magnuson geborene Jansen und Björn Jansen-Magnuson ausgestellt. Björn hatte die Reaktion seiner Frau mitbekommen. Schnell legte er für einen Bruchteil von Sekunden seine Hand auf die ihre und schüttelte vorsichtig unauffällig den Kopf. Warum er das tat, wusste Josefine nicht. Aber irgendwie wollte er, dass sie nichts Preis gab. Also hielt sie weiterhin ihre Klappe. Nachdem sie ausgiebig gefrühstückt hatten, machten sie sich erneut auf den Weg, die nächsten endlosen Kilometer zu bezwingen. Besser gesagt Jo machte Druck zum Aufbruch. Mit verärgerter Miene trat er auf Björn und Josefine zu, als er sah, wie Björn seine Kleine in den Armen hielt und zärtlich küsste. „Hört endlich mit dem Geknutsche auf. Schwingt lieber eure verdammten Ärsche in den Truck.", bellte er die beiden an. „Und für dich meine Liebe, heißt es ab jetzt Finger weg vom Laptop. Hast du verstanden? Gerda kann das ganz gut auch ohne dich. Geh schlafen oder von mir aus ärgre Björn, aber der Laptop ist für dich tabu.", zischte Jo sie böse an, weil er genau wusste, was sie jetzt gleich tun würde, wenn sie auf der Beifahrerseite einstieg. „Und du wirst dafür sorgen, dass sie meinen Befehl befolgt. Ist das klar?", meckerte Jo verärgert Björn an. Um seinen Worten Nachdruck zu verleihen, tippte er mit seinem Zeigefinger auf seine Brust. „Jawohl Boss!", erwiderte Björn amüsiert. Dafür erntete er einen erneut finsteren Blickt von Jo, der in seinen Truck einstieg und Nils das Steuer überließ. Sie verließen die Pyrenäen, die das Grenzgebiet zwischen Frankreich und Spanien bildeten mit seinen hohen Bergen. Allmählich änderte sich die Landschaft und neben ihnen präsentierte sich das Mittelmeer. Mit seinen zum Teil langen Strandabschnitten, die dann wieder in Felsen überbringen, Buchten und Landzungen. Das Meer war atemberaubend schön anzusehen, obwohl es einen leichten Wellengang hatte. In der Sonne leuchtete es in einem Lichtspektrum von blau bis grün türkis. Ein Kitesurfer flitzte über die Brandung und im Hintergrund konnte man ein großes Schiff erkennen, vermutlich ein Kreuzfahrtdampfer, der vor der

Küste ankerte. In einem Hafen hüpften die kleinen Fischerboote munter auf und ab, an dem die Autobahn entlang ging. Auch der Verkehr hatte stark zugenommen und Autos flitzen im rasanten Tempo an ihnen vorüber. Vorbei ging es an riesigen Anbaufeldern und dazwischen sah man hin und wieder mächtige Solarlandschaften. Der Anblick wurde immer wieder durch das Geplapper über den Funk gestört. Ebenso die Telefonate, die Josefine mit Gerda und ihrer Mutter Astrid führte. „Hey Big Daddy, pennst du?“, hörte man über den Funk. „Neeee Shadow was gibt's?“, kam Jo´s Fragte verzerrt durch den Funk herüber. „Ich wäre für ne Kaffeepause, weiter vorn kommt ein kuscheliges Plätzchen zum Halt machen.“, hörten sie über den Funk und schon hörte man auch noch. „Hey Gostrider, nimm die Finger von der Frau und setz Kaffee auf.“. Björn kicherte in das Funkgerät. „Hey Shadow, ich bin ganz anständig. Meine Finger sind am Steuer.“, gluckste er und wartete auf eine Antwort, ohne das Gerät aus der Hand zu legen. „Dann sag mal Big Mama, sie soll ihren reizenden Hintern nach hinten schwingen.“, kam es brummelnd über den Funk. Alle hörten wie Björn in den Funk lachte. „Sorry tut mir leid Jungs, aber Big Mama ist vom Telefon nicht weg zu bekommen. Und übrigens hat sie mir gerade einen Mittelfinger gezeigt.“. Ohne das Handy bei Seite zu legen, griff sie nach dem Funkgerät. „Halt endlich deine vorlaute verdammte Klappe Shadow, bin ja schon unterwegs.“. Ihre Mutter Astrid lachte darauf am Telefon auf, als sie ihre Tochter hörte, was sie zu dem Mann sagte. „Grüß mir die Bande, vor allem Nils, der könnte sich ruhig mal öfters bei mir melden. Nicht nur wenn er mich aus dem Verkehr ziehen will.“, meinte ihre Mutter fröhlich in den Apparat. „Versprochen Mama, ich werde es Onkel Nils ausrichten.“. Die erste Kanne Kaffee war kaum durchgelaufen und ein paar Sandwiches belegt, hielten sie auch schon auf dem Rastplatz an, den Shadow vorgeschlagen hatte. Josefine telefonierte noch immer mit ihrer Mutter. Dabei hatte sie das Handy auf Lautsprecher geschalten um ihre Hände frei zu haben, da sie die belegten Brote richtete. Als sie zurück in das Führerhaus kletterte, konnte sie sehen, wie der Wind draußen durch die Haare der Männer fegte und nervös an ihrer Kleidung zerrte. Jo stand vor ihrem Truck und blickte zu ihr durch die Windschutzscheibe. Im selben Augenblick als sich ihre Blicke trafen, stellte Josefine ihrer Mutter die immer wieder aufkommende Frage, die ihr so sehr auf der Seele lag. Wer war ihr richtiger Vater. Doch Astrid verriet ihr es nicht, sie meinte wie immer wenn diese Frage auf kam, sie hätte jetzt keine Zeit mehr und legte auch daraufhin sofort auf. Jo trat an die Beifahrertür von Josefine´s Truck und öffnete diese. Er sah, das Josefine wässrige Augen und einen niedergeschlagenen Eindruck machte. „Komm spring.“, forderte er sie auf und hielt ihr seine starken Arme entgegen. Doch Josefine schüttelte den Kopf und kletterte von selbst aus dem Kenworth. Er zog sie in die Arme und setzt ihr einen Kuss auf die Stirn. Das machte er so provokant, weil im gleichen Moment Björn zu ihnen Blickte. Doch Björn schien es kalt zu lassen. „Habt ihr euch gestritten Kleines?“. Josefine schüttelte den Kopf. „Und wer ist dann für deine wässrigen Augen verantwortlich?“, hakte Jo bei ihr nach. „Ich habe keine wässrigen Augen.“, gab Josefine schroff zurück, dabei zog sie ihn an seinem Bart und trat zu den restlichen Männern. „Mutter lässt euch alle schön grüßen. Und ihr Bruder könnte sich ruhig mal etwas öfters bei ihr melden. Nicht immer dann erst, wenn Gefahr in Verzug ist. Soll ich ausrichten.“, teilte sie der Männerrunde mit und reichte ein paar Sandswitches. „Du hast mit Astrid telefoniert?“, fragte Jo ungläubig, er wusste nicht, warum Astrid sich am Telefon verleugnen ließ, wenn er es probierte bei ihr anzurufen. „Ja wieso, hast du ein Problem damit? Ich mache das mindestens zwei Mal die Woche, oder ist Telefonieren ebenfalls nicht mehr erlaubt?“, sagte sie gelassen und versuchte dabei ihre Tränen unter Kontrolle zu bringen. Dabei blickte sie über die Wellen des Mittelmeers und zog die salzige Luft in sich auf. Frank hatte Recht, das Plätzchen war wirklich traumhaft schön, vor allem der Ausblick. Sie strich sich die Haare aus dem Gesicht, die ihr der Wind dort hintrieb. Hinter dem nächsten Wellental, konnte sie ein weiteres Passagierschiff entdecken. Sie fuhr sich mit der Zunge über ihr Lippen und konnte das Salz auch darauf schmecken. Jo drängte mal wieder nach knapp einer haben Stunde zur Weiterfahrt. Josefine konnte sich kaum von dem bezaubernden Anblick trotz des heftigen Windes nicht loseisen. Weiter ging die Fahrt in Richtung Süden. Ihr Etappenziel war ganz unten in Andalusien. Also lagen noch gut weitere sechshundert Kilometer vor ihnen. Gegen Mittag erfolgte ein letzter Fahrerwechsel, zuvor hatten sie sich alle in einem kleinen Lokal in der Nähe der Autobahn gestärkt. Jo lotste Nils dort hin, durch kleine Gässchen und Ortschaften, bevor sie auf einem großen Parkplatz halt machten. Josefine wusste sofort wo sie hinfuhren. Denn in diesem Lokal war sie als Kind schon einmal

mit Jo zusammen gewesen. Die Vorfreude auf die leckeren spanischen Gerichte die es dort gab, war groß bei ihr. Leider herrschte in dem kleinen Lokal viel Andrang, offensichtlich muss diesen Geheimtipp jeder kennen. Selbst so manch deutsches Autokennzeichen entdeckten sie bei ihrer Ankunft auf dem Parkplatz. Da sie nicht gleich alle einen Platz bekamen, folgte Josefine den Männern in eine schummrig beleuchtete Bar, um auf einen Tisch zu warten. Als sie diese betrat, drehten sich mehr als ein Kopf in ihre Richtung. Schon nach wenigen Minuten verkündete einer der Kellner: „Ihr Tisch ist bereit.“. Jo bestellte zwei Krüge Wein und Mineralwasser für die, die noch fahren mussten. Sowie verschiedene Gerichte für alle. Björn nippte an seinem Wein und hatte alle Mühe nicht das Gesicht zu verziehen, den der Rotwein war so trocken und verdammt stark. Schnell griff er nach der Mineralwasserflasche und gab einen Schluck zum verdünnen hinein. Dabei beobachtete er die Anderen, wie sie einen Schluck von dem gleichen Wein nahmen. Anscheinend war der Wein Armin auch zu herb, den auch er griff zur Mineralwasserflasche und verdünnte seinen Wein. Jo´s Essensbestellung war hervorragend, er hatte eine gute Wahl getroffen, um alle satt zu machen. Zur Vorspeise wählte er eine Hartwurst und Käseplatte mit feinem Olivenbrot, dazu noch etwas Salat. Im Anschluss wurde ein würziger Eintopf gereicht. Als Hauptspeise lies er eine Paella mit Meeresfrüchten auffahren. Und natürlich durfte auch ein Nachtisch nicht fehlen. Der aus Eis und vielen Früchten bestand. Josefine war schon nach dem Eintopf satt. Während die Männer noch immer fleißig in sich hinein spachtelten. Sie beobachte Armin wie er genüsslich seine Paella verschlang. Josefine wusste nicht, wo der Hering von Armin, das alles hinstreckte. Nachdem die Männer auch noch den Nachtisch verschlungen hatten, befürchtete sie schon, dass sie alle zu ihren Trucks rollen musste. Wo steckten die Kerle das viele Essen nur hin? Nils übernahm die komplette Zeche der Mannschaft. Obwohl auch hier in Spanien der Herbst Einzug gehalten hatte, war das Thermometer sehr hoch gestiegen. Die Hitze perlte von ihnen ab, wie der Schweiß, der ihr und den Männern über das Gesicht rann, während ihre Füße über den Asphalt liefen, nach dem kurzen Verdauungsspaziergang zu ihren Truck´s.
Josefine fuhr die letzte Etappe, die sie direkt zu ihrem Ziel führte. Sie grinste vor sich hin, als sie einen Blick zu ihrem Mann warf, der es sich auf dem Beifahrersitz mit einer Fachzeitschrift

gemütlich gemacht hatte. Björn hatte die Schuhe ausgezogen, den Sitz in ihre Richtung gedreht, sodass er seine langen Beine schräg über das Armaturenbrett legen konnte, seine Füße waren gefährlich nahe am Lenkrad. Seit ein paar Minuten lag die Zeitung auf seinem Gesicht, offensichtlich war er eingeschlafen. Sein Atem ging dabei flach und gleichmäßig. Josefine musste sich sehr beherrschen, ihn nicht an den Fußsohlen zu kitzeln, um ihn zu ärgern. Denn an den Fußsohlen war er verdammt kitzelig. Genau diesen Bereich nutzte sie immer, wenn sie ihn etwas necken oder ärgern wollte, so wie bei Jo es sein Bart war. Die fünf LKWs bogen von der Autobahn ab. Nach ungefähr zwei Kilometern bogen sie in ein großes Industriegebiet ein, das sie im Zickzack durchquerten. Josefine hörte es neben sich rascheln, das war ihr Freischein-Signal, das zu tun, was sie schon lange im Sinn hatte. Langsam bewegte sie ihre Hand mit einem ausgestreckten Finger an Björn´s Fußsohlen und fuhr sachte darüber. „Josy!", knurrte er und zog sich die Fachzeitschrift aus dem Gesicht. „Lass das.", sprach Björn träge, doch Josefine machte munter weiter. „Du Luder!", zischte Björn, begann zu lachen und zog blitzschnell seine langen Beine herunter vom Armaturenbrett. „Wo sind wir?", fragte er interessiert und blickte zum Seitenfenster des Trucks hinaus. „Ich denke wir werden es demnächst geschafft haben.". Josefine hatte die Worte noch nicht richtig ausgesprochen, hielt der Konvoi auch schon vor einem unscheinbarem langen Gebäudetrakt, der durch eine hohe Mauer und einem noch höheren Zaun eingezäunt war. Wo man hinblickte, sah man Kameras. „Das ist ja der reinste Hochsicherheitstrakt.", bemerkte Björn am Rande und kam aus dem Staunen nicht mehr heraus, als er aus dem Kenworth ausstieg. Josefine kramte im Handschuhfach nach den Pässen herum. Doch sie fand sie nicht, was sonderbar war, sie wusste ganz genau, dass sie diese vor der Abreise dort hinein getan hatte. „Suchst du diese?", fragte Björn der unter der Fahrertür stand und ihr grinsend zwei Pässe unter die Nase hielt. Einen roten Reisepass und einen dunkelblauen. Josefine schmunzelte, jetzt hatte sie begriffen, was Björn in der Raststätte mit dem Kopfschütteln gemeint hatte. „Woher wusstest du das wir genau diese Pässe benötigen?". Björn grinste über das ganze Gesicht seine Frau an. „Das hat mir ein Heinzelmännchen gesteckt. Das wir für den Fall der Fälle die alten Reisepässe ebenfalls mit nehmen sollten. Die Neuen findest du im Bad hinter dem Spiegel.", sagte Björn und

Josefine brach in schallendes Gelächter aus, als sie das hörte. „Wieso ausgerechnet hinter dem Spiegel im Bad?“, fragte sie leicht verwirrt Björn. „Mir fiel auf die Schnelle nichts besseres ein. Im Vorratsschrank könnte sie jemand entdecken, falls jemand anders als du oder ich Kaffee und Sandwisch machen würde. Und unser Badezimmer ist ja für alle anderen tabu.“, meinte er leicht spöttisch, verringerte den Abstand zwischen sich und Josefine um sie zärtlich zu küssen. „Ich liebe dich.“, sprach er leise an ihren Mund, als er sich von ihr löste, was ihm sehr schwer fiel. Er seufzte, weil eine verärgerte Stimme zu ihnen drang. „Könnt ihr euch endlich losreißen von einander?“, zischte Jo am vorbei gehen die beiden an.
Ohne weiteres erhielten sie die Passierscheine zu dieser Firma. Denn General Gustavsson, Josefines Onkel machte den Anfang und reichte dem Mann in der Sicherheitszentrale nicht nur seinen Ausweis, sondern auch noch ein Paar andere Dokumente. Offensichtlich war der Sicherheitsbeamte verblüfft, dass er persönlich vor ihm stand. Sogleich wurde ein Lichtbild und ein Passierschein für ihn ausgestellt. Als nächstes folgte Jo, der von dem Sicherheitsbeamten mit „Ola Hombre“, begrüßt wurde. Und mit Jo herum scherzte. Kurz darauf wurde Armin aufgefordert das Büro zu betreten, gefolgt von Percy, Felix und Frank. Weil er diese von früheren Touren schon kannte, scherzte er mit allen fröhlich und ausgelassen herum. Josefine, Ivan, Igor und Björn wurden vom Sicherheitsbeauftragten gründlich gemustert, als er diese aufforderte das Büro zu betreten. Ein Lächeln umspielte seine Mundwinkel, als er in Josefine ´s Reisepass einen Blick zuwarf. „Oh, wohl die Tochter des Unternehmens.“, meinte er freundlich und Josefine lächelte entgegenkommend zurück. Hinter ihr räusperte sich Nils und meinte zum Sicherheitschef. „Nein Ernesto, sie ist die Chefin von Jansen & Partner.“, klärte er diesen auf. Jeder konnte sehen, wie dieser Ernesto trocken schluckte bei den Worten des Generals. Der Sicherheitsbeamte wies die Fahrer an, ihrer Fahrzeuge an die Ladenrampen, eins, fünf, neun, zwölf und dreizehn zu parken. Ebenso alles aus den Truck´s zu nehmen, was sie für die nächsten drei Tage Aufenthalt benötigten. Ein Mitarbeiter würde sie und das Gepäck anschließend mit einem Kleinbus bei ihren Fahrzeugen abholen. Björn belud als letzter den Kofferraum des Kleinbusses mit ihrem Gepäck, während Josefine in den Bus einstieg. Jo, der sich provokant über zwei Sitze gesetzt hatte, macht Josefine keinen Platz als sie einstieg. Sie

zog ihn darauf hin an seinem Bart. „Mach Platz Dicker, es kommen noch mehr Leute.“, forderte sie den breiten tätowierten Bär auf. Jo rückte nur zwei Zentimeter zur Seite. Josefine seufzte und setzte sich neben ihn und schob ihn dabei mit ihrer Hüfte noch mehr zur Seite. Damit auch Björn noch Platz fand. Igor lachte leise vor sich hin. Es gefiel ihm schon immer, wie Josefine sich gegenüber Jo zu behaupten wusste. Schon damals, als er sie als kleine Lady kennen gelernt hatte. Kaum war die Tür des Kleinbusses geschlossen, setzte dieser sich auch schon in Bewegung. Die Fahrt zur Unterkunft dauerte etwa eine halbe Stunde. Sie durchfuhren kleine malerische Fischerdörfer. Karge ausgetrocknete Landschaften und an luxuriösen Hotels vorbei, bis der Fahrer den Blinker setzte und in die Richtung auf eine vorgelagerte Landzunge ein schlug. Die schmale Straße führte lange steil Berg ab und war kurvenreich. An manchen Stellen dieser Straße kamen zwei Autos nicht aneinander vorbei. Auf der einen Seite ging es steil ins Meer hinunter und auf der anderen Seite ragte eine hohe Felswand empor. Sie bogen noch einmal um eine Kurve und standen in einer Sackgasse vor einem malerischen, reizenden Häuschen, das sich an die Felswand schmiegte. Es sah auf den ersten Blick so aus, wie wenn das Häuschen zur Hälfte in die Felswand gehauen war. Josefine war von ihrer Unterkunft begeistert, als sie aus dem Bus ausstieg. Begrüßt wurden sie von einer großen Schar freilaufender Esel und herum streunenden Hunden. Jo gab einem Esel einen Klaps aufs Hinterteil, der darauf hin widerwillig zur Seite trottete, weil er den Weg zum Kofferraum versperrte. Der Fahrer des Kleinbusses drückte Jo den Hausschlüssel in die Hand. „Es ist wie immer alles vorbereitet.“, meinte er bei der Schlüsselübergabe und wünschte allen einen angenehmen Aufenthalt, bevor er wieder davon fuhr. Schon beim Betreten des Häuschen schlugen ihnen intensive Düfte entgegen. Zum Teil bestanden diese aus Essensdüfte und zum anderen von Blumen. Auf dem prächtig eingedeckten Tisch verströmten ein Meer von verschiedenen Blumen einen überwältigenden Duft. An einer Wand erblickte Josefine einen offenen Kamin. Gleich daneben hing ein Flachbildfernseher. In einer Nische stand ein Esstisch mit Stühlen. Der Wohnzimmerbereich war mit einem Couchtisch, einem Sofa und zwei bequemen Sesseln möbliert. Die Klimaanlage verströmte angenehme kühle Luft. Die zum Meer hin gewandte Seite wurde durch eine lange Fensterfront mit Schiebetüre und einer hölzer-

nen Terrasse abgetrennt. Aber auch von Außen konnte man die Terrasse über Holztreppen betreten. Josefine erschrak, als sie die Terrasse betrat, denn durch den Holzboden der Terrasse konnte sie unter sich das Meer erblicken. Also war die Terrasse genau über das Meer gebaut worden. Die Schlafzimmer befanden sich eine Etage höher. Josefine erstaunte, als sie ihr Schlafzimmer betrat. Hier stand ein riesiges Doppelbett mit einem hohen Kissenberg. An der Wand hin ebenfalls eine kleinere Ausgabe eines Fernsehapparates. Direkt an ihr Schlafzimmer angrenzend, nur durch eine Tür getrennt befand sich in einer Felsenecke eine riesige Dusche mit Glaswänden, eine Marmorablage mit einem großen Waschbecken und einem Körbchen mit Seife und Shampoo. An einem Hacken hinter der Tür hingen zwei weiße Bademäntel.
Es war immer noch hell draußen, aber er Abend war sehr kühl geworden, sodass man sich draußen nur noch ungern aufhielt. Percy kniete sich am offenen Kamin nieder, um ein Feuer zu entfachen. Frank erschien mit einem Korb gefüllt mit Wein und Bierflaschen. Onkel Nils machte eine Geste mit dem Arm zum gedeckten Tisch hin. Als Josefine von der Terrasse draußen herein trat. „Komm setz dich.“, sagte Nils, und zog schnell einen Stuhl für seine Nichte heran. Björn ließ ihn nur widerwillig gewähren. Nils gluckste vor Lachen, als er die finsteren Blicke von Jo und Björn empfing. Er schob seine Nicht an den gedeckten Tisch und setzte sich dann ihr gegenüber. Er nahm sein Weinglas in die Hand und prostete ihr zu. Auch Josefine trank einen Schluck des köstlichen Weines, den sie zuvor mit etwas Wasser verdünnt hatte. Björn, der ihr dabei zu sah, hätte sich am liebsten niedergebeugt und den Tropfen, der an ihren Lippen hing weg geküsst. Aber er war damit beschäftigt zusammen mit Felix und Percy die Teller zu füllen. Felix reichte jedem ein Stück Knoblauchbrot und dazu ein leckeres zartes Steak. Frank stöhnte auf, als er sich das leckere Steak in den Mund schob. Was natürlich wieder einmal zu einem Gelächterausbruch führte. Percy hob eine Augenbraue und hielt Frank ein Stück seines Steaks hin. „Willst du meines auch probieren?“, fragte er scherzhaft. Doch hatte Percy nicht damit gerechnet, dass Frank sofort den Mund aufsperrte und sich von ihm füttern lies. Was zu einer weiteren Lachsalve führte. Nach dem Essen trug Onkel Nils noch eine Platte mit frischem Obst, Käse und Kräcker, so als Nachspeise, was ein großer Fehler war. Denn Igor griff zu einer Traube und warf diese

hoch und wollte sie gekonnt mit dem Mund auffangen. Die Traube jedoch verfehlte ihr Ziel. Sie prallte an seiner Nase ab und flog im hohen Bogen in Jo´s Auge. „Autsch“, rief er laut aus und hielt sich die Hand an sein Auge. Aber nicht lange, denn er griff ebenfalls zu einer Traube und wandte sich an Igor. „Mund auf du Bandit.“, sagte er amüsiert und warf die Traube Igor zu, in der Hoffnung, dass er diese in seinem Mund versenken konnte. Doch Jo´s Treffsicherheit war nicht so gut, denn die Traube landete im Glas von Ivan. Also genau drei Meter zu weit links. Denn zwischen Igor und Ivan saß Armin. Der fröhlich vor sich hin gluckste. „Ziel verfehlt.“, sagte dieser und zog eine Traube von der Rispe um diese Jo zu zuwerfen. „Fang“, rief Armin und versuchte der Traube die vorbestimmte Richtung zu geben. Jo und auch Onkel Nils sahen die Traube auf sich zukommen. Beide hechteten mit geöffneten Münder nach dieser und schon wurde laut geflucht am Tisch und die anderen bogen sich vor Lachen. Denn Jo und Nils hatten ihre harten Köpfe zusammen geschlagen. „Du Idiot, die war für mich bestimmt.“, motzte Jo und rieb sich mit der Hand am Kopf. „Von wegen, du bist der Idiot. Die Traube kam direkt auf mich zu.“, konterte Nils amüsiert grinsend, schnappte sich die Traube, die immer noch auf dem Tisch hin und her rollte und verfrachtete sie in seinen Mund. „Versenkt“, rief Nils schmatzend in die Runde und die Männer grölten aus vollem Rohr. Josefine verabschiedete sich ziemlich schnell nach dem Essen und auch auf diese Spielchen mit Trauben hatte sie keine Lust, obwohl auch sie herzhaft darüber lachen musste. Aber sie war müde und ausgelaugt. Vielleicht hatte sie sich doch zu viel zugemutet mit diesem Auftrag von Top Secret. Sie war gerade aus der Dusche geschlüpft und wollte sich Bett fertig machen, als Björn seinen starken Arm um ihre Taille legte und sie sanft an seine nackte Brust zog. Das blonde Haar, das seine Brust bedeckte, kräuselte sich in einer faszinierenden Linie hinunter zum Hosenbund, die sie mit ihren Fingern nach fuhr. Sie konnte das Spiel seiner Muskeln unter ihrer Berührung fühlen. Nicht ein Gramm Fett gab es, er bestand nur aus Härte und Stärke. Seine Brust hob und senkte sich schneller als zuvor. „Liebling, ich muss dir etwas sagen.“, wisperte sie und legte ihre Hand auf seine Brust. Josy spürte wie er tief die Luft einzog. „Was?“, flüsterte er und ihm schwante, dass er gleich einen kleinen Schock bekommen würde - was immer er jetzt auch gleich hören würde. „Wir werden zwei Trolle bekommen. Hat Dr. Eberhardt gesagt. Er war sich nur beim letzten Mal noch nicht ganz sicher. Wir bekommen eine Joan und ein Jo.", sprach sie leise, dabei legte sie zärtlich die Hand an seinen Nacken und fuhr mit den Fingerspitzen durch sein blondes Haar. Da von Björn noch immer keine Reaktion kam, außer dass er sich vor ihr versteift hatte, als er Josefine hörte. Lächelte sie ihn an und zog ihn zu sich hinunter, bis sich ihr Münder leicht berührten. „Josy", knurrte er an ihre Lippen. „Ja?", fragte sie leise. „Du weißt, dass du noch nicht fertig bist oder?", entgegnete er ihr. Björn legte einen Finger unter ihr Kinn und hob es an, sodass sie in seine Augen blicken musste. Darin strahlte und funkelte es nur so vor Freude. „Ich will das du mich richtig küsst Liebling.", sagte er und riss sie mit einem Freudenschrei vom Boden hoch. Er schüttelte den Kopf. „Das war kein Kuss, das war ein Küsschen.", protestierte er und lachte dabei amüsiert auf. Sein leises heiseres Lachen dröhnte von den Wänden. Er schloss eine Hand um ihr Gesicht. „Ich glaube du hast auf der Fahrt hier her nach Spanien verlernt, wie man küsst Liebling. Ich glaube ich muss mich wohl opfern, um es dir wieder bei zubringen.", sagte er leise lachend. Er zog sie in seine Arme, sodass sie mit Nase und Brust seine warme, duftende Haut berührte. „Deinen Mann küsst du mit geöffneten Mund, mit Zunge und Körper.", erklärte er ihr spitzfindig, dabei grinste er breit über das ganze Gesicht und blickte auf ihre Lippen. Noch immer schmunzelnd, beugte er sich zu ihr und kurz darauf fiel seine Zunge, rau und nach Wein schmeckend über ihren Mund her. Armin, der gerade die Stufen nach oben genommen hatte, um ebenfalls zu Bett zu gehen, riss die Tür von Björn und Josefine´s Zimmer auf, als er Björn schreien hörte. Doch er schloss breit grinsend schnell und leise diese wieder, als er sah, wie eng umschlungen sie da standen und knutschten. Jo der ebenfalls Björn´s Aufschrei gehört hatte, trampelte kurz darauf die Treppen hinauf. Armin, der soeben die Tür schloss, winkte ihm ab. „Alles gut.", lachte er leise und ging weiter ins Badezimmer. „Björn hat irgend etwas in den Hintern gestochen.", log er dabei frech und zwinkerte Jo zu. Björn ließ sich freudestrahlend mit dem Rücken auf das Bett fallen, dabei zog er Josefine mit sich. Sie kuschelte sich an seine Brust. Björn legte seine Hände um das Gesicht seiner Frau und küsste sie lange und innig. Er drängte sich noch mehr an sie und legte eine Hand auf ihr Bäuchen. „Ich kann es kaum glauben, wirklich zwei kleine Trolle Liebling?", hauchte er mit kratzender

Stimme. Mit der anderen Hand strich er ihr zärtlich mit dem Daumen über den Kieferknochen. „Ich will Dich Liebling.“, flüsterte er kaum hörbar und küsste sie erneut.
Josefine erwachte von der Sonne, die ihr mitten ins Gesicht schien. Sie fühlte sich frisch und ausgeruht und es gelang ihr, aus dem warmen Bett zu schleichen, ohne Björn zu wecken. Meist hatte er einen sehr leichten Schlaf, doch jetzt schlief er tief und fest. Die Bettdecke hatte sich um seine Beine gewickelt und sie betrachtete seine starken Körper, bevor sich sich schnell ihre Kleider griff und aus dem Raum huschte. Im kompletten Haus herrschte noch Stille, deshalb beschloss sie nach draußen zu gehen um niemand zu wecken. Offensichtlich muss es in der Nacht geregnet haben, denn als sie kurze Zeit später durch den Garten des Hauses spazierte war es feucht und roch nach nassem Stein und frischem Grün. Überall flatterten Schmetterlinge, summten Hummeln und Bienen im Garten und es duftete nach Lavendel und Rosmarin. Nachdem sie durch den Garten geschlendert war, kletterte sie auf eine sehr breite Mauer, die den Garten zum Meer hin abgrenzte. Josefine betrachtete den strahlend blauen Himmel über ihr, blickte hinaus über das glitzernde Wasser des Meeres und lauschte dem beruhigenden Geräusch der Brandung, die gegen den Felsen lief. Sie spürte ihn kommen, noch bevor sie ein Geräusch vernommen hatte. Als sie sich umdrehte und sich mit der Hand ihre Augen schützte vor der Sonne, lächelte sie ihn an. Die Sonne ließ sein dunkles Haar, das mit grauen Strähnen durchzogen war wie ein Heiligenschein schimmern. „Guten Morgen Kleines.“, grüßte er gut gelaunt Josefine, hob einen Stein vom Boden auf und schleuderte diesen weit hinaus in Richtung des Meeres. Josefine sah, wie dieser im Wasser landete. „Darf ich mich zu dir setzten?“, fragte Jo höflich. Josefine nickte und machte etwas Platz auf der Mauer. So blieben sie ohne Worte sitzen, Schulter an Schulter und blickten über das weite Meer. Plötzlich brach Jo mit einem kurzen Räuspern und seiner rauen tiefen Stimme die Stille. „Du liebst ihn sehr, stimmt´s?“, fragte er vorsichtig und sehr leise, obwohl er diese Frage nicht stellen brauchte, den so wie die zwei sich benahmen, war die Sache eigentlich eindeutig. Nur hatte er Angst, dass Josy sich vielleicht in den falschen Mann verliebt haben könnte. Und er hatte auch Angst, dass Björn ihr einmal irgendwann das Herz brechen könnte. „Ja“, hauchte sie und blickte ihn an. Jo lachte leise auf und für einen Moment verloren sie

sich beide im Blick des anderen. „Jo, bitte versteh mich nicht falsch. Aber an meinen Gefühlen zu dir hat sich dadurch nichts geändert. Ich mag dich immer noch so wie vorher. Ich liebe dich, aber auf eine ganz andere Art wie Björn. Du wirst immer eine wichtige Rolle in meinem Leben spielen, so wie all die Jahre zuvor.“, sagte Josefine und zog die Füße hoch, dabei legte sie den Kopf auf die Knie. „Ich kann dich auch gut verstehen, dass du verärgert bist darüber, das ich mit Björn zusammen bin. Schließlich hast du dich immer um mich gekümmert.“, gab sie leise von sich. Sie blickte ihn an und blinzelte gegen die Sonne. Jo nickte nur ganz leicht mit dem Kopf. Er konnte sie sehr gut verstehen. „Weißt du Kleines, ich will nicht, dass er dir eines Tages das Herz bricht. Hast du dir schon einmal überlegt, was sein wird, wenn Björn zurück in seine Heimat geht?“, hackte Jo bei ihr nach. Doch Josefine zuckte mit den Schulter und wackelte mit den Zehen auf dem rauen Stein. „Ich könnte mit ihm nach Island gehen.“, meinte sie zaghaft zu ihm. Jo brach in lautes polterndes Lachen aus. „Und die Firma? Willst du dann vom hohen Norden aus leiten.“, sprach er und tippte mit dem Zeigefinger an ihre Stirn. „Gib deinem Vogel da drin mal Wasser, ich glaube der ist am verdursten.“, meinte Jo amüsiert. Josefine lachte auf, es war ein fröhliches unbekümmertes Lachen voller Sonnenschein. Er nahm sie in die Arme, begrub sein Gesicht in ihrer dunklen Lockenpracht und atmete tief ihren Duft ein. „Oh meine Kleine, komm lass uns Frühstücken gehen. Ich habe eine Bärenhunger und so wie sich dein Magen anhört, du auch.“, sagte er und sie kletterten gemeinsam von der Mauer. Jo blieb stehen und wartete auf Josefine, bis sie ihre Schuhe angezogen hatte, legte den Arm um ihre Schultern und küsste sie auf die Stirn.
Gut zwei Tage blieben ihn hier noch und Josefine wollte unbedingt noch in das Nahe gelegene Fischerdorf. Die Sonne stand schon hoch am Himmel und es war noch erstaunlich heiß. Nicht einmal die leichte Meeresbrise, die vom Meer her wehte, konnte die stehende Hitze draußen lindern. Doch zuvor musste sie sich noch um ihre Firma kümmern. Obwohl Gerda alles fest im Griff hatte, wollte sie auf dem Laufenden sein, wo sich ihre LKWs auf hielten und Mails musste sie auch noch checken. Ebenso wollte sie ihrer Mutter noch eine Nachricht zukommen lassen, dass sie auf dem Rückweg von Top Secret einen Abstecher bei ihr in Stockholm machen würden. Denn sie hatte kurzfristig beschlossen zusammen mit Björn ihr die Nachricht

von ihrer Hochzeit mit Björn und den Enkelkindern persönlich zu überbringen. Deshalb würde sie sich auf dem Rückweg von den Männern ausklinken. „Was tust du da Liebling?“, wollte Björn neugierig wissen, als sie ihren Laptop auf den Tisch legte. „Arbeiten“, antwortete sie etwas spröde, weil sie mit ihren Gedanken schon wo anders war. „Ich dachte wir wollen alle zusammen ins Dorf gehen?“, hackte Björn nach bei ihr und war überrascht über die Änderung des Tagesablaufs seiner Frau. „Geh nur mit den Anderen. Ich werde nachkommen wenn ich hier fertig bin. So schwer wird es nicht sein euch zu finden.“, kicherte sie vor sich hin. Björn ließ sich seufzend in einen Sessel fallen und nahm seine Sonnenbrille wieder ab. „Dann bleibe ich auch hier.“, sagte er, doch Jo schüttelte den Kopf. „Kommt gar nicht in Frage. Du kommst mit uns. Sonst wird sie nie fertig wenn du hier bleibst.“, befahl er amüsiert und zog ihn laut lachend aus dem Sessel. „Hör auf zu protestieren, du weich Ei.“, blaffte Felix ihn an und schob ihn zur Tür hinaus. „Ihr garstigen Säcke, ihr hättet mich wenigstens noch von ihr verabschieden lassen können.“, protestierte Björn und alle lachten auf. Percy umarmte aus Jux und Dollerei Felix und hauchte ihm angedeutete Küsse auf die Wange. Was zu folge hatte, dass alle in einen Lachanfall fielen. Jo schlug Björn auf die Schulter. „Ist doch auch mal schön, alleine unter Männern zu sein.“, meinte Jo breit grinsend. Björn war überrascht über den merkwürdigen Sinneswandel von Jo. Was immer die beiden da auf der Mauer heute Morgen gesprochen haben, musste zu Jo´s guter Stimmung geführt haben. Aber das würde er auf jeden Fall noch heraus bekommen.
Es war bereits vierzehn Uhr, als Josefine ihren Laptop zuklappte. Sie war mit Gerda´s Arbeit weit mehr als zufrieden. Und auch die Mail an ihre Mutter war verschickt. Schnell blickte sie noch kurz in den Spiegel, zog ihre Sneakers an und schloss die Tür hinter sich. Den Hausschlüssel hatte Jo schon eingesteckt, als die Männer gegangen waren. Setzte sich ihre Sonnenbrille auf und spazierte die Holztreppen hinunter, die auf den Spazierweg führte, der direkt ins nahe gelegene Fischerdorf führte entlang am Meer. Sie blickte kurz nach oben in den strahlend blauen Himmel an dem es keine Wolke zu sehen gab. Vereinzelnd stürzten sich Möwen aufs Wasser um sich einen Fisch aus dem Meer zu fangen. Auf dem Weg ins Örtchen wich sie kläffenden Hunden aus und musste sich unter einer Leine mit Wäsche ducken. An einigen Hauswänden wuch-

sen Bougainvilleapflanzen empor. Hier in diesem Fischerdorf, welches durch seinen Hafen und den lebhaften Handel geprägt war, waren Touristen etwas alltägliches, deshalb nahm niemand von ihr Notiz. Die meisten Häuser hatten kleine Vorbauten, die als Geschäfte, Cafés oder Restaurants dienten. Langsam flanierte sie von Laden zu Laden und im Anschluss über den Markt. Hier wurde wirklich alles angeboten. Von Textilien über lebende Tiere, Keramik, Fisch, Käse, Obst und Gemüse. Es herrschte ein reges Treiben und Gedränge auf dem Marktplatz. Josefine legte sich gerade ein Seidentuch an, um es in einem Spiegel zu prüfen, als jemand zu ihr meinte: „Das steht dir aber gut.“. Sie erschrak kurz, als der Mann seine Hand ausstreckte und eine ihrer dunklen Locken um seinen Finger wickelte. „Möchtest du es haben?“, fragte Björn lächelnd seine Frau. „Ich hab ehrlich gesagt dabei an Freya gedacht.“, antwortete sie ihm. Björn lächelte und nickte dabei. Er nahm ihr den Schal ab und ging damit zum Verkäufer. Josefine wurde es fast schwindlig, als sie miterlebte, wie Björn das Tuch Stück für Stück herunter handelte. Am liebsten wäre sie davon gelaufen. Kurz darauf trat er wieder zu ihr und übergab ihr den Schal. Er zog sie dichter zu sich heran und legte den Arm um sie. „Wie viel hast du wirklich dafür bezahlt?“, hackte sie nach und lehnte sich leicht an ihn. Er grinste sie nur an. „Genug, das er es überleben wird.“, sagte er gut gelaunt und Josefine grinste vor sich hin. „Verdammter Viehhändler.“, gab sie spöttisch von sich und boxte ihm einen Haken in die Seite. Sie genoss den festen Griff seines Armes um ihre Schultern. Das Gedränge um sie herum wurde immer dichter, neben einander zu gehen war fast nicht mehr möglich. Björn entzog Josefine seinen Arm, streckte seine Hand aus, damit sie danach greifen konnte. Sie legte ihre Finger auf seinen Handteller. Gleich darauf schloss sich seine große warme Hand fest um die ihre. Sie kamen an einem Stand vorbei, wo sich in der Auslage Platten, Kübel und Kisten mit Delikatessen aneinanderreihten. Dahinter hörte man lautes Lachen und deutlich gesprochene freche Wortfetzen. Zu wem diese Stimmen gehörten wusste Josefine nur all zu gut. Die Männer grölten laut, als sie Josefine an der Hand von Björn kommen sahen. Sodass sich einige Gäste nach den Männern umdrehten. Ein junger Spanier pfiff Josefine sogar nach, als sie an seinem Tisch vorbei kam. Jo machte sich einen Scherz daraus. Winkte verneinend mit dem Zeigefinger dem jungen Mann zu. Zeigte mit dem Finger auf Josefine und zum Schluss auf sich. Ohne Vorwarnung zog er Josefine auf seinen Schoß, die dabei kurz aufquickte wie ein kleines Ferkelchen und küsste sie schnell auf den Mund. Der junge Spanier schnappte nach Luft sowie Josefine, die ihm dafür unsanft an seinem Bart zog, sodass er anfing zu brüllen vor Schmerz. Alle anderen lachten am Tisch, sogar Björn konnte darüber nur lachen. Sie verbrachten den ganzen Nachmittag mit Speisen, Trinken, Scherzen und Lachen. Nur Josefine war es an diesem Abend nicht mehr zum Lachen. Wie sollte sie mit neun stockbesoffenen Männern in der Dunkelheit auf dem Klippenweg den Heimweg antreten. Fieberhaft suchte sie nach einer Lösung. Auf die Nachfrage beim Kellner, nach einem Taxi schüttelte dieser den Kopf. „Um diese Uhrzeit weit nach Mitternacht ist keines mehr hier draußen unterwegs.“, bekam sie von Kellner zur Antwort. „Wo müssen sie den hin?“, erkundigte er sich bei Josefine, die aufseufzte als sie seine Antwort vernahm. „An das Häuschen am Ende des Küstenweges.“, antwortete sie ihm auf seine Frage. Der Kellner nickte und ließ seinen Blick über die Männer gleiten, die alle mächtig einen in der Krone hatten, dabei grinste er. Die junge Frau tat ihm gerade richtig Leid. Aber auch er wollte es nicht verantworten, die nicht mehr nüchternen Männer diesen schmalen Küstenweg gehen zu lassen. Der schon für einen nüchternen hin und wieder nicht ganz ungefährlich war. „Sind wohl nicht so trinkfest die Jungs.“, meinte er amüsiert und blickte dabei in die Männerrunde. Igor hörte die Worte des Kellner´s und erhob den Zeigefinger. „Oh doch, Igor trink fest seien, nur Wein ist nicht gewöhnt. Sondern Wodka.“, lallt er und schlug vorne über mit dem Kopf auf den Tisch auf. Der Kellner lachte amüsiert. „Hinten im Hof steht ein kleiner Pritschen Laster. Meinen Sie wir schaffen es die Männer dort aufzuladen? Dann würde ich sie nach Hause fahren.“. Josefine prustete laut los und hielt sich den Bauch vor Lachen. „Wir versuchen es. Bringen sie mir die Rechnung und den Laster. Nach und nach hievten Josefine zusammen mit dem netten Kellner einen nach dem Anderen auf die Pritsche. Zwischendurch brachen sie in lautes Gelächter aus. Nachdem alle aufgeladen waren, machte Josefine noch schnell mit ihrem Handy ein paar Schnappschüsse. „Wissen Sie, die Kerle werden Augen machen morgen früh, wenn ich denen die Bilder präsentiere. Das sind alles harte Fernfahrer und werden jetzt von einem kleinen Bruder nach Hause gebracht.“, kicherte Josefine amüsiert. Sie war sehr froh darüber, dass sich der Kellner dazu bereit erklärt

hatte, sie und die Männer nach Hause zu fahren. Schon alleine der Gedanke daran mit den stockbesoffenen Männern den Küstenweg zu nehmen, bei einer mondlosen Nacht wie dieser, wo man nicht sah, wo hin man trat. Sie konnte sich nicht vorstellen, dass die Männer im Gänsemarsch den Weg nehmen konnten. Und auf alle konnte sie nicht gleichzeitig aufpassen, geschweige denn tragen. Denn Igor und Ivan konnten sich wirklich nicht mehr auf den Beinen halten. „Oh man.“, morgen früh würde so manchem der Kopf höllisch schmerzen.
Josefine wurde vom Kitzeln der Sonnenstrahlen geweckt, die durch ihr Fenster drangen. Sie gähnte herzhaft auf und streckte sich. Rieb sich den Schlaf aus den Augen und blickte kurz auf ihren Reisewecker. Es war kurz nach acht Uhr, eine Menge Männer würden heute Morgen mächtig Kopfweh haben. Sie schlüpfte leise aus dem Bett nahm ihre Kleider und ging auf Zehenspitzen aus dem Zimmer um Björn nicht zu wecken. Im Gang horchte sie kurz, es war immer noch verdammt ruhig. Zuerst würde sie starken Kaffee aufsetzten und im Anschluss sich eine lange Dusche genehmigen. Leise öffnete Josefine sie Badezimmertür und horchte auf den Gang hinaus. Noch immer war alles ruhig im Haus, als Josefine aus dem Badezimmer trat. Gerade in dem Augenblick, als sie die Treppen hinunter stieg, hörte sie wie ein Auto vor fuhr. Zuerst schielte sie vorsichtig zum Küchenfenster hinaus. Doch außer dem PKW war niemand draußen zu sehen. Wer mochte um diese Uhrzeit sich hier her verirrt haben. In dem Moment wo sie die Haustüre einen Spalt öffnen wollte, klopfte es zaghaft an der Tür. Josefine öffnete eine Spalt die Tür und war ein wenig überrascht, als sie den Besucher wieder erkannte, der mit zwei großen bis zum Rand gefüllten Körben vor der Tür stand. „Guten Morgen Pier, was machst du den schon so früh auf den Beinen?“, erkundigte sich Josefine erstaunt. Pier grinste über das ganze Gesicht. „Guten Morgen Josefine, ich dachte ich bringe dir diese Körbe vorbei.“. Josefine blickte hinab zu den gut gefüllten Körben, die mit einem Tuch bedeckt waren. „Was ist da drin?“, erkundigte sie sich neugierig. „Katerfrühstück.“, sagte Pier und lachte leise auf. Josefine öffnete die Tür ganz und ließ Pier mit seinen Körben herein, der diese auf dem Tisch abstellte und anfing sie auszupacken. „Möchtest du eine Tasse Kaffee?“, bot Josefine dem frühen Gast an und Pier nickte. „Ja gerne.“. Nachdem er alles auf den Tisch ausgebreitet hatte, folgte er Josefine in die Küche, die ihm eine Tasse frisch gebrühten

Kaffee reichte. „Was bin ich dir für das Katerfrühstück schuldig.“, fragte sie Pier, den Kellner vom Abend. „Nichts, geht auf Kosten des Hauses.“. Josefine begriff absolut nichts mehr, deshalb blickte sie Pier verdutzt an. Pier begann über das ganze Gesicht zu grinsen, als er Josefines Miene sah. „Kannst du dich an den jungen Mann erinnern, der dir gestern nach gepfiffen hat?“, fragte er, Josefine nickte und nippte an ihrem Kaffee. „Seinem Onkel gehört dieses Haus. Und als er heute Morgen beim Frühstück von dem Totalabsturz deiner Männer hörte und sich dabei schieflachte, als er hörte wie sie nach Hause kamen, schickte er seinen Neffen los um dir ein Katerfrühstück für die Männer zu organisieren.“. Josefine blickte Pier mit weit aufgerissenen Augen an und nickte dabei. „Er bat mich, euch dies zu bringen.“, erklärte Pier ihr grinsend. „Aber.......“, begann Josefine ihren Satz, doch Pier unterbrach sie. „Der Hausbesitzer ist ein hohes Tier bei der Firma wo eure LKWs stehen. Und im diesem Haus werden nur Gäste dieser Firma beherbergt. Sonst steht es das ganze Jahr über leer. So manche Touristen haben sich schon nach diesem abgelegenen Haus erkundigt, um es über den Sommer zu mieten. Aber er will es nicht. Das Restaurant gehört ihm ebenso.“, bemerkte Pier und Josefine musste dies alles zuerst einmal verdauen, was der junge Mann da gerade sagte zu ihr. Sie erschrak und zuckte heftig zusammen, als plötzlich Björn „Guten Morgen Liebling.“, sagte. Er stand unter der Tür die Arme nach oben über den Kopf gestreckt und hob sich am Türrahmen fest, damit er nicht gleich nach vorne überkippte. So ganz wohl sah er dabei nicht aus, wenigstens hatte er schon eine Dusche hinter sich gebracht, dachte sich Josefine und reichte ihrem Mann ohne Aufforderung eine Tasse Kaffee. Erst jetzt erblickte er den fremden Mann in der Küche bei seiner Frau. Das Gesicht kam ihm irgendwie bekannt vor, aber er wusste nicht, wo er dies schon einmal gesehen hatte. Er nickte kurz wortlos in seine Richtung zur Begrüßung. „Du weißt nicht zufällig Liebling wie wir heute Nacht hier her gekommen sind?“, erkundigte er sich vorsichtig bei seiner Frau. Josefine begann zu kichern und auch der ihm fremde Mann grinste unverschämt. „Weißt du es wirklich nicht mehr?“, neckte Josefine amüsiert ihren Mann. Björn schüttelte vorsichtig den Kopf und hoffte, das dieser an seinem Platz bleiben würde. „Totaler Blackout......, wobei an eins kann ich mich noch erinnern. Irgend jemand hat mir in den Hintern getreten. Ich könnte wetten, dass du das warst, so schmerzhaft war dieser Tritt.", jammerte Björn und griff sich mit einer Hand an sein Hinterteil. „Ich war das.", bummelte eine tiefe Stimme hinter Björn. Josefine prustete los. „Oh nicht so laut Kleines.", beklagte sich Nils bei seiner Nichte. „Du hast nicht zufällig schon einen Kaffee fertig für deinen alten Onkel? Etwas salziges wäre auch nicht schlecht.", meinte er mit einer schmerzhaft verzogenen Grimasse. Josefine blickte zu Pier, der gerade dabei war seine Tasse zu leeren und grinste diesen an. „Hier ist Kaffee und draußen auf dem Tisch findest du Salzheringe, beziehungsweise alles was zu einem zünftigen Katerfrühstück gehört.", sagte sie frech und drückte ihrem Onkel den Kaffee in die Hand, dabei zeigte sie auf den Tisch im Wohnraum hinter ihm. „Ich glaube für mich wird es Zeit.", meinte Pier und reichte Josefine die Hand zum Abschied. „Solltest du einem Urlaub hier in der Nähe machen, dann komm einfach im Restaurant vorbei.", lud er höflich Josefine ein, ohne auf den finsteren Blick zu achten, dem ihm ein großer Blonder zuwarf. „Dito, sollte es dich einmal nach Deutschland verschlagen, dann komm in der Firma vorbei, du bist immer herzlich willkommen.", gab Josefine die Einladung zurück. Björn verdrehte hinter seiner Frau die Augen und verzog angewidert das Gesicht, als er sah wie Nils sich über einen Salzheringe hermachte und diesen genüsslich sich in den Mund schob. Onkel Nils verschluckte sich fast an diesem Hering, als ein lautes Gepolter von der Treppe zu hören war. Beide Männer rissen sich die Hände an den Kopf wegen des Lärms. Dazu kam das laute Lachen von Josefine, die beobachtet hatte, wie es Jo auf der Treppe die Füße wegnahm. Es setzte ihn auf den Hintern und Holder die Polter sauste er die Treppe hinunter. Unten angekommen blieb er fluchend sitzen. „So sind jetzt alle wach?", fragte Josefine amüsiert grinsend in die Männerrunde. „Oh Gott, wer machen da schon so früh lauten Krach.", hörte sie Ivan von oben sagen. Igor, der soeben in die Küche trat meinte: „Josefine, Igor schwören, nieeee, nieeee mehr trinken Wein, Wein nix gut für Kopf.". Auch ihm reichte Josefine eine dampfende Tasse mit Kaffee. Doch Igor griff nach der Tasse von Björn und nahm sie ihm aus der Hand. Björn starrte zuerst auf seine leere Hand, dann zu Igor und zurück zu seiner Hand. „Igor, wieso klaust du mir meinen Kaffee?", beschwerte sich Björn bei ihm. Josefine drückte ihrem Mann die Tasse in die Hand, die eigentlich für Igor bestimmt war. „Deine Kaffee nix mehr so warm.", sprach er und blickte neugierig zu Josefine, die ihr Handy aus der hinteren Gesäßtasche hervor holte. Igor gluckste vor sich hin, als Josefine ihm ein Bild zeigte, wo alle übereinander wie Säcke auf einer kleinen Pritsche eines Lieferwagens lagen. Die Bilder gingen Reih um. Die Männer seufzten, stöhnten und grinsten vor sich hin. „Würdest du in Zukunft deinen Finger aus meiner Nase lassen.“, sagte Frank zu Felix, der gerade das Bild betrachtete auf dem es so aussah, als ob Felix wirklich seinen kleinen Finger in das Nasenloch von Frank steckte. Ein anderes Bild zeigte Jo und Ivan eng umschlungen auf der Pritsche liegend. Ein weiteres wie Armin auf dem Hintern von Nils saß und seinen rechten Arm in die Luft streckte, als würde er Rodeo Cowboy spielen. „Oh Gott“, stöhnte Jo auf, als er das Handy mit den Bildern in die Hand bekam. „Die werden alle sofort gelöscht Kleines.“, befahl er Josefine, doch diese schmunzelte nur vor sich hin. „Von mir aus.“, sagte sie gleichgültig. Denn keiner von den Männern wusste, dass die Bilder schon auf ihrem Laptop gespeichert und mit einer Mail an Gerda verschickt waren. Mit der Bitte, diese auszudrucken und Rahmen zulassen. Von Gerda kamen heute Morgen nur lauter lachende Smileys über eine kurze Mail mit einen Daumen hoch. Nach und nach machten sich die Männer über das Katerfrühstück her. Der eine mehr, der andere weniger, aber zumindest blieb es bei ihnen in den Mägen. Nur langsam wurden sie fit. Josefine hielt sich jedes mal eine Hand vor die Nase, wenn sie von einem der Männer angesprochen wurde. Obwohl sie alle sich die Zähne geputzt hatten, stanken sie noch immer nach Alkohol aus ihren Mündern und die Wärme der Sonne trug ebenfalls dazu, das ihre Ausdünstungen nach Alkohol rochen. Vor allem bei Jo, denn der wollte unbedingt auf der sonnigen Terrasse sein Katerfrühstück einnehmen. Josefine lachte schallend auf, als sie ihn auf der Terrasse erblickte mit seiner dunklen Sonnenbrille, Kaffee und einem Salzeheringteller vor sich. Denn sie hatte die Flucht ergriffen, weil Björn mal wieder einen leisen streichen lassen hatte, der aber abnormal stank. Armin riss sämtliche Fenster und Türen auf und alle die sich noch im Haus aufhielten, beschwerten sich lautstark bei ihm. „Willst du uns alle vergasen?“, rief Felix und hielt seinen Kopf aus dem Fenster, dabei zog er übertrieben gespielt frische Luft in seine Lungen. Und schon wurde wieder gelacht, aber nur sehr verhalten. Percy, Igor und Ivan warfen sich auch noch ein paar Schmerztabletten ein, die ebenfalls bei dem Katerfrühstück lagen. Aber nach und nach ging es den Kerlen wieder besser.

Kapitel

Am Nachmittag herrschte allgemeine Aufbruchstimmung. Im ganzen Haus rumorte es nur so. Geschirr klapperte, Schlüssel wurden auf den Tisch geschmissen, verschiedene Gepäckstücke standen herrenlos im Flur herum. Nils tanzte mit dem Staubsauger durch das ganze Haus. Frank und Percy stießen zusammen, weil es jeder eilig hatte um noch einmal unter die Dusche zu kommen. Es war wirklich hektisch und chaotisch. Armin suchte vergeblich mal wieder seine Lesebrille. Eine Socke wurde lautstark vermisst. Dazu kamen laufend Rufe und derbe Flüche, weil sich irgend jemand an einem Koffer die Zehen angeschlagen hatte. Und Björn verbreitete liebliche Düfte, die alle aufstöhnen ließen, wenn sie es rochen. Josefine hatte sich währenddessen still und leise auf die Terrasse verzogen und den Männern das Chaos in den Räumen überlassen. Sie rief ihre Mails ab und beantwortete auch gleich die ein oder anderen. Schließlich rief sie Gerda noch an, so wie jeden Tag, obwohl es Sonntag war. Sie war überglücklich, dass Gerda nur positive Nachrichten für sie hatte. Keiner der Fahrer hatte sich bis jetzt krank gemeldet. Im Hintergrund wurde es noch lauter. Gerda konnte das sogar am anderen Ende der Leitung hören. „Sag mal, was ist denn bei dir los. Das hört sich ja an, als würde man ein Haus abbrechen.“, kicherte sie übermütig am anderen Ende und Josefine stimmte in das Kichern mit ein. „Josefine, könntest du bitte diesem Fettsack von Jo einmal sagen, dass er nicht immer im Weg stehen soll.“, beklagte sich Percy, der unter der Terrassentür stand. Josefine lachte laut los, hob das Handy etwas weg und rief: „Zieh ihn nur an seinem Bart, dann wird er bestimmt zur Seite gehen.“. Gerda, die den Satz mit bekommen hatte lachte sich kugelig. „Das habe ich gehört Kleines.“, brüllte Jo von drinnen zurück. „Gerda, tut mir Leid, aber ich glaube ich sollte dem Chaos ein Ende bereiten.“, meinte Josefine seufzend zu ihrer Gesprächspartnerin. Und schon hörte sie wieder Brüller, Stöhnen und laute Flüche. Ivan hatte Björn gepackt und ins Freie auf die Terrasse gestoßen. Nachdem er wieder schlechte Luft im Haus verbreitete. „Du furchtbar Stinken, Josefine mir leid tun.“, sprach Ivan und drückte die Terrassentür vor Björn´s Nase zu. Josy kicherte laut auf, als sie die Szene mit an sah. „Tut mir leid Gerda, aber jetzt muss ich wirklich, glaube ich, einschrei-

ten. Denn Björn wurde gerade vor die Tür gesetzt.“, sagte sie schallend lachend in ihr Handy. Auch Gerda amüsierte sich prächtig. „Mach das und grüß mir den dicken mit dem Ziegenbart.“, scherzte Gerda fröhlich lachend in den Apparat. Josefine kam aus dem Lachen nicht mehr heraus. „Ja mache ich, wenn ich zu Wort komme, bis morgen.“, verabschiedete sie sich von Gerda, klappte ihren Laptop zu und ging nach drinnen, gefolgt von Björn. „Ruhe!“, schrie sie in den Wohnraum und siehe da, alles war plötzlich total ruhig und starrte sie an. „Vielleicht wäre es besser, wenn ihr zuerst einmal alle Taschen vor die Tür stellt. Bis auf die, wo unser Proviant drin ist.“, versuchte sie den Männern zu raten. Frank kratzte sich am Kopf und hatte sich dabei einen schnellen Überblick über das Gepäck, welches noch im Wohnraum stand, verschafft. „Oh, die Tasche mit unserer Verpflegung steht glaube ich schon draußen.“, sprach er nachdenklich und öffnete die Tür um nach zusehen, ob es stimmte was er da sagte. Es stimmte wirklich, nur stand die Tasche nicht mehr vor der Tür. Ihm stellte es alle Nackenhaare auf, als er sah, wie sich zwei frei in der Gegend herumlaufende Esel um die Provianttasche stritten. Einer hatte diese im Maul und schüttelte sie heftig umher, während ein anderer versuchte sie seinem Kumpel abzuluchsen. Denn sie roch so verführerisch lecker. Jo, der als erster begriff, dass es sich hier um ihren Proviant handelte, stürzte sich mit Gebrüll auf den Esel. Dieser drehte sich vor Schreck um, keilte aus und traf Jo unsanft, der darauf hin zu Boden ging mit dem Gesicht voraus und in Eseläpfeln landete. Das Grautier stürmte mit der Tasche im Maul davon. „Heilige Scheiße.“, brummte Nils und ein lautes Gejohle brach unter den Männern aus. Björn, der dem Esel hinter her geeilt war, kam grinsend mit der Lebensmitteltasche in der Hand zurück. Er reichte Jo, der immer noch auf dem Boden saß und sich vom Eselmist befreite die Hand. „Komm hoch du Eseltreiber.“, neckte er ihn amüsiert grinsend und half ihm auf die Füße. Die Männer machten sich fast vor Lachen in die Hosen. Es brauchte einige Zeit, bis sie sich gefangen hatten und wieder an ihre Arbeit gingen, um das Haus gründlich zu räumen. Kurz darauf standen die Taschen sauber in Reih und Glied vor der Haustüre und Frank passte auf die Taschen auf. Nicht dass noch einmal eine gestohlen wurde. Während der Rest sich im Haus zu schaffen machte.
Punkt achtzehn Uhr fuhr der Fahrer des Kleinbusses vor. Während Armin und Björn den Kofferraum beluden, stand dann

auch ein frisch geduschter und umgezogener Jo in der Tür. Natürlich war er immer noch das Gesprächsthema des Abends. Denn der Fahrer fuhr Josefine und ihre Mannschaft noch einmal zu Pier ins Restaurant. Wo schon die leckersten Speisen auf sie warteten. Zum Trinken gab es allerdings nur alkoholfreie Getränke „Zur Sicherheit.", meinte Pier grinsend und zwinkerte dabei fröhlich in die Runde, als er diese zu ihnen an den Tisch brachte. Noch mehr grinste er über das ganze Gesicht, als er von dem Vorfall des Eseltreibers hörte. Dieser Spitzname blieb Jo den ganzen Abend lang. Ein lautes Gelächter brach unter den Männern aus, als Igor meinte, dass man Big Daddy in Big Cowboy umbenennen sollte. „Ha, ha macht nur auf meine Kosten eure Scherze.", knurrte Jo leicht verärgert und brachte den nächsten Hammer. „Denkt daran, ich habe schließlich den Proviant gerettet.", meinte er doch amüsiert in die Runde. Armin verschluckte sich fast an seinem Mineralwasser, als er dies hörte. Er konnte nur den Kopf schütteln. „Von wegen Jo ganz gewiss nicht, es war Björn, der unseren Proviant gerettet hat.", korrigierte er Jo und wieder brach er in schallendes Gelächter aus. Nils schlug Jo auf den Rücken. „Nimms mit Humor Cowboy. Wer den Schaden hat braucht für den Spot nicht sorgen.", sagte er und bog sich vor Lachen über den grimmigen Blick, den er von Jo erhielt. „Sagen wir mal so. Dein Name passt doch zu einem Cowboy.", gluckste Percy grinsend in die Runde. Felix, der gerade sein Getränk an die Lippen gesetzt hatte, zog schleunigst das Glas von den Lippen, bevor noch ein weiteres Unglück passieren konnte. Was dann auch passierte, als Josefine ein Bild in die Fahrergruppe stellte. Mit einem Jo der am Boden saß und sich die Eselscheiße aus dem Gesicht wischte. Frank, der das Bild als erstes gesehen hatte, prustete los, er konnte sich gerade noch rechtzeitig zur Seite drehen, sonst hätte Jo diesmal Paellia im Gesicht gehabt. Was natürlich wiederum zu vielen Lachsalven führte. Und Josefine wäre tot vom Stuhl gefallen, wenn Blicke töten hätten können.
Gegen halb zehn kamen sie bei ihren LKWs an. Die Sonne war bereits untergegangen und doch war die Nacht noch erstaunlich lau an diesem Abend. Heute sah man sogar eine dünne Mondsichel über dem Meer und vereinzelt funkelten ein paar Sterne am Himmel auf. Die aussehen, als ob sie sich dort am Nachthimmel verirrt haben. Immer wieder schoben sich vereinzelnd auch ein paar Wolken davor, die sie festhielten wie in ei-

nem Spinnennetz. Die Truck´s standen immer noch so, wie sie vor ein paar Tagen abgestellt wurden. Es war schon irgendwie komisch zu wissen, dass die Truck´s beladen waren, aber es keine Ladepapiere dazu gab. Für Josefine etwas ganz Neues, denn normal gehörten zu jeder Fracht die Ladepapiere, wo genau deklariert war, um was es sich dabei handelte und wie schwer die Ladung war. Die musste eigentlich jeder Trucker mit sich führen. Dass die Ladung schwer war, stellten Josefine schnell fest, als sie über die Pyrenäen zurück in Richtung Frankreich unterwegs waren. Denn die Truck´s, die sonst spielend auch mit ausgeladenem Gewicht zügig die Steigungen erklimmten, mussten ganz schön kämpfen an einem kleinen Anstieg. „Meinst du wir haben überladen?“, wollte Josefine von Björn wissen. Doch dieser schüttelte den Kopf auf ihre Frage hin. „Wir nicht, aber der Rest vor uns.“, antwortete er breit grinsend. „Woher weißt du das?“, erkundigte sich Josefine bei ihrem Mann, der nur leise auf gluckste. „Weißt du Liebling, manchmal ist es einfach besser größer zu sein als alle anderen. Ich konnte Nils zufällig über die Schulter blicken, als er die Ladepapiere sortierte.“, sagte er frech mit einem Schmunzeln auf den Lippen zu seiner Frau. „Es sind übrigens Teile für einen Prototyp eines Satelliten und da ich eins und eins zusammen zählen kann und wir für die Armee unterwegs sind, kann es sich nur um eine der neuesten Version eines Spionageasteliten handeln.“. Informierte er sie stolz über das was er sich zusammengereimt hatte.
Sie waren jetzt fast vier Tage mit ihren Truck´s unterwegs. Denn ihr Ziel war ein abgelegener Ort ganz oben in Schweden. Jo wurde immer nervöser, denn sie mussten spätestens am Freitag um acht Uhr morgens die Fähre erreichen, weil er diese Passage schon von Spanien aus vorab gebucht hatte. Zu allem Übel kam es auch noch, dass sich Onkel Nils irgendwo etwas eingefangen hatte. Er lag kreideweiß in Jo´s Koje und viel aus. Jo versuchte das Beste daraus zu machen. Percy hatte vorgeschlagen einen Ersatzfahrer kommen zu lassen, doch das wollte Jo nicht. Also taten sie etwas Verbotenes. Während Nils sich in der Kabine regenerierte, hüpften die Fahrer von einem Truck zum anderen und fuhren auf Nils Fahrerkarte weiter. Es traf jeden, dass er einmal mehr als Vierstunden konstant hinter dem Steuer saß, obwohl das nicht ganz den Vorschriften entsprach. Doch sie hatten in dem Fall keine andere Möglichkeit, nachdem Jo einen Ersatzfahrer abgelehnt hatte. Josefine war fix

und alle als sie den LKW abstellte. Eigentlich wollte sie nur noch eins, sofort ins Bett und durchschlafen bis zum nächsten Morgen, bevor es auf die Fähre ging. Als sie aus dem Truck ausstiegen, blies ihr ein kräftiger Wind um die Nase und ihre Lockenmähne tanzte fröhlich im Wind. Josefine befürchtete schon um gepustet zu werden so stark war der Wind. Möwen segelten kreischend im sich anbahnenden Sturm. Die Wellen trugen schon weiße Schaumkronen. Hafenarbeiter eilten umher um die letzten Dinge noch Sturmfest zu zurren. Vom Meer her hörte man ein tiefes Donnergrollen, welches immer näher kam und immer wieder leuchtete ein bizarrer Blitz über den Wellen auf. Es war ein atemberaubendes Naturschauspiel das sich vor ihnen bot. Schon Stunden zuvor wurde im Radio dieses Sturmtief angekündigt. „Na komm Kleines, lass uns noch kurz etwas essen gehen und dann nur noch schlafen.“, meinte Jo, der zu ihr getreten war. Seine Stimme konnte das Heulen des Windes kaum übertönen. Auch ihm sah man die Strapazen der letzten Tage an. Josefine konnte sich nicht daran erinnern, ihn jemals so ausgelaugt gesehen zu haben. Nicht einmal wenn er von der Russlandtour zurück kam, die für jeden Fahrer das große Grauen war. Aber das würde sich hoffentlich bald ändern, durch Igor und Ivan. Nur wussten die beiden ebenfalls wie die anderen noch nichts davon. Nur Armin war in die Sache mit eingeweiht. Er, Gerda und Björn waren es, die das Ganze ausgeheckt hatten. Sie selbst hatte damit nicht viel zu tun gehabt. Josefine musste nur noch ihr Okay dazu geben. Sie war erstaunt, als Gerda ihr die Verträge zur Durchsicht vorlegte, auf was die beiden Männer alles Wert legten. Aber schlussendlich war sie hochzufrieden mit dem was ihr vorgelegt worden war. Und sie wusste auch, dass das was sie alleine mit Gerda vorbereitet hatte für Armin, Percy, Frank, Felix und natürlich auch für Jo das Richtige war. Jansen & Partner würde nach ihrer Rückkehr wieder Partner haben, ob die Männer es wollten oder nicht. Das war sie Karl und auch ihnen schuldig. Der einzige, der sich querstellen würde, war bestimmt Jo. Aber auch hierfür würde sie noch eine Lösung finden, sobald es soweit war. Jo, der eigentlich stark wie ein Bär war, hatte alle Mühe und musste sich gegen die Tür der Hafengaststätte stemmen, um sie zu öffnen. Denn diese wurde von dem Sturm an ihren Platz gedrückt. In der Kneipe herrschte reger Andrang, fast jeder hatte sich hier vor dem Sturm verkrochen. Nicht nur Fernfahrer, die darauf warteten endlich auf die Fähre zu fahren, sondern auch Urlauber. Meist waren es Rentner oder auch Familien mit kleinen oder noch nicht schulpflichtigen Kindern. Der Geräuschpegel im Inneren war ohrenbetäubend als sie es endlich geschafft hatten hinein zu kommen. An den beiden Kassen bildeten sich lange Warteschlangen. Josefine und ihre Mannschaft durch schlenderten die einzelnen Essensausgabebereiche um sich einen Überblick zu verschaffen, was man hier alles so anbot an Speisen. Jo und Josy standen gerade neben einem älteren Herrn, der heftig in einem Gulaschsuppentopf herum fischte. Was Josefine etwas merkwürdig vor kam. Auch Jo fand die ganze Angelegenheit komisch. Er wollte sich gerade bei dem Herrn beschweren, dass auch andere noch an den Gulaschtopf wollten. Als der Mann seinen Kopf zu Jo drehte und nuschelte: „Mein Gebiss ist in den Topf gefallen. Könnten sie mir vielleicht behilflich sein, dies dort heraus zu holen?“. Jo und Josy dachten sich im ersten Moment verhört zu haben. Doch so wie es aussah, stimmte es, als Jo einen Blick in den Topf warf und dabei amüsiert grinste. Er schnappte sich den Suppenlöffel und versuchte ebenfalls sein Glück, das Gebiss einzufangen. Was nicht gerade einfach war, jedes mal wenn er meinte, es in der Kelle zu haben, schlüpfte es wieder herunter als er den Suppenlöffel anhob. Josy konnte nur grinsend daneben stehen und mit ihrem Kopf schütteln. Als dann auch noch Björn zu ihnen trat und blöd fragte, ob Jo was in die Suppe gefallen sei, erhielt er von ihm einen finsteren Blick. Kurz darauf lachte er aber schallend laut auf, als Josefine ihm leise steckte, das Jo ein Gebiss im Suppentopf suchen würde. Das laute Lachen von Björn ließ auch die anderen Kerle neugierig näher kommen. Auf die Frage von Igor, was Jo da tat, sagte Björn laut lachend. „Er sucht sein Gebiss.“. Im gleichen Moment zog Jo die Schöpfkelle hervor und grinste über beide Backen. Denn er hatte es endlich geschafft, den verlorenen Gegenstand einzufangen. Der ältere Herr wollte gerade danach reifen, als Björn ihn davon abhielt und ihn frech dabei angrinste. „Einen Augenblick noch.“, sagte dieser und deutete Frank, das er ihm ein Suppenteller reichen sollte. Dieser streckte Björn Jo entgegen und forderte ihn auf das Gebiss dort hinein zu legen. Jo runzelte die Stirn dabei, er wusste nicht wieso Björn das Gebiss in dem Teller haben wollte, statt es seinem rechtmäßigen Besitzer zu übergeben. Darauf hin stapfte Björn mit dem Teller, in dem das Gebiss lag zur Kasse vorbei an den wartenden zahlenden Gästen. Er stellte den Teller direkt vor die Kassiererin, die darauf hin einen spitzen Aufschrei los ließ. „Eigentlich wollte ich mir Gulaschsuppe schöpfen. Ich wusste gar nicht, das Rindfleisch so merkwürdig aussieht.", sagte er Knochen trocken, konnte sich aber das Lachen kaum verkneifen. Dabei blickte er zu seinen Kumpels, die sich fast in die Hosen machten vor Lachen. Selbst der Besitzer des Gebisses lächelte schief. Kurz darauf kam jemand aus der Küche und blickte den mysteriösen Fund an. Mit hochrotem Kopf, nahm der Küchenchef den Suppenteller entgegen. Man merkte ihm wirklich an, das es ihm recht peinlich war. Er stammelte verlegen eine Entschuldigung und so manch anderes Unbrauchbares. Zusammen mit dem Teller verschwand er in die Küche. „Hey, wo wollen sie damit hin? Wir benötigen das Gebiss noch.", rief Björn dem Koch hinterher. „Und weg ist es.", meinte Armin, der zu ihm getreten war und ihm lachend einen Klaps auf die Schulter gab. Björn starrte noch immer in die Richtung in die der Küchenchef verschwunden war. Er zuckte mit den Achseln und lachte noch kurz auf. Bevor er sich zusammen mit Armin zu seinen Kollegen gesellte. Die immer noch fröhlich und ausgelassen glucksten, als sie ihn kommen sahen. Gleich darauf kam der Koch gefolgt von einem Jungen mit einem neuen Suppentopf aus der Küche. Josefine konnte es sich kaum vorstellen, dass der Junge diesen riesigen Topf schleppen musste. Er war ja noch fast ein Kind und der Topf war um einiges erheblich größer und auch schwerer als er. Oben drauf lag das Gebiss auf einem Teller, gereinigt und strahlte wieder Glanz aus. Noch bevor der Junge Mann seine schwere Last auf dem Tisch abstellen konnte, bekam er von einem Gast, der ihn übersehen hatte einen Schubs. Josefine schloss für einen Moment lang die Augen als sie das bemerkte. Und schon klirrte es, der Suppentopf wurde scheppernd auf dem Tisch abgestellt. Gleichzeitig bekam der Junge das Übergewicht, und wollte sich krampfhaft an dem Suppenkessel festhalten. Dabei flog der Teller auf dem das Gebiss lag mit Schwung scheppernd zu Boden. Jo knallte dabei das Gebiss in seine Fresse und die heiße Gulaschsuppe klatschte dem Chefkoch ins Gesicht und lief im Anschluss an ihm zäh fliesend hinunter, sodass sich die Suppe zu seinen Füßen auf dem Boden ausbreitete. Verärgert und lautstark fluchend griff der Chefkoch dem Jungen ans Ohr und zog ihn unsanft daran, sodass dieser laut aufschrie. Das war zu viel für Jo, der selbst heftige Schmerzen hatte im Gesicht, wegen der unsanften Landung des Gebisses. Hätte der Koch besser aufgepasst und den Jungen nicht belästigt, der dafür gar nichts konnte, hätte er Jo´s Faust vielleicht kommen gesehen, bevor sie mit seinem linken Auge zusammen traf. In dem Moment blitzte es auch noch draußen gefolgt von einem lauten Donnerknall. Er hasste es wenn man jemand etwas antat, der dafür nicht verantwortlich war. „Verdammte Scheiße! Was sollte das denn jetzt?“, fragte der Koch und blickte vom Boden, wo er ausgestreckt lag und sich das Auge hielt zu Jo hoch. „Der Junge kann nichts dafür, sondern der Kerl da hinten, er war es, der dem Jungen einen Schubs gegeben hat. Den Kerl sollten sie sich zur Brust nehmen und nicht ihn.“, sagte Jo aufgebracht und verärgert. Dabei deutete er auf einen Kerl am anderen Ende des Raumes. Der Junge blickte Jo immer noch verdattert an. Der Koch setzte sich auf und sein Auge schwoll bereits an. „Verdammt das tut weh.“, jammerte der Chefkoch. Jo hielt ihm die Hand hin und als der Koch danach griff, zog er ihn vom Boden hoch. „Ich hoffe, dass dies eine Lehre für sie war, dass man Kinder nicht so schwere Arbeit machen lässt.“, sprach Jo, jetzt schon wieder etwas ruhiger. Er hob das Gebiss vom Boden auf, pustete einmal kurz darüber und übergab es seinem rechtmäßigen Besitzer. Dieser fingerte auch sofort in seinem Mund herum und schob es an seinen Platz zurück. „Und weg ist es.“, gluckste Armin ein weiteres Mal. Während draußen der Sturm tobte, mussten Björn und Jo beim Essen so einige derbe Witze über sich ergehen lassen. „Zeigt mal eure Beißerchen, nicht dass sie schon wieder futsch sind.“, witzelte Percy und drückte Jo fest mit den Fingern in beide Mundwinkel und schon wurde wieder gegrölt, obwohl alle hundemüde und ausgelaugt waren. Ohne Vorwarnung öffnete sich plötzlich der Himmel und ein heftiger Wolkenbruch ging hernieder. In dem Moment, als sie sich auf dem Weg zu ihren Truck´s machten. Der Regen prasselte nur so auf sie ein und der Wind wehte so heftig, dass Josy sich an Björn festklammerte um nicht um gepustet zu werden. Es donnerte im Abstand von nur wenigen Sekunden. Komplett durchnässt stiegen sie in ihre LKWs und mussten sich zuerst einmal trockenlegen. Der Regen peitschte gegen die Scheiben, Donner grollte und Blitze erhellten den Himmel. Josefine lag schon im Bett und lauschte dem Regen, der gegen die Bordwand schlug und den Truck kräftig durchschüttelte. Björn gähnte auf, als er zu seiner Frau in die Koje schlüpfte. Er schob den Arm unter ihrem Kopf durch und schlang die Bei-

ne um ihre. Küsste sie noch einmal zärtlich und kurz darauf ging sein Atem tief und gleichmäßig. Auch Josefine fielen die Augen zu, sie seufzte noch einmal leise auf, bevor auch sie in den dringend benötigten Schlaf fiel.
Gegen acht Uhr Morgens, schossen Josefine und Björn erschrocken hoch aus dem Schlaf, denn jemand hämmerte brutal gegen ihr Fahrerhaus und brüllte wie ein Basserker draußen vor ihrem Fahrzeug herum. Schnell kletterte Björn aus dem Bett um nachzusehen, was da draußen vor sich ging. In dem Moment als er die Vorhänge beiseite schob, erblickte er Jo, der neben dem Nachbar Truck von Armin und Igor stand und auch diese durch wildes lautes Klopfen weckte. Björn ließ die Scheibe herunter „Guten Morgen du Nervensäge.“, sagte er noch ziemlich verschlafen und seine Haare standen in alle Himmelsrichtungen von seinem Kopf ab. Auch bei Armin und Igor regte sich langsam etwas im Truck. „Bist du völlig Bläm bläm? Am frühen Morgen so einen Radau zu machen.“, beklagte sich Armin und gähnte genüsslich zum Fester hinaus und zeigte Jo einen Vogel dabei. „Morgen Björn.“, grüßte Armin ihn durchs Fenster. „Hat er euch auch aus dem Bett geworfen oder seid ihr von alleine aufgewacht bei dem Krach, den der Dicke da veranstaltet?“, erkundigte sich Armin und rieb sich genüsslich in den Augen. Er streckte sich und hinter Armin fluchte eine Stimme auf Russisch. „Oh entschuldige Igor, ich wollte dich nicht verletzen.“, sagte Armin, denn er hatte Igor seinen Fuß in die Seite gerammt. Als er sich auf dem Beifahrersitz kniete und hin und her wippte, um eine gute bequeme Stellung einzunehmen. Ohne auf Björn´s und Armin´s morgendliches Getratsche zu achten, zischte Jo den beiden Männern zu: „In fünf Minuten können wir auf die Fähre auffahren, gefrühstückt wird an Bord.“ Und schon verschwand er zu den nächsten beiden Truck´s, dort machte er mit seiner Weckaktion weiter. Auch bei diesen beiden Truck´s war er nicht sehr willkommen. Percy hätte ihm am liebsten seine volle Wasserflasche über den Kopf geschüttet, weil man ihn so unsanft weckte. Genau sieben Minuten später rollten die Truck´s über die Auffahrt in den Bauch der Fähre. Jo bildete das Schlusslicht mit seinem LKW. Doch in dem Moment als er über die Rampe fuhr, machte es einen lauten Knall und Nils streckte verwirrt über den Krach den Kopf aus seinem Fenster. „Scheiße“, fluchte der General, denn das aller letzte was sie jetzt gebrauchen konnten, war ein platter Reifen. Jo konnte keine Rücksicht auf den Platten nehmen, er

musste an Bord fahren, um den nachfolgenden Fahrzeugen Platz zu machen. Er parkte seinen Truck auf der ihm zugewiesenen Stelle und im Anschluss begutachtete er den Schaden am Reifen, der natürlich hinüber war und nicht mehr zu gebrauchen. Wäre der Auflieger des Truck´s leer gewesen, hätte man den Reifen vielleicht noch retten können. Aber da sie voll überladen hatten, sah es nicht gut aus für den Reifen und auch nicht für Jo und Nils. Denn solange man die Fähre belud, hatten sie noch die Gelegenheit einen Ersatzreifen zu montieren. Was schon vor dem Frühstück mit purem Muskeleinsatz verbunden war. Sie wurden gerade fertig mit dem Reifenwechsel, mit Hilfe von allen. Als auch schon die Schiffsarbeiter kamen um den Truck zu sichern für die Überfahrt. Diese würde heute nicht sehr schön werden. Obwohl der Sturm nachgelassen hatte, war die See doch noch verdammt rau und der ein oder andere Passagier würde sicherlich die Reeling aufsuchen. Oder gar von dem WC nicht mehr runter kommen. Diesmal waren es Josefine und Armin, die von den Kerlen während des Reifenwechsel auf die Schippe genommen wurden. Jo meinte doch glatt, dass die beiden für ihn den Reifenwechsel durchführen sollten. Denn sie hatte ja schon sehr viel Übung darin. Obwohl es zwar schon lange her war. Armin hängte sich bei Josefine ein und zeigte Jo einen Vogel. „Von wegen, uns hat auch damals keiner geholfen, mach dein Scheiß selber. Wir gehen jetzt frühstücken.“, meinte Armin und buxierte Josefine zum Ausgang, der auf die Decks führte. Jo konnte den beiden nur hinterher starren. „Na komm schon Alter, das wird doch für uns kein Problem sein.“, meinte Nils gutgelaunt und reichte Jo das Radkreuz. Während der Rest der Kerle um sie herumstanden und vor sich hin gluckstenden.
Armin und Josy standen vor dem reichhaltigen Frühstücksbüfett, das Jo schon im voraus zusammen mit der Überfahrt gebucht hatte. Es gab wirklich alles was das Herz begehrte. Vom frischen Brötchen, über Knäckebrot, das mit leckeren Köstlichkeiten belegt war. Josefine wusste gar nicht, wo sie zuerst anfangen sollte. Selbst Elchfleisch erblickte sie auf einer Platte angerichtet. Sie überlegte sehr lange, was sie sich auf ihren Teller legen sollte. Schlussendlich entschied sie sich für das normale klassische übliche Frühstück so wie sie es gewohnt war. Und dazu eine Tasse Kaffee. Denn sie wusste nicht, ob sie das Frühstück bei sich behalten würde bei dem Seegang, der gleich auf sie zukommen würde und auch wegen ihrer

Schwangerschaft. Die Übelkeit hatte zwar in den letzten Tagen etwas nachgelassen, aber ganz konnte sie es noch nicht ausschließen. Armin hingegen belegte sich seinen Teller mit Elchfleisch und frischen Heringen. Dazu wählte er zwei Brötchen und ebenfalls eine Tasse Kaffee. Inzwischen trudelte auch nach einander der Rest der Truppe ein, die sofort das Frühstücksbüfett stürmten. Ohne sich auch nach Armin und Josefine umzublicken an welchem Tisch sie sich niedergelassen haben zum Frühstücken. Grinsend kam Björn an den Tisch der Beiden mit einem überfüllten Frühstückstablett. Darunter war auch ein Ei - musste Josefine mit Entsetzen feststellen. Armin, der ihren Gesichtsausdruck sah, meinte fröhlich: „Wird schon schief gehen.“, hinter vorgehaltener Hand zu Josy. Doch auch sie gluckste auf, als Björn sich setzte und sein Ei in die Hand nahm um es zu köpfen. Sie riss sich die Hände vors Gesicht und schielte durch ihre Finger hin durch. Lange hielt sie den Atem an, was würde gleich passieren. „Plopp“, machte es und das Ei war geöffnet, ohne Schwierigkeiten. Björn grinste stolz zu seiner Frau. „Hattest du etwas Angst? Dass ich das nicht hinbringe.“, neckte er Josy ganz gelangweilt. Griff nach dem Salzstreuer und ein weiteres Mal machte es „Popp“. Die Kappe des Salzstreuers sprang herunter und das ganze Salz landete auf Björn´s Frühstücksei. Armin und Josy prusteten darauf hin los. „Du bist so ein Tollpatsch.“, sagte sie schallend lachend. Auch Frank lachte schallend, denn er war gerade zu den dreien an den Tisch getreten. Glucksend reichte er Björn ein neues Ei. Der darauf hin Frank verdutzt anblickte. „Na nimm schon, ich habe mir schon was dabei gedacht, das ich zwei Eier genommen habe.“, scherzte Frank mit dem Ei in der Hand. Nach dem Frühstück schlenderte Josefine Hand in Hand mit Björn über das Deck des Schiffes und nahmen dies genauer unter die Lupe. Sie kamen an verschiedenen Shops vorbei, an einer Bar, die aber noch geschlossen war. An einem großen Spielzimmer für die kleinen Gäste, die dort sich fröhlich austoben konnten. Sogar ein reizend eingerichtetes Café fanden sie genau vorne im Bug. Josefine hätte sich auch gerne im Außenbereich aufgehalten. Aber es stürmte noch immer und das Schiff kämpfte sich durch die hohen Wellen. Von der die ein oder andere sogar gefährlich hoch am Schiff kam und alles überflutete. Schon vor dem Auslaufen, wurden die Gäste darauf hingewiesen, sich nur innerhalb des Schiffes zu bewegen aus Sicherheitsgründen. Doch es gab wie immer auch hier ein Paar unvernünftige Leute an Bord, denen dies augenscheinlich egal war. Nach mehr als sechs Stunden Überfahrt erkannte man von Weitem die Küste von Schweden. Jetzt ging es mindestens noch eine weitere Stunde, bis sie in den Hafen einlaufen würden. Erst nachdem das Schiff angelegt hatte, würden sie zu ihren Truck's kommen. So hatte es Armin ihr beim Frühstück mitgeteilt, der ja ein alter Haudegen war, was Top Secret an ging.

Nachdem das Fährschiff angelegt hatte wurden die Passagiere zu ihren Fahrzeugen gelassen. Normalerweise sollte man meinen, dass es hier im Bauch des Schiffes hektisch zugehen würde. Weil jeder schnellst möglichst zu seinem Fahrzeug wollte. Aber mit Nichten. Die Passagiere benahmen sich vorbildlich, denn jeder wusste, dass es nicht so schnell gehen würde bis man ein Zeichen bekommen würde um von Bord zu fahren. Armin und Igor waren die ersten, die von Bord fuhren, gefolgt vom Rest. Jo und Onkel Nils machten das Schlusslicht. Der Hafen war so riesig, dass sie tatsächlich eine geschlagene Stunde brauchten, um sämtliche Docks und Terminals hinter sich zu lassen. Bevor es hieß ab auf die Schwedischen Straßen in ein sehr dünn besiedeltes Land. Von dort aus würde Jo wieder die Truppe anführen. Ihre Truck's hatten sie zuvor noch alle bis zum Rand aufgetankt. Von nun an lagen weitere zweieinhalb Tauschend Kilometer vor ihnen, bis sie ganz oben im hohen Norden ankommen würden. Weit waren sie noch nicht gekommen, als sich Armin über den Funk meldete: „Green Horn ruft Big Daddy.". Lange Zeit hörte man nur ein Rauschen. Noch einmal probierte es Armin über den Funk: „Green Horn ruft Big Daddy. Verdammt Jo halt deinen Truck an. Irgendetwas stimmt mit deinem Auflieger nicht.", fluchte Armin in den Funk. Doch der Funkspruch blieb unerwidert. Armin griff zu seinem Handy und wählte eine Kurzwahl. Nach dem sechsten oder siebten Klingelton ging dann Jo endlich an den Apparat. „Wer stört mich bei meinem Schönheitsschlaf?, sagte eine sehr verschlafene Stimme zu Armin. „Halt sofort den Truck an! Dein Auflieger qualmt wie ne Dampflok.", rief Armin nervös ins Telefon. Igor kramte hinter seinem Sitz herum und zog auch schon einen Feuerlöscher hervor. Als Jo's Truck dann endlich zum Stehen kam, stürmte Igor aus dem Truck und hielt den Feuerlöscher auf die qualmende letzte Achse des Aufliegers. Auch die übrigen Truck's waren in der Zwischenzeit auf dem Seitenstreifen zum Halten gekommen. Auch sie hatten den Qualm bemerkt, sogar Josefine und Björn, die als letztes fuhren. Jeder Beifahrer sprang aus den LKW bewaffnet mit einem Feuerlöscher. Um zu Hilfe zu eilen, falls noch mehr benötigt wurden. „Verdammt Nils, schon mal was davon gehört, dass man auch hin und wieder mal einen Blick in den Außenspiegel wirft. Vor allem wenn man weiß, dass die Fracht mehr als überschwer ist? Und wieso gehst du nicht an den Funk, wenn man euch ruft?“, zischte Armin verärgert, als Igor den Qualm unter Kontrolle gebracht hatte. Nils zuckte mit den Achseln. „Ich dachte mir nichts dabei, denn du hast ja Jo über den Funk gerufen und nicht mich.“, meinte er verlegen und kratzte sich dabei am Kopf. „Oh ich glaube es nicht!“, brüllte Armin, der eigentlich immer der Ruhige war, er riss die Hände in die Höhe und drehte sich dabei einmal um die eigene Achse. „Was jetzt?“, fragte Percy in die Runde. Ivan prüfte mit der Hand, wie heiß die Achse vom Auflieger noch war. Da er sie nicht mehr für all zu heiß empfand, kletterte er unter den Auflieger, um sich einen Überblick zu verschaffen, wie schlimm der Schaden war. Alle hörten wie Ivan mit der Hand gegen die Achse oder sonst wo hin klopfte. Plötzlich fing er an zu fluchen unter dem Auflieger und wandte sich in russisch an Igor. Der daraufhin anfing zu lachen. „Ivan meinen Schaden nicht so schlimm. Er kann reparieren, benötigt aber Werkzeug.“, sagte Igor breit grinsend. Schnell holte Jo aus einem Staufach des Truck´s eine Werkzugkiste und schob sie geöffnet zu Ivan unter den Truck. Sie hörten wie Ivan in der Werkzeugkiste herum wühlte, um das passende Werkzeug zu finden. Alle blickten neugierig auf den Auflieger. „Wenn Ivan sagen, er kann reparieren, das gehen dann. Wir haben oft reparieren müssen unser Truck.“, sprach Igor in die Runde. Erneut drangen russische Flüche unter dem Auflieger hervor. Plötzlich wurde die Werkzeugkiste hervor geschoben und Ivan krabbelte unter dem Auflieger hervor. Er grinste breit über das ganze Gesicht. „Jo was du machen bei Nacht unter Auflieger?“, fragte er amüsiert. Jo zuckte mit den Achseln. „Nichts wieso?“, hackte er nach. „Oh du lügen, was du machen bei Nacht unter Auflieger? Ich haben hier Beweis.“, meinte Ivan und versuchte den Stofffetzen, den er in seinen Händen hielt zu entfalten. Jo schnappte hörbar nach Luft, Björn beamte es fast von der Straße, als er erkannte was der Stofffetzen einst war. Armin schlug sich grölend eine Hand auf die Stirn. Percy und Felix machten sich fast in die Hose vor Lachen und Frank schlug Jo so fest auf den

Rücken, dass er beinahe mit dem Kopf gegen die Ladebordwand knallte. Josefine, musste sich setzten, sie konnte nicht mehr stehen und wischte sich mit dem Handrücken die Lachtränen aus dem Gesicht. „Truck wieder ok, du können weiterfahren.“, meinte Ivan und drückte Jo amüsiert den Stofffetzen in die Hand, der ursprünglich einmal ein Damen-BH in mindestens DDD war. Jo und Nils standen immer noch wie bedeppert vor dem Auflieger und konnten kaum glauben, was man ihnen da übergeben hatte. „Was ist los? Können wir endlich weiter.“, fragte Armin amüsiert, dabei fuchtelte er wild mit den Händen herum, das alle wieder zu ihren Truck´s gingen. Sie waren noch keine fünf Meter gerollt, und schon wurde wieder heftig über den Funk geplappert. „Hey Big Daddy, wo hast du das Busenwunder aufgegabelt?“, gluckste Felix in den Funk. „Ich hoffe das Plätzchen war wenigstens bequem heute Nacht.“, grölte Frank in den Funk hinein. „War bestimmt ganz schön zugig da unten.“, feixte Armin. Auch Björn konnte sich nicht zurück halten. „Jungs ist doch egal, Hauptsache flachgelegt.“, meinte er amüsiert. „Nix er haben Tutsi flachgelegt, sondern Frau ihn. BH von Frau oben eingehängt in Feder, also er unten.“, kicherte Ivan und sorgte für eine Lachsalve der Männer. Josefine saß auf dem Beifahrersitz und konnte sich kaum auf ihre Arbeit am PC konzentrieren. So scherzten die Männer mit einander. Sie schüttelte mit dem Kopf. „Wieso meint ihr eigentlich alle, dass es Jo war und nicht doch vielleicht Onkel Nils?“, kicherte sie und lachte noch mehr auf, als sie den verstohlenen Blick ihres Mannes erkannte. Björn legte den Kopf in den Nacken und lachte laut los. Danach griff er zum Funk. „Jungs, Josy meinte gerade, woher wir wissen, dass es Jo war, der heute Nacht am Baggern war. Sie würde eher auf ihren Onkel tippen.“, plapperte Björn in den Funk hinein. Jetzt grölten alle und im Hintergrund hörte Josefine. „Pass auf, die Retourkutsche kommt.“. Von ihrem Onkel, der fröhlich über den Funk hickste. „Hast du eine Kröte verschluckt Nils?“, erkundigte sich Percy durch den Funk. Es raschelte ein Paar mal bevor es hieß: Nee, den plagt der Hering von heute Morgen.“. Und schon wieder wurde gejohlt. „So Schluss jetzt, ich hau mich noch eine Stunde aufs Ohr.“, sprach Jo in den Funk um seinem Team diesmal mitzuteilen, wo er sich befand. „Angenehme Träume, vergiss deine Trophäe nicht.“, meinte Björn amüsiert zu seinem Kumpel Jo. Was wieder eine Lachsalve auslöste. Nach dem sich Jo über den Funk abgemeldet hatte, wurde es wieder ruhiger. Nur noch hin und wieder hörte man etwas von den Kerlen. Gerade als sie durch ein riesiges Sumpfgebiet mit schier endlosen Wäldern fuhren. „Hey Hallo, kann mir jemand sagen, was das für ein komisches gelbes Schild mit so einem kriechendem Tier drauf mit Hörnern ist?“, erkundigte sich Armin glucksend bei seinen Kollegen. „Du Depp, das ist kein kriechendes Tier, das ist ein Elch Green Horn.“. Björn kicherte auf, denn diesmal passte Armin´s Funkname voll zu ihm. „Hey Green Horn, halte hübsch die Augen auf, vielleicht klopft ja der König der Wälder persönlich bei dir am Truck an.“, zog Björn Armin auf. „Hey Ghost Rider, anklopfen wäre mir nicht so angenehm, aber vielleicht winkt er mir ja.“, scherzte Armin über den Funk. Und schon ging wieder eine wilde Diskussion über Elche los. Jeder gab seinen Senf dazu und wusste es noch besser. „Hey Big Mama, setzt mal Kaffee auf. In ein paar Kilometer kommt ein lauschiges Plätzchen. Elchhäufchen wäre auch nicht schlecht zum Kaffee.“, hörte Josefine die Anweisungen von Frank. Seufzend erhob sie sich und stellte den Laptop zur Seite. Sie griff zum Funk „Hey Shadow Elchhäufchen habe ich leider keine im Angebot - nur Schokomuffins.“. Und schon verschwand sie nach hinten um Kaffee aufzusetzen. Die ersten Tassen waren gerade durchgelaufen, als sie Halt machten auf einem Parkplatz, der nicht ganz fünfundzwanzig Meter vom Wasser entfernt war. Während Björn alle mit Kaffee und mit Elchhäufchen versorgte laut Frank, stellte sie eine weitere Kanne auf, bevor auch sie sich zu den Männern gesellte. Langsam begann es zu Dämmern aber trotz allem war die Aussicht in allen Richtungen grandios. Die letzten Sonnenstrahlen ließen den spiegelglatten See vor ihnen noch einmal so richtig aufleuchten. Josefine wusste ganz genau, dass Schweden eine reizvolle Landschaft hatte. Oft war sie als Kind mit ihren Elten und Großeltern unterwegs hier oben. Nach einer kurzen Kaffeepause ging es mit einem Fahrerwechsel dann weiter. Jo hatte vorgeschlagen, dass sie noch etwa zweihundert Kilometer fahren würden, um sich dann sich zur Nachtruhe zu begeben. Was nützte es in der Nacht hier durchzufahren, obwohl die Straßen leer waren. Aber sie hatten heute schon genug Aufregung gehabt. Josefine klemmte sich hinter das Steuer und ratterte die zweihundert Kilometer herab. In dieser Zeit bereitete Björn hinten in ihrem Truck eine zünftige Mahlzeit vor für alle, die sie einnahmen nach dem sie angekommen waren.

Nach dem alles restlos verputzt, abgewaschen und wieder ordentlich verstaut war, begaben sich die Fahrer gegen ein Uhr morgens ins Bett. Björn hatte die Hände verschränkt hinter dem Kopf und lehnte am Kopfende des Bettes. Während Josefine sich Bett fertig machte und Björn verstohlen durch die Wimpern anblickte, meinte sie, dass er sie intensiv beobachtete. Noch immer brannte ihm eine Frage auf seinen Lippen, auf die er schon seit Tagen neugierig war. Aber irgendwie kam jedes Mal etwas dazwischen, um diese zu stellen. Entweder schlief seine Frau tief und fest oder war sie am telefonieren. Und gestern Nacht vor der Überfahrt waren sie einfach nur platt. „Liebling, was hast du am Morgen auf der Mauer in Spanien mit Jo gesprochen?“, fragte er seine Frau neugierig, denn es konnte nur so sein, dass der plötzliche Sinneswandel von Jo durch ein Gespräch mit ihr her stammen konnte. „Wieso willst du das wissen?“, stellte sie ihm eine Gegenfrage und schlüpfte zu ihm unter die Bettdecke. „Hmm, weil es mich interessiert.“, antwortete er und zog sie zu sich her, um ihren Kopf auf seine Brust zu legen. Josefine begann mit seinen blonden Brusthärchen zu spielen. „Über alles mögliche.“, flüsterte sie an seine starke Brust. „Aber wieso interessiert dich das so sehr?“, fragte sie noch einmal. Sie merkte wie Björn´s Brust sich leicht anfing zu beben. „Weil es irgendwie komisch ist. Seit ich euch beide da auf der Mauer sitzen sah, ist Jo wie ausgewechselt. Also los, raus mit der Sprache, was hast du zu ihm gesagt, was so ein schnellen Sinneswandel zur Folge hatte?“, sagte er leise aber bestimmt und küsste sie zärtlich. „Nicht viel, wir haben über Gott und die Welt geplaudert. Über uns beide und was die Zukunft bringt.“. Björn nickte unzufrieden aber es bohrte ihn noch immer, dass Josefine ihm so elegant ausgewichen war. Deshalb bohrte er weiter, um noch mehr zu erfahren. „Und was genau?“, Josefine verdrehte die Augen. „Er hat mich gefragt, ob ich dich wirklich liebe.“, hauchte sie an seine Lippen. „Und was hast du ihm darauf hin geantwortet Liebling?“. Josefine hob den Kopf und klatschte ihre Hand auf seine Brust. „Verdammt noch mal, soll das ein Verhör werden? Natürlich habe ich ihm gesagt, dass ich dich liebe.“, äußerte sie trotzig. Björn grinste seine Frau herausfordernd frech an. „Autsch!“, stieß er hervor. „Er hat mich aber auch vor dir gewarnt.“. Björn zog eine Augenbraue nach oben. „Gewarnt? Wieso? Vor was?“, fragte Björn sichtlich verwirrt und Josefine begann darauf hin zu kichern. „Weil du der garstigste Mann der Welt bist.“, antwortete sie ihm scherzhaft. „Bin ich das wirklich?“ Erkundigte sich Björn glucksend. „Ja, weil du mich nicht endlich küsst, sondern mich die ganze Zeit ausfrägst.“ Björn beugte sich zu ihr vor, zog mit seinen Händen sie zu sich und küsste sie zärtlich. „Wie lautete die Warnung Liebling?“, hauchte er an ihre Lippen. „Er meinte, ich solle mir nicht das Herz brechen lassen von dir, wenn du eines Tages zurück nach Island verschwindest.“. Björn lachte kurz auf. „Meinst du das würde ich wirklich tun. Ohne dich bin ich nur ein halber Mensch. Und außerdem habe ich nicht vor, mich von meiner Frau splitterfasernackt durch Akureyri oder gar Reykjavik scheuchen zu lassen.“. Josefine kicherte leise und bettete ihren Kopf wieder an seine Brust. Björn gluckste noch einmal auf. „Weißt du so was ähnliches hat er mir auch gesagt, als wir uns das erste Mal begegnet sind. Er wollte, dass ich mit dir fahre um auf dich aufzupassen.“. Björn hob die Hand und machte mit seinem Zeigefinger Jo nach. „Finger weg von der Kleinen, sie ist nichts für dich. Sie braucht einen starken Mann an ihrer Seite. Kein Idiot, der den Schwanz einzieht und abhaut, sondern einer der zu ihr steht und kein Arsch wie ihr Vater all die Jahre war.“. Josefine war plötzlich hell wach. Was hatte Björn da gerade gesagt? Sie fuhr hoch und starrte Björn an. Das Blut rauschte ihr durch die Adern, als wartete es darauf, dass etwas passieren würde und es passierte wirklich etwas. Björn konnte gar nicht so schnell reagieren, wie seine Frau aus dem Bett sprang, sich mit hochrotem Kopf anzog und ins Fahrerhaus kletterte. Björn, der zu spät Josefine´s Vorhaben bemerkte, warf die Bettdecke zur Seite und hechtete ihr hinter her über das Bett um sie aufzuhalten, doch seine Hände griffen ins Leere. Josefine war eindeutig schneller. Fluchend schlüpfte er in seine Jeans, ohne darauf zu achten, das er kein Shirt an hatte und Barfuß war. „Josy Himmel Herrgott, was hast du vor? Ich hab doch nur gesagt......“. Sein Satz wurde von lautem Klopfen, Hämmern und hysterischem Geschrei gegen den Nachbar LKW unterbrochen. „Du verdammter Lügner, du Drecksack, mach auf du Schweinehund. Ich kastriere dich bei lebendigem Leib du Arschkricher. Verflucht mach endlich auf du dreckiger Bastard, du ausgelutschter Asphaltcowboy. Hast du gehört du Auspufflutscher.“, schrie Josefine so laut, dass sich auch in den anderen LKWs gehört wurde. Zitternd vor Wut und mit geballten Fäusten trommelte sie weiter gegen Jo´s Trucktür. Von innen öffnete Jo verschlafen die Tür. „Kleines, was ist den los?“ Begann er, wurde aber von einer gezielten

Ohrfeige unterbrochen. „Klatsch!“, direkt auf die Wange. Jo wusste nicht, wann er das letzte Mal so überrascht worden war. „Du, du, du bist mein Vater, stimmt´s.“, schrie sie ihn wütend an. Sie erhob erneut die Hand, doch Jo hatte jetzt genug. Er überrumpelte Josefine so schnell in dem er mit einem Satz aus seinem LKW sprang, ihr Hände ergriff, diese über ihren Kopf festhielt, sie herum schleuderte und sie gegen die Ladebordwand presste, die sich jetzt hinter ihr befand. „Halt die Klappe Josefine und hör in Gottesnamen auf dich hier wie ein Basserker aufzuführen.“, brüllte er sie wütend an. Er hielt ihre Arme eisern fest und sah ihr starr in die Augen. „Also stimmt ´s.“, schrie sie erneut zurück und versuchte sich aus seinem eisernen Griff zu winden. Er drückte ihre Hände wieder gegen die Ladebordwand und lehnte sich in voller Länge gegen sie. Herausfordernd sah er Josefine an. Dieses elende Grinsen umspielte immer noch seine Lippen. Er hob eine Augenbraue und sein Blick war so provozierend, dass sie ihm am liebsten eine weitere Ohrfeige gegeben hätte, wenn sie gekonnt hätte. Björn, der gerade nur bekleidet mit einer Jeans aus dem Führerhaus kletterte, hätte am liebsten schützend den Arm um seine Frau gelegt, um ihr Halt zu geben. Josefine schien seinen Blick gespürt zu haben, denn sie sah ihn aus dem Augenwinkel an. Noch immer versuchte sie sich aus Jo´s Klammergriff zu befreien. Sie trat mit den Füßen und fauchte ihm unfreundliche Worte zu. „Jo, lass sie los.“, mischte sich Björn mit einer ruhigen Stimmlage ein. Er wusste aus Erfahrung, das er Jo nur noch mehr reizen würde, wenn er ihn anschrie. So war es besser die aufgewühlten Gemüter zu beruhigen. Jo wandte den Kopf in Björn´s Richtung. „Halt dich da raus Junge. Das ist eine Sache zwischen Josefine und mir.“, zischte er Björn böse an. Armin schüttelte mit dem Kopf als er merkte, dass Björn etwas erwidern wollte. In der Zwischenzeit stand die komplette Mannschaft im Halbkreis um Jo und Josefine, die sich immer noch angifteten. Jo drückte erneut ihre Hände und ihre Finger waren eiskalt. Josefine atmete mit kurzen, schnellen Atemzügen und ihr Kopf war gesenkt. Ihr Mund wurde so trocken, dass sie nicht schlucken konnte. Sie atmete tief ein, ermahnte sich selbst zur Ruhe und Vernunft, doch es gelang ihr kaum. Sie war so wütend und verärgert auf den Mann, der vor ihr Stand und sie ein Leben lang angelogen hatte. „Sieh mich an.“, brüllte Jo sie an. Als Josefine mit Tränen in den Augen zu ihm aufblickte, verlor sie sich in seinen wohlbekannten dunklen Augen.

Jo war ebenfalls wie Josy immer noch sehr aufgebracht. „Ja, ja verdammt noch mal, ich bin dein Vater. Und ein sehr stolzer obendrauf.“, schrie er sie an. Josefine musste schlucken. „Ja, verdammt ich war sogar bei deiner Geburt dabei. Was glaubst du, wie stolz ich war, als man mir dich nach dem Baden in die Arme gelegt hat. Ich musste damals deiner Mutter versprechen, dass ich es dir nie sagen werde. Kannst du dir vorstellen, wie schockiert ich war, als sie mir sagte, sie würde dich Josefine nennen, denn ich wusste, dass der Name irgendwann mit mir in Verbindung gebracht wird.“. Percy nickte. In dem Moment ging ihr ein Licht auf. „Ihr wusstet alle davon?“, schrie sie die Männer an und blickte von Mann zu Mann. Alle schüttelten den Kopf. „Nein zu anfangs nicht, wir ahnten es nur. Aber keiner von uns sprach es öffentlich aus. Richtig bestätigt wurde unser Verdacht erst, als Armin im Suff es einmal ansprach. Jo ´s Faust landete direkt in seinem Gesicht.“, sagte Percy und Armin nickte zur Bestätigung, er griff an seine Nase und wackelte daran, so als ob sie von dem Schlag den Jo ausgeführt hatte damals immer noch einen Schaden hatte. „Ja Josy, ich war immer stolz auf dich, wie es ein Vater nur sein konnte. Weil sein Mädel alles schaffte, was es anpackte. Dein Abi, deine Trucker Rennen und vieles andere. Nur zweimal hast du mich so wütend gemacht und enttäuscht. Das einmal, wo du zu mir gekommen bist und gesagt hast, du hättest meinen Rat befolgt und dem Jungen aus der neunten Klasse eine aufs Maul gehauen und ich sollte mit dir um Rektor mit kommen, weil du es deinen Eltern nicht sagen wolltest. Das andere Mal, als du mit der hirnrissigen Idee gekommen bist, Geologie zu Studieren um Geologin zu werden. Ich weiß bis heute noch nicht, wer dir diesen Floh ins Ohr gesetzt hat.“, zischte er mit zusammen gepressten Zähnen und hörte ein Räuspern von Percy hinter sich. „Ich glaube daran bin ich schuldig.“, gestand er leise und Jo drehte ganz langsam den Kopf zu Percy. „Du?“, fragte er stirnrunzelnd doch Percy nickte „Ja, wir waren damals in der Gegend vom Vesuv unterwegs, als wir bei einem kurzen Stopp ein paar Geologen über die Schulter blicken durften. Man war unser Juwel damals aus dem Häuschen. Sie fragte den Geologen geradewegs Löcher in den Bauch. Ich glaube die waren ganz schön genervt von der vielen Ausfragerei. Bestimmt waren sie froh, als wir weiter fuhren.“, sprach Percy leise an Jo gewandt. Jo wandte sich wieder an seine Tochter. „Verdammt Josefine was glaubst du, warum ich in all den Jahren nie dein

Lieblingsspielzeug abgenommen habe?". Josefine blickte in mit großen Augen an. „Verflucht nochmal, du siehst mir so verdammt ähnlich, das war die einzige Tarnung die mir geblieben war. Was glaubst du warum die Leute immer gefragt haben wenn wir unterwegs waren, ob du meine Tochter bist? Trotz des Bartes sahen sie eine Ähnlichkeit. Du kannst mir glauben, dass es mir jedes mal fast das Herz zerriss, wenn ich sagen musste nein, sie ist die Tochter des Bosses. Nur allzu gerne hätte ich gesagt ja sie ist meine Tochter.". Josefine bebte noch immer am ganzen Körper als sie Jo´s Geständnis vernahm. Sie wusste allerdings nicht ob das Zittern von der Wut kam, die sie auf diesen Mann der sie ein Leben lang angelogen hatte, beruhte, oder ob es aus Freude war, dass das was sie sich als Kind schon immer sehnlichst gewünscht hatte, wahr geworden war. Ihr sehnlichster Wunsch war es schon immer, dass nicht Karl ihr Vater war sondern Jo. Josefine wollte Jo eine Frage stellen, aber als sie es versuchte, krächzte ihre Stimme nur. Mehrere Male hintereinander musste sie sich räuspern. Als sie es endlich geschafft hatte, kam nur ein leises raues Kratzen über ihre Lippen. „Karl?" Jo schüttelte den Kopf, auch wenn Josy nur Karl über die Lippen gebracht hatte, wusste er genau was sie ihn fragen wollte. „Er wusste, dass du nicht sein Fleisch und Blut warst. Aber trotzdem hat er deine Mutter geheiratet.". Diesmal war es Felix, der sich einmischte in das Gespräch der beiden. „Ich denke, auch er hatte eine Ahnung nach dem du auf der Welt warst, so wie wir alle auch. Aber so richtig bestätigt hatte er es erst bekommen, als Jo nach deiner Abreise nach Kalifornien sein Büro zerlegt hat, weil er es ihm verschwiegen hatte. Noch heute bin ich der Meinung, dass er damals Jo damit aus der Reserve locken wollte. Was ihm ja dann auch gelang.", brachte Felix mit einem frechen Lächeln auf dem Gesicht hervor. Josefine blickte ihren Vater irritiert an. „Du hast was?", zischte Josefine ihren Vater an. Dieser betätigte es durch ein Kopfnicken. „Ja, ich habe Karl´s Büro aus Wut zerlegt, weil er mich so hintergangen hatte.", bevor er weiter sprach. „Weißt du wie ich mich gefreut habe, Patricia nach der Scheidung ins Gesicht zu sagen, dass nicht ich das Problem habe, dass sie keine Kinder bekommen konnte, sondern sie? Weil ich den Beweis dafür jedes Wochenende sah, wenn ich nach Hause kam. Ich freute mich immer, wenn ein keiner Wirbelwind über den Hof rannte, um mich zu begrüßen. Nur alles was danach kam, die ganze Streiterei mit Patricia, auf das freute ich mich nicht. Ich war jedes mal froh, wenn es Sonntagabend war und ich wieder auf meinen Bock steigen konnte.“, sprach er mit einem leichten Lächeln auf dem Gesicht. Das aber sogleich wieder verschwand und ernst wurde. „Was glaubst du, wem du es zu verdanken hattest, dass du an deinem zwölften Geburtstag mit auf Tour gehen durftest? Nein nicht Karl, sondern Astrid, deine Mutter war es, die es von ihm verlangte. Auch ich war dagegen als sie es mir steckte. Aber sie beharrte darauf. Sie meinte wir sollten mehr Zeit miteinander verbringen. Kannst du dir vorstellen, warum Karl jeden Tag angerufen hat? Um herauszufinden ob wir Spaß miteinander hatten. Und als du ihm so vorgeschwärmt hast, was wir alles erlebt haben, hat er kurzer Hand beschlossen uns zu trennen, um mich auf die Russlandtour zu schicken. Weil er eifersüchtig war, er konnte dir nicht das bieten, was ich dir bot, weil er in der Firma gebraucht wurde.“, sprach Jo immer noch mit einer gewissen gereizten Tonlage. Josefine schluckte, sie war immer noch durch den Wind. Sie zwang sich zur Ruhe. Es war ein Schock, was Jo ihr da alles erzählte, obwohl sie es schon immer geahnt hatte. Sie wusste, das dies jetzt die richtige Gelegenheit war, Jo ebenfalls reinen Wein einzuschenken. Es würde nichts bringen, bis nach der Tour zu warten, wie sie und Björn es geplant hatten. Josefine blickte vorsichtig in die Männerrunde, bis ihr Blick bei Björn hängen blieb. Hilfesuchend sah sie ihn an. Björn begriff rasch was seine Frau plante. Er trat an Josefine heran, legte fest den Arm um sie und demonstrierte somit unmissverständlich sein Besitzrecht gegenüber Jo. Erst jetzt nahm Jo seine großen Hände von seiner Tochter weg. Sie zog Björn´s Duft ein, sein Griff um ihre Schultern wurde noch fester und für einen kurzen Augenblick schien es, als seien nur sie beide auf dem Rastplatz. Josefine, die sich in der Zwischenzeit etwas gefangen hatte sprach zu Björn: „Liebling, würdest du mir bitte die schwarze Mappe bringen.“. Björn nickte und nur zögerlich ließ er sie los. Armin, der sich vorstellen konnte was sich in der schwarzen Mappe befand, schloss für einen Moment die Augen. Also war es nun soweit, das die Beiden reinen Tisch machten bei Jo. Auch Nils hatte Armin´s Reaktion erkannt, kurz darauf kam Björn mit einer schwarzen Mappe zurück und übergab diese seiner Frau. Josefine atmete einmal tief durch. „Ich bin an meinem zwölften Geburtstag in eine Gruppe von Truckern aufgenommen worden. Mir wurde all die Jahre eingebläut, dass es in dieser Gruppe keine Geheimnisse geben würde und doch, wurde mir etwas verschwiegen. Ich habe immer zu euch allen aufgeschaut und euch vertraut.", klagte Josefine ihre Männer Armin, Felix, Percy, Frank und natürlich ganz besonderes Jo an. „Wisst ihr wie verarscht ich mir vor komme? Keiner von euch hatte je den Mumm in den Knochen gehabt, um mir dies zu sagen. Nicht einmal du Armin!", zischte sie ihren guten Freund an. Armin wollte protestieren, doch Josefine fuhr ihm über den Mund. „Halt die Klappe Armin ist besser so für dich. Das ändert nichts daran, dass auch du in dem Boot sitzt wie die anderen.", keifte sie Armin zu. „Ich werde keinen einzigen von euch fünf mehr vertrauen. Lasst das euch gesagt sein und wenn wir gerade von dem Wort Vertrauen sprechen.", dabei klopfte sie mit der Hand auf die schwarze Mappe, die sie immer noch vor ihrer Brust hielt. In der Hoffnung, dass sie so ihre zitternden Hände in den Griff bekam. „Bin ich mal gespannt, wie es mit eurem Vertrauen eurerseits aussieht. Ich habe hier drin Dokumente vorbereitet und verlange von euch, dass ihr diese blind unterschreibt, also ohne dass ihr wisst, was darin steht. Die einzigen beiden Männer, die das was es zu unterschreiben gilt lesen dürfen, sind Igor und Ivan, denn denen beiden werfe ich kein Verrat vor, so wie euch allen.". Josefine zog zwei Schreiben heraus und legte diese Armin vor. Mit durchdringendem Blick schaute sie ihn an. Er nickte, schnappte sich den Kugelschreiber, den Josefine ihm hin hielt, atmete kurz durch, sagte: „In Ordnung, wo soll ich unterschreiben? Auch wenn es mein Todesurteil sein wird.". Josefine tippte auf eine Linie. Im Anschluss entzog sie ihm die beiden Seiten, die er tatsächlich blind unterschrieb. Sie reichte ihrem Onkel die Mappe, damit er ihr behilflich war. Dann zog sie zwei weitere Schreiben hervor, die sie an Björn weiter reichte. „Ich möchte, dass du und Armin zusammen mit Ivan und Igor die Sache besprecht. Schließlich habt ihr beide das ausgetüftelt.", wies sie die beiden Männer an. Björn und Armin zogen Ivan und Igor ans Ende von Jo´s Truck, während die verbleibenden Männer den vier verdattert nachblickten. Percy, der immer noch wie gebannt zu den beiden Russen blickte und versuchte aus ihrem verwirrten Gesichtern zu lesen, bemerkte nicht, wie Josefine ihm auch den Kugelschreiber hinhielt. „Na Percy, wie sieht es mit dir aus?", sprach sie ihn an und konnte sich ein Grinsen nicht verkneifen. Er nahm Josefine den Kuli aus der Hand, aber bevor er seine Unterschrift darunter setzte rief er Armin noch zu: „Sag mal du Bastard, du weißt ganz genau was wir hier unterschreiben müssen.“. Doch Armin grinste Percy schulterzuckend an. „Sorry, tut mir leid, ich weiß selbst nicht was ich da unterschrieben habe. Ich wusste nur von dem hier.“, dabei wedelte er mit dem Papier, das er in seinen Händen hielt. „Aber mehr als ein Rauswurf aus der Firma kann es ja nicht sein.“, stellte er laut lachend fest und wandte sich wieder Ivan und Igor zu. Kopfschütteln unterschrieb Percy das Schreiben. Im Nachhinein überlegte er, ob es richtig war, dies zu tun. Aber Armin hatte Recht, mehr als ein erneuter Rauswurf konnte es nicht sein. Ebenso wie Felix und Frank, auch diese unterschrieben mit etwas merkwürdigen Gefühlen ihre Schreiben. Nur Jo zickte herum, aber darauf war Josefine gefasst. „Was soll das Kleine?“, knurrt er seine Tochter an. „Darf ich dich darauf hinweisen, dass du es warst, der mein Vertrauen am meisten missbraucht hat.“, sprach Josefine mit sehr fester Stimme. „Unterschreib!“, befahl sie hart zu ihm. Genervt seufzte er und zog ihr den Kugelschreiber aus der Hand. Bevor er ein weiteres Mal stutzig wurde und die Stirn runzelte. „Moment mal, wieso muss ich drei Unterschriften leisten?“, protestierte er prompt und Frank lachte laut los darauf hin. „Vielleicht, wirst du ja jetzt diese Rotzbremse in deinem Gesicht los.“, zog Frank ihn auf. Nils hielt sich den Bauch vor Lachen und schlug Jo auf die Schulter. „Na komm schon, setz endlich dein Zeichen darunter Alter.“, forderte er ihn auf, um seiner Nichte zur Hilfe zukommen. Dabei blickte er seinen alten Kumpel Nils komisch an. Er kratzte sich kurz an seinem Bart, bevor auch er brummend seine Unterschriften unter die drei Papiere kritzelte. In der Zwischenzeit waren auch Björn, Armin, Ivan und Igor wieder bei ihnen. Kopfschüttelnd und nach den richtigen Worten suchend blickte Igor seine kleine Trucker Lady an. „Josefine, Igor nicht können annehmen dies Angebot. Du viel zu Großzügig.“, sagte er mit Tränen in den Augen. Armin zog Josefine den Kugelschreiber aus der Hand. „Doch du kannst.“, konterte Armin und übte so auf Igor druck aus. „Den Truck den du fährst, ist der erste eurer Flotte. Vier weitere werden in den nächsten Wochen folgen.“, setzt Björn hinzu, und tippte mit dem Finger auf das Formular um ebenfalls nochmals etwas druck zu machen. Igor wischte sich die Freudentränen aus dem Gesicht. Unterschrieb und reichte den Schreiber an Ivan weiter. Auch der setzte seine Unterschrift unter dieses Formular. Igor stieß einen Freudenschrei aus, riss Josefine übermütig vor Freude von den Füßen und wirbelte mit ihr im

Kreis herum. „Falls es jemanden von euch entgangen sein sollte, die Firma Jansen & Partner ist soeben um eine Zweigniederlassung erweitert worden. Von nun an werden sich Igor und Ivan um die Russlandtouren kümmern.“, klärte Armin seinen Kollegen auf, als er in die verdutzten Gesichter blickte, die er als - ich verstehe nur Bahnhof - deutete. Als sie das hörten, jubelten sie begeistert auf und vor Freude umarmten sie die beiden Russen. Es dauerte eine ganze Weile, bis Josefine wieder zu Wort kam. Aber das spielte jetzt im Moment keine Rolle für sie. Denn auch sie war über glücklich, dass es geklappt hatte, dass sie Igor und Ivan mit ins Boot holen konnte. Auch sie kämpfte gegen die aufsteigenden Tränen an, die dieses fröhliche Szenario vor ihr bot. „So Onkel Nils, da du ein Außenstehender bist, möchte ich, dass du jedem einzelnen der fünf Männer vorließt, was sie vor wenigen Minuten unterzeichnet haben.“, begann Josefine so laut, dass es Armin, Percy, Felix, Frank und auch Jo hören mussten. Sie legte das erste unterschriebene Schriftstück von Armin in Nils Händen. Schnell überflog ihr Onkel dies. Seine Augen weiteten sich und kopfschüttelnd begann er laut los zu prusten. „Woow, das ist genial Kleines.“, sprach er lächelnd zu seiner Nichte, er räusperte sich, dabei blickte er frech grinsend zu Armin und begann vorzulesen. „Ich Armin Schmidtberger bestätige mit meiner heute geleisteten Unterschrift, dass dieses Schreiben nach unserer Rückkehr offiziell notariell beglaubigt werden kann.“. Armin´s Augen weiteten sich um ein dreifaches und er schluckte mehrere Male trocken. Nils setzte ab und grinste Armin an, der nervös von einem Fuß auf den anderen trat. „Nils, ließ weiter und spann mich nicht so auf die Folter. Was hat die Kleine da ausgeheckt?“. Josefine, Björn, Ivan, Igor und Nils lachten leise über Armin´s nervöses Herumgezappel. Onkel Nils räusperte sich noch einmal und grinste wieder frech Armin an. „Ich Armin Schmidtberger erhalte zehn Prozent von der Firma Jansen & Partner. Diese sind unverkäuflich, geschweige denn dürfen sie an außenstehende Personen weitergereicht werden. Mit meinem Ableben gehen automatisch die Anteile in Höhe von zehn Prozent an die Erben des Unternehmers zurück.“. Björn und Josefine konnten zusehen, wie sich Armin´s Gesichtsfarbe veränderte und er mehrere Male nach Luft schnappte, dabei sprangen seine Augäpfel fast aus seinem Gesicht. Erst als er so richtig begriff was er da gerade von Nils vorgelesen bekommen hatte, zeigte er Josefine den Vogel. Die nur noch am Kichern war über seine entsetzte Miene und sich beinahe weg beamte vor Lachen. „Hallo Partner.“, kicherte sie zwischen zwei Atemzügen und reichte Onkel Nils ein weiteres Schreiben, das an Percy gerichtet war. Auch diesmal lachte Nils, als er sah, dass auch Percy zehn Prozent der Firma Jansen & Partner erhielt. „Alle fünf?“, fragte er neugierig seine Nichte, die immer noch am Kichern war. Björn lüftete das Geheimnis und meinte: „Ja, alle fünf.“. Da Josefine durch ihre Lachen nicht mehr im Stande war zu antworten. Ihr Onkel nickte und meinte breit grinsend in die Runde: „Ok, dann kann ich es etwas abkürzen. Das erste was ihr alle fünf unterschrieben habt, ist also identisch zu dem, was ich Armin vorhin vorgelesen habe. Herzlichen Glückwunsch! Jetzt gibt es endlich wieder Teilhaber bei Jansen & Partner.“, sagte Nils überschwänglich und zog hinter dem letzten Reifen von Jo´s Truck eine Palette Bierdosen hervor. Die er dort abgestellt hatte, als er begriff, dass es etwas zu Feiern geben würde für manche, oder aber sich auch lieber zum Schluss im Alkohol ertränken, sobald Josefine und Björn die Katze aus dem Sack ließen. Josefine und Björn blickten in komplett verwirrte Gesichter nachdem sie erfuhren, was sie da unterschrieben hatten. Und Percy zeigte ihnen ebenfalls den Vogel, wie Armin zuvor. Onkel Nils warf jedem eine Dose zu, nur Josefine nicht. Doch das fiel keinem der Männer wirklich mehr auf, so aus dem Häuschen war sie. Sie duschten sich mit Bier wie kleine Jungs. Obwohl der ein oder andere Mann von ihnen immer noch glaubte gerade zu Träumen. Björn blickte Josefine an, die leicht nickte und im Anschluss die Augen schloss und die Mappe mit zitternden Händen umklammerte. Björn zog vorsichtig das nächste Schreiben hervor und überreichte es Nils. Auch er atmete einmal kräftig durch, bevor er sich an Jo wandte. „Jo, das nächste Schreiben das jetzt folgt, ist eines von deinen dreien, die du unterschrieben hast. Es ist das zweite, was du unterschrieben hast.“, sprach Nils zu Jo. Doch plötzlich verstummten sie alle und hörten auf zu lachen. Sie lauschten gespannt Nils Worte, die er an Jo gerichtet hatte. Josefine hatte sich kaum unter Kontrolle so sehr schlotterten ihr die Beine. Wie würde Jo das nächste Schreiben aufnehmen. Björn legte ihr seinen Arm um die Schulter und drückte Josefine fest an sich. Nils schluckte mehrere Male hintereinander, als er das Schreiben kurz durchlas, räusperte sich und begann: „Ich Jo Brandt, bestätige mit meiner heute hier geleisteten Unterschrift, dass ich in Zukunft keine Rachegelüste oder sonstiges gegen über Björn Jansen-Magnuson haben werde, oder gar aushecken werde. Des Weiteren werde ich die Heirat zwischen Björn und Josefine unter all den heute versammelten Kollegen akzeptieren. Denn vor dir lieber Jo steht das Ehepaar Björn und Josefine Jansen-Magnuson.", lass Nils laut vor. Alle konnten sehen wie Jo nach Luft schnappte, während die anderen jubelten und Björn und Josefine gratulierten. Björn zog die Kette mit dem silbernen Wikingerring aus Josefine´s Shirt heraus. Jo sah den Ehering konzentriert an. Er fuhr sich mit der Hand durch die Haare und schien nachzudenken. Dann blickte er zu Björn, der ihn selbstzufrieden angrinste. Anschießend sah er wieder zu seiner Tochter. „Verheiratet?", fragte er etwas dümmlich mit krächzender Stimme. Josefine und Björn nickten. Jo schloss für einen kurzen Augenblick die Augen und wankte gefährlich hin und her. Nils wollte ihn schon unter die Arme greifen, doch Jo riss die Augen auf und funkelte Nils böse an. „Mir geht es gut.", zischte er. Doch im Inneren musste er immer noch dagegen ankämpfen, dass er einen Schwiegersohn hatte und dieser ausgerechnet Björn war, den er verboten hatte Josefine anzulangen. Björn, der den innerlichen Zwischt von Jo schon erahnte, wollte ihm keine Gelegenheit geben sich zu erholen und zog das letzte Schreiben hervor und drückte es Nils in die Hände. „Lies weiter Nils, das ist noch nicht alles.", sagte Björn schnell und Nils seufzte dabei leise auf. „Willst du ihn nicht erst einmal etwas verdauen lassen?", erkundigte sich Josefine´s Onkel bei ihm. Doch Björn lachte nur dreckig auf. „Nein", Onkel Nils nickte und begann zu lesen. „Ich Jo Brandt bestätige mit meiner Unterschrift, dass ich meine Enkelkinder.", Josefine japste nach Luft. „Enkelkinder? Du musst dich verlesen haben Onkel Nils.", sagte sie schnell zu ihm. Doch Nils schüttelte den Kopf und hielt ihr das Schreiben hin. „Nein Josefine, ich habe mich nicht verlesen, hier steht es schwarz auf weiß Enkelkinder.", sprach er und tippte auf das Schreiben. „Gerda", zischte Josefine. Also hatte sie es auch gewusst, das Jo ihr Vater war. Nils begann noch einmal von Vorn. „Ich Jo Brandt bestätige mit meiner Unterschrift, dass ich meine Enkelkinder genau so lieben werde wie meine Tochter. Des Weiteren werde ich beim Großziehen dieser meiner Tochter und ihrem Ehemann Björn tatkräftig unter die Arme greifen. Ich werde für die Kosten der Taufe und auch für sonstige größere Anschaffungen aufkommen, welche sie benötigten.". Jo riss sich die Hände an den Kopf und drehte sich im Kreis. „Mein

Gott", brüllte er dabei. Er war jetzt richtig geschockt über das was er da unterschrieben hatte. Er dachte zuerst, dass es Josefine wahr machen würde, dass er sich von seinem geliebten Bart trennen musste. Deshalb begann er urplötzlich laut los zu lachen. „Enkelkinder, ich glaube kaum das der Lulatsch dazu im Stande ist.", mutmaßte er lachend in die Runde. Und alles brach in Gejohle aus. Wobei Armin meinte: „Sei dir da mal nicht so sicher." und schon lachte alles weiter. Doch das Lachen verstummte schnell als Armin, Frank, Percy und Felix feststellen mussten, dass sie alle zu Taufpaten ernannt wurden. Felix kratzte sich nachdenklich hinter dem Ohr. „Wieso vier Taufpaten? Normaler weise gibt es doch nur zwei?". Diesmal waren es Josefine und Björn die auflachten. „Ganz einfach lieber Felix, weil wir Zwillinge bekommen.", erklärte Björn mit stolzer Brust und Josefine nickte zur Bestätigung. Felix sperrte den Mund weit auf, als er das hörte. „Ja, wir werden eine Joan und einen Jo bekommen demnächst.", führte sie den Satz von Björn zu Ende. Dabei blickte sie zum Teil in verdutzte und teilweise in Gesichter, die breit grinsten. Vor allem die, die es wussten, grinsten von einem Ohr bis zum anderen. Björn drückte Jo seine leere Bierdose in die Hand. Nahm seine Frau in die Arme und meinte in die Runde. „Wenn ihr nichts dagegen habt, würde ich mich gerne noch eine Weile zusammen mit meiner Frau aufs Ohr hauen. Gute Nacht." Und schob Josefine in das Führerhaus ihres Kenworth. Jo stand noch lange nachdem alle wieder in ihre Kojen sich verzogen hatten vor Josefine´s Kenworth und blickte an ihm hoch. Er konnte es noch immer nicht glauben, was in den letzten Stunden hier passiert war. Niemals hätte er im Traum gedacht, dass er einmal Partner von Jansen & Partner würde. Genauso hatte er nie geglaubt, dass Josefine seine Tochter es je von ihm erfuhr, dass er ihr Vater war. Ganz zu schweigen, dass sie ihn heimlich zum Großvater gemacht hatte. Aber das allerschlimmste daran war, dass er jetzt auch noch einen Schwiegersohn hatte, den er Josefine immer ausreden wollte, obwohl er von Anfang an gewusst hatte, dass genau er der Richtige wäre, wäre da nicht Island gewesen. Er hatte Nils nicht kommen hören. Deshalb zuckte er etwas zusammen, als er ihm seine Hand auf die Schulter legte und ihm so aus seinen Gedanken holte. Mit der anderen freien Hand hielt er Jo eine Bierdose hin. „Es ist viel passiert in der letzten Stunde, aber ich glaube, es war das Beste, was passieren konnte. Josefine ist eine sehr kluge junge

Frau, aber sie weiß auch, dass sie auf jeden von euch zählen kann.“, meinte Nils und prostete Jo zu. „Auf den Partner, stolzen Vater, Schwiegervater und werdenden Großvater.“, meinte Nils und Jo lachte leise amüsiert auf.

Ende

Nachwort

Die Geschichte ist frei erfunden, Handlung, Personen und Orte in diesem Roman sind ebenfalls frei erfunden. Inspiriert zu der Geschichte haben mich ein paar männliche Bekannte, die im Sommer durch ganz Europa mit LKWs düsen und dabei einen sehr interessanten Job machen.

Ein ganz besonderes Dankeschön möchte ich an Markus Mairinger von der Spedition Mairinger in Vöcklabruck (AT) richten, der mir sein „Baby“ als Titelbild zur Verfügung stellte.

Ebenso ein ganz besonderer Dank geht an Marco Barkanowitz, besser gesagt bekannt auch unter der DMAX Sendung „The King of Truck´s“, der die Kontakte geknüpft hat zu Markus Mairinger.

Einen ganz besonderen Dank möchte ich auch meiner guten Freundin Elke aussprechen sowie Sarah, die meist verzweifelt beim Probelesen meiner Skripte.

Einen weiteres Dankeschön geht an Sabrina Lothschütz, die neu in unser Team dazu gekommen ist und als private Lektorin super in unser Team passt.

Ebenfalls möchte ich mich recht herzlich bei den Menschen bedanken, die einen sehr großen Einfluss auf meine Arbeit hatten und mir geholfen haben. Sei es mit ihren Ideen oder Ratschlägen dieses Buch abzurunden.

Euch allen vielen lieben Dank.

Weitere Bücher / E-Books der Autorin
die bei Twentysix erschienen sind:

„Magie der Zeit“

„Gefangen in Feuer & Eis“

„Ein Bodyguard für Sophie“

CITYSPOTS

BELGI

WHAT'S IN YOUR GUIDEBOOK?

Independent authors Impartial up-to-date information from our travel experts who meticulously source local knowledge.

Experience Thomas Cook's 165 years in the travel industry and guidebook publishing enriches every word with expertise you can trust.

Travel know-how Contributions by thousands of staff around the globe, each one living and breathing travel.

Editors Travel-publishing professionals, pulling everything together to craft a perfect blend of words, pictures, maps and design.

You, the traveller We deliver a practical, no-nonsense approach to information, geared to how you really use it.

CITYSPOTS

BELGRADE

Debbie Stowe

Written by Debbie Stowe
Original photography by Vasile Szakacs
Front cover photography (Holy Trinity Church) ©DIOMEDIA/Alamy Images
Series design based on an original concept by Studio 183 Limited

Produced by Cambridge Publishing Management Limited
Project Editor: Penny Isaac
Layout: Trevor Double
Maps: PC Graphics
Transport map:© Communicarta Limited

Published by Thomas Cook Publishing
A division of Thomas Cook Tour Operations Limited
Company Registration No. 1450464 England
PO Box 227, Unit 18, Coningsby Road
Peterborough PE3 8SB, United Kingdom
email: books@thomascook.com
www.thomascookpublishing.com
+ 44 (0) 1733 416477

ISBN: 978-1-84157-773-9

Series/Project Editor: Kelly Anne Pipes
Production/DTP: Steven Collins

Printed and bound in Spain by GraphyCems

CONTENTS

SYMBOLS KEY

The following symbols are used throughout this book:

address telephone website address email fax
opening times public transport connections important

The following symbols are used on the maps:

information office	city
airport	large town
hospital	small town
police station	motorway
bus station	main road
railway station	minor road
metro	railway
cathedral	

numbers denote featured cafés & restaurants

Hotels and restaurants are graded by approximate price as follows:

£ budget ££ mid-range £££ expensive

A symbol of Serbia's struggles: the Parliament building

INTRODUCING Belgrade

Introduction

Wandering around Belgrade's relaxed Old Town, with its chic restaurants, galleries and boutiques, it's almost impossible to imagine that less than a decade ago the city was suffering a NATO bombardment. Today the Serbian capital is generally a serene metropolis, particularly as two of its main districts are pedestrianised – the Roman-era streets around Kneza Mihaila, home to many of the city's best shops, eateries and museums, and the bohemian restaurant district Skadarlija. Despite – or perhaps because of – what they have endured over the years, Belgrade's citizens now seem focused on life's simple pleasures, socialising at the many tiny bars and clubs dotted around, shopping or just sitting and watching the world go by in a café or in Trg Republike.

Small and easy to get around, and not too touristy, Belgrade strikes a balance that is ideal for the traveller who is adventurous enough to want to go somewhere new, but doesn't want to give up decent restaurants and other comforts. Visit this city and you'll be seeing it on the cusp of its transformation into a bustling centre of tourism and commerce. As a holiday destination, Belgrade ticks all the boxes. It's positively brimming with culture – not only is the city a living historical site in itself, but it boasts museums on everything from African art and the football club Red Star Belgrade to the weird and wonderful gifts given to President Tito during his decades in power. There are plenty of pleasant outside spaces for strollers to enjoy, from the car-free centre to various city parks and gardens, topped off by the showpiece Kalemegdan Fortress and its park, a large green area popular with families, couples and walkers. And, after the sightseeing, there's a wealth of cafés, restaurants and bars in which to unwind or party until sunrise.

Kalemegdan Fortress stands guard over Belgrade and its rivers

When to go

SEASONS & CLIMATE

Belgrade has a continental climate, and in summer and winter the weather can be more extreme than in the UK. The hottest months are July and August, when average temperatures reach 22°C (72°F). On around 30 days per year the mercury creeps over the 30°C (86°F) mark and on almost 100 days it goes above 25°C (77°F). Summer is followed by a long, warm autumn, and making this a good time to visit. Winters can be chilly, with temperatures into the low minus numbers: January is the coldest month with average temperatures just over 0°C (32°F), and the city gets about a month's worth of snow. Autumn and winter also see the arrival of the *kosava*, a southeasterly wind that gives the city a good clean. Spring is shorter than autumn, and sees the wettest weather, particularly in May and June. Summer comes around suddenly.

Given that Belgrade is a city made for walking in that many of its attractions are in the open air, it's probably wise to avoid the harshest winter months. Nevertheless, it's a beautiful place in the snow, and a winter visit has its own incentives, such as the Christmas and New Year festivities and fun activities such as ice-skating in Trg Nikole Pasika.

ANNUAL EVENTS

1 January

Open Heart Street Streets are closed off for Belgrade's colourful New Year carnival, which features shows by local actors.
ⓐ Svetogorska and Makedonska ⓣ 011 322 7834 ⓦ www.tob.co.yu

February–April

Belgrade goes movie mad in spring with its **International Film Festival (FEST)**, which often features the big Oscar contenders, starting at the end of February. A month later is the **Documentary and Short Film Festival**; the main competition is supplemented by a programme of retrospectives, exhibitions, seminars and workshops. ⓣ 011 334 6946 ⓦ www.fest.org.yu and www.shortfilmfest.org ⓔ info@fest.org.yu

Mid-April

Belgrade Days Both celebrating the city and reflecting on its chequered history, the festivities include parades, theatre, a museum night, an ancient crafts fair plus concerts, sporting events and exhibitions. ⓣ 011 306 1699 ⓦ www.beograd.org.yu ⓔ beoinfo@eunet.yu

Late April

Belgrade Marathon The largest sporting event in Serbia is based on a race from Obrenovac to Belgrade that was originally run

Party nights: the Belgrade Beer Fest

almost a hundred years ago. A children's race is held earlier in the month. t 011 369 0709 w www.bgdmarathon.org e office@bgdmarathon.org

Spring (date varies)
Belgrade International Stunt Festival For more explosive entertainment, this high-octane – and free – extravaganza features car chases, motorcycle acrobatics, wild horseback riding, fire jumping and other big bangs. t 011 226 9068 w www.koloseum-stunts.org e info@koloseum-stunts.org

Late May
Belgrade Sport Fest Over 100 sporting disciplines in one place plus music and – for the daring – free bungee jumping. a Ada Ciganlija t 011 324 0784 w www.belgradesportfest.com e office@belgradesportfest.com

June
SVIBOR A rollicking medieval jousting tournament staged by SVIBOR, the Society of Serbian Knightly Fighting, at Kalemegdan. Unfortunately the website does not include an English translation, but the pictures give you some idea of the flavour of the event. t 064 127 1475 w www.svibor.org e svibor@beotel.net

July
Belgrade Boat Carnival Plenty of messing about in boats, waterskiing and bridge jumping, topped off by a happy hour and fireworks. t 011 324 8404 w www.tob.co.yu

July–August

Belgrade Summer Festival (BELEF) This annual festival encompasses a wide array of art performances and activities held across the city, including dance, drama, music and the visual arts (see page 14). t 011 306 1631 w www.belef.org

Mid-August

Belgrade Beer Fest Five days of cheap beer, good music and drunken revelry. a Kalemegdan, Donji Grad, Plato at Nebojsa Tower t 011 324 0784 w www.belgradebeerfest.com e office@beogradskakulturnamreza.com

Last two weeks of September

Belgrade International Theatre Festival One of the top European theatre festivals, past BITEF participants include such luminaries as Ingmar Bergman and Steven Berkoff. a 29/1 Terazije t 011 324 5241 w www.bitef.co.yu e bitef@bitef.co.yu

PUBLIC HOLIDAYS

New Year's Day 1 January
Christmas Day 7 January
St Sava's Feast Day 27 January
National Day of Serbia 15 February
Labour Holiday 1 May
Victory Day 9 May
Easter Sunday March/April
Vidovdan (Martyrs' Day) 28 June

Belgrade Summer Festival (BELEF)

Belgraders love their festivals – and not for them brief one- or two-day affairs. BELEF, the city's summer extravaganza, lasts for two whole months, July and August. There are even mini-festivals within the main event. It's an all-encompassing affair that spreads its cultural tentacles around the city. Far from being closeted away in expensive venues for the elite, many of the events are staged in public, and in some of the busiest public places, so culture is brought directly to the people. Concerts, films and exhibitions are hosted in Trg Republike and on the streets. The outside of museums might be used as well as the inside. Belgrade's great outdoors is not the only unconventional space involved – you can also go to an art exhibition in a bar. The use of such informal venues reflects the organisers' interactive ethos: public input is encouraged in debates and discussions surrounding the works.

It's impossible to find a theme for BELEF: the philosophy seems to be to put on as wide a range of events as possible so that there's something for everyone. In the 2006 fair there was a manga and anime (Japanese comics and animation) festival for teenagers, cartoons for kids and a Roxy Music concert for a slightly more mature audience. Nor is it an entirely homegrown affair: participants come from the rest of Europe, America and Asia – recently the China Broadcasting Chinese Orchestra gave a performance. The events staged run the gamut from opera, classical music and dance to interactive video and multimedia installations, DJ sessions and rock gigs, and they take place across the city, including at the National Theatre, Terazije

Theatre, Madlenianum, Sava Centre, Museum of Contemporary Art, plus various galleries and cultural centres. Consult the festival website for the programme, a version of which is hosted in English. Ⓦ www.belef.org

Kung-fu fighting at BELEF

History

Belgrade first crops up in history as a settlement of the Vinca people, a spiritual group fond of their shrines and sacrifices, who ruled the Balkan region and its surroundings about 7,000 years ago. Following their decline, Belgrade had periods under the Celts, Romans and Byzantine Empire, before the Serbs turned up in AD 630. Various groups then vied for control and, after four centuries of squabbling between the Greeks, Hungarians and Bulgarians, the Serbs finally got the upper hand in 1284.

The devastating Battle of Kosovo in 1389 – an early omen of the turmoil the region would suffer right up to modern times – marked the start of the disintegration of the Serbian Empire in the south of the country, but the north, which already had Belgrade as its capital, resisted and prospered, and the city developed fortifications that held off the invading Turks for 70 years. Many such fortifications have survived the centuries and are still largely intact. During the Siege of Belgrade in 1456, the Christian army outwitted the Turks, forcing them to retreat; the victory was credited with saving Christianity.

Eventually, though, the Ottomans gained control of Belgrade in 1521; after a century and a half of peace, it was ruled in turn by the Turks and the Austrians before becoming the capital of the principality of Serbia in 1817. Within a year it had lost its capital status to Kragujevac, but regained it after a few decades, and survived tolerably well, notwithstanding the slow development of the farming-reliant Serbia.

Despite being occupied by both German and Austro-Hungarian forces during World War I, Belgrade developed rapidly as the capital of the newly formed Yugoslav state in the postwar period. But World War II proved more devastating. Despite an attempt to stay out of the hostilities altogether, the city underwent a military coup, invasion by various troops and bombing by both the Germans and the Allies. Thousands died.

Following liberation by the Communists, Belgrade's industrial development continued, and the country largely stayed off the international radar. Then, in 1989, Slobodan Milošević began his 11 years in power. Initially his nationalism proved popular, but within just two years there were street protests against him in Belgrade. Further demonstrations took place in the capital after he was accused of electoral fraud in 1996. But worse was to follow after Milošević's ethnic cleansing in Kosovo led to a NATO bombardment of the capital. In spite of his indictment for war crimes in 1999, the president contested elections in 2000 before finally admitting defeat after massive public protests. He died during his trial in The Hague. Since the end of the Milošević era, Belgrade has endeavoured to leave behind its troubled past and establish itself as a modern and vibrant capital city.

Seeing off ancient enemies at Kalemegdan Military Museum

Lifestyle

Having emerged from past political upheaval and conflict, Belgraders now have an appreciation for quiet recreation. They are a smart and dignified people who go about their business – be it commuting to work, chatting and smoking over a coffee or late-night socialising – calmly and without fuss. Belgrade's citizens are almost universally friendly and welcoming to visitors from outside the country, perhaps helped by the fact that foreign travellers are a relatively new phenomenon.

As is often the case with people who have come through tough times and are not financially well off, Belgrade's citizens are generous friends and hosts. They will be keen to bring out the best they have and to treat you to as much as they can afford. Accept hospitality graciously. Another aspect of life here that you'll have to accept graciously is smoking. The better restaurants usually have non-smoking sections, but in bars and cafés any no-smoking signs are regarded as little more than decoration. Cigarettes are not as ubiquitous as they are in some other countries in the region, but Belgrade may still seem smoky to the Western visitor. The more upmarket establishments tend to have stricter controls.

Bear in mind that while the city may seem modern and cosmopolitan, Serbia is a conservative and traditional society: open displays of affection between homosexual couples, for example, may not go down well, particularly among older people. Young Belgraders are typical of other European teens from the region: they tend to be more open-minded than their elders and most of them speak at least some English.

Visiting Belgrade will generally be reasonably easy on your wallet. The one exception is where accommodation is concerned. Because the tourist industry is still growing, the city has not yet developed the concentration of facilities that results in price-cutting competition, so your hotel may not be as cheap as you'd expect. Anywhere else, be it a restaurant, café, bar, theatre, museum, bus or taxi, the city offers great value.

Chatting over a coffee in Skadarska

Culture

Given that it has had other priorities in recent years, Belgrade's cultural life is surprisingly developed. While in many former Communist countries the state's suppression of creativity, self-expression and individuality succeeded in quashing the majority's appetite for cultural enrichment, allowing trash culture to take a hold, in Belgrade high culture and the arts have flourished. Whatever your particular interest, you should find something to satisfy it here.

The city has several active cultural centres and institutions; for most of the year they are busy organising festivals showcasing everything from film and music to stunts, beer drinking and medieval jousting. There are fewer events in the winter, though, with the exception of the festivities around Christmas and New Year. But even when no specific event is taking place, there is still a wealth of options for culture vultures. Belgrade's museums cover subjects that run the gamut from African art to Zemun, the far to the near. Contrasts abound: the Banjica Concentration Camp Museum, which occupies the site of a former hostage centre and Nazi concentration camp in which thousands of people died, is a few minutes away from the Red Star Belgrade stadium and museum, where huge crowds cheer on the city's top team. The Jewish History Museum is just around the corner from the city's mosque. Several of the museums host special events and exhibitions, as do the city's many cultural centres, both local and international.

Belgrade has a passion for drama, with the National Theatre, which occupies pride of place overlooking the central Trg

The National Theatre is Belgrade's oldest and largest

Republike, complemented by several other venues around the city that stage a mixture of modern and traditional plays, as well as opera and concerts. Unfortunately for visitors, the vast majority of the plays are performed in Serbian, but you may be lucky and find that your visit coincides with an English-language production – check the theatre websites and local press in advance. The National Theatre in Belgrade's website is at Ⓦ www.narodnopozoriste.co.yu

There is plenty of classical music and opera on offer, both regular programmes in dedicated venues and one-off events organised by the cultural centres and a couple of museums – again, check the papers or the websites of the institutions involved. Traditional Serbian and gypsy music and jazz are available more informally in various bars and restaurants.

Belgrade's cultural life is not directed exclusively at adults – its citizens like to develop a thirst for enriching activities in their children from a young age. There are several festivals and events dedicated to children and teenagers, and even a cultural centre that caters solely for them. Whatever age you are and tastes you have, there will be plenty in Belgrade to sate your cultural appetite.

Trg Republike blends imposing buildings and open spaces

MAKING THE MOST OF
Belgrade

Shopping

Low prices mean that there are bargains aplenty to be had in Belgrade. With the holiday industry still in its infancy, traditional tourist souvenirs are thin on the ground, but leather goods, including shoes, bags and coats, are cheap and plentiful – as are various kinds of textiles. Because there is not yet a fully developed tourist market, many of the wares on sale are aimed at the locals; so do some delving – you might find your ideal souvenir between the frying pans and the tomatoes. Shopping in Belgrade is pretty much a no-frills experience, but you will appreciate that being reflected in the prices. There's also a flourishing trade in cheap goods, offering an array of supposedly 'designer' clothes, CDs and DVDs; but these are counterfeit and best avoided.

At the other end of the scale are the genuine designer shops and upmarket boutiques that line Kneza Mihaila. Prices are about the same as you'd expect to pay at home, but there are some very good shops to visit here, including a couple of excellent bookstores. With household names such as Tommy Hilfiger, Benetton, Mango and Zara, you could almost think yourself in your local high street. Another couple of Western-style malls are City Passage on Obilicev Venac and Millennium, which has an entrance on Kneza Mihaila. Both are open until at least 20.00 on weekdays and 16.00 on Saturday.

Terazije lies at the heart of Belgrade and is another major shopping area – and a popular meeting place for Belgraders – with shops, department stores and plenty of cafés and restaurants in which to rest your weary feet for a while. Prices

Search for souvenirs amid the fruit stalls

drop as you head down to Trg Slavija. Also worth a look is Skadarlija (Skadarska), which has a number of interesting little shops, including some attractive art galleries stocking works by local Serbian painters. While you will find many of the big-brand retailers that you'd expect in any major European city, the smaller outlets without famous names – or indeed any name at all – are also worth a look and can often yield surprising bargains.

Street trading makes up much of the commerce. In the centre of Belgrade you will find stalls selling craftwork and women knitting and selling the results of their labours at the same time. The city has some huge markets: these give a real flavour of the Balkans lifestyle, with forthright Serbian and Roma market traders offering all manner of goods. From time to time you might happen upon the occasional fascinating piece of kitschy Communist-era memorabilia. It's always worth haggling if you want to buy something but you feel the price is too high. Be aware, though: the markets are often quite cramped affairs with stalls crammed together and narrow walkways – take care to protect your valuables.

USEFUL SHOPPING PHRASES

How much is...?
Koliko košta...?
Kolyko koshta...?

Can I try this on?
Mogu li da probam?
Mogoo lee da probam?

I'm a size...
Moja veličina je...
Moya veleecheena ye...

I'll take this one
Uzeću ovu
Oozechoo ovoo

Eating & drinking

In Serbia, as in much of the Balkans and Eastern Europe, meat is king. Since meat is considered a luxury, many people cannot understand why anyone would willingly forgo it. That said, Belgrade is becoming increasingly international, and caters to a wide range of foreign palates, with Italian food particularly prevalent. A few vegetarian options appear on most menus. The standard of food is generally high and you should eat well on your trip, particularly if you are prepared to pay a little more and go to the better eateries. It's worth doing so once or twice, even if you're on a budget, as the highest-quality meal in Belgrade will still be cheap for a Western visitor. Because many of the restaurants are clustered in certain areas, you'll generally find little variation among prices.

If you really want to experience true Serbian cuisine, hearty meat is the way to go: lamb, veal, beef and pork are popular choices. A typical starter consists of smoked meats, often with a spicy dip. For the main course, the methods of cooking meat are

PRICE RATING

Price ratings in this book are based on the average price of a three-course meal without drinks.

£ Under 600 dinars

££ 600–1,200 dinars

£££ Above 1,200 dinars

Catch of the day

multifarious: it can come roasted, grilled, in a stew, kebab, patty, or as a sausage. Belgrade's history has left its mark on the city's cuisine, which borrows heavily from Turkish cookery. Vegetables feature in salads or combined with meat, such as peppers, courgettes or cabbage leaves stuffed with meat and rice. Other commonly used vegetables include aubergine and tomato as well as onion (sometimes raw) and garlic. Fish also features, particularly in the riverside restaurants of Novi Beograd, although the distance from the city to the sea pushes the price up somewhat.

On the sweet side, a variety of cakes, pastries, pancakes and ice cream are available from cafés as a snack throughout the day; pastries are sometimes also eaten for breakfast and are good on the go. Belgraders often wash down their cake with a coffee, which could be Italian or Turkish style. If you want something stronger, many high-quality Serbian wines, both red and white, are available at very reasonable prices. But the country's flagship alcoholic beverage is its range of challenging spirits, of which *sljivovica*, a plum brandy popular across the region, is perhaps the most famous. It is not for the faint-hearted.

Serbs often take their main meal in the middle of the day, and consume less in the evening. However, the city is now geared up for its tourists and there's a lively restaurant scene that goes on until 23.00 or 24.00, if not later, so you can normally get what you want when you want. The one exception to that rule is that many cafés do not serve any food at all on Sundays, so do check before you settle down for a meal. Unlike in the UK or US, restaurants, cafés and bars seldom fit strictly into one category – you can often get a snack in a bar or just have a drink in a restaurant.

If you dine out with locals, don't attempt to split the bill – covering the cost is the host's responsibility and, as a foreigner, the host is unlikely to be you, regardless of any intention you might have to pay. The concept of leaving a 10 or 15 per cent tip in a restaurant has not really taken off in Belgrade yet, but it is appreciated if you round up the bill.

Belgrade is full of great parks for alfresco dining, with Ada Ciganlija a particularly popular spot. Pick up your cake and pastries from a bakery; you should be able to get the rest of your provisions from markets or small supermarkets.

USEFUL DINING PHRASES

I'd like a table for (two)
Želeo bih sto za (dvoje)
Zheleo beeh sto za dvoye

Could I have the bill please?
Molim vas račun
Molim vas rachoon

Waiter!
Konobar!
Konobar!

Does it have meat in it?
Da li je sa mesom?
Da lee ye sa mesom?

Where are the toilets?
Izvinite, gde je toalet?
Izveeneete, gde ye toalet?

Belgraders have a big appetite for fun, which is manifested in their city's nightlife. In the 1990s, after the fall of Communism, techno music caught on in a big way, as did turbo-folk, an all-too catchy combination of traditional Serbian song, electronic beats and Oriental influences (see page 105). Today there is a raft of good dance clubs, and raft is perhaps an appropriate term: many of the city's nightspots are housed in boats floating on the river – called *splavovi* – which bang out their rhythms into the early hours. These venues are frequented by Belgrade's new money, out to parade its wealth. The calibre of the clientele is not always of the highest – don't be alarmed if you are frisked for guns at some of the establishments. That said, they are still worth a visit to see the flashier side of Belgrade's post-Communist culture. Other clubs are housed in small basement settings, and these tend to be less pretentious.

The club scene has attracted top international DJs, and Belgrade's style-conscious party people dress for the occasion, so if you go out to certain venues in casual gear, you may feel underdressed. Things do not get started until late – don't expect to see much action in the city's clubs before midnight – and if you want to party like a real Belgrader you should still be going when the sun comes up.

But not all nightlife is of the frenetic kind. Cafés and bars often keep late hours and it's not unusual to see people strolling around Kneza Mihaila or sitting with a coffee and a cake well after midnight. There is often entertainment in public spaces, with concerts frequently staged in Trg Republike and festivals

Catch a concert in Trg Republike

such as Open Heart Day and BELEF that include street theatre. Check the local press (such as *Welcome to Belgrade* and *This Month in Belgrade*) and tourist organisation websites for upcoming events (see pages 136–7).

Although most of the plays staged in the capital are in Serbian, you will find the odd one in English. Most of the city's main venues keep updated websites that list what's on and flag up any English-language shows. You can sometimes order tickets online; otherwise the box offices are normally open in the afternoon and early evening. Don't pay too much attention to whether a venue is described as a theatre, opera house or so on: most of the top establishments host productions from across the board – drama, music, ballet and sometimes art. Like much in the city, cultural pursuits will not dent the budget: a ticket to one of the top concert venues or theatres will set you back no more than 600 dinars.

While you might not be lucky enough to catch a play that you can understand during your trip, cinemas do tend to cater to English speakers – films are shown in their original language, not dubbed, which means a range of American movies is on offer. If you fancy seeing something other than the usual blockbusters, the Muzej Kinoteke broadcasts classic films. In summer several venues hold open-air screenings.

Upwards of a dozen concerts take place every week in Belgrade. Listings can be found on the City of Belgrade website Ⓦ www.beograd.org.yu. The concert page is not translated into English, but it gives the dates, times and venues of each event, and often a website address and phone number for the organisation staging it.

Sport & relaxation

If you fancy some sport, your best bet is to cross the water to Ada Ciganlija island. As well as the more hair-raising extreme and water sports, such as bungee jumping, kayaking and paintball, there's also a range of less terrifying pastimes, including tennis, volleyball, five-a-side football, roller-skating, basketball, baseball, rowing and rugby. The island also hosts Serbia's first-ever golf course. Even chess is available, if you like your sports and games to involve minimum physical exertion. A word of warning: in summer, the island can get crowded.

Red Star's 'Marakana' stadium has a capacity of more than 50,000

Hala Sportova (Sports Hall) in Novi Beograd can pack in up to 5,000 fans for the sports events it hosts, including basketball, handball, boxing and various martial arts (a Pariske komune 20 t 011 260 8651). **Hala Pionir** (Pioneer Hall) in Tašmajdan Park is a similar indoor spectator sport arena (a Kneza Višeslava 27 t 011 766 566 w www.pionir@tasmajdan.co.yu), and the park has another sports centre with swimming facilities. There are several other sports complexes in the city, and contact details can be found on the Tourist Organisation of Belgrade site at w www.tob.co.yu

But if you've heard about Belgrade in a sporting context, it's likely to have been because of the country's top football club, Red Star Belgrade, and its bitter rival FK Partizan. Their enmity is bound up with the story of the city and its troubles – Red Star fan and alleged war criminal Arkan recruited for his paramilitary organisation from among the ranks of the city's football hooligans. The club is also a part of wider football history: they were Manchester United's opposition in 1958 before the Munich air disaster, in which eight United players died when their plane crashed after refuelling on the way home. Today matches in Belgrade are usually quieter than in the past, when violent flare-ups were fairly common. Despite both clubs modernising, neither offers anything like an online booking system – it's best just to go to the ground. Both clubs have teams in several sports other than football, so there are plenty of opportunities to experience the passionate Red Star–Partizan rivalry, whatever your sporting proclivities. See pages 94–5 for contact details and opening times.

Accommodation

While entertainment, eating and transport options in Belgrade are all plentiful and good value, the city is lagging behind in terms of accommodation. Emerging from Communism takes time, and many hotels are still run by the state. And it shows – in stiff service, drab rooms and lobbies whose cheap-looking décor could date from the 1970s. Given that Belgrade is generally inexpensive by capital city standards, prices are higher than you'd imagine. There are some excellent hotels, but they are aimed at the business traveller rather than the tourist and are likely to be beyond the budget of many visitors. What's more, the best hotels are mostly on the Novi Beograd side of the river, which will put you some distance from the main sites. Unless you don't mind making your way back and forth over the bridge every day, it's better to base yourself nearer the centre.

It's not all bad news. Slowly, hotels are being privatised and brought into the 21st century, and new ones are opening up. In time, this should raise standards and cut prices. For now, one option is to look for short-term accommodation, i.e. find a rental

PRICE RATING
The following gradings are based on the average price for a double room per night.
£ Up to 3,500 dinars
££ 3,500–7,500 dinars
£££ Above 7,500 dinars

The Balkan enjoys a very central position

apartment over the internet. There are a few decent options, which can offer better value than a hotel and have the added advantage of privacy.

Cheap hotels are concentrated around the station. The area is not great, but the accommodation is not as bad as you sometimes find around stations. A few hostels are now springing up, catering to the off-the-beaten-track backpacking crowd, but some are only open during the warmer months.

You can usually turn up on spec and find a room in your price range, but it cannot be guaranteed – and during some of the more popular festivals, the cheaper rooms can be booked solid, so it's worth planning ahead if you don't want to end up pounding Belgrade's pavements with your luggage. Fortunately, it's easy to book in advance: you can either contact your preferred hotel directly, or book online through one of several organisations. Try the Tourist Organisation of Serbia (ⓦ www.serbia-tourism.org), Tourist Organisation of Belgrade (ⓦ www.tob.co.yu) or Visit Serbia ⓦ www.visitserbia.org

HOTELS

Balkan £ Stay at the Balkan and there is little to convince you that the year is not 1970. Nevertheless, it's about as central as you get, quieter than you might expect given its setting – and the upper floors offer good views of the city. ⓐ Prizrenska 2 ⓣ 011 687 466 ⓕ 011 687 581

Royal £ Consistently rated one of the best hotels in its price bracket, your buck gets you a cooked breakfast and a little bit of history – the Royal is the oldest hotel in Belgrade. Live music

Indulge in style and luxury at the Aleksander Palas Hotel

down in the basement at night. ⓐ Kralja Petra 56 ⓣ 011 634 222 ⓕ 011 626 459

Splendid £ Simple chintzy rooms, but it's central and fairly cheap. There's no restaurant, but they do have a café bar. ⓐ Dvorska 5 ⓣ 011 323 5444 ⓦ www.splendid.co.yu ⓔ office@splendid.co.yu

Kasina ££ Beer aficionados will like Kasina, which boasts its own brewery. It's central and has a few more modern rooms as well as a decent café, where you can sit outside. ⓐ Terazije 25 ⓣ 011 323 5574 ⓦ www.kasina.stari-grad.co.yu ⓔ recepcija@stari-grad.co.yu

Union ££ Following privatisation, the Union got spruced up and is now a good, centrally located option. There's internet access, a piano bar and a 30 per cent discount at weekends. ⓐ Kosovska 1 ⓣ 011 324 8022 ⓦ www.hotelunionbelgrade.com ⓔ h-unionoffice@bvcom.net

Aleksandar Palas Hotel £££ For unashamed luxury, splurge at the apartment-only boutique hotel, Aleksandar Palas. Whirlpools, saunas and home cinemas in each of the nine suites (plus the presidential one) show why it got the name 'Palace'. Book well ahead – and start saving. ⓐ Kralja Petra 13–15 ⓣ 011 330 5300 ⓦ www.aleksandarpalas.com ⓔ office@aleksandarpalas.com

Moskva £££ One of the city's most famous landmarks, this art nouveau building is now over a hundred years old, and history

seeps through it. The rooms have character and class.
ⓐ Balkanska 1 ⓣ 011 268 6255 ⓦ www.hotelmoskva.co.yu
ⓔ hotelmoskva@absolutok.net

Le Petit Piaf £££ Small but superior hotel that punches above its 3-star category. Rooms are bright, airy and tasteful.
ⓐ Skadarska 34 ⓣ 011 303 5252 ⓦ www.petitpiaf.com
ⓔ office@petitpiaf.com

HOSTELS

These and other hostels can be booked online at
ⓦ www.hostel.co.yu

Jelica Milovanovic £ A college dorm, this place sporadically offers beds to backpackers. Officially HI membership is required. There are no frills, but it has been renovated and has a good location near Parliament. ⓐ Krunska 8 ⓣ 011 323 1268
ⓕ 011 322 0762

Three Black Catz £ Small, central and friendly, although it's not the neatest of accommodation, and if you're not keen on cats (or catz) you might want to give it a miss, since there are usually several in residence. With only 10 beds available it pays to book ahead. ⓐ Cika Ljubica 7/49 ⓣ 011 262 9826

THE BEST OF BELGRADE

There's plenty to enjoy in Belgrade, but these are the sights that should really not be missed.

TOP 10 ATTRACTIONS

- **Kalemegdan** Combining history, green space and a laidback vibe, Kalemegdan Park and Fortress encapsulate three of the best things about modern Belgrade (see page 64).
- **Princess Ljubica's Konak** Built by Prince Obrenović for his wife Ljubica, this is a superb example of 19th-century Serbian architecture (see page 67).
- **Skadarlija** The bohemian style of Skadarlija's early Roma settlers is clear in the city's cobbled restaurant district (see page 82).
- **Federal Parliament building** Both a stunning structure and the symbolic place where Milošević was forced out of Serbian politics (see page 79).
- **Riverside fish restaurants** With a bewildering array of sea creatures from which to choose, Novi Beograd's floating eateries are well worth a visit (see page 112).

- **A Red Star Belgrade match** With 50,000 Serbs passionately cheering on their team, watching a match at the so-called Serbian 'Maracana' stadium is a great experience (see page 91).
- **Floating nightclubs** Belgrade's chic set get dressed up and hit the riverboat clubs, ready for a night of catchy Serbian turbo-folk (see page 108).
- **Tito Memorial Complex** The fascinating collection of diplomatic gifts that Tito amassed during his time as Yugoslav leader shows why a statesman never has to worry about home décor (see page 98).
- **River cruise** If the city's complex network of one-way systems is pushing up your blood pressure, abandon the road and take to the water (see page 109).
- **St Sava's Church** Over 110 years from conception, it's still not finished, but the church is imposing from afar and magnificent close up (see page 96).

Belgrade's pedestrian-friendly centre is ripe for exploration

HALF-DAY: BELGRADE IN A HURRY

Start with a walk along Kneza Mihaila. Unless the weather is terrible you should stroll around Kalemegdan and take some panoramic shots of the town. It's a short walk to the Cathedral and Princess Ljubica's Konak – allow 20 minutes for each. If it really is too cold or wet for the park (provided it's not Monday), the Ethnography Museum and Military Museum are nearby and do-able in less than an hour. If you're having dinner, head to Skadarlija.

1 DAY: TIME TO SEE A LITTLE MORE

In a day you can do all of the above, and have time to see something outside the Old Town. That could be the impressive St Sava's Church or, if you prefer to pack more in, you could go to the much nearer Federal Parliament building, which is opposite St Mark's Church and Tašmajdan Park. If you have the energy, round the day off with a visit to one of the basement bars in the centre of town.

2–3 DAYS: SHORT CITY-BREAK

Your next priority should be the Tito Memorial Complex. It's quite a trek but it takes you near to the Red Star and Partizan football stadiums, where you may be able to catch a game or check out the Red Star Museum, and the street of embassies. You can also head over the river to take in Novi Beograd's Museum of Contemporary Art, restaurants and nightlife and enjoy a concert or show.

LONGER: ENJOYING BELGRADE TO THE FULL

Now you can factor in the markets, parks and smaller museums that give a more authentic taste of Belgrade, and relax a while at Kalemegdan or Ada Ciganlija. You can also see something else of Serbia: its second city Novi Sad can be done in a day, or you could overnight there and explore more of the area, including the beautiful monasteries of Fruška Gora National Park.

Begin your tour with a stroll along Kneza Mihaila

Something for nothing

Belgrade is a city that's perfect to walk around, and it's quite possible to have a fulfilling day or two without spending very much at all. Many of the city's main attractions are outside and, provided the weather is fine, you can easily take in the atmosphere by strolling around pedestrianised streets such as Kneza Mihaila and Skadarska, and doing a spot of window-shopping or people-watching. There are also several parks and public spaces where you can spend a pleasant few hours. Kalemegdan costs nothing unless you want to go up its clock tower, and Ada Ciganlija island, Tašmajdan Park and Hajd Park – further south on the way to the Tito Memorial Complex and the football stadiums – will also leave the wallet untroubled. A wander along the riverside is another enticing option on a sunny day.

Many of the museums, particularly the smaller ones – the Fresco Gallery, the Tito Memorial Complex and others – have free entrance. Several of the paying attractions also offer free days and weekends, but there seems to be no hard-and-fast rule about when these are: if you're on a budget and have the time to do the research, it's worth asking ahead or checking the relevant website. Some of the most important sites in the capital are its religious buildings, St Sava's and the Cathedral among them, for which there is no entrance fee. The ornate Cathedral is fascinating, while the monumental St Sava's is also surrounded by charming gardens, from which there are superb views.

Nor will you have to dig deep in your pocket to experience Belgrade's cultural life: the Serbian Academy of Arts and

Sciences hosts free classical concerts on Monday and Thursday, and you will find other concerts and shows for which entrance is free. The city's cultural institutions take an inclusive attitude to their events, and many of the festivals offer free admission, public performances and street theatre.

Feast your eyes for free at St Sava's

When it rains

Belgrade can get quite a lot of rain in the spring months and can be very chilly in winter, so it's a good idea to have a few indoor places in mind to visit if you're travelling at those times. Although many of its tourist sites are in the open air, the city also has a wealth of museums, galleries, churches and cultural centres that are enjoyable whatever the weather.

One place that it's worth making a special visit to on a wet day is the Muzej Jugoslavenska Kinoteka (Museum of Yugoslav Cinema), which broadcasts titles from the extensive national archive, 80 per cent of which are foreign. Watching a film here is an enjoyable experience, and the range of pictures screened is ambitious.

If shopping is more your thing, you needn't be thwarted by a downpour. The markets or window-shopping on Kneza Mihaila might not appeal if the weather is miserable, but the centre of the city has a couple of malls that you can potter around in perfect warmth and comfort. Some of the large halls at Belgrade Fair have also been given over to a permanent bazaar selling a motley collection of useful items – as an added advantage it's open on Sundays.

Another option of course is to dry off and warm up in one of the many cafés, bars, restaurants or combinations thereof. Many of them offer customers a selection of newspapers and magazines, or you can just relax, sit back and watch Belgrade go by. Wet weather provides a perfect excuse to head for one of the posh hotels – their drinks and snacks may be verging on the extortionate by Serbian standards, but almost everyone except

those travelling on the shortest of shoestrings will be able to stretch to a tea or coffee – and maybe lunch if the weather doesn't perk up.

Escape showers at the Tito Memorial Complex

On arrival

TIME DIFFERENCES

Serbia follows Central European Time. During Daylight Saving Time (end Mar–end Oct), the clocks are put ahead 1 hour. In the Serbian summer, at 12.00, time elsewhere is as follows:

Australia Eastern Standard Time 20.00, Central Standard Time 19.30, Western Standard Time 18.00
New Zealand 22.00
South Africa 12.00
UK & Republic of Ireland 11.00
US & Canada Newfoundland Time 07.30, Atlantic Canada Time 07.00, Eastern Standard Time 06.00, Central Time 05.00, Mountain Time 04.00, Pacific Time 03.00, Alaska 02.00

ARRIVING

By air

The majority of visitors fly into Terminal 2 of Belgrade's Nikola Tesla, better known as Surčin Airport, which is 18 km (11 miles) west of the city centre. Formerly somewhat grim, it has been modernised, and now has a decent selection of shops and amenities. There's an ATM and you can exchange your foreign currency, although the rates are not always competitive, and it may be worth just changing a little and doing the rest in the city centre.

National carrier JAT Airways runs a shuttle bus between the airport and Trg Slavija, calling at the main railway station and Novi Beograd. It departs every half hour from 05.00 to 21.00 and takes 30 minutes to reach the city. The fare, one way, is

160 dinars; pay the driver directly. The number 72 public bus also leaves half-hourly, making several stops before terminating at Zeleni Venac, a large bus terminal not far from Trg Republike. It takes about 10 minutes longer than the JAT bus, but costs under half the price – even less if you buy your ticket in advance from a newspaper kiosk.

By Western standards, a taxi from the airport into town is not expensive – official taxis have a flat rate and you shouldn't pay more than 800–1,000 dinars. However, rip-off merchants hang around waiting to target tourists, with many posing as licensed taxi drivers, complete with official-looking badge. To avoid being fleeced, ignore all offers of a taxi from individuals in the arrivals hall and either walk to the Terminal 1 departures hall and hail one of the cabs dropping people off, or pre-book a taxi from a reputable company – some offer a 20 per cent discount on pre-booked fares. To call a taxi yourself dial 970 (011 970 if you're

The Danube is useful for orientation

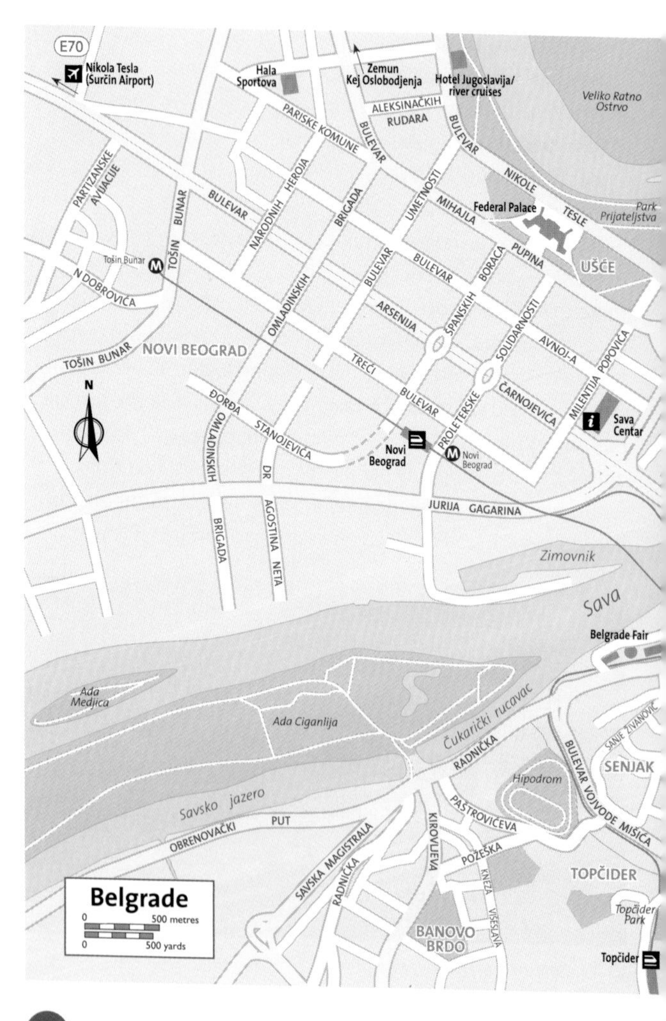

E70
Nikola Tesla (Surčin Airport)
Hala Sportova
Zemun Kej Oslobodjenja
Hotel Jugoslavija/ river cruises
Veliko Ratno Ostrvo
PARISKE KOMUNE
ALEKSINAČKIH RUDARA
BULEVAR
BULEVAR NIKOLE TESLE
PARTIZANSKE AVIJACIJE
TOŠIN BUNAR
BULEVAR
NARODNIH HEROJA
BRIGADA
UMETNOSTI
MIHAJLA
Federal Palace
Park Prijateljstva
BULEVAR
BULEVAR
PUPINA
BORAČA
UŠĆE
Tošin Bunar
N DOBROVIĆA
OMLADINSKIH
ARSENIJA
ŠPANSKIH
SOLIDARNOSTI
AVNOJ-A
MILENTIJA POPOVIĆA
TOŠIN BUNAR
NOVI BEOGRAD
TREĆI
ĐORĐA STANOJEVIĆA
OMLADINSKIH
BULEVAR
PROLETERSKE
ČARNOJEVIĆA
Sava Centar
N
Novi Beograd
Novi Beograd
DR
JURIJA GAGARINA
BRIGADA
AGOSTINA NETA
Zimovnik
Sava
Belgrade Fair
Ada Medjica
Ada Ciganlija
Čukarički rucavac
RADNIČKA
BULEVAR VOJVODE MIŠIĆA
SENJAK
Hipodrom
Savsko jazero
PAŠTROVIĆEVA
OBRENOVAČKI PUT
SAVSKA MAGISTRALA
KIROVLJEVA
POŽEŠKA
TOPČIDER
RADNIČKA
KNEZA VIŠESLAVA
Topčider Park
BANOVO BRDO
Topčider
Belgrade
0
500 metres
0
500 yards

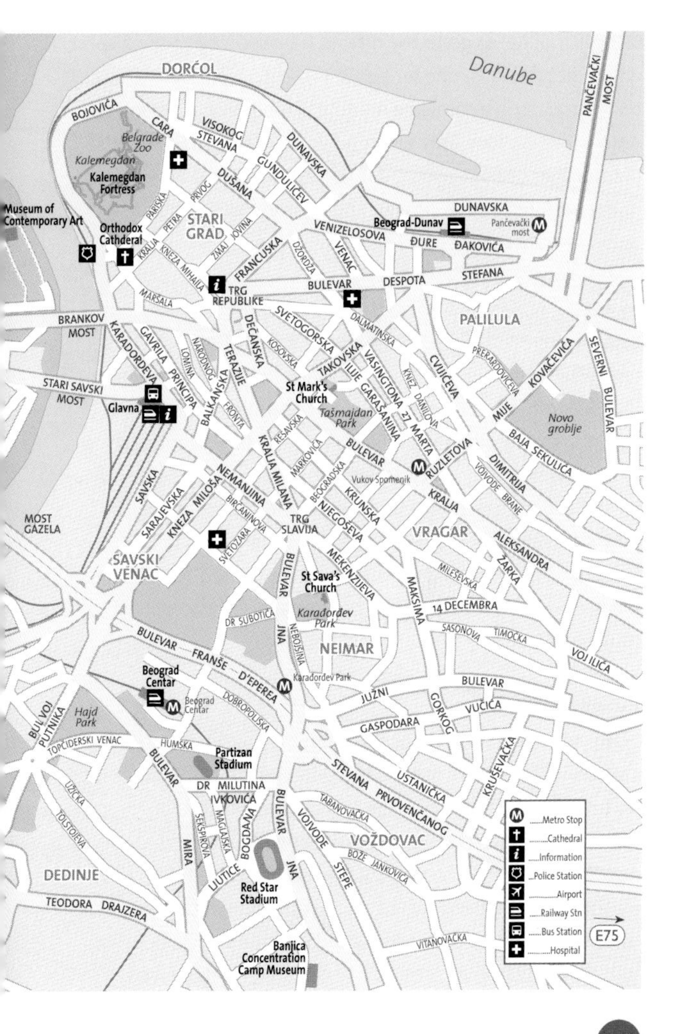
DORĆOL
Danube
PANČEVAČKI MOST
BOJOVIĆA
Belgrade Zoo
Kalemegdan
Kalemegdan Fortress
CARA
VISOKOG STEVANA
DUNAVSKA
GUNDULIĆEV
DUŠANA
Museum of Contemporary Art
Orthodox Cathedral
STARI GRAD
DUNAVSKA
Beograd-Dunav
Pančevački most
VENIZELOSOVA
ĐURE
ĐAKOVIĆA
KNEZA MIHAILA
FRANCUSKA
VENAC
BULEVAR
DESPOTA
STEFANA
TRG REPUBLIKE
MARŠALA
BRANKOV MOST
PALILULA
SVETOGORSKA
KARAĐORĐEVA
GAVRILA PRINCIPA
DEČANSKA
TERAZIJE
TAKOVSKA
CVIJIĆEVA
KOVAČEVIĆA
SEVERNI BULEVAR
STARI SAVSKI MOST
St Mark's Church
Tašmajdan Park
Glavna
BALKANSKA
Novo groblje
MIJE
BAJA SEKULIĆA
BULEVAR
Vukov Spomenik
RUZLETOVA
DIMITRIJA
KRALJA MILANA
NEMANJINA
KRALJA
SAVSKA
SARAJEVSKA
KNEZA MILOŠA
NJEGOŠEVA
KRUNSKA
MOST GAZELA
TRG SLAVIJA
VRAGAR
ALEKSANDRA
ŽARKA
SAVSKI VENAC
BULEVAR
St Sava's Church
MEKENZIJEVA
MAKSIMA
14 DECEMBRA
Karađorđev Park
DR SUBOTIĆA
JNA
NEIMAR
SASONOVA
TIMOČKA
VOJ ILIĆA
BULEVAR FRANŠE D'EPEREA
Beograd Centar
Karađorđev Park
BULEVAR
JUŽNI
GORKOG
VUČIĆA
GASPODARA
Hajd Park
BULVOJ PUTNIKA
TOPČIDERSKI VENAC
HUMSKA
Partizan Stadium
DR MILUTINA IVKOVIĆA
STEVANA PRVOVENČANOG
USTANIČKA
KRUŠEVAČKA
VOJVODE STEPE
VOŽDOVAC
BOŽE JANKOVIĆA
MIRA
BOGDANA
BULEVAR JNA
DEDINJE
TEODORA DRAJZERA
Red Star Stadium
Banjica Concentration Camp Museum
VITANOVAČKA
E75
Metro Stop
Cathedral
Information
Police Station
Airport
Railway Stn
Bus Station
Hospital

using a mobile) or go to the official tourist office at the airport, where they will call one for you. It's also now possible to text a taxi: send a message reading: T Medjunarodni Dolasci Aerodrom to 9700. They will send you a message back with the number of the car that will come for you and how many minutes until it arrives. The journey takes around 15–20 minutes.

By car

You're likely to enter Belgrade on the E70 or E75. From the highway follow signs to the centre (*centar*), and from there look – hard – for the small signs to the major squares and landmarks. The city has a slightly strange pavement parking system, with zones categorised red, yellow and green, where you are permitted to park for one, two or three hours at a staggered hourly rate. Payment is by a ticket bought at a kiosk or from a machine (in the red zone). There are occasional one-way systems that are quite complicated to navigate.

By rail or bus

Train travel in Serbia is not the height of luxury – nor is the station in Belgrade – but, on the plus side, trains to Belgrade do bring you very close to the city centre, which is just a short walk up the hill to the left as you come out. The bus station is right next door. Various buses, trolleybuses and trams pass by the station or very close to it. If you do need to take a taxi somewhere, avoid the ones parked outside the station, which will probably rip you off, and hail one from further away.

FINDING YOUR FEET

Belgrade is not so different from other European capitals, apart from the occasional bomb-damaged building, and you are unlikely to suffer culture shock. As in any large city, there is crime, and foreigners can be appealing targets, especially for pickpockets. Keep your wits about you in the station, at markets and in all crowded places.

ORIENTATION

Belgrade's centre point is effectively Trg Republike, which is the mid-point on the city's central street – the pedestrianised Kneza Mihaila going northwest and Terazije, later becoming Kralja Milana, in the opposite direction. Kalemegdan Fortress to the north and St Sava's Church to the south both tower above the city and serve as useful orientation points. The rivers Sava and Danube are also helpful indicators.

GETTING AROUND

The city has an integrated and comprehensive public transport system of buses, trolleybuses (except in Novi Beograd) and trams. Tickets cost around 40 or 60 dinars, depending on where

IF YOU GET LOST, TRY ...

Do you speak English?
Govorite li engleski?
Govoreetee lee engleskee?

Is this the way to...?
Da li je ovo put do...
Da lee ye ovo poot do...

Could you point it out on the map?
Pokazite mi na mapi? *Pokazheete mee na mapee?*

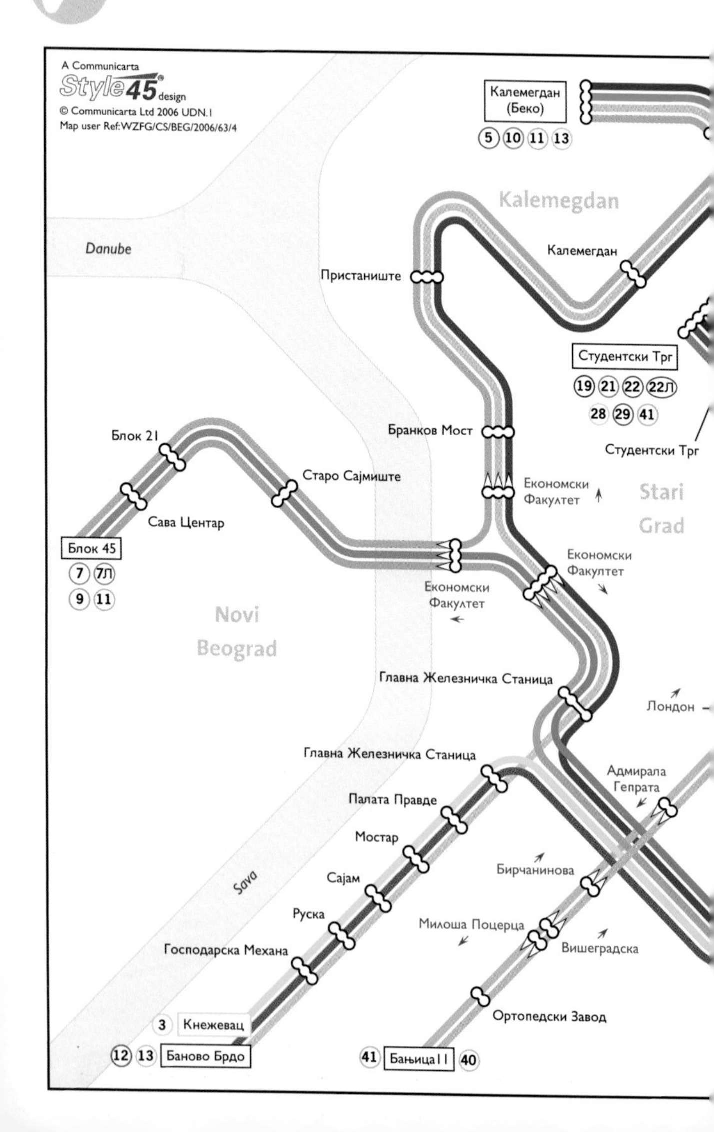

A Communicarta
Style 45 design
© Communicarta Ltd 2006 UDN.1
Map user Ref: WZFG/CS/BEG/2006/63/4
Калемегдан (Беко)
5 10 11 13
Kalemegdan
Danube
Калемегдан
Пристаниште
Студентски Трг
19 21 22 22Л
28 29 41
Бранков Мост
Студентски Трг
Блок 21
Старо Сајмиште
Економски Факултет
Stari Grad
Сава Центар
Блок 45
7 7Л
9 11
Економски Факултет
Економски Факултет
Novi Beograd
Главна Железничка Станица
Лондон
Главна Железничка Станица
Адмирала Гепрата
Палата Правде
Мостар
Бирчанинова
Sava
Сајам
Руска
Милоша Поцерца
Вишеградска
Господарска Механа
Ортопедски Завод
3 Кнежевац
12 13 Баново Брдо
41 Бањица11 40

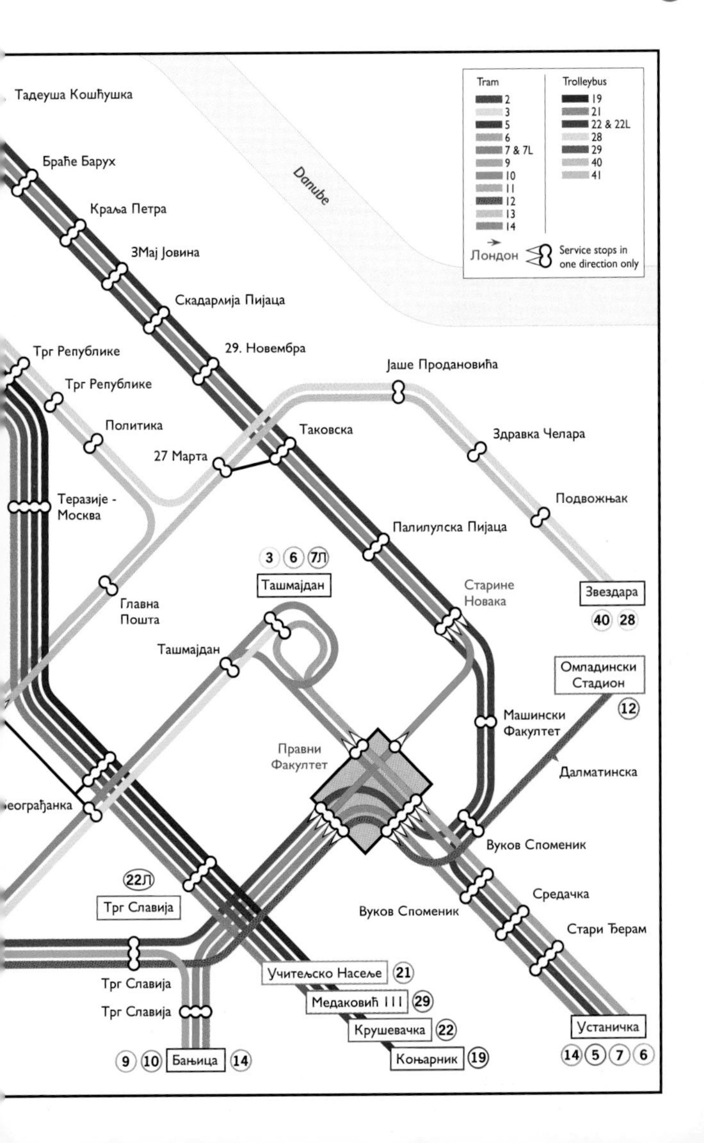
Tram
2
3
5
6
7 & 7L
9
10
11
12
13
14
Trolleybus
19
21
22 & 22L
28
29
40
41
Лондон
Service stops in one direction only
Danube
Тадеуша Кошћушка
Браће Барух
Краља Петра
3Мај Јовина
Скадарлија Пијаца
29. Новембра
Трг Републике
Трг Републике
Политика
27 Марта
Таковска
Јаше Продановића
Здравка Челара
Подвожњак
Теразије - Москва
Палилулска Пијаца
3 6 7Л
Ташмајдан
Старине Новака
Звездара
40 28
Главна Пошта
Ташмајдан
Омладински Стадион
12
Машински Факултет
Правни Факултет
Далматинска
Београђанка
Вуков Споменик
Средачка
22Л
Трг Славија
Вуков Споменик
Стари Ђерам
Учитељско Насеље 21
Трг Славија
Медаковић III 29
Трг Славија
Крушевачка 22
Устаничка
9 10 Бањица 14
Коњарник 19
14 5 7 6

you're going, if you pay on board, and about two-thirds that if you buy them in advance from a kiosk. Fares are slightly higher if you're travelling between 24.00 and 04.00. Make sure you punch your ticket once on board or it won't be valid. There is also a limited metro service. Things can get pretty packed during rush hour. Major transport hubs are at Trg Republike and Trg Slavija. The transport system has a useful website with more information (ⓦ www.gsp.co.yu). Public buses also go to Novi Sad, as do trains: it lies on the Belgrade–Budapest route. For more on Serbian trains see ⓦ www.yurail.co.yu

For travel within the city, taxis are cheap. The majority of drivers – airport and station touts excepted – are honest, and the fare for a short ride in the centre should not exceed 100–200 dinars. Check for a sticker indicating the charges and an operating meter.

CAR HIRE

While a car is useful for nipping back and forth across the river, or for journeys further afield such as to Novi Sad, Belgrade is small enough, the transport system comprehensive enough and taxis cheap enough that it is not a necessity in the city. If you do hire a car, expect to pay the equivalent of £100 for three days.

Avis ⓐ Bulevar Kralja Aleksandra 94 ⓣ 011 431 687
ⓦ www.avis.co.yu

Budget ⓐ Belgrade Airport ⓣ 011 601 555 ext 2959
ⓦ www.budget.co.uk

Putnik-Hertz ⓐ Kneza Milosa 82 ⓣ 011 641 566

Gardens and great views: Kalemegdan Fortress

THE CITY OF Belgrade

Kalemegdan Fortress & around

Perfectly encapsulating Belgrade's reconciliation of its bloody history and laidback present is Kalemegdan Fortress, the city's flagship site of historical interest. The fortress itself, some 2,000 years old, sits in the middle of a vast park beloved of Belgraders. The main entrance to the park leads directly on to the pedestrian zone centred around Kneza Mihaila. Despite its Roman origins, the street is thoroughly modern in atmosphere, with a cluster of designer stores and lots of places for eating, drinking and shopping that are open late into the night. The area is also home to much of the city's cultural life, with various museums, galleries, monuments and places of worship dotted around, including, near the southernmost tip of the park, the Orthodox Cathedral and, diagonally across from it, Princess Ljubica's Konak.

The area can only be seen on foot; prepare to do some serious walking if you want to explore the park and fortress, which cover more than 20 hectares (50 acres). It's well worth the effort, though, as the uppermost point gives you some of the best views of the meeting point of the Danube and Sava rivers. The rest of the Old Town is bisected by Kneza Mihaila, and if you get lost you can usually get your bearings again by identifying that.

SIGHTS & ATTRACTIONS

Bajrakli Mosque (Bajrakli Dzamija)

Belgrade's only mosque has survived conversion to a church, abandonment by the Turks and fire damage during riots in its

Bursting with pleasures – the streets round Kalemegdan

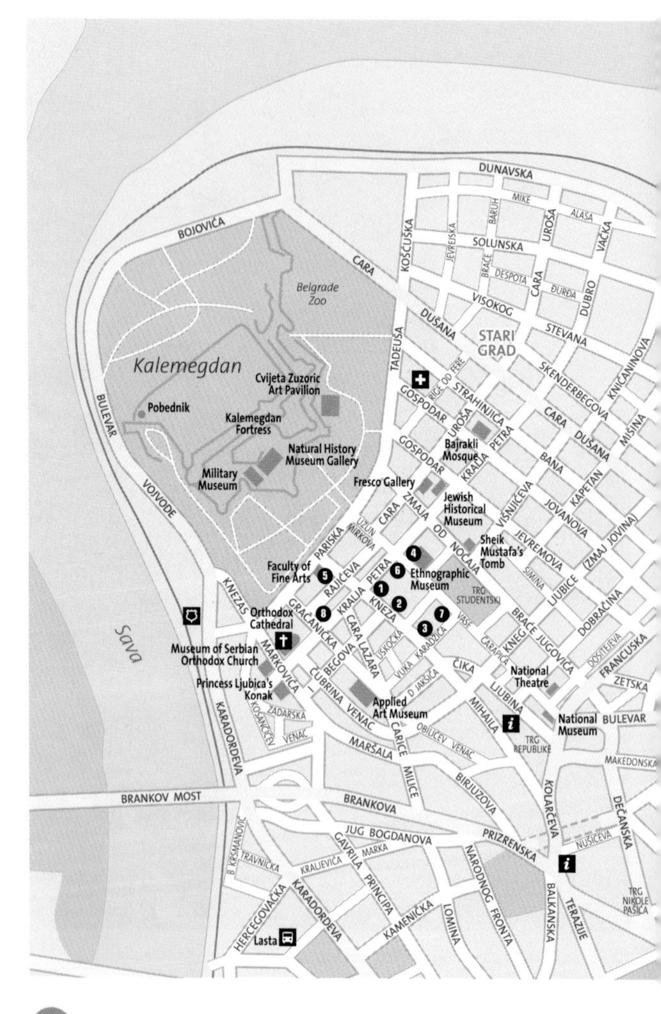
DUNAVSKA
MIKE
ALASA
BOJOVIĆA
KOSČUŠKA
JEVREJSKA
BARUH
UROŠA
VAČKA
SOLUNSKA
CARA
BRAĆE
DESPOTA
ĐURĐA
DUBRO
Belgrade Zoo
VISOKOG
DUŠANA
STEVANA
STARI GRAD
TADEUŠA
Kalemegdan
Cvijeta Zuzoric Art Pavilion
RIGE OD FERE
SKENDERBEGOVA
KNIČANINOVA
BULEVAR
Pobednik
Kalemegdan Fortress
GOSPODAR
STRAHINJIĆA
UROŠA
CARA
DUŠANA
MIŠINA
Natural History Museum Gallery
Bajrakli Mosque
PETRA
BANA
Military Museum
KRALJA
Fresco Gallery
KAPETAN
VOJVODE
CARA
ZMAJA
Jewish Historical Museum
VIŠNJIĆEVA
JOVANOVA
UZUN MIRKOVA
OD
PARISKA
NOĆAJA
Sheik Mustafa's Tomb
JEVREMOVA
(ZMAJ JOVINA)
Faculty of Fine Arts
RAJIĆEVA
PETRA
Ethnographic Museum
SIMINA
LJUBICE
TRG STUDENTSKI
DOBRAČINA
KNEZAS
KRALJA
KNEZA
Orthodox Cathedral
GRAČANIČKA
VASE
BRAĆE JUGOVIĆA
Sava
CARA LAZARA
USKOČKA
KARADŽIĆA
ČARAPIĆA
KNEG
DOSITEJEVA
Museum of Serbian Orthodox Church
MARKOVIĆA
BEGOVA
VUKA
ČIKA
FRANCUSKA
National Theatre
ZETSKA
Princess Ljubica's Konak
ČUBRINA
D. JAKŠIĆA
LJUBINA
Applied Art Museum
MIHAILA
National Museum
BULEVAR
KOSANČIĆEV
ZADARSKA
VENAC
CARICE
OBILIĆEV VENAC
TRG REPUBLIKE
KARAĐORĐEVA
VENAC
MARŠALA
MAKEDONSKA
MILICE
BIRJUZOVA
BRANKOV MOST
BRANKOVA
KOLARČEVA
DEČANSKA
JUG BOGDANOVA
PRIZRENSKA
NUŠIĆEVA
B. KRSMANOVIĆ
TRAVNIČKA
GAVRILA
MARKA
KRALJEVIĆA
PRINCIPA
NARODNOG FRONTA
BALKANSKA
TERAZIJE
TRG NIKOLE PAŠIĆA
HERCEGOVAČKA
KARAĐORĐEVA
KAMENIČKA
LOMINA
Lasta

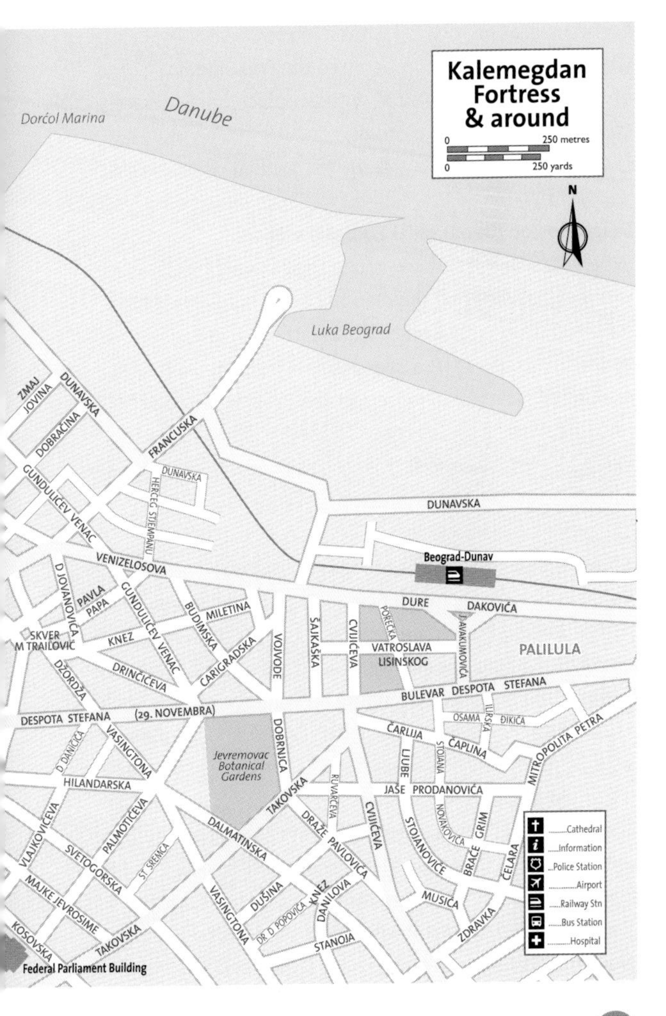
Kalemegdan Fortress & around
0
250 metres
0
250 yards
N
Danube
Dorćol Marina
Luka Beograd
Beograd-Dunav
PALILULA
Jevremovac Botanical Gardens
Federal Parliament Building
ZMAJ JOVINA
DUNAVSKA
DOBRAČINA
FRANCUSKA
GUNDULIĆEV VENAC
HERCEG STJEPANU
VENIZELOSOVA
D JOVANOVIĆA
PAVLA PAPA
SKVER M TRAILOVIĆ
KNEZ
MILETINA
BUDIMSKA
DRINČIĆEVA
CARIGRADSKA
VOJVODE
ŠAJKAŠKA
CVIJIĆEVA
DURE
DAKOVIĆA
POREČKA
VATROSLAVA LISINSKOG
J AVAKUMOVIĆA
BULEVAR DESPOTA STEFANA
DŽORDŽA
DESPOTA STEFANA
(29. NOVEMBRA)
DOBRNJICA
OSAMA
ILIRSKA
ĐIKIĆA
ČARLIJA
ČAPLINA
MITROPOLITA PETRA
VASINGTONA
D. DANIČIĆA
LJUBE
STOJANA
HILANDARSKA
TAKOVSKA
RUVARČEVA
JAŠE PRODANOVIĆA
VLAJKOVIĆEVA
PALMOTIĆEVA
NOVAKOVIĆA
GRIM
BRAĆE
DALMATINSKA
DRAŽE PAVLOVIĆA
STOJANOVIĆE
SVETOGORSKA
ST SREMCA
ČELARA
MAJKE JEVROSIME
DUŠINA
KNEZ DANILOVA
DR. D POPOVIĆA
MUSIĆA
ZDRAVKA
KOSOVSKA
STANOJA
Cathedral
Information
Police Station
Airport
Railway Stn
Bus Station
Hospital

300-plus-year history. Today it's a relatively simple place of worship, particularly compared to the showiness of some of the city's other holy sites, with a replacement minaret, stone walls and a few pictures.

ⓐ Gospodar Jevremova 11 ⓣ 011 262 2428 ⓛ 07.00–19.00

Belgrade Zoo (Beogradski Zoološki vrt)

When Nazi bombs hit the zoo in 1941, some of the residents seized their opportunity and made a bold bid for freedom, heading off to explore the war-ravaged town. Today, fortunately, the 2,000 animals from 200 different species are penned in more securely. There's also a café and gift shop.

ⓐ Mali Kalemegdan 8 ⓣ 011 624 526 ⓛ 08.00–17.00 winter; 08.00–20.30 summer. Admission charge

Kalemegdan Fortress (Kalemegdan Tvrdjava)

Kalemegdan pretty much ticks all the tourist boxes: it's got history dating back to ancient times, it offers one of the best views of the Danube and Sava and it's also a pleasant place to stroll, read or play, depending on your age and inclination. Throw in a couple of museums and a zoo, and it's easy to see why Belgraders are so fond of it. The fortress is far more than a few old ruins: much of it is extremely well preserved and conveys a real sense of history. Turrets, towers and ramparts are still in fine condition. This atmosphere makes it the ideal home for the city's **Military Museum**, and the park also hosts the **Cvijeta Zuzorić Art Pavilion** and the **Natural History Museum Gallery** (see pages 71–3). Further culture comes

The Messenger of Victory monument towers above the city

in the form of various statues around the grounds, from Pobednik (the **Messenger of Victory Monument**), who proudly stands sentinel from a tall plinth, to the same sculptor's Monument to France, and many more.

If you don't fancy looking round museums or studying statues, the park is also great for slow-paced recreation. There are numerous benches for leisurely contemplation of your surroundings, and the stunning views over the meeting point of the Sava and Danube rivers are also worth the effort. The park's main walkway is also home to a hotchpotch market, where you can pick up lace and knitwear, hip flasks, wooden pipes and cigarette lighters (for the less health-conscious) and even Communist-era memorabilia. Children are particularly well catered for, with various amusements including a zoo, bouncy castle and balloon sellers. They also seem to love clambering all over the complex's replica tanks and guns, which recreate European and American weapons from the last century or so. Most of the complex is open for general wandering and exploration, but be warned – there are almost no signs and it is very easy to get lost, which, given the size of the place, can be tiring and tiresome.

Aside from the museums, it's also worth making a point of visiting the clock tower. As well as climbing to the top, you can also view a selection of photos, a model of the fort and a historical display covering the site's various phases under Roman, Austrian and Turkish influence. A helpful guide is on hand to answer any questions.

12.00–17.00 Mon–Sun Tram: 2, 11, 13.
Admission charge

Kneza Mihaila

The pedestrianised area around Kneza Mihaila (the street running northwest from Trg Republike) is the city's beating heart, reflecting the many phases and faces of Belgrade. During the day it's a bustling shopping district, full of Belgraders seeking fashion and food. At night it's a buzzing party place, brimming with excited, dolled-up teenagers on their way to a night of revelry. On Sundays and in the lulls between action it's calm and quiet, as the townsfolk chat over coffee or stroll and gossip.

Despite having its origins in Roman times, the area feels so modern and Western that, as you glance around and take in the perfectly flat paved surface and the shop names, it all seems very familiar. Many shops and businesses remain open until midnight, which means the area is vibrant and busy until late.

Orthodox Cathedral or Holy Archangel Michael Church (Saborna crkva Sv Arhangela)

Belgrade's cavernous Orthodox Cathedral is as ornate as you would expect, brimming with gold, red carpets and enormous chandeliers, plus an elaborate, gold-lined pulpit. It also boasts its fair share of art, with simple stained-glass windows and religious scenes covering the main inside wall and the ceiling. You can stock up on your icons and religious texts from a small shop at the entrance.

ⓐ Kneza Sime Markovića 3 ⓣ 011 636 684 ⓛ 07.30–18.00

Princess Ljubica's Konak (Konak Kneginje Ljubice)

This 19th-century mansion, formerly home to Princess Ljubica, wife of Prince Miloš Obrenović, and her sons, was converted into

The mighty Orthodox Cathedral

a museum and is now set up as it might have looked in the past, with various Turkish- and European-influenced furniture and rooms, including a Turkish bathhouse, or *hammam*. There are little nooks and crannies to explore, and a few display cases with costumes, pottery, medals, glasses and goblets. Because there are no written explanations stuck on the walls to remind you that you're in a museum, the whole place has a certain air of authenticity, and if you're lucky enough to visit it when there are hardly any other tourists there, it can be rather fun to walk around imagining life as a royal.
ⓐ Kneza Sime Markovića 8 ⓣ 011 638 264 ⓛ 10.00–17.00 Tues–Fri, 10.00–16.00 Sat & Sun, closed Mon

Sheik Mustafa's Tomb (Seik Mustafino Turbe)
Built over 200 years ago as a mausoleum, the tomb stands as a rare monument to Turkish rule in the city.
ⓐ On the corner of Bracé Jugovića and Višnjićeva, opposite Trg Studentski

Trg Studentski
A quiet city garden with a sprinkling of statues, trees and benches, Trg Studentski is popular with couples, dog walkers and readers seeking some respite from the bustle of the town. A children's playground in one corner does not intrude on the peaceful atmosphere, which is perhaps explained by the park's former incarnation as a cemetery. The entrance gates are worthy of architectural interest in their own right, although the statues seem to be used more as unorthodox places for students to get some shut-eye rather than as impressive visual

features. There's a toilet in the garden that is open from 06.00–20.00.

ⓐ Opposite the Ethnographic Museum

CULTURE

Applied Art Museum (Muzej Primenjene Umetnosti)

Exhibiting jewellery, icons, prints, photos, textiles, glassware and ceramics, the chief draw for art lovers may well be the museum's shop, which sells a range of accessories and pieces by contemporary Serbian designers. The shop keeps the same hours as the museum, with the exception of Sunday when it is closed.

ⓐ 18 Vuka Karadžića ⓣ 011 262 6841 ⓦ www.mpu.org.yu ⓔ mpu@yubc.net ◷ 10.00–17.00 Tues, Wed, Fri & Sat, 12.00–20.00 Thur, 10.00–14.00 Sun, closed Mon. Admission charge

Centre for Graphic Art and Visual Research (Centar za Grafiku i Vizeulna Istrazivanja)

Both a working department and a public gallery, the Centre for Graphic Art and Visual Research is part of the Faculty of Fine Arts, a meeting point for Serbian artists, and has pieces you can view and/or buy as well as a library. Check the website for details of upcoming special exhibitions.

ⓐ Faculty of Fine Arts, Pariska 16, at junction with Kneza Mihaila ⓣ 011 328 2800, 011 626 622 ⓦ www.fluc.org ⓔ centar@flu.bg.ac.yu ◷ Gallery 10.00–19.00 Mon–Fri, 10.00–15.00 Sat, closed Sun

Cvijeta Zuzorić Art Pavilion (Umetnicki paviljon Cvijeta Zuzorić)
Members of the Association of Fine Artists of Serbia both exhibit and sell their work through the art gallery.
ⓐ Mali Kalemegdan 1 ⓣ 011 262 1585 ⓦ www.ulus.org.yu
ⓔ ulus@verat.net ⓒ 12.00–20.00 Tues–Sun, closed Mon

Ethnographic Museum (Etno Musej)
Spread out over several floors and rooms, the Ethnographic Museum offers a comprehensive overview of 19th- and 20th-century life and culture through the region. The ground floor features mostly traditional rural costumes and photographs, while the upstairs exhibits also reflect the lifestyle of the well-off town set. There's an emphasis on farming and textile production and various equipment and carpets are on display along with musical instruments, furniture, carts, carriages and small models of buildings. The huge surface area available affords space for mock-up rooms from both rural dwellings and townhouses, which reveal the area's competing Turkish and European influences. Most captions are translated into English. The museum also hosts temporary exhibitions, talks, plays, concerts and other promotions. Its website does not post an up-to-date programme, so phone for information.
ⓐ Trg Studentski 13 ⓣ 011 328 1888 ⓦ www.etnomuzej.co.yu
ⓔ etnomuzej@yubc.net ⓒ 10.00–17.00 Tues–Sat, 09.00–14.00 Sun, closed Mon. Admission charge

Fresco Gallery (Freska Gelerija)
The gallery houses a collection of copies of the country's religious art. Everything – huge murals that practically cover

a whole wall, stone carvings, marble tombstones – is in one large exhibition room. There is none of the shoddiness you might normally associate with replicas. From time to time the gallery also hosts classical music concerts.
ⓐ Cara Uroša 20 ⓣ 011 621 491 ⓔ gfres@narodnimuzej.org.yu
◔ 10.00–17.00 Tues, Wed, Fri & Sat, 12.00–20.00 Thur, 10.00–14.00 Sun, closed Mon

Jewish Historical Museum (Jevrejski Istorijski Muzej)
Featuring a vast collection of photos, documents and artefacts charting Jewish life in what was Yugoslavia over 2,000 years, the museum is tucked away on the first floor of its building. You'll need to ring the bell to get in. Prominent among the many items on show is a sobering display on the Holocaust.
ⓐ Kralja Petra 71a ⓣ 011 622 634 ⓦ www.jim-bg.org
ⓔ musej@eunet.yu ◔ 10.00–12.00 Mon–Fri, closed Sat, Sun & holidays

Military Museum (Vojni Muzej)
While most of the places from which tourists hail might be lacking first-hand experience of conflict, the same cannot be said of Serbia. Subsequently, as well as the traditional Roman, Greek and medieval daggers, helmets and armour, the museum also features more recent exhibits, such as bits of an American stealth aircraft shot down by the local army in the 1990s.
ⓐ Kalemegdan Fortress ⓣ 011 334 3441 ◔ 10.00–17.00 Tues–Sun, closed Mon. Admission charge

Museum of the Serbian Orthodox Church (Muzej nad Odredeni Clan Srpski Pravoslavan Crkva)
Right opposite the Orthodox Cathedral, the museum tries to tell the story of Serbian Orthodoxy through icons, wood-carvings, stone engravings, textiles and books, some of which date back over 500 years.
ⓐ Kralja Petra 5 ⓣ 011 328 2588 ⓦ www.spc.yu ⓔ info@spc.yu
🕒 08.00–15.00 Mon–Fri, 09.00–12.00 Sat, 11.00–13.00 Sun, closed on feast days. Admission charge

Natural History Museum Gallery (Prirodnjacki Muzej)
Situated in an outhouse of the fortress, this small museum is well worth a look if you're passing through Kalemegdan Park. It has lots of information in English on all aspects of Serbian natural history, and exhibits from leaves and insects to bats and stuffed birds. The centrepiece of the collection is a huge bearded vulture with its wings wide open, as if it is about to dive down on to some poor doomed mouse. There's also a science bit, with a detailed explanation of the mechanics of flying. A small shop sells shells, books and jewellery made of stones.
ⓐ Mali Kalemegdan 5 ⓣ 011 328 4317 🕒 10.00–17.00 Tues–Sun, closed Mon. Admission charge ❗ Free on Thur

RETAIL THERAPY

Kneza Mihaila Glance around Kneza Mihaila and you could be on the main street or boulevard of any sophisticated European city. Familiar names such as Zara, Mango, Nike, Adidas and Benetton stand alongside smaller, specialist shops and boutiques. There is the occasional café, but most of the eateries are down

side streets, perhaps not to intrude too much on the main business of shopping.

TAKING A BREAK

Snezana £ ❶ Large, bustling and smoky café-pizzeria offering a variety of cakes and the popular Eraclea range of Italian hot drinks. It's informal, with TV screens and funky chandeliers. ⓐ Corner of Kneza Mihaila and Kralja Petra ⓣ 011 263 5706 ⓛ 08.00–01.00 Mon–Sat, 11.00–23.00 Sun

Via del Gusto £ ❷ Split-level café-restaurant-club with small, round tables, barstools and a wrought-iron motif. The menu features reasonably priced pastries and cakes as well as light mains, like pizza, pasta and salads. ⓐ Kneza Mihaila 48 ⓣ 011 328 8200, 011 187 321 ⓦ www.viadelgusto.net ⓛ 08.00–24.00

AFTER DARK

Restaurants

Freska café restaurant ££ ❸ Very highly rated Italian restaurant with a good range of pasta, pizza, salads and meat mains, all for reasonable prices. In warm weather you can eat at an outside table. ⓐ Vuka Karadžića 12, corner with Kneza Mihaila ⓣ 011 328 4879 ⓛ 09.00–01.00 Mon–Sat, 11.00–23.00 Sun

Kapric ££ ❹ One of the top Italians in the city, this place is bright and friendly, with its attentive staff and warm yellow

Quirky ceramics are among Belgrade's offerings

interior. Intimate and relaxed with Motown music and great pasta. ⓐ Kralja Petra 44 ⓣ 011 625 930 ◷ 13.00–23.00

Klimatizovan ££ ❺ You'll know this place from the booming national music it pumps out. Inside it's more serene – an old-fashioned and formal place dishing up meaty Serbian and Eastern European specialities. Communist – but not in a bad way. ⓐ Kneza Mihaila, by the Faculty of Fine Arts ⓣ 011 480 700 ◷ 10.00–24.00

Kosava ££ ❻ Along with Kapric, which is a few doors along from it, this two-level pizzeria forms a little enclave of high-quality Italian restaurants. Unpretentious and homely, with red-chequered tablecloths for that trattoria atmosphere, they also have a café selling cakes. ⓐ Kralja Petra 36 ⓣ 011 627 344 ◷ 09.00–01.00 Mon–Fri, 12.00–01.00 Sat & Sun

Peking ££ ❼ The city's first Chinese restaurant, the highly rated Peking offers the 100-plus dishes you'd expect. The interior is decent, but if you prefer to eat elsewhere they also deliver. ⓐ Vuka Karadzića 2, near Trg Studentski ⓣ 011 181 931 ⓦ www.peking.co.yu ⓔ kontakt@peking.co.yu

Que Pasa? £££ ❽ Expensive Spanish and Latin American food for Belgrade's trendies – the televisions inside are often tuned to Fashion TV, to make sure nobody forgets what they should aspire to. Alternatively, there is sometimes a live band doing covers of popular international tracks. The bold, red décor also reflects the Hispanic theme. ⓐ Kralja Petra 13–15 ⓣ 011 330 5377 ⓦ www.que-pasa.co.yu ◷ 09.30–01.30

Bars & clubs

Bar Central Stylish cocktail bar that plays host to the city's drink-juggling, aspiring Tom Cruises. ⓐ Kralja Petra 59 ⓣ 011 262 6444 ⓛ 09.00–01.00 Mon–Sat, 17.00–01.00 Sun

Palamida Small and trendy nightclub reportedly owned by the Slovenian footballer Igor Lazic. Very orange. ⓐ Vuka Karadžića 12 ⓛ 09.00–04.00 Mon–Sat, 11.00–04.00 Sun

Rex Café Bar Brightly decorated bar with an orange and lemon theme. There are magazines for the customers but it might be difficult to concentrate on them given the volume of the music. ⓐ Kneza Mihaila 52 ⓛ 08.00–02.00 Mon–Sun

Rezime Centar Piano Bar Small and intimate piano bar with a traditional and plush atmosphere. It's part of an international hotel chain and affiliated to some very elegant hotel-apartments. ⓐ Kralja Petra 41 ⓣ 011 328 4276 ⓦ www.rezimeapartments.co.yu ⓔ rezime@sbb.co.yu ⓛ 09.00–23.00 Mon–Sat, 11.00–23.00 Sun

Concert halls

Srpska Akedemija Nauka I Umetnosti (Serbian Academy of Sciences & Arts)

The SASA Gallery has a regular programme of free classical music concerts on Mondays and Thursdays at 18.00. It also hosts art exhibitions. ⓐ Knez Mihailova 35 ⓣ 011 334 2400 ⓦ www.sanu.ac.yu ⓔ galSANU@bib.sanu.ac.yu

Trg Republike & city centre

Something of a cultural centre, with both the National Museum and National Theatre facing on to it, the pedestrianised Trg Republike is likely to be the starting point for much of your exploration of Belgrade's Old Town. It's constantly busy, peopled by shoppers, strollers and revellers of all ages, and the atmosphere changes by the hour. What doesn't change is the big screen loudly broadcasting adverts, a reminder that it has left behind a troubled past and is today a bustling metropolis that shares the same aim as other European capitals: making money.

The large junction at Trg Republike serves both as a centre for public transport and as the starting or finishing point for several major Belgrade arteries, including Skadarska, the cobbled hill whose bohemian atmosphere survived NATO's bombs in the 1990s, and Terazije, the main thoroughfare that runs almost north to south. Before it eventually becomes Kralja Milana, Terazije hosts some of the city's landmark hotels, and a few green spaces, one of which is the site of the striking Serbian Federal Parliament building.

Trg Republike and Skadarska are closed to traffic and many of the area's sights are within walking distance of each other. Several trolleybuses also go along Terazije. Driving around the centre is recommended only for the very patient – a confusing network of one-way streets and no-entry junctions can make reaching your destination an exercise in frustration. Far better to jump in a cab.

SIGHTS & ATTRACTIONS

Federal Parliament building (Savezni Skupstina zgrada)

One of the most impressive structures in the city – in fact so impressive that it made it on to the country's 5,000-dinar banknote – the Federal Parliament building stands proudly over Pioneers' Park. It was here that demonstrators gathered to

The 19th-century monument to Prince Milhailo dominates Trg Republike

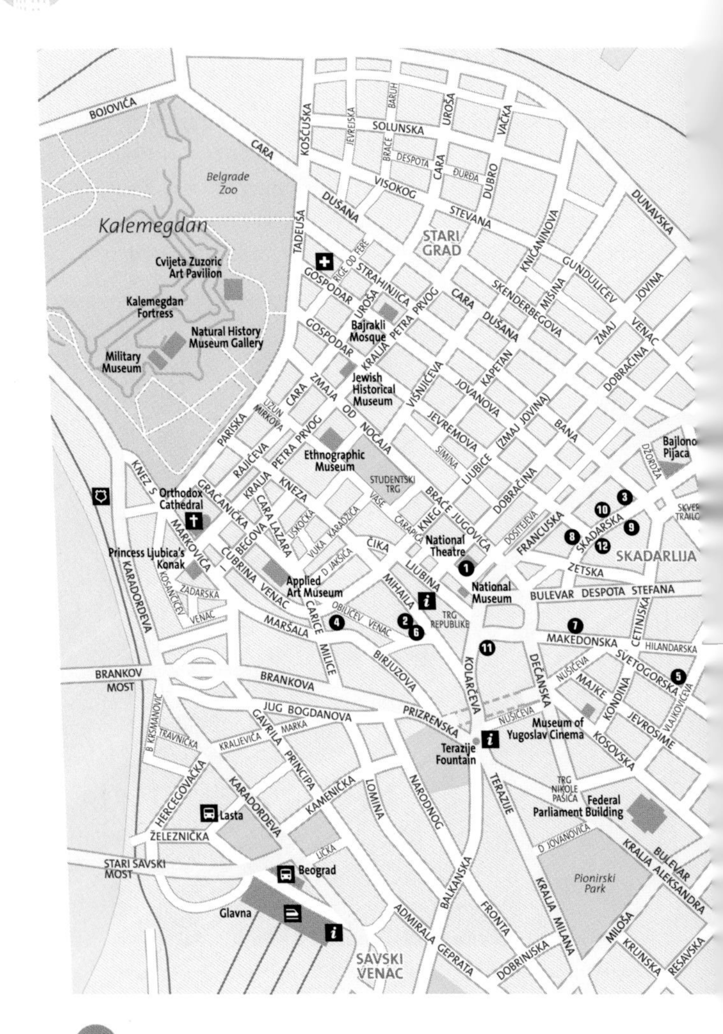
BOJOVIĆA
CARA
KOŠĆUŠKA
JEVREJSKA
BARUH
SOLUNSKA
UROŠA
VAČKA
BRAĆE
DESPOTA
CARA
ĐURĐA
DUBRO
VISOKOG
STEVANA
DUŠANA
DUNAVSKA
Belgrade Zoo
Kalemegdan
TADEUŠA
STARI GRAD
KNIĆANINOVA
Cvijeta Zuzoric Art Pavilion
RIGE OD FERE
STRAHINJIĆA
GOSPODAR
GUNDULIĆEV
JOVINA
Kalemegdan Fortress
UROŠA
PETRA PRVOG
CARA
SKENDERBEGOVA
MIŠINA
Bajrakli Mosque
DUŠANA
ZMAJ
VENAC
Natural History Museum Gallery
GOSPODAR
KRALJA
Military Museum
Jewish Historical Museum
VIŠNJIĆEVA
KAPETAN
DOBRAČINA
CARA
ZMAJA
JOVANOVA
UZUN MIRKOVA
OD
(ZMAJ JOVINA)
PARISKA
PETRA PRVOG
NOĆAJA
JEVREMOVA
BANA
RAJIĆEVA
Ethnographic Museum
SIMINA
LJUBICE
Bajlono Pijaca
DŽORDŽA
KNEZ S
STUDENTSKI TRG
DOBRAČINA
GRAČANIČKA
KRALJA
KNEZA
VASE
BRAĆE JUGOVIĆA
Orthodox Cathedral
CARA LAZARA
USKOČKA
KARADŽIĆA
ČARAPIĆA
KNEG
DOSITEJEVA
FRANCUSKA
SKADARSKA
SKVER TRAILO
MARKOVIĆA
BEGOVA
VUKA
ČIKA
National Theatre
SKADARLIJA
Princess Ljubica's Konak
ĆUBRINA
D JAKŠIĆA
LJUBINA
ZETSKA
KARAĐORĐEVA
KOSANČIĆEV
ZADARSKA
VENAC
Applied Art Museum
MIHAILA
National Museum
BULEVAR DESPOTA STEFANA
CETINJSKA
OBILIĆEV VENAC
TRG REPUBLIKE
MARŠALA
CARICE
MAKEDONSKA
HILANDARSKA
MILICE
BIRJUZOVA
SVETOGORSKA
NUŠIĆEVA
DEČANSKA
BRANKOV MOST
BRANKOVA
KOLARČEVA
MAJKE
KONDINA
VLAJKOVIĆEVA
B KRSMANOVIĆ
JUG BOGDANOVA
PRIZRENSKA
NUŠIĆEVA
JEVROSIME
TRAVNIČKA
GAVRILA
MARKA
KRALJEVIĆA
Museum of Yugoslav Cinema
KOSOVSKA
Terazije Fountain
PRINCIPA
HERCEGOVAČKA
KARAĐORĐEVA
KAMENIČKA
LOMINA
NARODNOG
TERAZIJE
TRG NIKOLE PAŠIĆA
Federal Parliament Building
Lasta
ŽELEZNIČKA
D JOVANOVIĆA
LIČKA
KRALJA
BULEVAR
ALEKSANDRA
STARI SAVSKI MOST
Beograd
Pionirski Park
BALKANSKA
Glavna
ADMIRALA
GEPRATA
FRONTA
KRALJA MILANA
MILOŠA
KRUNSKA
RESAVSKA
DOBRINJSKA
SAVSKI VENAC

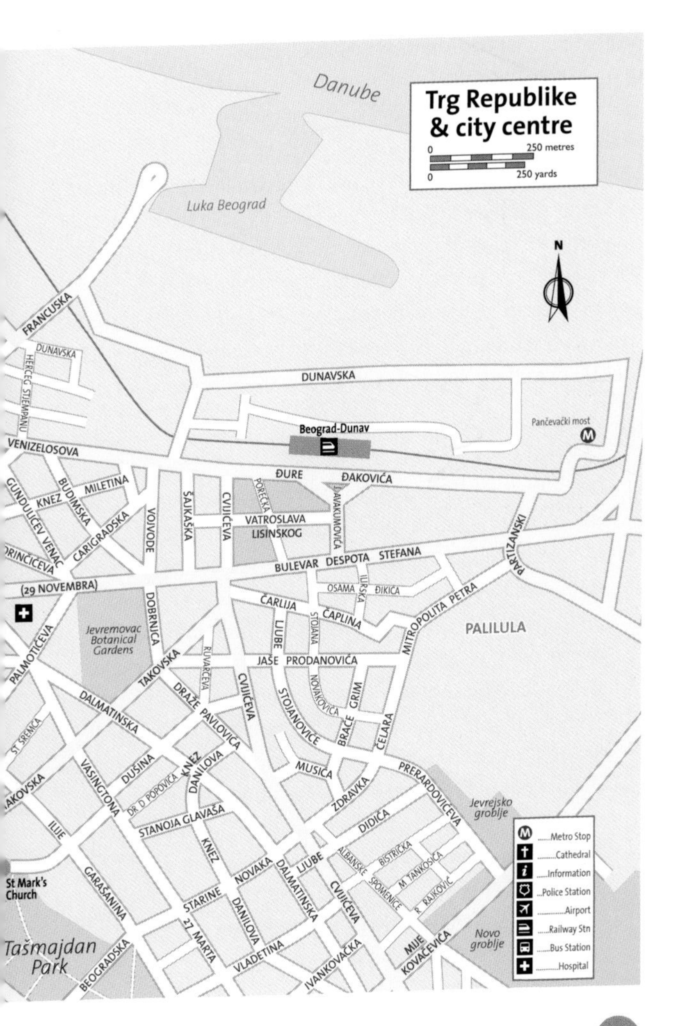
Trg Republike & city centre
0
250 metres
0
250 yards
N
Danube
Luka Beograd
FRANCUSKA
DUNAVSKA
HERCEG STJEPANU
DUNAVSKA
VENIZELOSOVA
Beograd-Dunav
Pančevački most
ĐURE
ĐAKOVIĆA
MILETINA
BUDIMSKA
KNEZ
GUNDULIĆEV VENAC
CARIGRADSKA
VOJVODE
ŠAJKAŠKA
CVIJIĆEVA
POREČKA
VATROSLAVA
LISINSKOG
ĐAVAKUMOVIĆA
BULEVAR DESPOTA STEFANA
PARTIZANSKI
DRINČIĆEVA
(29 NOVEMBRA)
OSAMA
ILIRSKA
ĐIKIĆA
ČARLIJA
ČAPLINA
MITROPOLITA PETRA
PALILULA
Jevremovac Botanical Gardens
DOBRNJICA
LJUBE
STOJANA
PALMOTIĆEVA
TAKOVSKA
RUVARČEVA
JAŠE PRODANOVIĆA
NOVAKOVIĆA
GRIM
CVIJIĆEVA
STOJANOVIĆE
BRAĆE
ČELARA
DRAŽE PAVLOVIĆA
DALMATINSKA
ST SREMCA
MUSIĆA
PRERADOVIĆEVA
ZDRAVKA
DUŠINA
KNEZ
DANILOVA
VASINGTONA
DR D POPOVIĆA
TAKOVSKA
ILIJE
STANOJA GLAVAŠA
DIDIĆA
Jevrejsko groblje
KNEZ
ALBANSKE
BISTRIČKA
M TANKOSIĆA
SPOMENICE
R. RAJKOVIĆ
LJUBE
NOVAKA
DALMATINSKA
CVIJIĆEVA
GARAŠANINA
STARINE
DANILOVA
27 MARTA
St Mark's Church
Tašmajdan Park
BEOGRADSKA
VLADETINA
IVANKOVAČKA
MIJE KOVAČEVIĆA
Novo groblje
Metro Stop
Cathedral
Information
Police Station
Airport
Railway Stn
Bus Station
Hospital

protest against the Milošević regime in 2000.
ⓐ Trg Nikole Pašića ⓝ Tram: 7L, 12; Trolleybus: 40, 41

Skadarlija quarter

The first settlers in Skadarlija, the narrow, hilly streets centred on Skadarska, were Roma, or gypsies, and today the district still retains something of their unorthodox style. Supplanting the Roma were craftsmen, and the area soon became popular among the city's bohemian set, as artists and writers gathered to shoot the breeze in Skadarska's old hostelries, some of which are still operating. Today it is colonised by entrepreneurs who,

PARLIAMENT

On 5 October 2000, the Yugoslav Parliament building was the scene of a demonstration that was the last nail in Milošević's political coffin. When the reviled leader managed to secure one more year in power after having his defeat in the previous month's presidential election overturned, 900,000 people took to the streets of Belgrade to protest, with many ending up at Parliament. They bulldozed their way into the building, where they started fires and smashed up – or removed – the furniture. At first police fired tear gas at the crowd, but they later withdrew and some officers even joined the protestors. The ground was left littered with the fraudulent voting slips filled in by Milošević's minions. The next day the hated despot stood down and opposition candidate Vojislav Kostunica took office.

realising that bohemia sells, have recreated it as a tourist area, lined with traditional and modern restaurants, many of which employ gypsy bands to perform live most nights. Some even station their waiters in the street, Turkish style, to persuade you to go in. You can also pick up craft items from the stalls that sometimes set up on the street. Skadarlija might represent Belgrade's first foray into catering for its foreign visitors, but it is still a world away from the cynical tourist traps you find in many developed cities. If you're going out for dinner, forget the heels – cobbled Skadarska is difficult enough to navigate in trainers.

Terazije

The official centre of the city – even if for practical purposes this mantle usually goes to Trg Republike or Kalemegdan – Terazije, both a square and a street in its own right, is one of the city's main shopping areas. It also boasts some of its more notable buildings, from the stylish, art nouveau Hotel Moskva, now a

The cobbled streets of Skadarlija

hundred years old, to the largest McDonald's in the Balkans, a more dubious claimant for honour. The other landmark of note is the Terazije Fountain, which is back in its original location after a 65-year sojourn in Topčider Park. The fountain has a spiritual significance for Belgrade's Orthodox Christians, as worshippers stop to pray here during their Ascension Day procession.

Trg Republike

The centre of the centre, Trg Republike acts as a microcosm of Belgrade life: whether it's teenagers on their way to a big night out, revellers dancing or nodding along to one of the many concerts staged in front of the National Museum, crocodile lines of children streaming across the square on a school trip or adults taking a few minutes' time out on the benches for a chat or a read, something is always happening here.

CULTURE

Museum of Yugoslav Cinema (Muzej Jugoslavenska Kinoteka)

The museum houses the Yugoslav Film Archives and screens titles from its vast collection. There is something on almost every day, sometimes two or three shows, and the sheer variety will certainly impress film buffs: you could be watching a 90-year-old silent film, a classic from the 1940s or the latest Serbian offering – make sure you check beforehand what language it will be in. The entrance hall hosts exhibitions that have links with the films being screened.

ⓐ Kosovska 11 ⓣ 011 324 8250 ⓦ www.kinoteka.org.yu
ⓔ kinoteka@eunet.yu ⓗ 15.00–23.00 Mon–Sun

National Museum (Narodni Muzej)

Occupying one of the city's flagship buildings in Trg Republike, the National Museum is currently closed for renovation – and nobody seems quite sure when it will open again. If it has reopened its doors by the time of your visit, you'll be able to see not only a huge collection of artefacts that tell the story of Serbian history from prehistoric times onwards, but also works of art by masters including Picasso and Renoir.

ⓐ Trg Republike 1a ⓣ 011 330 6000 ⓦ www.narodnimuzej.org.yu ⓔ pr@narodnimuzej.org.yu ⓛ Currently closed

The imposing frontage of the National Museum

RETAIL THERAPY

Bajlonova Pijaca An open-air market at the end of Skadarska, Bajlonova Pijaca offers an entirely different shopping experience from the swish boutiques and designer names of Kneza Mihaila or the city's undercover malls. Aside from food, you can also pick up odd bric-à-brac, and the adjoining Roma flea market offers sundry items laid out on blankets at low prices. If you want your shopping cheap and colourful, this is the place. ⓐ Off Dzordza Vasingtona

TAKING A BREAK

Café Theatre £ ❶ Café-bar offering cakes, sweets and a range of drinks as well as some main meals in a thespian atmosphere. ⓐ Trg Republike 4 ⓣ 011 262 1373 ◷ 08.00–24.00 Mon–Sun

Edison £ ❷ No-frills but bright, big and breezy ice-cream parlour on two floors, based on the American diner concept. ⓐ Trg Republike 5 ⓣ 011 621 940 ◷ 08.00–24.00 Mon–Sat, 08.00–23.00 Sun

Handmade Caffe £ ❸ Very friendly, family-run café in a cosy basement on Skadarska. It is well worth a visit. ⓐ Skadarska 19 ⓣ 011 322 3460, 064 365 4283 ⓔ handmadecaffe@hotmail.com ◷ 11.00–01.00 Mon–Sun

Identico Caffe £ ❹ A merciful exception, the Identico serves food on Sundays. It also has a non-smoking section, although the customers seem to interpret that more as a suggestion than a

rule. Identico is in a little enclave of cafés and bars, including Irish Pub, OK No, Jazz Club, Zuzus, NoHo, Café Ulaz and Jelena.
ⓐ Obilićev Venac 22 ⓣ 011 630 288 ⓛ 07.00–01.00 Mon–Sun

Jaco Café £ ❺ Tiny, two-level café dishing up eggs, toast, salads and sandwiches – except on Sunday when it's drinks only.
ⓐ Svetogorska 29 ⓣ 011 334 0761 ⓛ 09.00–24.00 Mon–Sun

Paleta £ ❻ By day a quiet café-cum-bookshop offering drinks and a small range of snacks, it livens up in the evening.
ⓐ Trg Republike 5 ⓣ 011 633 027 ⓛ 09.00–01.00 Mon–Sun

Tema Café £ ❼ Very stylish café with a hint of the 1950s. Drinks only. ⓐ Makedonska 11–13 ⓣ 011 337 3859 ⓔ cafetema@eunet.yu
ⓛ 08.00–01.00 Mon–Sun

AFTER DARK

Restaurants

Il Borghetto ££ ❽ Warm and cosy Italian designed around the classical theme, replete with pillars. The chefs turn out good-value Italian staples. ⓐ Skadarska 11 ⓣ 011 324 2940
ⓛ 10.00–24.00 Mon–Sun

Dva Jelena ££ ❾ Attention all carnivores: this place has meaty specialities such as venison. But it also offers separate tourist and vegetarian menus. There are murals on the walls and entertainment most nights. ⓐ Skadarska 32 ⓣ 011 323 4885
ⓕ 011 323 8363 ⓛ 11.00–01.00 Mon–Sun

Guli ££ ❿ Watch your pizza being cooked, or try one of the enjoyable pasta dishes at this modern and intimate Italian, which is simply but stylishly decorated. ⓐ Skadarska 13 ⓣ 011 323 7204 ⓛ 12.00–24.00 Mon–Sun

Kristal ££ ⓫ Highly professional Italian restaurant with an excellent range of seafood and pasta dishes in particular. It's surprisingly reasonable for a place of this quality. There is live music every night starting at 20.00.
ⓐ Kolarčeva 1, opposite Trg Republike ⓣ 011 303 8280
ⓦ www.restorankristal.com ⓔ grand@restorankristal.com
ⓛ 12.00–24.00 Mon–Sat, closed Sun

Zlatan Bokal ££ ⓬ One of the grandes dames of Skadarska eateries, this traditional place has an atmosphere that recalls yesteryear – if not yester-century – and hosts regular entertainment. ⓐ Skadarska 26 ⓣ 011 323 4834
ⓛ 11.00–01.00 Mon–Sun

Bars & clubs

Firma Upmarket bar for posh Belgraders that does soups, salads and main meals that are not as expensive as the drinks and décor might suggest. ⓐ Makedonska 25 ⓣ 011 337 3836
ⓛ 08.00–02.00 Mon–Sun

Jazz Café Dark and intimate, the Jazz Café's wooden interior feels something like an alpine lodge. It is owned by a local pop star and sometimes has live music – no prizes for guessing of which kind. A jazz café would not be a jazz café without a

good percentage of smokers, but happily the place is well ventilated. Unpretentious and friendly. ⓐ Obilićev Venac 19 ⓣ 011 328 2380, 063 222 060 ⓛ 09.00–01.00 Mon–Sun

OK No The arty black-and-white topless photos won't be to everyone's taste, but this open-fronted bar is popular and busy. You can also get snacks and Eraclea Italian hot drinks. ⓐ Obilićev Venac 17 ⓣ 011 629 072 ⓛ 09.00–02.00 Mon–Fri, 10.00–02.00 Sat & Sun

Republika Small fun dive bar replete with glitter ball and pictures of Tito. There's nothing Yugoslavian about the music, though, which is decidedly Western. ⓐ Simina 22 ⓣ 011 334 5489 ⓦ www.caferepublika.co.yu ⓛ 09.00–02.00 Mon–Sun

Theatre

BITEF Theatre (BITEF Teatar) Housed in a former church, the BITEF Theatre hosts the Belgrade International Theatre Festival, as well as numerous other shows throughout the year, including the odd one in English. Details are on its website. Tickets, which cost 400 dinars, are available from the box office. ⓐ Skver Mire Trailovic ⓣ 011 322 0643 ⓦ www.bitef.co.yu ⓔ blagajna@bitef.co.yu ⓛ (box office) 15.00–20.00 Mon–Sun

National Theatre (Narodno Pozoriste) Plays in English at Belgrade's oldest and biggest theatre are few and far between, but the venue also hosts opera and ballet. Consult the theatre website for events. ⓐ Francuska 3, overlooking Trg Republike ⓣ 011 328 1333 ⓦ www.narodnopozoriste.co.yu

South Belgrade

While the south of the city is not as crowded with places of interest as the old centre, it has some of the most famous ones. Across the road from Parliament is Tasmajdan Park, one of several green spaces outside the bustle of the Old Town. The park is home to St Mark's Church, but the most impressive religious building in the area is the St Sava's Church, which dominates Belgrade's skyline and provides a useful orientation point. Heading further south you come to a cluster of attractions that encapsulate very different aspects of Belgrade life. The street of embassies – complete with armed guards – showcases the city's élite and the strikingly diverse architecture of their houses. Close by are the stadiums that are home to football giant Red Star and its lesser-known rival Partizan, which in turn are just a few minutes away – although a different world in terms of atmosphere – from Tito's tomb. This peaceful mausoleum forms part of the same complex – the House of Flowers Tito Memorial Complex – as a museum that has on display some of the many weird and wonderful gifts bestowed upon the Yugoslav president by foreign dignitaries.

The sights of southern Belgrade are fairly disparate, so, when exploring this area, a car – or taxi – might come in useful, although buses do also go as far as the football stadiums and the Tito Memorial Complex.

SIGHTS & ATTRACTIONS

Ada Ciganlija

When the sun is out, Belgraders flock to the river island of Ada Ciganlija. The place is essentially devoted to leisure pursuits. Visitors can choose to enjoy the relaxing pastimes of swimming, sunbathing (there's a nude beach for those intent on avoiding a tan line) and having a break in a café, or go for the more adrenaline-fuelled end of the spectrum by taking part in extreme sports like bungee jumping.

On top of that you can do almost any sport you can think of, as well as rent bicycles, play mini-golf, go shopping – the island is like a holiday resort within a city. Be warned: as it is so popular, it can get crowded.

ⓐ In the Sava River Buses: 55, 56 and 92; ferry from Novi Beograd

Jevremovac Botanical Gardens (Botanickoj basti Jevremovac)

Part of Belgrade University's Faculty of Biology, the gardens are home to over 250 kinds of trees, bushes and plants and are a pleasant place for a walk even if you can't tell your *lactuca sativa* from your *lactuca muralis*.

ⓐ Takovska 43 011 768 857 09.00–19.00 Mon–Fri, 11.00–18.00 Sat & Sun, 1 May–1 Nov Bus: 16, 27E, 32E, 35, 43. Admission charge

Red Star & Partizan football stadiums

Football rivalries don't get much more hostile than Red Star and Partizan Belgrade; their derby game is known as *veciti derbi*, the 'eternal derby'. In the past the rivalry has erupted into violence,

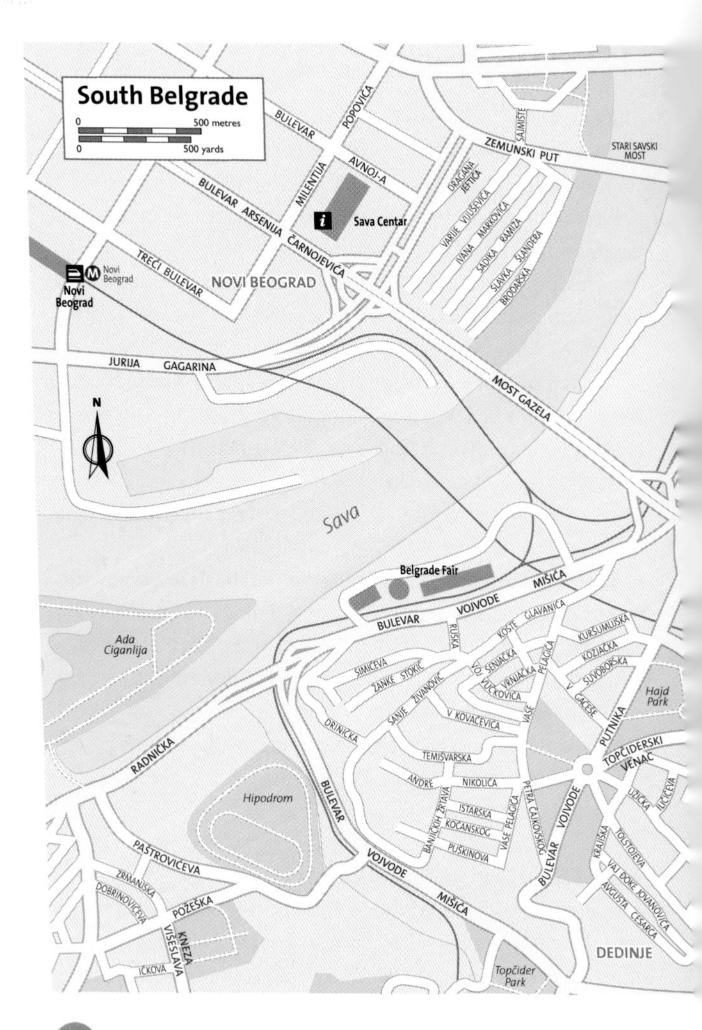

South Belgrade
0
500 metres
0
500 yards
BULEVAR
POPOVIĆA
AVNOJ-A
MILENTIJA
BULEVAR ARSENIJA ČARNOJEVIĆA
Sava Centar
TREĆI BULEVAR
NOVI BEOGRAD
Novi Beograd
Novi Beograd
ZEMUNSKI PUT
SAJMIŠTE
STARI SAVSKI MOST
DRAGANA JEFTIĆA
VARIJE VIJUŠEVIĆA
IVANA MARKOVIĆA
SADIKA RAMIZA
SLAVKA ŠLANDERA
BRODARSKA
JURIJA GAGARINA
MOST GAZELA
N
Sava
Belgrade Fair
BULEVAR VOJVODE MIŠIĆA
Ada Ciganlija
RUSKA
KOSTE GLAVANIĆA
KURŠUMLIJSKA
KOZJAČKA
SUVOBORSKA
SIMIĆEVA
ŽANKE STOKIĆ
SENJAČKA
VRNJAČKA
PELAGIĆA
VOJ VUČKOVIĆA
VASE
SANJE ŽIVANOVIĆ
V KOVAČEVIĆA
V GAĆEŠE
Hajd Park
DRINIČKA
PUTNIKA
TOPČIDERSKI VENAC
RADNIČKA
TEMIŠVARSKA
ANDRE NIKOLIĆA
UŽIČKA
ILIĆEVA
Hipodrom
BULEVAR VOJVODE MIŠIĆA
BANJIČKIH ŽRTAVA
ISTARSKA
KOČANSKOG
PUŠKINOVA
VASE PELAGIĆA
PETRA ČAJKOVSKOG
BULEVAR VOJVODE
KRAJIŠKA
TOLSTOJEVA
VAJ DOKE JOVANOVIĆA
AVGUSTA CESARCA
PAŠTROVIĆEVA
ZRMANJSKA
DOBRINOVIĆEVA
POŽEŠKA
KNEZA VIŠESLAVA
IČKOVA
DEDINJE
Topčider Park

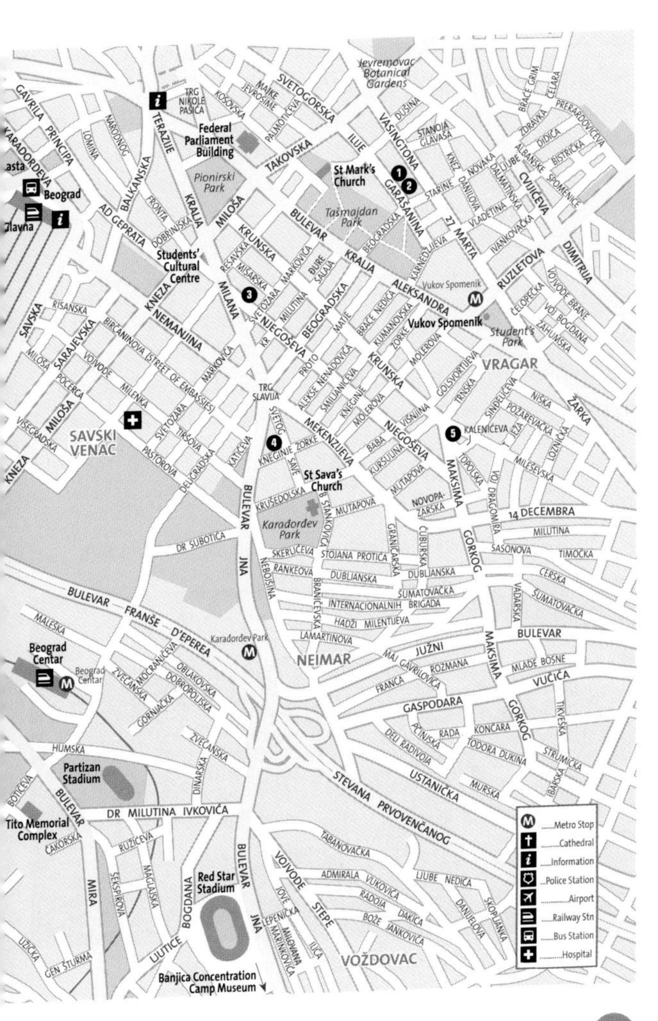
Jevremovac Botanical Gardens
Federal Parliament Building
Pionirski Park
St Mark's Church
Tašmajdan Park
Students' Cultural Centre
Vukov Spomenik
Student's Park
VRAGAR
SAVSKI VENAC
St Sava's Church
Karađorđev Park
NEIMAR
Beograd Centar
Partizan Stadium
Tito Memorial Complex
Red Star Stadium
Banjica Concentration Camp Museum
VOŽDOVAC
Metro Stop
Cathedral
Information
Police Station
Airport
Railway Stn
Bus Station
Hospital

but today things are usually more composed. Even so, football matches in Serbia are seldom genteel affairs. If you're visiting Belgrade during the football season and your trip coincides with a fixture, it can be quite an experience. Matches rarely sell out – although of course a big game could be an exception – and you should be able to pick up a ticket at the ground. If you're not a fan of football, the two clubs also field teams in other disciplines such as hockey, water polo, handball, basketball and even rowing, so there is plenty of choice for spectators. Both Red Star and Partizan also have modern and well-stocked shops where you can find various memorabilia. Red Star even have a museum, where past trophies, newspaper cuttings and photos are on show.

FC Crvena Zvezda (Red Star) ⓐ Ljutice Bogdana 1a
ⓦ www.fc-redstar.net Trolleybus: 40, 41
Club museum ⓣ 011 322 4412 10.00–14.00 Mon–Sat, closed Sun

Pick up footballing souvenirs at the Red Star shop

The Byzantine exterior of St Mark's

Club shop 09.00–20.00 Mon–Fri, 09.00–15.00 Sat, closed Sun
Partizan Humska 1, near Tito Memorial complex 011 322 7181
www.partizan.net football@partizan.co.yu
Club shop 09.00–17.00 Mon–Fri, 09.00–14.00 Sat, closed Sun

St Mark's Church (Sveta Marka)
Built to replace a previous church on the site, red and yellow St Mark's is a copy of the hallowed Kosovan Gracanica Monastery. Byzantine in style on the outside, the interior contains a selection of 18th- and 19th-century icons.
Bulevar Kralja Aleksander 17 011 323 1984 08.00–15.00

St Sava's Church (Sveti Sava)

Huge, imposing and awe-inspiring – and St Sava's isn't even finished. Despite preparations beginning back at the tail end of the 19th century, the turmoil and upheaval that Belgrade has undergone repeatedly interrupted building work. Only now is the end in sight, with exterior work completed. The interior of the huge church still resembles something of a construction site, and your visit will be mainly to view the structure from the outside. Even this is well worth doing, as the sheer size of the thing is enough to impress even the most ardent atheist. Once finished, it is expected to the be third-largest Orthodox building in the world – unless another massive church gets built in the meantime, which is not inconceivable given the snail's pace at which work has progressed.

The church is set in beautifully sculptured gardens with several statues, and it's a charming place to sit and relax,

The dramatic contours of St Sava's

independent of the magnificent view you enjoy. Next to St Sava's is a small Orthodox church that sees far more worshippers than tourists. Of course it pales in comparison to the monolith by which it stands, but it's a pretty, pleasant place of worship and – in the absence of a completed interior at St Sava's – the simple murals, marble floor and crown-line chandelier are a decent substitute. Watching the churchgoers also gives you a good idea of the demonstrative requirements of Orthodoxy, such as kissing the various icons.
ⓐ Krušedolska 2 ⓣ 011 432 585 Ⓦ Bus: 47, 48 Ⓛ 08.00–15.00

Street of embassies

The street of embassies gives you an idea of a different Belgrade. An eclectic row of expensive diplomatic houses, with the flags of various nations hanging from each, it's an interesting drive or walk both for those interested in architecture and for anybody who enjoys seeing how the other half lives. With armed guards outside, though, it's a brave tourist who stops and takes a picture. Unfortunately, you can't go into the buildings – unless you're going to report a lost passport perhaps – so you won't have an excuse to spend long on the street, but it's on the way from the centre of the city to the Tito Memorial Complex and the two football stadiums, and it's worth making a brief detour here during the daytime.
ⓐ Birčaninova Ⓦ Trolleybus: 40, 41; Bus: 23, 37, 44, 53, 56, 58, 92

Tašmajdan Park

Tašmajdan Park is another of those agreeable green spaces that Belgraders enjoy killing time in. Today it is famous for nothing

more ominous than the Honey Fair that takes place there each October, but, as is true of much of modern Belgrade, its history is less sweet. The Romans buried their dead here, although the graves were subsequently moved. The vacated chambers were later used to store military supplies and a place in which to tend to wounded soldiers. If you're interested in seeing the underground network, one of the city's tourist information offices should be able to arrange it if given advance notice. Named after the quarry that previously occupied the site under the Ottomans, the park was bombed by the Nazis in 1941 and again by NATO in 1999. Tašmajdan now hosts a monument to all the children who died in the NATO campaign. Shaped like a heart it reads, 'We were just children', in both Serbian and English.

As well as St Mark's Church (see page 95), the park is also home to Pioneer Hall (Hala Pionir), an indoor sport and event venue, and a sports centre with a couple of swimming pools. ⓐ Bulevar Kralja Aleksander Tram: 7L, 12

Tito Memorial Complex or House of Flowers (Kuca Cveca)

A gem of an attraction that for some reason – perhaps because it's some way from the centre, or perhaps because the idea of going to visit a dead dictator is not everyone's cup of tea – sees relatively few visitors. The complex consists of three buildings, the largest of which was once a museum of artefacts on the life of Josip Broz Tito, who was in office, first as prime minister and then as president, for some 35 years. Now, though, there's little to see there other than two presidential motorcars in the foyer and occasional exhibitions. It is not always open.

Up the hill, and with a wonderful view over the city, lies Tito's tomb, a peaceful and dignified resting place for the Yugoslav leader. A red carpet and velvet curtains create an almost regal atmosphere, and the tomb itself is light marble, surrounded by plants, which stop the place from feeling depressing. Aside from the central hall, the building contains several other rooms, including one housing a collection of batons that were used in ceremonies on the president's birthdays. The Chinese parlour contains ornate antique furniture, embroidered carpet and a chandelier.

But the best bit of the whole complex is the museum near the tomb, which displays some of the diplomatic donations that Tito was given over the course of his 35 years in power. It's an astonishing collection: there are costumes, dolls, musical instruments, saddles and all manner of weapons – everything the modern president might want. A highlight of the collection is a marvellous Bolivian witch-doctor costume, complete with colourful mask.
ⓐ Bulevar Mira 92 ⓣ 011 661 290 ◔ 09.00–15.00 Tues–Sun, closed Mon ⓦ Trolleybus 40, 41

Topčider Park

Like many of the city's parks, Topčider – the oldest one – also has a military history, having been used by the Turks as a place in which to manufacture the cannons they used to besiege Belgrade in 1521, and later hosting an army barracks. Today, the huge green area is far more peaceful, hosting the Historical Museum of Serbia in the mansion that Prince Miloš Obrenović built for himself, as well as a few monuments, including an

obelisk. Despite its peaceful aspect, however, rumours persist following the discovery of a network of tunnels underneath the park, built at the command of Tito who feared nuclear attack by the Russians. As well as being used as a war bunker by Milošević during the NATO campaign, the tunnels are said to have provided sanctuary to other renegades from the law.

ⓐ South of Bulevar Vojvode Mišića

CULTURE

Banjica Concentration Camp Museum (Musej nad Koncentracijski logor Banjica)
Sobering display of photos and personal effects chronicling the history of the Nazi death camp that formerly occupied the site.
ⓐ Velkja Lukica-Kurjaka 33 ⓣ 011 669 690 ⓦ www.mgb.org.yu
🕒 10.00–16.00 Tues–Sun, closed Mon 🚌 Trolleybus: 40, 41.
Admission charge

Students' Cultural Centre (Studentski Kulturni Centar)
The institute organises a growing programme of theatre, music, art and literature events.
ⓐ Kralja Milana 48 ⓣ 011 360 2011 ⓦ www.skc.org.yu

RETAIL THERAPY

elgrade Fair (Beogradski Sajam) The events, fairs and shows ged here run the gamut from the usual suspects such as ion, cars, furniture, technology and books, to the less ordinary

– an erotic fair premiered in 2005. From time to time you can also catch a concert. Several halls have been permanently given over to shopping. Known as the bazaar, it sells clothes, food, cosmetics and other day-to-day items and is open seven days a week.
ⓐ Bulevar Vojvode Mišića 14, by the Sava ⓣ 011 2655 555
ⓦ www.begfair.com ⓔ info@sajam.co.yu ⓛ 10.00–20.00 outside fair time; 10.00–19.00 during fairs

Kalenic Pijaca As well as fruit and veg, Kalenic Pijaca sells antiques, old books, Communist-era memorabilia and a wealth of other bric-à-brac and is a good place to pick up some quirky presents and souvenirs. If you can, go on Friday or Saturday morning when it's at its most bustling. ⓐ Njegoševa (not far from St Sava's Church)

TAKING A BREAK

Ilije Garašanina, which runs alongside Tašmajdan Park to the northeast, is home to a small café district with five or six small outlets in a line. Two of the best are listed below:

007 Café £ ❶ Bright green 1960s-style café bar (no food), with James Bond prints on the wall and windows. Pleasant staff.
ⓐ 23 Ilije Garašanina, by Tašmajdan Park ⓛ 08.00–23.30 Mon–Sun

Pool Café £ ❷ Modern, minimalist and classy, Pool is one of the better choices in this area with friendly and helpful staff.
ⓐ 23 Ilije Garašanina ⓛ 08.00–24.00 Mon–Sun

AFTER DARK

Restaurants

Polet £ ❸ If you've been eating out in Novi Beograd you might be tiring of the nautical theme, but this is a decent and reasonably priced choice. On the menu are some 16 varieties of seafood plus pasta and meat mains. ⓐ Kralja Milana 31 ⓣ 011 323 2454 ⓛ 08.00–23.00 Mon–Sun

Byblos ££ ❹ Byblos is a rare thing: a small Lebanese restaurant in Serbia. It offers the usual dishes such as hummus, montabel, kebabs and so on. The service is warm and attention is paid to vegetarians. You may also catch the belly dancer. ⓐ Kneginje Zorke 30, near Trg Slavija ⓣ 064 610 6542 ⓛ 12.00–24.00

Kalenić ££ ❺ Close to the market of the same name, this large restaurant has built its reputation by offering simple Serbian fare. In warm weather, you can eat outside. ⓐ Mileševska 2 ⓣ 011 450 666 ⓛ 08.00–24.00 Mon–Sun

Bars & clubs

Bukowski Bar It sounds more like something from Belgrade, Montana, rather than Belgrade, Serbia, but the tiny Bukowski café bar still survives and prospers. ⓐ Kičevski 6, near Vuk monument ⓣ 011 436 796

◗ *The spire of St Mary's, Novi Sad*

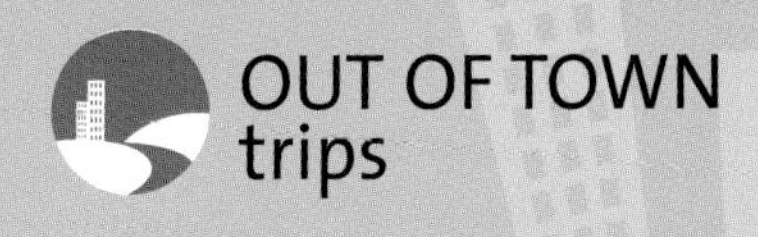
OUT OF TOWN
trips

Novi Beograd & Zemun

Technically Novi Beograd (New Belgrade) is part of the town. But sitting across the river with its austere, modern buildings it feels wholly distinct from the centre and very much has its own identity. While the area's monotonous 1960s blocks have been slated in songs and films, parts of the area on the other side of the Sava have real character, such as Zemun, a pretty little place that was once under Austrian control. It's also home to some of the city's best dining and nightlife – the riverbank is lined with thumping clubs and great fish restaurants.

GETTING THERE

Several bridges connect Novi Beograd with the city centre (see map page 52). Although it lies just the other side of the Sava, getting there is not always straightforward – if you're driving, the bridge systems and various turn-offs can be confusing. There are no trolleybuses that side of the river, and only one tram crosses over, but you can take a train – or one of more than 20 buses – over either Gazela, Stari Savski or Brankov *Most* (bridge).

SIGHTS & ATTRACTIONS

Churches

One thing that Zemun does not lack is churches, most of which were built in the 18th century. Some of them have fared better than others, but the majority are open to the public and worth

TURBO-FOLK

Turbo-folk is something of a contradiction in terms: a blend of turbo – or high-energy, modern dance beats – and old-fashioned Serbian folk music. Although the name has been about since the late 1980s, it was in 1993 that it resurfaced with a vengeance. Against the backdrop of the Balkan wars and their resulting hardships, Serbs were looking for both national reaffirmation and escapism from their country's plight – and they found them in music. The BBC summed it up, reporting that 'In 1990s Serbia, there were two things on the radio: one of them was war and the other was turbo-folk.' With Middle Eastern, Roma, Turkish and Greek influences plus dashes of rock and roll, dance, soul, house and garage, the music was raunchy and provocative. Massive in Serbia, the music quickly spread round the rest of the Balkans.

It was soon attracting criticism from various quarters, derided by many as lowbrow, tacky, pornographised and glorifying violence and crime. Singer-songwriter Rambo Amadeus, who first coined the term, joked, 'I feel guilty for turbo-folk in much the way Albert Einstein felt guilt over Hiroshima and Nagasaki.' But the phenomenon has defied its detractors, retaining its popularity long after the end of the hostilities that spawned it. Tens of thousands of fans attend the concerts and CDs and DVDs of the music are among the country's best-sellers. Turbo-folk can also be heard – usually rather loudly – in the floating clubs, or *splavovi*, of Novi Beograd.

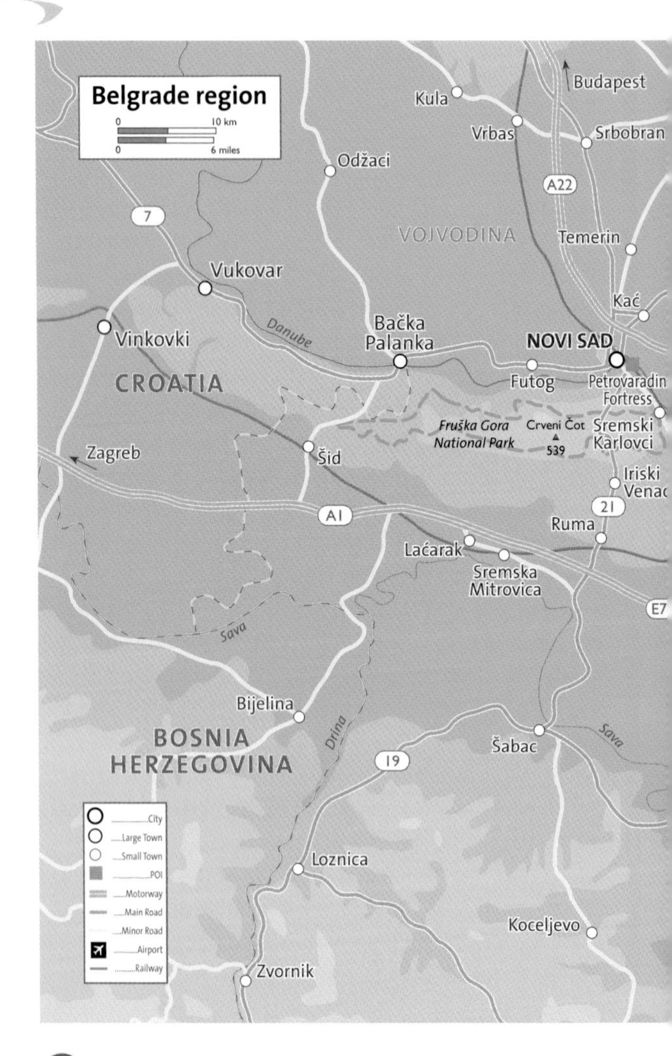
Belgrade region
0
10 km
0
6 miles
Kula
Budapest
Vrbas
Srbobran
Odžaci
A22
7
VOJVODINA
Temerin
Vukovar
Kać
Vinkovki
Danube
Bačka
Palanka
NOVI SAD
CROATIA
Futog
Petrovaradin
Fortress
Fruška Gora
National Park
Crveni Čot
539
Sremski
Karlovci
Zagreb
Šid
Iriski
A1
21
Ruma
Laćarak
Sremska
Mitrovica
E7
Sava
Bijelina
Drina
Sava
BOSNIA
HERZEGOVINA
Šabac
19
City
Large Town
Small Town
POI
Motorway
Main Road
Minor Road
Airport
Railway
Loznica
Koceljevo
Zvornik

Bečej
Novi Bečej
Melenci
Žitište
7
Hungary
Romania
Belgrade
Greece
ROMANIA
Zrenjanin
Sečanj
59
Tisa
Tamiš
Kovaćica
Padina
Vršac
Alibunar
Banatski Karlovac
Inđija
SERBIA
22-I
I-9
Nova Pazova
Zemun
Pančevo
Nikola Tesla (Surčin) Airport
BELGRADE
Novi Beograd
Surčin
Kovin
Danube
Obrenovac
Smederevo
Ripanj
E75
24
Požarevac
A1
N
Mladenovac
Sofia & Skopje

popping into. There are so many in such a small space that you're bound to pass some even if you walk aimlessly, but if you're particularly keen not to miss any, the tourist information office has a map that pinpoints them all.

Flea market

From fruit, veg, meat and fish to clothes, mobile phones and all manner of household and garden items and tools, Zemun's flea market covers a huge area and, with its narrow lanes and haggard traders, it's about as far from a tourist trap as you can get.
ⓐ Off Gospodska

Floating clubs and restaurants

Novi Beograd's floating nightlife is legendary. First you eat, in one of the many excellent seafood restaurants either on – or right by – the river. After your meal, it's time to hit the *splavovi*, or floating dance clubs. Eastern Europe and the Balkans might not be top of the list when you think of the hippest party destinations, but the Belgrade scene pulls in big-name DJs, and young Belgraders take their revelry very seriously. If you really want to go local, you must fit in some turbo-folk (see page 105). Some venues are included here in the after dark listings – otherwise, just take a walk along the river and see which of the venues, all of which will be blasting out their music, takes your fancy.

Hala Sportova (Sports Hall)

Not, as the name suggests, exclusively dedicated to sport, the arena also stages concerts. Bryan Adams and Kool & the Gang

have played the venue and other acts to grace the stage include Faithless, Blondie and The Stranglers.
ⓐ Pariske Komune 20, Novi Beograd ⓣ 011 601 658

River cruises

Departing from near Hotel Jugoslavija (see map page 52), your vessel will sail you around Zemun, Veliko Ratno island, Kalemegdan, the Orthodox Cathedral and Ada Ciganlija before bringing you back to land. The trip takes an hour and a half and goes every day except Mondays, and twice a day over the weekend. From time to time you can also take a party cruise at night. Book your place with the Tourist Organisation of Belgrade ⓦ www.tob.co.yu

Zemun

Previously an entirely separate town, Zemun has been sucked into the city limits and is now officially a municipality of Belgrade. But it retains a distinctive identity and wandering around its pretty streets, with their slow, almost sleepy way of life, you'll feel miles away from a capital city. It's older than Belgrade and has managed to avoid some of the capital's misfortunes: Zemun was in fact quite prosperous, which is clear from the smart and brightly coloured 18th- and 19th-century buildings that remain in excellent condition. The main points of interest are all within walking distance of each other, so the best way to see the place is just to have a slow wander around and take in the sights, such as Sundial House, on the corner of Dubrovacka and Glavna, and Sibinjanin Janko Tower on Gardos Hill, Grobljanska. The Millennium Tower, as it's also known, can

be seen from the other side of the river. For maps and suggestions, try the small but helpful tourist office.
ⓐ Zmaj Jovina 14 ⓣ 011 611 008 ⓛ 09.00–19.00 Mon–Sun
Ⓝ Bus: 15–17, 73, 83, 84, 703–6

CULTURE

Museum of Contemporary Art (Muzej Savremene Umetnosti)
Housing a vast array of 20th-century Serbian paintings and sculpture, the museum's collection features works of Surrealism, Expressionism and Critical Realism. One of the interesting things to do in this absorbing gallery is trace Belgrade's recent history through the pictures, from the resistance during World

Altarpiece at the Zemun Museum

War II to a laudatory portrait of Tito. Foreign artists also get a look-in with a separate gallery, and the museum hosts regular films, openings and other events, although annoyingly its website currently does not host an up-to-date list of them. It's worth pointing out that, unlike most of the city's museums, this one closes on Tuesday, not Monday. See map page 52.
ⓐ Ušće ⓣ 011 311 5713 ⓛ 10.00–17.00 Wed–Mon, closed Tues
ⓦ www.msub.org.yu ⓔ msub@msub.org.yu
ⓑ Buses 15, 84, 704E, 706. Admission charge ⓘ Free on Wed

Zemun Museum (Musej Zemun)
This is the place to go if you want to learn more about how Zemun originated and developed, starting way back in prehistoric times.
ⓐ Glavna 9 ⓣ 011 617 752 ⓛ 09.00–16.00 Tues–Fri, 08.00–15.00 Sat & Sun, closed Mon

TAKING A BREAK

Cream Café £ Next to Zem Zem, this is a more civilised option, with pale yellow walls creating the genteel atmosphere of a tea rooms. A great range of coffee, cake, biscuits, salads and drinks, including some domestic wines, served by cheerful and professional staff. ⓐ Gospodska ⓣ 064 149 6134, 011 316 7054 ⓛ 09.00–23.00 Mon–Sat, 09.00–19.00 Sun

Dalton £ Unpretentious café bar (serving only drinks) with comfy green chairs, world music and a cheerful atmosphere.
ⓐ Glavna 22 ⓣ No phone ⓛ 08.00–24.00 Mon–Sun

Zem Zem £ Tiny and smoky café in Zemun's pedestrianised area, with small tables and bar stools. ⓐ Glavna 26 ⓣ 011 316 6819 ⓛ 08.00–24.00 Mon–Sun

AFTER DARK

Restaurants

Novi Beograd and Zemun are home to some of the city's top fish restaurants. Take a drive or walk along Kej Oslobodjenja and you will be spoilt for choice.

Aleksander ££ Fish, beef and a rare non-smoking section. ⓐ Kej Oslobodjenja 49 ⓣ 011 199 462 ⓛ 11.00–24.00 Mon–Sun

Kod Kapetana ££ One of the many fine fish restaurants overlooking the Danube. As you may have worked out from the name, it has something of a nautical theme, with pictures of old maps on the wall. Technically it's supposed to be a non-smoking restaurant, although, as usual in Belgrade, nobody seems to take any notice. ⓐ Kej Oslobodjenja 43 ⓣ 011 210 3950 ⓛ 09.00–01.00

Platini ££ One of the many places on Kej Oslobodjenja serving fish and meat mains, with an Italian angle. ⓐ Kej Oslobodjenja 45 ⓣ 011 210 1401 ⓛ 09.00–24.00 Mon–Sun

Saran ££ Now 120 years old, this former fishermen's eatery is considered one of the best places to eat fish in the city.

ⓐ Kej Oslobodjenja 53 ⓣ 011 618 235 ⓦ www.saran.co.yu
Ⓛ 11.30–24.00 Mon–Sun

Bars & clubs

Acapulco Unintentionally hilarious nightclub, where scantily attired young women pair up with Belgrade toughs to the strains of the city's ever-popular turbo-folk. Not the most edifying of nights out, but quite fun if you don't mind the frisson of danger from the insalubrious clientele.
ⓐ Bulevar Nikole Tesle ⓣ 011 784 760 Ⓛ 12.00–03.00 Mon–Sun

Madlenianum stages a range of cultural events

Bibis High-end floating café-cum-club with athletic types both in photos on the wall and frequenting the club itself. ⓐ Bulevar Nikole Tesle ⓣ 011 319 2150 ⓔ bibis@yubc.net ⓛ 10.00–02.00 Mon–Sun

Theatre

Madlenianum Opera & Theatre Modern and professional venue hosting opera, ballet, drama and classical music. See the website for details – you can also book online. Maximum ticket price is around 600 dinars, 800 for a seat in a private box. There are discounts for groups. ⓐ Glavna 32 ⓣ 011 316 2533; box office 011 316 2797 ⓦ www.madlenianum.co.yu
ⓔ blagajna@madlenianum.co.yu ⓛ 10.00–20.00 Mon–Fri

ACCOMMODATION

Novi Beograd is home to some of the city's top hotels, and holidaymakers who choose to stay this side of the river usually do so because of the facilities rather than the location. The swanky accommodation caters to business travellers who want to minimise their commute to the nearby conference centres. At the other end of the scale, you can also camp.

Hotels

Jugoslavija ££–£££ Though its glamour has faded from the glory days when it allegedly hosted such names as Queen Elizabeth, Tina Turner and Buzz Aldrin, the vast Jugoslavija remains popular for its excellent views of the city and river – although you will pay more for a higher room – and its facilities: it even

has its own post office. It's ideally placed for New Belgrade's nightlife and eateries and there is also disabled access. ⓐ Bulevar Nikole Tesle 3 ⓣ 011 600 222 ⓕ 011 319 4005

Beograd Inter-Continental £££ Famous as the place where the Serbian warlord Arkan was assassinated, the lobby of the Inter-Continental has a certain 1970s chic about it, while the bedrooms are large and homely. ⓐ Vladimira Popovica 10 ⓣ 011 204 204 ⓦ www.ichbg.com ⓔ ihcbegha@eunet.yu

Hyatt Regency Beograd £££ One of the city's top hotels, with bright and airy rooms, restaurants and halls that are a world away from the dreary Communist-style hotels elsewhere in the city. The lobby even has its own forest and river. ⓐ Milentija Popovica 5 ⓣ 011 301 1234 ⓦ www.belgrade.hyatt.com ⓔ belgrade.regency@hyattintl.com

Campsites

Dunav camp £ All kinds of campers are catered for, with space for tents and buses – plus bungalows available. ⓐ Cara Dusana 49, Zemun ⓣ 011 199 072 ⓕ 011 610 425 ❗ Cash only

Belgrade to Novi Sad

Although Novi Sad, which lies 80 km (50 miles) northwest of Belgrade, is Serbia's second city, don't expect a heaving metropolis. It's a university town and much of the centre is closed off to vehicles, which adds to its easy, quiet charm. Most of the buildings are small and baroque style. There is one large building: the Petrovaradin Fortress, which lies across the Danube in its own town, and is the area's most famous monument.

The journey from Belgrade, whether you go by road or rail, also takes you near several other points of interest. Fruška Gora National Park is notable not only for pleasant scenery and the tranquillity that makes it the home of so many endangered and protected animal and plant species, but also for the 16 isolated monasteries, one of which is around 900 years old. Heading on from the national park towards Novi Sad, you'll reach the historical town of Sremski Karlovci, which for a small place has a variety of interesting architecture and makes for a pleasant stop-off point on your way between Belgrade and Novi Sad.

GETTING THERE

It's quite possible to do Novi Sad and the stops on the way in a day trip from the capital – particularly if you have access to a car. With your own transport you could comfortably pack in some of the monasteries of Fruška Gora National Park, spend some time in the town itself and drive back after dinner. Even without it, plenty of buses go to Novi Sad, some directly via the highway and others making local stops; the fare varies

accordingly, from around 150 to 250 dinars. Trains also make the journey; the first leaves just after 04.30 and the last around 23.00. The last train back departs before 22.30. However, buses in Serbia are generally considered more pleasant.

Another option is to take a guided tour from Belgrade, which will take in Fruška Gora and other places of interest en route. Tourist information offices should have details. The 'Romance' train travels between Belgrade and Sremski Karlovci (see page 120).

If you're on an extended visit, it's worth staying overnight, as there are plenty of things to see. Novi Sad is the capital of the autonomous province of Vojvodina, and you will certainly feel the difference in character and atmosphere.

One of Fruška Gora's many monasteries

SIGHTS & ATTRACTIONS

Fruška Gora National Park (Nacionalni Park Fruška Gora)
Taking its name from the mountain, Fruška Gora is about one main thing: isolation. The inhabitants, be they the endangered species of plant, animal and bird that seek sanctuary in the loneliness here, or the inmates of the 17 monasteries in the area, have found a refuge away from the hustle and bustle of Serbia. Some 22.5 sq km (9 sq miles) is protected area, and it's clear why locals know the region as the jewel of Vojvodina.

The park covers a large area and you may choose to base yourself in the park itself for a couple of days – the website below includes details of accommodation and restaurants. As well as just enjoying the tranquillity and scenery, you can also hike, cycle, fish and even hunt. The park administrators are currently working on developing a tourist information centre and museum at Iriski Venac, but by the time of publication it had not opened. In the meantime, information is available by phone
ⓣ 021 463 666 or on the park's comprehensive website
ⓦ www.npfruskagora.co.yu

Monasteries
To see the monasteries, which are spread out over a 10-by-50-km (6-by-31-mile) area, you really need your own transport or to go as part of an organised trip – unless you're prepared to spend a lot of time negotiating rural Serbian buses. The monasteries certainly repay your effort in getting there: dating back as far as the 12th century, they are beautiful monuments to Orthodoxy; collections of icons are often on display inside. The Novi Sad

tourist office will be able to give further details.
Novi Sad tourist office ⓣ 021 529 978
ⓔ zeleznicar_nsad@neobee.net

Petrovaradin Fortress (Petrovaradinska Tvrdava)

Built by the Romans and with alterations by all of the groups who succeeded them, Petrovaradin Fortress stands proudly overlooking the Danube. Although peacetime has rendered it redundant, it's still an impressive structure with 18 km (11 miles) of galleries beneath the fortress, over half of which are accessible to the public via guided tour – make sure you give plenty of advance notice if you wish to take advantage of this. Today it houses the City Museum (Muzej Grada Novog Sada), a collection of art and artefacts from the past two centuries, plus a planetarium and observatory.
ⓐ Strosmajerova, across the river from Novi Sad Museum
ⓣ 021 433 145 ⓔ muzgns@eunet.yu (fortress) 09.00–17.00 Mon–Sun (planetarium) 19.00–24.00 Sat, closed Sun–Fri

Sremski Karlovci

The quiet historical town of Sremski Karlovci has something of a collegiate feel to it. Just 11 km (7 miles) southeast of Novi Sad, it's easy to combine with a trip to Serbia's second city. All the main buildings are on Trg Branka Radicevica, the tree-lined central square. The town's chief point of interest is its architecture – by standing in the middle of Trg Branka Radicevica you can see neoclassical, traditional Serbian, secessionist and neo-Byzantine features. Some of the buildings, such as the museum and main gallery, are also worth a look.

Cultural Centre Gallery ⓐ Trg Branka Radicevica 7 ⓣ 021 881 075
ⓛ 09.00–16.00 Mon–Sat, closed Sun
Museum ⓐ Patrijarha Rajacica 16 ⓣ 021 021 881 637
ⓛ 09.00–16.00 Sun–Mon

One interesting way of getting to Sremski Karlovci is by the so-called 'Romance' train from Belgrade, which makes the journey to the town and back between one and three times a month; the town's website contains the schedule as well as other activities such as wine-tasting. Staff at the small tourist information office, which also has a gift shop with books and a decent array of Serbian wine on sale, will be happy to furnish you with maps and tell you about the town. They also have a lot of information on Fruška Gora.
ⓐ Trg Branka Radicevica 7 ⓣ 021 882 127 ⓦ www.karlovci.co.yu
ⓔ info@karlovci.co.yu ⓛ 08.00–15.00 Mon–Fri, 09.00–16.00 Sat, closed Sun

The Orthodox seminary is one of the town's architectural gems

AFTER DARK

Restaurants

Vlasnik £ Mellow bar and restaurant serving Serbian food along with a range of drinks. ⓐ Trg Branka Radicevica, close to Boem ⓣ 021 881 957 ⓛ 05.30–24.00 Mon–Fri, 05.30–01.00 Sat & Sun

Novi Sad's Gallery of Foreign Art houses a comprehensive collection

Boem ££ Grand, old-fashioned hotel-restaurant with mostly meat and fish dishes and a few pasta meals. ⓐ Trg Branka Radicevica 5 ⓣ 021 881 038 ⓔ hboem@eunet.yu

NOVI SAD

With its appealing baroque architecture, car-free centre and small town vibe, Serbia's second city is totally different from its first. It's actually a capital itself, of the autonomous province Vojvodina. It's also a university town, and enjoys that carefree atmosphere that only students can create. Your starting point is likely to be Trg Slobode, a large and impressive square that feels like something out of a glamorous European film, dominated by

EXIT FESTIVAL

Novi Sad's Exit music festival started out in 2000 as a student protest against Slobodan Milošević and has developed into such a cult event that – when there was no Glastonbury in 2006 – the *Guardian* newspaper named it best festival. It now attracts up to a quarter of a million people and headline acts such as Franz Ferdinand, the Pet Shop Boys, Iggy Pop, Dave Clarke and Billy Idol. Despite some unfortunate dramas over the years, including the organisers being arrested for embezzlement and performers being pelted with missiles, the summer festival has gone from strength to strength and is now feted in the international press, attracting a huge foreign contingent, lured by tickets costing a fraction of the prices at comparable events. ⓦ www.exitfest.org

the Roman Catholic St Mary's Church. It's a striking building but at the time of publication was undergoing renovation and surrounded by scaffolding. Across from St Mary's is another impressive edifice, City Hall.

Walking in the opposite direction from there you'll be on the neatly paved Zmaj Jovina, also barred to traffic, which seems almost entirely given over to cafés and restaurants, and the odd designer clothes shop. When the weather is warm enough, the pavement is thronged with tables.

To make the most of the town, first head to the tourist information centre, where the friendly staff will point you in the right direction.

SIGHTS & ATTRACTIONS

Dunavska Park

Well-tended city park with a pond, statues and benches for a sit-down after a hard day's sightseeing.

ⓐ Between Dunavska and Bulevar Mihaila Pupina

CULTURE

French Cultural Centre (Francuski Kulturni Centar)

Details of the various events and festivals the centre organises are available on the website. It's in French (and Serbian) but you should be able to get the idea.

ⓐ Pašićeva 33 ⓣ 021 472 2900 ⓦ www.ccfns.org.yu
ⓔ centrefrancaisns@eunet.yu ⓞ 12.00–20.00 Mon–Fri, 10.00–13.00 Sat, closed Sun

Gallery of Foreign Art (Galerija nad Stran Umetnost)
The gallery houses the biggest collection of foreign art in the country, from Renaissance to modern, the majority of which is from continental Europe.
ⓐ Dunavska 29 ⓣ 021 451 239 ⓔ museumv@eunet.yu
ⓛ 10.00–16.00 Tues–Sun, closed Mon

Vojvodina Museum (Muzej Vojvodine)
Two separate buildings containing a plethora of items and displays related to the province. One collection is devoted to archaeology and culture; more recent history, including a section on World War II, is covered next door.
ⓐ Dunavska 36–37 ⓣ 021 420 566 ⓛ 09.00–19.00 Tues–Fri, 09.00–14.00 Sat & Sun, closed Mon. Admission charge

TAKING A BREAK

Atina Café £ Classier than most of its neighbours, this café has comfy cream seats and olde-worlde pictures on the walls. ⓐ Njegoševa 2, next to Cathedral ⓣ 021 528 863 ⓛ 08.00–24.00 Mon–Sun

Europa Ice Cream £ Italian-style ice-cream joint with a tempting range of flavours.
ⓐ Dunavska ⓣ 021 361 9900 ⓛ 08.00–24.00 Mon–Sun

Svet Slatkisa £ Lovely little cake shop with a stylish black-and-white interior and dozens of delicious cakes. ⓐ Pašićeva ⓣ 021 524 193 ⓛ 08.00–21.00 Mon–Sun

AFTER DARK

Restaurants

A lot of Novi Sad's restaurants are along Zmaj Jovina and Nikole Pašića, which is also known as Pašićeva.

Adrijana ££ Warm red pizzeria that is a cut above some of its competitors. In good weather you can have your pizza outside. ⓐ Kralja Aleksandra 12 ⓣ 021 52427 ⓛ 08.00–24.00 Mon–Sat, 08.00–16.00 Sun

Arhiv ££ Cosy and smart restaurant with a tunnel roof, where helpful staff serve national and international cuisine. ⓐ Ilije Ognjanovića 16 ⓣ 021 472 2176 ⓛ 10.00–23.00 Mon–Sun

Fontana ££ Highly rated hotel restaurant with Serbian and international dishes served by friendly staff, often to a background of live music. In summer the large courtyard and fountain are particularly pleasant, and the brown interior is warm and relaxing.
ⓐ Pašićeva 27 ⓣ 021 662 1779 ⓛ 08.00–24.00 Mon–Sat, 12.00–23.00 Sun

Pomodoro Rosso ££ Complemented by mellow music and a warm red and wood interior, Pomodoro Rosso offers an Italian trattoria menu with great service and great atmosphere.
ⓐ Pašićeva 14 ⓣ 021 424 023 ⓦ www.pomodororosso.com
ⓔ info@pomodororosso.com ⓛ 08.00–23.00 Mon–Fri, 09.00–01.00 Sat, closed Sun

Cercil (Churchill) £££ Four restaurants under one roof, providing Italian and Serbian cuisine with French and Italian wines, plus pastries in the café. It's by no means cheap but the service is friendly and attentive. ⓐ Pašićeva 25 ⓣ 021 525 132 ⓛ 08.00–23.00 Mon–Sat, closed Sun

Bars & clubs

Café Ego As the name suggests, this place is not for the modest. The trendy interior adds to the cool aura. ⓐ Dunavska ⓣ 021 622 029 ⓛ 08.00–24.00 Mon–Sun

La Chance Caffe Club Smallish club with an evening programme of parties and DJs. ⓐ Pašićeva 27 ⓣ 064 190 8737 ⓛ 07.00–23.00 Mon–Sun

ACCOMMODATION

Staying over in Novi Sad is usually much cheaper than in the capital.

Fontana £ Clean, simple rooms and one larger apartment for rent above the restaurant. Good value and friendly staff. ⓐ Pašićeva 17 ⓣ 021 662 1779

Vojvodina £ Right on the main square, the city's oldest hotel has large, bright rooms and offers good value for money. ⓐ Trg Slobode 2 ⓣ 021 622 122 ⓔ vojvodina@visitnovisad.com

A stately Serbian postbox

PRACTICAL
information

Directory

GETTING THERE

By air

The cheap flights network has not yet quite reached Serbia from the UK, so prices are higher than for comparable cities in the region. You can reach Belgrade through a combination of cheap flights, such as from London Stansted–Cologne and from Cologne–Belgrade with Germanwings. Another option is to take a cheap flight to somewhere nearby such as Budapest, Bucharest, Ljubljana, Sofia or somewhere in neighbouring Croatia with easyJet, Ryanair or Sky Europe, and continue by land.

Germanwings ⓣ 0870 252 12 50 ⓦ www.germanwings.com
◷ 07.00–20.00 Mon–Sun
easyJet ⓦ www.easyjet.com
Ryanair ⓦ www.ryanair.com
Sky Europe ⓦ www.skyeurope.com

If you prefer to go by the express route, British Airways and Serbian national carrier JAT run direct flights, taking just under three hours.

British Airways ⓣ 0870 850 9850 ⓦ www.ba.com
◷ 06.00–20.00 Mon–Sun
JAT ⓐ 7 Dering Street, London W1S 1AE ⓣ 020 7629 2007
ⓦ www.jat.com ⓔ sales@jatlondon.com ◷ 09.30–17.30 Mon–Fri, closed Sat & Sun

Other major airlines, including Lufthansa, Czech Air, Austrian Airlines, Air France and Alitalia offer cheaper flights from the UK with a stopover, but you won't save much.

Many people are aware that travel emits CO_2, which contributes to climate change. You may be interested in the possibility of lessening the environmental impact of your flight through the charity Climate Care, which offsets your CO_2 by funding environmental projects around the world. Visit www.climatecare.org

By bus

With its limited departure days, near 40-hour journey and comparable cost to the plane, the bus has little to recommend it, but you could fly part way and continue by road.

Eurolines 08705 808080 www.eurolines.co.uk
08.00–20.00 Mon–Sun

Lasta (Eurolines' Serbian affiliate) 011 288 2740
www.lasta.co.yu splasta@verat.net

By car

The optimum driving route goes via France, Belgium, Germany, Austria, Slovenia and Croatia and takes around 24 hours of road time. Be warned that Serbia is not the best-signposted country in Europe and that the highway tolls are expensive, particularly for foreign cars, although you can pay in euros.

By train

If you don't mind several changes, you can reach the Serbian capital by train from the UK, though it's no cheaper than flying. Trains tend to get cheaper the further east you go, so getting a cheap flight to a nearby city and picking up the train from there could work out better value.

European Rail ⓣ 020 7387 0444 ⓦ www.europeanrail.com
Thomas Cook European Rail Timetable ⓣ (UK) 01733 416 477; (USA) 1 800 322 3834 ⓦ www.thomascookpublishing.com
TrainsEurope ⓣ 0871 700 7722 ⓦ www.trainseurope.co.uk ⓔ info@trainseurope.co.uk

ENTRY FORMALITIES

UK, Irish, EU, US, Canadian, Australian and New Zealand citizens can stay for up to 90 days in Serbia without a visa. South Africans do need a visa and should apply to their local Serbian embassy with their passport, letter of invitation (which can be from a Serbian travel agency), return ticket and proof of sufficient funds and medical insurance.

Make sure you get a stamp in your passport on entry and register with the local police within 24 hours of reaching your destination – if you're staying in a hotel, they will do this for you. You are obliged to declare any sums over €5,000 on arrival.

MONEY

The Serbian currency is the dinar, which comes in notes of 10, 20, 50, 100, 200, 500, 1,000 and 5,000 dinars and coins of 50 paras; 1, 2, 5, 10 and 20 dinars. Within Belgrade, bureaux de change are

TRAVEL INSURANCE

Britain has a reciprocal healthcare agreement with Serbia, which theoretically means that all emergency treatment should be free, but taking out medical insurance before you leave is still strongly recommended.

fairly ubiquitous, and some stay open until 23.00. Banks and post offices will also change foreign currency, and special money-changing machines are in service 24 hours a day. Rates do not vary much and charging commission is illegal, unless you have traveller's cheques, which fewer places will cash.

ATMs are fairly easy to find in Belgrade, but not all machines accept every kind of card, so if you have more than one type, bring them all. Credit cards are increasingly accepted in the better hotels, restaurants and shops, but carry around some cash in case.

HEALTH, SAFETY & CRIME

Belgrade poses few health risks to the visitor, although you should take out adequate medical insurance prior to your trip. No specific jabs are required and Belgrade's tap water is safe to drink. Although Belgrade's hospitals and healthcare system may seem a little basic, Serbian doctors are generally highly trained. However, avoid petting stray dogs – a very small number of rabid ones have been reported – and seek help immediately if you get bitten.

Belgrade today is relatively free from violence. While Serbia does suffer from its fair share of organised crime, this is unlikely to affect tourists. That said, it is not an affluent country, and foreign tourists may be targeted by thieves. Take all the usual precautions that you do when abroad – keep your money in a safe place, don't flaunt valuables and expensive jewellery and avoid any areas that seem threatening. Take extra care if you're driving an expensive vehicle.

The city's police force maintains a significant presence throughout the city, often checking that Belgrade's myriad and confusing traffic rules are being respected. Serbian police have something of a reputation for corruption, and sometimes target foreign drivers in the hope of soliciting a bribe. Taking photos of the police, their vehicles or any kind of military facilities is not a good idea.

OPENING HOURS

Belgrade's shops and bureaux de change are usually open from 08.00 to 20.00 Monday to Friday and from 08.00 to 15.00 Saturday, but in the centre of town they often stay open much later, until 22.00 or 23.00. Grocery stores and supermarkets tend to keep longer hours. Smaller businesses sometimes close for lunch and many places stay shut on public holidays. Markets operate on a more ad hoc basis.

Banks are open from 08.00 to 19.00 on weekdays and 08.00 to 15.00 on Saturdays. A handful are also open on Sundays.

Museums and attractions tend to open at 09.00 or 10.00 and close at 17.00 from Tuesday to Friday; Monday is the usual closing day. On Thursday a lot of places open and close later, from around 12.00 until 20.00. On Sunday the larger attractions are open from 09.00 or 10.00 to 13.00 or 14.00, while the smaller ones remain closed. On Saturday some places open to their weekday schedule, others have a more limited programme and the smaller ones stay shut. Public holidays also result in some closures.

TOILETS

While bars, restaurants, hotels and petrol stations all have clean and adequate conveniences, the public ones can be hit and miss

– and you'd do well to take some toilet paper with you just in case. On the plus side, it shouldn't be too difficult to find one.

CHILDREN

It might not be the obvious holiday destination if you have children in tow, but Belgrade is surprisingly geared up for kids and you'll find children's playgrounds all over the place. Serbia is a child-friendly nation and your little ones will be welcome in most places. You can pick up baby food and nappies without problem in Belgrade's chemists and supermarkets.

In the warmer months, Kalemegdan is a great family favourite, with plenty of room to kick around a ball and lots of climbable statues. Early October brings the Joy of Europe festival, a week-long event in which 7- to 14-year-olds from all over Europe come to Belgrade to participate in various concerts, processions, contests, shows and exhibitions. t 011 323 2043 w www.joyofeurope.org.yu e direktor@joyofeurope.org.yu

In the last two weeks of December Belgrade Fair plays host to an amusement park, concerts and food, both for the young and for the young at heart.

COMMUNICATIONS

The city has good mobile coverage and, provided you have activated international roaming, your phone should work fine. If you do need to make calls from public phones, one way is to visit a post office and use its telephone centre – at the city's main post offices these centres are accessible after the normal post office opening hours. You make your call from a private booth and pay afterwards.

Main Post Office telephone centre ⓐ Tavoska 2, near Sveti Marko Church ⓛ 07.00–24.00 Mon–Fri, 07.00–22.00 Sat & Sun

Central Post Office telephone centre ⓐ Zmaj Jovina 17 ⓛ 07.00–22.00 Mon–Sun

The other way is to buy a Halo card (Halo kartica) from a post office or kiosk and look for a red phone booth, of which there are many, on the street. Dialling out from your hotel room is as extortionate in Belgrade as it is elsewhere.

While Serbia's postal service is reliable, if you're sending anything of vital importance it's better to use a courier service. Post offices are open from 08.00 to 20.00 on weekdays and

There are plenty of card-operated phones in the city

08.00 to 15.00 on Saturdays. A few also open on Sundays. Sending a postcard to the UK, Ireland or the rest of Europe costs 35 dinar; letters start from the same price and go upwards according to weight. Mail should arrive within a week to ten days, longer if the destination is outside Europe. Post boxes, regal-looking maroon objects with gold trimmings, are relatively easy to find in the city centre.

Internet cafés with decent connection speeds are now fairly common in Belgrade; expect to pay around £0.50 for one hour. Some restaurants, bars and hotels also offer wi-fi access, so you can connect through your laptop.

DIALLING CODES

To make an international call to Serbia dial 00 + the country code (381) + the phone number, omitting the initial zero.

To make an international call from Serbia, dial 99 + the country code + the phone number, omitting the initial zero. For calls to:

UK 99 44 + phone number
Ireland 99 353 + phone number
France 99 33 + phone number
Germany 99 49 + phone number
USA & Canada 99 1 + phone number
Australia 99 61 + phone number
New Zealand 99 64 + phone number
South Africa 99 27 + phone number

ELECTRICITY

Serbia's electricity supply is at 220V AC. Plugs are of the round two-pin variety used in continental Europe, so if you're bringing appliances from outside the region you'll need an adaptor, which you can pick up at the airport.

TRAVELLERS WITH DISABILITIES

Given that facilities for travellers with disabilities within Europe generally become worse the further east you go, getting around Belgrade is not as difficult as you might expect, although you'll have to contend with uneven street surfaces, cars blocking the pavement and some reckless driving. Attitudes have improved a lot recently and the city has spent money on improving its infrastructure and making itself more accessible. There are ramps in several of the main buildings and the central pedestrianised area is flat and smooth. Most of the better hotels have at least a few rooms that are suitable for guests with disabilities. Avoid the Skadarlija district, where steep cobbles test even the able bodied.

Door to Door is the UK government's transport and travel website for travellers with disabilities and contains various advice and links for anyone planning a holiday.
Ⓦ www.dptac.gov.uk

Tourism for All is a charity that provides a similar service.
Ⓦ www.tourismforall.org.uk

FURTHER INFORMATION

The **Tourist Organisation of Belgrade** posts a comprehensive list of monthly events in the city on its website. It can also book you on various trips, including riverboat cruises.

ⓐ Dečanska 1 ⓣ 011 324 8404 ⓕ 011 324 8770 ⓦ www.tob.co.yu ⓔ info@tob.co.yu

Other **tourist information centres** can be found in the city centre at:

ⓐ Central Railway Station ⓣ 011 361 2732 ⓛ 09.00–20.00 Mon–Fri, 09.00–17.00 Sat, closed Sun

ⓐ Makedonska 5 ⓣ 011 334 3460 ⓛ 09.00–21.00 Mon–Fri, 09.00–17.00 Sat, 10.00–16.00 Sun

ⓐ Terazije, pedestrian subway by Albanija Tower ⓣ 011 635 622 ⓛ 09.00–20.00 Mon–Fri, 09.00–17.00 Sat, 10.00–16.00 Sun

There is also an office at the airport: ⓐ Nikola Tesla (Surčin) Airport) ⓣ 011 209 7638 ⓛ 09.00–20.00 Mon–Sun

Information on the rest of the country is available from the National Tourist Organisation of Serbia ⓐ Dečanska 8a ⓣ 011 323 0566 ⓦ www.serbia-tourism.org ⓔ ntos@yubc.net

Magazines

Welcome to Belgrade and *This Month in Belgrade* are two of the most useful publications to pick up. *Belguest* is a quarterly visitor's magazine available in selected hotels, embassies, car hire outlets and tourist fairs. It's aimed at the top end of the market, but gives a useful cultural view of the city.

Background reading

The colossal book *Black Lamb and Grey Falcon: A Journey through Yugoslavia* by Rebecca West traces the author's travels through the country in the run-up to World War II. It's an absorbing read for anyone interested in Yugoslavia and, at over a thousand pages, is likely to keep you going for most of your trip.

Emergencies

EMERGENCY NUMBERS

General emergency 112
Fire brigade 93
Police 92
Medical emergency 94

MEDICAL SERVICES

The facilities might look rather primitive, but Serbian medical professionals are typically very well trained. If you need a doctor first contact your hotel reception. Failing that, go to hospital or call the emergency number 94. Many doctors will speak English.

Hospitals

Kliniki Centar (Clinical Centre of Serbia) ⓐ Pasterova 2 ⓣ 011 361 8777
Urgenti Centar (Emergency Centre) ⓐ Pasterova 2 ⓣ 011 361 8444

Private, English-speaking clinics

Poliklinika Bel Medic ⓐ Viktora Igoa 1 ⓣ 011 306 5888, 011 306 6999 ⓑ 24 hours
Poliklinika Dr Ristic ⓐ Narodnih Heroja 38 ⓣ 011 269 7808, 011 269 3287

Dentists

The dentist at Beldent reportedly speaks some English.
ⓐ Brankova 23 ⓣ 011 634 455
There are a couple of dentists open 24 hours.
ⓐ Obilic Venac 30 ⓣ 011 635 236
ⓐ Ivana Milutinovica 15 ⓣ 011 444 1413

Pharmacies

Prima I is open permanently. ⓐ Nemanjina 2 ⓣ 011 644 968

Police

In an emergency, ask for help from your hotel staff; otherwise call 92. There is a special Foreigners' Police Department in the Interior Ministry. ⓐ Savska 35 ⓣ 011 361 8956.

EMBASSIES & CONSULATES

UK ⓐ Resavska 46 ⓣ 011 645 055 ⓦ www.britemb.org.yu
ⓔ ukembbg@eunet.yu
US ⓐ Kneza Milosa 50 ⓣ 011 361 9344 ⓦ belgrade.usembassy.gov
Canada ⓐ Kneza Milosa 7 ⓣ 011 306 3000 ⓦ www.canada.org.yu
Australia ⓐ Cika Ljubina ⓣ 011 624 655 ⓦ www.australia.org.yu
Irish citizens are entitled to the assistance of other EU member state embassies.

EMERGENCY PHRASES

Fire!	Požar!	*Pozhar!*
Help!	Pomoći!	*Pomoch!*
Stop!	Stop!	*Stop!*
Call the fire brigade!	Pozovite vatrogasce!	*Pozoveete vatrogasce!*
Call the police!	Pozovite policiju!	*Pozoveete Poleeceeya!*
Call an ambulance!	Pozovite hitnu pomoći!	*Vaarskoow an Heetnoo pomoch!*

The publishers would like to thank the following individuals and organisations for providing their copyright photographs for this book: courtesy of Aleksander Palas Hotel 39; courtesy of Balkan Hotel 37; Belgrade Cultural Network 11; Djordje Tomic 15; Pictures Colour Library pages 9, 19 & 59; World Pictures/ Photoshot 23, 42, 51 & 85; all the rest Vasile Szakacs.

Copy editor: Penny Isaac
Proofreader: Ian Faulkner

Send your thoughts to
books@thomascook.com

- **Found a great bar, club, shop or must-see sight that we don't feature?**
- **Like to tip us off about any information that needs updating?**
- **Want to tell us what you love about this handy little guidebook and more importantly how we can make it even handier?**

Then here's your chance to tell all! Send us ideas, discoveries and recommendations today and then look out for your valuable input in the next edition of this title. As an extra 'thank you' from Thomas Cook Publishing, you'll be automatically entered into our exciting prize draw.

Send an email to the above address (stating the book's title) or write to:
CitySpots Project Editor, Thomas Cook Publishing, PO Box 227,
The Thomas Cook Business Park, Unit 18, Coningsby Road,
Peterborough PE3 8SB, UK.